REGINA SCHEER

GOTT WOHNT IM WEDDING

ROMAN

PENGUIN VERLAG

Dieses Buch ist ein Werk der Fiktion. Personen und Handlung sind frei erfunden. Soweit der Roman sich auf historische Gegebenheiten bezieht, erhebt er keinerlei Anspruch, diese »objektiv« darzustellen.

Jetzt kommen wieder die Zigeuner. Die erste war Laila aus der Fidler-Familie, die wurde in Polen geboren. Von dort hatte ich schon viele Bewohner. Am Anfang, vor mehr als hundert Jahren, waren es die Marciniaks, die Turowskis, Szczepanskis. Ich erinnere mich jetzt viel an den Anfang. Die meisten denken, ein Haus sei nichts als Stein und Mörtel, totes Material. Aber sie vergessen, dass in meinen Wänden der Atem von all denen hängt, die hier gewohnt haben. Ihre Tränen, ihr Blut habe ich aufgesogen, ich habe ihre Schreie gehört, ihr Flüstern, ihr endloses Gemurmel in den Nächten. All ihre Leben habe ich in mich aufgenommen, durch sie lebe ich selbst, auf meine Weise. Mich überrascht nichts mehr. Wenn man lange genug wartet, kommen alle wieder hier vorbei. Oder ihre Kinder.

Diese Laila brachte Kisten voller Bücher mit. Die Mutter ihres Großvaters Willi, Martha Fidler, die vor achtzig Jahren auf derselben Etage lebte, konnte gar nicht lesen und schreiben, sie war ja als Kind nur gereist. Aber Laila hat Marthas grüne Katzenaugen und trägt den Haarknoten wie sie.

Nach Laila kamen die Frauen vom Rand der Städte Bukarest und Craiova in Rumänien, dann die Familien aus dem Dorf, dessen Name ich vergessen habe; ihre Häuser standen an einem Kanal voller Wasserratten. Ich weiß das, sie reden oft von diesen Orten, die ihnen kein Zuhause waren und an denen sie doch etwas zurückgelassen haben, was ihnen nun fehlt. Die aus Craiova sind in die Wohnungen der russischen Mädchen gezogen. Hier gab es immer Zeiten, in denen die Leute nicht lange blieben. Aber mit den Russinnen fing ein Kommen und Gehen an, wie nicht mal ich es kannte. Ein Jahr nur haben sie hier gehaust, dann sind sie plötzlich mit ihren Kindern verschwunden. Ein Anruf kam, und sie mussten sofort weg, warum und wohin, das weiß hier keiner. In ihren beiden Wohnungen blieben die Mäntel zurück, mit denen sie handelten, Berge von Mänteln aus buntem Flausch, über die wenigen Möbel gebreitet, auf dem Fußboden gestapelt. Nur ein langer Tisch war frei, eigentlich nur ein großes Zeichenbrett, an dem machten die Kinder der Russinnen ihre Schularbeiten, darauf achteten die Mütter. Ihre Rechnungen und Auftragslisten schrieben sie am Laptop, auch an diesem Tisch. Gegessen haben sie an einem anderen, in der Küche hinter einer Kleiderstange voller Mäntel. Die wurden irgendwo in Russland genäht, die Frauen verkauften sie übers Internet, verpackten sie bei uns in flache Kartons, die sich im Hausflur stapelten. Ein Auto hatten sie, Männer habe ich selten bei ihnen gesehen. Aber es wurden mehr Mäntel geliefert, als sie verkaufen konnten, immer mehr Mäntel verstopften die Wohnungen, erst nur die rechte, dann auch die linke, in der sie alle schliefen. Auch auf ihren Betten lagen Mäntel, sie deckten sich zu mit Mänteln, sie liefen über Mäntel, wenn sie von einem Zimmer ins andere gingen, verhängten mit Mänteln die Fenster. Sie trugen selbst solche Mäntel, tailliert und mit beuligen Taschen, vielleicht ist das modern. Sogar die Kinder wurden in diese Flauschmäntel gekleidet, die die Mütter ihnen gekürzt hatten. Irgendwo zwischen den Kleiderstangen stand auch eine Nähmaschine, eine alte mit eisernem Gestell.

Die haben die rumänischen Frauen gefunden, sie freuten sich und legten ihre Säuglinge auf die Stapel von Mänteln. Die größeren Kinder begannen sofort, die Kartons vom Hausflur auf den Hof zu zerren, wo sie eine Stadt daraus bauten, Häuser mit

Fenstern und Türen, aber die sind schon wieder vom Regen aufgeweicht und lösen sich auf. Ach, das kenne ich gut.

Ich habe auch manchmal das Gefühl, aus Pappe gebaut zu sein, dabei hatte Kasischke ordentliche Ziegel aus Klausdorf bei Teltow kommen lassen, gebrannt im Hoffmann'schen Ringofen. Nein, aus Pappe bin ich nicht, obwohl auch ich mich auflöse. Doch von mir will ich nicht reden.

Die russischen Frauen waren so eilig abgereist, dass im Kühlschrank noch gekochtes Essen stand. Auch das gefiel den Rumäninnen und ihren Männern, die nicht viel sprachen. Am nächsten Tag fuhr ein Lieferwagen auf den Hof und gleich darauf das alte Auto der Russinnen, zwei Kerle gingen in die beiden Erdgeschosswohnungen, ohne sich um die zeternden Frauen zu kümmern, zogen die Mäntel unter ihnen weg und packten beide Autos damit voll. Danach war die Wohnung leer, nur die Betten und die beiden Tische blieben zurück, auch ein großer Kühlschrank und schließlich noch die Nähmaschine, die einer der Russen schon zur Tür getragen hatte, aber die Rumäninnen protestierten und riefen, das sei ihre, schon immer gewesen.

Nun glaubten sie die Herrinnen der Wohnungen im Erdgeschoss zu sein, irgendwann erschien auch ein Bruder oder Schwager aus Buzescu oder der Bruder des Schwagers aus Craiova und baute ein neues Schloss in die Tür. In irgendeiner Ecke waren wohl doch noch ein paar dieser russischen Mäntel übrig geblieben, in grün und rosa, denn auch die Rumäninnen trugen plötzlich über ihren Röcken und Jeans die bunten Dinger und wickelten ihre Kinder darin ein.

Zigeuner hat es hier schon immer gegeben, sie waren Deutsche. Lailas Großvater Willi hat als Kind auf meinem Hof an der Teppichstange geturnt, aber das weiß sie nicht. Er ist auch später noch ein paarmal gekommen, als sie in der Laubenkolonie wohnten, zum Kriegsende dann nicht mehr. Hier in der Straße lebten noch mehr Sinti-Familien. 1936, im Jahr der Olympiade, wurden sie nach Marzahn in ein Lager gebracht, Baracken und Wohnwagen auf märkischem Sand zwischen dem Friedhof und den S-Bahngleisen sollen das gewesen sein. Die Fidlers hielt man für Wolgadeutsche, vorsichtshalber zogen sie in eine Laubenkolonie. Willis Vater hat dann als Musiker sogar in der Wehrmachtsbetreuung gearbeitet, bis nach Norwegen soll er gekommen sein. Doch dann verlor er seine Berufserlaubnis, das habe ich erfahren, ich erfahre hier alles. Er durfte nicht mehr mit Musik sein Geld verdienen, musste in Lichtenberg Kartuschen für U-Boote lackieren. Die Nachbarn aus der Laubenkolonie hatten Verdacht geschöpft und an den Polizeipräsidenten geschrieben, dass die Fidlers und die Mohrmanns, mit denen sie da hausten, waschechte Zigeuner seien. Sie selbst haben das Wort Zigeuner nie benutzt, ich sollte es auch nicht tun. Aber mich hört ja sowieso niemand. Doch, man hört mich, aber versteht nichts. Ich kann niemanden warnen, kann meinen Bewohnern nicht sagen, dass ein Unglück geschehen wird. Ich weiß es, ich spüre es, ich sehe ja die Zeichen, aber was kann ich tun, als mit den Türen zu schlagen und Putz rieseln zu lassen, mit den alten Dachbalken zu knarren oder mal einen Ziegelstein aus den Mauern fallen zu lassen. Darauf achten sie kaum, sie sind es gewohnt, dass ein altes Haus ächzt und stöhnt und dass in den Nächten der Wind sich in den Schornsteinen verfängt und winselt und heult.

Ich bin das älteste Haus in der Straße. Irgendwo hinterm Leopoldplatz soll es noch ältere geben, aber das habe ich natürlich nicht gesehen. Ich habe überhaupt nur gehört, was hier auf meinem Hof, zwischen meinen Wänden geredet wurde, und nur gesehen, was da geschehen ist, und das reicht mir auch.

1

DER MANN IM TRENCHCOAT mit Hut sieht aus wie einem alten Film entstiegen, nur ist sein Stock kein eleganter Gehstock, sondern eine gewöhnliche Krücke. Er steht vor der Liebenwalder 22 und beugt sich über das Straßenpflaster, als könne er in den buntgeäderten Steinen etwas erkennen. Der Regen war kurz und heftig, nun liegt wieder die Sommerhitze über den Straßen, das Wasser hat Plastiktüten, Papier, Zerbrochenes und Erbrochenes, auch den Hundedreck an die Ränder gespült, wo sich der Unrat staut. Die Granitpflastersteine schimmern jetzt feucht in allen Grautönen, mit rosa und bunten Adern.

Hinter dem Mann tritt ein jüngerer in die Tür, sieht den in seine Betrachtung versunkenen Alten, spricht ihn mit Mister Lehmann an und macht ihn auf Englisch darauf aufmerksam, dass die Stolpersteine aus Messing ein paar Meter weiter, vor der Nummer 16, zu finden seien. Denn die suche er doch sicher, da sei ein Judenhaus gewesen.

»Mit mir könnse Deutsch reden. Und ick suche keene Stolpersteine«, antwortet der andere.

»Ich dachte nur, weil Sie doch aus Israel …«

»Det warn hier außerdem allet Judenhäuser.«

Sein Berlinisch klingt wie aus einer anderen Zeit, er merkt es selbst. Heute redet man offenbar im Berliner Wedding anders Deutsch, durchsetzt mit schwäbischen und bayrischen Klängen, aber auch Türkisch, Englisch, Russisch, sogar Fetzen von Arabisch und Iwrith hat er gehört, als er gestern Abend ankam.

Seine Enkelin Nira, die wenig Deutsch versteht, konnte sich mit dem Taxifahrer und den jungen Serviererinnen des Cafés an der Ecke mühelos verständigen. Sie zog auch noch los, nachdem sie vom Abendessen in ihre Hotelzimmer zurückgekommen waren, nach Kreuzberg wollte sie oder in den Prenzlauer Berg, ihre Freunde haben ihr die Namen von Cafés und Klubs aufgeschrieben, die sie unbedingt kennenlernen soll in den Wochen ihres Aufenthalts hier in dieser Stadt, aus der ihr Großvater kommt.

Jetzt, am Vormittag, schläft Nira noch und Leo Lehmann will ein paar Schritte gehen. Er hat nicht gewusst, dass Nira ausgerechnet im Wedding Hotelzimmer bestellte; als er hier wohnte, von seiner Geburt an immerhin knapp zwei Jahrzehnte, gab es in dieser Gegend keine Hotels. Aber Nira weiß gar nichts über den Wedding, das »Steps« hat sie im Internet gefunden, es warb mit seiner Lage in Berlin-Mitte, und die Zimmer waren billiger als anderswo. Den Wedding zählen die jetzt also zur Mitte Berlins. Und das Hotel »Steps« war früher ein normales Mietshaus, mit falschen Säulen und Simsen an der mit Klinkern verblendeten Fassade. Dass das noch erhalten ist. Leo kam hier jeden Tag auf seinem Schulweg vorbei. Eine hölzerne Gedenktafel hing damals neben der Tür, weil hier, in der Liebenwalder 22, Walter Wagnitz gewohnt hatte. Zu Tode gekommen ist er ja in der Utrechter.

Als sie gestern aus dem Taxi stiegen, erkannte Leo sofort alles, die Straße, das Haus. Das Café »Schraders« an der Ecke war die Eckkneipe von Heinrich Reim gewesen, in der Leos Vater manchmal ein Bier getrunken hatte, als Leo noch ein kleiner Junge war. Später dann nicht mehr. Ein Zufall, dass Nira ausgerechnet hier gebucht hat. Dabei war diese Gegend eine Trümmerlandschaft, als er sie zum letzten Mal sah. Sie haben manches neu gebaut und die alten Häuser wieder zusammengeflickt, die Löcher zugeschmiert, die Fassaden verputzt, das können sie ja gut, die Deutschen.

So denkt Leo Lehmann und bleibt in seinen eigenen Gedanken hängen. Ist er nicht selbst ein Deutscher? Ein deutscher Jude. Wie das klingt. Wie ein Opfer. Er ist Israeli, das hört sich schon besser an. Aber Berliner ist er eben doch.

Hier links war eine Flohkiste, Thalia-Lichtspiele, die sieht er noch vor sich, obwohl jetzt ein ganz anderes Haus hinter einem Kinderspielplatz steht. Der alte Mann weiß noch, durch welche Seitentür er ohne Bezahlung in das Kino kam, wenn er Glück und der Filmvorführer sie nicht abgeschlossen hatte. Mehr als einmal hatte er sich als Steppke kurz vor Beginn der Vorstellung, wenn der Vorführer mit seinen Apparaten beschäftigt war, hinter ihm vorbeigedrückt, war durch eine weitere Tür geschlüpft und musste sich dann nur noch schnell im abgedunkelten Zuschauerraum einen Platz suchen, bevor die Kartenabreißerin ihn entdeckte. Einmal, als alles voll war, hat Manne, sein Freund Manfred Neumann, ihm im Halbdunkel zugewinkt, und sie quetschten sich dann beide auf seinen Platz. Manne hatte Geld fürs Kino, seinem Vater gehörten damals noch zwei Mietshäuser, eines drüben in der Wagnitzstraße, wo sie ein Jahrzehnt später bis zu Manfreds Verhaftung ab und zu untergekrochen sind. Eigentlich war es ja die Utrechter. Erst 1933 wurde sie in Wagnitzstraße umbenannt. Bei der feierlichen Namensverleihung für den *Blutzeugen der Bewegung* mussten auch Leo und Manne mit den anderen Schülern der 27. Volksschule antreten. Dass sie Juden waren, fiel damals noch keinem auf. So wie sie hießen hier viele. Und besonders religiös waren ihre Familien auch nicht.

In der Wagnitzstraße, mehr nach vorn zu, Richtung Müllerstraße, gab es den berühmten UFA-Palast, erst hieß das Lichtspieltheater Mercedes-Palast, der Eintritt dort war selbst für

Manne zu teuer. Ob es den UFA-Palast noch gibt? Die Osram-Fabrikgebäude sind noch da, von seinem Hotelzimmer aus hat Leo Lehmann sie gesehen, sie reichen bis an die Liebenwalder Straße heran, aber da wird wohl nichts mehr produziert. Die Fenster der Shisha-Bar gegenüber vom Hotel gehörten damals auch zu einer Kneipe, hier war an jeder Ecke eine. »Steppan« hieß die da drüben, in welchem Winkel seines Gehirns hat er das all die Jahrzehnte über aufbewahrt? Dabei ist er dort nie drin gewesen, aber er weiß noch, dass der Arbeiter, der gleich nach dem Reichstagsbrand in dem Lokal erschossen wurde, Segebrecht hieß, Gustav Segebrecht. Wochenlang wurde davon geredet, auch bei ihm zu Hause. Gewohnt hat dieser Segebrecht ein paar Häuser weiter. Zu der Zeit gab es hier öfter Schießereien, der Wedding war rot, aber die Nazis machten sich schon vor '33 breit. Segebrecht war Sozialdemokrat, er arbeitete bei Osram nebenan und hatte Kinder, die auch in die 27. Volksschule gingen. Es war ein Schlagaderschuss, das Wort hat Leo als Achtjähriger zum ersten Mal gehört und nie vergessen. Schlagaderschuss. RACHE FÜR WAGNITZ stand damals an den Fenstern der Kneipe. Heute sind die Jalousien da drüben auch beschmiert, aber er kann es nicht lesen, wird wohl Türkisch sein, Arabisch nicht, das würde er erkennen.

Leo Lehmann steht vor dem »Steps« und fühlt sich, als sei er in die Kulisse eines Films über seine Jugend geraten. Alles ist vertraut, aber auch wieder nicht, hat die falschen Farben, ist zu neu oder zu alt. Er ist fremd in dieser Kulisse, und nicht nur, weil die Straße so anders aussieht. Er ist nach Berlin gekommen, weil er hier etwas zu erledigen hat, nicht um seiner Vergangenheit nachzuspüren. Mit seiner Vergangenheit ist er fertig. Mit Berlin ist er fertig. Mit diesen Häusern und den Erinnerungen. 1948 hat er Berlin verlassen.

Nachdem Manfred aufgeflogen war, im April 1944, war Leo kaum noch in diese Gegend gekommen. Und nach dem Krieg wohnte er in Tempelhof, in der Nähe seiner neuen Freunde, der Displaced Persons. Jahrelang hatte er wie alle Untergetauchten nur auf das Kriegsende hin gelebt, irgendwie geglaubt, dann würde alles wie früher werden. Die Eltern würden wiederkommen, die Schwester, die Freunde … Nein, das konnte er nicht geglaubt haben, er wollte einfach überleben und dachte nicht weit über den Tag hinaus. Aber dann war er befreit, und als er das begriff, erschien ihm diese Freiheit wie ein Abgrund, man musste sich irgendwo festhalten, um nicht ins Bodenlose zu stürzen. Manfred war noch im Februar 1945 im Gefängnis in der Schulstraße umgekommen. Leo hat nie erfahren, ob er erschossen wurde oder bei dem großen Bombenangriff starb. Nun waren Simon und Leo die einzigen Überlebenden der Gruppe vom Habonim. Der zehn Jahre ältere Simon hatte sie nach dem Verbot 1938 weiter zusammengehalten. Zusammen waren sie in den Untergrund gegangen, schlugen sich zwei Jahre lang als Untergetauchte durch. Simon haben sie schon kurz vor Manfreds Verhaftung geschnappt. Vielleicht sind sich die beiden noch im Gestapogefängnis begegnet, aber Simon redete nicht, kein Wort über das, was er nach der Verhaftung erlebt hatte. Leo besuchte ihn in den Nachkriegswochen ein paarmal in seinem Zimmer in der Ackerstraße, aber der Apotheker war nicht mehr da, den hatten sie auch weggeholt, seine Witwe guckte nur vorwurfsvoll. Und Simon war krank, kaum wiederzuerkennen. Sie hatten ihm das Haar geschoren, und es wuchs einfach nicht mehr in der Zeit, die ihm noch blieb. Der unerschrockene, wendige Simon saß mit leerem Blick glatzköpfig und aufgeschwemmt da und tat nichts. Im August 1945 brachte er sich um. Als Leo von seinem Tod erfuhr, war er schon begraben. In Weißensee brauchten sie damals viele Gräber für die Selbstmörder, deren Kraft nur zum Überleben gereicht hatte, nicht zum Leben.

Nun erst erfuhr man, was im Osten geschehen war, in den Lagern. Leos Eltern waren nach Riga deportiert worden. In der Jüdischen Gemeinde in der Oranienburger, wo die Zurückgekehrten sich meldeten, saßen eines Tages zwei Brüder, die hatten das KZ Kaiserwald bei Riga überlebt und erzählten vom Wäldchen Rumbula, in dem der ganze 18. Osttransport aus Berlin, eintausendundvier Menschen, gleich nach der Ankunft erschossen worden war. Seit dieser Begegnung ging Leo regelmäßig zu den Gottesdiensten in die Rykestraße, wo er die Worte des Rabbiners kaum verstehen konnte, weil alle heulten.

Außerhalb der Synagoge heulte er eigentlich nie. Er tat, was er in den Jahren zuvor gelernt hatte, kaufte und verkaufte, besorgte begehrte Dinge für Leute, die zahlen oder tauschen konnten. Manche konnten beides nicht. Einem Max Lewinson, der aus Auschwitz zurückgekommen war und sein Geschäft in der Danziger Straße natürlich nicht mehr vorfand, besorgte er Metallspielzeug auf dem Schwarzen Markt, das der aus einem Bauchladen verkaufen wollte. Dieser Max Lewinson war schon älter, er erinnerte Leo an seinen Vater. Er blieb nicht lange im DP-Lager, in Schönholz fand er eine Wohnung, in die er Leo manchmal zum Essen einlud. Dann brachte Leo Delikatessen vom Schwarzen Markt oder aus der Kantine der Engländer mit. Nicht für sich hamsterte er, es gab genug Überlebende, die darauf angewiesen waren, trotz der Joint-Pakete. Und er ging tanzen, seine Freundin aus dem DP-Lager hieß Halina und kam aus einem Nest bei Posen. Zuletzt war sie im Lager Neustadt-Glewe gewesen. Darüber aber wollte sie nichts erzählen, sie wollte leben und lachen. Ihretwegen besorgte er Karten für die Philharmonie, mit ihr ging er in Kabaretts und ins jüdische Revuetheater in der Baerwaldstraße. Aber dann konnte Halina plötzlich in die USA ausreisen, zu Verwandten. Wieder spürte Leo die Einsamkeit wie ein Raubtier auf der Lauer. Aber ehe es ihn ansprang, lernte er andere Mädchen kennen, jüdische Mädchen, denen die jammernden Besiegten so zuwider waren wie ihm. Er gehörte nicht mehr dazu, hatte ja auch vorher nicht zur Volksgemeinschaft gehört. Die DPs in den Lagern in Zehlendorf und in Tempelhof waren, was er war: Personen ohne Platz, Weggeschobene, Vertriebene, Entwurzelte, man kann das Wort nicht übersetzen. Leo war displaced, obwohl er seine Geburtsstadt bis dahin nie verlassen hatte. In Berlin lebte keiner mehr, zu dem er gehörte. Einmal sagten sie im Büro der Jüdischen Gemeinde, dass eine junge Frau aus dem Wedding, Gertrud Romberg, nach ihm gefragt habe. Aber die wollte er nicht sehen, gerade die nicht.

In den Tagen der Luftbrücke brachte ein amerikanisches Frachtflugzeug ihn und andere DPs von Tempelhof nach München. Sie hockten in dem Kohlentransporter auf dem Boden, und in München waren sie alle schwarz vom Kohlenstaub. Als sie sich in einer öffentlichen Toilette waschen wollten, musterte die Toilettenfrau mit ihrem Schrubber die jungen Männer verächtlich und murmelte: »Dreckerte Preißen«. Noch heute muss er grinsen, wenn er daran denkt. Vor kurzem waren sie noch Saujuden gewesen, nun Dreckspreußen. Das war der Abschiedsgruß.

Von München ging es über Frankfurt nach Marseille und dort im Morgengrauen ans Wasser, der Kapitän des maroden Kahns war ein Italiener. Nachts im Bauch des Schiffes hörte man vierhundert junge Menschen, die dicht an dicht auf den blanken Brettern lagen, im Schlaf seufzten und weinten. In allen Sprachen riefen sie nach den Toten, am Tag aber sangen sie *Hatikwa* und freuten sich auf das Land, das sie gerufen hatte, auf den neu gegründeten Staat, der ihrer sein sollte.

Und nun ist Leo wieder hier in der Gegend seiner Kindheit. Das Haus, in dem er aufgewachsen ist, braucht er nicht zu suchen. Er hat selbst gesehen, wie Kettenbomben im September 1943 sein Elternhaus und die daneben umfallen ließen wie Dominosteine. Elternhaus, Kettenbomben – deutsche Wörter, die er seit Jahrzehnten nicht ausgesprochen hat, nicht einmal gedacht. Seine Eltern gab es nicht mehr im September 1943, und es war auch nicht ihr Haus gewesen. In dem gewöhnlichen Berliner Mietshaus hatten sie drei Zimmer mit Küche und Innenklo gemietet, gar nicht so übel für diese Gegend. Die Kettenbomben hießen so, weil sie irgendwie aneinander befestigt waren, mehrere gingen hintereinander los, hoben die Häuser dann von unten an. Er hat zugesehen, wie das Haus in sich zusammenfiel. Da war es schon längst nicht mehr sein Zuhause, in ihrer Wohnung, das wusste er, lebten ausgebombte Volksgenossen. Die wurden nun wieder ausgebombt, er sah Menschen aus den Flammen rennen.

Von schräg gegenüber sah er es, von Gertruds Erkerfenster aus, deren Haus in der Wagnitzstraße in dieser Nacht nicht getroffen wurde. Die Fensterscheiben waren mit schwarzem Papier beklebt, aber er hatte sich ein kleines Loch hineingerissen und beobachtete wie im Kino das Geschehen, ohne Angst, das war merkwürdig. Wegen der Druckwelle oder der Hitze barsten die Fensterscheiben, sein Arm blutete, er ging nach hinten zu Manfred, der in aller Ruhe im Dunkeln saß, auch dort waren Möbel umgefallen, und Porzellanfiguren flogen ihnen um die Ohren. Manfred sagte etwas über Zitterkaffee, so dass sie beide nicht aufhören konnten zu lachen. Nach Bombenangriffen gab es oft diese Sonderrationen Bohnenkaffee für die Überlebenden, die Berliner nannten ihn Zitterkaffee. Leo und Manfred mochten gar keinen Kaffee, Gertrud trank ihn gern, doch sie war nicht auf die Durchhalteprämie angewiesen, die beiden brachten ihr immer wieder Kaffeepäckchen und auch Zigaretten. Simon hortete ihre Schätze, die Tauschwährung, bei einer Frau Wiese.

Leo findet es in der Erinnerung seltsam, wie ungerührt er sein Elternhaus und das daneben verschwinden sah. Wie er neben Manfred in der Küche sitzen blieb, ein blau-weißes Geschirrtuch um den Arm gewickelt, und wie sie ohne Angst auf die Entwarnung warteten. Später erzählten ihm andere Untergetauchte, dass auch sie während der Bombenangriffe das Gefühl hatten, unverwundbar zu sein. Diese Bomben waren ja nicht für sie bestimmt. Natürlich war das dumm, es hätte sie wie jeden treffen können. Manne und er mieden die Luftschutzkeller. Die Männer in ihrem Alter waren fast alle eingezogen, die Kettenhunde kontrollierten besonders in den Schutzräumen und Bunkern. Und sie waren ja im Wedding nicht unbekannt, sie hätten gar nicht in diese Gegend kommen dürfen, das war ja dann auch Mannes Unglück. Aber die Gruppe gab es damals schon nicht mehr, alle schlugen sich einzeln durch. Leo und Manfred blieben meistens zusammen. Doch bei Hannchen Gerbeit in Kaulsdorf konnten sie nicht bleiben, und Manne wollte in das Haus in der Wagnitzstraße, das seinem Vater gehört hatte, weil er dort jeden Winkel kannte und wusste, wie man ungesehen in den Dachverschlag kommt, nur für ein paar Nächte.

Und dann sahen sie diese Gertrud, die Wäsche aufhängte. Eine junge Frau, sieben Jahre älter als die beiden neunzehnjährigen Jungen, Mannes Schwester war wohl mit ihr befreundet gewesen, aber Rosa war schon lange in England. Gertrud nahm sie mit in ihre Wohnung, ihr Vater arbeitete in einem Vorort und schlief auch dort, die Mutter war mit der Oma wegen der Bombenangriffe bei Verwandten, in Pommern. In der Wohnung konnten sie sich waschen und im Ehebett der Eltern schlafen. Gertrud kochte sogar für die beiden, sie gaben ihr echte Lebensmittelmarken. Simon hatte Kontakt zu einem Angestellten der Reichsdruckerei, der ganze Serien beschaffen konnte. Abends saßen sie oft mit Gertrud vor dem Radioapparat. Sie hatte auch ein Grammophon, am liebsten hörte sie eine Mahler-Sinfonie. Ein paar Monate lang ging das so, drei-, viermal in der Woche schliefen sie im Schlafzimmer ihrer Eltern, später zog Leo in Gertruds Mädchenzimmer, und Manfred lag mit ihr im Ehebett, Leo hörte sie hinter der Wand keuchen und lachen. Er war besorgt, weil Manne der Blonden so vertraute, ihr sogar erzählte, woher die Brotmarken kamen, und unbefangen von der Laube in Karow sprach, die sie wieder nutzen würden, sobald der Genesungsurlaub des Mannes der Besitzerin vorbei wäre. Tagsüber mussten sie die Wohnung in der Wagnitzstraße immer verlassen, das wollte Gertrud so, und es war auch nötig, denn sie trafen sich mit Simon und den anderen, die noch übrig waren, mal bei Frau Marks in Buchholz, mal auch bei Hannchen Gerbeit in Kaulsdorf, wo sie wegen der Nachbarn nicht mehr schlafen durften, die aber immer eine Suppe auf dem Herd hatte, einmal auch bei einer Bildhauerin im Atelier in Westend. Die Adresse hatte Simon ihnen gegeben. Aber fast alle Quartiere wurden ausgehoben, auch das Bildhaueratelier war plötzlich versiegelt, und die Frau aus Karow schlug ihnen die Tür vor der Nase zu, sie wolle nicht draufgehen, so kurz vor dem Ende.

Eines Spätnachmittags waren sie wieder in die Wagnitzstraße gekommen, es war ein paar Tage nach Ostern. Sie wollten einzeln über den Hof gehen, weil sie glaubten, das fiele weniger auf. Manne ging zuerst. Leo hatte seine Mütze ins Gesicht gezogen und drückte sich an dem Schuttberg, der sein Elternhaus gewesen war, vor einer stehen gebliebenen Wand herum, als er sah, wie Manne zwischen zwei Männern aus der

Haustür trat, geführt wurde er, abgeführt, obwohl die Männer ihn nicht berührten. Sie trugen Zivil, aber man sah sofort, wer sie waren. Manne hielt die Hände auf dem Rücken verschränkt, wahrscheinlich hatten sie ihm Handschellen angelegt. Über seine Schultern war locker eine Jacke drapiert, die Hausjacke von Gertruds Vater, die immer an der Garderobe hing. Gertrud war nicht zu sehen. Manfreds Blick traf für den Bruchteil einer Sekunde seinen, dann wandten beide gleichzeitig den Kopf, und die Männer hatten mit ihm schon das an der Ecke wartende Auto erreicht. Damals fuhren bereits keine Privatautos mehr.

Leo blieb im Schatten der Mauern, lief bis zur Panke, am Flüsschen entlang bis in den Pankower Bürgerpark, wo er vor Kälte zitternd die Nacht im Ziegengehege verbrachte. Am nächsten Morgen fing er Gertrud an der Straßenbahnhaltestelle in der Seestraße ab, von dort fuhr sie immer ins Büro, sie wirkte ganz normal, war gut frisiert und ordentlich gekleidet, über ihren blauen Tuchmantel war der kleine Pelzkragen geknöpft. Einen Moment lang schoss ihm die Erinnerung an seine Mutter durch den Kopf, an den klirrend kalten Tag im Januar 1942, an dem sie ihren Fuchskragen, ihren ganzen Stolz, abliefern musste, auch den Kaninchenmuff seiner Schwester brachten sie damals zur Sammelstelle. Gertrud prallte kurz zurück, als sie Leo sah, ihre Augen gingen unruhig hin und her. Zusammen stiegen sie in die Bahn, es war die Linie 8, er weiß noch, dass die Fensterscheiben fehlten. Er sah den Schweiß auf ihrer Stirn und fragte nach Manfred, sie behauptete, nichts zu wissen, bot ihm ihren Wohnungsschlüssel an, den er nicht nahm. Wohin er denn jetzt gehen würde, fragte sie ihn noch, dann sprang er am Oskarplatz aus der schon anfahrenden Straßenbahn und lief über die Seestraße, in die Markstraße, lief und lief bis in die Rehberge.

Leo steht noch immer vor dem »Steps«, der Regen ist verdunstet, die Granitsteine schimmern nicht mehr bunt, sind stumpf und grau. Es wird ein heißer Tag, aber einem, der seit Jahrzehnten in Israel lebt, macht die Hitze nichts aus. Was ihm etwas ausmacht, das sind diese Bilder, die in ihm aufsteigen, mit denen er merkwürdigerweise nicht gerechnet hat, als er diese Reise mit seiner Enkelin antrat. Dass Nira aber ausgerechnet hier ein Quartier für sie fand! In Berlin lebt niemand mehr, den er kannte, überhaupt leben immer weniger Menschen, mit denen er jung gewesen war, auch im Kibbuz ist er längst einer der ganz Alten. Mehr als neun Jahrzehnte Leben. Ob seine Eltern so alt geworden wären, wenn man sie gelassen hätte? Seine Mutter kam aus Lemberg, sein Vater aus Stryj, einem Schtetl im tiefen Osten, Galizien oder Russisch-Polen, er hat diese Gegend nie gesehen. Dort sind die Eltern und Großeltern seiner Eltern auch jung gestorben, an Krankheiten oder im Ersten Weltkrieg, an Hunger und vielleicht auch bei Pogromen. Leo hat dem nie nachgeforscht, er war ein Berliner Junge, der in der Gegenwart lebte, seiner Gegenwart, die nun auch längst Vergangenheit ist. Und in Israel hat man auch nicht viel nach der Vergangenheit gefragt, jeder hatte eine, und was zählte, war die Zukunft.

Als er drei Tage im Land war, kamen Jeeps ins Einwandererlager Beth Lit, holten ihn und ein Dutzend junger Männer, die mit ihm auf dem Schiff gewesen waren, an die Front bei Latrun. Die aus dem DP-Lager in Tempelhof waren dabei, manche fielen schon in den ersten Tagen, weil sie die hebräischen Befehle nicht verstanden. Die hatten die Lager überlebt, sich in der Nachkriegszeit im DP-Lager durchgeschlagen, waren endlich in Israel angekommen und gingen dann gleich zugrunde. Leo wurde nur verwundet. Im Lazarett lag er neben einem der Chawerim aus Berlin-Tempelhof, Abraham, eigentlich war der aus

Breslau, zusammen waren sie später auch im Kibbuz, der ein paar Monate vor ihrer Ankunft von ehemaligen Buchenwald-Häftlingen auf dem judäischen Hügelland Schefela gegründet worden war. Abraham war dort nicht der Einzige, der seine Häftlingsnummer am Unterarm trug, aber mit den Jahren verbrannte die Sonne bei der Feldarbeit ihre Haut, und das Zeichen verblasste, wurde aber nie ganz unsichtbar.

Leo war ja in keinem Lager gewesen, er war nicht auf der Haut gezeichnet, aber auch für ihn verblassten die Spuren der Berliner Jahre allmählich. Es hat Jahre gedauert, bis sie untereinander über das sprachen, was hinter ihnen lag. Sie hatten zu tun, jeden Spatenstiel mussten sie selbst schnitzen, und anfangs schliefen viele von ihnen noch in Zelten. Nachts heulten die Schakale wie kleine Kinder. Und vieles konnte man sowieso nicht erklären. Dass es möglich gewesen war, in Berlin zu überleben, dass man Hilfe bei deutschen Nichtjuden fand, schien manchen nicht vorstellbar, und es war besser, man redete nicht davon. Mit seiner Frau Edith konnte er über alles sprechen, die hatte selbst so eine sonderbare Familiengeschichte, aber Edith ist schon seit zwanzig Jahren tot, und Ruth, ihrer Tochter, haben sie nicht viel erzählt, sie sollte frei von den Dibbuks der Vergangenheit aufwachsen.

Die Enkelinnen haben gefragt, das schon, die sind neugierig, aber sie können sich erst recht nicht vorstellen, wie das damals war.

Und nun steht er hier in der Liebenwalder Straße, ein paar Schritte von der Utrechter entfernt, in der er Manfred zum letzten Mal gesehen hat. Aber da fängt das Nichtsagbare schon an. Die Utrechter Straße war ja damals die Wagnitzstraße. Und die Hennigsdorfer Straße, die heute Groninger heißt, hatten die Nazis in Utrechter umbenannt. Leo wurde in der Hennigsdorfer Straße geboren, nein, im Jüdischen Krankenhaus in der

Iranischen Straße war er 1925 zur Welt gekommen, nur ein paar Hundert Meter entfernt. Aber gewohnt hat er mit seinen Eltern und der Schwester Gisela in der Hennigsdorfer, die dann die Utrechter war. Bevor er Berlin verließ, hatte er noch gehört, dass der Name Wagnitz abgeschafft worden war, die Utrechter Straße war wieder die Utrechter, die Straße seiner Kindheit die Groninger. Wie soll man das jemandem erklären? Und schon gar nicht kann man erklären, was hier geschehen ist.

Der alte Mann geht ein paar Schritte, um das Straßenschild zu lesen. Tatsächlich, es ist immer noch die Groninger Straße. Hier rechts hoch kommt man zu der Ecke Wagnitzstraße. Er geht vorbei an einer Kneipe, die sich »Kugelblitz« nennt. »Offizieller Hertha-Fanclub« steht dort. Was für ein Fanclub, wer ist Hertha? Unerwartet trifft ihn die Erinnerung an den Fußballklub seiner Kindheit, an den umzäunten Platz an der Plumpe, nicht weit von hier, zu dem Manfred und er an manchen Sonntagen gelaufen waren. Mitglieder waren sie nicht, das hätte eine Mark im Monat gekostet. Aber Manne und er kamen ab und zu umsonst auf den Platz, weil Manfreds Onkel Hermann, ein Cousin seiner Mutter, bei Hertha BSC Mannschaftsarzt war. Hermann Horwitz war schon um die fünfzig, aber selbst begeisterter Fußballer, die Jungen bewunderten ihn. Eigentlich war er Lungenarzt, in Wilmersdorf, wo er auch wohnte. Leos Schwester Gisela war bei ihm in Behandlung wegen der andauernden Bronchitis, die sie sich im Arbeitseinsatz zugezogen hatte. Irgendwann durfte Dr. Horwitz sich nur noch Krankenbehandler nennen, und nur Juden durften seine Patienten sein. Der Fußballklub hatte ihn da wohl schon rausgeschmissen.

Leo steht vor der Kneipe »Kugelblitz« und spürt wieder den Abgrund, dem er doch schon 1948 mit dem Kohlentransporter entkommen ist. Bis zu Giselas *Abwanderung* hatte er das Schlafzimmer mit ihr geteilt, und plötzlich hört er wieder ihren keuchenden Husten, überfällt ihn eine Mischung von Ekel und Mitleid, wenn er an die Taschentücher mit Giselas eitrigem Auswurf denkt. Mannes Onkel Hermann war noch eine Zeitlang in Berlin, einmal, als sie gerade untergetaucht waren, durften die Jungen bei ihm schlafen, im Wartezimmer, Leo auf zusammengeschobenen Stühlen und Manne auf einer grünen Behandlungsliege. Dem Arzt, der seinen Stern sogar zu Hause am weißen Kittel trug, war es nicht recht gewesen, aber er hatte sie nicht fortgeschickt. Als Manne schon aufgeflogen war, als Leo in den letzten Kriegsmonaten für jede Nacht ein anderes Quartier suchen musste, war er noch einmal in das Eckhaus Nachodstraße/Prager Straße gegangen, aber er fand die richtige Wohnung nicht, nicht das Schild mit dem Stern und der Aufschrift »Krankenbehandler«. Eine Nachbarin kam, musterte ihn und fragte, ob er Doktor Horwitz suche, der sei nicht mehr da. Dies sei jetzt die Dienstwohnung vom SS-Obergruppenführer Jedicke. Georg Jedicke. »Namen und Adressen merkt man sich, man schreibt sie nicht auf«, hatte Simon ihnen eingeschärft. Und bis heute kann er keinen Namen vergessen. Der Name Georg Jedicke ist Leo dann lange nach dem Krieg wieder begegnet, der war Chef der Ordnungspolizei in Riga gewesen. In Riga, wo im Wäldchen Rumbula …

Er will sich von diesen Gedanken losreißen, alles hier rührt an vergessen Geglaubtes, sogar diese Kneipe mit dem harmlosen Namen »Kugelblitz«. Die schräg gegenüber hat einen türkischen Namen: »Karadeniz Lokali.« In diesem Kiez scheinen heute viele Türken zu wohnen. Auch Afrikaner. Damals gab es überhaupt keine Afrikaner in Berlin. Nur bei Siemens, bei der Zwangsarbeit, bevor er untertauchte, hat Leo einen Jungen mit dunkler Hautfarbe getroffen, dessen Mutter war Köchin bei einem Diplomaten gewesen und von dem schwanger geworden. Der Junge, Bobby, kannte seinen Vater gar nicht, aber die Arier schickten ihn in die Judenabteilung, wo er neben Leo Drähte für Elektromotoren lötete. Plötzlich erinnert Leo sich mit Unbehagen, dass Bobby nicht der richtige Name des großen, kräftigen Dunkelhäutigen war, sie nannten ihn nur so, nach dem ausgestopften Gorilla im Naturkundemuseum. Sie fanden es wohl witzig. Der war ein feiner Kumpel, aber er sah eben anders aus als sie. Der deutsche Meister nannte ihn nur Neger. Was wohl aus ihm geworden ist?

Vor dem »Kugelblitz« sitzen Berliner Männer und trinken schon am Vormittag Bier und Schnaps. Leo bleibt stehen, zieht den Trenchcoat aus, legt ihn über den Arm, dabei hört er, wie die Biertrinker in dem schmerzlich vertrauten Berliner Slang über das gestrige Fußballspiel reden. Ein kleiner Lebensmittelladen, vor dem Männer und auch Frauen an Stehtischen Bier trinken, eine Spielhalle mit verhängten Fenstern, ein armseliger arabischer Gemüseladen; das hier ist keine vornehme Gegend, nie gewesen. Ein mannshoher Elektrokasten ist übersät mit Inschriften, Leo liest: »Silja, ich gebe Dier mein Gantzes Hartz.« Darunter hat jemand geschrieben: »Sie will aber dein Hartz 4.« Noch rätselhafter ist Leo die wie ein Gedicht geschriebene Inschrift: »Menschen, die / Hier mit Drogen handeln sind / Gottlos / Verlierer.« Was bedeutet das? Sind die Drogenhändler gottlose Verlierer? Oder nur gottlos und der, der den Spruch schrieb, unterzeichnet als Verlierer? Vielleicht beides. Leo betrachtet den Elektrokasten, sieht sich um und spürt seine Fremdheit. Er kann die Chiffren seiner Geburtsstadt nicht mehr entziffern. Vor einem türkischen Bäckerladen hockt ein Mann, er sitzt nicht, nur seine Füße berühren das Straßenpflaster, unbewegt hält er seinen Körper in der Schwebe, unbewegt ist auch sein Gesicht, er scheint in eine Ferne zu blicken, die nur er allein wahrnimmt. Dieser Mann kommt Leo nicht fremd vor, solche entrückten Gesichter, in denen sich Jahrhunderte spiegeln, hat er bei alten Beduinen in der Negev-Wüste gesehen.

Die Kneipe an der nächsten Ecke heißt »Biertempel bei Mario«. Biertempel. Seine Mutter nannte die Synagoge Tempel, den Ausdruck Biertempel hat er nie gehört. Aber den Begriff *Schultheiss* auf dem Werbeschild kennt er, so hieß das Bier damals schon. Siebzig Jahre hat er nicht daran gedacht. Die Straße hier ist die Utrechter, nichts erinnert mehr daran, dass sie vierzehn Jahre lang die Wagnitzstraße war. Gar nichts erinnert mehr an den Hitlerjungen Walter Wagnitz aus der Liebenwalder, den *Blutzeugen der Bewegung*. Aber Leo erinnert sich an den endlosen Trauerzug, der hier begann, an die riesigen Fahnen und den mitreißenden Klang des Horst-Wessel-Liedes. Nie zuvor hatte er mit seinen sieben oder acht Jahren so viele Menschen auf der Straße gesehen, am liebsten wäre er mitgelaufen, bis zum Luisenstädtischen Friedhof, aber seine große Schwester zerrte ihn vom Straßenrand weg, und da kam ihnen auch schon die Mutter entgegen und befahl sie nach Hause.

Die Häuser hier sehen verändert aus, der Stuck wurde abgeschlagen, das da drüben scheint ein Neubau zu sein, und mittendrin ist ein Stückchen frei, die Stelle war früher auch bebaut. Ganz oben an der Brandmauer ist mit weißer Farbe eine Inschrift gemalt: FUCK NEOLIBERALISMUS. STOPT TTIP.

An dieser Ecke hat er Manfred zum letzten Mal gesehen. Da drüben stand Gertruds Haus, das einmal Manfreds Familie gehört hat, hier steht es immer noch. Wie im Halbschlaf geht Leo Lehmann durch die Toreinfahrt auf den Hof. Neben den Mülltonnen liegt Unrat, alte fleckige Matratzen lehnen an der Wand, durchweicht von Regen. So heruntergekommen war das damals hier nicht. Das war ein für diese Gegend ansehnliches, ordentliches Haus. Und es war, soweit er sich erinnert, sauber gehalten, es gab sogar eine Hausmeisterin, vor der sie sich in Acht nehmen mussten. Jetzt scheint sich hier niemand um die Ordnung zu kümmern. Schmutzige, durchnässte Pappkartons sind überall verteilt. Leo betrachtet den Hof, sein Blick geht zu den Fenstern mit den kleinen Balkons hoch. Da erinnert er sich wieder, auch bei Gertrud hatte die Küche so einen winzigen Balkon. Lärmende Kinder spielen an den Mülltonnen. Die sprechen und rufen in einer Sprache, die Leo nicht versteht, Türkisch scheint es nicht zu sein. Ein kleiner blonder Junge, der spricht allerdings Deutsch, zeigt den Spielgefährten ein Plastikrohr, wohl eine Art Kaleidoskop, das er nicht aus den Händen lässt. Die anderen Kinder dürfen mal durchschauen, kurz nur, er hält es fest, und sein Gesicht leuchtet vor Stolz, er genießt die begehrliche Bewunderung der anderen. Jetzt wischt er das Rohr an seinem Pullover ab, putzt es wie eine Kostbarkeit.

Leo schaut den Kindern schon eine Weile zu, als eine Frau auf den Hof kommt, ihn mit harter Stimme in gebrochenem Deutsch fragt, was er hier wolle. Über ihren Röcken trägt sie eine Art Hausmantel aus grünem Flausch, ruft etwas zu den Kindern, was wie eine Warnung klingt, mustert Leo argwöhnisch und doch neugierig. Ja, was will er hier? Er geht an seinem Stock zurück in die breite Toreinfahrt mit den Prellsteinen, ihm entgegen kommt eine jüngere Frau mit einem Blumenstrauß, die ihn erstaunt anschaut. Der Boden hier ist gefliest, auch die Wand, plötzlich erkennt er das Muster der Kacheln wieder, solche hingen auch im Hausflur seines Elternhauses. Hier sind aber viele schon herausgebrochen. Der Stuck darüber ist beschädigt, doch der gipserne Kopf einer Frau mit Schlangenhaaren blickt drohend herab. Eine Medusa, die hat die Zeiten überlebt. So eine hölzerne Namenstafel wie hier gab es auch in seinem Elternhaus. Stiller Portier nannte man die in Berlin, auch so ein Wort, das er nie mehr gebraucht hat. Wie hieß Gertrud eigentlich, es war so ein gewöhnlicher deutscher Name wie sein eigener, ein Lehmann steht auch auf dieser Tafel, Leo muss lachen, als er das sieht. Doch die meisten Familiennamen hier klingen nicht gerade germanisch: Alinovic, Balov, Bekur, Ramafan, Karakoglu, Salaman. Gertruds Wohnung war ganz oben, in der vierten Etage. In dem obersten Kästchen steht ein deutscher Name: Romberg. Gertrud hieß Romberg.

2

LAILA hat, wenn sie vom U-Bahnhof hochkommt, das Gefühl, gleich zu Hause zu sein. Das war vorher nie so gewesen, in der Greifswalder Straße war sie nicht zu Hause und nicht in Wilmersdorf bei ihrer Mutter und Stachlingo, nicht in Prenzlauer Berg mit Jonas oder bei seinen Eltern in Bruchmühle, auch nicht in Hamburg und eigentlich auch nicht in Chrzanów. Sie gehörte niemals ganz dorthin, wo sie war.

Vielleicht hat es lange davor eine Zeit gegeben, in der es anders war, manchmal träumt Laila von dieser weit zurückliegenden Zeit. Schon als Kind stellte sie sich manchmal vor dem Einschlafen einen Abend an einem Seeufer vor, da sitzen sie alle um ein Feuer, Frana hält sie fest im Arm, es ist warm dort auf dem Schoß, und sie ist geborgen in der Welt, um sie herum sind die anderen, zu denen sie gehört, und wenn sie aufwacht, liegt sie im Wagen, der schaukelt so beruhigend, und die Pferde schnaufen und wiehern. Aber die Pferde wurden ihnen 1964 weggenommen und die Wagen zerstört, das war der *Wielki Postoj*, der große Halt. Danach war ihnen das Reisen verboten. Ihre Großmutter Frana und ihr Vater Joschko haben es ihr erzählt. Laila war gar nicht dabei, sie war noch nicht geboren in dieser Zeit, an die sie sich doch erinnert wie an einen Traum, dessen Bilder in manchen Momenten unscharf sind, in anderen wieder ganz deutlich, dessen Zusammenhang sie aber nie ganz verstanden hat. Joschko, ihr wunderbarer Vater Joschko, der nur vierundvierzig Jahre alt wurde, war gerade siebzehn, als die Polen die Wagen verbrannten, er hat es ihr so oft erzählt, dass sie vor sich sieht, wie die Miliz das Winterlager bei Chrzanów umstellte und alle aufs Revier mitgenommen wurden. Die Gesetze waren so, man musste an einem Ort bleiben, eine polizeiliche Meldeadresse vorweisen. Aber wie die Gesetze ausgelegt wurden, entschieden die Milizionäre. In Chrzanów mussten die Männer sich auf dem Revier nackt ausziehen und verspotten lassen. Auch die Frauen und Kinder hielt man fest, und als sie wieder gehen durften, war ihr Lagerplatz nur noch verbrannte Erde, alles verkohlt, was sie besessen hatten. Wo die Pferde geblieben sind, weiß kein Mensch. Die Wagen waren nur noch schwarze Balken, die Eisenteile hatten sich schon die Polen geholt. Es waren einfache, selbst gebaute Planwagen, sagte Joschko. Die schönen, die buntbemalten aus der Zeit vor dem Krieg, waren schon lange verloren. Joschko war erst 1947 geboren worden, die Eltern seines Vaters Willi haben vor dem Porajmos in Berlin gelebt und gar keinen Wohnwagen besessen. Der Wagen, den man ihrer Familie im Lager Marzahn zugewiesen hatte, gehörte ihnen nicht und verbrannte bald bei einem Bombenangriff. Trotzdem beschrieb Joschko auch die bunten Wagen mit den geschnitzten Aufsätzen, als habe er sie selbst gesehen. Laila fühlt sich ja auch so, als sei sie selbst in den Planwagen über die Landstraßen geschaukelt.

Ihre Mutter Flora spricht nicht über Dinge, die sie nicht gesehen hat, sie spricht nicht einmal gern über das, was sie selbst erlebt hat, über den *Wielki Postoj* möchte sie schon gar nicht sprechen. Auch nicht über das schlimme Jahr 1981 und niemals über das Jahr 1991. Dabei hat auch sie die Reste der verbrannten Planwagen gesehen, sie war 1964 neun Jahre alt und erinnert sich gut, wie die ganze Kumpania von dem Polizeigefängnis in Chrzanów zu dem verkohlten Platz zurückkam und die Milizionäre ihnen befahlen, sich in den lange schon leerstehenden Baracken am Stadtrand anzusiedeln, in denen Ratten hausten.

Wenn Joschko mit den alten Geschichten anfing, seufzte Flora nur und bedeutete ihm, Ruhe zu geben, das Vergangene sei vergangen. Sie erinnere sich gut, wie sie als Kind gefroren habe im Planwagen und wie ihre Augen dauernd tränten vom Rauch des Feuers, wie ihre Tränen sich mit dem ewigen Rotz vermischten. An den Flussufern hätten die Mücken sie beinahe aufgefressen. Nichts sei gut gewesen an der Zeit des Herumreisens, jetzt aber sei das alles vergangen, vorbei. Dann stritten sie manchmal, denn für Joschko war nichts von dem, was geschehen war, vergangen. Nicht das Schöne, schon gar nicht das Schlimme. Es könne sich immer wiederholen, sagte er. Und dann kam es auch so.

Laila denkt oft an Joschko, eigentlich immer. Sie war sechzehn, als ihr Vater ihnen tot gebracht wurde und Flora nun für immer mit ihr nach Deutschland ging, diesmal nach Berlin.

Als sie das erste Mal nach Deutschland kamen, war Laila erst sechs gewesen. Sie hatte im Zug neben ihrer Mutter Flora und der Großmutter Frana auf Joschkos Schoß gesessen und sich gefreut. Nach Hamburg wollten sie damals, zum Großvater Willi und zu Joschkos Brüdern, Lailas Onkeln.

In ihrem Kopf vermischen sich diese Bilder oft. Sie weiß manchmal nicht mehr, was sie selbst erlebt hat und was die anderen ihr erzählten, auch die Jahreszahlen gehen durcheinander. Aber dass ihr Vater Joschko wegwollte aus Polen, nach Deutschland, das weiß sie genau, obwohl sie damals ein kleines Kind war. Auch Joschkos Mutter Frana, die mit ihnen in der Baracke wohnte und mit den anderen Frauen Körbe flocht, erzählte bei ihrer Arbeit von diesem deutschen Wunderland, in dem ihre halbe Familie in schönen Wohnungen in einem

Hochhaus wohnte, mit Badezimmern und heißem Wasser aus der Leitung. Zwei ihrer Kinder und ihr Mann lebten in Deutschland, seit zweiundzwanzig Jahren hatte Frana sie nicht gesehen. Warum, das war eine andere dieser alten Geschichten. Joschko erzählte manchmal davon, Frana nie. Aber Frana stellte in Chrzanów überall Fotos ihrer fernen Söhne auf, die hatten selbst schon Kinder. Zu ihnen wollte sie, obwohl es Gerüchte gab, ihr Mann Willi habe längst eine neue Frau.

»Warum ausgerechnet nach Deutschland?«, fragten die Nachbarn aus der Baracke. »In Hamburg gibt es seit langer, langer Zeit keine Pogrome mehr«, meinte Frana. Laila kannte das Wort Pogrom damals nicht, aber sie verstand, was gemeint war.

Ihre Mutter Flora wäre lieber in Polen geblieben, auch dann noch, als 1981 in Chrzanów und anderswo die Häuser der Roma brannten, nicht nur die auffälligen Villen mancher Pferdehändler und Kaufleute, sondern auch Baracken wie ihre, von der es hieß, sie wäre einst für eine Außenstelle von Auschwitz errichtet worden. Auschwitz war das Lager, aus dem sie alle kamen, auch wenn sie erst danach geboren waren. Auschwitz war der Ort, der selten genannt wurde und von dem doch jede Geschichte handelte, auch wenn sie ganz woanders stattfand, auch wenn die Schreckensorte Jędrzejów, Krakau, Groß Rosen oder Siedlce hießen. Trotzdem wollte Flora nicht weg, nicht einmal, als Laila, die gerade zur Schule gekommen war, dort als Schwarze beschimpft wurde. Dabei ist ihre Haut ganz hell und ihr Haar auch nicht schwarz, nicht einmal ihre Augen, die sind grün. Die anderen zogen sie an den Zöpfen und bespuckten sie. »So ist es immer gewesen, und so wird es bleiben für uns. Sei froh, dass du lernen kannst«, sagte Flora nur und wischte ihrer Tochter die Tränen ab. »Aus Deutschland ist der *Porajmos* gekommen, dort kann es nicht gut für uns sein.«

Aber dann prügelte sich ein Sinto aus der Baracke mit einem

Polen, und die polnischen Nachbarn bildeten ein Bürgerkomitee und verlangten, die Zigeuner sollten endlich verschwinden. Der Holzschuppen an der Baracke brannte, den konnten sie gerade noch löschen, aber im Fluss Soła schwamm Joschkos alter Fiat, den er doch für seine Arbeit brauchte, und Laila ging nicht mehr zur Schule, Flora verbot es ihr. An einem Tag im Dezember fuhr der Holzhändler Mitko sie mit seinem Fuhrwerk nach Trzebinia, dort stiegen sie um in den Regionalzug nach Katowice, von wo sie nach Berlin fuhren, zum Zug nach Hamburg. Es war der Tag, an dem in Polen der Kriegszustand ausgerufen wurde; nicht wegen des Pogroms, wegen der Gewerkschaft Solidarność war das Land in Aufruhr. Das alles verstand Laila damals nicht, sie verstand nur KRIEG und war froh, dass sie wegfuhren. Fast alle Sinti-Familien aus Chrzanów verließen die Stadt, sogar die, die es geschafft hatten, aus den Baracken in bessere Wohnungen zu ziehen, sogar die, die sich Villen gebaut hatten. Die meisten fuhren in Richtung Ostsee, um mit dem Schiff nach Schweden zu kommen. Man hatte ihnen die polnische Staatsbürgerschaft aberkannt, behauptete, sie seien nie Polen gewesen. »Wie im Jahr 1959, als sie uns plötzlich wieder zu Deutschen erklärten und wir ausreisen mussten und ich in Büchen von meinem Mann getrennt wurde«, hatte Frana seufzend zu ihrer Enkelin gesagt. »Dein Vater war damals erst zwölf.« Jetzt war er vierunddreißig und wollte um nichts in der Welt in Polen bleiben. Doch dann war er es, der acht Jahre später zurückwollte, unbedingt.

Das war im Sommer 1989, die Kommunisten hatten in Polen die Wahlen verloren. Laila war vierzehn, sie liebte den Blick aus dem Fenster des Hochhauses in Hamburg-Wilhelmsburg über die Dächer, obwohl in dem Haus ständig der Fahrstuhl kaputt war und das Treppenhaus nach Pisse roch und nach den undichten Müllschluckern. Sie ging gern zur Schule, und ihr war ein Platz im Blauen Gymnasium von Wilhelmsburg zugesagt. Nachmittags war sie oft in die Buchhandlung im Reiterstiegviertel gegangen und dem Buchhändler aufgefallen, weil sie so lange in den Reclamheften blätterte, bevor sie manchmal eines kaufte. Es stellte sich heraus, dass er der Mann ihrer Musiklehrerin war. Beide rieten ihr, sich fürs Abitur zu bewerben, und erklärten ihr, was zu tun war. Keiner nannte sie in Hamburg *Zigeunerin*, sie war höchstens eine *Polin* für die anderen, das war auch nicht gut, aber besser. Die deutsche Sprache hatte sie so schnell gelernt, dass man keinen Akzent mehr hörte. Auch Frana sprach so gut Deutsch, sie und der Großvater Willi waren ja aus Berlin. Dass ihre Großmutter als Wahrsagerin auf Jahrmärkten und Volksfesten arbeitete, sagte Laila keinem. Sie glaubte auch nicht, dass Frana wirklich die Zukunft voraussagen konnte. Aber sie war klug und sah den Menschen an, worauf sie hofften, wovor sie sich fürchteten und auch, wofür man sie fürchten musste. Das habe sie schon früh in all den Lagern gelernt, sagte sie, sonst hätte sie nicht überlebt.

Willi hatte sie schon im Lager Marzahn getroffen, dann wieder in Auschwitz-Birkenau, er hatte ihr von seinem Brot abgegeben, und deshalb blieb er für alle Zeiten ihr Mann, trotz allem. In Hamburg war sie zu ihm in das Hochhaus gegangen, hatte die andere Frau, eine *Gadschi,* aus der Wohnung vertrieben und Willi gepflegt, der zwei Jahre später am Lungenkrebs starb. Laila saß gern am Küchentisch bei Willi und Frana, die zusammenlebten, als seien sie nie getrennt gewesen. Willi schaute sie oft lange an und sagte, sie sehe aus wie seine Mutter Martha, die habe auch so grüne Augen gehabt und so schönes Haar. Nach seinem Tod begann Frana, kleine Kuchen auf Märkten zu verkaufen, bis ihre Schwiegertochter, die aus einer Schaustellerfamilie kam, ihr vorschlug, als Wahrsagerin Geld zu verdienen.

Franas Söhne Moro und Joschko bauten ihr aus bunten Brettern eine transportable Bude. Die Kuchenbäckerei übernahm Flora. Flora wollte nun nicht mehr zurück nach Polen, obwohl sie doch gar nicht nach Hamburg gewollt hatte. 1989 sträubte sie sich gegen die Rückkehr. Wie Joschko es versprochen hatte, lebten sie jetzt in einer Wohnung mit Badezimmer und Fernheizung, was sollte sie in diesem Nest, so nahe bei Auschwitz? Auch Laila zog es nicht nach Chrzanów. »Aber Polen ist jetzt ein anderes Land«, sagte ihr Vater immer wieder. Eine andere Zeit habe begonnen, nicht nur für die Deutschen, die gerade die Mauer zwischen sich niederrissen, auch in Polen sei jetzt die Freiheit für alle angebrochen. »Unsere Leute können jetzt studieren«, behauptete er, als Laila vom Blauen Gymnasium sprach. Dabei waren es nur drei polnische Roma, die es auf eine Universität geschafft hatten, einer aber war aus Chrzanów. Joschko kannte ihn und wollte unbedingt in dieses andere Polen.

Vielleicht wollte er auch einfach weg aus Deutschland, wo er keine Arbeit fand, nicht mal auf dem Schrottplatz, weil er nichts mehr heben konnte und Blut spuckte. Wie sein Vater Willi, wie alle Männer aus der Kumpania, die vor dem *Wielki Postoj*, als sie noch herumreisen durften, Töpfe und Pfannen der Polen repariert hatten. Das hatten die Kalderaschi ihnen beigebracht, die wie die Sinti die Zigeunerlager überlebt hatten und nicht zurückkehren wollten oder konnten ins Burgenland. Die Kalderaschi hatten schon immer als Kesselflicker gearbeitet, aber früher, in der Zeit der schön geschmückten Wagen, besaßen sie besondere Werkzeuge, Geräte und Filter. Nach dem Porajmos arbeiteten sie ohne Filter vor dem Gesicht, atmeten die giftigen Dämpfe von Zink und Säure ein und wurden einer nach dem anderen krank. Joschko hatte als kleiner Junge zugesehen, wenn die Männer überm Feuer die Kessel reparierten, sie brauchten Wasser und Sand für ihre Arbeit, die trug er in Eimern herbei, doch sie riefen: »Dja tuke, dja tuke!« Geh weg, geh weg. Joschko hat das oft seiner Tochter erzählt, manchmal mit Tränen in den Augen. »Sie haben gewusst, wie gefährlich ihre Arbeit ohne die Filter ist, aber das war nun mal ihr Handwerk, sie hatten es gelernt und nichts anderes. *Dja tuke, dja tuke,* sie wollten mich schützen. Mein Vater Willi wollte mich schützen, und meine Onkel Sohni und Florian und Roman wollten mich schützen, dabei haben sie doch alle selbst dieses Gift eingeatmet und sind einer nach dem anderen daran gestorben, als sie schon in Deutschland und Schweden waren.« Joschko, der sich nicht an die Warnungen gehalten hatte, der zu nahe ans Feuer gegangen war, wäre wohl auch bald daran gestorben, aber er wollte nach Polen zurück, wo die Solidarnośź nicht mehr verboten war, und dort haben sie ihn erschlagen, einfach erschlagen im Jahr 1991. Laila war sechzehn, und wenn sie bis dahin nicht gewusst hätte, was ein Pogrom ist, nun erfuhr sie es.

Laila Fidler, die am Nauener Platz in Berlin-Wedding die U-Bahntreppe hochsteigt, eine schmale Frau von vierzig Jahren, bleibt auf dem Absatz stehen und schüttelt sich, schüttelt ihr dunkelblondes Haar, ihr ganzer Körper bebt, als müsse sie etwas von sich werfen. Sie lehnt sich an das Geländer; immer wieder geschieht es, dass diese Erinnerungen sie überschwemmen, dabei lebt sie jetzt seit vierundzwanzig Jahren in Berlin, das alles ist Vergangenheit. Aber die ist nicht vorbei, Joschko hat es gewusst.

»Ist Ihnen nicht gut? Kann ich Ihnen helfen?« Eine ältere Frau mit Kopftuch berührt sie am Arm.

Laila reißt sich aus ihren Gedanken, lächelt die Frau beruhigend an. »Danke, es geht schon.« Das hat sie hier schon oft erlebt, die Menschen achten aufeinander wie in einem Dorf.

Oben auf der Straße dreht sich die Frau noch einmal nach ihr um, winkt. Die jungen Araber, die hier immer vor dem Wettbüro standen, sind verschwunden, verticken ihre Drogen jetzt anderswo. Dafür stehen Zivilpolizisten auffällig unauffällig herum und mustern die Vorbeikommenden. Diese Polizisten, von denen einige wahrscheinlich selbst Einwandererkinder sind, nicht viel älter als die Jungen, die bis vor ein paar Wochen hier herumlungerten, tragen ebensolche Jacken und neonfarbene Turnschuhe wie die Dealer, ihre Körper sind ebenso fitnessgestählt, aber ihr Blick ist anders. Gelassen, irgendwie zufrieden mit sich. Sie haben einen Job, sie sind wichtig. Auch die jungen Drogenhändler haben aufmerksam auf die Menschen geschaut, die vom U-Bahnhof hochkamen, auch ihre Mienen schienen herausfordernd selbstbewusst, beinahe aggressiv, aber dahinter lag etwas wie Angst auf der Lauer, eine wirre Trostlosigkeit, die Laila kennt und die sie, gegen alle Vernunft, mit diesen Jungen verband.

Sie geht vorbei an dem Internetcafé an der Ecke, das kein Café ist, sondern ein nach Zigarettenrauch stinkender Raum, in dem neben Tabak und Getränken auch gebrauchte Handys ohne Papiere verkauft werden. Als Laila gerade in den Wedding gezogen war und es noch keinen Internetanschluss in ihrer Wohnung gab, kam sie trotz des abgestandenen Geruchs und der schmierigen Tastaturen täglich hierher, um Roberts Mails zu lesen. Damals hatte er die Stelle an der Universität in Montana angetreten, und sie wartete auf seine Briefe, um die Sehnsucht zu spüren, nicht seine, derer war sie sicher, sondern ihre eigene, von der sie nicht wusste, ob sie überhaupt ihm galt. Von der jungen Türkin an der Kasse, Schwester oder Freundin des Inhabers, der fast immer an einem der alten Computer selbstvergessen spielte, ließ sie sich einmal eine Rechnung für Ausdrucke geben. 14,85 € hatte sie zu bezahlen, die junge

Frau schrieb die Zahlen und malte die Buchstaben, vor Anstrengung schob sich ihre Zungenspitze zwischen die Lippen. Laila las dann auf der Quittung: fürsenfumfunachsich. Scham stieg jäh in ihr hoch, und sie zerknüllte den Zettel in der Manteltasche. Im Hinausgehen begriff sie, dass der Zettel sie an ihre Mutter Flora erinnerte, die bis heute nicht richtig schreiben und lesen kann, weder Polnisch noch Deutsch, auch nicht Romanes, und dies geschickt verbirgt. Aber es war Flora immer wichtig gewesen, dass ihre Tochter lernte und studierte.

Neben dem Internetcafé gibt es ein Automatencasino, bis vor kurzem war hier ein Zeitungsladen. Laila erinnert sich gut an den alten Besitzer mit den schlauen Äuglein, der in ihren ersten Weddinger Tagen hier Zeitungen verkaufte, sie musterte und mit unverhohlener Neugier fragte: »Wo kommse denn her? Ihnen hab ick ja hier noch ja nich jesehn.«

»Ich bin gerade in die Utrechter Straße gezogen.«

»Und vorher, wo ham Se davor jewohnt?«

»In Wilmersdorf.«

»Wat denn, in Wilmersdorf?! Und da kommse zu uns inn Wedding? Wieso denn dit?«

»Es gefällt mir hier«, hatte sie geantwortet, obwohl das damals nicht stimmte.

»Na, denn ham Se aber hier noch keene Razzia erlebt.«

Und als sie schwieg, fuhr er fort: »Wissen Se überhaupt, wo Se hier jelandet sind? Im Kernjebiet vom Waffenhandel. Hier könnse allet koofen, Kalaschnikows, Handgranaten, bloß keenen Panzer.«

Ein älterer Mann mit Schnauzbart und breiten Hosenträgern über dem Bauch war eingetreten, hatte die letzten Sätze gehört und ergänzte feixend: »Panzer kann se ooch kriegen. Muss se bloß länger warten. Det andre jeht sofort, gegen cash.«

Der Verkäufer wandte sich an den Mann mit den Hosenträgern. »Ausm feinen Wilmersdorf is det Mädel inne Utrechter jekommen. Der jefällt et hier, sacht se.«

Er beugte sich über den Ladentisch, winkte sie näher an sich heran und flüsterte fast: »Ham Se doch och jelesen, det beim Bund so ville Sturmjewehre wegjekommen sind. Simsalabim, weg warn se, hier sind se wieda uffjetaucht.«

Die Männer lachten, und Laila verließ verwirrt den Laden. Ein paar Tage später war der Zeitungsladen geschlossen, den zerknitterten Verkäufer sah sie nie wieder. Eine Nachbarin aus der Utrechter, die alte Frau Romberg, die schon ihr Leben lang hier wohnt und alles weiß, obwohl sie längst nicht mehr ihre Wohnung verlässt, hat ihr erzählt, der Alte habe mit den jungen Dealern vom Nauener Platz zusammengearbeitet, sein Hinterzimmer sei ein Drogenversteck gewesen, das sei aufgeflogen bei einer der Razzien am U-Bahnhof. Vom Waffenhandel wusste auch Frau Romberg nichts, sie lachte nur über die Angeberei des Alten, den sie schon seit seiner Jugend kannte, wie sie sagte. Nachts hört Laila es zwar manchmal vom Leopoldplatz her knallen wie von Schüssen, aber vielleicht sind das nur Feuerwerkskörper. Neulich allerdings folgten dem Knall die Sirenen von Polizeiautos und Nothilfewagen, sie war zu müde, um aufzustehen, so genau will sie vielleicht auch nicht wissen, was da nachts in ihrer Gegend geschieht, ihr reicht, was in letzter Zeit in ihrem eigenen Haus vor sich geht.

Jetzt, wo alles zu Ende geht, erinnere ich mich immer an den Anfang. Aber was war der Anfang? Die Klausthaler Ziegel, der Ringbrennofen in Teltow? Der Transport nach Berlin über den Nottekanal? Das weiß ich ja selbst nur, weil sie auf der Baustelle darüber geredet haben. War die Baustelle der Anfang? Menschen können sich auch nicht an ihren Anfang erinnern, aber manchmal im Traum erscheint ihnen die Ahnung eines Bildes, ein Gefühl, ein Ton, der sie in eine Tiefe zurückführt, die ihnen im wachen Sein verschlossen bleibt.

Mit mir fing es wohl auf der Baustelle an. Damals war hier ringsum eine einzige Baustelle, das Dorf Wedding, über dem jahrhundertelang die Raben gekreist haben sollen, gab es schon nicht mehr. Die meisten Landwirte hatten nur auf von der Stadt Berlin gepachtetem Land gewirtschaftet, nach 1830 wurde es Stück für Stück an Baugesellschaften und Maurermeister verkauft. Die Feldwege wurden nummeriert, überall entstanden Mietshäuser, dreistöckig, aus schlechtem Material. Um 1860 ließ sich Berlin widerwillig den Wedding einverleiben, der schien zu nichts zu gebrauchen, die dreistöckigen Häuser bröckelten schon wieder, sie wurden bewohnt von armen Leuten, von denen nichts zu erwarten war. Die Heilquellen nebenan im Gesundbrunnen waren schon am Versiegen, die Obrigkeit nannte die Gegend dort Luisenbad, weil vor langer Zeit die junge Königin Luise einmal dort gewesen war. Aber die Berliner sagten weiter Gesundbrunnen oder einfach Plumpe. Als hier eine Baustelle war, redeten die Maurer und Hucker von Arnheims Geldschrankfabrik in der Badstraße, an der sie mitgebaut hatten, gleich an dem schönen Quellgarten, der der Pferdebahn weichen musste, von den Blumengärten auf der Pankeinsel und vom Poetensteig redeten sie, die auch verschwinden mussten. Was soll ein Poetensteig, Wohnhäuser für Fabrikarbeiter wurden gebraucht. Der Gesundbrunnen und das Rabendorf wurden zu Arbeiterbezirken, die feinen Bürger wohnten woanders. Heute gehören wir ja zu Berlin-Mitte, aber das ist hier immer noch die Gegend der Hundehaufen und der ungehobelten Leute, die sind laut und werfen ihren Dreck auf die Straße, schön ist das nicht.

Um 1890 stiegen sogar hier in dieser gottverlassenen Gegend die Grundstückspreise, wie heute auch wieder. Die Preußische Immobilien-Aktien-Bank hatte vorsorglich viele Grundstücke erworben und parzelliert, nun bot sie die zum Verkauf. Aus Feldwegen wurden Straßen, Malplaquetstraße, Utrechter, Turiner. Der Berliner Magistrat wollte um 1888 den Soldatenkönig zu seinem 200. Geburtstag ehren, und weil der sich seine ersten Verdienste in einem Krieg geholt hatte, wo sonst, benannte man die neuen Straßen hier nach Orten und Feldherren dieses Spanischen Erbfolgekrieges. Wenigstens wurden sie gepflastert.

Die kreuz und quer stehenden windschiefen Häuser wurden abgerissen, leider auch die Gärten, vorgeschrieben waren schnurgerade Häuserzeilen. Die Höfe zwischen den Hinterhäusern mussten nur fünfeinhalb Meter breit und tief sein, damit die Feuerspritze wenden konnte. Manche nennen die so entstandenen Häuser Mietskasernen, aber da gibt es schlimmere, einige sollen vier oder fünf Hinterhäuser haben, bei mir gibt es nur eines, mein Hof ist auch ziemlich groß, ich bin eben besonders. Ich habe sogar im Gartenhaus Balkone. Gartenhaus klingt besser als

Hinterhaus, dabei gibt es hier gar keinen Garten mehr. Aber zur Zeit der Baustelle erzählte man sich von alten Flurkarten aus der Zeit des Ritterguts eines Rudolf von Weddinge, der nach 1250 inmitten der sandigen Flächen einen Garten anlegen ließ. Vierhundert Jahre später, als wieder eine Flurkarte gezeichnet wurde, war dieser Garten verschwunden, war der ganze Ort verwildert und die Steinkirche abgebrochen. »Verlorener Ort« oder »Verlorener Garten« war nun in den Flurkarten um 1600 verzeichnet, die einen Kurfürstlichen Oberkämmerer als Besitzer der Wiesen und Ackerstücke auswiesen, der ein Stück weiter eine böhmische Meierei errichtete. Aber genau da, wo ich heute bin, war dieser verlorene Garten. Davon hörte ich, doch als man davon sprach, als der Bauherr die alten Flurkarten zu Gesicht bekam, gab es keine Meierei, aber mehrere ganz neue Fabriken in der Nähe. Schwarzkopf, AEG, Schering. Die brauchten Arbeiter, viele kamen aus ihren Dörfern nach Berlin, aus Brandenburg, der Neumark, Schlesien, irgendwo mussten sie ja wohnen, Obdachlose gab es schon genug. Die meisten meiner Bewohner arbeiteten im großen Glühlampenwerk gleich hier um die Ecke, Bergmann hieß es, später Osram. Morgens rauschte es hier in den Straßen von den vielen Menschen, die der Fabrik zustrebten. Zum Feierabend gingen sie anders, langsam, erschöpft. Manche Männer schafften es gerade noch in eine der Kneipen. Wenn sie dann Stunden später bei mir die Treppen heraufpolterten, war Schwung in ihre Bewegungen zurückgekehrt, trügerisch wie das Schillern einer Seifenblase. Der durch Bier und Schnaps entfachte Elan war fort, sobald die Wohnungstüren sich öffneten und der Mann in den Wrasen von Kartoffeln, Kinderwindeln und verkümmerter Hoffnung taumelte. Manchmal drangen dann aus den Wohnungen Geschrei, Wut und Verzweiflung. So lebten meine Leute hier. Nicht alle. Ich habe gelernt, die Geräusche zu deuten, mit der Zeit blieb mir nichts verborgen von dem Leben in meinen Mauern und auf meinem Hof, das mit so vielen unsichtbaren Fäden mit anderen Leben in anderen Mauern, mit anderen Orten verknüpft ist, mit anderen Zeiten.

Doch ich wollte von der Baustelle erzählen; das ist auch eine Plage des Alters, jeder Gedanke stößt einen anderen an, bis sie scheinbar uferlos durch die Zeiten treiben, aber alles hängt mit allem zusammen, die Leute wissen es oft nur nicht. Sie leben ja auch nicht so lange und laufen hierhin und dorthin, in der Bewegung verwischen die Konturen. Ich stehe hier auf meinem Platz, da sieht man mehr und kann die Zusammenhänge erkennen.

Der erste Bauherr war der Maurermeister Kasischke aus der Ackerstraße, der plante und zeichnete alle Grundrisse selbst, sogar die Veltener Fliesen fürs Treppenhaus suchte er persönlich aus. Aber nachdem die Erdarbeiten auf dem Grundstück beendet waren, war er fast pleite, und seine Frau drängte ihn zum Verkauf. Die nächsten Bauherren waren die Gebrüder Koch aus der Müllerstraße, die übernahmen die Ziegel und die noch verpackten Fliesen zum halben Preis; als auch ihr Bankkredit erschöpft war und die Zinsen stiegen, war wenigstens der Rohbau fertig. Der Maurerpolier Dermitzel stieg jetzt ein, der hatte reich geheiratet, die Frau war vierzehn Jahre älter, aber so brauchte er keinen Kredit, als er die Brüder Koch auszahlte. Die Fliesen bekam er dazu. Dermitzel kannte sich aus auf dem Bau und auch sonst, er wusste, wo man billige Arbeitskräfte bekam. Ein paar Jahre zuvor hatte er mit anderen Handwerkern den Verein »Dienst am Arbeitslosen« gegründet. Arbeitslose ohne Dach überm Kopf gab es mehr als genug in Berlin, viele schliefen unterm blauen Mantel, wie sie den Himmel nannten. Ein paar christliche Handwerker und andere Bürger hatten sich in ihrer Erleichterung, selbst nicht zu diesen Gestrandeten zu gehören, und aus Nächstenliebe, wie sie sagten, zusammengefunden, um den armseligen Gestalten Sonntag für Sonntag eine Tasse Kaffee und zwei Schrippen zu verabreichen, verbunden mit guten Bibelworten. Das war die Schrippenkirche, die damals noch kein eigenes Haus hatte, sondern im Tanzlokal »Zum Fürsten Blücher« den Saal mietete, in der Müllerstraße 6, ganz nahe meiner Baustelle. Der Maurerpolier Dermitzel gehörte zu den ehrenwerten Bürgern mit Schlips und Kragen, die den Kaffee in Blechnäpfe einfüllten, die Schrippen abzählten, ergriffen von ihrer eigenen Rechtschaffenheit und Güte. Der Kaffee war nur eine Schatulienbrühe, und die Schrippen lieferte bald schon die Brotfabrik Wittler, es waren oft die übrig gebliebenen vom Freitag, aber den Arbeitslosen, den Dallesbrüdern oder Kunden, wie sie genannt wurden, standen Demut und Dankbarkeit im Gesicht. Das tat dem Hermann Dermitzel gut. Er sah, dass unter ihnen auch kräftige Gestalten waren, solche, die das Elend noch nicht zerfressen hatte, die konnte er auf seinem Bau gebrauchen, mit der Hucke voller Ziegelsteine kletterten die die Leitern hoch für ein paar Groschen und fragten nicht nach der Gewerkschaft. Die gehörten bestimmt nicht zu denen, die bei den Reichstagswahlen die Sozialdemokraten gewählt hatten. Die hatten gar nicht gewählt, denn sie hatten keine andere Adresse als die Palme in der Fröbelstraße oder das Graue Elend in Rummelsburg, wie die Obdachlosenheime der Stadt hießen. Manche schliefen auch in der Arbeiterkolonie in der Reinickendorfer Straße, nur ein paar Minuten von der Baustelle entfernt. Am angenehmsten war es noch im Sommer, dann schliefen die Kunden bei der grünen Bettfrau, so sagten sie selbst, die Sterne nannten sie Glanzer, und der Mond war ihre Lampe.

3

GERTRUD kennt das Haus, seitdem sie auf der Welt ist. Und schon ihr Vater wurde hier im Parterre geboren. Manchmal spricht das Haus zu ihr und sie zu ihm, als wären sie zwei alte Lebewesen, die zusammen hinfällig geworden sind, die einander nichts vormachen müssen, weil sie einander kennen bis in den letzten Winkel. Alle anderen sind nicht mehr da, die Großmutter Marie, ihr Vater Albrecht, ihre Mutter Paula. Von den Männern ist keiner geblieben, aber auf das Haus konnte sie sich verlassen.

Wann hat diese Angst eigentlich angefangen, diese Ahnung, dass man den Schutz der eigenen Wände verlieren wird, die Geborgenheit der nächtlichen Stille, in der man jedes Geräusch deuten kann? Vielleicht schon vor fünf Jahren, als dieser feine Herr im Anzug vor ihrer Tür stand, mit einer Rose in der Hand. Es war eine edle, großköpfige Sorte, nicht so eine müde Bahnhofsrose, wie sie Herr Kunze manchmal mitgebracht hat, als Gertrud noch viel jünger war. Nun aber ist sie eine alte Frau, und der Fremde schenkte ihr diese Rose und stellte sich vor als Abgesandter der neuen Hausbesitzer, eine Visitenkarte überreichte er ihr, auf der stand:

European Property Limited, London-Berlin
Cornelius v. Lerchenfeld

Aber das las sie erst später, sie war zu aufgeregt, und als sie die hohe Kristallvase heraussuchte und gleichzeitig den Herrn bat, Platz zu nehmen, sagte der, sich umsehend: »Meine Mutter würde ich nicht im hohen Alter so wohnen lassen. Vier Treppen im Hinterhaus, ohne Fahrstuhl.« Kaffee lehnte er ab, aber ein Glas Wasser nahm er. Als Gertrud nach seiner Mutter fragte, wie alt die sei und wo sie denn wohne, wich er aus, sprach von einem Umzug, Gertrud brauchte eine Weile, bis sie begriff, dass er sie meinte, dass er von ihrem Umzug redete, um den er sich persönlich kümmern würde. Wenn sie nicht ins Seniorenheim wolle, würde man ihr eine Ausweichwohnung besorgen, ein Singleappartement. Bevor sie fragen konnte, was das sei, fuhr er fort: »Hier am Leopoldplatz wird sich demnächst sowieso alles ändern. Die Gegend hat durch die Anbindung an Mitte Potenzial, die Bausubstanz ist veraltet, aber vertretbar, nun muss man sanieren, alles dem heutigen Standard anpassen. Solche Bauarbeiten sind nichts für eine alte Dame.« Er redete von Panoramafenstern, Fußbodenheizungen, vom Dachausbau über ihrem Kopf, ein Loft würde da entstehen, vielleicht auch ein Penthouse. Gertrud blickte auf die Rose, ihr schwirrte der Kopf von all den unbekannten Wörtern und dem, was der Mann meinte. Sie sollte ausziehen. Ausziehen aus dem Haus, dessen erste Mieter 1890 ihre Großeltern gewesen waren.

In der Nacht nach diesem Besuch lag Gertrud wach und dachte an alles, was hier geschehen war, an ihr Leben. Und sie wusste, dass es vorbei sein würde, wenn sie diesen Ort verlassen müsste. Am Morgen kam ihr der Besuch wie ein schlechter Traum vor, aber da war die Visitenkarte, und da war die schlaff gewordene Rose. Gertrud hatte in der Aufregung kein Wasser in die Vase getan.

Damals brauchte Gertrud noch keinen Rollator, sie stieg wegen der Knieschmerzen die Treppe rückwärts hinunter, sich am Geländer festhaltend. Nach oben steigen konnte sie leichter. Von Tür zu Tür ging sie, auch im Vorderhaus klingelte sie an den Wohnungstüren, damals kannte man ja noch jeden der

Nachbarn. Cornelius von Lerchenfeld war bei allen gewesen, eine Rose hatte aber nur sie bekommen und Frau Salaman, die schöne Frau des türkischen Diplomaten. Eigentlich war der kein Diplomat mehr, aber als er vor Jahrzehnten, 1980, aus Zehlendorf in die Utrechter Straße kam, war er gerade aus dem diplomatischen Dienst entlassen worden. Kurz zuvor hatte es einen Putsch in seiner Heimat gegeben, die Botschaftsangehörigen wurden zurückgerufen, aber er hatte Asyl beantragt. Er wolle seinem Land dienen und nicht dem Militär, hatte er gesagt und seitdem an der Volkshochschule Wedding türkische Gastarbeiterkinder unterrichtet. Er trug immer einen Anzug mit Einstecktüchlein, seine Frau elegante Kleider und Hüte. Als Gertrud vor ein paar Jahren noch selbst einkaufen ging, beobachtete sie, dass Herr Salaman keine paar Schritte gehen konnte, ohne von türkischen Nachbarn mit Respekt und Ehrfurcht gegrüßt zu werden. Sie nannten ihn Hodscha. Auch Frau Salaman begegnete man so, sie gab Kindern Nachhilfeunterricht, und viele in dieser Gegend kannten sie. Sie hatte also auch eine Rose bekommen, auch ihnen hatte der Besucher angeboten, beim Suchen einer neuen Wohnung und beim Umzug behilflich zu sein. Die Salamans hatten Gertrud in den Jahren zuvor manchmal besucht. Während sie Kaffee aus Paulas durchsichtigen Tässchen tranken, wollten sie alles über das Haus und seine Vergangenheit wissen. Und Gertrud erzählte, was sie wusste, natürlich nicht alles. Von Walter Wagnitz sagte sie nichts. Aber bei diesen Kaffeegesprächen begriff sie, dass es etwas Besonderes war, in diesem Haus geboren zu sein wie schon ihr Vater. Herr Salaman war an den verglasten Bücherschrank gegangen und hatte interessiert die in Leder gebundenen Goethe- und Schillerausgaben betrachtet, die noch von ihren Eltern stammten. Entzückt hatte er zwischen den Lederrücken zwei in Leinen gebundene Chamisso-Bände entdeckt und gefragt, ob er sie in die Hand nehmen dürfe, er liebe Chamisso, diesen verlorenen Mann ohne Schatten, der wie er aus der Welt seiner Herkunft vertrieben worden war. Er erzählte, dass er schon als Knabe am St. Georgs-Kolleg, dem Österreichischen Gymnasium in Istanbul, Chamisso gelesen habe. Auch Gertrud kannte Chamisso aus der Schule, sofort begann sie, den Anfang der Ballade von der alten Waschfrau zu deklamieren. Sie war stolz darauf und stolz auch auf die Bekanntschaft mit den gebildeten Salamans.

Jetzt saß sie in ihrem hellblauen Blusenkleid bei ihnen, erzählte vom Besuch des Cornelius von Lerchenfeld, und es tat ihr gut, dass die Salamans ihre Sorgen verstanden. Laila wohnte damals noch nicht im Haus, heute würde Gertrud solche Dinge mit ihr besprechen, zumal die Salamans nicht mehr da sind. Sie sind nicht gleich ausgezogen, obwohl der Besucher ihnen Geld angeboten hatte, viel Geld, zehntausend Euro, wenn sie ihre Dreizimmerwohnung im Vorderhaus räumen würden. Auch anderen Mietern hatte er, wie sich herausstellte, eine Abfindung in Aussicht gestellt, manchen nur eine neue Wohnung, denn die *European Property Limited* besaß offenbar noch mehr Häuser.

Die Salamans hatten bald darauf eine Hausversammlung einberufen, zu der alle kamen, auch die jungen Studenten der WG unter ihnen, von wo oft bis in die Nacht stampfende Musik zu hören war. Bei der Hausversammlung aber verhielten sie sich ganz manierlich, nur der junge Bärtige, der Geschichte studierte, nannte Gertrud respektlos »Oma«, was sie etwas störte. Rumänen wohnten damals noch nicht im Haus, nur die Balovs aus Kroatien, die wie die drei, vier türkischen Familien vor vielen Jahren als Gastarbeiter gekommen waren und längst Wurzeln geschlagen hatten. Einzig der kleine Herr Karakoglu wirkte immer noch, als sei er zu Besuch gekommen und müsse gleich wieder gehen, wisse aber nicht, wohin. Gertrud kannte seine Geschichte, er war in einem Dorf bei seinen Großeltern aufgewachsen, anatolischen Schafhirten. Einmal hatte er ihr rotstichige Fotos gezeigt, auf denen ihr eine Hollywoodschaukel neben einem Esel aufgefallen war. Ein paar Jahre lang war Cem Karakoglu dort in die Dorfschule gegangen, hatte danach seinen Großeltern geholfen und in einer Fabrik für Gebetsketten aus Quarzstein Geld verdient. Das halbe Dorf war nach Deutschland gegangen, auch seine Eltern und Geschwister, sie arbeiteten bei Telefunken und bei Schering. Ihn, den Jüngsten, hatten sie bei den Alten gelassen. Die starben kurz hintereinander, die Fabrik für Gebetsketten wurde geschlossen, auf den Schafweiden wuchs ein Industriegebiet. Cem Karakoglu war noch keine achtzehn Jahre alt, als er nach Berlin fuhr. Die Zeit drängte, nur minderjährige Kinder der Gastarbeiter durften nachkommen. Aber die Familie wohnte beengt und man war einander fremd geworden, so zog er in die Utrechter in eine Einraumwohnung. Er sprach kein Wort Deutsch und musste froh sein, dass er als Ungelernter Arbeit im Virchow-Klinikum fand, denn als er kam, wurden keine Gastarbeiter mehr gebraucht. Zwei seiner Schwestern, die auch schon zu alt gewesen waren für eine deutsche Schule, kehrten in die Türkei zurück, heirateten entfernte Cousins. Im Krankenhaus desinfizierte Cem Karakoglu Betten, und manchmal wurde er auch beim Transport eingesetzt. Das war Schichtarbeit, so konnte er abends keine Deutschkurse besuchen. Frau Salaman gab ihm etwas Unterricht, aber sein Deutsch blieb einfach und schwer verständlich. Im Sommer fuhr er zu seinen Schwestern, und einmal brachte er nach dem Urlaub eine schweigsame Frau mit, die ihr Kopftuch trug wie eine Schutzhülle. Zwei Jahre lang lebten sie zusammen, die Frau ging kaum aus dem Haus, alle Einkäufe machte Cem Karakoglu. Einmal war Gertrud in der

Wohnung der beiden und sah, dass die Frau aus kleinen Stoffstücken bunte Decken zusammennähte. Überall lagen sie, auf dem Sofa, auf den Stühlen, sogar über der Waschmaschine in der Küche. Sie wollte die Frau fragen, ob sie ihr auch so eine Decke aus Flicken machen könnte, aber dann war sie weg. »Heimweh«, sagte Cem Karakoglu nur traurig, als Gertrud ihn fragte. Er schenkte ihr eine Patchworkdecke der Frau, die ihn verlassen hatte, und Gertrud erkannte in den Mustern ein Dorf und das Meer und Tiere und Tränen.

Cem Karakoglu hatte man kein Geld für den Umzug angeboten, aber er würde es nehmen, sagte er bei der Hausversammlung. Die fand in Gertruds Wohnzimmer statt, vor der Schrankwand in Eichenoptik, dichtgedrängt saßen die Nachbarn, sogar die Küchenstühle hatten sie geholt und den Korbsessel vom Balkon, die Studenten hockten auf dem Teppich. Mit manchen, die noch nicht so lange im Haus wohnten, sprach Gertrud zum ersten Mal. Sie saß im Fernsehsessel, um sie scharten sich alle, von ihr, der ältesten Hausbewohnerin, erhoffte man sich Auskunft über die unklaren Eigentumsverhältnisse. Die Hausverwaltung hatte schon mehrmals gewechselt, seit einiger Zeit stimmten auch die Telefonnummern nicht mehr und man bekam auf Briefe keine Antwort. Wieso gehörte das Haus plötzlich dieser *European Property Limited?* Der Geschichtsstudent, dessen Vater Rechtsanwalt war, hatte herausbekommen, dass dies die frühere *Lagare Investments Limited* war, mit deren Hausverwaltern hatten er und seine Freunde den Mietvertrag abgeschlossen. Diese *Lagare Investments Ltd.* aber hatte das Haus von der *Jewish Claims Conference* gekauft, einem 1951 gegründeten Verbund jüdischer Organisationen, die im Namen der ermordeten Holocaust-Opfer deren Entschädigungsansprüche stellten.

»Wieso?«, empörte sich Karl Kaiser aus dem Vorderhaus, der

schon während des Krieges als Kind hier eingezogen war und wie Gertrud nach dem Tod seiner Eltern die Wohnung übernommen hatte. »Warum kann diese jüdische Claims Conference aus New York ein Haus aus der Utrechter Straße verkaufen, das doch den Juden gar nicht gehörte, sondern, das weiß ich genau, darüber habe ich Schriftliches, dem Apotheker Friedrich Biersack?«

Auch eine andere ältere Mieterin erinnerte sich, dass Friedrich Biersack der Eigentümer gewesen sei, den habe man allerdings kaum in der Utrechter Straße gesehen, seine Hausverwaltung hatte jahrzehntelang alles geregelt, und damals herrschte noch Ordnung, der Hof jedenfalls sei immer gefegt gewesen, nicht so wie heute.

Der Student wusste, dass es zwischen den Anwälten der Claims Conference und denen der Biersack'schen Erbengemeinschaft mehrere Klagen und Gegenklagen gegeben hatte. Biersack soll das Haus arisiert haben, »fürn Appel und 'n Ei« habe er es in den dreißiger Jahren von irgendwelchen Juden gekauft. Deshalb sei nach langem Hin und Her festgestellt worden, dass der Anspruch der Claims Conference zu Recht bestünde, es habe sich um einen Zwangsverkauf gehandelt, und weil die Juden nicht mehr lebten, sei das Haus nun an die *Jewish Claims Conference* gegangen. Und die könne verkaufen, an wen sie wolle, mit dem Erlös würden Holocaust-Opfer unterstützt.

Alle redeten durcheinander, Karl Kaiser bezweifelte, dass der Apotheker Biersack ein Profiteur gewesen sei, ein honoriger Geschäftsmann sei das gewesen, ihm gehörten noch mehrere Häuser hier im Wedding, er habe ihn mal persönlich getroffen, seine Schwester sei mit dessen Tochter zur Tanzstunde gegangen. Von jüdischen Besitzern höre er das erste Mal.

Der Student ließ Klarsichthüllen herumgehen mit Kopien

der Bauakten aus der Zeit, in der das Haus gebaut worden war. »Die hat mein Vater aus dem Bauarchiv holen können, war nicht billig, 34 Euro Grundpreis, jede angefangene halbe Stunde noch mal 22 Euro. Aber die bringen uns auch nicht weiter. Der Bauherr hieß Dermitzel, Hermann Dermitzel. Ich habe recherchiert, ein Jude war der nicht.«

Gertrud zuckte zusammen, als dieser Name fiel. »Nein, Dermitzel war kein Jude«, sagte sie schließlich. »Er war der Bauherr, das stimmt. Mein Großvater hat bei ihm gearbeitet, deshalb wohnte ja meine Familie von Anfang an hier. Aber seit den zwanziger Jahren gehörte das Haus einem Juden, Jonathan Neumann.«

Der Vater von Rosa und Manfred hatte es während der Inflation mit Dollar gekauft, das war bei Rombergs oft Gesprächsstoff gewesen. Gertrud hatte das Gemurre ihrer Großmutter noch im Ohr: »Das kann doch nicht mit rechten Dingen zugegangen sein. Andere mussten damals ihren Wochenlohn mit Koffern wegschleppen und konnten trotzdem nur ein Brot dafür kaufen. In der Nazarethkirche haben sie für die Kollekte einen Wäschekorb aufstellen müssen, aber dieser feine Herr Neumann brauchte nur die Brieftasche zücken und konnte ein Haus kaufen.« Jedenfalls stellte sie sich das so vor. Aber Gertrud wusste von ihrer Freundin Rosa, dass das amerikanische Geld von deren Onkel Samuel stammte, der es seinem Bruder Jonathan schuldete, weil das gemeinsam geerbte Haus am Wannsee verkauft worden war, um Samuels Auswanderung zu finanzieren. Samuel Neumann, der dann Sammy Newman hieß, war schon vor 1920 nach Amerika gegangen, er war Arzt und musste dort alle Prüfungen für seine Zulassung wiederholen, dafür und für die Einrichtung einer Praxis brauchte er das Geld, das er seinem Bruder nun zurückgab. Und Hermann Dermitzel hatte zugegriffen, als ihm der Kaufpreis in Devisen angeboten wurde, ein Dollar war im Juni 1923 über vier Billionen Reichsmark wert, und Neumann zahlte anständig für das schon nicht mehr neue Haus. Er sorgte dafür, dass es an die Elektrizität angeschlossen wurde, vorher gab es nur Gas und teures Petroleum.

Das erzählte Gertrud nun ihren Nachbarn. »Jonathan Neumann war als Hausbesitzer nicht unbeliebt. Er drückte auch ein Auge zu, wenn manche Mieter auf den Küchenbalkons Kaninchen hielten und eine Familie sogar eine Ziege.« Alle lachten. Gertrud erinnerte sich, dass ihr Vater oft geschimpft hatte auf diese »galizische Wirtschaft, die die Ratten anlockt«. Er würde da ganz anders durchgreifen, hatte er geknurrt, aber er habe ja nichts zu sagen. Das berichtete sie den Nachbarn nicht, aber erklärte, dass Jonathan Neumann, als er ein Jahrzehnt später seine Stellung als Prokurist bei der AEG verloren hatte, seine beiden Mietshäuser, das in der Wagnitzstraße und das in der Hennigsdorfer, in dem er selbst lebte, verkaufen musste. Es dauerte eine Weile, bis ihre Nachbarn verstanden hatten, dass die Utrechter Straße damals Wagnitzstraße hieß. Nur Herr Kaiser wusste das noch, aber er meinte, das gehöre nicht zur Sache, ihn interessiere nur, warum man dem Apotheker Biersack Arisierung unterstelle, dieser Neumann habe doch offenbar freiwillig verkauft.

»So freiwillig war das nicht«, widersprach Gertrud zu ihrem eigenen Erstaunen, denn sie redete sonst nie über solche Dinge. »Er wollte auswandern, zumindest seine Kinder in Sicherheit bringen. Und der Verband der Hauseigentümer duldete keine jüdischen Mitglieder mehr.« Das wusste sie von Rosa und Manfred, und sie wusste auch, dass es Hausbewohner gab, die sich weigerten, an den Juden Miete zu zahlen. Das hätte nicht einmal ihr Vater fertiggebracht, korrekt war Albrecht Romberg immer gewesen. Er hat ja dann auch an Biersack die Miete überwiesen, obwohl er manchmal knurrte, wenn von dem die Rede war: »Der hat die Gunst der Stunde ausgenutzt, lauter Judenhäuser hat der Herr Apotheker sich unter den Nagel gerissen. Einfache, ehrliche Leute wie wir können nie das Geld für ein Mietshaus zusammenbringen, aber so ist das eben, jeder große Strom führt Dreck mit sich.«

Wenigstens war er zufrieden, dass Biersacks Verwalter keine Kaninchen mehr auf den Balkons duldete, schon gar keine Ziege. »Aber die Ratten blieben bis heute«, sagte Gertrud, und wieder lachten alle. Ihre Nachbarn baten sie nun, etwas über die Familie Neumann zu erzählen, keiner merkte, wie ihr Herz klopfte. »Ja, ich habe den Hausbesitzer und seine Frau gekannt, sehr freundliche Menschen.« Sie sagte nicht, dass sie oft in der Wohnung der Neumanns gewesen war, die mehr Zimmer hatte als die der Rombergs, aber mit ganz ähnlichen braunen Möbeln eingerichtet war. Nur hatten die Rombergs kein Klavier, bei den Neumanns spielten alle, auch Rosa und Manfred. Anders war auch, dass die Neumanns die Freunde ihrer Kinder zum Essen einluden, oft war Gertrud geradezu genötigt worden dazubleiben, wenn der ovale Esstisch gedeckt wurde. Auch Leo Lehmann, Manfreds Freund, saß manchmal bei den Mahlzeiten mit in Neumanns Speisezimmer. Bei Rombergs wurde in der Küche gegessen, und Gertrud hatte dafür zu sorgen, dass ihre Freundin Rosa rechtzeitig verschwand, denn die gemeinsame Mahlzeit war heilig, da duldete Albrecht Romberg keine Fremden am Tisch. Vielleicht aber war das auch so eine Art Scham, fiel Gertrud plötzlich ein, schließlich war der Vater arbeitslos und das Essen nicht üppig. Doch später, als er gut verdiente, war es nicht anders gewesen.

»Die alten Neumanns wurden 1943 abgeholt«, sagte sie kurz, und ihre Nachbarn schwiegen. Jemand fragte nach den Kindern, und zögernd antwortete sie, dass Rosa als Siebzehnjährige nach England geschickt wurde, von ihr habe sie nie wieder etwas gehört. »Und von den anderen auch nicht«, fügte sie schnell hinzu, bevor jemand nach Manfred fragte. Über Manfred wollte sie nichts sagen. Manfred Neumann. Ihr Wilder, ihr Sanfter. Manne. Dieser Name ist doch nicht irgendeiner, den sie so aussprechen kann wie einen beliebigen. Der geht ihr nicht über die Lippen, niemals.

Die Hausversammlung brachte kein Ergebnis. Die Bewohner hörten nichts mehr von Cornelius von Lerchenfeld. Dafür tauchte Ante auf, dieser Kroate mit dem Haarknoten und dem harten Blick, der sich als Vertreter der neuen Verwaltung ausgab, manchmal aber auch sagte, er habe nichts mit der zu tun, und er wisse nicht, wer der Eigentümer des Hauses sei. Die Balovs, die ja auch Kroaten sind, behaupteten, er sei ein Krimineller, ein Schläger, vor dem müsse man sich fürchten. Ein paar Monate nach dieser Hausversammlung aber stand Ante unangemeldet vor Gertruds Tür, hinter ihm Handwerker, und sagte fröhlich, die Männer würden die Fenster im Schlafzimmer ausbauen. Sie habe sich doch beschwert, dass sie undicht seien. Gertrud wusste nichts davon, aber tatsächlich waren die alten Fenster mürbe, und das zerkratzte Glas konnte man schlecht putzen. Also ließ sie die Handwerker in die Wohnung, freute sich sogar und setzte Wasser für Kaffee auf, aber bevor der fertig war, hatten die Männer schon ihre Arbeit getan, blitzschnell das Werkzeug eingepackt und waren weg mit den Fenstern. Aber dann kamen keine neuen, tagelang nicht, obwohl es nachts schon kalt war. Ante ließ sich nicht blicken, die Verwalter waren nicht zu erreichen. Die Salamans, denen dasselbe geschehen war, telefonierten herum und sprachen mit Rechtsanwälten, aber nichts geschah. Schließlich brachte der Enkel von Karl Kaiser, der auch in dem Haus aufgewachsen war und auf dem Bau arbeitete, gebrauchte Fenster, die irgendwo übrig waren. Er baute sie zusammen mit seinem Vater und einem der Studenten ein. Zum Glück passten sie, waren aber noch ramponierter als die alten.

Die Salamans zogen aus, ohne auf die zehntausend Euro zu warten. Gertrud war traurig, als sie sich verabschiedeten, sie schenkte der Frau ein kleines Porzellandöschen aus dem Besitz ihrer Großmutter und bekam von ihr ein Buch mit griechischen Sagen, weil sie ihr einmal erzählt hatte, was sie über die Medusa im Hausflur wusste.

Dann kamen mehrmals Herren im Anzug, die an Gertruds Wohnungstür vorbeigingen, sie hörte sie auf dem Hausboden herumlaufen und im Treppenhaus Englisch sprechen. Durch ihren Türspion sah sie, dass sie fotografierten. Als die wieder einmal kamen, öffnete sie ihre Wohnungstür und sprach sie an wegen der Fenster, die hörten gar nicht zu und gingen weiter. Einer sagte über die Schulter zu ihr, damit hätten sie gar nichts zu tun. Das war Cornelius von Lerchenfeld, dessen Karte noch immer an der Glasschiebetür ihrer Vitrine steckte. *European Property Limited, London-Berlin.*

Stefan, der Geschichtsstudent aus der Wohngemeinschaft, hatte inzwischen erfahren, dass jetzt eine *Medusa Real Estate,* ebenfalls mit Sitz in London und Berlin, Eigentümer des Hauses war. Ob die *European Property Limited* verkauft oder sich nur umbenannt hatte, wusste er nicht. Aber er recherchierte, ob die Rückübertragung an die Claims Conference überhaupt rechtmäßig gewesen sei. Es könnte doch sein, meinte er, dass irgendwo noch Erben von diesen Neumanns lebten, dann müsste das womöglich alles rückgängig gemacht werden, dann bekäme man diese undurchsichtigen Immobilienhaie wieder vom Hals.

Damals, vor vier, fünf Jahren, brachte Gertrud noch selbst

ihren Müll zur Tonne auf den Hof. Da sah der junge Mann sie einmal aus seinem Fenster, kam zu ihr herunter und sagte, dass er in Archiven gesucht habe, es gebe leider keine Erben. »Rosa Neumann ist nach dem Krieg in Manchester unverheiratet und kinderlos gestorben. Und Manfred Neumann, das ist richtig spannend, hat in Berlin versteckt gelebt, er gehörte wohl zu einer zionistischen Jugendgruppe. Bis fast zum Schluss hat er sich halten können. Aber kurz vor Kriegsende ist er im Polizeigefängnis umgekommen, das war übrigens hier nebenan im Jüdischen Krankenhaus in der Schulstraße. Er war neunzehn Jahre alt.«

»Zwanzig«, hätte Gertrud beinahe gerufen, »er war zwanzig, seinen Geburtstag hat er noch mit mir gefeiert!« Aber sie brachte kein Wort heraus.

Ihren Müll nahm sie damals wieder mit nach oben, denn neben den Tonnen türmten sich Berge von Abfall, das blieb über Wochen so. Jemand hatte den Auftrag an die Stadtreinigung storniert, ein Versehen, wie sich herausstellte, die Verwaltung hatte wieder gewechselt. Die Ratten vermehrten sich. Dann wurde im Winter nicht mehr Schnee gefegt, einmal war tagelang das Wasser abgestellt. Wieder kamen zu den Bewohnern höfliche Besucher im Anzug, die ihnen den Auszug nahelegten. Gertruds Nachbarn gingen in den Mieterverein und schrieben Briefe, die wie Gummibälle an einer unsichtbaren Wand abprallten und manchmal zu ihnen zurückkehrten, manchmal auch nicht, aber nie beantwortet wurden. Ab und zu tauchte Ante auf, manchmal mit Handwerkern im Schlepptau. Ante war nicht so höflich wie seine Auftraggeber; wenn man sich über seinen Ton beschwerte, gab er zu verstehen, man könne auch anders. Das hatten sie alle schon begriffen.

Der kleine Herr Karakoglu träumte immer noch von den Tausenden Euro, die er bekäme, würde er ausziehen, obwohl davon keine Rede mehr war. Aber er wollte noch warten. Das Geld würde er brauchen, hatte er Gertrud einmal gesagt, damit sein Sarg später nach Anatolien überführt werden könne. Gertrud hatte sich gewundert und gemeint, er sei doch noch ein junger Mensch, gerade fünfzig, da müsse er doch nicht an seine Beisetzung denken, sondern ans Leben. Und wenn er Geld in die Hand bekäme, solle er sich damit einen schönen Tag machen. Dann war es zu spät, Cem Karakoglu starb, wie er gelebt hatte, still und unauffällig in seinem Krankenhaus, aber nicht als Patient, sondern nach der Arbeit im Desinfektionsraum, wo man ihn erst am nächsten Tag fand. Sein Herz war einfach stehengeblieben. Gertrud erfuhr es erst, als er schon begraben war, nicht in Anatolien, sondern im Wedding. Seine Wohnung stand lange leer, auch die der Salamans wurde nicht mehr vermietet. Die Geräusche im Haus veränderten sich. Nachts hörte man den Wind heulen, als jammere da jemand.

Dann bekamen alle Mieter merkwürdige Briefe von der nicht erreichbaren Hausverwaltung. Darin wurde jedem Einzelnen mitgeteilt, er habe Mietschulden. Unterschiedliche Summen wurden angeführt, aber in jedem Brief stand, dies sei die letzte Mahnung, als Nächstes folge die Kündigung. Mit vor Aufregung zitternden Händen sah Gertrud ihre Bankauszüge durch, niemals war sie die Miete schuldig geblieben. Alle Nachbarn, wie sich herausstellte, hatten ihre Miete bezahlt, auch die Jungen aus der WG, die nur noch zu zweit waren, der Dritte hatte sein Studium beendet und Berlin verlassen. Er musste derjenige gewesen sein, der die Musik immer so laut drehte, denn nun hörte man nichts mehr von den Studenten. Aber an einem der nächsten Tage klingelte Stefan, der Geschichtsstudent, dessen Vater an die Bauakten herangekommen war, bei Gertrud, ließ sich das Schreiben der Hausverwaltung zeigen, lachte und sagte: »Reg dich nicht auf, Oma Gertrud. Das ist ein juristischer Trick, eine Zermürbungstaktik, wir müssen gegen die Behauptung Einspruch einlegen, um sie außer Kraft zu setzen, das kostet Zeit. Aber ich habe schon mit dem Anwalt vom Mieterverein telefoniert. Ist doch klar, was hier abgeht. Gentrifizierung.«

Das Wort verstand Gertrud nicht, wohl aber, was er meinte. »Aber was wollen denn die hier im Wedding?«, fragte sie erschrocken. »Das ist doch keine schicke Gegend, nie gewesen, heute schon gar nicht. Die vielen Automatencasinos, die Koranschulen, nebenan die Tagesstätte für die psychisch Kranken und der Sperrmüll überall. Hier ziehen doch keine reichen Leute hin.«

»Das wird doch nicht so bleiben, Oma. Und die Betuchten wollen ja auch nicht selbst hier leben, eine Wohnung ist heutzutage eine Kapitalanlage.« Wieder redete er von Gentri-fi-zierung, von der Stadt als billige Beute, Gertrud verstand nur, dass auch er und sein Freund ihr Studium bald beenden würden. »Nur weg von hier.«

Aber der Anwalt vom Mieterverein oder eine Anfrage des Vaters des Studenten bewirkten, dass man sich für den Brief entschuldigte, er sei ein Versehen gewesen.

Nun wurden wieder einige der leerstehenden Wohnungen vermietet, so kam Laila ins Haus, die am Abend ihres Einzugs bei Gertrud klingelte, sich vorstellte und ihr seitdem die liebste von allen Nachbarn ist. Laila hat einen auf drei Jahre befristeten Mietvertrag mit der *Medusa Real Estate.*

Zur selben Zeit zogen die russischen Mädchen mit ihren Kindern und Mänteln ein, die besaßen keinen Mietvertrag, sie hatten die Wohnungen aufgebrochen. Die Nachbarn wunderten sich, dass dies geduldet wurde. Auch das sei eine Taktik, erklärte der Student, der kam, um sich von Gertrud zu verabschieden, denn er würde für ein paar Austauschmonate nach

Barcelona gehen. »Die lassen die Wohnungsbesetzungen zu, damit die alten Mieter es nicht aushalten und endlich verschwinden. Mit den Besetzern werden sie dann schnell fertig. Na, ich hau freiwillig ab. Aber was sie hier mit euch machen, ist Krieg.«

Wenn es so war, wie der Junge sagte, hatten die Hauseigentümer sich getäuscht. Die Russinnen störten niemanden. Man hörte nur ihre Nähmaschine surren und ihre Kinder zwitschern, wenn man an ihrer Tür vorbeiging. Aber Gertrud kam immer seltener dort vorbei, sie verließ nicht mehr oft ihre Wohnung. Von ihrem Balkon sah sie die vielen Kartons auf dem Hof, die blieben auch da, als die Russinnen so überstürzt abreisten.

Doch nach ihnen kamen die rumänischen Familien, Norida, Lucia, Milan, Nikola und all die Kinder. Anfangs konnte man sie gar nicht auseinanderhalten. Und im Sommer kamen die Wanderarbeiter, zwanzig, dreißig jede Nacht, die schliefen wie die Heringe auf dem blanken Boden in der ehemaligen Wohnung der Salamans, manche hatten nicht einmal Isoliermatten. Morgens wurden sie abgeholt, von wem und wohin, wusste Gertrud nicht, und es war auch keiner da, den sie fragen konnte. Laila wusste auch nichts. Aber sie konnte mit den Männern sprechen, sie verstand ihre Sprache. Die Männer beriefen sich auf Ante, der hatte ihnen die Wohnung aufgeschlossen.

4

LAILA sieht das neue Café neben dem Zeitungsladen, der nun ein Automatencasino ist. »Frühstückshaus« steht über dem Eingang, aber es ist eher ein türkischer Imbiss. Hier will sie still einen Tee trinken, bevor sie in ihre Wohnung geht, in das Haus, das so anders geworden ist in den letzten Monaten, wo es stinkt, weil die Toiletten verstopft sind. Frau Kaiser aus dem Vorderhaus, eine der letzten deutschen Mieterinnen, weiß nicht, dass Laila eine Sintiza ist. Sie schimpfte auf die Zigeuner, die nicht mal ein Wasserklosett benutzen könnten, dabei hatte der Klempner festgestellt, dass jemand ein Rohr im Keller blockiert hat, mit Absicht. Das waren gewiss nicht die Rumänen, eher Antes Leute, die auch den Dachboden abgesperrt und im Treppenhaus die schönen alten Lampen abmontiert haben, die da schon immer hingen. Die nackten Glühbirnen geben ein kaltes Licht, trotzdem sitzen fast immer Leute im Treppenhaus auf den Stufen, in den Wohnungen leben zu viele Menschen. Kleine Kinder turnen am Geländer, das ist gefährlich, denn es sind einige der gedrechselten Stäbe herausgesägt worden, niemand weiß, von wem. Wenn die Nachbarinnen die heimkehrende Laila sehen, bitten sie sie in ihre Wohnungen, zerren sie hinein und zeigen ihr irgendwelche Behördenschreiben, die sie ihnen übersetzen soll. Und wenn sie dann endlich ihre eigene Tür hinter sich geschlossen hat, dringt doch das Kreischen der Kinder durch die Wände, das Gezänke der Mütter oder auch das Akkordeonspiel von Milan, wenn er da ist. In dem Haus ist es jetzt immer laut, und selbst nachts hört man in der Stille seltsame, unterdrückte Geräusche und weiß nicht, sind es die Menschen oder ist es das alte Haus, das da stöhnt und seufzt.

Im »Simit Evi« sitzt Laila zwischen anderen, die sie nichts fragen, die sie nicht ansprechen, ihr aber irgendwie vertraut sind. Sie ist gern hier, lieber als im »Schraders« oder im vegetarischen »Largo« in der Malplaquetstraße, lieber als im italienischen »Parma« in der Utrechter. Dort sitzen andere Leute, Studenten und Künstler, die sich in den Hinterhöfen und Dachgeschossen dieser Gegend Ateliers eingerichtet haben, manche der gut Gekleideten kommen auch von weiter her. Die Mitte der Stadt breitet sich aus. Laila würde dort nicht auffallen, gut gekleidet ist sie auch, Flora näht für sie, und Stachlingo hat ihr erst vorhin wieder Geld aufgedrängt für Schuhe aus dem teuren Laden am Savignyplatz. Doch hier, in diesem leicht schmuddeligen türkischen Café mit den schwarzen Kunstlederstühlen und den golddurchwirkten Brokatvorhängen, fühlt Laila sich wohl. Nicht einmal der Wandschmuck, ein blinkender Fernsehturm aus Messing, stört sie, auch nicht das goldglänzende Modell der Hagia Sophia. Es erinnert sie an den versilberten Eiffelturm, den irgendwer der Großmutter Frana geschenkt hatte, als Laila noch ein Kind war. In der Baracke von Chrzanów hat sie ihn oft betrachtet und Sehnsucht nach etwas gespürt, das sie nicht benennen konnte, das aber weit weg von Chrzanów lag.

Jetzt lebt sie weit entfernt von Chrzanów, in Paris war sie auch schon, und wenn sie mitten am Tag innehält wie jetzt, staunt sie über das alles, noch immer. In diesem Café reden die Leute vor allem Türkisch, aber auch Fetzen von Russisch und Polnisch hört sie. Ein paar alte, verarbeitete Männer mit stolzen Schnurrbärten lesen türkische Zeitungen, junge Mütter füttern ihre Kinder mit Sesamkringeln. Trotz der geschminkten

Augen sehen manche selbst noch aus wie Kinder. Einige tragen ihr lockiges Haar offen, andere haben ihre seidigen Kopftücher so geknotet, dass die Hinterköpfe betont werden. Wie bei der Nofretete, denkt Laila. Die geblümten Kopftücher der Großmütter in ihren dunklen, unförmigen Mänteln sind anders gebunden als die der jungen Frauen, sie lächeln Laila zu, und sie lächelt zurück, fragt sich, ob aus den schlanken jungen Frauen mit den schmalen Gesichtern und lasziven Bewegungen auch solche Großmütter mit runden Gesichtern und unförmigen Körpern werden. Flora ist auch schon über sechzig, aber sie altert anders. Lailas Mutter ist noch immer eine elegante, auffallend schöne Frau. Doch in der Baracke von Chrzanów sahen alle älteren Frauen diesen hier ähnlich. Auch der Tee hier erinnert sie an den, der dort getrunken wurde, nicht so ein dünner deutscher Beutelaufguss.

Von den Leuten hier ist wohl kaum einer im Wedding geboren, vielleicht die kleinen Kinder oder manche der Mütter; die meisten tragen die Landschaften, aus denen sie kommen, noch in den Augen, in den Gesten, in der Schwere ihrer Körper. Sie sind hierher verschlagen worden, durch Kriege, durch Armut, auf der Suche nach einem besseren Leben, und vielleicht ist das hier jetzt ihr Zuhause. Laila fühlt die Nähe zu den anderen, doch nur sitzen will sie hier, nachdenken, ihre Hände um das heiße Teeglas legen. Sie denkt, wie schon den ganzen Tag über, an das Vergangene, und ein kaum greifbarer Schmerz, eine Wehmut breitet sich in ihr aus.

Mit Jonas hat das nichts mehr zu tun, an Jonas denkt sie kaum, obwohl sie noch immer verheiratet sind. Und Robert ist weit weg, in Montana, aber das tut nicht weh, an ihn zu denken ist schön, ein warmes Gefühl. Der Schmerz kommt von den Gedanken an ihren Vater Joschko, an ihre Großmutter Frana, an die Kumpania. Vielleicht, weil sie gerade von Flora und

Stachlingo kommt, der eigentlich Dieter Krause heißt und nun schon seit über zwanzig Jahren Floras Mann ist und mit ihr in dieser viel zu großen Wohnung lebt. Dort bewegt sich Flora so, als sei sie in solchen hohen Räumen geboren worden und nicht vor einem Planwagen im Winterlager von Chrzanów, ein paar Kilometer entfernt vom Lager Auschwitz, aus dem ihre beiden Eltern gerade zehn Jahre davor gekommen waren. Laila hat Floras Eltern, ihre anderen Großeltern, nicht mehr kennengelernt, sie weiß nur, dass die nach dem Krieg nicht zurückkehren konnten in ihr ostpreußisches Dorf, das nun zur Sowjetunion gehörte oder vielleicht gar nicht mehr existierte. Sie blieben, wo sie waren. Nach Polen waren sie ja nicht freiwillig gekommen, aber sie hatten aufgehört, an einen Ort zu glauben, der besser für sie wäre. Wie die anderen, mit denen sie sich zusammentaten zu einer Kumpania, wie die Kalderaschi und Lovara, die vor dem Krieg durch Slowenien gezogen waren, wie die slowakischen und ungarischen Roma, wie die deutschen Sinti, wie Frana und Willi, die auch nicht zurückwollten in die Trümmerstadt Berlin. Sie alle hatten ihre Familien verloren, und für ein paar Jahre fanden sie beieinander Halt. Flora, das einzige Kind ihrer Eltern, wuchs in den selbst gezimmerten Planwagen auf, die sie auf den Plätzen zu einem Kreis aufstellten, in der Mitte brannte nachts das Feuer. Joschko kannte Flora vom Anfang ihres Lebens an, denn er war schon acht Jahre vor ihr geboren worden, als erstes Kind seiner jungen Eltern und als erstes Kind der Kumpania. Als Flora dann zur Welt kam, gab es in der Kumpania schon wieder viele Kinder. »So viele wie Löcher in einem Sieb, und noch zwei mehr«, sagte Frana lachend, wenn sie von dieser Zeit erzählte, an die sie sich gern erinnerte. Denn die Kinder waren nicht selbstverständlich, manche der jungen Männer waren in den Lagern unfruchtbar gemacht worden wie Arbeitspferde. Willi war das nicht geschehen und Floras Vater auch nicht. Der hatte nur beim Autobahnbau ein Bein verloren, aber er starb früh, weil auch er die giftigen Dämpfe einatmete, wenn er die Kochtöpfe der polnischen Frauen flickte. Und seine Frau folgte ihm aus Kummer, da trug Flora schon Laila im Bauch.

Alle dachten, Flora würde auch vor Kummer sterben, als man ihnen im Sommer 1991 Joschkos Leiche brachte, aufgeschwemmt vom Flusswasser und übersät mit dunklen Flecken, das Blut war schon abgewaschen. Doch Flora weinte nicht einmal. Sie ließ ihn in der Erde bei Oświęcim begraben, die schon so viele ihrer Leute bedeckte. Joschko bekam einen Stein, einen glänzenden schwarzen Stein mit goldenen Buchstaben, alle ihre Leute aus Chrzanów und von weiter her hatten zusammengelegt. Joschko war weit herumgekommen, viele kannten ihn. Er war mit dem Auto unterwegs gewesen, nach der Rückkehr aus Hamburg hatte er für einen Antiquitätenhändler gearbeitet, obwohl er Blut hustete. Die Kumpania gab es nicht mehr, und die wenigen Kalderaschi, die noch in Polen lebten, hatten ihren Beruf schon aufgegeben, die Kochtöpfe waren billiger geworden, und niemand vererbte sie mehr von einer Generation zur nächsten. Es gab auch keinen mehr, der das Handwerk so gut beherrschte wie die Väter. Nicht einmal Joschko hatte es richtig gelernt, ihm hatten sie ja immer zugerufen: »Dja tuke!«

Die Baracken waren schon abgerissen gewesen, als die Familie Fidler 1989 nach Chrzanów zurückkam, nur wenige Sinti lebten noch in der Stadt, darunter dieser Antiquitätenhändler, der sie in seinem Gartenhaus wohnen ließ, für den Joschko über die Dörfer fuhr, wo er alte Bauernmöbel und geschnitzte Madonnen ausfindig machen sollte. Das grüne Auto, es hieß Syrena wie eine Meerjungfrau, gehörte dem Händler, es stand unversehrt am Marktplatz der Stadt Mława am Rande Masurens.

Zehn Jahre zuvor hatten sie Joschkos alten Fiat aus der Soła geborgen, er selbst aber hatte überlebt. Nun, im Jahr 1991, war es umgekehrt. Nun trieb er selbst im Wasser des Flusses, der hier Mławka hieß. Joschko war zufällig dort gewesen. Die Miliz sagte anfangs, auch sein Tod sei ein bedauerlicher Zufall gewesen, ein Unfall, er habe wohl zu viel Alkohol getrunken. Joschko trank niemals. Aber in Mława war an diesem Tag tatsächlich ein Unfall geschehen. Ein achtzehnjähriger Junge, der gerade die Fahrprüfung bestanden hatte, überfuhr zwei Fußgänger. Einer starb, ein Mädchen war schwer verletzt. Der Junge, ein Rom, floh vom Unfallort, aber sein Vater brachte ihn selbst zur Miliz. Da hatte es sich schon herumgesprochen, dass ein Zigeuner zwei Polen über den Haufen gefahren hatte, da brannte schon die Roma-Siedlung von Mława, nicht nur das Elternhaus des Jungen. Polnische Nachbarn, viele von ihnen betrunken, machten Jagd auf alle, die schwarze Haare und eine etwas dunklere Haut hatten, die wurden verprügelt und in den Fluss geworfen. Joschko konnte nicht schwimmen. Auch einen Türken, der an diesem Tag in Mława war, schlugen sie bewusstlos. Für die Miliz war dieser Türke ein Beweis, dass es sich doch nur um eine gewöhnliche Massenschlägerei gehandelt hatte, die durch den Alkohol aus dem Ruder gelaufen sei. Tagelang beschwichtigte sie, man könne doch nicht gleich von einem Pogrom sprechen, es sei doch nicht nur gegen die Zigeuner gegangen, obwohl das bei deren kriminellem Gebaren und frechem Auftreten verständlich gewesen wäre.

»He, junge Frau, kann ich den Stuhl haben?« Ein junger Türke, der sich zu seinen Freunden an den Nachbartisch setzen will, reißt Laila aus ihren Erinnerungen. Wie benommen stimmt sie zu, nun kann sich keiner mehr zu ihr setzen, das ist ihr recht, so kann sie in ihren Gedanken nach Chrzanów zurückkehren.

Die Grobheit der Miliz war nichts Neues, man wusste, was von ihr zu halten war. Aber diesmal blieb es nicht beim ohnmächtigen Zorn. An der Universität von Krakau arbeitete Andrzej, der junge Sinto aus Chrzanów, den Joschko gekannt hatte, der Studierte. Immer hatten sie gedacht, sie wollten keine Organisation, gar nichts Behördliches, sie waren Sinti, solche bürokratischen Angelegenheiten passten nicht zu ihnen. Aber nun gründeten auch die polnischen Roma ihre Organisation, Andrzej gab seine Stelle auf und wurde einer der Vorsitzenden. Ein paar Kilometer von Chrzanów entfernt fand die große Versammlung statt, in Oświęcim, da, wo ihre Väter und Mütter gewesen waren, als man noch Auschwitz sagte.

Joschko konnte die Organisation nicht mehr helfen. Er war durch Mlawa gefahren, hatte die Häuser brennen sehen und angehalten, weil es seine Leute waren, die da gejagt wurden. »Geh nicht so dicht ans Feuer«, hatte Frana ihm immer gesagt, als er noch ein Kind war. Frana war im letzten Moment mit Joschkos Brüdern aus Hamburg zur Beerdigung angefahren gekommen, auch sie weinte nicht, aber sie wollte Flora und Laila danach gleich mitnehmen. Ihr Sohn Moro, Lailas Gako, wie sie den Onkel nannte, fuhr ein großes Auto, darin hätten sie alle Platz gehabt. Aber Flora weigerte sich. Doch bleiben wollte sie auch nicht. Als ihre Schwiegermutter und die Schwager wieder weg waren, eine Woche nach der Beerdigung, fuhr sie mit Laila und zwei Taschen nach Kraków zum Busbahnhof. In Berlin stiegen sie aus.

Der Tee ist kalt geworden, aber Laila legt noch immer ihre Hände um das Glas und erinnert sich, wie sie ganze Tage in den Wartezimmern irgendwelcher Ämter saßen, Ausländerbehörde, Sozialamt, Einwanderungsbehörde. Sie hörte Worte, die sie nicht kannte: Lebensbescheinigung, Bleibeperspektive.

Auch das verbindet sie wohl mit denen an den anderen Tischen in diesem Café. Wer solche Orte kennt, wer solche Worte hört, den prägen sie. Flora und sie sprachen akzentfrei Deutsch, schon durch die Jahre in Hamburg, aber Flora konnte ja nicht schreiben, und Laila füllte damals für ihre Mutter und sich die Fragebögen aus. Flora saß daneben wie versteinert, nur nachts in ihrem kleinen Zimmer im Wohnheim hörte Laila sie unter der Decke weinen und hielt ihre eigenen Tränen zurück. Tagsüber sortierten sie die Papiere und gingen zu den Ämtern, wochenlang. In manchen wurde man schon in der Eingangshalle wie Vieh in Pferche gedrängt, die durch Stricke abgeteilt waren. Vor den groben Wachleuten hatten sie Angst, und denen schien das zu gefallen. Wenn sie dann vor den Sachbearbeitern saßen, auch so ein seltsames Wort, mussten sie beweisen, überhaupt Deutsche zu sein. Zwar war lange vor Lailas und auch vor Floras Geburt den Sinti das Recht abgesprochen worden, sich Deutsche zu nennen, ausgebürgert hatte man sie. Doch nun war es ein Glück, dass die Polen sie schon 1959 loswerden wollten und Frana und Willi und all ihre Kinder wieder zu Deutschen erklärt hatten. Plötzlich zählte es, dass die Fidlers über Generationen in Berlin gelebt hatten. Dass Floras Eltern und Großeltern in Ostpreußen zu Hause gewesen waren, als es noch zu Deutschland gehörte. Das konnten sie beweisen, Flora besaß eine ganze Mappe mit Papieren. Ihr Vater hatte Entschädigung für seine Zwangsarbeit und das verlorene Bein beantragt, das war 1955, kurz vor Floras Geburt gewesen. Die Behörden zweifelten damals auch nicht an, dass er Deutscher war, Sinto und ehemaliger KZ-Häftling. Doch den zerknitterten, eingerissenen Antwortbrief hat Flora aufgehoben, und Laila las ihn immer wieder, weil er so viele fremde Wörter enthielt, bis sie ihn auswendig kannte. *»Der Antrag wird abgelehnt, weil eine allgemeine Verfolgung der Zigeuner aus Gründen* *der Rasse auf Veranlassung des ehemaligen Reichssicherheitshauptamtes erst nach dem 29.1.1943 erfolgte. Da der Antragsteller jedoch bereits ab 1942 inhaftiert wurde, muss als feststehend angenommen werden, dass der Antragsteller aus kriminellen Gründen oder wegen unsteter Lebensführung in Haft kam und nicht aus Gründen der rassischen Verfolgung.«* Floras Vater, der zur Schule gegangen war und Briefe schreiben konnte, protestierte, er schrieb den Behörden, dass die ostpreußischen Sinti schon ab Januar 1942 als Zigeuner deportiert wurden. Eine Kopie seines Briefs liegt in der Mappe, doch ein Jahr später kam wieder ein Ablehnungsschreiben, in dem stand, dass das oberste Gericht in Deutschland bestätigt hatte: *»Die asozialen Eigenschaften der Zigeuner sind der Grund für die kriminalpräventiven Maßnahmen gewesen, nicht rassenideologische Gesichtspunkte. Außerdem gaben diese Eigenschaften auch schon früher Anlass, die Angehörigen dieses Volkes besonderen Beschränkungen zu unterwerfen. Die Internierung, gegebenenfalls Umsiedlung, stellt also keinen Grund für Entschädigung dar.«*

Das war 1957, Flora war zwei Jahre alt. Ihr Vater starb bald darauf. Diese Behördenbriefe hatte er zerknüllt und weggeworfen, aber seine Frau hob sie auf, und nun lagen sie bei den Familienpapieren, die sie immer wieder vorweisen mussten. In der Mappe lag auch ein Schreiben von 1959, in dem die Familie Fidler zu Spätaussiedlern erklärt wurde. Dass damals doch nur Willi und Joschkos Brüder in Hamburg ankamen, dass Frana und ihr ältester Sohn wieder in Chrzanów strandeten, ist eine andere Geschichte. Eines hat Laila früh begriffen: Die Geschichte ihrer Familie ist nicht zu verstehen, ohne dass man andere Geschichten hervorholen muss, und diese anderen Geschichten haben zu tun mit früheren, man könnte sie endlos aneinanderreihen. Wenn man sie noch wüsste. Früher am Feuer hätten sie viel erzählt, sagt Flora. Aber das war vor dem *Wielki Postoj*, da war Flora noch ein Kind, und sie will sich nicht erinnern und weiß auch nicht viel über Joschkos Familie, kaum etwas über ihre eigene, nur die Namen der verlorenen Orte hat sie in der Kindheit so oft gehört, dass sie sich ihr eingeprägt haben wie die Strophen eines Liedes: Tarpupönen, Karalene, Jodlauken. Und Wehlau, dort gab es den Pferdemarkt, der Schnaps nach dem Geschäftsabschluss wurde Magrietsch genannt. Floras Vater war ein angesehener Pferdehändler gewesen. Vor den »kriminalpräventiven Maßnahmen«. Als er noch beide Beine hatte.

Nur Frana in Hamburg ist noch da, die die alten Geschichten kennt. Ihre und Willis ermordete Eltern waren Sinti aus Berlin gewesen, Deutsche. Deswegen hatte man sie ja auch 1981 in Hamburg aufgenommen. Aber warum waren Flora und Joschko 1991 wieder nach Polen gegangen? Und warum kamen Flora und Laila jetzt schon wieder? Es war schwer, das alles den Behörden zu erklären. Andrzej in Chrzanów hatte ihnen vor der Abfahrt die Adresse eines Büros gegeben, auf dem Zettel stand: *Cinti-Union.* Dort fragte Flora nach Arbeit. Sie wollte so schnell wie möglich Geld verdienen, das Wohnheim verlassen. Sie hat Laila nie erklärt, warum sie gerade in Berlin leben wollte und nicht in Hamburg, in der Nähe der Verwandten. Sie sprach davon, ganz von vorn zu beginnen, in einer eigenen kleinen Wohnung, ohne die Vergangenheit. Und sie wollte, dass Laila nach den Sommerferien wieder zur Schule ging.

Noch heute wäscht Flora sich täglich die Haare, sie liebt duftende Seifen und bürstet und cremt ihren Körper. Aber damals in diesem Wohnheim mochte sie sich kaum duschen, der Waschraum war so schmierig, und sie stritt sich immer mit einer Russin, die nebenan wohnte, ständig ihre beiden Zimmer putzte, aber nie die Toilette, die ihre Kinder verschmutzten.

Diese Frau war auch eine Spätaussiedlerin, sie hielt sich für eine Deutsche, weil ihre Vorfahren vor Jahrhunderten in Schwaben gelebt hatten. Dabei sprach sie nur ein altmodisches, slawisch klingendes Deutsch, und ihre Kinder und ihr Mann konnten nicht einmal das. Flora kann zwar nicht schreiben, aber gut rechnen, und sie versteht mehrere Sprachen, und einmal hörte sie, wie die Russin laut in der Gemeinschaftsküche zu ihren Leuten sagte, sie begreife nicht, warum man Zigeuner in Deutschland dulde, wegjagen sollte man das Pack. Zu Lailas Erstaunen, denn Flora sprach ja sonst nie über Vergangenes, erwiderte ihre Mutter ruhig: »Die Familie Fidler hat schon seit vierhundert Jahren hier gelebt, da gab es noch nicht einmal das Deutsche Reich. Die Eltern meines Mannes und auch deren Eltern sind in Berlin geboren worden.«

Ein Mann ist an Lailas Tisch getreten, bleibt dicht vor ihr stehen und schaut sie starr an. Sie erschrickt nicht, weil sie den Alten mit dem zerfurchten, dunklen Gesicht schon öfter gesehen hat. Meistens hockt er reglos dicht an den Häusern auf dem Bürgersteig, stundenlang, sogar im Regen, er lebt in einer Welt, zu der nur er allein Zutritt findet. Gertrud Romberg, ihre Nachbarin, der sie von ihm erzählt hatte, meinte, der sei ein türkischer Gastarbeiter gewesen, einer der ersten aus den siebziger Jahren, bei Telefunken habe er gearbeitet, nun sei er altersblöde, er lebe bei seinen Kindern, die ihn tagsüber, wenn sie arbeiten gingen, auf die Straße schickten wie einen Hund, damit er in der Wohnung keinen Unsinn anrichte. Auf der Straße würde man ihn kennen, da sei er unter Aufsicht. Aber die Briefträgerin hatte gemeint, Frau Romberg würde ihn verwechseln, der alte Türke sei längst gestorben. Der, den Laila meine, sei ein Araber, ein Libanese wohl oder ein Palästinenser, der mit seiner Frau gekommen sei, aber schon vorher den

Verstand verloren habe. Die Frau sei nun tot, der Alte allein in der Wohnung, man müsste eigentlich den Ämtern Bescheid geben, aber so ginge es ja auch irgendwie, der tue ja keinem etwas.

»Wollen Sie sich setzen?«, fragt Laila den Mann, aber der zweite Stuhl ist ja nicht mehr da, und schon kommt die Kassiererin hinter ihrer Theke hervor, drückt dem Alten ein Glas Tee und einen Sesamkringel in die Hand, schiebt ihn vor die Tür zu einer Bank, neben der er still in die Hocke geht. Im Vorbeigehen nimmt das Mädchen Lailas leeres Teeglas mit.

Laila wird sich jetzt von ihren Erinnerungen losreißen und in ihre Wohnung in der Utrechter Straße gehen, die vielleicht nicht mehr lange ihre Wohnung sein wird, denn gestern lag wieder so ein Schreiben der Immobiliengesellschaft in ihrem Briefkasten, das man kaum versteht, das sie schon gar nicht Norida oder den anderen Nachbarinnen übersetzen konnte, die auch solche Schreiben bekommen haben und immer wieder aufgeregt beteuerten, sie hätten doch viel Geld bezahlt, Schulden gemacht, um hier wohnen zu dürfen. Und Ante, dieser undurchsichtige Ante, habe ihnen einen Vertrag gegeben.

Als Laila das Café verlässt, stößt sie beinahe mit dem alten Mann im Trenchcoat zusammen, der gestern mit seinem Stock auf dem Hof in der Utrechter Straße stand. Jetzt ist ein Mädchen bei ihm, eine junge Frau in Jeans, mit dickem Zopf, und der Alte hält ihr die Tür auf.

5

LEO ärgert sich. Nira hat schon die dritte Nacht nicht im Hotel geschlafen. Vor zwei Tagen rief sie ihren Großvater an und sagte, sie würde bei einem Freund übernachten, bei Amir, an den er sich doch sicher erinnere. Leo weiß von keinem Amir, die Freunde seiner Enkeltöchter wechseln oft, und er hatte diese jungen Männer nie besonders beachtet, wenn er, selten genug, auf sie traf. Dieser Amir, mit dessen Bruder Nira beim Militär gewesen war, wie sie sagte, lebt nun also in Berlin, seit zwei Jahren schon, und Nira hat offenbar ihre Gefühle für den Auswanderer entdeckt oder wiederbelebt. Tausende junge Israeli leben in Berlin, darüber hat Leo sich schon oft gewundert; Lotte, die er fast jeden Tag auf der Pflegestation im Kibbuz besucht, sagt, nie wieder würde sie einen Fuß nach Deutschland setzen nach alledem, und ihre Generation hätte wohl etwas falsch gemacht, wenn junge Israeli sich ausgerechnet dort amüsieren wollten und ihr Land gerade in dieser schweren Zeit im Stich ließen.

Er hat ihr nicht widersprochen, obwohl er findet, schwer waren die Zeiten immer, Israel war von Anfang an bedroht, und dass junge Leute gerade darum auch mal andere Luft atmen wollen, versteht er gut. Dass das nun ausgerechnet die Berliner Luft sein muss, ist seltsam. Es tut ihm auch weh, denn er und seinesgleichen haben alles für Israel gegeben. Nun ja, große Liebe, große Enttäuschung. Und Kinder haben meistens andere Wünsche als Eltern.

Gestern, als sie zusammen aus der Komischen Oper kamen, rief Nira ihrem Großvater ein Taxi und erklärte, sie gehe wieder zu Amir, aber es wäre doch schön, wenn Leo zum Frühstück in das israelische Restaurant »Chuzpe« käme, das er mit einem Freund in Prenzlauer Berg führe, dicht an der Grenze zur Stadtmitte.

Nun fährt er also dorthin, manche Straßennamen, die er aus dem Autofenster liest, kennt er noch, Schönhauser Allee, Fehrbelliner Straße, Zionskirchstraße, Choriner, aber zurechtgefunden hätte er sich nicht. Alles sieht hier anders aus als in seiner Erinnerung, so pastellfarben. Das »Chuzpe« erweist sich als ein winziges Lädchen mit ein paar Sitzplätzen auf der Straße. Links davon ein Antiquitätengeschäft, er tritt ans Schaufenster. Solch ein Küchenbuffet aus Fichtenholz hatten früher arme Leute in ihren Wohnküchen, bei seinen Eltern stand eine Schleiflack-Reformküche. Das Ding kommt ihm unglaublich teuer vor. Rechts vom »Chuzpe« ein Blumengeschäft, »Schöne Flora«. Eine junge Frau stellt gerade Töpfe und Sträuße auf den Gehweg, ein schöner Anblick. Die Frau kommt ihm bekannt vor, aber ehe er überlegen kann, wo er sie schon gesehen haben könnte, ist seine Enkelin da, umarmt ihn und zieht ihn in die Gaststube.

Nira sieht übernächtigt und glücklich aus. Amir, ein junger Schönling mit schwarzen Locken, kommt zwar hinter seinem Tresen hervor, um den Großvater seiner Freundin zu begrüßen, aber entschuldigt sich, dass er keine Zeit habe, denn er müsse gleich in die Küche. Leo ist es recht, und er schaut sich um in diesem Etablissement, das Nira ihm als eines der besten israelischen Restaurants in Berlin angepriesen hat. An den Wänden Kacheln aus Jerusalem mit armenischen Mustern, ein großes Foto, auf dem die Grenzmauer zu den Palästinensergebieten mit einem Graffiti zu sehen ist: *Make Hummus, not Walls.* Zu

Hause hätte Leo gelächelt, hier in Berlin erscheint ihm dieses Foto wie ein kleiner Verrat. Was gehen die Konflikte in Israel gerade die Deutschen an? Dieser Amir ist offenbar ein Spaßvogel, die Pfeffermühle trägt den Kopf von Arafat, um an Pfeffer zu kommen, muss man dem längst verblichenen Palästinenserführer den Hals umdrehen. Nira zeigt Leo amüsiert die Speisekarte, in der steht, es wären gerade »IS-freie Wochen«. Darum gebe es »..rael..che Vorspe..en«. Am witzigsten aber findet sie eine Werbepostkarte des Restaurants, die sie ihm vor die Nase hält: »Deutsche, esst bei Juden!« Leo verschlägt es die Sprache.

Aber der Hummus hier ist ausgezeichnet, obwohl Leo nicht versteht, warum seine Enkeltochter nach Berlin reist und Hummus und Schakschuka isst wie zu Hause. Aber er will nicht solche grundsätzlichen Diskussionen führen, schade ist nur, dass Nira ihre Zeit in Berlin hauptsächlich mit diesem Witzbold verbringt. Er hatte sich das anders vorgestellt, wollte mit ihr ins Pergamon-Museum gehen und an die Spree, ihr die Orte seiner Kindheit zeigen, von seinen Eltern und der Schwester erzählen, vielleicht von Simon und Manfred, von der Habonim-Gruppe, die ihm zeitweise wichtiger war als die Familie. Er wollte mit ihr nach Zehlendorf fahren in die Beerenstraße, in der Niras Großmutter aufgewachsen ist. Er selbst war nie dort, und er wird Ediths Elternhaus auch nicht sehen, weil das Grundstück längst überbaut ist, so steht es in den Prozessunterlagen. Von Zeit zu Zeit hatte dieser Anwalt Katzer aus Berlin an die Kanzlei von Dr. Levy in Tel Aviv Berichte geschickt, die bekam Edith, und seit ihrem Tod bekommt er als Witwer sie vom Anwalt Behrend, denn Katzer ist auch schon gestorben. In der Beerenstraße wollte er sich zusammen mit Nira an Edith erinnern, schauen, welchen Schulweg sie als Kind gegangen ist, wie der Berliner Himmel dort im vornehmen Teil Berlins aussieht, in den er als Junge nie gekommen ist, auch nicht in der Zeit als U-Boot, erst danach, als dort in der Nähe ein DP-Lager war. Mit Nira wollte er den Rechtsanwalt aufsuchen und ihm dafür danken, dass dieser jahrzehntelange Kampf um das Erbe nun endlich gewonnen war. Und er wollte sich um das Geld kümmern, das auf einem Sperrkonto liegt, eine unvorstellbar hohe Summe, deren Eigentümer nun er, Leo Lehmann, geworden ist.

Natürlich will er das Geld nicht für sich, auch seine Tochter Ruth, die bis vor kurzem als Krankenschwester gearbeitet hat, braucht es nicht. Mit ihr hat er vereinbart, dass nur ein kleiner Teil für die Familie aufgehoben wird, der Rest soll der Pflegestation im Kibbuz zugutekommen, der längst kein Kibbuz mehr ist, sondern eine Art Wohnsiedlung. Die kleinen Häuschen, auf die sie in den fünfziger Jahren so stolz waren, sind unter den Aufstockungen und Anbauten kaum noch zu erkennen. Die Landwirtschaft, die Gewächshäuser, die Tischlerei sind selbständige Betriebe geworden, da arbeiten auch viele, die von draußen kommen. Von den Gründern lebt kaum noch einer, nur die alte Lotte. Auch Edith war von Anfang an dabei gewesen, Leo war ja erst nach der Staatsgründung dazugekommen. Trotzdem ist er heute einer der Ältesten und wird von allen geehrt und geachtet, das kann man schon sagen. Er lebt in seinem Haus allein, die Nachbarn kochen für ihn mit, seitdem es die Gemeinschaftsverpflegung nicht mehr gibt. Als Ruth damals zur Ausbildung ins Hadassah-Krankenhaus nach Tel Aviv ging, hatten Edith und er geglaubt, ihre Tochter würde wiederkommen. Aber sie heiratete diesen Dani, einen Arzt, der um nichts in der Welt im Kibbuz leben wollte. Heute wohnen sie in einer Eigentumswohnung im Stadtteil Ramat Aviv, die Töchter sind schon ausgezogen. Aber auch die meisten Kinder der anderen Alten wollten nicht im Kibbuz bleiben, das war bitter. Leo erinnert sich gut an die Auseinandersetzungen, die sich über Jahre hinzogen. Die Kinder waren zusammen aufgewachsen, im Kinderhaus, weil die Mütter bald nach der Geburt wieder arbeiteten. In den ersten Jahren wurde jeder Säugling wie ein nachträglicher Sieg über Hitler begrüßt, denn sie hatten ja alle ihre Angehörigen verloren, und dass sie nun wieder Familien gründeten, lebendige Familien, die von Jahr zu Jahr wuchsen, war für die meisten das Glück ihres Lebens. Wenn ein Junge vom Mohel beschnitten wurde, standen sie alle um ihn herum, und manche heulten. Leo war nie religiös gewesen, auch Edith nicht, kaum jemand aus dem Kibbuz; die kleine Synagoge wurde erst spät gebaut, nach der Wäscherei, nach dem Kinderzoo. Doch die Feiertage wurden immer gemeinsam begangen, jedes Mal trieb es auch Leo Tränen in die Augen, wenn am Sederabend das jüngste Kind dem Ältesten der Versammelten die Frage stellte: *Warum ist diese Nacht anders als die anderen Nächte?* Heute wäre Leo vielleicht der Älteste und müsste antworten, aber heute gibt es diese Sederabende mit dem ganzen Kibbuz nicht mehr; aus dem Speisehaus, in dem sich immer alle trafen, ist längst ein Kino geworden, die Familien feiern in ihrem eigenen Kreis in den Wohnhäusern. Als Edith noch lebte, kam Ruth mit ihrer Familie zum Seder, das schon. Auch die Freitagabende verbrachten sie oft miteinander. Jetzt wird Leo an den Feiertagen meist von den Kindern abgeholt, die keine mehr sind.

Doch wenn er nicht mehr allein leben kann, möchte er nicht nach Ramat Aviv, auch nicht in irgendein Elternheim, sondern dahin, wo die anderen leben, mit denen er jahrzehntelang das alles aufgebaut hat, was für die Jungen heute so selbstverständlich ist. Mit den Alten auf der Pflegestation hat er in Zelten gehaust, die Pflanzungen bewacht, gelebt, gestritten und gefeiert, mit ihnen zusammen ist er alt geworden. Und nur sie wissen, was das alles gekostet hat. Freilich gab es auch unter ihnen

Zerwürfnisse, schon ziemlich früh. Immer war irgendwer auf die anderen böse, aber man hielt doch irgendwie zusammen. Als Zwi Feinberg als einer der Ersten seine Wiedergutmachung aus Deutschland bekam, wollte er sich und seiner Hannah ein eigenes Auto kaufen, nach Paris wollte er mit ihr reisen und nach Warschau. Damals machte der Kibbuz noch keinen großen Gewinn, sie hielten Feinbergs vor, dass die Gemeinschaft jahrelang den Ballettunterricht für die kleine Ada bezahlt hatte, weil sie angeblich so begabt war. Dann ist sie doch keine Ballerina geworden, sondern Buchhalterin, aber obwohl man sie im Kibbuz gebraucht hätte, zog Ada Feinberg nach Eilat und arbeitete dort in einem Hotel. Ihre Eltern stellten das neue Auto dann der Gemeinschaft zur Verfügung, aber die Europareisen zu zweit ließen sie sich nicht nehmen. Edith und er hatten damals lange nicht mit den Feinbergs gesprochen. Für sie selbst war klar, wenn Edith je zu ihrem Erbe käme, würden sie es nicht für sich allein behalten. Er will, dass die Pflegestation renoviert wird, dass der Aufenthaltsraum neue Möbel bekommt, eine neue Kücheneinrichtung, und natürlich will er auch selbst sicher sein, dort ein eigenes, schönes Zimmer zu bekommen, wenn es demnächst so weit sein wird.

Mit seiner Tochter Ruth hat er das alles abgesprochen, aber nun wollte er auch mit Nira darüber reden, die sich bisher kaum für den Zweck ihrer Reise interessiert hat. Vielleicht war es ihr gar nicht darum gegangen, ihren Großvater zu begleiten, als sie sofort zugesagt hatte mitzukommen, vielleicht hatte sie schon den Lockenkopf dahinten im Sinn, diesen Jored, den Absteiger. Auf Iwrith ist Auswanderer und Absteiger dasselbe.

Leo trinkt den Minzetee und betrachtet seine Enkeltochter, die er einfach entzückend findet, die Art, wie sie ihr Haar trägt, ihr Profil erinnern ihn an Edith. Er spürt keinen Groll, nur eine leise Enttäuschung, gemischt mit Nachsicht, die er der Tochter und später den Enkelinnen gegenüber immer aufgebracht hat. Edith war strenger gewesen, manchmal sogar unerbittlich, zwischen ihr und der heranwachsenden Ruth stoben oft die Funken. Die Enkelin Nira hat sie kaum erlebt, das Mädchen war drei, als Edith vor zwanzig Jahren starb. Sie war auch keine zärtliche Großmutter gewesen, in ihr saß der hart gewordene Schmerz des sich verstoßen fühlenden Kindes; sie war erst dreizehn gewesen, als sie 1939 mit der Jugend-Alija nach Palästina geschickt worden war. Ihre kleine Schwester durfte bei den Eltern in Berlin-Zehlendorf bleiben, das fand sie ungerecht, sie wollte nicht fort. In Palästina hatte Edith bei Haifa gelebt, in einem Kinderheim, das bald überfüllt war. In Berlin war sie auf eine Privatschule gegangen, bekam Geigenunterricht an der Musikschule Holländer, in Palästina war ihre Schulzeit bald vorbei, studieren konnte sie nicht, wer hätte das bezahlen sollen. Sie arbeitete auf den Gemüsefeldern, kümmerte sich um die kleineren Heimkinder, half in der Küche. Edith gehörte dort zu den Älteren, dabei war sie selbst noch ein Kind gewesen, als sie in Eretz Israel ankam, ein Kind, das sich nach seiner Familie sehnte, die es nie wiedersah.

Nach dem Kriegsende kamen aus allen europäischen Ländern Waisenkinder ins Heim, tief verstörte Kinder, die in Lagern überlebt hatten, in polnischen Wäldern, französischen Klöstern, in Kellerlöchern und der Kanalisation. Für Edith gab es keinen Platz mehr, ihr neues Zuhause fand sie im Kibbuz. Was blieb ihnen anderes übrig, als sich einer Gemeinschaft anzuschließen, sich in den Aufbau des Landes zu stürzen? Es gab keinen anderen Weg aus der Armut, dem Mangel, der Angst, keine andere Möglichkeit, dem Leben so etwas wie Glück abzutrotzen. Es war wie in der biblischen Geschichte von Lots Weib: nur nicht nach hinten sehen. Dass ihre deutsche Familie nicht mehr lebte, ahnte Edith, doch erst in den fünfziger Jahren bekam sie Gewissheit und erfuhr von der Tragödie, die sich in der Beerenstraße ereignet hatte. Da waren Leo und sie schon ein Paar, bereits am Tag seiner Ankunft im Kibbuz war sie ihm aufgefallen, ein braungebranntes Mädchen, so alt wie er, mit einem Zopf, wie ihn Nira heute trägt, festen Brüsten unter der Khakibluse und kurzen Hosen, die ihre muskulösen, glatten Beine freiließen. Edith stand mit einer Art Heugabel auf einem Erntewagen, ihre schlanke Gestalt zeichnete sich gegen den unglaublich blauen Himmel ab. Er starrte sie an, und sie rief ihm spöttisch etwas zu. Und Edith war Berlinerin.

Leo erinnert sich gern an diesen Anfang, die Bilder seiner Begegnung mit Edith steigen in ihm auf, er will sich zurücklehnen, sie genießen, doch die Stühle im »Chuzpe« sind hart und unbequem, trotz der hohen Lehnen. Als ihm das auffällt, muss Leo lächeln, weil er eben erst an den Sederabend dachte. Bei der Sedermahlzeit soll man sich anlehnen, ganz entspannt soll man sitzen, denn in biblischer Zeit war diese Lässigkeit den Freien vorbehalten, wer einem unfreien Volk angehörte, durfte sich bei der Mahlzeit nicht anlehnen. »Einen Seder kann man bei dir nicht feiern«, sagt er zu Amir, der jetzt wieder hinterm Tresen steht und widerspricht, weil er nicht versteht, was der Alte meint. Der aber fühlt sich plötzlich wohl, er kann sich hinsetzen, wie er will, anlehnen, so viel er will, bei jeder Mahlzeit. Er ist in Berlin, und er ist frei in dieser Stadt, er kann hingehen, wo er will. Das war ja mal anders.

»Warum rutschst du so herum, ist der Stuhl nicht gut für deinen Rücken?«, fragt Nira, und es gefällt ihm, dass sie sich um ihn sorgt.

Vor dem Tresen steht jetzt die junge Frau, die vorhin die Blumen vor ihren Laden gestellt hat. Amir scheint sie zu kennen, er geht auf sie zu, begrüßt sie herzlich. Als er Niras und Leos

Blicke bemerkt, die die Blumenfrau wie eine Erscheinung anstarren – beide überlegen, wo sie sie schon gesehen haben –, stellt er sie vor: »Das ist Laila, ihr gehört der Laden nebenan. Sie ist selbst eine schöne Flora, ich bin stolz, dass ihr unsere Falafeln schmecken.« Er hat wegen Nira Englisch gesprochen, und auf Englisch wehrt Laila ab: »Nein, nein, der Laden gehört mir nicht, ich arbeite hier nur an manchen Tagen. Flora heißt meine Mutter, ich bin Laila.«

»Ich dachte, Flora sei eine römische Göttin«, antwortet Leo und stellt sich vor. »Vielleicht ist meine Mutter ja eine Göttin«, lacht Laila und gibt ihnen die Hand. »Wir haben uns schon gesehen, auf dem Hof in der Utrechter Straße.« Jetzt fällt es Leo wieder ein. Sie trug einen Blumenstrauß. »Und in dem türkischen Imbiss in der Liebenwalder Straße sind wir uns auch begegnet«, ergänzt Nira und mustert die Frau neugierig. »Setz dich doch zu uns.« Aber Laila muss zurück in ihren Laden, nimmt Amir die Falafel aus der Hand, winkt und verschwindet. »Sie ist, glaube ich, eine Gypsi«, erläutert Amir. »Jedenfalls ist ihr Vater oder Stiefvater einer. Dem gehören mehrere Blumengeschäfte, keine gewöhnlichen Läden, die Sträuße, die dort gebunden werden, sind wie Kunstwerke. Ich kann das beurteilen, ich komme aus Beth Jizchak, dort geht es von früh bis spät um nichts als Blumen, meine Leute dort züchten sie für den Export. Lailas Vater macht auch ganz schön Geld damit, manchmal sitzt er hier bei mir, ein interessanter Mensch.«

»Was macht sie im Wedding, in der Utrechter Straße?«

»Ich denke, sie wohnt dort.« Amir wird in die Küche gerufen, und Leo gießt sich frischen Tee ein. Dann beginnt er vorsichtig, seiner Enkelin zu unterbreiten, was er sich von dieser Reise erhofft hat.

Das Pergamonmuseum sei eine Baustelle, erfahren sie von Amir, der berühmte Altar eingerüstet, sie sollten doch in die

Nationalgalerie oder ins Jüdische Museum nach Kreuzberg gehen. Aber Deutsche Nationalgalerie, das hört sich für Leo nicht verlockend an, und Jüdische Museen haben sie auch zu Hause. Schade, den Pergamonaltar kennt er aus seiner Kindheit, dort war er mit seinen Eltern und seiner Schwester Gisela.

Die kleine Gaststube hat sich gefüllt, auch die Tische auf der Straße sind besetzt. Es kommt Leo so vor, als seien die meisten dieser gutgekleideten, sorgenfrei wirkenden Menschen noch sehr jung. Aber seit einigen Jahren kann er das Alter von Leuten schlecht schätzen, fast alle erscheinen ihm jung. Sein Arzt zu Hause kam ihm anfangs vor wie ein Student, dabei ist der Mann Ende vierzig und ein berühmter Kardiologe. Und wenn er sich selbst im Spiegel sieht, kommt ihm das wie ein Irrtum vor. Er, Leo Lehmann, kann doch unmöglich dieser zerfurchte Graukopf sein, der einen Stock braucht, um überhaupt vorwärtszukommen, dessen Augen in tiefen, faltigen Höhlen liegen wie bei einer tausendjährigen Echse.

Wahrscheinlich sind die Gäste im »Chuzpe« auch keine Jugendlichen mehr. Sie wirken alle sehr wichtig und sehr beschäftigt. Viele haben ein Smartphone vor sich liegen, und während sie aufs Essen warten, tippen sie darauf herum, manche sogar während der Mahlzeit. Auch der Jored wird nicht das Jüngelchen sein, für das Leo ihn anfangs gehalten hat, nach dem, was Nira von ihm erzählte, muss er um die dreißig sein. Als Leo dreißig war, hatte er schon das Leben im Untergrund überstanden, die Fahrt über den Ozean mit dem abgewrackten italienischen Kahn, den Fronteinsatz bei Latrun, hatte schon die ersten Stürme im Kibbuz erlebt. Seine Tochter Ruth wurde geboren. Den Namen hatte er ausgesucht, nach Ruth aus der Habonim-Gruppe ist sie benannt, Edith war einverstanden. Er und sie lebten mit den Toten. Aber was hat dieser Amir schon erlebt, macht Hummus in Berlin für diese Deutschen hier, was sind das überhaupt für Leute, das hier war doch auch mal eine Arbeitergegend, nicht ganz so arm wie der Wedding, aber nicht so schick und parfümiert, wie die Gäste hier wirken.

Leo merkt selbst, dass seine Gedanken ungerecht sind, was weiß er schon über Berlin, das sich natürlich verändert hat. Bei ihm zu Hause heulen auch nicht mehr die Schakale in den Nächten, eher gehen die Warnsirenen. Auch sein Land hat sich verändert, die Poale Zion, über die Simon ihnen in ihrer Jugendgruppe so begeistert erzählte, hat sich immer wieder mit anderen Bewegungen vereinigt, zerstritten, neu gegründet. Heute hat die Arbeitspartei nichts mehr zu sagen und ist vor allem damit beschäftigt, sich erneut zu spalten. Wie kann er erwarten, dass eine Arbeitergegend in Berlin noch immer aussieht wie in seiner Jugend? Das Florentin-Viertel in Tel Aviv war früher ebenso eine Arbeitergegend, und jetzt ist es nur noch das, was junge Leute schick finden. Die Arbeit selbst hat sich ja verändert. Die da an ihren Laptops sitzen, arbeiten vielleicht auch gerade. Und was weiß er schon über Amir? Immerhin hat der seinen Toches angehoben, ist losgegangen, verdient sein Geld durch Arbeit, statt nur zu nörgeln. Aus Beth Jizchak ist er, dort haben sie die gleichen Probleme wie im Kibbuz. Viele der Jungen wollen nicht bleiben, nicht weiterführen, was die Alten aufgebaut haben. Na ja, der Platz dort in dieser Mustersiedlung reicht sowieso nicht für alle. Und wenn dieser Amir nicht gerade spricht oder lacht, wenn er sich auf sein Tun konzentriert, kommt ein sehr erwachsener Zug in sein Gesicht, er hat wohl doch schon einiges gesehen. Nein, ein Jüngelchen ist der Jored nicht, auch wenn er alberne Witze liebt.

Und doch wäre ihm lieber, Nira würde ihn hier nicht getroffen haben. Sogar während sie ihrem Großvater zuhört, suchen ihre Augen immer wieder Amir. Sie reden über den Jahrzehnte währenden Rechtsstreit um den Besitz von Ediths Familie. Nira hat von Ruth einiges darüber gehört, und sie beschließen, den Rechtsanwalt anzurufen, sein Büro ist nicht weit von hier, in der Torstraße. Amir gibt ihnen ein Telefon, und überrascht hört Leo, wie die Sekretärin des Anwalts ihn freudig begrüßt wie einen lange vermissten Angehörigen. Noch heute soll er in die Kanzlei kommen.

Sie warten schon vor dem »Chuzpe« auf das Taxi, als Leo die paar Schritte zum Blumenladen geht. Sein Geschenk für den Rechtsanwalt, die kostbare Nachbildung einer antiken Vase aus Hebron-Glas, liegt im Hotel in der Liebenwalder Straße. Wenigstens Blumen will er dem Mann mitbringen. Seinen Stock stellt er vor der Tür an die Hauswand. Im Verkaufsraum ist es kühl, leise Musik spielt. Nicht Laila, eine andere junge Frau fragt ihn nach seinen Wünschen. Die fertigen Sträuße sind tatsächlich auf besondere Art gebunden, Leo versteht nicht viel davon, aber er sieht zwischen den edlen Rosen graue Disteln und gewöhnliche Gräser und einen Zweig mit weißen Beeren, Knallerbsen nannten sie die als Kinder. Eine eigentümliche Wirkung geht von diesen Sträußen aus. Während das Mädchen den Blumenstrauß sorgfältig in Seidenpapier einschlägt, späht Leo in den angrenzenden Raum, dort sitzt Laila abgewandt vor einem Bildschirm. Etwas enttäuscht will er schon den Laden verlassen, als sie sich plötzlich umsieht, aufsteht und zu ihm kommt. Als sei er ein junger Kerl, der zum ersten Mal mit einer schönen Frau zu tun hat, spürt er Verwirrung und will irgendetwas sagen. »Sie wohnen in der Utrechter Straße?«

»Ja, da, wo wir uns gesehen haben, im Hinterhaus.«

»Das kenne ich, das kenne ich gut, da habe ich oft übernachtet.«

»Ach, wann haben Sie denn da gewohnt?«

»Es ist lange her. Ich war noch sehr jung, keine zwanzig.

Und gewohnt habe ich da auch nicht richtig. Ich war ein U-Boot, wissen Sie, was das ist, Laila?«

»Ein U-Boot?«

»Wir waren untergetaucht, verstehen Sie. Als Juden untergetaucht. 1944 war das. Mein Freund war noch dabei. Gibt es auf dem Wäscheboden noch den Verschlag hinten rechts? Da haben wir uns nachts reingeschlichen.«

Leo ist selbst überrascht von seiner Redseligkeit. Er hatte nicht vor, den Leuten hier in Deutschland seine Geschichte auf die Nase zu binden. Aber Laila ist ja vielleicht gar keine Deutsche. Sie sagt: »Das ist ja unglaublich. Die Bude kenne ich. Im letzten Sommer haben Männer dort geschlafen, die man aus dem Tiergarten vertrieben hatte, Roma. Aber sie wurden bei uns auch verjagt, der Verschlag wurde jetzt abgebaut.«

»Saba, komm. Das Taxi ist da.« Nira ruft ihn.

Leo bittet Laila eilig um ihre Telefonnummer, vielleicht möchte er noch einmal in die Utrechter Straße kommen, dann könnte sie ihm den Boden zeigen.

»Der ist jetzt immer abgeschlossen«, sagt Laila und gibt ihm zögernd ein Kärtchen, fragt: »Dann kennen Sie vielleicht auch die alte Frau Romberg? Gertrud Romberg, sie ist in dem Haus geboren.«

Beinahe hätte Leo seinen Stock vor der Tür der »Schönen Flora« vergessen, aber Nira bringt ihn, als er schon im Auto sitzt.

Ich habe immer genau zugehört, wenn die Bauhelfer aus der Schrippenkirche in den Arbeitspausen auf dem Gerüst hockten und sich erzählten, was sie gesehen hatten auf ihren Wanderungen, denn viele waren auf der Suche nach Arbeit oder dem, was sie für Glück hielten, durch die Welt gekommen. Sie prahlten mit dem, was sie früher gewesen waren, und schilderten, was sie besessen hatten, doch jeder wusste, dass es nichts als Träume waren, denn über das, was wirklich mit ihnen geschehen war, konnten die Männer nicht reden. Es war wie mit den Leuten, die heute hier wohnen. Wenn sie den anderen berichten, woher sie kommen, beschreiben sie schöne Gärten, sie fuhren große Autos, und der Himmel war blau. Über das Schlimme schweigen sie. Meistens.

So wuchs ich langsam und wurde ein schönes Haus. Jede Küche hatte ein eisernes Ausgussbecken unter einem Kran, aus dem fließendes Wasser kam. In den Stuben standen grüne Kachelöfen.

Zum Schluss kamen die Veltener Fliesen an die Wände des Hausflurs, ein ganzer Posten davon blieb übrig, und Dermitzel verkaufte sie an einen Bauherrn nach nebenan in die Hennigsdorfer Straße. Ein Frauenkopf aus Gips mit Schlangenhaar kam auch in meinen Hausflur, der mir allerdings nicht gefiel, aber im Laufe der letzten hundertzwanzig Jahre habe ich mich auch mit dieser Medusa abgefunden und sie sich mit mir; sie hatte sich auch ein anderes Dasein vorgestellt, als in einem Weddinger

Mietshaus an der Wand zu hängen, noch dazu nur als Abguss. Ich dagegen war ein Original, der Maurermeister Kasischke hatte mich ja in seinen besten Jahren entworfen, kein Haus war genauso wie ich. Kasischke hatte übrigens zu trinken angefangen, und ein paar Jahre später musste er froh sein, als geläuterter Säufer, dem die Frau davongelaufen war, im neuen Haus der Schrippenkirche in der Ackerstraße ein Bett und ein Auskommen zu finden. Er wurde so etwas wie ein Vorarbeiter für die Maurerkolonne, denn aus den Gottesdiensten mit dünnem Kaffee und Schrippen war ein florierendes soziales Unternehmen geworden, aber nicht für immer. Nichts ist für immer. 1945 war Schluss, und 1980 ist das Gebäude der Schrippenkirche in der Ackerstraße abgerissen worden, dabei war es jünger als ich. Diese Zeit war sehr gefährlich für alte Häuser. Doch zurück zu meinem Anfang. Die Gebrüder Koch mit ihrem Baugeschäft habe ich aus den Augen verloren, auch von Hermann Dermitzel hörte ich lange nichts, denn als der Bau fertig war, setzte er einen Verwalter ein und kam nicht mehr selbst in die Utrechter Straße. Aber wenn man lange genug wartet, kommen hier alle wieder vorbei, und wenn nicht sie, dann ihre Kinder.

Der Maurerpolier Dermitzel war längst Bauunternehmer und Grundstücksagent. Er heiratete zum zweiten Mal, diesmal war die Frau jung, er baute sich ein Haus in Frohnau und setzte sich zur Ruhe. Aber sein Sohn, der noch gar nicht geboren war, als es zwischen meinen Wänden schon vor Leben summte und ich manchmal schon dachte, ich platze von all dem, was in mir vorging, dieser Heinz Dermitzel wurde Beamter, Polizist. Er war noch Anwärter, als der junge Wagnitz in der Neujahrsnacht 1933 hier vor meiner Tür den Tod fand. Wochenlang ging Heinz Dermitzel in der Straße von Tür zu Tür. Später kam er auch in Zivil, wohl wegen Gertrud, die heute meine älteste Bewohnerin ist, damals aber ein auffällig hübsches Mädchen war, gerade fünfzehn Jahre alt. Zehn Jahre später, mitten im Krieg, nahm ein Kriminalsekretär Bunge die Ermittlungen wieder auf, schließlich war die Sache mit Wagnitz ein ungeklärter Mordfall, auch wenn andere ganz anderer Meinung waren. Aber ich weiß nicht, ob es Bunge 1942 um die Wahrheit ging oder darum, wegen seiner ungeklärten Mordfälle nicht an die Front zu müssen. Ich weiß nur, dass Heinz Dermitzel inzwischen auch Kriminalsekretär war, bei der Geheimen Staatspolizei, und dass er dafür sorgte, dass die Ermittlungen abgebrochen wurden. Ich weiß auch nicht, ob der junge Dermitzel sich darüber im Klaren war, dass das Haus, in dem er sich dauernd herumdrückte, also ich, in gewisser Weise seinem Vater zu verdanken war. Der hatte mich während der Inflation wieder abgestoßen, nicht für wertlose Mark hat er mich verkauft, sondern für gute Dollars, die der Jonathan Neumann von seinem schon lange nach Amerika ausgewanderten Bruder … Aber ich schweife ab, das ist so, wenn man alt ist. Ich wollte mich doch an die Baustelle erinnern.

Die Bauhelfer holte sich der Hermann Dermitzel also aus der Schrippenkirche, Männer, die dankbar für jeden Verdienst waren. Freiwillige Winde nannten sie solche Arbeit, im Gegensatz zu den Zwangswinden, die ihnen in Rummelsburg blühten. Eine ganz eigene Sprache hatten sie von den Landstraßen mitgebracht, manche Worte höre ich heute auch wieder von meinen Bewohnern, weil sie aus ihrer Sprache kommen, die sie Romanes nennen. Andere Begriffe haben die Tippelbrüder wohl erfunden, aber man verstand sie sofort. Wenn sie Wurst oder Schinken meinten, sagten sie Sehnsucht. Aber auch das Wort Unvernunft meinte nichts anderes als Wurst. Und Läuse waren stille Marschierer, Flöhe Schwarzreiter. Wenn sie einen anderen Bienenzüchter nannten, dann, weil er Ungeziefer hatte. Dabei hielten die meisten sich sauber. Nach der Arbeit gingen sie zu der grünen Pumpe an der Ecke zur Malplaquetstraße, wo auch überall gebaut wurde, und wuschen sich mit freiem Oberkörper. Wohin sie dann gingen, weiß ich nicht. Am nächsten Morgen waren sie wieder da, anfangs still und bescheiden, später, als der Bau schon fast fertig war und sie vertrauter miteinander geworden waren, hörte man sie auch laut lachen und derbe Witze erzählen, deren Sinn kein Fremder verstand. Zwei von ihnen waren Juden, aber das ließen sie die anderen nicht wissen. In der Schrippenkirche wurden Juden nicht direkt weggeschickt, damals noch nicht, aber selbstverständlich galt die christliche Nächstenliebe vor allem den eigenen Leuten. Also gaben sich die Juden möglichst nicht zu erkennen. Die beiden hatten nichts miteinander zu tun, obwohl sie beide Meier hießen, Fritz und Erich. Der eine kam aus Lemberg, der andere aus Prenzlau, der eine war blond und untersetzt, der andere hager und rothaarig. Niemand erkannte sie als Juden, sie aber sahen ihr Gemeinsames sofort, doch gingen sie einander eher aus dem Weg. Nur als Fritz sich an Jom Kippur wegen Zahnschmerzen entschuldigt hatte, wohl weil er es doch nicht über sich brachte, seinen Gott am höchsten Feiertag durch Arbeit zu erzürnen, hörte ich, wie Erich ihn dafür verspottete, aber die Kollegen verstanden die Anspielung nicht, sie hatten keinen Verdacht geschöpft, und vielleicht hatten sie auch nichts gegen Juden, von denen damals auch viele Kornhasen, also Obdachlose, waren. Nach dem Gott der anderen fragten die Männer nie. Sie hatten eine ganz eigene Sprache, die Kundensprache, in der die Wörter verschoben waren. Wenn sie einen nach der Religion fragten, meinten sie den Beruf. Manche hatten Bäcker gelernt, die waren in ihrer Sprache Teufel, ein Klempner war ein Sonnenschmied oder Blecher, einen Schmied nannten sie Flammer oder Funkenstieber. Knechte, also Arbeitsscheue, waren sie nicht. Die Schnapsflasche, so wichtig sie ihnen war, nannten sie nie beim üblichen Namen, sie war ein Verbandsbuch oder die Finne oder der Revolver. Die Flebben waren die Ausweispapiere. Die Vorarbeiter, bei

Dermitzel fest angestellte Maurer, konnten da nicht mitreden, aber sie verachteten die hergelaufenen Tagelöhner ohnehin, denen sie Befehle geben konnten. Die Kunden wiederum verachteten die Maurer, die sie Kotlerchen nannten. Aber auf dem Bau ist es gefährlich, wenn man jemanden gegen sich hat, ein Unfall geschieht schnell, und die Schuld ist nicht immer zu klären. Und letztlich kamen sie miteinander aus, außerdem waren sie alle abhängig von Hermann Dermitzel. Der nahm aber keinen von ihnen auf seine nächste Baustelle mit, es gab genug Arbeitskräfte, und die Kunden zogen weiter nach Nirgendwo. Sie wussten, in Berlin blieb ihnen nur das Gymnasium, also das Gefängnis, oder sie mussten Kolonievögel werden, Dauerbewohner der Arbeitshäuser. Die starben früh, was in ihrer Sprache hieß: Stadtverweis.

Ich denke oft an diese Männer, deren Schweiß in meinen Wänden steckt, meine Balken haben ihre Wut, aber auch ihr derbes Lachen aufgesaugt. Zu mir sind immer wieder Menschen gekommen wie diese Heimatlosen. Meist konnten sie nicht lange bleiben. Andere Bewohner blieben ihr Leben lang.

Einer der gelernten Maurer mit Arbeitsvertrag, der junge Ernst Romberg, scharwenzelte immer um den Dermitzel herum, wenn der seinen Rohbau inspizierte. Romberg schloss sich sogar den Helfern der Schrippenkirche an und erschien dort sonntags im Bratenrock, um am gottgefälligen Werk teilzunehmen. Die Männer auf dem Bau redeten darüber und wunderten sich. Aber schnell wurde klar, was Romberg wollte. Eine Wohnung wollte er, und Dermitzel sollte sie ihm in dem neuen Haus vermieten. Bisher hatte er nur einen Schlafplatz bei einer Witwe in der Auguststraße, aber nun erwartete seine Braut Mariechen, die ihm manchmal das Essen auf die Baustelle brachte, unübersehbar ein Kind.

Trockenwohner nannte man die ersten Mieter, es soll ungesund sein, in einem Neubau zu wohnen. Trotzdem war Romberg glücklich, als er vor allen anderen Mietern eine Einzimmerwohnung im Gartenhaus bekam, dafür musste er jahrelang unentgeltlich Hausmeisterdienste leisten. In den anderen Stube-Küche-Wohnungen lebten sieben oder acht Menschen, bei Rombergs waren es nur drei. Eine Woche nach dem Einzug, im Dezember 1890, brachte Marie ihren Sohn Albrecht zur Welt, Gertruds Vater. Ein paar Jahre später zogen sie sogar in eine Wohnung mit zwei Zimmern.

Jahrzehnte später, als ich wieder verkauft worden war, legte Jonathan Neumann, der neue Besitzer, Wohnungen im Haus zusammen, einige bekamen Innentoiletten und Bäder, da war Ernst Romberg schon mit sechsundfünfzig Jahren an Nierenversagen gestorben, eine Spätfolge der Jahre auf dem Bau. Die grau gewordene Marie blieb in den beiden Zimmern mit Außentoilette, sie polierte ihre Möbel und achtete darauf, dass die gestärkten Spitzengardinen stets vor blank geputzten Fenstern hingen. Ihr einziger Sohn Albrecht arbeitete im Vorort Biesenthal, er hätte mit seiner Frau Paula und der Tochter Gertrud dorthin ziehen können, zumal sie in der Kolonie Gartenglück dort eine Laube hatten, aber sie baten den neuen Hausbesitzer, ihnen die Dreizimmerwohnung mit Badezimmer ganz oben zu vermieten. Dort lebt Gertrud noch immer, da will sie bleiben, in Frieden, bis der Tod sie holt, sagt sie immer, dabei spürt sie wohl durchaus, dass ganz andere Kräfte ihren Aufenthalt in der Utrechter Straße beenden könnten.

6

GERTRUD sitzt allein in der Stube und denkt und denkt und wundert sich, wie alt sie geworden ist. Sie macht ja noch fast alles selbst, kocht sich jeden Tag etwas, wäscht ihr bisschen Geschirr ab, gießt die Blumen. Vor allem die Blumen liegen ihr am Herzen. Diese Pflanze mit den wächsernen Blättern, die aussieht wie eine Ananasstaude, ist eine Bromelie. Sie blüht nur einmal im Leben, aber dann ein halbes Jahr lang. Jetzt ist es bei der in dem weißen Übertopf wieder so weit, jeden Tag freut Gertrud sich an den dunkelroten Blüten. Wenn die abfallen, ist das Glück vorbei, aber es werden sich neue Triebe am Stiel der Pflanze bilden. Deren Blühen wird sie wohl nicht mehr erleben.

Heute Vormittag hat sie die Bromelie den rumänischen Frauen gezeigt, Norida und Lucia, die sind ihr die liebsten von all den neuen Nachbarn. Und Laila natürlich, aber Laila mag keine Topfpflanzen, Laila bringt sich immer große Sträuße aus ihrem Laden mit, komische Sträuße, ein bisschen wie schlichte Wiesenblumen, ein bisschen exotisch. Aber exotisch war Gertrud die Bromelie auch erschienen, als Herr Kunze ihr die erste dieser Pflanzen zum Geburtstag schenkte. Herr Kunze ist längst tot, aber die Bromelie hat sich auf Gertruds Fensterbrett vermehrt. Im Sommer stellt sie sie manchmal auf den Balkon. Als sie Norida und Lucia die Pflanze erklärte, ihnen erzählte, dass die Bromelien nur ein einziges Mal blühen, hatte Gertrud plötzlich das Gefühl, sie rede über sich selbst, über ihr eigenes Leben. Verwirrt hörte sie auf und sagte, sie müsse sich hinlegen, das sei das Alter. Norida und Lucia boten ihr noch an, Tee für sie zu kochen, aber als Gertrud sagte, sie wolle nur Ruhe, verließen die beiden die Wohnung, beinahe auf Zehenspitzen gingen sie, ihre Besorgnis tat Gertrud gut.

Aber was ist nur aus ihr geworden, jetzt vergleicht sie sich schon mit einem Blumentopf. Und neulich, als sie in den Spiegel sah, musste sie an die Medusa mit den Schlangenhaaren denken, die unten im Hausflur hängt. Nicht, dass die ihr ähnlich sähe. Gertruds Gesicht ist zwar faltig und voller brauner Flecken, aber nicht so schief und verquollen wie das der Medusa. Und von Schlangenhaaren kann bei ihr auch keine Rede sein, durch Gertruds dünnes weißes Haar schimmert die Kopfhaut. Die Medusa soll einmal ein schönes Mädchen gewesen sein, das jeder Mann begehrte. Nur durch einen Fluch der Göttin Pallas Athene war sie so verunstaltet. Das Alter ist auch ein Fluch.

Gertrud hat nie vergessen, dass ihre Freundin Rosa ein Buch mit griechischen Sagen besaß und dass sie ihr, als sie noch kleine Mädchen waren, stundenlang die Geschichten aus diesem Buch erzählte. Die Medusa beschäftigte Rosa und Gertrud sehr, denn in Rosas Wohnhaus hing ein ebensolcher gipserner Kopf. Als die Medusa enthauptet wurde, so stand es in Rosas Buch, entsprang ihrem Körper ein geflügeltes Pferd, ein Pegasus, denn sie war zuvor von einem Gott geschwängert worden, der als Pferd daherkam. Rosa und Gertrud konnten damals kaum verstehen, wie ihre eigenen Mütter jemals schwanger geworden waren, aber noch unverständlicher war, wie ein Pferd eine Menschenfrau schwängern konnte. Rosas Bruder Manfred, der sich auch in den griechischen Sagen auskannte, erklärte den Mädchen, die Medusa sei kein Mensch gewesen, sondern ein Kind von Göttern.

Ein paar Jahre später, Rosa war nicht mehr dabei, sprachen sie wieder über die Medusa, und Manfred sagte, der Kopf im

Hausflur sei zwar eine Gorgone, aber nicht die Medusa, sondern ihre Schwester Euryale, ebenso hässlich, jedoch unsterblich. Doch er würde sie nicht anschauen, das bringe Pech, dafür belohne sie den, der sie nicht beachte. »So ist das mit der Gefahr«, sagte er. »Am besten, nicht dran denken.« Sein Freund Leo war anderer Meinung, sie stritten manchmal, Leo fand, Manfred sei zu unvorsichtig.

Einmal hatte Gertrud gefragt: »Warum hängt der Kopf eigentlich bei uns im Hausflur?« Manfred glaubte, der solle die Feinde davon abhalten, das Haus zu betreten. »Das ist doch in unserer Lage wunderbar«, meinte er lachend, und man wusste nicht, wie ernst er es meinte. Das wusste man bei ihm nie, er verachtete jede Gefahr und lachte oft, als sei das Leben leicht und als könne ihn ein Gipskopf tatsächlich schützen.

Jetzt muss sie schon wieder an Manfred denken. Dabei ist sie eine alte Frau, eine Greisin, die sich nur von einem Zimmer ins andere bewegen kann, wenn sie den Rollator vor sich her schiebt. Die Thermoskanne mit Salbeitee und einen Becher hat sie auf die Ablage gestellt. So ein Rollator ist eine praktische Erfindung. Das Ding zu bewegen, ist für Gertrud nicht schwer, irgendwie drehen die Räder sich von allein. Die Schwellen zwischen den Räumen, die Teppichkanten und die Dellen in den Dielen kennt sie seit Jahrzehnten und dirigiert das Gerät sicher, ohne es zu merken. Schon ihren Puppenwagen hat sie als Kind über genau diese Schwellen, diese Dielen geschoben. Wenn sie daran denkt, hört sie ihre Mutter Paula und die Großmutter Marie, die immer um sie herum waren, ihre mürrischen, leicht keifenden Stimmen, kaum voneinander zu unterscheiden, dabei war Paula nicht die Tochter, sondern nur die Schwiegertochter von Marie. Jetzt liegen beide längst auf dem Friedhof an der Seestraße, da ist Gertrud auch schon jahrelang nicht gewesen, doch dahin wird sie noch früh genug kommen.

Ärgerlicher ist, dass sie es nicht einmal mehr auf den Hof schafft. Obwohl das vielleicht auch kein Verlust ist, manchmal sitzt sie auf ihrem kleinen Küchenbalkon und hört Kindergeschrei, schimpfende Mütter, auch wütende Männer. Hier haben immer viele Kinder gewohnt, aber die durften nicht so laut sein. Marie und Paula haben sich auch gezankt, aber auf Deutsch und nie so laut, dass die Nachbarn es hörten, sie haben mehr gezischt als gebrüllt. Der Vater hat nicht herumgeschrien, der hat sich in Biesenthal bei seinen Arbeitsdienstlern und Schäferhunden verausgabt, zu Hause hatte er nicht viel zu sagen und saß meistens still bei seinen Briefmarken. Die da unten sind sogar laut, wenn sie sich normal unterhalten. Vielleicht liegt es auch am Hof, die Hauswände verstärken alles wie ein Echo. Doch man versteht kein Wort, die neuen Nachbarn reden türkisch oder rumänisch oder Romanes, das kann sie gar nicht unterscheiden.

Zigeuner gab es hier schon immer, man ist gut miteinander ausgekommen vor dem Krieg. Aber das waren andere, Deutsche, obwohl sie auch ihre eigene Sprache hatten. Und es waren nicht so viele. Die Fidlers waren sogar sehr nett. Die wohnten eine Treppe tiefer, da, wo heute Laila ihre Wohnung hat. Nach dem Krieg wurde alles neu aufgeteilt, aus einer Wohnung machte man zwei mit Gemeinschaftsküche. Ein Glück, dass sie ihr eigenes Bad und ihre eigene Küche behalten konnte, irgendwo musste sie ja auch mal Glück haben im Leben. War ja sonst nicht viel. Eine einzige Blütezeit in einem ganzen Leben, wie bei einer Bromelie.

Die Laila heißt auch Fidler, warum fällt ihr das jetzt erst auf? Das ist doch seltsam. Ob die auch zu denen gehört? Aber sie ist ja hellhaarig und ihre Augen sind grün wie bei einer Meerjungfrau. Zigeuner sehen anders aus, schwarzbraun wie die Haselnuss. Obwohl das nicht immer stimmt, Lucia hat eine ganz zarte, helle Haut, und wenn sie nicht solche bunten langen Röcke trüge, würde keiner sie als Zigeunerin erkennen. Norida mit ihren schwarzen Locken schon eher, obwohl die meistens Hosen trägt. Die hat drei Kinder, die meisten der neuen Nachbarinnen haben Kinder. Nur Laila hat gar kein Kind, auch keinen Mann, obwohl da öfter einer kam und über Nacht blieb. Jetzt hat Gertrud ihn lange schon nicht gesehen, und als sie Laila nach ihm fragte, sagte die nur kurz: »Robert? Der arbeitet jetzt an einer Universität in den USA.«

Laila ist verschwiegen, das gefällt ihr, sie hat selbst immer nur erzählt, was sie erzählen wollte. Ein Kind hat Gertrud auch nicht, sie war ja nie verheiratet. Laila ist wohl geschieden. Dann ist Fidler wahrscheinlich gar nicht ihr Mädchenname, mit den Fidlers von früher wird sie nicht verwandt sein, wäre ja auch komisch. Aber diese Sprache Romanes oder Romani versteht sie. Die Leute zeigen Laila immer ihre amtlichen Briefe und sie übersetzt sie ihnen. Aber das ist noch kein Beweis, Laila kann auch Polnisch, weil sie von da kommt, und sie hat Englisch gelernt und Spanisch. Sie ist eine Studierte. Sie selbst, Gertrud, zeigt ihr auch immer die Schreiben des neuen Verwalters, weil die so abgefasst sind, dass man gar nicht versteht, worauf die hinauswollen.

Wenn sie allerdings darüber nachdenkt, scheint ihr, Laila sieht den Fidler-Frauen von damals doch ähnlich. Zumindest der einen, die so gut weißnähen konnte. Der Junge hieß Willi, aber da waren noch mehr Kinder. Ihr Vater war Musiker, der konnte Geige spielen und Harfe und überhaupt jedes Instrument. Wolgadeutsche sollen sie gewesen sein. Dass sie Zigeuner waren, kam erst später heraus, da wohnten sie schon gar nicht mehr hier. Die Frau soll bei Warschau geboren sein, da hatte der Musiker sie hergeholt, als er in seiner Jugend mit anderen über Land gezogen ist, bis nach Russland sind sie gekommen mit ihrer Spielgruppe. Gertruds Mutter Paula war aus Ostpreußen, sie kannte all die Ortsnamen, von denen die Frau des Musikers ihr erzählte. Die war jahrelang mit ihrem Mann gereist, erst als die Kinder kamen, suchten sie sich eine Wohnung in Berlin und zogen hierher. Auch die Vorfahren des Musikers sollen immer unterwegs gewesen sein. Landfahrer eben. Irgendwie muss ja jeder sein Brot verdienen, der Fidler schickte Geld zu seiner Familie, und im Winter war er zu Hause. Dann waren sie eine Familie wie alle anderen hier, die Frau wusch ihre Gardinen, wie es sich gehörte, nähte für die Nachbarschaft und wischte regelmäßig vor ihrer Tür. Die Kinder spielten auf dem Hof und waren frech wie die meisten Gören hier, aber sie bekamen keine Prügel, auch nicht vom Vater. Das allerdings war anders als bei den Nachbarn. Schließlich fand der Mann in Berlin Arbeit, im »Haus Vaterland« am Potsdamer Platz, als Stehgeiger. Eine feste Anstellung mit Trinkgeldern. Manchmal engagierten ihn Gäste für private Feiern. Er verdiente gut, die Fidlers lebten damals besser als die Rombergs, was Gertruds Mutter Paula als Kränkung empfand.

Das Gerücht, dass die Fidlers Zigeuner seien, kam schon früh auf. Aber das störte hier keinen besonders, über die Frau des Milchhändlers an der Ecke Malplaquetstraße, Robertine Haffner, erzählte man sich das auch. Die sah auch so aus, aber sie stand den ganzen Tag im Laden und tat ihre Arbeit, da zählt doch nicht die Herkunft. Das waren ordentliche Leute, genau wie die Fidlers.

Gertrud war als junges Mädchen eine Zeitlang jeden Morgen mit dem Fahrrad zur Weinmeisterstraße in die Berufsschule gefahren, das Lernen machte ihr Spaß. Dort war sie sicher, Paula oder Marie nicht zu begegnen, und ging mit ihren Freundinnen nach dem Unterricht oft in eine Eisdiele in der Münzstraße. In der Gegend dort gab es viele Juden und Zigeuner, man sah sie auf der Straße, das war hier im Wedding anders. Solche Ostjuden im Kaftan mit Schläfenlocken liefen hier nicht herum. Und auch die Zigeuner, von denen man wusste, dass sie es waren, hausten hier nicht in Kellerlöchern wie in der Gipsstraße, sie wohnten wie alle, kleideten sich wie alle und fielen nicht weiter auf.

In Schönholz und Reinickendorf sollen Wohnwagen gestanden haben, davon hat Gertrud nur gehört. Vor der Olympiade 1936 wurden die Zigeuner alle eingesammelt und weggebracht, die aus den Wohnwagen und die aus den Häusern, da hat man erst mitbekommen, wer alles dazugehörte. Auf einen Rastplatz an den Stadtrand sollen sie gebracht worden sein. Der Frau Haffner aus dem Milchladen blieb das erspart, wohl weil ihr Mann kein Zigeuner war und kein Jude. Aber sie war nicht mehr im Geschäft zu sehen, Parteigenossen sollen sich beschwert haben. Wo ist sie eigentlich abgeblieben? Das Eckhaus wurde noch am 26. April 1945 von einer Stalinorgel getroffen, wahrscheinlich sind die Haffners dabei umgekommen.

Mehr als siebzig Jahre lang hat Gertrud nicht an sie gedacht, was einem alles so durch den Kopf geht, wenn man hier sitzt, auf die Bromelien guckt und Salbeitee trinkt. Die Fidlers wurden damals vor der Olympiade nicht weggebracht. Sie waren ja wohl doch keine Zigeuner, meinten Paula und Marie, die sich von der schönen, weitgereisten Frau Martha die Bettwäsche ausbessern ließen. Da hatte der Mann seine Arbeit im »Haus Vaterland« schon verloren, sie konnten die Miete nicht mehr bezahlen und zogen mit allen Kindern in die Laubenkolonie *Deutscher Fleiß* nach Wittenau. Der älteste Junge, Willi, war damals etwa elf, zwölf, er kam noch öfter auf den Hof, traf seine Spielkameraden und bettelte manchmal um eine Schmalzstulle. Er sah auch nicht mehr so sauber und gut genährt aus.

Aus der Laubenkolonie wurden sie jedenfalls irgendwann abgeholt, das wurde im Haus erzählt, aber das war schon im Krieg, da hatte jeder seine eigenen Sorgen.

Gertruds Vater sah es ohnehin nicht gern, wenn seine Mutter und seine Frau sich mit diesen Leuten abgaben, auch Gertruds Freundschaft zu Rosa Neumann war ihm nicht recht. Rosas Vater war Jude und noch dazu der Hausbesitzer, das wurmte ihn irgendwie. Aber das konnte Gertrud verstehen.

1925 war das Biesenthaler Rolandwerk, in dem Albrecht Romberg arbeitete, geschlossen worden, seitdem war er arbeitslos, musste stempeln gehen. In seinen besten Jahren, er war damals erst fünfunddreißig. Das war zu der Zeit im Wedding nichts Besonderes, aber Paula litt darunter und die achtjährige Gertrud auch, denn die Großmutter Marie zog zu ihnen hoch, in ihrer Zweizimmerwohnung wohnten nun Untermieter, ein Ehepaar in jedem Zimmer. Von da an musste Gertrud mit ihrer Großmutter in einem Bett schlafen, noch heute hat sie deren Schweißgeruch in der Nase, hört sie ihr asthmatisches Röcheln. Schlimmer aber war, dass Marie immer schlecht gelaunt war. Sie grämte sich wegen ihres eichenen Buffets, das unten bleiben musste, auf das die Untermieter nun Kaffeetassen ohne Untersetzer stellten, auch der polierte Mahagonitisch hatte schon Flecken. Manchmal zischten Marie und Paula jetzt nicht nur, sondern zankten sich laut. Die Eltern schliefen nun häufig in ihrer Laube in Biesenthal, wo Paula sich um das Gemüse im Garten kümmerte.

Erst nach 1933 bekam ihr Vater wieder Arbeit, sogar in Biesenthal. Da wurde ein großes Lager für den freiwilligen Arbeitsdienst eingerichtet, und Albrecht Romberg übernahm den Posten des Verwaltungsleiters. Das hatte er den Polizisten zu verdanken, die damals dauernd zu ihnen kamen und Gertrud befragten wegen der Nacht, in der Walter Wagnitz umgebracht worden war. Ach, daran möchte sie jetzt nicht denken, an diese Geschichte, die ihr ganzes Leben verdorben hat.

Kann sie nicht an etwas Schönes denken, hier in ihrer Wohnstube im Fernsehsessel, der kein Fernsehsessel mehr ist, denn sie hat die Kiste abgeschafft, das Flimmern tat ihrem Kopf nicht gut, ihr genügt das Radio mit seinem magischen grünen Auge. Das steht auf dem kleinen Rauchtisch aus Messing, der noch von Marie stammt, vor der Schrankwand in Eichenoptik. Die hat sie sich von ihrem Ersparten geleistet, bevor sie Rentnerin wurde, das ist auch schon fast vierzig Jahre her, damals war Eichenoptik modern. Das Buffet der Großmutter haben ihre Mutter und sie nach dem Krieg verheizt, auch den ovalen Mahagonitisch, nachdem Marie gestorben war. Schade eigentlich. Heute ist das alte Zeug wertvoll, der Buchhändler aus dem Vorderhaus, der leider schon ausgezogen ist wie die meisten der alten Nachbarn, hatte auch so ein Buffet in seinem Wohnzimmer, als Antiquität erworben. Laila hat überhaupt keine ordentlichen Möbel in ihrer Wohnung, nur Bücherregale, die Matratze liegt auf dem Fußboden. Aber da stehen auch alte Schränkchen und Stühle mit geschnitzten Lehnen. Alles Unmoderne wird irgendwann wieder modern, das weiß man aber erst, wenn man lange genug gelebt hat. Bei Laila ist es trotzdem gemütlich, vielleicht wegen der vielen Blumen.

Die Rumäninnen haben gar keinen Sinn für Wohnkultur, die haben keine Blumen, sie schleppen alles in ihre Wohnungen, was auf der Straße liegt, vor allem Matratzen und Bettgestelle.

Die haben kein Geld und kommen auf keinen grünen Zweig. Vor Gertrud steht der Tee, der scheußlich schmeckt, den sie aber in kleinen Schlucken trinkt, solange er heiß ist. Die Zeit, in der sie Sekt und Waldmeisterbowle aus geschliffenen Gläsern getrunken hat, ist vorbei. Aber so oft war das nun auch nicht vorgekommen, und einen kleinen Orangenlikör hat sie immer noch im Hause, auch die Kristallgläser sind noch da. Man muss das Gute sehen, nicht das Schlechte im Leben. Darum jetzt nicht an Wagnitz denken. Wenigstens hat sie Bienenhonig in den Tee getan.

Immerhin hat ihr Vater durch diese Geschichte Arbeit bekommen. Und als der Arbeitsdienst nicht mehr freiwillig war, sondern als Reichsarbeitsdienst der Wehrmacht unterstellt wurde, bekam er sogar eine Gehaltserhöhung. Und noch eine, als da 1936 zusätzlich eine Schießanlage für die Infanterieausbildung eingerichtet wurde. Damit kannte er sich ja aus, noch vom Ersten Krieg her. Im Zweiten war ihr Vater Gott sei Dank schon zu alt, um Soldat zu werden, aber dann ist er doch in Kriegsgefangenschaft gekommen, die Todesmeldung wurde erst 1947 zugestellt.

1941 wurde in Biesenthal das Arbeitsdienstlager noch einmal vergrößert, Gertruds Vater war ja schon über fünfzig, und das wurde ihm alles zu viel, er wollte sich beruflich verändern, aber nicht weg aus Biesenthal, wo er längst nicht mehr in der Laube schlafen musste, weil ihm eine Dienstwohnung auf dem Gelände zustand. Gleich daneben war der Brieftaubendienst der Wehrmacht, da wurde nun auch die Heeresschule für Melde- und Schutzhunde eingerichtet. Albrecht Romberg erzählte gern, dass Hitlers Schäferhunde in Biesenthal ausgebildet wurden, er hatte eine Vorliebe für Schäferhunde, schon immer, aber Marie und Paula duldeten keinen Hund in der Stadtwohnung. Bei der Heeresschule hätte er gern gearbeitet, doch der Arbeitsdienst wollte ihn nicht weglassen.

Da kam es ihm recht, dass 1942 wieder die Ermittlungen wegen Wagnitz aufgenommen wurden, ohne Wissen des ehemaligen Kriminaloberassistenten Heinz Dermitzel, der längst aufgestiegen war zum Kriminalsekretär und bei der Gestapo arbeitete, Dienststelle Burgstraße. Der Vater hat ihn da angerufen und berichtet, dass die Befragungen wieder losgingen, dass Kriminalpolizisten, die sich wichtigmachen wollten, in dem längst abgeschlossenen Fall herumstocherten. Heinz Dermitzel war so empört, dass er am selben Tag bei Rombergs erschien und wütende Reden hielt, wobei sein Speichel herumflog. Der Kommunist Jarow sei der Mörder und basta. Mit ihm seien ja im Frühjahr 1933 zwölf Männer und eine Frau verhaftet worden, kommunistische Mittäter und Mitwisser, dass man die wieder entlassen habe, läge daran, dass die Polizei damals noch verseucht gewesen sei von den Sozis. Man werde sehen, was jetzt hinter der Schnüffelei stecke, gerade in diesem historischen Moment, wo die Sommeroffensive bevorstünde. Seine Vorgesetzten würden dafür sorgen, dass die Ermittlungen eingestellt würden, gut, dass die Rombergs so wachsam seien.

Als er so redete, ließ er kein Auge von Gertrud. Bald kam er wieder in die Wagnitzstraße, brachte Gertrud Schokolade mit, besprach stundenlang etwas mit ihrem Vater, und einmal ließ er sie beide zu sich in die Burgstraße 28 kommen, Abteilung IV B oder IV D im dritten Stock, Gertrud hat die Adresse nie vergessen. Eine Schweigeerklärung mussten sie unterzeichnen. Als ob sie jemals zu jemandem über die Ereignisse dieser Nacht geredet hätte. Nur Rosa, die Tochter des Hausbesitzers, hatte Bescheid gewusst, aber auch den Mund gehalten. Rosa war ihre beste Freundin, aber über die Ereignisse in der Silvesternacht 1932/33 sprachen sie kaum miteinander, Heinz Dermitzel und ihr Vater hatten es Gertrud untersagt. Rosa ging ja dann auch auf eine andere Schule, und als die Ermittlungen wegen Wagnitz wieder aufgenommen wurden, war sie längst in England.

So wie der Vater 1933 die Gelegenheit genutzt hatte, wieder in Arbeit zu kommen, griff er auch diesmal zu. Die Heeresschule für die Hundeausbildung gehörte zwar zur Wehrmacht, doch ein Empfehlungsschreiben vom Reichssicherheitshauptamt machte schon Eindruck.

Im Sommer 1942 erschien Heinz Dermitzel wieder in der Wagnitzstraße, um zu melden, dass Albrecht Romberg verwaltungstechnischer Dienststellenleiter der Heeresschule werden könnte, sein Vorgänger sei zur Wehrmacht eingezogen worden. Paula hatte ihm echten Bohnenkaffee vorgesetzt und Pflaumenschnaps, die Großmutter Marie bekam rote Flecken im Gesicht vor lauter Eifer, es dem Gast recht zu machen. Gertrud verließ ihr Zimmer nur widerstrebend, als sie gerufen wurde. Aber Heinz Dermitzel wurde sie nicht mehr los, er kam nun öfter, auch und gerade wenn die Eltern wegen der Bombenangriffe in Biesenthal blieben, wo sie die Dienstwohnung behalten konnten. In der Laube verbrachte nun die Großmutter ihre Sommer und weckte Obst ein, Gertrud hatte die Wohnung für sich allein. Warum denkt sie jetzt daran, das ist alles so lange her.

1933, als das mit Walter Wagnitz geschah, war Gertrud fünfzehn, jetzt ist sie bald hundert. Und hockt immer noch in derselben Wohnung. Aber sie wollte ja auch nie weg, schon gar nicht in ein Heim, trotz all der Veränderungen im Haus. Noch kann sie ganz gut allein leben, nur abends kommt ein Pflegedienst, immer eine andere Person, die hat zwanzig Minuten Zeit, ihr beim Duschen und Einsalben der Beine zu helfen.

Laila Fidler oder die Briefträgerin, die ihr die Post an die Wohnungstür bringt, kaufen für sie ein, viel braucht sie ja nicht. Und auch die Rumäninnen klingeln, bitten sie um dieses und jenes, Heftpflaster, Zucker, Haarwaschmittel, aber fragen auch, ob sie ihr helfen können. Am Anfang hat Gertrud sie nicht in die Wohnung gelassen. Sie konnte sie ja gar nicht unterscheiden und war einfach entsetzt über die Invasion der Fremden. Die waren einfach da, so viele, manchmal sitzen sie im

Treppenhaus auf den Stufen und palavern stundenlang, im Sommer stellen sie sich Stühle auf den Hof und grillen. So etwas hat es hier nie gegeben.

Aber inzwischen sind ja fast alle Hausbewohner ausgezogen oder gestorben, inzwischen freut sich Gertrud, wenn Lucia kommt, die Stille, die gerade ihr viertes Kind erwartet und so ein schönes Lächeln hat. Auch mit Norida sitzt sie gern zusammen, obwohl deren Kinder so heißen, wie man höchstens eine Nachtbar nennen sollte: Casino, Eldorado. Das Mädchen immerhin heißt Estera, daran kann man sich gewöhnen. Mit Norida ist Gertrud befreundet, seitdem die Schwarzlockige vor einem Jahr in einer Sommernacht stundenlang vor der Wohnungstür im Treppenhaus saß und man sie weinen hörte. Damals ging Gertrud im Nachthemd vor die Tür und brachte ihr Taschentücher. Dann holte sie die Fremde zum ersten Mal in ihre Wohnung, und Norida erzählte ihr das ganze Unglück.

Ihr Mann Mihail hatte auf der Flughafen-Baustelle monatelang den Dreck weggeputzt, morgens um fünf fing die Schicht an; weil er Angst hatte, es vom Wedding aus nicht rechtzeitig nach Schönefeld zu schaffen, schlief er mit anderen irgendwo in der Nähe in einer leeren Bude. Nur am Wochenende kam er zu seiner Familie, ohne Geld, denn sein Chef vertröstete ihn dauernd. Zweimal gab er ihm dreihundert Euro. Der Rest würde später kommen. Der Chef war auch ein Rumäne, einer mit eigener Firma, ein Subunternehmer. Mihail hatte keinen richtigen Arbeitsvertrag, er war froh, genommen worden zu sein, und wollte keine Ansprüche stellen. Dann war das Subunternehmen pleite, und die Baustellenausweise galten nicht mehr, die deutschen Chefs in Schönefeld kannten Mihail nicht, obwohl er doch vier Monate lang jeden Tag um fünf Uhr da gewesen war, keinen Cent bekam er mehr für seine Arbeit, bei der die scharfen Reinigungsmittel ihm die Haut von den Händen gefressen hatten, so dass er jetzt nicht einmal Geige spielen konnte, wie früher manchmal in der U-Bahn.

Jetzt geht Norida selbst putzen, bei einem Professor, der ihr zehn Euro am Tag zahlt, und in einer Dönerbude für acht Euro. Von dort bringt sie wenigstens Essen mit. Auch Casino und Eldorado bringen Geld nach Hause, sie sammeln Eisen und verkaufen es. Estera verkauft nachmittags Duftbäumchen für Autofahrer an der Kreuzung Seestraße, aber sie geht auch zur Schule, sie sucht eine Lehrstelle, und Laila läuft mit ihr herum und schreibt Briefe. Für die Wohnung zahlen sie mehrere Hunderter im Monat, wenn sie die nicht mehr aufbringen, müssen sie raus, im Görlitzer Park schlafen, wie schon einmal einen Sommer lang. Sie zahlen die Miete nicht an den Verwalter oder Hauseigentümer, den hier niemand kennt, sondern an Ante, der ist auch so eine Art Subunternehmer. Die Balovs aus dem Vorderhaus haben das gesagt, die sind selbst Kroaten, vor Jahrzehnten als Gastarbeiter aus Jugoslawien gekommen, längst haben sie deutsche Pässe. Als dort Krieg war, sind die Brüder der Frau mit ihren Familien nachgekommen, die wohnen im Nebenhaus. Wenn sie nicht schon abgeschoben sind, denn der Krieg dort ist zu Ende. Aber Frieden ist dort auch nicht, hat Gojko, der Sohn der Balovs, Gertrud erklärt, und sie hat es sofort verstanden. Der Krieg ist nicht zu Ende, wenn nicht mehr geschossen wird, in den Menschen tobt er noch lange, das hat sie erlebt.

Zum Glück hat sie mit diesem kroatischen Ante nichts zu tun, für den ist immer Krieg, der hat diesen harten Blick, ein Kerl wie ein Rummelboxer. Auch Stefan, der Geschichtsstudent, meinte, bevor er nach Barcelona abreiste: »Was die mit euch machen, ist Krieg.« Er meinte wohl die neuen Hauseigentümer, aber die Mietverträge mit den Rumänen hat Ante abgeschlossen. Nikola aus dem Vorderhaus war sogar der Meinung,

Ante habe ihr die Wohnung verkauft. Deren Mann sitzt seit September in Untersuchungshaft, sie lebt mit den beiden Zwillingspärchen vom Kindergeld, weil sie nicht einmal eine Putzstelle findet, wie auch mit vier kleinen Kindern. Zwei Zimmer und ein Bad, Nikola hat fünftausend Euro dafür bezahlt, das weiß Gertrud von Norida. Alle Geschwister Nikolas und die Brüder ihres Mannes sollen nach der Weinernte in Spanien und Portugal zusammengelegt haben. Nikola hat das Auto ihres Mannes verkauft, das braucht er sowieso nicht im Gefängnis. Aber nach ein paar Monaten kam Ante und verlangte Miete, siebenhundert Euro im Monat; Nikola holte den Vertrag, Ante lachte nur, sie habe die Wohnung nicht gekauft, sie habe einen Vertrag über sieben Monate unterschrieben und die Miete im Voraus bezahlt, dass sie jetzt noch bleiben dürfe, sei großzügig vom Vermieter, und wenn sie nicht sofort zahle, müsse sie gleich gehen. Laila hat sich dann mit Nikola hingesetzt, ihr den Kaufvertrag, der keiner war, Wort für Wort erklärt und war mit ihr zum Mieterverein gegangen und zum Jobcenter.

Warum der Mann im Gefängnis sitzt, wusste Norida nicht. Aber sie bringt Nikola manchmal mit zu Gertrud, beide Frauen haben neulich ihre Fenster geputzt und dabei gesungen. Es waren die ausrangierten, die der Sohn der Nachbarn eingebaut hat, die Farbe blättert ab, da waren die alten davor noch besser. Norida hatte zu Gertrud gesagt, dass Nikola eine fleißige Frau sei, die ihren vier Kindern eine gute Mutter sein wolle. Das sieht Gertrud ja selbst, sie sieht auch, dass es fast unmöglich ist, die Zwillingspärchen satt und sauber zu halten und gleichzeitig Flaschen zu sammeln und dauernd bei den Ämtern nach Kindergeld anzustehen. Dabei hat Nikola noch Glück; manche der Rumäninnen bekommen gar kein Kindergeld, für die füllt Laila auch dauernd Fragebögen aus.

Was hätten wohl Paula und Marie dazu gesagt, dass Gertrud

mit einer rumänischen Zigeunerfrau, deren Mann im Gefängnis sitzt, in der Romberg'schen Küche Kaffee trinkt, während die kleinen Rotznasen Kekse auf dem Fußboden zerkrümeln? Wenn Gertrud sich ihre Gesichter vorstellt, muss sie laut auflachen. Marie würde der Schlag treffen, wenn sie wüsste, dass in ihrer früheren Wohnung nun eine Matratze neben der anderen liegt, weil da manchmal zwanzig, dreißig Leute übernachten. Aber Marie und Paula wissen und sagen gar nichts mehr, vor allem können sie sich nicht mehr in Gertruds Leben einmischen. Gerade gestern hat sie zu Laila gesagt: »Seitdem die Zigeuner hier sind, ist das Leben ganz schön bunt geworden, ich vermisse meinen Fernseher gar nicht.« Und als sie sah, wie Laila guckte, hat sie schnell hinzugefügt: »Ja, ich weiß, es sind Roma und Sinti.« Und Laila lachte und erklärte ihr wieder einmal, dass dieser Ausdruck Unsinn sei, Sinti seien auch Roma. Man sage doch auch nicht: Menschen und Frauen.

Es ist doch egal, wie sie heißen. Manchmal ist Laila ein bisschen zu bücherklug, aber seitdem sie hier wohnt, steht Gertrud nicht so allein da, die hilft ihr auch gegen die Hausverwaltung.

Seitdem sich die Ereignisse so überstürzen, braucht Gertrud wirklich keinen Fernseher mehr, um sich nicht zu langweilen. Wie weit ihre Nachbarn herumgekommen sind! An die Türken hatte man sich ja schon gewöhnt, nun wohnen hier welche aus Kroatien, Bulgarien, Rumänien. Nikola hat mit ihrem Mann lange in Griechenland gelebt, ihre Brüder wohnen in Portugal und Südfrankreich. Gertrud ist auch gern gereist, in Italien war sie mal mit einer Reisegruppe, im Allgäu und an der Nordsee und einmal, vor langer Zeit, das war ein Höhepunkt ihres Lebens und doch irgendwie enttäuschend, mit Herrn Kunze sogar in Ägypten. Sie kann sagen: Ich habe die Pyramiden gesehen. Und doch war da immer so eine Sehnsucht nach etwas mehr Aufregung, nach einer anderen Art zu leben, nach etwas, für das sie gar keine Worte hat.

Aufregung gibt es jetzt genug hier im Haus, und durch Norida und Lucia ist etwas bisher Unbekanntes in Gertruds Leben gekommen, eine Ahnung von Weite und Großzügigkeit, das Lachen, aber auch eine Traurigkeit, die man nicht verbergen muss. Bei Paula und Marie wurde jedes Gefühl verborgen, der Ärger und die Wut, Neid und Angst, nur manchmal zeigte es sich als dieses Zischen. Und in seltenen Momenten brach sogar Zärtlichkeit aus der Mutter und der Großmutter hervor, die aber etwas Forderndes hatte, etwas, wovor man sich als Kind in Acht nehmen musste, weil es Paula kränkte, wenn Marie Gertrud in den Arm nahm, und Marie es nicht gern sah, wenn Paula sie auf ihren Schoß zog. Aber eigentlich kam es kaum vor, dass sie das Kind Gertrud in den Arm nahmen, und es war auch selten, dass sie lachten.

Norida, die fremde Norida mit all ihren Sorgen, hat auf Gertruds Küchenstuhl schon so laut gelacht, dass die Gläser im Schrank klirrten, und sie hat bitterlich geweint, und manchmal umarmt sie Gertrud einfach und sagt: »Ach, du Kleine« zu der so viel älteren Frau. Und Lucia, wenn sie das sieht, lächelt nur, und gestern hat sie Gertruds fleckige Hand auf ihren prallen Bauch gelegt, in dem es sich bewegte.

Nun muss sie doch wieder an Manfred Neumann denken, an das unverschämte Lachen dieses Jungen, der sich mit seinem Freund einfach gegen die Regeln auflehnte, der keine Angst zu haben schien, nicht einmal vor den Bomben. Der Gertrud aus dem Gleichmaß ihrer Tage herausriss, ihr Herz klopfen ließ, ihren Körper so berührte wie keiner danach und davor schon gar nicht. Nein, sie will sich daran jetzt nicht erinnern. Es ist ja lächerlich, sie ist eine uralte Frau und die Begegnung mit Manfred mehr als ein Menschenleben her.

Aber wie lang ist denn ein Menschenleben? Manfred wurde nur zwanzig Jahre alt, Walter Wagnitz nur sechzehn. Dass der sich aber auch immer in ihre Gedanken drängt. Sie wird jetzt aufstehen, der Tee ist sowieso kalt, um diese Zeit liegt ihr Küchenbalkon in der Sonne, sie wird sich dort in den Korbsessel setzen und den Kindern auf dem Hof zuhören. Vielleicht kommt auch Laila heute noch vorbei. Mittwochs ist sie ja nicht in dem Blumenladen.

Klein ist Gertrud wirklich geworden. Sie kann sich nicht einmal mehr über die Balkonbrüstung beugen, hält sich am Blumengitter fest, ihr Gesicht reicht gerade bis an die Geranientöpfe. Durch die roten Blüten sieht sie das Eingangstor, sieht einen Mann mit einem jungen Mädchen, der hier nicht wohnt, der hier nicht hingehört, sieht seinen grauen Haarkranz mit der Kopfbedeckung. Jetzt erklärt er dem Mädchen etwas, weist mit ausholenden Gesten auf den Hof, mit der anderen Hand stützt er sich auf den Gehstock. Nun schaut er hoch, legt den Kopf in den Nacken, lange, es scheint, als begegneten sich ihre Blicke.

Gertrud tritt einen Schritt zurück, lässt sich in den Korbsessel sinken. Was war das? Wer war das? Heute hat sie so oft an Manfred Neumann gedacht, an seinen Freund Leo. Norida sagt, wenn man ganz intensiv an etwas denkt, kann es Wirklichkeit werden. Aber Gertrud will ja gar nicht, dass die Vergangenheit hier erscheint.

7

LAILA sitzt nun wieder ungezählte Stunden in den Wartebereichen irgendwelcher Ämter, wartet darauf, dass die richtige Nummer aufblinkt, redet mit ihren Nachbarn, derentwegen sie hier ist, oder hängt ihren Gedanken nach. Eigentlich wollte sie das nicht, nie wieder wollte sie als Bittstellerin auf solchen Bänken sitzen, auch Sozialarbeiterin wollte sie nicht mehr sein, aber nun ist es doch so gekommen. Heute ist sie mit Norida beim Jobcenter Sickingenstraße, zum dritten oder vierten Mal schon.

Mit Norida und Lucia hat alles angefangen. Die waren eines Tages einfach da, standen vor der geöffneten Wohnungstür der so hastig ausgezogenen russischen Mädchen. Laila war im selben Moment die Treppe heruntergekommen, vielleicht hatte sie einen Augenblick innegehalten, erstaunt die Frauen mit ihren vollgestopften Aldi-Tüten angeschaut, weil es doch seit Monaten hieß, es würden keine neuen Mieter mehr aufgenommen. Die Frauen bemerkten ihr Zögern, schauten sie an, sofort sagte eine etwas auf Romanes, aber sie nickte ihnen nur zu und beschleunigte ihren Schritt.

Ein paar Tage später waren schon alle unbewohnten Wohnungen besetzt, in manchen hausten offenbar große Familien, die viele Matratzen die Treppen hochtrugen. Ihre Kinder spielten auf dem Hof, zusammen mit denen der wenigen deutschen Familien, die hier noch wohnten, von denen aber einige eher türkischer und albanischer Herkunft waren. Oder griechischer,

Laila hatte sich nie für die Nationalität ihrer Nachbarn interessiert. Sie selbst wird ja oft für eine Polin gehalten, selten widerspricht sie. Doch immer noch ist sie verwundert über die bunt zusammengewürfelte Gesellschaft in diesem Haus, das ein ganz normales, ein wenig heruntergekommenes Berliner Altbauhaus war, als sie nach der Trennung von Jonas dort einzog. Sie hatte damals ein paar Monate lang in ihrem Mädchenzimmer bei Flora und Stachlingo gelebt, da hätte sie bleiben können, aber das wollte sie auf keinen Fall.

Vielleicht wollte sie in den Wedding, weil hier niemand lebte, den sie kannte. Als sie einzog, saßen noch keine Nachbarn im Treppenhaus auf den Stufen. Später, als sie täglich an ihnen vorbeigehen musste, sprachen die Frauen sie immer wieder an, sie glaubten ihr nicht, dass sie sie nicht verstand. Und sie verstand sie ja auch, im Vorbeigehen bekam sie aus Gesprächsfetzen mit, dass die meisten sich gerade erst kennengelernt hatten, sie kamen aus verschiedenen Orten Rumäniens, manche lebten schon seit Jahren in Berlin, andere waren erst vor kurzem angekommen. Sie erzählten sich gegenseitig von ihren Heimatdörfern, den Häusern, die sie zurückgelassen hatten, den Gemüsegärten und zeigten, wie groß die Tomaten dort waren. Etwas hielt Laila lange davon ab, mit den Fremden in der Sprache zu reden, die ihr von Kind an vertraut war. Romanes war die Sprache ihrer Familie, es war Joschkos Sprache gewesen. Ihre Mutter Flora hatte ihr schon als Kind beigebracht: *Mare rakepen* gehört nur uns, wir teilen unsere Sprache nicht. Aber die neuen Nachbarn redeten ganz ähnlich, es war nicht das Sintitikes, das man in Lailas Familie sprach, das man in den Baracken von Chrzanów gehört hatte, doch Laila verstand sie mühelos. Trotzdem hatte sie anfangs wenig Lust, sich den Leuten aus den Vororten von Craiova oder Buzescu als eine der Ihren zu zeigen. Was hatte sie mit denen zu tun? Wenn Stachlingo von »unseren Leuten« spricht, dann meint er die deutschen Sinti, vielleicht sogar nur die Berliner, nicht alle Roma der Welt. Und Laila ist sich nicht einmal bei den Berliner Sinti sicher, ob sie alle ihre Leute sind. Sie ist Laila, in Polen geboren, aber nun Berlinerin mit deutschem Pass. Ihre Leute, das sind ihre Familienangehörigen, neben den schon Gestorbenen ihre Mutter, deren Mann Stachlingo gehört auch dazu, und natürlich die Großmutter Frana in Hamburg, die sie Mammi nennt. Schon bei den Hamburger Cousinen und Cousins, den Kindern von Joschkos Brüdern, spürt sie eine gewisse Fremdheit. Manche der Freundinnen, mit denen sie in Berlin das Abitur gemacht hat, die kein Wort ihrer Kindheitssprache verstehen, sind ihr bis heute vertrauter. Und auch Robert ist kein Sinto, aber Robert ist weit weg, und wie nahe er ihr steht, weiß sie manchmal nicht.

Obwohl sie kein Zeichen gab, behandelten die neuen Nachbarinnen sie von Anfang an wie eine entfernte Verwandte. Unbeirrt redeten sie weiter in Romanes auf sie ein, und immer ging Laila lächelnd vorbei und tat so, als würde sie sie nicht verstehen.

Doch eines Nachts, als sie von irgendwoher nach Hause kam, saß eine der Frauen, Suzana, im Treppenhaus, hielt ihren Bauch und stöhnte. Sie war hochschwanger, dabei konnte ihr kleiner Junge noch nicht einmal laufen. Laila hörte ihn in der Wohnung weinen. »Wo ist dein Mann?«, fragte sie und merkte erst gar nicht, dass sie Romanes gesprochen hatte. Ihr fiel auf, dass sie den schweigsamen, dunklen Stepan seit Wochen nicht gesehen hatte. Suzana musste ins Krankenhaus, die Wehen hatten viel zu früh eingesetzt, aber sie sagte: »Ich kann nicht, wir haben kein Geld, ich habe die EHIC nicht.«

»Was ist das, EHIC?«

»Eine Europäische Krankenversicherungskarte, ich weiß

nicht, woher man die bekommt, keiner weiß es. Aber die Ärzte verlangen sie. Ich war schon im Mehringhof, im Büro für medizinische Flüchtlingshilfe.«

Sie brach ab und stöhnte, die Wehen kamen schon alle zehn Minuten. Als der Schmerz abgeklungen war, redete sie weiter. »Die im Mehringhof haben gesagt, ich gehöre zur EU, bin kein Flüchtling, aber sie wollten mir helfen und einen Geburtsplatz suchen. Aber nun ist es zu spät, ich weiß nicht, wohin ich gehen soll.«

»Wo ist Stepan?«

»Im Ruhrgebiet, für drei Wochen, sie reißen dort eine Teerfabrik ab. Sein Handy ist kaputt, ich kann ihn daher nicht anrufen.«

Während sie sich an Lailas Arm festkrallte, kam eine ältere, verschlafene Frau mit aufgelöstem Haar dazu, die mit ihrem Mann im anderen Zimmer der Wohnung lebte, sie war sofort hellwach, begann laut zu jammern, als sei sie die Gebärende, aber sie versprach, sich um Suzanas Söhnchen zu kümmern. Laila bestellte eine Taxe und fuhr mit Suzana ins Virchow-Klinikum, es war nicht weit und sie hätte nur fünf Euro bezahlen müssen, aber der Taxifahrer nahm kein Geld und sagte: »Ich bin selbst Vater, meine eigene Frau hat ein Kind unter freiem Himmel zur Welt bringen müssen, nachdem unser Haus zerstört worden ist.« Laila war zu aufgeregt, um den schnauzbärtigen Mann zu fragen, an welchem Ort der Welt dieses Haus gestanden hatte, und klingelte mit Suzana an der Tür des Kreißsaals, wo man sie nur zögernd einließ, erst als Laila ihren deutschen Ausweis gezeigt hatte und das Wort Bürgschaft gefallen war.

In dieser Nacht gebar Suzana ein kleines Mädchen, das sie Felicia nannte, die Glückliche. Und in dieser Nacht hatte Laila es aufgegeben, ihre Sprache zu verstecken. Sie übersetzte für Suzana die Anweisungen der Hebamme, hielt ihre Hand, als sei es die ihrer kleinen Schwester, und küsste am Morgen die winzigen Finger der Neugeborenen. Ihre Tränen konnte man für Freudentränen halten. Suzana durfte mit dem Kind schon am Nachmittag nach Hause gehen.

Aber drei Wochen später kam die Rechnung, die sie weinend Laila zeigte: Tausend Euro sollte sie bezahlen, weil sie keinen Versichertenschein besaß. »Dabei habe ich nicht einmal die zehn Euro für die Geburtsurkunde«, flüsterte sie. Laila erschrak über die Summe, für die sie gebürgt hatte, und seit diesem Tag änderte sich ihr Leben. Sie rief für Suzana bei der medizinischen Flüchtlingshilfe an und bei der Diakonie, schrieb Briefe, begleitete sie zu Beratungsstellen und zum Malteser Migrantendienst, zur Arbeiterwohlfahrt, ging mit ihr zur Caritas, wo Suzana einen Gutschein für eine Babyausstattung bekam. Lucia kam zu Laila und fragte, was sie tun müsse, um auch so eine Babyausstattung zu bekommen. Aber die Caritas-Mitarbeiter hatten schon bei Suzana von einer Ausnahme gesprochen, es gebe diesen Gutschein nur für Frauen, die beim Jobcenter als Aufstocker gemeldet seien. Es fiel Laila schwer, Lucia diese Worte und die Zusammenhänge zu erklären, sie verstand ja selbst nicht, warum man zu arm sein konnte, um Hilfe beanspruchen zu dürfen.

Die Frauen begannen, ihr Briefe zu zeigen, Schriftstücke vom Jobcenter, von der Ausländerbehörde, von der Caritas und vom Gericht, auch die merkwürdigen Mietverträge, die Ante ihnen vorgelegt hatte. Nicht gerade begeistert, aber doch nicht ohne Interesse hatte Laila sich diese Schriftstücke angeschaut, erklärt, was darin stand. Dabei begriff sie selbst nicht alles. Sie dachte an ihre erste Zeit in Berlin, an die vielen Tage, die sie mit ihrer Mutter auf tristen Behördenkorridoren zwischen staubigen Grünpflanzen verbracht hatte. An den Begriff Bleibeperspektive erinnerte sie sich noch. Und sie wusste noch, wie lange sie gebraucht hatte, um zu begreifen, was eine Fiktionsbescheinigung war, was eine Freizügigkeitsbescheinigung. Diese Papiere brauchten ihre Nachbarn offenbar nicht mehr. Aber was ist ein Arbeitnehmerstatus, der die Voraussetzung ist für Sozialleistungen? Woher bekommt man eine Gewerbegenehmigung? Feste Stellen bekamen die Roma ja fast nie, und um ein Handwerk auszuüben oder Gelegenheitsarbeiten anzunehmen, brauchten sie eine Gewerbegenehmigung, und nur mit der erwarben sie ein Recht auf Aufstockungsgeld vom Jobcenter.

Alle diese Frauen wollten gern arbeiten, Suzana hatte bis kurz vor der Geburt in einer Hotelpension für vier Euro Stundenlohn die Zimmer geputzt, ohne Arbeitsvertrag, das Geld hatte der Chef ihr in die Hand gegeben. Und Lucia, die mit ihrem schwangeren Bauch keine Putzstelle fand, verkaufte Zeitungen vor dem Lidl-Kaufmarkt in der Reinickendorfer Straße, während ihre Kinder Verstecken spielten und die Papierkörbe nach Flaschen absuchten.

Suzanas kleine Felicia ist jetzt schon über ein Jahr alt, ihr Vater ist wieder da und sammelt mit Noridas Söhnen Eisen. Aber das Auto, das sie dafür brauchen, gehört einem Herrn Stanescu, dem sie von dem bisschen, das sie verdienen, etwas abgeben müssen. Und um überhaupt sammeln zu dürfen, brauchen sie eine Steuernummer. Seit der Geburt der kleinen Feli ist Laila nicht mehr nur die Übersetzerin der Behördenschreiben, sie gehört für die neuen Nachbarn irgendwie zu ihnen, aber damit hat Laila das Gefühl, selbst wieder hineingeraten zu sein in diesen Teufelskreis aus Armut und Vergeblichkeit.

Jetzt sitzt sie also mit Norida seit Stunden in der Sickingenstraße, sie wurden von einer Sachbearbeiterin zur nächsten geschickt, Laila spürt wieder die abschätzigen Blicke, sie brennen auf ihrer Haut wie damals, dabei geht es diesmal nicht um sie und ihre Mutter. Sie hat es schon mehrmals erlebt, die sonst so beweglichen und munteren Frauen werden linkisch, wenn sie die amtlichen Gebäude betreten, sie stolpern und entschuldigen sich ständig, ihnen fallen die richtigen Worte nicht ein, sie müssen oft weinen und haben keine Taschentücher bei sich, sie schämen sich ihrer Armut. Die Männer schämen sich auch, es ist ihnen unbehaglich, auf Laila angewiesen zu sein. Manche treten großspurig auf und geraten schnell mit den Wachleuten aneinander, andere verstummen, sortieren nur nervös die mitgebrachten Papiere. In den Warteflurenversuchen sie Laila zu erklären, dass der Grund für alle Schwierigkeiten ein Missverständnis sei. Sie seien doch keine Tagediebe. Stepan war früher einmal ein angesehener Arbeiter in der Fleischfabrik von Bacău, Lucias Mann Milan arbeitete auf der Flugzeugwerft, Lucia verdiente bei der Baumarktkette Dedeman an der Kasse Geld. Auch Norida, mit der Laila heute hier ist, erzählt von der Zeit, als ihr Mihail Monteur im Autowerk in Craiova war. »Citroën«, wiederholt sie dauernd, »du musst doch diese Marke kennen, jeder kennt sie.«

Natürlich kennt Laila sie, aber sie weiß auch, dass die Roma als Erste entlassen wurden, als das Autowerk an die Südkoreaner kam und später zu General Motors, heute gehört es zu Ford. Mihail selbst hat es ihr erzählt. Sie wohnten in Craiova in einem Neubaublock, aber als sie arbeitslos wurden, zogen sie in eine der Roma-Siedlungen am Stadtrand zur Schwiegermutter. Die großen Tomaten und Auberginen hat Norida ihr schon oft beschrieben, alle reden sie von dem Gemüse, das zu Hause ganz anders schmecke als das in Berlin. Aber damit konnten sie sich auch nicht über Wasser halten, es war zu aufwändig, es auf den Markt zu bringen, der von Großhändlern beliefert wurde.

Die Geschichten, die Laila beim Warten auf den Korridoren der Ämter erzählt werden, ähneln einander, manchmal hört sie gar nicht mehr richtig zu. Die Schwiegermutter ist krank geworden oder ein Kind, man musste die Ärzte bestechen, teure Behandlungen bezahlen, das Haus brannte ab, das Dach stürzte ein, die einzige Buslinie wurde eingestellt, vor den Schulden und der Hoffnungslosigkeit konnte man nur noch weglaufen. Vielleicht werden wenigstens die Kinder es besser haben, eines Tages.

In Lailas Kopf verschmelzen Noridas oder Lucias und Suzanas Erzählungen zu einer gleichförmigen Melodie, die an etwas rührt, das sie vergessen wollte, das sie zurückgelassen hat in Chrzanów, das versunken ist in den Flüssen Mławka und Soła. Sie weiß, wovon Stepan spricht, wenn er davon erzählt, dass die Siedlung, in der er mit seiner Familie lebte, von betrunkenen Rumänen überfallen wurde und die Polizei einfach nicht kam.

Und wenn dann endlich die Wartenummer aufblinkt und sie den Raum mit der Sachbearbeiterin betreten dürfen, schlägt ihnen Argwohn und kalte Gleichgültigkeit entgegen, auch das kennt Laila aus ihrer Anfangszeit in Berlin, und wie damals reden viele Behördenmitarbeiter so laut, als seien die Kunden, wie sie die Besucher inzwischen nennen, schwerhörig. Für die meisten sind diese Kunden offenbar nur Zigeuner, die mit Tricks an Geld kommen wollen. Misstrauisch prüfen sie die mitgebrachten Papiere und verlangen immer neue. Im Büro, aus dem sie gerade kommen, fragte die Frau hinter dem Schreibtisch Norida, wo dieses Craiova läge, und als sie, die schon ganz gut Deutsch versteht, antwortete: »In der Kleinen Walachei«, starrte die Sachbearbeiterin die Besucher ungläubig an, lachte dann laut und meinte amüsiert und verächtlich zugleich: »Das glaubt mir ja kein Mensch. Dass es die Walachei wirklich gibt! Ich habe immer gedacht, das ist nur so eine Redewendung.«

Die Einzigen, denen die Stunden in diesen Gebäuden Spaß machen, sind die kleinen Kinder, denen gefällt die Abwechslung. Begeistert fahren sie Fahrstuhl, laufen über die Flure, spielen Fangen. Die strafenden Blicke mancher Wartender bemerken sie nicht, und hin und wieder bekommen sie sogar Bonbons geschenkt. Noridas Kinder sind schon groß, ein- oder zweimal mussten sie mitkommen und spielten verdrossen an ihren Mobiltelefonen. Jetzt redet Norida von ihnen. Casino käme manchmal nachts nicht nach Hause, er ist sechzehn, eigentlich sollte er etwas lernen, aber sein Deutsch ist so schlecht, das reiche für keine Schule. Und Eldorado habe Freunde, die ihr nicht gefielen, Roma aus Buzescu, die seien nicht harniko, kein guter Umgang. Die aus Buzescu seien alle kriminell.

Laila überlegt, ob sie widersprechen soll, fragt aber nur: »Warum hast du denn deinen Söhnen so seltsame Namen gegeben? Casino, Eldorado, das sind doch keine Romanamen.«

»Warum nicht?«, Norida wundert sich. »Die klingen doch viel schöner als Mihail oder Milan, ich habe diese Namen im Fernsehen gehört. Bei Estera ist uns nichts Besonderes eingefallen, die wurde einfach nach der Großmutter benannt.« Die Nummerntafel blinkt, noch dreizehn Kunden sind vor ihnen an der Reihe.

»Wie seid ihr eigentlich nach Berlin gekommen?«

»Wegen Florin, einem Nachbarssohn aus der Siedlung. Früher hat er mit Mihail bei Citroën gearbeitet, jetzt lebt er schon lange in Berlin. Er war zu Besuch bei seiner Schwester und sagte, er könne uns ein Haus besorgen, eines mit einem Garten mitten in Berlin. Meine Schwiegermutter gab ihm dafür ihr ganzes Erspartes, sie war wohl froh, ihr eigenes Häuschen endlich wieder für sich zu haben, aber da hat sie sich geirrt, denn inzwischen ist ihr anderer Sohn aus Griechenland zurückgekommen mit seiner Familie, dort hatte er als Musiker gearbeitet. Aber die Griechen sind jetzt selber arm und bezahlen nichts mehr für Musik.«

»Und das versprochene Haus gab es natürlich gar nicht?«

»Doch, das gab es. Es lag in einer verlassenen Gartensiedlung hinter einem Zaun. Alle Obstbäume waren ausgegraben worden. Es war sehr klein, eigentlich nur eine Hütte, hier sagt man Laube, aber wir waren doch froh, für den Anfang ein Dach überm Kopf zu haben und einen Garten mit einem übrig gebliebenen Pflaumenbaum, auch wenn wir durch ein Loch im Zaun klettern mussten, weil wir keinen Schlüssel für die Siedlung hatten. Es gab kein Wasser und keinen Strom. Auch in manchen anderen Gärten wohnten Familien in solchen Buden, manche waren wohl aus Buzescu, wir haben uns von ihnen ferngehalten. Aus Craiova waren nur wir dort. Gleich nebenan waren andere Siedlungen, in den gepflegten Gärten dort wohnten Deutsche. Diese Siedlungen haben schöne Namen: Kolonie *Zur Rose*, Kolonie *Treue Seele,* Kolonie *Sorgenfrei.*« Norida spricht diese Namen auf Deutsch aus wie Zaubersprüche.

»Estera hat mir gesagt, was das bedeutet, Estera hat schon zu Hause mit einem Wörterbuch Deutsch gelernt. In den Kolonien mit den schönen Namen gab es Bewohner, die nichts dagegen hatten, wenn wir Wasser in Plastikeimern holten. Florin hatte uns gestempelte Verträge gegeben. Doch Florin gehörte das Haus nicht, er hätte kein Geld dafür nehmen dürfen, das wussten wir nicht. Er ließ sich dann in Berlin nicht mehr sehen. Die S-Bahn-Station war ganz in der Nähe und hatte auch so einen schönen Namen: Sonnenallee. Hier wollten wir leben, uns Arbeit suchen, Estera wollte zur Schule gehen, und *sorgenfrei* würden wir auch bald sein, dachten wir.«

Norida lacht bitter. Wie es weiterging, ahnt Laila schon, aber die Wartenummern sind nur um eine Ziffer weitergerückt, und sie lässt ihre Nachbarin erzählen. Wie nach einigen Wochen uniformierte Polizisten gekommen waren, die über die Verträge nur lachten und die Roma aufforderten, mit ihren Habseligkeiten zu verschwinden. Hier würde eine Erweiterung der Autobahn gebaut. »Estera übersetzte alles, und wir erfuhren, dass die deutschen Laubenbesitzer wegen der Autobahn schon ein Jahr zuvor alle ausgezogen waren. Wir seien illegale Besetzer, sagten die Polizisten, man habe uns so lange geduldet, weil erst Ersatznistplätze für die Vögel geschaffen werden mussten. Der Naturschutzbund habe sich dafür eingesetzt, aber nun sei es so weit, der Bau solle beginnen. So kam es wirklich, Bulldozer haben alles zerstört, auch die Gemüsebeete mit Salat und Zwiebeln. Nur unsere Schlafsäcke haben wir gerettet. Estera sagt noch heute manchmal: Für die Roma gibt es keinen Naturschutzbund. Uns gibt keiner Ersatznistplätze.«

Norida wiederholt das schwere deutsche Wort mehrmals lachend. Andere Kunden, die auf ihre Nummer warten, blicken zu ihnen, und Norida spricht leiser, flüstert fast.

»Danach haben wir im Park geschlafen, im Görlitzer Park in Kreuzberg, da waren auch welche aus Craiova. Die hatten nicht mal Schlafsäcke, nur Planen, auseinandergefaltete Müllsäcke. Uns ging es besser. Mihail kann so ein bisschen Geige spielen, er konnte sich eine borgen und stellte sich in einen U-Bahn-Eingang. Auch dafür hatte er keine Erlaubnis und musste das Geld mit einem Ukrainer teilen, der sonst an dem Platz stand. Wir hungerten nicht, aber wir hatten jeden Tag Angst, morgen hungern zu müssen. Und manchmal regnete es nachts und wir wussten einfach nicht weiter.«

Sie seufzt. Laila greift nach Noridas Hand.

»Wir gingen in Kirchen und beteten, in einer sprach uns

der Pfarrer an und schickte uns zu einer Beratungsstelle in der Wiesenstraße im Wedding. Dort trafen wir Bekannte von zu Hause, unsere halbe Siedlung ist schon in Berlin. Es war auch einer aus Craiova, der uns für etwas Geld verriet, dass ein Kroate, Ante, Beziehungen zu Hausbesitzern hätte. Ante hat uns dann die Wohnung besorgt. Diesmal wollten wir alles richtig machen und den Vertrag in der Beratungsstelle prüfen lassen, es ist nur ein Untermietvertrag, der jederzeit gekündigt werden kann, aber schließlich haben wir keine Wahl, und die beiden Zimmer mit Küche in der Utrechter sind viel besser als alles davor, obwohl der Schimmel in der Küchenecke wächst.«

»Aber die Miete ist doch gar nicht so niedrig, wie macht ihr das?«

»Als wir damals den Mietvertrag unterschrieben hatten, hatte Mihail gerade Arbeit bekommen auf der Baustelle am Flughafen. Wir konnten unser Glück kaum fassen. Dass er auf einen Betrüger hereingefallen war, merkten wir ja erst später. Mihail hatte keinen richtigen Vertrag, das sei nicht nötig, hieß es, und weil wir ja gerade erfahren hatten, dass so ein gestempeltes Papier ganz wertlos sein kann, bestand Mihail auch nicht darauf. Jetzt geht Mihail frühmorgens zu dem Bäckerladen am U-Bahnhof Pankstraße, vor dem treffen sich unsere Leute aus der ganzen Stadt. Manchmal sind auch Casino und Eldorado dabei, sie nennen das Arbeitsstrich.« Auch dieses Wort spricht Norida deutsch aus.

»Dort gibt es Arbeit?«

»Manchmal. Da fahren Unternehmer vorbei, meistens sind es Türken, oft auch Privatleute, die ein Haus bauen. Vom Auto aus suchen sie sich Arbeitskräfte für ein, zwei Tage. Manchmal hatten Mihail und die Jungen dort schon Glück, aber sie müssen früh aufstehen, nach sieben kommt kein Angebot mehr, und dann stehen die Männer noch ein bisschen zusammen, trinken, wenn sie Geld haben, einen Kaffee in der Bäckerei und gehen wieder. Das Gute ist, dass sie dann noch etwas anderes mit dem Tag anfangen können, sie sammeln ja Eisen. Wenn Stanescu ihnen das Auto gibt. Manchmal hilft Casino in einer Autowaschanlage, er bringt auch Geld nach Hause. Ich habe die beiden Putzstellen, und Estera verkauft Duftbäumchen.«

Wenn sie von Estera spricht, vergisst Norida das Flüstern. Das Mädchen ist ihr ganzer Stolz. »In Rumänien ist sie zur Schule gegangen wie alle meine Kinder, und in Berlin, als wir noch in dem Gartenhäuschen wohnten, hat sie sich selbst einen Platz in einer Schule gesucht. Schon in Craiova hatte Estera sich deutsche Bücher besorgt und Vokabeln gelernt. Sie ist ein kluges Mädchen. Als wir alle nachts im Görlitzer Park schlafen mussten, hatte die Schule geschlossen, aber dann begann das neue Schuljahr, und wir hatten noch immer keine Wohnung. Trotzdem ist Estera jeden Morgen nach Neukölln gegangen, früh genug, um sich auf der Schultoilette zu waschen. Sie schafft es, immer hübsch und sauber auszusehen.«

Laila weiß, dass das Mädchen jetzt in Gesundbrunnen in eine Gesamtschule geht, ihr fehlt viel Schulstoff. Das Geld für die Bücher verdient sie sich selbst irgendwie, auch ein Paar silberne Turnschuhe hat sie sich schon gekauft und Laila stolz gezeigt. Laila fühlt sich durch Estera an sich selbst erinnert, sie war auch sechzehn Jahre alt gewesen, als sie mit Flora nach Berlin kam, sie hatte auch lernen wollen, auch sie wollte schöne Schuhe tragen, und niemand sollte ihr ansehen, dass sie im Wohnheim lebte.

Sie denkt jetzt oft an diese Zeit, vielleicht, weil sie wieder oft in diesen Ämtern sitzt.

Jetzt blinkt ihre Wartenummer. Norida, die eben noch so stolz von Estera erzählte, wirkt plötzlich blass und unsicher. An der Schwelle zum Büro der Sachbearbeiterin stolpert sie.

Mir scheint, früher gab es eine Stunde zwischen Nacht und Morgendämmerung, in der die Menschen schliefen und die Tiere kamen.

Die Tiere kommen noch immer, aber die Menschen schlafen nicht. Immer weint ein Kind oder auch eine Mutter, ein Mann. Man hört, wie sie sich lieben und sich streiten, in ihren Umarmungen ist ebenso viel Verzweiflung und manchmal Gewalt wie in ihrem Gezänke. Selbst in den Stimmen der Mütter, wenn sie ihre Kinder beruhigen, ist manchmal mehr Wut als Zärtlichkeit. Zärtlich ist nur Milans Akkordeonspiel. Lucias Mann spielt manchmal mitten in der Nacht, sie schimpft mit ihm, und dann ist es still bis zum Morgen, aber in einer der nächsten Nächte spielt er wieder, es ist, als dränge etwas in ihm nach außen, und erst das Instrument nimmt ihm den Druck. Das Akkordeon wimmert und jubelt, singt von Sehnsucht und Angst, von dem, was gewesen ist und nicht wiederkommt, von dem, was sein könnte, wenn alles anders wäre.

Vielleicht fühlen die anderen Hausbewohner auch so, sie nehmen das nächtliche Akkordeonspiel hin, klopfen nicht an die Decken oder auf den Dielenfußboden. Gestört fühlen sie sich nicht von Milan, sondern von ihren eigenen Träumen, die sie aus dem Halbschlaf aufschrecken lassen, von den Sorgen, die sie nicht wieder einschlafen lassen. Manchmal treffen sich meine Bewohner mitten in der Nacht im Hausflur, wo sie auf den Treppenstufen sitzen und rauchen, schweigen oder flüstern. In den Wohnungen ist es eng, und überall liegen Matratzen.

Im Hof streichen fremde Katzen herum und warten auf die Ratten, die aus der Kanalisation hochkommen. Ein Igel raschelt Nacht für Nacht um dieselbe Stunde an den Mülltonnen. Und auch zu einer festen Stunde, aber zu einer anderen, kommt der Fuchs. Vielleicht ist es auch eine Füchsin, es kann ja nicht die sein, die ich schon seit Jahrzehnten kenne, aber vielleicht ist die Füchsin, die jetzt Nacht für Nacht durch die Utrechter Straße schleicht, die Nachkommin jener Füchsin, die schon vor mehr als achtzig Jahren in der Abenddämmerung auf die Höfe kam und Mäuse fing. Damals hieß es, auf dem Garnisonsfriedhof an der Turiner Straße lebten Füchse. Es waren scheue Tiere, nur selten bekamen Menschen sie zu Gesicht. Sie sprangen mit einem kleinen Anlauf schräg über Zäune und Mauern, das tun sie noch heute, aber auf meinen Hof kommen sie auch ohne Sprünge, die Türen der Durchfahrt sind nicht mehr abschließbar und meistens nur angelehnt, in einer klafft ein Loch, das einer der rumänischen Wanderarbeiter hineingetreten hat, als er sich mit einem anderen prügelte.

Wanderarbeiter, ein seltsames Wort. Die Bauhelfer vor mehr als hundertzwanzig Jahren waren auch Wanderarbeiter. Oder Landstreicher. Sie selbst nannten sich Kunden. Kunden sind meine Hausbewohner heute beim Jobcenter. Aber die Wanderarbeiter gehen nicht zum Jobcenter. Sie haben auch nichts zu tun mit den Roma-Familien, die vor ihnen gekommen sind und deren Kinder auf meinem Hof spielen. Die Wanderarbeiter sprechen ihre Sprache, aber sie reden nicht viel, gehen nirgendwohin, steigen aus den Bussen und suchen sich einen Schlafplatz auf den Dielen der ihnen zugewiesenen Wohnungen, in einer stehen dicht an dicht Pritschen. Am nächsten Morgen werden sie abgeholt und weggefahren, auf eine Baustelle oder in eine Fabrik, auf Spargelfelder oder in eine Kiesgrube, vor der Nacht kommen sie müde zurück, und nach ein paar Wochen verschwinden sie wieder, machen anderen Platz.

Die Füchsin, die jede Nacht kommt, ist vorsichtig, aber nicht ängstlich. Wenn jemand über den Hof geht, drückt sie sich ganz flach in die dunkelste Ecke, bereit zum Sprung. Sie scheint allein zu leben, hat wohl keine Jungen mehr, die auf Futter warten, aber sie trägt in ihrem Maul fort, was sie findet. Die verwilderten Katzen fürchten sie, oder sie fürchtet die Katzen, sie gehen sich aus dem Weg. Seit ein paar Jahren gibt es auch Waschbären, die nachts durch die Straßen rennen. Früher habe ich nichts von Waschbären gewusst. Aber in meinem Vorderhaus wohnte bis in die fünfziger Jahre ein Kürschner mit seiner Frau, den hörte ich zum Kriegsende von Waschbären erzählen. Diese Tiere wurden auf einer Pelztierfarm in Strausberg gehalten, die von einer Fliegerbombe getroffen wurde, und die Tiere entkamen in die Wälder. Wahrscheinlich sind auch unsere Waschbären hier im Wedding die Nachfahren der damals Geflohenen. Einer ist im letzten Herbst an meiner Fassade hochgeklettert, ganz oben fand er ein offenes Fenster zum Treppenhaus, keiner hat ihn gesehen, obwohl er schnaufte und polterte. Im Vorderhaus sitzen die Bewohner ja nachts nicht auf den Treppenstufen. Im vierten Stock legte er sich auf den Fußabtreter vor die Tür der Familie Kaiser und wollte schlafen, er war krank und suchte die Wärme. Aber als meine Bewohner den Tag begannen, die Toilettenspülungen gurgelten und die Radios eingeschaltet wurden, als das leise nächtliche Weinen verstummte, das man im Vorderhaus sowieso nicht so hört, und Gesprächsfetzen und Geschirrklappern aus den Wohnungen drangen, da floh der Waschbär wieder, es war höchste Zeit, denn auf der Straße wurde es schon hell. Ich weiß nicht, wohin er gegangen ist, ich weiß nur, dass die Kaisers den durchnässten Fußabtreter sahen und schimpften, die Zigeuner würden ihnen nun schon vor die Tür pissen.

Die Waschbären sind immer noch Fremde hier. Am Anfang fand man die possierlichen Tiere niedlich, aber sie kippen Mülltonnen um, leeren auf der Suche nach Nahrung die Papierkörbe am Straßenrand und zerwühlen die Blumenbeete, die manche Anwohner um die Straßenbäume anlegen. Jetzt heißt es, Waschbären gehörten hier nicht her, sie seien Eindringlinge, die man bekämpfen müsse.

Seltsam, dass der Waschbär vom letzten Herbst allein war, meist streifen sie in kleinen Gruppen umher, auch die Weibchen sind meistens zu zweit und helfen sich gegenseitig, ihre Jungen aufzuziehen. Ihre Neugeborenen zwitschern wie Vögel, im Nachbarhaus haben mal ein paar Monate lang zwei Weibchen mit den Jungen auf dem Dachboden gehaust, aber die Bewohner haben es erst mitbekommen, als die Jungen nicht mehr zwitscherten, sondern fauchten und polternd herumliefen. Bei uns kann das nicht passieren, unsere Dachböden sind abgeschlossen, Sicherheitsschlösser wurden eingebaut, seitdem ein paar Rumänen – oder waren es Bulgaren – dort Nacht für Nacht Obdach suchten. Das waren auch Wanderarbeiter, aber sie gehörten nicht zu den geduldeten Gruppen, für die irgendwer Busse organisiert und die Wohnungen gemietet hatte. Sie waren auf eigene Faust in die Stadt gekommen, in der es keinen Platz für sie gibt.

Sie waren es wohl, die in den Falten ihrer Rucksäcke die Schaben mitbrachten. Küchenschaben gab es hier schon früher, seit vielen Jahrzehnten aber waren sie verschwunden, jetzt huschen sie nachts wieder durchs Haus, sammeln sich hinter den Tapeten und in den Rohren. Der Biologiestudent aus der Wohngemeinschaft hat eine gefangen und unter der Lupe angeschaut. »Das ist eine besondere Art, die in Deutschland eigentlich gar nicht vorkommt«, hatte er begeistert erklärt. »Es gibt 3500 Schabenarten, zwanzig davon in Deutschland, neben der Gemeinen Küchenschabe die Bäckerschabe, die Zebraschabe, die Porzellanschabe ... Und nun auch diese hier, die Indische Schabe, Blatta orientalis genannt oder Orientalische Schabe.«

Er kann nicht wissen, dass schon während des Ersten Kriegs Flüchtlinge in meinen Wänden wohnten, die Familie Rachowski mit sechs Söhnen, die haben die Eier genau solcher Schaben unter ihren Schuhsohlen von Werweißwoher mitgebracht. Aber die vermischten sich in den Speisekammern und in den Fächern unter den Küchenfenstern mit den deutschen Schaben, und irgendwann waren sie nicht mehr zu unterscheiden, und als das Dach brannte im Zweiten Krieg, haben sie mich alle verlassen. Die Hitze trieb sie aus meinen Mauern. Sie können sehr schnell laufen, schneller als ein Mensch, und sie ermüden nicht so bald.

Und nun sind sie wieder da. Die Balovs fanden auch ein paar Exemplare in ihrem Spülschrank und meinten angewidert, es sei ja klar, dass gerade die Zigeuner die Indische Schabe eingeführt hätten, schließlich seien die ja selbst mal aus Indien eingewandert, das könne man bei Wikipedia nachlesen. Der Student grinste und sagte: »Ich muss euch enttäuschen. Die Blatta orientalis ist auch nur eine Verwandte der Blatta germanica, der Deutschen Schabe. Und sie kommt eher wie ihr vom Balkan als aus Indien. Aber eigentlich ist die Schabe ein Kosmopolit. Regt euch nicht auf, es gab sie immer, und es wird sie immer geben. Als die Erde schon von ihnen wimmelte, dauerte es noch einmal fünfzig Millionen Jahre, bis die Dinosaurier erschienen. Und sie sind Proteinträger, in China isst man sie. In Japan macht man aus ihren Panzern teure Brillengestelle. Regt euch ab, jeder will leben.«

8

LEO verbringt ganze Tage damit, zwischen seinem kleinen Hotel in der Liebenwalder und dem Leopoldplatz umherzugehen, die Leute zu beobachten. Immer wieder findet er sich vor dem Haus in der Utrechter Straße wieder. Auch jetzt hat er sich auf dem alten Prellstein an der Durchfahrt niedergelassen, hält den Stock zwischen den Knien fest und blickt auf den Hof, in dessen Ecken sich blaue Müllsäcke neben kaputten Stühlen und einem ausgeschlachteten Fernsehapparat stapeln. Dort spielen Kinder, einige erkennt er schon wieder. Der kleine Junge mit dem Plasterohr, das wohl ein Kaleidoskop ist, gibt es immer noch nicht aus der Hand, lässt die anderen aber durchgucken und genießt deren Begehrlichkeit. Einmal beobachtete Leo, wie ein anderes Kind dem Jungen einen ganzen Stoß kleiner Sammelbilder, wahrscheinlich von Fußballern, anbot, die der Junge auch interessiert durchblätterte, aber sein weißes Rohr ließ er sich nicht abhandeln.

Ab und zu gehen Erwachsene über den Hof, sehen den Alten mit dem Krückstock prüfend an, aber man lässt ihn in Ruhe. Laila sah er nicht wieder, und erst als er zum schon dritten oder vierten Mal auf diesem Prellstein saß und das Geschehen auf dem Hof beobachtete, wurde ihm klar, dass er sich eine Begegnung mit ihr wünschte. Eine Gypsi sollte sie sein, hatte Niras Freund gesagt, das hätte er nicht vermutet. Von einigen Müttern der Kinder hier hätte er das schon gedacht, obwohl sie angezogen sind wie die meisten Frauen in Berlin. Die Männer, die durch die Toreinfahrt gehen, hätte er für Türken gehalten. Vielleicht sind sie auch Deutsche, hier hat sich ja alles verändert in den vergangenen Jahrzehnten, auch das Aussehen der Berliner. Und dem Einzelnen sieht man sowieso selten an, woher er kommt, nur wenn mehrere zusammenstehen, erscheinen sie plötzlich als Gruppe.

Wenn Leo irgendwo in der Welt auf einem Flugplatz steht, sieht er sich um nach seinen Leuten. Einzeln erkennt er sie vielleicht nicht immer, aber als Familie schon. Er will gar nicht mit ihnen reden, aber es beruhigt ihn, dass sie da sind, mit ihm fliegen, und, falls es ein Unglück gibt, das *Schma Israel* beten werden wie er. Das hat er seiner Tochter Ruth, die sie zum Flugplatz gefahren hat, vor dem Abflug nach Berlin erzählt. »Du denkst an ein Unglück vor dem Flug?«, fragte sie vorwurfsvoll, und er fand plötzlich, dass es keine gute Idee gewesen war, mit ihr darüber zu sprechen, zumal Nira mit großen Augen zuhörte. Er hatte ja keine Angst, das nicht, aber man muss doch mit allem rechnen im Leben. Ruth fragte ihn, seit wann er überhaupt beten würde. Darauf musste er nicht antworten, denn Nira fragte ihn spöttisch, auf die wartenden Fluggäste weisend: »Glaubst du denn, die hier sind bessere Menschen als andere?« Nein, das glaubte er nicht. Aber er zitierte Einstein, der gedichtet haben soll: *Schau ich mir die Juden an, hab ich nicht viel Freude dran. Doch fallen mir die andern ein, bin ich froh, ein Jud zu sein.*

Vielleicht lag es an seiner reimlosen Übersetzung, dass Nira und ihre Mutter nicht lachten, außerdem wurde in diesem Moment der Flug aufgerufen.

Jetzt sitzt er also in der Utrechter Straße, durch die er als Kind Hunderte Male gegangen ist, ein paar Meter entfernt von der Stelle, an der er Manfred das letzte Mal sah, guckt auf die Medusa, die es schon immer hier gab, betrachtet drei, vier dunkelhaarige Frauen, die neben den Mülltonnen über etwas diskutieren, das er nicht verstehen kann, und überlegt, warum er am Schluss das *Schma Israel* beten würde. Vielleicht, weil ihn das verbinden würde mit seinem Vater, seiner Mutter und denen davor. Er zündet ja auch am Freitagabend Kerzen an oder geht dahin, wo man zusammensitzt und den Sabbat feiert. Seine Mutter hatte immer darauf bestanden, dass freitags vor dem Sonnenuntergang alle zu Hause waren. Und er weiß, dass auch seine Tochter Ruth am Freitagabend vor den Lichtern sitzt und sein Schwiegersohn Dani, die Nachbarn im Kibbuz und überhaupt alle, die ihm etwas bedeuten. Na ja, von Nira und ihrer Schwester weiß er es nicht so genau.

Als er sich neulich bei dem Rechtsanwalt ihr so nahe fühlte im Schmerz um Ediths Familiengeschichte, als er sogar Tränen in ihren Augen sah und glaubte, sie würden in dieser Nähe auch den Abend gemeinsam verbringen, schüttelte sie sich, kaum dass sie wieder auf der Straße waren, und sagte: »Jetzt muss ich mich bewegen, ich will tanzen.« Und sofort wischte sie auf ihrem Mobiltelefon herum, wollte ihren Amir in einen Klub locken, und weil der in seinem Restaurant bleiben musste, fand sie eine Avital, mit der sie sich verabredete, auch eine Israelin, es gibt ja genug hier. Leo war wieder mit der Taxe allein ins Hotel zurückgefahren.

Der Rechtsanwalt Behrend wartete, als sie ankamen, schon in der Tür seiner Kanzlei. Leo hatte den hochgewachsenen, glatzköpfigen Mann mit den herabhängenden Schnurrbartenden noch nie zuvor gesehen. Aber Dr. Levy aus Tel Aviv, der Rechtsanwalt des Kibbuz, hatte schon vor Jahrzehnten diese Ostberliner Kanzlei empfohlen. Damals stand ihr ein Dr. Katzer vor, den Leo auch nicht persönlich kannte, der jedoch der Sohn der Cousine von Rosa Chodzen aus dem Kibbuz war, was bedeutete, dass man ihm wohl vertrauen konnte. Er war einer der wenigen Einzelanwälte seines Landes. Die Straße, in der diese Kanzlei sich befand, hieß Wilhelm-Pieck-Straße. Dieser Katzer hatte, lange vor der Wiedervereinigung, Ediths Verwandtschaftsbeziehungen studiert und festgestellt, dass es neben dem Elternhaus in der Westberliner Beerenstraße noch einen anderen, weit größeren verlorenen Familienbesitz gab.

Ernst Kaplan, der Vater von Ediths Mutter, war Holzhändler gewesen wie schon sein Vater, ihm gehörten ein paar Wälder in der Berliner Umgebung und 150 Hektar Land in einem Ort namens Seedorf. Edith hatte als Kind mit ihrer Schwester oft dort die Ferien verbracht, die Villa der Großeltern lag inmitten eines Parks am See. Über die Kaplans wusste Edith nur, dass sie aus Theresienstadt nicht zurückgekommen waren, ihren Besitz hatte die Oberfinanzdirektion der Nazis beschlagnahmt, und 1945 noch einmal die sowjetische Besatzungsmacht. Dr. Katzer hatte der Tel Aviver Kanzlei mitgeteilt, dass das Land mehrfach aufgeteilt worden war und nun größtenteils einer LPG gehörte. Das sei eine Art *Moschaw* oder besser eine Kolchose. Die Gründer dieser LPG, auch das hatte Dr. Katzer herausgefunden, kamen aus denselben Familien wie schon 1945 die Mitglieder der »Gemeindekommission für Bodenreform«. Sie waren auch die, die das Wohnhaus und die Wirtschaftsgebäude geplündert hatten, nachdem der Nazi-Verwalter mit seinem Anhang verschwunden war. Das Wohnhaus der Kaplans sei längst abgerissen worden, dort habe die Gemeinde ihr Bürgermeisteramt errichtet. Dr. Katzer und Dr. Levy machten den Lehmanns keine Hoffnung, dass die doppelte Beschlagnahmung je aufgehoben werden würde.

Edith ging es, als sie die Anwälte beauftragte, vor allem um das verlorene Elternhaus in der Beerenstraße im Westteil Berlins, in Zehlendorf, um das, was dort geschehen war, nachdem sie es als Dreizehnjährige verlassen musste. An den Besitz ihrer Großeltern hatte sie kaum gedacht, zumal sie von ihm nur eine unklare Vorstellung hatte. Die Auseinandersetzung darüber zog sich über viele Jahre hin, auch die Gegenseite hatte gute Anwälte und formal das Recht auf ihrer Seite.

Dr. Katzer war darüber gestorben, und sein Nachfolger, der Rechtsanwalt Behrend, hatte seiner Mandantin schon Mitte 1990 geschrieben, dass sich nun neue Bedingungen für ihre Rückführungsansprüche an dem Kaplan'schen Erbe ergeben würden. Der Brief kam nicht mehr aus der Wilhelm-Pieck-Straße, sondern aus der Torstraße, aber die Kanzlei war nicht umgezogen. Behrend schrieb, zwar würde die Bodenreform nicht rückgängig gemacht, aber das Land der Kaplans sei nach 1945 gar nicht unter deren Bestimmungen gefallen, weil es schon zuvor von den Nazis beschlagnahmt worden war. Dass man es dennoch im Sommer 1945 aufgeteilt hatte, dass die Dorfbevölkerung die Möbel und Maschinen davontrug, sei ungesetzlich gewesen. Edith und Leo bezweifelten, dass die Leute wieder hergeben würden, was sie sich angeeignet hatten, zumal aus den Steinen der Villa Neubauernhäuser auf dem Land der Kaplans gebaut worden waren. Dennoch ließ Edith den Anwalt einen Rückführungsantrag bei einem »Amt für offene Vermögensfragen« stellen.

Viel wichtiger als die Ländereien der Großeltern aber war ihr das Elternhaus in der Beerenstraße, es schnitt in ihr Herz, als sie hörte, dass ihre geschäftstüchtige Stieftante Dora, obwohl schon im vorgerückten Alter, alles abgerissen und dort ein Mehrfamilienhaus errichtet hatte, dessen Wohnungen sie einzeln vermietete. Immerhin erreichte der Anwalt, dass die Mieten auf ein Sperrkonto gingen, solange das Verfahren schwebte. Edith ging es aber auch um das, was in ihrem Elternhaus gewesen war, um die Dinge, mit denen sie aufgewachsen war. Wo war ihr Spielzeug geblieben? Wo ihre Bücher? Wo Anitas Geige? Die Fotoalben? Die Stieftante war nach dem Gesetz die Erbin all dieser Dinge und niemandem Rechenschaft schuldig.

So ging dieser Prozess weiter durch alle Instanzen und gleichzeitig der um das Erbe der Kaplans.

Aber Edith wurde krank, sie wollte nichts mehr hören von diesen Dingen, und nach ihrem Tod fand Leo, dass es seine Aufgabe war, zusammen mit Dr. Levy und dem Berliner Anwalt die Sache zu Ende zu bringen. Seine Tochter Ruth meinte manchmal besorgt, er solle dieser leidigen Angelegenheit nicht solche Bedeutung beimessen und an seine Gesundheit denken, außerdem war der Rechtsstreit nicht billig. Kurz vor der Jahrhundertwende erfuhren sie, dass die Stieftante seiner Frau, die sich jahrzehntelang gegen Ediths Ansprüche gewehrt hatte, hochbetagt eine Woche vor ihr gestorben war und, zur Überraschung der Anwälte und auch zu Leos Erstaunen, Edith als Alleinerbin eingesetzt hatte. Damals schon wollte er nach Berlin reisen, aber noch die Entscheidung zum Kaplan'schen Erbe abwarten.

Und nun endlich, nach mehr als zwei Jahrzehnten, hatte in letzter Instanz das Bundesverwaltungsgericht Leipzig, 8. Senat, geurteilt, dass die Gemeinde die beschlagnahmten Flurstücke und Immobilien zurückgeben müsse und dass auch die 1990 hastig vorgenommenen Übertragungen von Grundstücken aus dem ehemals Kaplan'schen Besitz an Privatpersonen anfechtbar seien. Ob Leo gegen diese Verkäufe vorgehen wird, weiß er noch nicht, das alles wird ihm zu viel, er ist über neunzig. Und Ruth hebt die Hände, wenn er zu ihr davon spricht. Nicht noch länger prozessieren, es gibt noch anderes im Leben. Für ihre Mutter sei es sowieso zu spät. Doch auf den Sperrkonten liegen inzwischen beträchtliche Summen, die Mieteinnahmen aus der Beerenstraße und die Pacht für Ländereien aus Seedorf.

Um diese Angelegenheiten muss Leo sich kümmern, deshalb ist er in Berlin.

Dem Anwalt war dieser Sieg beinahe wichtiger als Leo und seiner Familie. In den letzten Jahren haben sie regelmäßig telefoniert, denn auch Dr. Levy in Tel Aviv ist alt geworden und froh, wenn Leo direkt mit der Berliner Kanzlei verhandelt, in deren Regalen inzwischen sechs laufende Meter Leitzordner mit Unterlagen zum Kaplan'schen Erbe stehen. Dazu kommen mehrere Hängeschränke voller Akten, Behrend hat es ihm erzählt. Er habe in den letzten Jahren fast nur noch an diesem Rückgabeverfahren gearbeitet, dieser Fall läge ihm besonders am Herzen.

Als er sie an der Tür empfing, schienen seine Schnurrbartenden vor Freude zu zittern. Die Kanzlei lag in einem gewöhnlichen Mietshaus, abgetretene Läufer auf den Treppen, die von Messingstangen gehalten werden, zeigten, dass dies mal ein vornehmes Haus gewesen war.

Bei diesem ersten Besuch ging es gar nicht um das Kaplan'sche Erbe, Nira wollte etwas über das Haus in der Beerenstraße erfahren, über die Kindheit ihrer Großmutter. Auf einem großen Tisch lagen Unterlagen bereit, all die Bauzeichnungen und Klageschriften und Urteile und Revisionsanträge. Nira und Leo studierten das alles stundenlang, dabei mussten der Rechtsanwalt oder Leo seiner Enkelin die Dokumente übersetzen. Der Rechtsanwalt nahm sich Zeit, obwohl sie sich so spontan angemeldet hatten, sein Telefon klingelte mehrmals, aber er ignorierte die Anrufe. »Mir bedeutet es viel, dass wir diese Sache zu einem guten Ende bringen konnten«, hatte er gleich bei der Begrüßung gesagt und die Blumen seiner Sekretärin in die Hand gedrückt. Die wickelte sie aus dem Papier und rief entzückt: »Ach, aus der ›Schönen Flora‹.«

Diese Sekretärin und ein Kollege waren längst schon nach

Hause gegangen, als Leo und Nira noch immer Zeile für Zeile die Kopien von Listen der Oberfinanzdirektion von 1943 durchgingen. Hier war alles aufgezählt, was Ediths Mutter Salomea Sara Volkmann, verwitwete Lindenstrauß, geborene Kaplan, und Anita Sara Lindenstrauß, die kleine Schwester, besessen hatten, sogar die Wäschestücke des Mädchens. Das alles war jüdischer Besitz und wurde im Juni 1943 eingezogen zugunsten des Deutschen Reichs. Für den Besitz von Ediths Stiefvater Theodor Volkmann gab es andere Listen, er war kein Jude, und sein Nachlass fiel nicht dem Deutschen Reich zu, sondern seiner Schwester Dorothea Volkmann, seiner testamentarisch bestimmten Erbin. Das Haus in der Beerenstraße gehörte ihm, so stand es im Grundbuch. Nira wunderte sich. »Aber meine Mama hat mir erzählt, dass ihre Großmutter, also Ediths Mutter, es zusammen mit ihrem ersten Mann, Fritz Lindenstrauß, schon vor der Geburt der Kinder gekauft hatte.«

»Das war auch so«, bestätigte der Rechtsanwalt. »Hier haben wir den Kaufvertrag.«

Leo nickte. »So habe ich es auch gehört. Das Geld für den Hauskauf kam von den Kaplans, denn Ediths Vater war damals noch Assessor ohne Einkommen.«

»Die Wartezeit auf ein Richteramt war in der Weimarer Republik unbefristet, bei Juden konnte das dauern«, erläuterte der Rechtsanwalt. »Hier sehen Sie die Urkunde, erst 1928 wurde Fritz Lindenstrauß ans Kammergericht berufen, doch im selben Jahr starb er bei einem Autounfall. Hier ist die Todesbescheinigung.«

»Dieses Auto, einen Opel Regent, hatten auch die Schwiegereltern Kaplan ihm geschenkt, weil mit der Anstellung ein neuer Lebensabschnitt beginnen sollte. So hat meine Frau es von ihrer Mutter gehört. Sie hat selbst in diesem Auto gesessen, drei Jahre war sie alt. Aber sie blieb unverletzt und konnte sich an nichts erinnern.«

Leo sagte nicht, dass Edith sich stattdessen gut daran erinnern konnte, wie Salomea mit ihr an der Hand und der kleinen Anita im Kinderwagen oft auf den Friedhof ging, nicht auf den Jüdischen Friedhof, sondern auf einen, der in einer Onkel-Tom-Straße lag, an der U-Bahnstation, die hieß wie das berühmte Buch »Onkel Toms Hütte«. Erinnern konnte sie sich, dass ihre Mutter immer traurig war und an Migräne litt, bis sie 1931 erneut heiratete, einen Kollegen ihres Mannes. Die sechs und vier Jahre alten Töchter waren dabei, und Edith erzählte später manchmal, wie enttäuscht sie war, dass ihr weißes Batistkleid ganz genauso aussah wie das von Anita; sie ging doch schon zur Schule.

Der neue Mann ihrer Mutter, Theodor Volkmann, kam aus keiner wohlhabenden Familie, hatte aber als zugelassener Anwalt am Kammergericht ein gutes Einkommen. Es reichte, um seine alten Eltern zu unterstützen und seiner viel jüngeren Schwester den Gesangsunterricht zu bezahlen. Auch von dieser Tante Dora hatte Edith oft erzählt, die kam regelmäßig in das Haus in der Beerenstraße. Später wohnte sie in der Künstlersiedlung am Rüdesheimer Platz, aber die Miete bezahlten wohl Ediths Eltern, die Sängerin war ohne festes Engagement. Edith mochte diese Tante Dora nicht, obwohl die immer sehr elegant auftrat und den kleinen Mädchen Lippenstifte und Puder schenkte, über den Protest der Mutter lachte sie hinweg. Sie war laut und behandelte ihre Schwägerin Salomea von oben herab. Das hatte Edith durchaus gespürt, und ihr waren auch nicht die Sorgen ihrer Eltern verborgen geblieben, ein Kummer, über den sie manchmal lange im Wohnzimmer sprachen.

Sie war schon zehn Jahre alt, als sie einmal an der Tür lauschte und das Wort Scheidung hörte. Theodor Volkmann, der sich zärtlich um seine Stieftöchter bemühte, wurde von ihnen Theo genannt, aber zu anderen sprachen sie von ihrem Vater. Als Edith im Nachthemd an der Wohnzimmertür das schlimme Wort hörte, hatte sie, ohne zu überlegen, einfach die Klinke niedergedrückt und war aufgelöst zu ihm gestürzt. Vielleicht hatten die Eltern es ihr schon an diesem Abend erklärt, vielleicht auch erst später, jedenfalls wusste Edith, dass ihre Ehe eine »Mischehe« war, dass Anita und sie als »Volljuden« galten, obwohl sie getauft waren. Geschmattet, wie die Großeltern Kaplan abfällig meinten, denen die Taufe ihrer Enkelinnen nicht recht war. Edith wusste auch, dass dem Vater die Entlassung vom Kammergericht drohte, weil es da jemanden gab, der ihn drängte, sich scheiden zu lassen, und der ihm »Steine in den Weg legte«. Diese Steine, das erzählte sie Leo in ihren ersten Jahren im Kibbuz, sah sie oft vor dem Einschlafen vor sich, ein Weg voller spitzer, scharfkantiger Steine an einem Abgrund. Um diese Zeit kam sie an die jüdische Privatschule von Frau Goldschmidt, an der Mr Wooley, ein echter Brite, Englisch lehrte. Dort gefiel es ihr, außerdem ging sie zweimal in der Woche nach Charlottenburg in die Musikschule Holländer, wo sie Geige lernte. Auch Anita bekam eine Geige, und auch sie wurde an der Goldschmidt-Schule in Grunewald eingeschult.

Die Sorgen der Eltern blieben. Salomeas Migräneanfälle kehrten zurück, manchmal kam sie den ganzen Tag nicht aus ihrem abgedunkelten Zimmer. Von der Haushälterin Tante Malwine erfuhr Edith, dass es nun Theos Eltern waren, die ihren Sohn drängten, sich von der Jüdin scheiden zu lassen. Auch in der Schule war es nicht mehr so schön wie am Anfang. Edith war zwölf, als ihre beste Freundin mit ihren Eltern nach England ging. Immer mehr Lehrer emigrierten, immer mehr Kinder gingen mit ihren Eltern ins Ausland. Aber die Klassen wurden nicht kleiner, es kamen andere Kinder, andere Lehrer.

Edith war dreizehn, als im November Hitlerjungen auch in ihr schönes Schulgebäude eindringen wollten und die Fensterscheiben zerschmissen. Die Lehrer verjagten sie, aber nun träumte Edith wieder von Steinen, wachte nachts schreiend auf. Dann ging es ganz schnell. Die Eltern brachten sie in ein düsteres Gebäude nahe der Friedrichstraße, das Kinderheim *Ahawah*. Dort ging sie drei Wochen auf Hachscharah, so hieß das, wenn Jugendliche auf Palästina vorbereitet wurden. Eigentlich dauerte eine Hachscharah länger, und man absolvierte sie in der Landwirtschaft, aber die Zeit drängte. Edith war die Jüngste aus der Gruppe. Niemand wusste, wie lange man noch ausreisen durfte. Warum Palästina, wenn schon, dann wollte Edith nach England. Aber eigentlich wollte sie nirgends hin, sie wollte bei ihren Eltern in dem Haus in der Beerenstraße bleiben und in den Sommern im Garten der Großeltern Kirschen pflücken, bei Anita wollte sie bleiben, mit der sie abends musizierte. Ihre kleine Schwester spielte schon besser Geige als sie. Die Eltern durften sie nicht auf den Anhalter Bahnhof begleiten, von dem der Zug nach Triest ging. Die anderen aus der Hachscharah-Gruppe kamen aus Süddeutschland und hatten sich schon vor Wochen von ihren Eltern verabschiedet, manche waren auch Waisen aus jüdischen Kinderheimen. Salomea und Theo standen trotzdem mit Anita am Bahnsteig. Die Mutter sah aus, als ob sie gleich weinen würde, und winkte, Theo hatte den Arm um seine Frau gelegt, er winkte auch. Aber dann drängte sich Anita an ihn, und er legte den anderen Arm um sie und konnte nicht mehr winken, und das war das letzte Bild, das Edith von ihrer Familie gesehen hatte. Die drei bleiben, einander umschlingend, zurück, und sie saß in dem sich entfernenden Zug mit den jungen Leuten, die, anders als sie, glücklich über den Abschied waren und ein hebräisches Lied zu singen begonnen hatten, das sie nicht kannte.

Das alles wusste Leo, und nun sah er die dazugehörigen Dokumente.

»1938 gab es eine Verordnungsflut gegen Juden«, sagte der Anwalt. »5. Verordnung zum Reichsbürgergesetz vom 27.9.1938. Berufsverbot für Anwälte. Theo Volkmann wurde niedergelassener Rechtsanwalt, er stieg in die Kanzlei eines Dr. Hagen in der Pariser Straße ein.« Er zeigte auf einen Stapel von Dokumenten.

»Aber der Stiefvater meiner Frau war doch kein Jude.«

»Ja, sonst hätte er sich ja nicht niederlassen können. Aber er war mit einer Jüdin verheiratet, und die Scheidung von nichtjüdischen Partnern war erwünscht, 1938 wurde sie noch einmal erleichtert. Am Kammergericht hätte Theodor Volkmann unter diesem Druck nicht bleiben können. Und hier, sehen Sie diese Schreiben von der Oberfinanzdirektion, es wurde auch nach der Immobilie in der Beerenstraße gegriffen. Sie gehörte ja der Frau, galt also als jüdischer Besitz. Spätestens nach dem November 1938, als die Juden eine Milliarde Reichsmark als sogenannte Sühneleistung für den Pogrom zahlen sollten, muss den Eltern Ihrer Frau klar geworden sein, dass sie handeln mussten. Sie haben die Immobilie wasserdicht an den nichtjüdischen Teil überschrieben. Das war schwierig, das väterliche Erbe der Mädchen steckte ja darin, aber es ist gelungen. Schließlich war Volkmann vom Fach. Auch die anderen Vermögenswerte gingen restlos an ihn. Und dann, um die Sache abzusichern, gab es ein Testament, in dem er im Falle seines Ablebens seine Schwester als Erbin einsetzte. Seine Frau wäre ohne ihren Mann ohnehin vogelfrei gewesen und leer ausgegangen. Schon vorher hatte es offizielle Schenkungen gegeben. Was im Haushalt wertvoll war, Elektrogeräte, der Radioapparat, Teppiche, Silber, ging alles an diese Dame. So musste aus dem teilweise jüdischen Haushalt nichts abgeliefert werden. Natürlich gab es

Absprachen, die ehemalige Hausangestellte Frau Malwine Schröder, die mein Vorgänger noch konsultieren konnte, hat dies bestätigt. Hier, sehen Sie. Sie bezeugte schon 1956, da war sie siebzig Jahre alt und bei guter Gesundheit, dass sich an der Lebensführung in der Beerenstraße nichts änderte, nur auf dem Papier gehörte das alles Frau Dorothea Volkmann. Die Schwester war, so nannten die das damals, nur ›Aufbewarierin‹. Aber das ist kein juristischer Begriff und das bestritt sie ja dann auch.«

Nira hatte aufmerksam zugehört, vielleicht verstand sie doch mehr, als Leo dachte. Das Büro, in dem sie saßen, war nicht groß und nüchtern eingerichtet. Leo widerten diese Papiere mit ihren Stempeln, mit dem Raubvogel, der das Hakenkreuz in den Krallen festhielt, plötzlich an. Er blickte auf die Grafik an der Wand und versuchte zu erkennen, was da zu sehen war. Nichts, Striche und Flecken, schwarz auf weiß. Wozu hängt man sich so etwas hin?

»Die Ehe mit Herrn Volkmann schützte die Mutter Ihrer Frau zwar davor, deportiert zu werden, aber nicht vor Zwangsarbeit. Sehen Sie hier, seit Anfang 1942 arbeitete sie in einer Wäscherei. Hier sind ärztliche Atteste, sie litt an Depressionen und chronischer Herzinsuffizienz, aber das half ihr nicht. Von der Dienstverpflichtung wurde sie nicht befreit. Verordnung vom 3. Oktober 1941.«

Leo dachte in diesem Moment an seine Mutter, die auch in einer Wäscherei arbeiten musste, sie hatte Uniformen zu reinigen, die nach dem Beginn des Russlandfeldzuges oft blutverkrustet waren, obwohl ja im Osten nur gesiegt wurde. Als die Siege ausblieben, war seine Mutter schon *abgewandert.*

»Schau, Anita hatte eine Geige!«, rief Nira, die immer noch die Vermögenslisten studierte. Tatsächlich war als Besitz der Sechzehnjährigen eine Geige eingetragen.

»Die hätte sie gar nicht mehr haben dürfen«, meinte der Anwalt. Er wies sie auf Papiere hin, nach denen auch Anita zum Arbeitseinsatz eingezogen wurde, bis Ende 1942 war sie in Rathenow.

»Wie meine Schwester, die war auch dort«, murmelte Leo. Er warf noch einen Blick auf ein Schreiben der Rechtsanwaltskammer vom 26. März 1943, das der Anwalt beinahe stolz präsentierte.

»Das alles in den verschiedenen Archiven zu finden, war wie die sprichwörtliche Suche im Heuhaufen«, bemerkte er. In dem mit »Heil Hitler« unterzeichneten Brief wurde dem Herrn Rechtsanwalt Volkmann das Befremden darüber ausgedrückt, dass er dem Ansehen seines Berufsstandes geschadet hätte, als er sich in der ersten Märzwoche mit einem Pöbel gemein machte, der vor einem Verwaltungsgebäude in der Rosenstraße gegen staatliche Anordnungen protestierte, die in dieser schweren Zeit dem Schutze des Deutschen Reiches dienten.

»Salomea Volkmann war offenbar zur sogenannten Abschiebung vorgesehen und in der Rosenstraße interniert«, erläuterte der Anwalt.

Leo nickte. »Fabrikaktion.« Ihm musste man die Zusammenhänge nicht erklären, und auch Nira hatte davon gehört.

»Und wegen des Protestes der Nichtjuden wurden die jüdischen Ehepartner wieder freigelassen?«, vergewisserte sie sich.

Der Anwalt hob die Schultern. »Wer weiß. Freigelassen wurden die Partner aus den ›geschützten Mischehen‹ ab 6. März. Aber wohl nicht nur wegen des Protestes, sondern weil sie in der Eile aus Versehen mitgenommen worden waren. Die Nazis haben sich in ihren eigenen Bestimmungen verheddert. Die Partner aus Mischehen und die Halbjuden waren noch nicht dran.«

»Und Anita?«, fragte Nira. »War Anita auch in der Rosenstraße?«

»Das wissen wir nicht. Sie steht auf keiner Liste. Aber sie war ja Volljüdin und, anders als ihre Mutter, nicht geschützt. Vielleicht haben ihre Eltern das eine Zeitlang verschleiern können. Sie galt als Volkmanns Tochter, dann wäre sie Mischling ersten Grades gewesen. Auf manchen Papieren trägt sie seinen Namen. Aber auf der sechzehnseitigen Vermögenserklärung, die sie dann doch im Juni zugestellt bekam, heißt sie wieder Anita Sara Lindenstrauß. Sie hat sie noch selbst ausgefüllt. Da ist sie.«

Nira ließ nicht den Blick von Anitas steiler Mädchenhandschrift.

»Sie sollte sich bei der Gestapo in der Großen Hamburger Straße melden. Wahrscheinlich war sie für den 41. Osttransport vorgesehen. Der ging am 28. Juni 1943 nach Auschwitz. Mit 319 Leuten, es sollten wohl 320 sein.«

Nira sagte leise: »Am 25. Juni haben sie sich umgebracht.« Das hatte Edith schon in den fünfziger Jahren erfahren.

»Die Haushälterin hat sie gefunden. Hier ist ihr Bericht von 1956, Dr. Katzer hat ihn protokolliert. Sie lagen im Wohnzimmer auf dem Kanapee, alle drei. Veronal sollen sie genommen haben. Es gab einen Abschiedsbrief, aber der ist nicht bei den Akten. Den hat Dorothea Volkmann an sich genommen, die von der Haushälterin gerufen wurde. Malwine Schröder bestätigte auch, dass die Schwester des Toten, die bis dahin nicht in dem Haus wohnte, sofort einzog, zusammen mit ihren Eltern. Sie ließ die Schlösser austauschen und beantragte einen Erbschein für das Vermögen ihres Bruders. Salomea Volkmann und Anita Lindenstrauß galten als vermögenslos und hinterließen kein Erbe, allenfalls das, was auf diesen Listen steht. Das wissen Sie ja alles.«

Ja, das alles hatte Edith noch erfahren, und sie hatte die

Erbberechtigung ihrer Stieftante anfechten lassen, aber deutsche Gerichte urteilten, das Testament des Juristen sei gültig, zumal er kein Jude war und somit unter keinem Druck stand. Die jahrelange Beschäftigung mit dieser Erbangelegenheit und das, was sie über die Vorgänge in Seedorf erfuhr, hatten Ediths Gesundheit zermürbt, ihre Seele verbittert. Der Gedanke, dass die Familie Volkmann, die die jüdische Schwiegertochter verachtete, die immer gegen die Verbindung Theos mit ihrer Mutter gewesen war, sich deren Haus und Besitz angeeignet hatte, war ihr unerträglich. Die alten Volkmanns lebten in den sechziger Jahren schon nicht mehr, aber die Stieftante Dorothea, die nie geheiratet hatte, lebte weiter in dem Haus, gab Gesangsstunden, und Edith stellte sich vor, dass noch immer der Flügel ihrer Mutter im Erkerzimmer stand.

Als sie erfuhr, dass das Haus ihrer Kindheit abgerissen worden war, spürte sie nach dem ersten Schmerz beinahe Erleichterung, nun konnten die Fremden nicht mehr durch die Räume gehen, in denen noch der letzte Atemzug von ihrer Mutter, von Anita und Theo hing.

Dorothea Volkmann ließ ein anderes, größeres Haus auf das Grundstück bauen, sie selbst zog um in eine Seniorenresidenz mit dem schönen Namen Rosenhof. Der Rechtsanwalt Behrend sorgte dafür, dass die Mieteinnahmen aus der Beerenstraße wegen des laufenden Verfahrens auf ein Sperrkonto gingen. Dorotheas Anwälte legten Einspruch ein, alles blieb in der Schwebe bis zum Tod der alten Sängerin. Neben dem Haus und den Konten bestand das Erbe aus einer Kiste mit Schmuck und Silberzeug, die nach Israel geschickt wurde. Leo weiß noch, wie ratlos er und Ruth, Dani und die Mädchen damals um diese Kiste herumstanden, die altmodischen Schmuckstücke betrachteten, das schwere Besteck, Dinge, von denen sie nicht wussten, ob sie Salomea oder der Familie Volkmann gehört hatten. Edith, die es vielleicht gewusst hätte, war nicht mehr da, und schließlich behielten sie nur eine silberne Brsonimbüchse, die ganz bestimmt nicht aus dem Besitz dieser Volkmanns stammte.

Aber warum hatte sie Edith zur Erbin bestimmt, ihr alles hinterlassen, was sie ein Leben lang nicht loslassen wollte? Diese Frage, die auch Leo nicht beantworten konnte, stellte Nira nicht zum ersten Mal, und der Rechtsanwalt seufzte. Er sprach davon, dass ihm bei Erbauseinandersetzungen oft nicht nur Habgier und Geiz, sondern auch Neid und verletzte Seelen begegnen würden. »Besitz steht immer für etwas anderes. Man kämpft um Geld, aber es geht um Liebe, um Anerkennung. Um Macht. Die Dame verhielt sich ja auch nicht anders als die meisten Deutschen, die ihren Vorteil suchten in Verhältnissen, für die sie sich nicht verantwortlich fühlten. Denken Sie nur an die Leute aus Seedorf. Vielleicht war Frau Volkmann ihre Rolle als Nutznießerin der Tragödie in manchen Momenten selbst nicht geheuer. So könnte man das Testament erklären. Vielleicht war sie auch einfach einsam und kannte sonst niemanden, dem sie das Geld gönnte.«

Sie schwiegen. Nira hatte ihr Gesicht in den Händen vergraben. Während Behrend noch irgendetwas aus einem anderen Raum holte, starrte Leo wie schon die ganze Zeit auf die Grafik an der Wand, von der eine eigentümliche Spannung ausging. Plötzlich fand er, dass es nicht die Striche und Balken waren, nicht die schwarzen Flecken, die diese Grafik ausmachten, sondern die Zwischenräume, die leeren weißen Stellen, die selbst das tiefe Schwarz grau wirken ließen.

»Wollen Sie nach Seedorf fahren?«, fragte Behrend, der mit einer Wasserflasche und Gläsern zurückgekommen war. »Ich rate Ihnen ab. Da ist nichts zu sehen. Ich bin dort gewesen. Der Fluss ist völlig zugebaut, auch die Seeufer. Sie müssen sich auch nicht anhören, was die Dörfler über die *Juden* denken, die ihnen alles weggenommen haben. Na ja, sie konnten, solange Klagen und Gegenklagen liefen, also jahrzehntelang, ihre Häuser nicht vererben, haben nicht renoviert, nicht angebaut. Die Gemeinde konnte keine Investoren gewinnen. Das ist schon problematisch.«

»Ich bekomme Mitleid«, sagte Leo sarkastisch. »Sie hätten sich ja auf den Vergleich einlassen können, den wir 1990 angeboten haben, dann wäre alles längst geklärt. Aber über Seedorf reden wir beim nächsten Mal. Für heute reicht es.«

Der Anwalt räusperte sich, als wollte er seinen Besuchern noch etwas sagen. Leo bemerkte es, aber fuhr fort: »Ich will Ihnen, Herr Behrend, im Namen unserer Familie noch einmal ausdrücklich danken. Was Sie für uns getan haben, ist nicht selbstverständlich. Ich habe mich immer gefragt, was ist das Motiv dieses deutschen Anwalts. Das Honorar wird es ja nicht sein.«

Behrend lächelte traurig. »Na ja, deutscher Anwalt ... Natürlich bin ich das. Auch wenn meiner Mutter die deutsche Staatsbürgerschaft während des Dritten Reiches aberkannt war. Sie hieß Silberstein, Maja Silberstein. Aber sie hat überlebt, sonst wäre ich ja nicht hier. Sie hat überlebt, weil sie sich nach der Fabrikaktion zwei Jahre lang versteckte und Deutsche ihr geholfen haben. Sie war ein U-Boot. Als ich schon Student war, habe ich sie immer wieder gebeten, ihre Geschichte aufzuschreiben, reden wollte sie ja nicht. Aber alles, was sie aufgeschrieben hat, war diese Liste von Namen.« Er ging zu einem kleinen Tresor, schloss ihn auf und legte ein Blatt Papier vor Leo. Nira trat neugierig hinter ihn. »Es ist eine Aufzählung der Menschen, die ihr geholfen haben, bei denen sie übernachten konnte oder die ihr Lebensmittel gaben. Leider hat sie nichts Genaues geschrieben. Und da, sehen Sie, an zweiter Stelle steht:

Anfangs auch Theodor Volkmann und Frau, Beerenstraße, Zehlendorf. Ich habe mich immer gefragt, warum diese Leute nur anfangs halfen. Als ich Dr. Katzers Akten bekam, wusste ich es. Meine Mutter konnte ich da nicht mehr fragen.«

Leo schluckte, er suchte nach seiner Brille, die er schon eingesteckt hatte. »Ich war auch so ein U-Boot.«

»Ich weiß«, sagte der Rechtsanwalt betrübt. »Ich weiß.« Leo stand auf, um Behrend zu umarmen, aber der war größer als er, und Nira kam ihm zuvor.

Und nun hockt er hier auf diesem Prellstein in der Utrechter Straße, versucht das alles zu verstehen und ärgert sich über Nira, die wer weiß wo ist, aber nicht bei ihrem Großvater.

Er wird ins Hotel gehen, er hat Rückenschmerzen.

9

LAILA denkt nicht oft an ihre erste Zeit in Berlin, aber wenn, dann fröstelt sie schon bei der Erinnerung. Der Himmel schien ihr grau wie im November, dabei kamen Flora und sie im Sommer an. Aber seitdem sie die Roma aus Bacău und Craiova kennt, findet sie, dass ihre Mutter und sie Glück hatten. Immerhin schliefen sie nie in einem Park, sondern bekamen sofort das Zimmer im Wohnheim, wo es trotz der hochnäsigen Russin und der schmierigen Toiletten erträglich war. Und sie mussten nur ein paar Monate dort bleiben. Das Stück Papier, auf das Andrzej aus Chrzanów ihnen die Adresse der Cinti-Union geschrieben hatte, erwies sich als kostbar. Eine Mitarbeiterin von dort gab ihnen ein Schreiben für die Ausländerbehörde und fürs Sozialamt, dort behandelte man sie fortan freundlicher, ihre Anträge wurden bearbeitet und schließlich, so hieß es, positiv beschieden. Sie waren Deutsche, galten als Spätaussiedler.

Die Leute von der Cinti-Union kümmerten sich auch darum, dass sie umziehen konnten in eine eigene Wohnung, zwei Zimmer in einem Neubaublock an der Greifswalder Straße. Flora hatte eigentlich nicht in den Osten der Stadt gewollt, sie glaubte, im Westen würden sie weniger auffallen, könnten einfach leben, ohne als Romnija, als Zigeunerinnen, betrachtet zu werden. Als Polin wollte sie jedoch auch nicht gelten. Die Stadt war damals voller Polen, die Arbeit suchten. Flora meinte, die Deutschen, immer noch im Hochgefühl nach ihrer Wiedervereinigung, wollten unter sich bleiben und behandelten die Polen wie Eindringlinge, als würden die den zu erwartenden Reichtum schmälern. Zigeuner waren für die Berliner nur die Roma vom Balkan, Bettler, die es während der Mauerzeit in Berlin nicht gegeben hatte, weder im Osten noch im Westen. Jetzt lagen vor manchen Kirchen und U-Bahn-Eingängen Frauen in bunten Röcken mit kleinen Kindern, die schliefen wie betäubt. Obwohl Flora sehr sparsam war, gab sie ihnen immer etwas Geld, sprach mit den Frauen sogar in ihrer Sprache, was sie sonst nie auf der Straße tat. Nur in ihrer eigenen Wohnung redeten Laila und Flora Sintitikes miteinander.

Die Wohnung lag in einem Plattenbau und ähnelte der im Hamburger Hochhaus. Aus Chrzanów hatten sie ja nur zwei Taschen mitgebracht, aber wie von selbst kamen Möbel zu ihnen; viele Ostberliner suchten im Westen Deutschlands ihr Glück, stellten ihre alten Möbel einfach an den Straßenrand. Andere richteten sich neu ein, warfen die Dinge weg, mit denen sie bisher gelebt hatten. Wenn Laila den Abfall hinunterbrachte, stand an den Mülltonnen mal eine Stehlampe, mal ein Sessel, einmal ein nur wenig abgewetztes Sofa. Flora wusch und polierte die Sachen, ihr gefiel es nicht, mit gebrauchtem Zeug anderer Leute zu leben, aber so war es nun einmal. Von ihrem ersten selbst verdienten Geld kaufte sie eine indische Baumwolldecke, die sie über das Sofa legte. Drei Putzstellen hatte sie gefunden, eine war gleich in der Cinti-Union; zweimal in der Woche hatte sie dort in den frühen Morgenstunden die Büroräume und die Teeküche zu reinigen. Einmal in der Woche fuhr sie nach Karlshorst zu einem Friseur, der selbst ein Sinto war, was aber die Kunden nicht wussten, und an vier Tagen wischte sie in verschiedenen Blumenläden in Charlottenburg, Schöneberg und Steglitz die gefliesten Fußböden, polierte die Verkaufstheken und die Türklinken. Auch diese Stelle hatte man ihr in der Cinti-Union vermittelt, die Blumenläden gehörten einem Dieter Krause, den Flora noch nicht kennengelernt hatte, nur seine Mitarbeiterinnen, die die drei Läden führten und die Blumen nach seinen Anweisungen und Mustern banden. Flora erzählte ihrer Tochter von diesen ungewöhnlichen Gebinden, die einander niemals glichen, weil Pflanzen ja etwas Lebendiges sind und wie Menschengesichter unterschiedlich. Obwohl sie nun eine Putzfrau war und bei der Arbeit Kittelschürzen trug, zog sie sich wie immer sorgfältig an, und als sie an den Mülltonnen eine alte Nähmaschine fand, kaufte sie in einem türkischen Laden in Kreuzberg billige Stoffe und nähte für Laila und sich Kleider. Der Friseur in Karlshorst schnitt ihnen die Haare, von ihrem zweiten Gehalt kaufte Flora für sich und ihre Tochter gute Schuhe. Bei der Arbeit trug sie Turnschuhe.

Die Nachbarn in dem Haus an der Greifswalder Straße fragten sie nichts, alle hatten mit sich zu tun, manche wohnten selbst erst seit kurzem hier. Zwei- oder dreimal sah Laila auf der Greifswalder Straße Menschen, nach denen sie sich unwillkürlich umdrehte, weil sie sie für Sinti hielt, und die drehten sich auch nach ihr um, aber sie lief schnell weiter. Sie wollte sie nicht kennenlernen, ihr ganzes bisheriges Leben hatte sie unter Sinti und Polen verbracht, jetzt war sie eine Deutsche.

Ihre Mutter hatte vom Friseur in Karlshorst erfahren, dass nach dem Porajmos nicht alle Sinti aus Berlin verschwunden waren; er selbst war als Kleinkind mit seinen Eltern in die Stadt gekommen, in der seine jüngeren Geschwister geboren wurden, allesamt Brüder. Die wenigen Sinti-Familien kannten sich auch untereinander, aber natürlich gaben sie sich vor Fremden nicht unbedingt zu erkennen. Der Friseur war mit einer Gadschi verheiratet, deren Namen er angenommen hatte.

Er kannte auch den Chef der Blumenläden, Dieter Krause, der habe früher in Ostberlin gelebt; Stachlingo nannten sie ihn,

Igel, weil er so sperrig und eigensinnig sein konnte. Der Vater des Friseurs und Stachlingos Vater waren zusammen im Lager gewesen, aber der eine war von dort nicht zurückgekommen, der andere früh gestorben, den Tod hatte er aus Buchenwald mitgebracht. Der Friseur erzählte oft von seinen vier Brüdern, die seit ein paar Jahren als Swingband auftraten und schon im Fernsehen zu sehen gewesen waren. Davor habe er sich immer um sie gesorgt, weil sie keinen Schulabschluss hatten; die Mutter war nach dem Tod des Vaters apathisch geworden und hatte sie nicht mehr regelmäßig zur Schule geschickt. Sie waren noch Jugendliche, als auch die Mutter starb und sie als Hilfsarbeiter am Fließband ihr Geld verdienen mussten, aber manchmal saß auch einer von ihnen für ein paar Monate im Gefängnis, weil sie oft in Schlägereien verwickelt waren, denn sie ließen sich nichts gefallen. Stolz erzählte der Friseur, dass seine Brüder, ohne Noten zu kennen, schon als Kinder Musik gemacht hatten. Sie konnten alles nachspielen. Oft saßen sie zusammen und improvisierten, dann entstanden neue Stücke. Sie besaßen Gitarren und eine Geige, manchmal spielten sie bei einer Hochzeit oder einem Gartenfest, dann waren die Leute wie verzaubert. Aber für öffentliche Auftritte brauchten sie in der DDR einen Berufsausweis. In der Musikschule Friedrichshain versuchten sie es, dort staunte man über die *Swing-Brüder*, wie sie sich nannten. Man sagte, ihr Spiel erinnere an Django Reinhardt, an den Jazz der dreißiger Jahre, an den ungarischen Csardas oder die französische Musette. Nur konnten sie eben keine Noten lesen. Die Lehrer der Musikschule versuchten, das Komitee für Unterhaltungskunst zu einer Ausnahmegenehmigung zu bewegen, aber dann saß wieder einer der Brüder, der sich mit einem Polizisten angelegt hatte, in Untersuchungshaft, und die anderen gingen ohne ihn nicht zum Vorspiel.

Der Friseur erzählte diese Geschichten wie ein Märchen aus

der Vergangenheit, das gut ausging, denn im neuen Deutschland fragen die Produzenten nicht nach Berufsausweisen. Die Brüder haben eine Managerin gefunden und sich elegante Anzüge zugelegt, zu der Geige und den Gitarren ist ein Bass gekommen und die *Swing-Brüder* werden zu internationalen Festivals eingeladen. Aber am liebsten spielen sie wie früher bei Gartenfesten, in Kirchen oder im Wohnzimmer des Friseurs. Der schenkte Flora eine bespielte Kassette, mit der sie gar nichts anfangen konnte, weil sie keinen Kassettenrecorder besaß. Als er das erfuhr, gab er ihr seinen und kaufte sich einen neuen.

Laila hörte diese Kassette stundenlang. Flora gefiel sie auch, aber für Laila war es ihre, ihre eigene, die sie nicht wieder hergeben würde. Außer ihrer Mutter kannte sie niemanden in Berlin, aber in dieser Musik traf sie alle, die sie verloren hatte, und die, die sie suchte: Frana und Joschko und Freunde, die ihr noch nicht begegnet waren, und den Geliebten, auf den sie wartete. In dieser Musik war alles Schwere und alles Schöne, sie wollte tanzen und gleichzeitig innehalten und zuhören. Laila hörte diese Musik, sah durch das Fenster den Wind die Wolken treiben und fühlte sich nicht mehr so verloren, sondern angekommen in der Stadt, auf die sie neugierig wurde. Sie bekam Lust, aufzustehen und aus dem Plattenbau herauszugehen, auf diese Greifswalder Straße und weiter, dorthin, wo das Leben war.

Erst einmal fuhr sie mit der Straßenbahn jeden Morgen zur Schule. Flora meldete sie in der August-Bebel-Oberschule in der Zehdenicker Straße an. Das war im Stadtbezirk Mitte, Flora glaubte, eine Schule in der Mitte sei besser als eine am Rand. Als Laila das mehr als hundert Jahre alte Gebäude mit den abgetretenen Steintreppen betrat, dachte sie an Chrzanów, auch dort war das Lyzeum, auf das sie zuletzt gegangen war, so ehrwürdig alt gewesen. Sie war dort nicht die einzige Sintiza, die Tochter des Antiquitätenhändlers lernte in der Nachbarklasse, aber die Mädchen hatten es vermieden, zusammen zu sein. Jeder wusste, dass sie *Schwarze* waren, es schien nicht so wichtig zu sein wie in der Grundschule, doch Laila fand dort keine Freunde, sie blieb fremd. Aber in dem Lyzeum wurde Deutsch als ein Hauptfach gelehrt, und darin war sie nach den Hamburger Jahren die Beste.

Und nun war sie wieder in Deutschland, an ihrer Sprache würde keiner ihre Herkunft erkennen, am Aussehen wohl auch nicht, glaubte sie. Trotzdem erwartete sie, wieder die Fremde zu sein.

Das vierstöckige Schulhaus war eine Baustelle, überall standen Leitern und Farbeimer, alles veränderte sich gerade. Und so war auch der Unterricht, so war auch das Leben ihrer Mitschüler, wie sie bald begriff. Die waren fast noch Kinder gewesen, als die Mauer sich geöffnet hatte, und seitdem war nichts so geblieben, wie sie es kannten. Ihre Eltern waren arbeitslos oder steckten in Umschulungen und Maßnahmen der Arbeitsämter, für sie war nichts wie in den Jahrzehnten zuvor. Aber auch für Laila war alles anders.

In Chrzanów waren bis auf einen jüdischen Jungen alle ihre Mitschüler katholisch gewesen, hier in Berlin schien es ganz unwichtig zu sein, ob man in die Kirche ging und in welche. Lailas Vater und wohl auch ihre Großmutter Frana hatten sich längst von der Kirche abgewandt, und auch Flora sagte manchmal, sie spüre die Verbindung zu Gott, aber dafür brauche sie keinen Priester. Nur bei Joschkos Beerdigung hatte Laila ihre Mutter beten gesehen. In Chrzanów waren die meisten Sinti katholisch, in Hamburg und Berlin wohl eher evangelisch. Aber danach fragte Laila keiner und sie war froh darüber.

Ihre neuen Mitschüler waren skeptisch und ohne Illusionen.

Sie hatten Schülerräte gebildet und wollten über alles mitentscheiden, sogar über den Beginn des Unterrichts und die Farbe an den Wänden. Aber auch die Lehrer waren in Unbekanntes aufgebrochen, obwohl einige schon seit Jahren in dem alten Gebäude arbeiteten. Manche versteckten hinter starren Mienen etwas wie Angst und Enttäuschung, sie beharrten auf Ordnung und Regeln, dabei suchten sie wohl vor allem selbst Halt. Andere wirkten gelöst und schienen wie ihre Schüler neugierig auf alles Kommende. Auch aus Westberlin waren Lehrer an diese Schule gekommen. Laila spürte schnell, dass hier alles in Bewegung war, und das machte ihr das Ankommen leicht.

Wieder, wie in Hamburg, war es eine Musiklehrerin, deren Unterricht sie besonders liebte. Die schöne Frau mit der roten Haarmähne hatte, wie man auch an ihrem Unterricht merkte, klassische Musik studiert, aber dann war sie in einer Rockband als Sängerin aufgetreten, in einer Frauenband, die mit ihren poetischen, aufrührerischen Songs gerade bekannt wurde, als der Aufruhr auf den Straßen und die sich überstürzenden Nachrichten das Publikum aus den Konzertsälen trieben, ob nur vorübergehend, wusste niemand. Die Sängerin legte die notwendigen Prüfungen ab und gab nun Musikunterricht an der August-Bebel-Oberschule. Sie war über dreißig, aber wenn sie, zierlich und langhaarig, auf dem Schulhof mit ihren Schülerinnen stand, konnte man sie für eine von ihnen halten.

Diese Lehrerin brachte eines Tages eine CD mit in den Unterricht, die Musik der *Swing-Brüder*. Laila spürte, wie ihr Herz klopfte, als die ihr so vertrauten Töne einsetzten. Es war, als würde sie selbst nackt in einen hellen Raum gestellt, aber dann erzählte die Rothaarige ein wenig über die Musiker, Laila hörte den Respekt und die Bewunderung, langsam beruhigte sie sich und sah, dass diese Musik auch ihre Mitschüler ergriff, mit denen sie sich plötzlich verbunden fühlte. Ihr erster Impuls, die CD zu nehmen und zu schreien: »Das ist meines, es gehört euch nicht!«, verflog.

In dieser Unterrichtsstunde wurde auch der große Django Reinhardt erwähnt, der keine Noten lesen konnte. Es wurden uralte Aufnahmen vorgespielt, die Lehrerin berichtete von dem Brand im Wohnwagen, den Django Reinhardt als Achtzehnjähriger schwer verletzt überlebt hatte. Diese Geschichte über den geliebten Musiker hatte Laila oft von ihrem Vater gehört, der sie schon als Kind gekannt hatte. Djangos rechtes Bein war durch den Brand gelähmt, und er konnte nur noch zwei Finger und den Daumen der Greifhand bewegen, dabei hatte er doch schon als Kind Violine, Banjo und Gitarre gespielt, nichts anderes wollte und konnte er. Mit seiner beschädigten Hand entwickelte er Spieltechniken, die kein anderer vor ihm gekannt hatte, nutzte das Griffbrett wie niemand sonst, führte Läufe aus Doppelgriffen in den Jazz ein, nahm den ganzen linken Arm. Seine Behinderung zwang ihn, Neues auszuprobieren. Dieses Neue, andere war das Besondere, das sein Spiel so einmalig machte. Das, was alle für seine Schwäche hielten, machte er zu seiner Stärke.

Laila verstand gut, warum die Lehrerin das erzählte, und auch ihre neuen Mitschüler verstanden es.

Sie kamen fast alle aus Ostberlin, sie hatten ihre Stadt nicht verlassen, aber lebten nun doch in einer anderen. Wie in einem Rausch genossen sie die Möglichkeit, alles sagen, alles fragen zu dürfen. Sie bestimmten selbst, wer in die Aula der Schule eingeladen wurde, ein vor kurzem noch verbotener Lyriker trat auf, noch nie öffentlich vorgeführte Dokumentarfilme wurden gezeigt. Sie luden Politiker ein und buhten sie aus, wenn die ihr Gesicht hinter Phrasen verbargen. Die Lehrer ließen sie gewähren.

An den Wochenenden zog Laila nun mit den anderen durch

Kellerklubs, wo Technomusik dröhnte, und einmal gingen sie zu einem Punkkonzert in das besetzte Haus am Rosenthaler Platz. Laila sah staunend eine Welt, die sie bisher nicht gekannt hatte. Die Musik gefiel ihr nicht, sie drang nicht in ihr Herz, nur in ihre Ohren, die davon taub, und in ihre Beine, die müde davon wurden. Manche ihrer neuen Freunde nahmen Pulver und Pillen gegen diese Müdigkeit, davor schreckte Laila zurück. Aber sie war froh, dabei sein zu dürfen, zuzuschauen. Sie verstand nicht, warum die anderen in neue Jeans Löcher schnitten, warum ihre Shirts alt und verwaschen aussehen sollten, sie selbst trug Ohrringe statt Piercings, zog sich gern schön an und freute sich über jedes neue Stück. Tussi, sagten ihre Mitschüler über sie, aber es war nicht böse, tat nicht weh, sie ließen ihr das Anderssein. Sie gehörte trotzdem dazu. Dass sie vor kurzem noch in Polen gelebt hatte, wusste jeder, aber lange Zeit fragte sie keiner nach ihrem Zuhause, so wie sie die anderen nicht nach ihrem fragte.

Manche nahmen sie mit in die Wohnungen ihrer Eltern, große Altbauwohnungen in Prenzlauer Berg und in Mitte, Laila schaute sich aufmerksam um und versuchte, die Regeln zu verstehen, nach denen hier gelebt wurde. Die Fassaden der Häuser waren grau und schrundig, auch die Treppenhäuser wirkten schäbig und vernachlässigt, aber manche Häuser waren schon eingerüstet, sie sollten renoviert werden. Die Wohnungen, in die sie kam, waren hell und voller Bücher, aber die Besitzer der Häuser wechselten, und die Mieten stiegen, bei ihrer neuen Freundin Juliane standen schon überall Kartons, ein Umzug wurde vorbereitet. Julianes Mutter hatte nur eine befristete Stelle, Arbeitsbeschaffungsmaßnahme hieß das. Laila traf sie ein paarmal in der Wohnung, eine aufgedunsene Frau, der sich Enttäuschung ins Gesicht gegraben hatte. Laila verstand nicht, warum es so schlimm sein sollte, die viel zu große

Wohnung gegen eine kleinere zu tauschen, Julianes Vater wohnte ja nicht mehr dort. Der war Journalist, aber man hatte ihn schon vor Jahren aus seiner Redaktion entlassen. Vor der Maueröffnung hatte er Lampenschirme aus Butterbrotpapier gefaltet und auf Märkten verkauft. Er hatte zu den Wortführern des NEUEN FORUM gehört und war nun Pressesprecher einer der neuen Parteien. Die Redaktion gab es ohnehin nicht mehr. Seine Tochter verachtete ihn, denn er hatte ihre Mutter verlassen wegen einer jungen Geliebten, die nur fünf Jahre älter war als sie selbst. Nach dem Abitur wollte Juliane Filmregie studieren, aber Laila dachte manchmal, dass sie die Filme nicht sehen wollte, die Juliane drehen würde. Ihr Blick war scharf, sie sah immer das Unvollkommene, das, was falsch war.

Charlotte, eine andere Freundin, die sich nun Charly nannte, wohnte selbst in einem besetzten Haus am Senefelderplatz. Laila war dort gewesen und hatte befremdet auf die Wände voller Graffiti, auf die schmutzigen Schlafsäcke, die klebrige Küche geblickt und daran gedacht, wie ihre Großmutter Frana und die anderen Frauen in Chrzanów immerzu in den überfüllten Baracken die Fußböden gewischt hatten. Dauernd waren die Wände tapeziert worden, obwohl in ihnen Salpeter steckte und die Tapeten sich bald wieder lösten. Um die Kochherde, die so viele benutzten, hatte es oft Streit gegeben, die mussten ganz rein hinterlassen werden.

Charlotte hatte ihr Haar grün gefärbt und trug Ringe im Gesicht. Laila schien es, in ihr und ihren Punkerfreunden gärte eine Wut, die ihnen Lust machte zu zerstören. Ihre Mitschülerin wollte nichts mehr mit ihren Eltern zu tun haben, obwohl die ihr Geld gaben und sie es auch nahm. Ihr Vater war ein früherer Armeeoffizier, womit er nun im vereinigten Deutschland sein Geld verdiente, wusste Laila nicht.

Aber sie lernte auch Mütter kennen, die ihren Kindern Freundinnen sein und sich mit dem Vornamen anreden lassen wollten, Väter, die in die Schule kamen und beim Renovieren der Räume halfen. Die August-Bebel-Oberschule, erzählte ihr Mitschüler Jonas stolz, gelte bei den Rechten als Zeckenschule. Rechte, Zecken – das waren Begriffe, mit denen Laila nichts anfangen konnte. Erst allmählich verstand sie, dass die Zecken die Linken waren und die Rechten die, vor denen auch sie Angst hatte, Ausländerfeinde, Schläger. Die hatte es auch in Polen gegeben. An den kahl geschorenen Köpfen, den Springerstiefeln konnte man sie erkennen. Aber da, wo Charly lebte, in dem besetzten Haus, gab es auch Jungen mit solchen Stiefeln und rasierten Köpfen, die nannten sich Red Skins, waren Freunde der Punks und selber Zecken. Es war verwirrend. Laila lernte, die einen und die anderen nicht an der Frisur, nicht an der Kleidung zu unterscheiden, sondern an dem Ausdruck ihrer Augen, dem Klang ihrer Stimme, an dem, was sie sagten und wie sie ihr begegneten.

Sie fühlte sich wohl in der Schule, aber wenn sie mit ihrer Mutter bei dem Karlshorster Friseur war, der oft in seine große Wohnung einlud, war es doch anders, vertrauter, vielleicht, weil alle dort ihre Sprache redeten. In dieser Wohnung traf sie auch die *Swing-Brüder*, die manchmal Musik machten, inmitten herumlaufender, spielender Kinder, zwischen den Tischen mit Speisen und den Männern, die redeten, stritten, lachten. Die Frauen hatten in der Küche zu tun, kümmerten sich um die Kinder, und Lailas Mutter Flora gehörte dazu. Laila fühlte sich auch unter ihnen wie eine Zuschauerin, sie hatte keine Lust, in der Küche zu helfen oder sich in die Frauengespräche zu mischen, die der Männer interessierten sie mehr, vor allem aber die Musik.

Bei dem Friseur traf Flora unerwartet auch seinen Freund, diesen Dieter Krause, dem die Blumenläden gehörten, die sie putzte. Er war ein eher kleiner Mann, etwas gedrungen, mit einem Blick, der verriet, dass er zu entscheiden gewöhnt war und sich durchsetzen konnte. Auch seine Stimme war fest, beinahe herrisch, dabei warm. Er setzte sich zu Flora und Laila, fragte, wo sie untergekommen seien, und erzählte, er sei selbst in der Nähe der Greifswalder Straße aufgewachsen. Er habe dann in Weißensee in einem Blumenladen gearbeitet, denn was er immer gewollt hatte, sei der Umgang mit Blumen. »Blumen und Kinder«, sagte er mit plötzlich zärtlicher Stimme, »sind einfach das Schönste im Leben.« Dabei sah er Flora so an, als sei die ein Kind oder eine Blume. »Aber in dem Laden in der Klement-Gottwald-Allee«, erzählte er weiter, »gab es fast nie Blumen, nur grüne Topfpflanzen und Alpenveilchen, Grabgestecke aus Plastik und als Zuteilung zum 1. Mai ein paar Nelken und zum Frauentag Freesien, selten auch Azaleentöpfe. Meistens war ich im Laden allein mit den Fleischerpalmen und Sansevierien.« Er lachte, und als auch Flora lächelte, sprach er weiter. »Na ja, ein paar Gummibäume hatte ich auch, die nie jemand kaufte. Aber hinter Wartenberg in den Gewächshäusern wurden Rosen gezüchtet, das wusste ich, auch Tulpen und verschiedene Liliensorten. Die wurden ins Gästehaus der Regierung geliefert. Und nach Wandlitz, wo die von ganz oben wohnten.« Er habe sich mit dem Leiter des Gewächshauses abgesprochen und auch mit einem LPG-Vorsitzenden in Brandenburg, dessen Genossenschaft im Sommer ganze Sonnenblumenfelder bewirtschaftete. Nun habe er Blumen anbieten können, fast immer. »Mein Laden wurde in ganz Berlin bekannt, die Leute kamen sogar aus Köpenick und die Arbeit machte Spaß. Die Sträuße habe ich selbst gebunden. Das Schwierigste bei Rundsträußen ist die Technik des Aufspreizens. Der Strauß muss sich um 180 Grad aufklappen lassen, ohne dass es unnatürlich wirkt. Die Bindestelle muss sauber sein, spiral angelegt. Fünf verschiedene Elemente sind ideal, aber so viele Blumen hatte ich ja nicht, ich nahm oft nur einzelne Blüten, aber band sie mit Palmenblättern und Efeu, mit Gräsern aus dem Park nebenan, die habe ich selbst geschnitten. Es kommt nicht auf die Menge der Blüten an, sondern auf die Seele der Blumen.« Der Mann hatte sich in Fahrt geredet, seine Augen glänzten, als ginge es um etwas sehr Schönes, Intimes. Erstaunt hörte Laila zu und wunderte sich, wie ihre Mutter an seinen Lippen hing.

Später einmal erklärte Flora ihrer Tochter, sie habe bei Dieter Krause, dem Stachlingo, schon in diesem ersten Gespräch eine Leidenschaft gespürt, die nicht alle Menschen kennen. So sei Joschko auch gewesen.

Aber Stachlingos Geschichte ging noch weiter. Die Lieferanten aus der LPG und vom Gewächshaus wurden von ihm gut bezahlt, er selbst behielt nichts für sich, er bekam ja sein Gehalt, doch das Ganze war ein Wirtschaftsverbrechen. Er kam ins Gefängnis, und nach einem Jahr in Rummelsburg wurde er abgeschoben in den Westen. Das sei sein Glück gewesen, meinte der Florist mit einem traurigen Lächeln und erzählte, wie er in Gießen fassungslos vor der Blumenfülle gestanden habe, Dutzende, Hunderte Farben und Formen, aber wie entsetzt er auch gewesen sei, in was für lieblose Sträuße diese schönen Gebilde gestopft wurden, ohne Rücksicht darauf, ob die Blumen sich vertrugen; sie konnten ihre Schönheit nicht entfalten, wurden mit Gummis geknebelt. »Ich bin dann nach Westberlin gegangen, denn ich bin Berliner.« Er blickte Flora aufmerksam ins Gesicht, als er wiederholte: »Berliner bin ich. Auch wenn ich im Lager Ravensbrück geboren wurde.«

»In Ravensbrück war deine Großmutter Frana auch«, sagte Flora zu Laila, es war, als antwortete sie auf ein Losungswort. Sie saßen in der Küche des Friseurs, Leute kamen und gingen wieder, die beiden merkten es nicht. Schließlich ging auch Laila ins Zimmer zurück, weil sie die *Swing-Brüder* hören wollte, aber Flora blieb.

Flora blieb bei diesem Mann, und Laila war froh, dass ihre Mutter ihn getroffen hatte, denn nun musste sie am Wochenende, wenn sie mit ihren neuen Freunden unterwegs war, kein schlechtes Gewissen mehr haben, Flora war nicht allein. Und sie weinte nachts nicht mehr unter ihrer Decke, Laila hatte es auch in der Greifswalder Straße gehört. Flora verbot ihr nie, mit den anderen herumzuziehen, obwohl es sich für ein Mädchen nicht gehörte, aber sie waren in Berlin, und hier war vieles anders. Vielleicht hatte Flora auch deshalb nicht zu Frana und der Familie nach Hamburg gewollt.

Es dauerte nur ein paar Monate, bis sie die Wohnung in der Greifswalder wieder kündigten und zu Dieter Krause zogen, er lebte in einer Seitenstraße am westlichen Ende vom Kurfürstendamm, dort wo der Glanz schon matter wird. Doch nie zuvor hatten Flora oder Laila oder irgendwer, den sie kannten, in solch einem prächtigen Haus gelebt, mit Marmortreppe, üppigem Stuck und Haltegriffen aus Messing. Die Möbel aus der Greifswalder Straße wollten sie wieder an den Straßenrand stellen, aber inzwischen herrschte Ordnung in Berlin, man durfte seinen Sperrmüll nicht einfach so entsorgen. Laila sagte den Punks in Charlys besetztem Haus Bescheid, die konnten alles gebrauchen.

Stachlingos Frau war gestorben, er hatte keine Kinder, und für ihn wurde Laila sein Kind. Aber Lailas Vater war und blieb Joschko, den sie vor dem Einschlafen oft ganz deutlich sah, und manchmal hörte sie auch, was er zu ihr sagte.

Auch Flora sprach in Gedanken oft mit Joschko, das sagte sie ihrer Tochter. Aber nun sei das hier ihr Leben und Stachlingo, der gar nicht stachelig war, ihr Mann.

Laila hatte in der großen Wohnung ein eigenes Zimmer mit einer Kastanie vor dem Fenster. Der Florist wollte sie auf die internationale Kennedy-Schule nach Zehlendorf schicken, aber Laila fuhr weiter jeden Morgen mit dem Bus in ihre Zeckenschule in den Osten.

Er wollte nicht, dass Flora weiter in seinen Läden putzte, er wollte überhaupt nicht, dass sie arbeitete, er behandelte sie wie eine Kostbarkeit, und wenn er sie anschaute, wurde sein Gesicht ganz weich und zärtlich. Flora sollte nur mit ihm zusammen sein, ihn begleiten, wenn er zu Blumenmessen fuhr und in Angelegenheiten der Sinti unterwegs war. Denn Dieter Krause war im Vorstand einer Sinti-Organisation, es gab mehrere in Deutschland, und er arbeite, sagte er etwas pathetisch, *gegen das Vergessen*. Flora erzählte ihrer Tochter stolz, dass ihr Mann der Organisation öfter Geld spende, dass er eine Musikgruppe junger Sinti unterstütze und einen Computerklub für Roma-Kinder in Neukölln. Seine Läden wären, sagte Flora, Goldgruben. Es hätte ihr nichts ausgemacht, weiter in den Goldgruben zu putzen, sie lächelte über seinen Wunsch, sie immer bei sich zu haben, und protestierte sanft. Schnell lernte sie, die Sträuße so zu binden, wie er es ihr zeigte, sie sah mit sicherem Blick, was zusammengehörte und wie wichtig die Kontraste waren, wie das Zarte das Wilde betonte, das Edle erst durch das Gewöhnliche wirkte, wie das Gewöhnliche plötzlich eine besondere Aura bekam, wenn man es so band, dass es nicht nur Beiwerk war. Flora arbeitete nun an einigen Tagen in der Woche als Blumenbinderin.

Schließlich erfüllte er sich einen Wunsch und eröffnete einen neuen Blumenladen im Osten der Stadt, da, wo er aufgewachsen war, von wo man ihn ausgewiesen hatte. Der Laden lag in der Nähe von Lailas Schule, und natürlich ging sie zur Eröffnung, auch Charly und Juliane kamen mit und Jonas, der

Schülersprecher. Er war ein etwas lauter Junge mit schulterlangem Haar und geschwungenen Lippen, der ihr sehr gefiel. Zwei der *Swing-Brüder* spielten Gitarre, es gab ein Buffet, die Besucher tanzten bis auf die Straße. Dieter Krause lief hin und her, begrüßte Bekannte, jemand vom Unternehmerverband war gekommen, ein Herr vom Bezirksamt, Vertreter der Roma- und Sinti-Organisationen. Seine Frau, schön und elegant wie immer, hielt sich im Hintergrund. Schließlich bedeutete er den Gitarrenspielern, eine Pause zu machen, und in der feierlichen Stille wurde ein Tuch vom Ladenschild weggezogen. Da stand: SCHÖNE FLORA, und Stachlingo sagte: »Es ist dein Laden, Flora.« Alle lachten und klatschten, Lailas Mutter errötete unter all den Blicken, aber ihre Augen strahlten. Später sagte sie zu Laila: »Du wirst nie ohne Arbeit und nie auf einen Mann angewiesen sein. In diesem Laden wirst du immer Geld verdienen können.« Laila antwortete, dass sie das gar nicht wolle. Sie werde studieren. Flora nickte und sagte: »Trotzdem. Man kann nicht in die Zukunft sehen.«

10

GERTRUD ist sich nicht sicher, ob sie wirklich Manfreds Freund Leo von ihrem Balkon aus gesehen hat. Eine Nacht lang lag sie schlaflos im Bett und dachte darüber nach, am Morgen war sie überzeugt, sich geirrt zu haben. Aber dass Leo überlebt hatte, wusste sie, schon bald nach dem Kriegsende war darüber gesprochen worden. Die Friseurmeisterin Kruska, die ihren Laden an der Ecke Osloer Straße / Prinzenallee schon im Juni wieder eröffnet hatte, behauptete, ihn am Alexanderplatz gesehen zu haben.

Manfred hatte niemand gesehen.

Gertrud war damals in die Schulstraße zum Jüdischen Krankenhaus gegangen, wo in der ehemaligen Pathologie ein Gefängnis gewesen sein soll. Es lag nicht weit von ihrer Wohnung, trotzdem hatte sie in den Jahren zuvor um diesen Ort einen Bogen gemacht. Im Krankenhaus saß auch die Gestapo, sie wusste, dass Heinz Dermitzel dort ein Büro hatte. Das Gefängnis gab es nun nicht mehr, die Gestapo natürlich auch nicht, in den halb zerstörten Gebäuden waren Kranke untergebracht. Vom Personal hatte niemand Zeit, Gertruds Fragen zu beantworten, sie schickten sie in die Oranienburger Straße, ins Büro der Jüdischen Gemeinde. Dort standen die Leute auf den Korridoren bis ins Treppenhaus, um die *Listen* einzusehen. Listen von Geretteten und Listen der Toten. Gertrud sah denen, die aus dem Büro kamen, an, was sie erfahren hatten. Manche taumelten blass aus der Tür, eine Frau brach an der Treppe zusammen. Beim Warten hörte sie, dass in den befreiten Lagern Theresienstadt und Bergen-Belsen Typhusquarantäne herrschte, die Überlebenden von dort konnten noch nicht kommen. Ein jüngerer Mann hatte den Namen seiner Mutter auf einer der Listen gefunden, er strahlte, umarmte Bekannte in der Warteschlange.

Gertrud fragte, als sie an der Reihe war, nach Leo Lehmann und Manfred Neumann. Sie sollte angeben, in welchem Verhältnis sie zu den Gesuchten stünde. »Die beiden waren U-Boote, sie haben öfter bei mir übernachtet.« Man sagte ihr, dass Manfred noch im März 1945 im Gestapo-Gefängnis Schulstraße bei einem Fluchtversuch erschossen worden war, dafür gebe es Zeugen. Leo Lehmann habe überlebt. Die Frau hinterm Schreibtisch bat sie, ihre Adresse zu hinterlassen, er würde sich dann melden. Das hat er nicht getan. Gertrud ist noch einmal in die Oranienburger Straße gegangen, diesmal war die Frau nicht sehr freundlich und bat sie, von weiteren Nachforschungen abzusehen, Leo Lehmann wolle offensichtlich nichts mit ihr zu tun haben. »Ich habe ihm Quartier gegeben, das war gefährlich«, wiederholte Gertrud, und die Angestellte der Gemeinde sah sie seltsam an. »Das sagen heute viele.«

Drei, vier Jahre später erzählte ihr die Friseurin Kruska, Leo Lehmann sei ausgewandert in den neuen Staat Israel, vorher sei er bei ihr gewesen und habe sich die Haare schneiden lassen. Nur dieses eine Mal nach dem Krieg sei Leo in seinem alten Friseursalon gewesen, zum Abschied sozusagen. Die Kruska hatte schon früh das Schild »Juden unerwünscht« an ihre Tür gehängt, aber sie kannte die Familie Neumann, und Manfred ging einfach weiter zu ihr, später, als sie untergetaucht waren, auch sein Freund Leo. Es war wichtig für sie, nicht aufzufallen, auf keinen Fall durften sie verwahrlost aussehen. Die Kruska fragte nichts, machte sogar Geschäfte mit den beiden, denn die konnten ihr ein paar Kartons mit Seife besorgen. Manfred hat es Gertrud erzählt, die von ihm auch ein Stück bekam. Doch kurz vor Manfreds Verhaftung wurde auch die Kruska denunziert, von wem, hat man nie erfahren. Sie konnte sich herausreden, sie habe die jungen Männer nicht erkannt, gar nicht gewusst, dass das Juden seien, schließlich hätten sie keinen Stern getragen. Trotzdem wurde ihr Geschäft geschlossen, wegen der Schwarzmarktware sollte sie vor Gericht, aber dazu kam es nicht mehr. Nach dem Krieg konnte sie es schnell wieder eröffnen, nun war es ein Vorteil für sie, dass sie trotz ihres, wie sie es nannte, Tarnungsschildes illegalen Juden die Haare geschnitten und ihnen damit geholfen hatte zu überleben. Gertrud, die das alles wusste, ließ sich noch jahrelang von der Kruska die Dauerwelle machen, obwohl ein Friseurbesuch drei Straßenbahnhaltestellen weiter im Osten billiger gewesen wäre. Sie suchte alle Orte auf, die irgendeine Verbindung zu Manfred hatten, doch allmählich verstand sie, was sie schon wusste: Er würde nicht wiederkommen.

Aber Leo ist wieder da. Sie hat sich nicht geirrt. Das wurde ihr klar, als sie ihn noch einmal sah und dann wieder. Neben dem Tordurchgang saß er auf dem Prellstein, auf dem Hof dann auf einem alten Stuhl. Woran sie ihn erkannt hat, könnte sie nicht sagen. Er ist ja ein alter Mann, ein Greis, so wie sie selbst eine Greisin ist. Sie ist zwar etwas kurzsichtig, aber das weiter Entfernte kann sie noch ganz klar erkennen. Wie er sich bewegte, wie er den Kopf in den Nacken legte und die Augen mit der Hand gegen die Sonne abschirmte, an diese Geste erinnerte sie sich. Schließlich kannte sie Leo schon als kleinen Steppke, er war ja immer mit Manfred zusammen gewesen und sie mit Manfreds Schwester Rosa.

Ob Leo eigentlich weiß, was zwischen Manfred und ihr war? Nicht nur eine aus der Gelegenheit entstandene Liebschaft, wie er vielleicht vermutete, sondern eine Begegnung, die beide tief erschütterte. Manfred war oft zu ihr gekommen, wenn Leo ihn irgendwo in der Stadt allein glaubte. Vieles machten sie ja gemeinsam, sie fühlten sich zusammen sicherer. Dabei wussten beide, dass das eine Selbsttäuschung war, einzeln fielen sie weniger auf. Und es war auch besser, wenn ihre Schwarzmarktpartner nur jeweils einen der beiden zu Gesicht bekamen und der andere unbekannt blieb. Deshalb trennten sie sich manchmal für Tage und schlugen sich jeder für sich durch. Aber Leo wusste nicht, dass Manfred dann zu ihr kam, er wusste nicht, dass Manfred in ihren Armen, von Angst und Trauer geschüttelt, weinte und nur sie ihn trösten konnte. Sonst wirkte er ja so furchtlos, wenn Leo und er zusammen bei Gertrud waren, musste sie immer lachen. Die beiden überboten sich in Witzeleien und konnten die gefährlichsten Situationen so komisch schildern, als sei ihr U-Boot-Leben ein einziger Spaß. Auch Leo schlief gelegentlich mit Frauen, bei denen er für eine oder ein paar Nächte Quartier suchte, er erzählte ganz unbefangen von diesen meist älteren Soldatenfrauen, die er in Parkanlagen ansprach oder vor Clärchens Ballhaus traf, wo man ihn für einen Landser auf Urlaub hielt. Aber diese Begegnungen bedeuteten ihm nichts, sie gehörten zum täglichen Kampf ums Überleben. Leo war anders als Manfred, nüchterner, er ging keine Bindungen ein, konnte auch nicht verstehen, was Manfred an Gertrud band. Aber Manfred hat sich Gertrud in ihren wenigen Monaten so gezeigt wie wohl niemandem sonst. Leo war sein Kumpel, sein Gefährte, der letzte Kamerad aus der Gruppe, aber Gertrud war seine Geliebte, seine Frau, der wichtigste Mensch, der ihm geblieben war. Das hat er ihr gesagt, und daran hielt sie sich fest. Dass sie sechs Jahre älter war, spielte für sie keine Rolle, Manfred war früh erwachsen geworden.

Sogar über die Sache mit Walter Wagnitz hätte sie mit ihm sprechen können, seine Schwester Rosa war ja dabei gewesen, und in der Familie Neumann wusste man Bescheid. Aber es kam nicht dazu. Auch von Dermitzel erzählte sie ihm nichts. Sie spürte am Schluss, dass sie überwacht wurde, hat den Spitzel auf dem Hof gesehen und Manfred von ihrer Angst erzählt. Aber er lachte nur und meinte, sie sähe Gespenster. Vielleicht hätte sie ihm doch von Heinz Dermitzel erzählen sollen, der wieder in ihr Leben getreten war und ihr nachstellte, und vor allem hätte sie ihm sagen sollen, dass der bei der Gestapo war, ausgerechnet in der Abteilung, die nach den untergetauchten Juden fahndete. Als sie 1942 in der Burgstraße die Schweigeerklärung unterzeichnen musste, hatte sie es begriffen, außerdem prahlte Dermitzel mit seiner Arbeit.

Seit Anfang 1943 war die Burgstraße ein Trümmerfeld und Dermitzels Abteilung saß in der Französischen Straße in dem Haus neben dem Weinrestaurant Borchert. Aber er hatte auch oft im jüdischen Krankenhaus zu tun, das die Gestapo besetzt hielt. Sein Büro dort lag nur ein paar Minuten Fußweg von der Wagnitzstraße entfernt, manchmal kam Dermitzel nach Dienstschluss einfach bei Gertrud vorbei und war enttäuscht, wenn sie ihn nicht einließ. Als Manfred und Leo auf ihrem Dachboden auftauchten, war Dermitzel gerade auf unbestimmte Zeit zu einem Lehrgang abkommandiert worden. Wenn es nach Gertrud gegangen wäre, hätte er ewig wegbleiben können.

Sie konnte sich nicht vorstellen, dass Manfred und Leo bei ihr eine Gefahr drohte; der Vater kam kaum noch in den Wedding, wenn er mal frei hatte, fuhr er zu Paula, die zu dieser Zeit schon mit der Großmutter in Pommern war, denn auch in Biesenthal war man vor den Bomben nicht mehr sicher.

Ja, dass sie Manfred nichts von Dermitzel erzählt hat, dass ihre Wohnung für ihn zur Falle wurde, lastet seitdem auf ihr.

Das alles hat sie ein halbes Leben lang hin und her gewendet, ohne mit jemandem darüber sprechen zu können. Heute ist sie sicher: Dermitzel ließ sie überwachen, weil sie sich ihm entzog. Als er sie an einem Freitag überraschend vom Büro abholte, ihr sagte, dass er am nächsten Morgen zu diesem Lehrgang abrücken müsse und seinen letzten Abend mit ihr verbringen wolle, er habe einen Tisch für sie beide im »Borchert« bestellt, da ließ sie ihn einfach stehen und erklärte kühl, sie sei mit ihrem Freund verabredet. Er wollte wissen, wer dieser Freund sei, sie lachte nur und lief zum Bus. Doch als er, ohne dass sie es erfuhr, wieder in Berlin war, setzte er seine Leute auf sie an. Der Fahndungsdienst der Gestapo unterstand seiner Abteilung, damit hatte er einmal geprahlt. Und dann hat er am Montag nach der Osterwoche diesen Fang gemacht, wie er es selbst nannte. Einen untergetauchten Juden, noch dazu einen politischen, einen lange Gesuchten.

Zwei Stunden, nachdem die beiden Männer, die Manfred über den Hof bis in die Wohnung gefolgt waren, ihn in Handschellen abgeführt hatten, kam Dermitzel. Er klingelte nicht, er kam gleich in die Wohnung, sie hatten Manfred wohl den Wohnungsschlüssel abgenommen, den Gertrud ihm gegeben hatte. Sie saß immer noch so da, wie sie zurückgelassen worden war, zusammengekauert auf der Küchenbank. Heinz Dermitzel sagte nicht viel, er schlug ihr hart ins Gesicht, dann fiel er über sie her, stieß sie auf den Boden, riss sie wieder hoch, sein Gesicht war vor Wut verzerrt. Später sah sie sein Gesicht nicht mehr, spürte nur seine brutale Gier, wie er in sie eindrang, hörte ihn grunzen wie ein Tier, er warf sie herum wie eine Puppe, wieder und wieder, Gertruds Gesicht lag auf dem Küchenboden, auf den blau-weißen Fliesen, die ihre Mutter so liebte. Jeden Freitag wurden diese Fliesen gewischt und poliert, Gertrud sah plötzlich Risse, erstaunt hielt ihr Blick sich an einer

Fliese fest, die durchzogen war von solchen feinen, kaum erkennbaren Rissen; wenn man sie hochnehmen würde, würde sie in kleine Teile zerfallen, was würde Paula dazu sagen.

Heinz Dermitzel ging auch nicht, als er fertig war. Breitbeinig und zufrieden saß er an Gertruds Küchentisch, der Hass in seinem Gesicht war einem dümmlichen Stolz gewichen, beinahe liebevoll sah er Gertrud an, wie eine Trophäe, wie etwas, das ihm lange schon zustand und das er sich nun endlich genommen hatte.

Mit diesem schmierigen Wohlgefallen hatte er sie schon angesehen, als sie fünfzehn war und ihm genau schildern sollte, wie Wagnitz sie angefasst, wo er sie geküsst hatte. Die Großmutter war ganz entzückt gewesen von dem jungen Polizeianwärter mit den guten Manieren, der noch dazu der Sohn des ehemaligen Hausbesitzers Hermann Dermitzel war, von dem ihr verstorbener Mann in ihrer Brautzeit Arbeit und Wohnung bekommen hatte. Sie setzte dem jungen Herrn Dermitzel, der dann öfter kam, der nun derjenige war, der ihrem Sohn Arbeit besorgen konnte, Eier und Speck vor.

Auch jetzt ließ er sich von Gertrud Kartoffeln mit Speck braten, die sie für Manfred und Leo vorbereitet hatte. Leo, was war mit Leo? Die Jungen wollten beide an diesem Abend kommen, oft wartete einer in der Nähe, ließ den anderen vorangehen. Jeden Augenblick konnte Leo hier klopfen, in die Falle laufen wie Manfred. Gertruds eigener schmerzender Körper, der Ekel vor diesem schmatzenden Kerl am Küchentisch war ihr plötzlich egal, sie lauschte nach draußen, auf die Schritte im Treppenhaus und war erleichtert, wenn sie vorbeigingen.

Dermitzel verließ ihre Wohnung erst gegen Morgen, er saß wie ein Liebhaber in ihrer Küche, erzählte irgendwelche Anekdoten, lachte und griff immer wieder lüstern nach ihr. Noch an der Wohnungstür verlangte er einen Kuss, und als sie sich wegdrehte, packte er sie am Hals, bog ihren Kopf zurück und zischte: »Ab jetzt wird gemacht, was Heinz Dermitzel will, Fräulein Romberg. Stell dich nicht an wie eine Mimose. Ich habe ja immer gewusst, dass du es faustdick hinter den Ohren hast. Dem Kameraden Wagnitz hast du ja auch den Kopf verdreht. Dir scheint nicht klar zu sein, was los ist. Du und deine ganze Sippe, ihr wandert ab, wenn rauskommt, wer diesen flüchtigen Juden gedeckt hat. Du hast allen Grund, zu mir nett zu sein, versteh das endlich.«

Gertrud verstand es. Offenbar wusste er nichts von Leo. Aber konnte sie sicher sein, nicht weiter überwacht zu werden? Den Rest der Nacht hockte sie auf dem Schemel im Korridor und zitterte, sobald sie ein Geräusch im Treppenhaus hörte. Leo kam nicht, Leo sah sie nie wieder.

Die alte Frau, die in ihrer Wohnung am Rollator hin- und hergeht, die die Bromelien gießt und auf dem Balkon ihren Gedanken nachhängt, wird seit Tagen von diesen Bildern verfolgt, die sie so tief in sich vergraben hatte, dass sie manchmal glaubte, das alles sei gar nicht geschehen. Jetzt spricht sie plötzlich zu sich selbst: »Das stimmt nicht, Gertrud, selbst in den Erinnerungen machst du dir etwas vor.« Leo und sie haben sich durchaus wiedergesehen, und diese Begegnung ist es, die ihr so schwer im Magen liegt.

Als Gertrud sich an dem Morgen nach Manfreds Verhaftung fürs Büro fertig machte, sah sie im Spiegel ihr verquollenes Gesicht, sah die Platzwunde über dem Auge und überpuderte alles, kämmte sich sorgfältiger als sonst, zog ihre beste Bluse an, nahm den guten Mantel ihrer Mutter. So erbärmlich und beschmutzt, wie sie sich fühlte, durfte sie nicht aussehen. Unterwegs zur Straßenbahn schaute sie sich immer wieder um, könnte der Mann dort an der Ecke ein Spitzel sein? Einer von Dermitzels Fahndern? Sie wusste von Manfred, dass es *Greifer* gab, Juden, die auf andere Juden, auf Untergetauchte angesetzt waren. Manfred und Leo meinten, sie würden sie immer rechtzeitig erkennen. Könnte der dort drüben so einer sein? Warum sonst stand er so früh an der Litfaßsäule? Und an der Straßenbahnhaltestelle in der Seestraße warteten zwei Männer in Regenjacken, einer redete leise auf den anderen ein, der sah sie so seltsam an. Gertruds Herz raste.

Plötzlich stand Leo vor ihr, verschwitzt, zerknittert, wer weiß, wo er die Nacht verbracht hatte. Er sprach sie an, fragte nach Manfred. Was sollte sie machen, was sollte sie sagen? Das Gespräch der beiden Männer verstummte, jetzt sahen sie zu ihr und Leo, eine dicke Frau trat näher heran, als wollte sie hören, was geredet wurde. Sie beobachten mich, es ist ein Hinterhalt, ich muss ganz natürlich wirken, dachte Gertrud und trat auf die haltende Straßenbahn zu. Die Frau und einer der Männer stiegen ein, auch Leo. Er stand dicht bei ihr und fragte sie etwas, flüsterte fast, die Bahn fuhr an, zu spät, dachte Gertrud, zu spät, wir sind verloren, ich kann mich jetzt nur retten, wenn ich so tue, als würde ich mit denen zusammenarbeiten. Mechanisch bot sie Leo ihren Wohnungsschlüssel an, die Bahn hielt am Oskarplatz – heute der Louise-Schroeder-Platz. Wenn Gertrud später dort vorbeiging, musste sie immer an Leo denken, jahrzehntelang. Am Oskarplatz war er plötzlich aus der Bahn gesprungen. Gertrud hatte sich auf eine der Holzbänke sinken lassen und zu weinen begonnen. Die Spannung der letzten Stunden entlud sich in lautem Schluchzen, sie konnte es nicht steuern, war entsetzt über sich selbst. Die dicke Frau beugte sich zu ihr herunter. »Heulen Se man nich, Frolleinchen, lohnt nicht wejen so nem Kerl. Die taugen heute alle nischt.« In der Tasche von Paulas Mantel, den Gertrud trug, lag immer ein gebügeltes und gefaltetes Taschentuch, mit Spitze umhäkelt. Als Gertrud hineinschnaubte, sah sie, dass der Mann in der

Regenjacke unbeteiligt aus dem Fenster sah, an der Bornholmer stieg er aus. An der Schönhauser musste auch die Frau aussteigen, sie winkte ihr zu und verschwand. Gertrud verließ die Bahn erst am Antonplatz, niemand folgte ihr.

Das war wirklich die letzte Begegnung mit Leo gewesen. Später hat sie noch lange gefürchtet, er würde kommen, einfach vor der Tür stehen, wenn gerade Dermitzel bei ihr war. Der erschien nun regelmäßig, brachte ihr Wehrmachtskonserven und Likör mit, machte ihr sentimentale Liebeserklärungen, war enttäuscht, weil sie seine Berührungen nur steif und angewidert ertrug, hielt ihr vor Augen, was er alles für ihre Familie getan hatte und was ihr blühen würde, wenn ihre Judenbegünstigung aktenkundig werden würde. An solchen Abenden fiel er irgendwann über sie her, verlangte danach ein warmes Essen und ging, halb befriedigt, halb enttäuscht. Ihn nach Manfred zu fragen, wagte Gertrud nicht. Sie war froh, als zum Jahresende ihre Abteilung, die zur Verwaltung der Reichspost gehörte, mitsamt den Akten und Unterlagen nach Mecklenburg evakuiert wurde und Dermitzel aus ihrem Leben verschwand.

Erst in den letzten Kriegstagen schlug Gertrud sich wieder nach Berlin durch, ihr Haus stand noch, in der Wohnung saßen Paula und Marie. Die Stadt brannte, auch der Dachboden ihres Hauses war halb verkohlt. Drei Tage lang war die Schulstraße, nur ein paar Schritte von ihrem Haus entfernt, die Hauptverteidigungslinie gewesen. Doch für Paula und Marie war die schlimmste ihrer Befürchtungen, dass der Wedding an die Russen fallen würde. Was auch geschah. Ein paar Häuser weiter in ihrer zerstörten Straße, im UFA-Palast, richteten sie eine Komendantura ein, auch im Rathaus in der Müllerstraße saßen sie. Hausobleute wurden von ihnen bestimmt, die die Lebensmittelkarten zu verteilen hatten. Paula wollte diese Aufgabe übernehmen, von der sie sich Vorteile versprach. Sie musste einen Fragebogen ausfüllen, zum Glück war sie nie in einer Partei gewesen, nicht mal in der Frauenschaft, doch dann brüllte ein Mann im Rathaus sie an, sie habe verschwiegen, die Frau eines Nazi-Bonzen zu sein, den habe man nun in Gewahrsam. Paula war froh, wieder heil nach Hause zu kommen. Wochenlang redete sie von dieser Begegnung. Wie war dieser Russe – oder war es ein Deutscher? – dazu gekommen, ihren Albrecht als Nazi zu bezeichnen? Zwar war der 1933 in die NSDAP eingetreten, aber das musste er doch als Verwaltungsleiter des Arbeitsdienstlagers. Und später habe er nur noch mit Brieftauben zu tun gehabt, niemandem was getan.

Schon im Juli nach Kriegsende gehörten sie zum britischen Sektor, aber im August übernahmen die Franzosen den Wedding und Reinickendorf, auch darin sah Paula eine Benachteiligung. Die Franzosen waren ärmer als die Amis und die Engländer, bei denen ging es aufwärts, der Wedding blieb der Stadtteil der Habenichtse. Und die Russen behielten erst mal den UFA-Palast in der Utrechter Straße 33, zeigten dort ihre Sowjetfilme, Sojusintorgkino stand am Eingang, das konnte ja keiner aussprechen.

Paula und Gertrud halfen, die Trümmergrundstücke aufzuräumen, zwischen dem Schutt lagen verwesende Leichen, die wurden herausgeklaubt, der Rest zum Courbièreplatz an der Müllerstraße gebracht, der ein einziger Bombenkrater war und nun aufgefüllt wurde. Was die Romberg-Frauen über Albrechts Verbleib erfahren hatten, blieb für lange die einzige Nachricht. Sie hatten gehört, dass das Arbeitsdienstlager in Biesenthal nun ein Kriegsgefangenenlager war. Dort vermuteten sie ihn. Paula fuhr auch einmal hin, aber alles war abgesperrt. In ihrem Schrebergarten in Biesenthal hausten Flüchtlinge, die eine Zuweisung besaßen, der Mann ging mit ihrem eigenen

Spaten auf sie los. 1947 bekamen sie eine Todesnachricht aus dem Speziallager Nr. 6 in Lieberose, Albrecht Romberg sei dort an Diphterie gestorben. Paula nahm es sehr gefasst auf, schließlich waren so viele Männer im Haus und in der Straße gefallen, jetzt war sie wenigstens eine Kriegerwitwe und nicht die Frau eines gefangenen Nazis. Marie überlebte die Nachricht vom Tod ihres einzigen Sohnes nur um Tage.

Nun war Gertrud allein mit ihrer Mutter Paula. So oft sie konnte, fuhr sie für ein oder zwei Tage weg, meistens zu einer Bäuerin in die Prignitz, bei der sie Albrecht Rombergs Briefmarkenalben, Paulas Häkeldeckchen und nach und nach ein Dutzend Damasttischtücher mit Hohlsaum, die nie benutzt worden waren, gegen Kartoffeln und Butter eintauschte. Als sie einmal von einer solchen Hamsterfahrt zurückkam, stand Paula schon mit geröteten Wangen in der Tür, sie hatte sie über den Hof kommen sehen. »Stell dir vor, wir hatten Besuch. Ein Obergefreiter von der Wehrmacht, ein armer Kerl, gerade aus dem Heimkehrerlager Gronenfelde gekommen, Heinrich heißt er. Der hat nur noch einen Arm und Motten an der Lunge, das sah man ihm an, trotzdem habe ich ihn hereingelassen, ihm sogar Suppe gegeben und am Schluss Papas braunen Anzug. Der hatte einen Gruß für dich aus dem russischen Lager, wo er Kriegsgefangener war. Rat mal, von wem. Der nette Herr Dermitzel hat dem Heinrich unsere Adresse gegeben. Er liegt dort bei den Russen auf der Krankenstation, da kommt er nicht mehr raus, meint Heinrich. Denk mal, er ist am Schluss doch noch zur Wehrmacht eingezogen worden, da war wohl was mit Unterschlagungen in seiner Abteilung. Das Lager ist bei einer Stadt, die heißt Asbest. Das muss man sich mal vorstellen: Asbest. So nennen die Russen ihre Städte.«

In diesem Sommer 1947 bekam die Wagnitzstraße in aller Stille ihren Namen Utrechter Straße zurück, man tauschte einfach die Straßenschilder aus. Das war im Sommer 1933 ganz anders gewesen, Gertrud konnte sich gut an die Fahnen erinnern und an die Blasmusik. Damals war sie fünfzehn gewesen, nun würde sie bald dreißig werden. Jetzt könnte sie die Vergangenheit vergessen, glaubte sie. Dermitzel würde nicht wiederkommen. Niemand redete mehr von Walter Wagnitz. Auch das Jugendheim in der Ackerstraße, das seinen Namen getragen hatte, gab es nicht mehr. Irgendwelche Kraft-durch-Freude-Schiffe waren nach ihm benannt worden, wer weiß, welche Meere die verschluckt hatten. Aber nicht nur von Wagnitz redete keiner mehr, auch die Neumanns, die Lehmanns, die Goldschmidts, alle jüdischen Nachbarn waren vergessen, als hätten sie hier nie gelebt. Über die Banditenolga und ihren Klub Kosakenblut wurde schon lange kein Wort mehr verloren, seitdem das Mädchen im Sommer 1933 blutüberströmt aus der Gastwirtschaft »Behnke« in der Utrechter Straße 29 getaumelt war. Oder war es da schon die Wagnitzstraße? Jedenfalls war die Gastwirtschaft »Behnke« das Lokal vom SA-Sturm 104 gewesen, und Sturmhauptführer Bruno von der Heyde aus der Türkenstraße war schon groß herausgekommen, weil er es war, der am Neujahrsmorgen 1933 die *ruchvolle Greueltat am Kameraden Walter Wagnitz, verübt durch die Kommunistenbrüder Jarow,* an die Öffentlichkeit gebracht hatte. Da fragte doch keiner nach der Banditenolga, und nach den kommunistischen Mördern schon gar nicht, obwohl die ja damals bald wieder entlassen wurden, weil die Kriminalpolizei sie für unschuldig hielt.

Das alles interessierte nun niemanden mehr, der Gastwirt Behnke war längst gefallen, das Lokal geschlossen. Bruno von der Heyde hatte sich in der Utrechter Straße schon lange nicht mehr blicken lassen, auch nicht der Hitlerjugendführer Artur Axmann, der doch regelmäßig vor dem ehemaligen Lokal der Erna Witte Blumen für Wagnitz niedergelegt hatte. Wagnitz war Vergangenheit, die Ruinengrundstücke allmählich fast alle aufgeräumt, der UFA-Palast hieß wieder Mercedes-Palast, die Russen zogen aus, und dort zeigte man wieder deutsche Filme und hielt, wie früher, politische Versammlungen ab, nun nicht mehr von der NSDAP, sondern von der SPD. Das Leben wurde wieder normal. Als die Friseurin Kruska Gertrud sagte, Leo sei nach Israel ausgewandert, erlosch auch das letzte bisschen Hoffnung oder Furcht in ihr, er würde kommen und mit ihr über Manfred reden wollen.

Aber jetzt ist er da, ist in Berlin. Sie hat gesehen, dass er zu ihrem Balkon hochgeblickt hat. Was will er hier? Er hat mit Laila gesprochen, da war wieder dieses Mädchen mit dem dicken Zopf dabei. Ein oder zwei Tage später hat Laila dann bei Gertrud geklopft, wie so oft, sie kam einfach so, wenn sie Zeit hatte, sie hatten sogar ein Zeichen vereinbart, dreimal schnell, dann noch einmal. Gertrud fragte Laila beiläufig, wer denn der Alte mit dem Mädchen gewesen sei, und Laila antwortete in ganz normalem Ton: »Das wollte ich dir sowieso erzählen, Gertrud. Der Mann heißt Lehmann, Leo Lehmann. Er kennt unser Haus, es hat einmal dem Vater seines Freundes gehört. Er ist Jude, lebt in Israel.«

»Und was macht er jetzt in Berlin?« Gertruds Stimme klang heiser, vielleicht hatte sie sich auf dem Balkon ein bisschen erkältet.

»Ich glaube, er ist wegen einer Erbschaftssache gekommen«, sagte Laila zögernd. »Vielleicht will er auch seiner Enkelin die Stadt zeigen, in der er geboren wurde. Ich habe ihn gefragt, ob er dich kennt, aber ich glaube, er erinnert sich nicht.«

»Das ist ja auch so lange her.« Gertrud wechselte das Thema und erzählte Laila, dass die Briefträgerin, die seit zwanzig Jahren die Treppen zu Gertruds Wohnung hochsteigt, sich heute verabschieden kam. Sie ginge in Rente, vorzeitig, ihre Nachfolger würden keine festen Stellen mehr haben, nur Zeitverträge, sie würden dann jeden Tag woanders eingesetzt und könnten gar nicht mehr wissen, wem man die Post persönlich bringen müsse, und hätten auch keine Zeit dafür. »Das ist ja nicht so schlimm«, meinte Gertrud, »dann stecken die die Post eben in den Briefkasten, und du bringst sie mir, Laila. Ich bekomme ja sowieso nur noch amtliche Schreiben, die eilen nicht. Aber die Briefträgerin hat mir immer erzählt, was draußen los ist, sie kennt ja alle, die Nachbarn von früher. Die heute kann sich ja kein Mensch mehr merken. Sie kommen und gehen. Und dann die vielen ausländischen Namen. Da werden die mit den Zeitverträgen sich wohl nicht zurechtfinden.«

»Manche Nachbarn haben gar kein Namensschild«, bestätigte Laila, »und neulich sind zwei Briefkästen ausgebrannt, vielleicht waren es die Kinder.«

»Das glaube ich nicht«, antwortete Gertrud nachdenklich. »Die Männer rauchen immer im Treppenhaus, ein Wunder, dass da noch nichts passiert ist.«

»Nun rede mal kein Feuer herbei, Gertrud.« Laila lachte. Aber plötzlich veränderte sich ihr Gesichtsausdruck, sie war wie abwesend, und als Gertrud sie fragte, woran sie denn jetzt denke, sagte sie etwas von ihrem in Polen umgekommenen Vater, der ihr immer in den Sinn komme, wenn vom Feuer die Rede sei. Der habe ihr oft erzählt, wie er als Kind vom Feuer weggejagt worden sei. »Dja tuke, dja tuke.«

Gertrud schwieg. Das hörte sich ja an wie diese Sprache Romanes. Vielleicht war es auch Polnisch. Noch nie hatte Laila ihren Vater erwähnt. Warum ist der umgekommen? In Polen? Die Briefträgerin hatte irgendwo erfahren, Lailas Vater sei ein Blumenhändler hier in Berlin und besitze schöne Läden.

Aber Gertrud hatte ja auch nie etwas von sich erzählt und

wollte nichts fragen. So offenherzig wie Norida und Lucia und die anderen Romafrauen war hier im Haus nie jemand gewesen. Was hinter den Wohnungstüren geschah, ging niemanden etwas an. Obwohl man alles hören und sehen konnte.

Sie hat sich auch bei niemandem über Paula beschwert, obwohl das Zusammenleben mit ihr nicht gerade schön war. Jahrzehntelang hatte ihre Mutter die Großmutter Marie verantwortlich gemacht für ihre schlechte Laune, nun vermisste Paula ihre Schwiegermutter, auch ihren Ehemann vergötterte sie im Nachhinein, obwohl sie doch immer froh gewesen war, wenn der in Biesenthal blieb. Jetzt war es Gertrud, an der sie herumstichelte, aber an ihrer Tochter prallte alles ab. Manchmal hatte Gertrud sich gewünscht auszuziehen aus der Utrechter Straße, irgendwo ein Zimmer zu nehmen, Paulas Reden nicht mehr zu hören. Aber ihre Mutter, obwohl erst Mitte fünfzig, war eine alte Frau, sie litt an schmerzhaften Gelenkentzündungen, allein wäre sie gar nicht mehr mit dem Haushalt zurechtgekommen, außerdem war sie angewiesen auf Gertruds Verdienst.

Die hatte in einer Wäscherei in der Badstraße zu arbeiten begonnen, aber nach der Währungsreform 1948 brachten die Kunden ihre Schmutzwäsche in den Osten. Am S-Bahnhof Gesundbrunnen, der letzten Station im Westen, konnte man das Geld West gegen Ost 1:5 eintauschen. Für die Ostler war der Gesundbrunnen die erste Haltestelle im Westen, sie liefen dort wie bei einer Prozession durch die Badstraße und kauften an Buden und Kiosken, was es bei ihnen nicht gab. Nicht nur aus Berlin kamen sie, die Badstraße voller Menschen wurde damals spöttisch Sachsendamm genannt. Und in Gertruds Waschsalon hing ein Plakat: *Im Osten waschen ganz verkehrt, weils hier die Arbeitslosen mehrt.* Freitags fuhr auch sie mit der Straßenbahn, in der längst wieder Fensterglas eingezogen war und die jetzt die Drei war, nicht mehr die Acht, über die Seestraße und die Osloer in die Bornholmer Straße, wo sie in der Fleischerei Pommeranke eingewickelte Ware abholte und diskret mit Westgeld bezahlte. Nach Karten fragte die Fleischerfrau nicht. Vor Pommerankes Fleischerei stand eine Litfaßsäule mit Plakaten über *Herrn Schimpf und Frau Schande, die im Westen verdienen und im Osten kaufen.* Erst wenn die Bahn an der Bornholmer über die Hindenburgbrücke gefahren war, die jetzt nach einem hingerichteten Kommunisten Böse-Brücke hieß, schaute Gertrud nach, was man ihr eingepackt hatte. Mal waren es Schweineschnitzel, mal Rouladen, manchmal auch ein Stück Schinken.

Sonntags geht man nachmittags ins Grüne, das war schon so üblich, als Gertrud noch ein Kind war, meistens war sie an Paulas Hand in die Rehberge spaziert oder in den Schillerpark, manchmal auch an die Panke. Marie hatte um diese Stunde immer ihren Mittagsschlaf gehalten, und Albrecht Romberg, wenn er denn da war, blieb bei seinen Briefmarken sitzen. Gertrud hatte diese Nachmittage, an denen sie mit ihrer Mutter allein war, geliebt. Jetzt liebte sie sie nicht mehr, aber sie hielt es für ihre Pflicht, neben Paula auf einer Bank zu sitzen und den Vögeln zuzuschauen. Am liebsten ging sie nun mit ihr auf den zu einer Grünanlage umgestalteten Courbièreplatz an der Müllerstraße. Wenn die beiden Frauen dort saßen, gingen Gertruds Gedanken zu dem, was sie doch vergessen wollte. Sie wusste, dass unter dem Rasen die Trümmer der zerstörten Häuser lagen, Eisenteile, Waffen, die die Volkssturmleute in den Feuerlöschteich geworfen hatten, und doch war dieser Rasen so ebenmäßig schön, die Blumenrabatten wurden wieder gepflegt, Büsche, deren Namen sie nicht kannte, trugen duftende Blüten. So war es eben, das war die Oberfläche. Was darunter war, sah man nicht mehr.

Paula drängte sie auszugehen, jemanden kennenzulernen, damit, wie sie sich ausdrückte, wieder ein ordentliches Mannsbild in die Wohnung käme.

Manchmal ging Gertrud auch tanzen, in der Müllerstraße gab es ein Altberliner Ballhaus, da war ein alkoholhaltiges Getränk im Eintrittspreis enthalten, aber dort tanzten Frauen wie sie fast nur mit anderen Frauen, die Männer waren im Krieg geblieben. Ab und zu fuhr sie auch in den Osten, dahin, wo niemand sie kannte. An der Oranienburger, in der Ackerstraße, am Invalidenberg gab es in halb zerstörten Häusern Kellerbars, in denen sie nicht lange warten musste, bis jemand kam, der ihr ein Getränk bezahlte. Im Halbdunkel sah sie nicht die kalten Augen, die Gier, die zerstörten Gesichter, spürte später in irgendeinem Hauseingang, in einer Hofecke nur die drängenden Hände an ihrem Körper, hörte das Gestammel, fühlte, wie eine Flamme in ihr aufloderte, die der Fremde löschte, bis sie ernüchtert wegtaumelte, noch im Gehen ihre Kleider ordnete und nur eines wollte: weg von hier. Und doch suchte sie jahrelang immer wieder solche Orte, als könnte sie so ihre Träume stillen, ihren Körper beruhigen, der nachts nach Manfred schrie. Nicht nach irgendeinem sehnte sie sich, es war Manfreds Geruch, der manchmal für den Bruchteil einer Sekunde in der Luft zu liegen schien und sich dann doch in nichts auflöste, es war die Zärtlichkeit seiner Hände, sein zerfließendes Gesicht über ihrem, das sie beim Erwachen schon verloren hatte. Er hatte nicht einmal ein Grab.

Es war vorbei, sie wusste es, und manchmal dachte sie, sie könnte diesem dauernden Schmerz entgehen, wenn es ihr gelänge, in ein gewöhnliches Leben zu gleiten, mit einer eigenen Familie, mit einem Kind. Doch selbst wenn sie einen, wie ihre Mutter sich wünschte, *netten Herren* kennengelernt hätte, in die Wohnung zu Paula hätte sie ihn nicht mitnehmen wollen.

Die Zeit von Herrn Kunze und seinesgleichen kam erst Jahre später, als auch Paula gestorben war und Gertrud auf niemanden mehr Rücksicht nehmen musste.

Manchmal fuhr sie sonntags allein zum Großen Wannsee oder nach Nikolskoje, einfach weil Manfred dort als Junge oft gewesen war im Segelklub seines Vaters, er hatte ihr davon erzählt. Nikolskö, sagten die Berliner. Manfred war auch in Berlin geboren, aber er hatte ihr gesagt, dass es Nikolskoje heißen müsste, und auch erklärt, warum. Er hatte so viel gewusst, sogar über die Medusa im Hausflur. Mit ihm wäre das Leben ganz anders geworden, vielleicht wären sie zusammen gesegelt. Oder gemeinsam weggegangen, weit weg.

Aber so war nur er weggegangen und Gertrud immer dageblieben, wo sie auch heute noch ist. In der Utrechter Straße im Wedding. »Ich habe es ja nicht weit gebracht«, hatte sie einmal ironisch zu Norida und Lucia gesagt, als die rumänischen Frauen ihr von Florenz erzählten, wo Noridas Schwester in einem Hochhaus lebte. Von den griechischen Inseln erzählten sie und von einer Wallfahrt, die Lucia einmal erlebt hatte, als sie noch keine Kinder hatte. Das sei im französischen Saintes-Maries-de-la-Mer gewesen, an der Südküste der Camargue. Schon diese Namen weckten Sehnsucht in Gertrud. »Ich habe es ja nicht weit gebracht«, wiederholte sie, denn sie sah, dass die Frauen ihr Wortspiel nicht verstanden. Als sie es ihnen erklärte, widersprachen sie. »Du hast alles so schön«, sagte Lucia, sich bewundernd in Gertruds aufgeräumter Küche umsehend, und Norida, die mit dem Wörterbuch ihrer Tochter Deutsch lernte, meinte: »Ich werde sein glücklich, wenn ich habe einen Ort zum Bleiben.«

Nicht nur Norida, Lucia, Nikola und Laila sitzen oft bei Gertrud, auch Suzana mit ihren Kindern kommt manchmal zu ihr, trinkt an Gertruds Küchentisch eine Tasse Kaffee, hilft

Gertrud, den Druckverband anzulegen, und reibt ihr den Rücken ein. Als Suzana neulich zum Arzt musste, wollte sie nur den Jungen mitnehmen und fragte die alte Nachbarin, ob sie die kleine Felicia bei ihr lassen könne. Die kann noch nicht laufen, aber blitzschnell krabbeln, und sie untersucht mit ihren Händen und dem Mund alles, was sie erreichen kann. Entzückt saß Gertrud auf ihrem Stuhl und betrachtete das Kind, das ihren Topfschrank ausräumte und konzentriert eine Rolle Küchenpapier abwickelte. Feli ist ein niedliches Mädchen mit lockigem feuerroten Haar, aber aus ihrem Näschen läuft ständig Rotz, ein Ausschlag bedeckt ihr Gesicht, und sie ist barfuß. Das sei gut für die Füße, hatte Suzana gesagt, außerdem laufe sie ja noch nicht. Aber die Wahrheit ist wohl, dass sie in der Kleiderkammer der Caritas keine passenden Schuhe für sie gefunden hat, und neue kann sie nicht kaufen.

Als Suzana zurückkam, robbte die Kleine ihr entgegen, stellte sich auf die Knie, wollte von ihrer Mutter hochgenommen werden, aber die schob sie grob weg. Der dreijährige Junge, ein stilles Kind, untersuchte Gertruds Kochtöpfe, stellte sie in eine Reihe. Suzana setzte sich an den Tisch, seufzte und bedeckte ihre Augen mit der Hand. Sie weinte. Auch Felicia begann jetzt zu weinen, ihr Schluchzen steigerte sich zum Gebrüll, Gertrud konnte sich nicht zu dem Kind herabbeugen und ärgerte sich über die Mutter, die einfach dasaß und ihre Kinder nicht beachtete. Jetzt weinte auch der kleine Marius.

In diesem Moment klopfte es an der Tür, dreimal schnell, dann noch einmal, Laila. Gertrud erhob sich mühsam, ließ sie herein. Laila erfasste mit einem Blick die Lage, nahm die kleine Felicia auf den Arm, tröstete ihren Bruder, wandte sich zur weinenden Suzana, fragte sie etwas auf Romanes. Die Frauen redeten miteinander in ihrer Sprache, die deutschen Worte *Zentrum für Familienplanung* kamen vor, da ahnte Gertrud, was mit Suzana los war. Sie war wieder schwanger. Laila erzählte Gertrud am nächsten Tag, sie habe Suzana nach Felis Geburt zu einer Spirale geraten. Im Zentrum für Familienplanung, wo Ärzte Migrantinnen auch ohne Versicherungsschein behandeln, wollte man sie ihr einsetzen, aber sie sei nicht zum Termin erschienen, die Kinder wären an diesem Tag krank gewesen, und sie hätte nicht das Geld für einen Fahrschein gehabt. Außerdem wäre Suzanas Mann Stepan gegen die Spirale, er gehe neuerdings zu den Gottesdiensten der Pfingstgemeinde nach Neukölln, der Prediger dort warne vor Verhütungsmitteln. Nun wäre Suzana also doch in dem Zentrum gewesen, aber es sei zu spät, im vierten Monat könne man nicht mehr abtreiben, und Stepan würde sowieso nicht zustimmen.

Wieder lag Gertrud nachts schlaflos, das Leben ihrer Roma-Nachbarinnen war so nahe an ihres gerückt, deren Sorgen machten auch ihr Herz schwer, sie dachte an die kleine Feli und an ihren Bruder, an Lucias Kinder und an Noridas große Söhne, was hatte das Leben mit ihnen vor? Und was war mit ihrem eigenen Leben? Was war geschehen? Nun würde es bald zu Ende sein, und sie hatte Florenz nicht gesehen, und auch nicht die griechischen Sonnenuntergänge. Zwar hatte sie vor den ägyptischen Pyramiden gestanden mit Herrn Kunze, aber das war nichts, wofür es sich gelohnt hatte, so weit zu reisen. Oft überlegte sie, welcher Moment es gewesen war, an dem ihr Dasein in dieses trübe Gleichmaß geraten war, aus dem, so schien es ihr, erst Laila und die rumänischen Frauen sie herausrissen mit ihrer Lebendigkeit. Es war, als würde jetzt, in ihrem hohen Alter, ein Faden ins Leben wieder geknüpft, der zerrissen war am 17. April 1944, dem Tag, an dem Manfred in Handschellen von ihr weggeführt worden war. Dieses Datum stand seit einigen Jahren auf einer Stele am Courbièreplatz, auf dem sie oft mit ihrer Mutter gesessen hatte. Paula lebte schon nicht mehr, als der Platz, der nach einem preußischen Generalfeldmarschall hieß, umbenannt worden war nach dem katholischen Priester Max Josef Metzger, der als Pazifist am 17. April 1944 enthauptet worden war. Er hatte hier in der Nähe gewohnt, in der Willdenowstraße. Als Gertrud damals das Datum auf der Gedenkstele gelesen hatte, war ihr kalt geworden.

Der mutige Priester und Manfred Neumann hatten nichts miteinander zu tun, aber für Manfred gab es keinen Gedenkstein, und Gertrud hatte, als sie noch aus dem Haus ging, gern auf diesem Platz gesessen, sich verbunden gefühlt mit Manfred, der in der Erinnerung immer weniger ein wirklicher Mensch war, sondern eine Sehnsucht, ein Name für etwas, das sie verloren hatte, ohne es jemals besessen zu haben.

Und jetzt kommt Leo zurück. Gertrud glaubt nicht, dass er sie vergessen hat. Das kann nicht sein. Aber er scheint sie nicht sehen zu wollen, vielleicht sollte sie ihn um eine Begegnung bitten. Laila steht ja offenbar in Verbindung mit ihm. Womöglich hat sie so lange gelebt, denkt Gertrud, damit sie ihm, dem wohl einzigen Menschen, der sich außer ihr noch an Manfred erinnert, sagen kann, was er ihr bedeutet hat. Und dass sie ihn nicht verraten hatte, ihn nicht und Leo auch nicht. Auch wenn es diesen Moment in der Straßenbahn gab, in dem sie sich beobachtet fühlte und vor Angst bereit war zum Verrat. Sie will es ihm erklären. Vielleicht findet sie dann Ruhe.

Auf meinem Hof stapeln sich die blauen Säcke. In letzter Zeit zogen hier viele aus und andere kamen. Wer auszog, warf seinen Dreck einfach auf den Haufen neben die vollen Mülltonnen. Die Stadtreinigung nimmt die Säcke nicht mehr mit. Manche der neu Gekommenen öffnen die Müllsäcke auf der Suche nach Brauchbarem. Oder ihre Kinder öffnen sie aus Neugier und verteilen den Inhalt auf dem Hof. Gestern hat Laila alles zusammengefegt, einer der Studenten kam und half ihr. Die werden auch bald nicht mehr hier wohnen, Studenten bleiben sowieso nie lange. Hier hat es immer Zeiten gegeben, in denen die Bewohner bald wieder aufbrachen, es kann ja nicht anders sein bei einem Haus, das von Kunden *gebaut wurde, von Nichtsesshaften. Es war die Armut, die sie weitertrieb, aber nicht nur. Es war auch die Verheißung, dass hinterm Horizont ein anderes Leben auf sie wartet, sie wollten nicht sterben, ohne diesem anderen wenigstens ein Stück näher gekommen zu sein.*

Es gab auch Zeiten, in denen meine Bewohner Jahrzehnte blieben, froh, ein oder zwei Stuben hier ergattert zu haben, eine Arbeit, die ihnen jeden Monat ein paar Mark einbrachte, genug um weiterzuleben, zu wenig, um den Träumen nachzulaufen. Ich habe gesehen, wie meine Bewohner in den Krieg zogen, der Erste schien ihnen anfangs ein großes Abenteuer, sie waren stolz, mit ihrem eigenen Leben an so etwas Gewaltigem teilzunehmen, dem Vaterland zu dienen, wie die meisten glaubten. Ich habe gesehen, wie sie zurückkamen. Wenn sie überhaupt kamen. Ich habe die Zitterer gesehen, die ohne Beine, die Beschädigten, Beschämten, Beschissenen. Aber sie starben früh und waren schnell vergessen. Fünfundzwanzig Jahre nach diesem Ersten zogen die Söhne in den Zweiten Krieg, alles wiederholte sich. Es wiederholt sich immer alles und doch ist es nicht dasselbe.

Nach dem letzten Krieg stand ich zwischen Trümmern. Wer noch hier wohnte oder hier einzog, hatte keine andere Wahl. Irgendwie wurden meine verkohlten Balken erneuert, das Dach geflickt, Risse verschmiert. Wände wurden eingerissen, Türen zugemauert, aus kleinen Wohnungen machte man größere, die wenigen großen Wohnungen wurden geteilt. Auf dem Hof gab es sogar ein Blumenbeet, das Gertrud pflegte. Ich wurde trotz aller Mühen kein schickes Haus. Und als wieder fünfundzwanzig Jahre später hier in der Gegend so viel abgerissen und neu gebaut wurde, zogen manche meiner Leute in die Neubauwohnungen vom Märkischen Viertel oder in die neuen Häuser in der Ackerstraße, wo man die Gebäude der alten Schrippenkirche gesprengt hatte. Auch bei uns hier sollten die alten Häuser abgerissen werden, alles Neue schien besser als das Alte. Aber in der Liebenwalder Straße und in der Groninger wurden Häuser von jungen Leuten besetzt, die protestierten, bis ein neuer Baustadtrat dafür war, lieber die alten Mietshäuser zu sanieren, obwohl das teurer war. Auch ich bekam damals neue Rohre und Leitungen. Einige der alten Mieter, die Kaisers, die beiden Romberg-Frauen, waren nun froh, dass sie es mit mir so lange ausgehalten hatten. Paula Romberg starb dann bald, und ihre Tochter Gertrud ist nun auch schon alt. Ihr Blumenbeet gibt es schon lange nicht mehr. Sie selbst wird nun wohl auch nicht mehr lange hier sein. Aber ich ebenso nicht. Doch verschwinden muss ich nicht nur, weil ich von innen roste und manche meiner Balken nur noch Sägemehl sind. Ich bin in Gefahr, weil die Besitzer mich weghaben wollen. Weil ich als Immobilie nicht mehr das

Potenzial habe, den Mietwert zu erhöhen. So sprechen sie, ich habe es gehört, als die Herren wieder einmal das Objekt besichtigten. Sie präferieren jetzt einen Neubau. Mit Wohnungen im höheren Preissegment und Geschäftsräumen für Start-ups.

Manches wiederholt sich. In den zwanziger Jahren waren viele meiner Leute hier arbeitslos. Auch der Vater von Gertrud, Albrecht Romberg, der als erstes Kind in meinen Wänden geboren wurde, 1890. Der hat ja dann nach der Wagnitz-Geschichte wieder Arbeit gefunden, aber andere mussten sich irgendwie durchschlagen, das Stempelgeld reichte nicht. Hier in meinen Stuben wurde schon Mostrich hergestellt, eine Pantoffelfabrikation gab es und eine Haarnadelmanufaktur. Man könnte diese Bemühungen Start-ups nennen. Aber es waren aus Verzweiflung geborene Unternehmen, zum Scheitern verurteilt. Und heute versucht der Mann aus dem rumänischen Bărbuleşti, ein Rom, der mit seinen Söhnen vor wenigen Wochen erst kam, Sprudelwasser herzustellen. Das Leitungswasser in Berlin, meint er, kostet ja nichts. Er träumt davon, sein Sprudelwasser in Flaschen abzufüllen und zu verkaufen. Aber woher soll er die Flaschen nehmen? Dann sah er wohl, wie billig das Mineralwasser bei Aldi ist, und nun begreift er langsam, dass sein Geschäft keines wird. Und Herr Spitalai, auch einer der Rumänen, sitzt tage- und nächtelang und tüftelt über seiner Kakerlakenfalle. Einen Köder aus Gewürzen, Öl und Aromastoffen hat er entwickelt, die Schaben sollen in eine leere Konservendose mit diesem Gemisch krabbeln, dann könne man sie mit heißem Wasser töten, ganz ohne Chemie. Aber Herr Spitalai will seine Erfindung noch weitertreiben, über eine Spirale sollen die gefangenen Schaben ins Wasser geleitet werden, sie sollen sich selbst vernichten. Seine Frau hat anfangs geschimpft, weil sie ihren Mann nicht dazu bewegen konnte, mit ihr zu den Ämtern zu gehen, ein halbes Jahr sind sie schon hier. Aber jetzt geht sie putzen, und er bleibt bei seinen Kakerlaken und Konservendosen, mit denen er eines Tages Geld verdienen will. Wenn er seine Falle als Patent anmelden kann. Aber noch ist es nicht so weit, und auch die Anmeldung kostet Geld, das weiß er, aber nur nachts im Schlaf bedrückt es ihn so, dass er schweißgebadet aufwacht.

Die Hoffnungslosigkeit ist wie ein Geruch, den meine Bewohner auch tagsüber nicht loswerden, der in alle Poren meines alten Mauerwerks dringt, wo er sich schon seit über hundert Jahren hält, trotz der immer wieder frischen Anstriche und so vieler Schichten bunter Tapeten. Jetzt wird wohl niemand mehr neue Tapeten an die Wände kleben. Ich sehe, was meine Bewohner treiben, und alles erinnert mich an etwas, was schon geschehen ist. Im Hinterhaus wohnte um 1925 einer, der mit Weihnachtsbäumen handelte, die er zuvor im Tegeler Forst geschlagen hatte. Der riss die Dielen aus seiner Stube, um daraus Ständer für seine Christbäume zu sägen. Erst als er wegen anderer Sachen ins Gefängnis kam, wurde das entdeckt, und der damals neue Hausbesitzer Jonathan Neumann ließ neue Dielen einziehen. Die wurden im kalten Winter 1946 dann wieder herausgerissen und verheizt.

In dieser Zeit nach dem Zweiten Krieg, als es Jonathan Neumann nicht mehr gab und der Hausbesitzer Biersack hieß, haben manche Bewohner ihre Messingklinken und die Kupferleisten an den Kachelherden abmontiert und beim Schrotthändler verkauft. Auch die rumänischen Wanderarbeiter, die dicht an dicht in meinen Wänden schlafen, schrauben Türklinken und Wasserhähne und Steckdosen ab, wenn sie wieder nach Hause fahren. Das ist bisher nicht bemerkt worden, denn die Nächsten beziehen die armseligen Räume und fragen nicht nach Steckdosen und Türbeschlägen, und es ist auch keiner da, der neue einbauen würde. Aber die gedrechselten Stäbe im Treppengeländer haben nicht meine Bewohner herausgesägt, das waren Antes Leute.

Wahrscheinlich hatte der Kroate den Auftrag, alles zu tun, um das Leben hier ungemütlich zu machen für die wenigen alten Bewohner, die sollten endlich ausziehen.

Einer von den Alten ist Herr Kaiser, der hat beobachtet, dass die Wanderarbeiter alles abmontierten, doch seiner Frau gesagt, es wären ja nicht seine Türklinken, darum kümmere er sich nicht. »Wenn die Hausbesitzer Zigeuner ins Haus holen, dann müssen sie eben mit Diebstahl rechnen, das weiß doch jeder, dass die klauen wie die Raben.«

Raben sind meine Lieblingsvögel. Und Haubenlerchen, aber die kommen nicht mehr.

Meist ist es die Armut, die Menschen zu Dieben macht. Und ich glaube nicht, dass Zigeuner anders sind als andere Menschen. Die ich hier hatte, Lailas Urgroßeltern, die Fidlers, und vorher noch die Familie Weiß, waren wie die anderen. Nein, das stimmt nicht, niemand ist wie ein anderer. Jeder hat seine Geschichte, und auch die der Vorfahren trägt er mit sich herum, selbst wenn er sie nicht kennt.

Noridas Söhne und Lucias Mann und Stepan, der Mann von Suzana, sammeln auch Schrott, aber sie würden sich nicht an unseren Messingklinken und Fenstergriffen vergreifen, im Gegenteil. Die Frauen putzen das Messing, bis es wie Gold glänzt, sie würden so gern in diesen Wohnungen bleiben, für die sie viel Geld bezahlen, sie möchten eines Tages sagen können: Hier bin ich zu Hause. Aber ich weiß, und sie wissen es auch, dass es diesen Tag nicht geben wird. Die Zeichen mehren sich. Ich würde auch gern noch eine Weile zuschauen, wie meine Leute leben, wie sie manchmal jung gehen und als Greise wiederkommen. So wie jetzt der Alte aus Israel. Aber ich weiß auch, dass meine Stunden gezählt sind, und ich kann nichts machen.

Vielleicht ist es ein Trost, dass immer, wenn etwas verschwindet, etwas anderes an seine Stelle tritt. Das habe ich so erfahren.

Etwas geht verloren, das kann der Beginn für etwas Neues sein. Nach dem Krieg, als schon das Gras über die Mauerreste der zerbombten Häuser wuchs, kamen die Haubenlerchen. Einige gab es schon vorher. Als ich gerade gebaut worden war, gab es zwischen den neuen Industrieanlagen noch freie Flächen, damals blieben viele dieser Zugvögel bei uns, weil sie fanden, was sie brauchen: Brachen mit niedrigem Bewuchs zwischen Steinmauern. Aber dann wurde fast überall der Boden gepflastert, jede Lücke zugebaut, und die Haubenlerchen zogen sich zurück. Ihr schöner Gesang war nicht mehr zu hören.

Doch nach dem Zweiten Krieg war ihr Lockruf wieder da. Im Flug zeigten sie ihre rötliche Unterseite, sie trugen eine Haube auf dem Kopf, die ähnelte den Frisuren der Berliner Trümmerfrauen. Einige Jahre lang gab es viele Haubenlerchen hier im Wedding, sie waren Kriegsgewinnler, die Ruinen ihr Lebensraum. Den haben sie wieder verloren, vielleicht singen sie jetzt wieder an Orten, deren Namen ich gehört habe, unter denen ich mir nichts vorstellen kann: Arabien, Indien, Kenia … Nein, vorstellen kann ich mir nichts unter diesen Ortsnamen, aber eine dumpfe Sehnsucht, eine Ahnung von Endgültigkeit ergreift auch mich, wie die alten Menschen, wenn sie langsam verstehen, dass ihr Dasein zu Ende geht und dass das Versäumte sich nicht nachholen lässt. Niemals.

11

LAILA arbeitet nun schon seit drei Jahren für Stachlingos Blumenläden. Sie bindet keine Sträuße, wie ihre Mutter es getan hat, sondern nimmt Aufträge an, kümmert sich um die Lieferanten, und manchmal fährt sie morgens um vier auf den Blumengroßmarkt, da kennt man sie längst. Sie liebt es, so früh durch die fast leeren Straßen zu gehen, einmal lief ihr in der Maxstraße ein Waschbär über den Weg, als sie es abends der alten Gertrud erzählte, wollte die das nicht glauben. So etwas habe es hier noch nie gegeben. Füchse schon, aber Waschbären? Laila habe sich bestimmt geirrt. »Das Nachtleben ist eben ein anderes als das Tagleben«, hatte Laila geantwortet, und Gertrud stimmte ihr schließlich zu, sie wisse ja gar nicht mehr, was nachts los sei, da käme sie ja nicht mehr auf die Straße. Am Tag leider auch nicht.

In der ersten S-Bahn zur Beusselstraße sieht man es den Leuten an, ob sie gerade aufgestanden sind oder ob sie nach Hause wollen. Und man sieht, ob eine Arbeit sie so müde gemacht hat oder ob sie durch die Nacht getrieben wurden von Gier und Sehnsucht. Und man sieht auch, ob sie kein Zuhause haben, wenn sie in der S-Bahn den ruhigen Platz suchen, den sie in der Nacht zuvor nicht finden konnten.

Als Laila heute früh ihre Wohnungstür hinter sich zuzog, war es schon fast sechs. Als Erstes sah sie Milan, Lucias Mann. Er saß auf der obersten Treppenstufe, im Schlaf über sein Akkordeon gebeugt. Um ihn herum Zigarettenkippen. In der

Wohnung will er nicht rauchen, sie schlafen mit den Kindern in einem Zimmer, das Kleinste ist erst ein paar Monate alt. Laila war über ihn hinweggestiegen, aber er schreckte auf, sprang hoch und stammelte im Halbschlaf Entschuldigungen, bevor er, inzwischen wach, rief, dass es höchste Zeit für ihn sei, er wolle doch noch zur Pankstraße. Laila wusste, er meinte den Treffpunkt am U-Bahnhof Pankstraße, den Norida *Arbeitsstrich* genannt hatte.

Das türkische Frühstückshaus an der Ecke hat noch nicht geöffnet, aber der Besitzer der kleinen Zeitungsbude am U-Bahnhof schließt gerade seinen Laden auf, der aufblüht, seitdem es den anderen mit dem zerknitterten Verkäufer nicht mehr gibt. Sogar eine Kaffeemaschine hat der Zeitungshändler angeschafft. Laila betrachtet ein Magazin, dessen Titelblatt eine Karikatur des türkischen Präsidenten zeigt. »Die sollen Erdoğan in Ruhe lassen und lieber ihre eigene Kanzlerin so lächerlich machen«, knurrt der junge Mann. Er hat ihr einmal erzählt, dass er hier im Wedding als Kind türkischer Gastarbeiter geboren wurde, und sie fragt ihn erstaunt: »Sind Sie denn für Erdoğan?«

»Er ist mein Präsident. Wer den beleidigt, beleidigt auch mich.«

»Und was haben Sie gegen die Kanzlerin?«

»Nichts. Aber sie hat die vielen Ausländer ins Land geholt. Schwarze, Zigeuner. Die gehören hier nicht her.«

Schnell bezahlt Laila den Kaffee und eine Tageszeitung. Als sie die in der Bahn aufschlägt, fällt ihr Plastikbecher zu Boden, und das Getränk spritzt auf ihr helles Kleid. Sie merkt es kaum, denn sie lässt den Blick nicht von dem Foto über einem Interview. Jonas. Jonas Müntzer, mit dem sie immer noch verheiratet ist. Sein Haar, das er früher lang bis auf die Schultern trug, ist längst ausgefallen, nun rasiert er sich den Schädel, was ihm ein ganz anderes, für Laila fremdes Aussehen gibt. Und seine geschwungenen Lippen, die ihr einmal sehr gefallen haben, sind schmal und hart geworden. Jedenfalls auf diesem Foto. Seine John-Lennon-Brille hat er schon lange abgelegt, er trägt Kontaktlinsen. Das Interview kann sie jetzt nicht lesen, überfliegt nur die Überschrift: *Keine Bleibeperspektive für ex-jugoslawische Roma in Deutschland.*

Bleibeperspektive. Dieses Wort verfolgt Laila, seitdem sie mit ihrer Mutter nach Berlin gekommen ist. Jonas war als Vertreter des Senats befragt worden. Laila faltet die Zeitung zusammen und ärgert sich, dass ihr Herz klopft und ihre Zunge pelzig wird, als habe sie etwas Bitteres gekostet. Die Freude auf den Blumengroßmarkt ist ihr vergangen. Eigentlich liebt sie diese frühen Stunden dort, sie kennt die Händler, trifft Bekannte. Es geht dort um nüchterne Zahlen, um Frischegarantien und Preisnachlässe und doch auch um etwas nicht Greifbares, um die Aura und den Duft der Blumen, die eine Seele haben, wie Stachlingo behauptet. In manchen Momenten scheint es, als schwebe diese Seele über dem grauen Straßenpflaster, bis in den dunstigen Himmel über Moabit. Vom Blumengroßmarkt nimmt Laila immer eine klare Sicht der Dinge mit in den Tag, das Morgenlicht hebt die Konturen deutlich hervor, erst später am Tag verschwimmen sie wieder, auch ihr Denken, und in letzter Zeit kann sie manchmal nicht unterscheiden, was gewesen ist, was ist und was sein wird. Die Geschichten ihrer Roma-Nachbarn haben sich in ihr eigenes Leben gedrängt und mit ihren Erinnerungen vermischt. Heute aber wird sie auch auf dem Blumengroßmarkt keine Klarheit finden, der unerwartete Anblick von Jonas' Gesicht reißt sie zurück in die Vergangenheit, in die Zeit nach ihrer Ankunft in Berlin, an die sie in letzter Zeit so oft denken muss.

Als sie an der Beusselstraße aus der S-Bahn steigt, geht sie nicht gleich auf den Markt, sie will einen Kaffee trinken, wo keiner sie anspricht, dieses Zeitungsinterview lesen und sich sammeln. An der Ecke zur Sickingenstraße findet sie einen Bäcker, setzt sich mit dem Kaffeebecher vor die Tür, und die Bilder steigen in ihr auf.

Als die »Schöne Flora« vor mehr als zwei Jahrzehnten ihren Namen bekam, gab es für Laila noch eine andere wichtige Namensgeschichte. Die August-Bebel-Oberschule, ihr *Zeckengymnasium*, sollte umbenannt werden. Monatelang wurde darüber diskutiert. Über alles wurde damals an dieser Schule lustvoll gestritten. Die fehlenden Lehrpläne für Geschichte oder Politische Weltkunde wurden ersetzt durch endlose Debatten, nicht nur in diesen Fächern. Laila hielt sich zurück, ihr schien, sie wusste zu wenig, um mitreden zu können, aber sie bewunderte ihre selbstbewussten Mitschüler. Gegen den alten Namen hatte sie nichts, versuchte sogar, die Schriften des Urahnen der Sozialdemokratie zu lesen, aber vielen ihrer Mitschüler schien August Bebel zu altväterlich. Alles um sie herum hatte sich verändert, da sollte auch der Schulname ein anderer werden. Vorschläge machten die Runde, auch die Lehrer beteiligten sich. Man könne der Schule ja seinen Namen geben, schlug Jonas vor, der oft Lailas Nähe suchte, seitdem er bei der Einweihung der »Schönen Flora« fasziniert dem Gitarrenspiel der *Swing-Brüder* zugehört hatte. Dieser Jonas Müntzer war einer der Klassensprecher, Mitglied der Schulkonferenz. Man wusste nicht, ob er seinen Vorschlag ernst meinte, er provozierte gern. Sein Vater war evangelischer Pfarrer, Jonas kannte die Bibel besser als die meisten anderen. Sein Vorname sei der eines Propheten, begründete er seinen Vorschlag, und sein Nachname der des berühmten Bauernführers, des Rebellen und Aufständischen, der, anders als Luther, nicht nur die geistliche Welt verändern wollte, sondern auch die irdische. Laila staunte über diese selbstverständliche Art, der eigenen Person eine

Bedeutung zu geben, und gleichzeitig stieß diese Anmaßung sie ab.

So sollte es viele Jahre lang bleiben, aber das ahnte sie damals nicht. Flora ahnte es vielleicht, die es nicht gern sah, wenn dieser Junge Laila besuchte. In ihr Zimmer durfte sie ihn nicht mitnehmen, also saß Jonas im Wohnzimmer auf dem Sofa mit den geschwungenen Beinen und erzählte etwas von den Kleinen Propheten, während Flora die Tür zum Nebenzimmer offen hielt und alles hörte.

In der Schule schloss sich natürlich niemand dem Vorschlag an, die Schule nach Jonas Müntzer zu benennen, aber er bestand nicht darauf und schlug Che Guevara vor. Die rothaarige Musiklehrerin schließlich war es, die einen ganz anderen Namen ins Gespräch brachte: John Lennon. Den kannten alle, auch die Eltern, für manche war der nur ein kiffender Pilzkopf, aber für die meisten Schüler schien John Lennon ein Symbol des Aufbegehrens, er hatte den sicheren Erfolg eingetauscht gegen ein immerwährendes Suchen. Sein Tod schien ein Märtyrertod zu sein wie der von Thomas Müntzer, wie das Ende des verratenen Che Guevara. War er nicht auch ein Prophet gewesen? »Give Peace a Chance«, sangen Dutzende Schüler auf der Bühne der Aula, auch Laila stand unter ihnen, und für sie klang dieses Lied wie ein Wunsch, wie ein Gebet. Überall tobten Kriege, zwar hatten Tausende russische Soldaten gerade Deutschland verlassen, aber in Tschetschenien, in Ruanda, in Bosnien wurde gekämpft. Und auch da, wo nicht geschossen wurde, war kein Frieden, das wusste sie, es war ja erst drei Jahre her, dass ihr Vater zerschlagen aus dem Fluss Mławka gezogen worden war. Laila gefiel der Gedanke, die Schule nach dem Mann zu benennen, der dieses Lied geschrieben hatte. Außerdem hatte John Lennon seine Mutter verloren, als er achtzehn Jahre alt war, sie erkannte in seinen Liedern diese

Erfahrung eines endgültigen Abschieds, die auch sie tief in sich trug.

Schließlich standen nur noch August Bebel und John Lennon zur Auswahl, und Laila wunderte sich, wie schnell sich Jonas zum Wortführer der John-Lennon-Fraktion machte. Doch die Schüler waren sich nicht einig. Vier von ihnen, auch Laila, sollten an der Schulkonferenz teilnehmen, um zusammen mit den Elternvertretern und den Lehrern über den Namen zu entscheiden. Zwei bekamen den Auftrag, für John Lennon zu stimmen, zwei sollten August Bebel wählen. So geschah es, die Schulkonferenz zog sich über Stunden hin, Jonas' Augen glänzten, er schwitzte, hielt Reden, als ginge es um die Zukunft des ganzen Landes. Aber dann wurde abgestimmt, sieben hatten für August Bebel gestimmt, fünf für John Lennon.

Damit hätte die Wahl beendet sein können, aber Jonas schrie, so dürfe man nicht auseinandergehen. Er verlangte im Namen der Demokratie noch zehn Minuten. Die Lehrer grinsten über seinen Eifer, waren auch irgendwie beeindruckt und gespannt, was ihm noch einfallen würde. Jonas nahm die Schülervertreter beiseite. »Ihr seid doch eigentlich alle vier für John Lennon. August-Bebel-Schulen gibt es wie Sand am Meer, aber ein John-Lennon-Gymnasium wäre weltweit das einzige. Das sind wir uns doch schuldig, schließlich ist unsere Schule eine besondere, hier in der Mitte Berlins, an einem historischen Ort.« Einer wandte ein, dass er ja wirklich nichts gegen John Lennon habe, aber doch an den Auftrag der Schülervertretung gebunden sei. »An euer Gewissen seid ihr gebunden, an sonst nichts!«, rief Jonas. Die Schüler blickten skeptisch. »Vielleicht wäre es die Lösung, wenn ihr zwei Stimmen hättet, sozusagen eine private und die als Vertreter des Gremiums«, überlegte Jonas.

Inzwischen war es eine Stunde vor Mitternacht. Jonas Müntzer rief die Schulkonferenz wieder zusammen, der Direktor, der eigentliche Vorsitzende, ließ es lächelnd geschehen, und Jonas erklärte, dass es nicht demokratisch sei, wenn die Schülervertreter an einen Auftrag gebunden wären, während die Lehrer und Eltern einfach ihre Privatmeinung äußern dürften. Es sei deshalb nur gerecht und demokratisch, wenn man den Schülern je zwei Stimmen gäbe.

Laila war verblüfft über dieses Manöver, aber der Saal lachte. Ein Vater rief wütend, das sei Manipulation, aber selbst in seinem Widerspruch klang Anerkennung mit. Inzwischen war es fast Mitternacht, immer noch gab es nur zwölf Wähler, aber nun sechzehn Stimmen. John Lennon gewann.

Als Laila am nächsten Morgen in die Zehdenicker Straße kam, stand Jonas Müntzer auf der Schultreppe inmitten seiner jubelnden Mitschüler. Er trug eine andere Brille als sonst, eine Nickelbrille wie John Lennon. Auch die, die eigentlich alles beim Alten lassen wollten, waren plötzlich stolz. Sie würden ihr Abitur an einem John-Lennon-Gymnasium machen, dem einzigen der Welt. Doch Laila spürte einen Anflug von Scham, etwas an diesem Sieg kam ihr falsch vor. Die Musiklehrerin, als könne sie Gedanken lesen, trat zu ihr und sagte leise, so sei eben Politik, manchmal gehe es den Menschen, die etwas Wichtiges erkämpften, nur um sich selbst, aber wenn die Sache richtig sei, wäre das in Ordnung. Ohne solche Kämpfer würde das Richtige oft untergehen.

Jonas begleitete Laila in den Wochen vor den Abiturprüfungen oft bis nach Hause, obwohl sein langer Schulweg ihn dort gar nicht vorbeiführte. Trotz Floras mürrischer Miene kam er mit in die Wohnung, trank den Tee, den Flora ihm dennoch vorsetzte, und tat, als müsse er Laila in Mathematik helfen, denn er war in allen Fächern einer der Besten. Mit der Zeit gewöhnte sich auch Flora an den hoch aufgeschossenen, witzigen und dabei höflichen Jungen, der auf ihre Bitte hin auf die Leiter kletterte und die Gardinen abnahm. Manchmal ließ sie ihre Tochter sogar für eine Stunde mit ihm allein. Doch einmal sagte sie zu Laila: »Pass auf dich auf, Tochter. Er ist keiner von unseren Menschen. Das kann nicht gut gehen.« Obwohl Jonas sie noch nicht einmal geküsst hatte, begehrte Laila auf. »Was soll das heißen: unsere Menschen. Sind die anderen Hunde? Und überhaupt, ich werde gehen, mit wem ich will.« Flora sah sie nachdenklich an, noch nie hatte ihre Tochter so respektlos mit ihr gesprochen. Aber sie schwieg.

Als Jonas das nächste Mal mit Laila im Wohnzimmer lernte, setzte sich Stachlingo dazu, der sonst um diese Zeit gar nicht zu Hause war, und fragte Jonas unumwunden nach seiner Herkunft, seiner Familie aus. Als der den Beruf seines Vaters nannte, fragte Stachlingo ihn, ob er auch den Pfarrer Löwe aus Hoppegarten kenne. Jonas wusste, wer gemeint war, und er wusste auch, dass es dieser Pfarrer war, in dessen Kirche die *Swing-Brüder* früher oft bei Gottesdiensten aufgetreten waren. Er selbst sei damals noch ein Kind gewesen und gehe, wenn überhaupt, nur in die Kirche, in der sein Vater den Gottesdienst feiere. Aber bei einem Sommerfest in Hoppegarten sei er als Zehnjähriger dabei gewesen und habe zum ersten Mal diese Musik der *Swing-Brüder* gehört, die ihn seitdem nicht mehr loslasse. Ihre CD habe er schon Hunderte Male gehört.

Laila blickte ihn an, als sähe sie ihn erst jetzt. Nie hatten sie über diese Musik gesprochen, aber sie erinnerte sich an seinen begeisterten Gesichtsausdruck, mit dem er bei der Einweihung der »Schönen Flora« den Gitarristen zugehört hatte. Und hatte sie nicht auch in der Musikstunde über Django Reinhardt sein Interesse, seine Ergriffenheit gespürt, die es ihr damals so leicht gemacht hatte, in der Schule anzukommen? Plötzlich fühlte sie sich mit ihm verbunden, am liebsten hätte sie seine Hand genommen, aber da war Stachlingo, der Jonas fragte, ob er eigentlich wisse, dass es dieser Pfarrer gewesen sei, der als Erster am Ort des ehemaligen Sinti-Lagers in Marzahn eine Feierstunde abhalten wollte, 1985 sei das gewesen, die Feier sei verboten worden.

Laila wusste, dass in diesem Lager Marzahn auch ihre Großeltern Willi und Frana gewesen waren, dort hatten sie sich kennengelernt. »Eine solche Feier wurde verboten?«, fragte sie.

»Ja, die Volkspolizei hätte sie genehmigen müssen, aber teilte dem Pfarrer mit, es habe schon genug Feierstunden gegeben im Jahr der Befreiung vom Faschismus.« Stachlingo lachte bitter. »Ich habe den Ablehnungsbrief gelesen. Dabei sind wir Sinti in keiner dieser Feierstunden auch nur erwähnt worden. Auch nicht in Ravensbrück, ich war dort, bin ja in diesem verdammten Lager zur Welt gekommen.«

Jonas meinte erstaunt, dass er sich doch genau erinnere, wie eben dort in Marzahn ein Erinnerungsstein für das Lager eingeweiht worden war, auf dem alten Friedhof, dicht bei den drei Kastanien. Er sei von seinem Vater mitgenommen worden, der Pfarrer aus Marzahn sei auch dabei gewesen. Und viele FDJler in blauen Hemden, auch ein Sekretär der SED-Kreisleitung, das habe gar nicht nach einem Verbot ausgesehen.

»Das war ein Jahr später!«, rief Stachlingo. »Sie haben begriffen, dass sie etwas machen müssen, doch sie haben es ohne uns getan. Aber ich war da, ich war auch dabei.« Aufgeregt rief er auf Sintitikes nach seiner Frau: »Flora, komm, dieser Junge sagt, er war dabei, als der Sinti-Stein in Marzahn eingeweiht wurde.«

»War das diese Feier, bei der ihr nicht eingeladen wart?« Flora sprach Deutsch, und so antwortete auch ihr Mann: »Ja, keiner von uns Sinti war eingeladen. Warum ist dein Vater mit dir dorthin gegangen, Jonas?«

Er schaute Jonas beinahe liebevoll an. Flora setzte sich still dazu, und ihr Mann erzählte, was damals geschehen war. Sogar den Wortlaut der Inschrift des Steines wusste er noch: *Vom Mai 36 bis zur Befreiung unseres Volkes durch die ruhmreiche Sowjetarmee litten in einem Zwangslager unweit dieser Stätte Hunderte Angehörige der Sinti. Ehre den Opfern.*

»Da ist von *unserem Volk* die Rede, als wären die Deutschen und wir ein einziges Volk und hätten damals dasselbe erlebt, als mussten wir alle von der *ruhmreichen Sowjetarmee* befreit werden. Aber die Russen haben uns, die Sinti, doch von den anderen befreit, die Besiegte waren, nicht Befreite. Und wir Sinti kommen erst am Schluss der Inschrift vor. Keiner hat uns gefragt, was auf dem Stein stehen soll. Wir hatten damals und haben immer noch einen guten Freund, einen Schriftsteller, er heißt Reimar Gilsenbach, den kenne ich schon lange, er hat auch dafür gesorgt, dass meine Mutter die Anerkennung als Opfer des Faschismus zurückbekam. Da war sie schon sehr alt, sie hatte nichts mehr davon.

Dieser Gilsenbach schrieb nach dem Verbot der Gedenkfeier einen Brief an Erich Honecker, vielleicht hat der daraufhin den Sinti-Stein angeordnet, der im September 1986 eingeweiht wurde. Niemand sagte den Sinti Bescheid, wir waren ja nur noch ein paar Dutzend in Ostberlin. Vorbereitet wurde das vom Antifa-Komitee, aber mit denen hatten wir nichts zu tun. Von uns waren ja nicht mal alle als Opfer des Faschismus anerkannt, ich auch nicht. Nach dem Krieg wurde gesagt, ich sei ja nur ein kleines Kind gewesen und hätte von Ravensbrück nichts mitbekommen. Meiner Mutter haben sie ein paar Jahre später ihre Anerkennung wieder abgesprochen, weil sie Kaffee über die Sektorengrenze geschoben hat. Sie hatte auch keinen festen Arbeitsplatz, wollte hausieren wie schon ihre Mutter, aber das war nicht erlaubt. In einer Krankenhauswäscherei sollte sie arbeiten, aber solche Arbeit ist unrein. Sie weigerte sich, da galt sie als asozial. Gilsenbach hat nicht nur ihr den OdF-Ausweis zurückgeholt. Das ist ein feiner Mensch. Der hatte uns auch von der Einweihung erzählt, und ich ging hin. Außerdem wusste ich von dem Leiter der Gewächshäuser davon, die lieferten immer die Blumen für offizielle Kränze und Gestecke. Und es gab einen großen Kranz. Ich hatte auch einen Blumenkranz mitgebracht, den habe ich selbst gebunden, aus wilder Margerite und Efeu. Dann stand ich allein unter den FDJlern und Delegierten aus Marzahner Betrieben. Als schon die Reden begonnen hatten, kamen vom S-Bahnhof noch ein paar unserer Menschen. Mein Freund, der Friseur, seine Brüder, ihre Frauen. Die S-Bahn war ausgefallen, sie schämten sich, weil sie zu spät waren, und schlichen auf den Friedhof, wo Reden gehalten wurden, in denen sie nicht vorkamen. Es hieß nur, in der sozialistischen DDR seien die Sinti gleichberechtigte Bürger, aber an dem Satz stimmte nichts. Die DDR war nicht sozialistisch, und selbst die Sinti, die anerkannte Opfer des Faschismus waren, galten nicht so viel wie die anderen mit OdF-Ausweis. Der Mann, der die Hauptrede hielt, war als Kommunist in Sachsenhausen und Auschwitz gewesen, das hat er gesagt. Der alte Alfred Thormann, der diese Lager kannte, ging zu ihm und sagte ihm Dank für den Stein und die Erinnerung. Der Redner hat ihn nur angeschaut und gefragt: ›Von welcher Organisation kommen Sie? Oder sind Sie nur privat hier?‹

Ja, so war das, aber trotzdem war es ein wichtiger Tag. Kurz darauf bin ich ja ins Gefängnis gekommen wegen der Blumengeschichten. Ich bin erst nach der Maueröffnung wieder in Marzahn gewesen, die Inschrift auf dem Stein war inzwischen verwittert. 1990 haben wir dann eine Marmortafel neben den Stein gestellt, da steht wenigstens ein Wort in unserer Sprache: Atschen Devleha. Bleib mit Gott. Und seit dem letzten Sommer steht etwas über das Lager auf einer Metalltafel. Aber dass du dabei warst, Jonas, dass du da auf dem Friedhof gestanden hast, auf dem unsere Leute liegen!«

Es sah aus, als wollte er Jonas umarmen. Flora und Laila blickten ihn erstaunt an, denn es war nicht üblich, Fremden so viel über das Eigene preiszugeben.

Seit diesem Tag galt Jonas in der Familie als Lailas Freund und niemand hatte etwas dagegen. Vielleicht gefiel es den Verwandten in Hamburg nicht, aber die Großmutter Frana, auf die es ankam, soll nur genickt haben, als Flora ihr von Jonas erzählte, der ein Gadscho sei, aber der Sohn eines Pfarrers und ein Freund der Sinti.

Auch Jonas' Eltern, die in einem efeubewachsenen Haus neben einer alten Dorfkirche wohnten, nahmen Laila freundlich auf. In dieser Familie ging es wieder anders zu als in denen ihrer Mitschüler. Der schon grauhaarige Vater saß fast den ganzen Tag in seinem Arbeitszimmer und bereitete seine Predigten vor, die Mutter trug selbst gestrickte Jacken und lange, gewebte Röcke; sie besaß einen großen Webstuhl, an dem sie manchmal saß, das war einmal ihr Beruf gewesen. Nun arbeitete sie in der Küche oder im Garten, in dem immer kleine Kinder herumliefen, Jonas' Neffen und Nichten, denn seine Geschwister hatten schon eigene Familien und wohnten nicht mehr im Pfarrhaus, schickten aber ihre Kinder oft zu den Großeltern. Früher sei sein Vater streng gewesen, erzählte Jonas, aber er sei nun mal der Jüngste, und seine Eltern ließen ihn gewähren, mischten sich kaum in seine Angelegenheiten ein.

Laila gefiel es im Pfarrhaus, bei den Mahlzeiten wurde sie in die Gespräche einbezogen, ohne dass man sie ausfragte. Sie spürte, dass das keine Gleichgültigkeit war, sondern, im Gegenteil, Respekt.

Jonas jedoch wollte alles wissen, wenn sie allein in seinem

Zimmer waren; über Chrzanów, über die Kumpania, in der ihre Eltern aufgewachsen waren. Er fragte, in welchen Lagern ihre Großeltern gewesen waren, wo und wie sie davor gelebt hatten, und er bat sie, etwas auf Romanes zu sagen. Diese Neugier fand Laila eigentlich ungehörig, doch nie zuvor hatte sich jemand so für sie interessiert, sie so angesehen wie Jonas. Sie war verwirrt, weil seine Welt so anders war als ihre, aber die Grenzen sich langsam aufzulösen schienen, und weil sie sich von ihm so angezogen fühlte wie von niemandem sonst. Wenn er sie in den Arm nahm, dachte sie an Joschko, glaubte die starken Arme, den schon halb vergessenen Geruch ihres Vaters zu spüren, doch dann verschwamm sein Bild, und andere entstanden. Als Jonas sie zum ersten Mal küsste, sagte er: »Me mangava tut.« Er hatte diesen Satz mit einem Wörterbuch gelernt. Sie verstand ihn, natürlich verstand sie ihn, aber so sprachen die Roma aus Südosteuropa, in ihrer Familie redete man anders. Doch spürte sie jäh eine Leidenschaft in sich auflodern, die sie erschreckte und von ihm wegtrieb, aber er holte sie zurück, eine neue Zeit in ihrem Leben begann.

Zur Abiturfeier kaufte Stachlingo Laila ein Kleid, weiß wie ein Brautkleid, obwohl Flora schimpfte, sie hätte es lieber selbst genäht. Dann saßen Stachlingo im Anzug und Flora mit vor Freude geröteten Wangen neben Jonas' Eltern, die stolz waren, weil ihr Sohn das beste Zeugnis des Jahrgangs vom John-Lennon-Gymnasium bekam. Auch Stachlingo und Flora waren stolz, weil Laila das Abitur gemacht hatte, das hatte es in ihren Familien noch nie gegeben. Außerdem war sie in ihren Augen die Schönste. Laila fühlte sich auch wie eine Braut, als sie in dem traumhaften Kleid tanzte, nicht nur mit Jonas und Stachlingo, auch mit dem alten Pfarrer und ihren Mitschülern. Irgendwann nach Mitternacht, als Jonas' Eltern das Fest schon verlassen hatten und auch Stachlingo mit der zögernden Flora, die sich noch im Gehen nach ihrer Tochter umgesehen hatte, im Taxi davongefahren war, sagte Laila zu Jonas auf Sintitikes: »Me kamau tut.«

Ihr schien tatsächlich, dass es die Liebe war, die in ihr Leben gekommen war. Sie lag gern in seinen Armen, sie hörte ihm gern zu, bewunderte seine Beredsamkeit und wie er fast jeden Gesprächspartner für sich einnehmen konnte. Sie hatte nicht vergessen, wie schnell er von sich selbst zu Che Guevara und schließlich zu John Lennon gekommen war, wie geschickt er August Bebel aus dem Rennen geworfen hatte, und manchmal befiel sie ein Unbehagen, das er aber mit seiner Zärtlichkeit auflöste.

Im Herbst nach dem Abiturball begann Jonas an der Freien Universität Politikwissenschaft zu studieren, Laila wurde Praktikantin in einem Kindergarten, und ein Jahr später war sie Studentin an der Fachhochschule für Sozialarbeit. Jonas hatte eine kleine Wohnung in der Zehdenicker Straße nahe ihrer alten Schule aufgetrieben, und Laila zog zu ihm. Sie waren so selbstverständlich ein Paar, dass Flora sie gehen ließ; nur Stachlingo war betrübt, weil seine neue Familie wieder kleiner wurde. Er hätte gern gehabt, dass auch Laila in seinen Blumenläden arbeitete, aber er verstand auch, dass sie studieren wollte. Er selbst war viel unterwegs. Laila und Jonas gingen oft in die große Wohnung nahe vom Kurfürstendamm, Jonas interessierte sehr, was Stachlingo über seine Arbeit im Verband erzählte. Die Regierung hatte endlich beschlossen, ein Denkmal für alle ermordeten Roma und Sinti zu errichten, und heftige Diskussionen hatten begonnen. Durfte man Zigeuner sagen? Durfte man den Porajmos dem Holocaust gleichsetzen? Dem sogenannten Zigeunererlass der Nazis waren auch die Jenische und andere Landfahrer zum Opfer gefallen, sollte ihnen das künftige Denkmal auch gewidmet sein? Nicht einmal in den verschiedenen Verbänden der Roma und Sinti war man sich einig, und der Streit begann schon bei den Namen. Zum Volk der Roma gehörten sie alle, auch die Sinti. Aber die verschiedenen Gruppen waren über die Jahrhunderte so eigenständig geworden, dass die stolzen Sinti nicht einfach zu den Roma gezählt werden wollten; sie verwiesen darauf, dass sie seit Jahrhunderten in Deutschland lebten, die Roma waren für sie eine zwar verwandte, aber inzwischen doch ganz andere Gruppe. Flora, die sich ja noch an die Kumpania in Polen erinnerte, in der Kalderaschi, Sinti, Lalleri zusammengelebt hatten, meinte: »Zigeuner waren wir alle.« Ihr Mann widersprach, Zigeuner sei immer das Wort der anderen gewesen, ein Schimpfwort, er sei ein Sinto. »Das ist nichts anderes als ein Rom«, sagte seine Frau. So fand der Streit mitten in ihrer Familie statt, aber wenn Flora und Stachlingo einander ansahen, kam ein Lächeln in ihre Augen.

Das alles ist lange her, es vergingen noch Jahre bis zum mehrmals verschobenen Baubeginn des Denkmals und weitere vier Jahre, bis es eingeweiht wurde. Noch heute sorgt Stachlingo dafür, dass dort immer eine frische Blume auf der dreieckigen Stele im Wasserbecken liegt. Auch nach Berlin-Marzahn lässt er regelmäßig Blumen bringen. Dort gibt es auf dem alten Friedhof nicht mehr nur den Findling mit den Informationstafeln, es gibt eine ganze Ausstellung am Ort des Lagers, einen Ort der Erinnerung. Als der eröffnet wurde, im Jahr 2011, hatte Laila sich schon von Jonas getrennt.

Und nun sitzt Laila hier an diesem Morgen vor der Bäckerei an der Ecke Sickingenstraße, ein paar Hundert Meter vom Blumengroßmarkt entfernt, mit der Zeitung auf dem Schoß, die Jonas Müntzers Foto zeigt. Er ist nicht mehr ihr leidenschaftlicher Kämpfer, der Junge mit der Nickelbrille. Wie ein Beamter sieht er aus, und ein Beamter ist er ja auch geworden.

Die Haare trug er schon so kurz, als sie heirateten, ein paar Monate vor dem Ende seines Studiums. Jonas' Vater war gerade gestorben, und sie wollten keine große Feier. Lailas Familie war enttäuscht, dass es kein Hochzeitsfest gab, und auch ein wenig erleichtert. »Ich würde mich ja vor den anderen schämen«, hatte Katza gesagt, eine von Lailas Hamburger Cousinen, und man wusste nicht, was genau sie meinte: dass es keine große Feier gab oder dass Laila diesen Jonas heiratete. Sie selbst hatte sich nach alter Tradition von ihrem Liebsten entführen lassen und ihn »auf der Flucht« geheiratet, bevor die Familien ein großes Fest ausrichteten. So etwas kam für Laila nicht in Frage. Die Großmutter hatte Katza das dumme Gerede verboten. Aber Laila bemerkte, dass auch sie Jonas oft beinahe zweifelnd ansah und in seinem Beisein verstummte. Als Laila ihr vor ein paar Jahren von der Trennung berichtete, nickte sie nur und nahm ihre Enkeltochter wortlos in den Arm.

Ihre Mutter und Stachlingo hätten gern für die Familie und die Freunde ein Hochzeitsfest ausgerichtet, aber sie ließen Laila selbst entscheiden. Nicht einmal ein Kleid durften sie ihr schenken, das weiße Seidenkleid vom Abiturball passte noch immer, aber es blieb im Schrank hängen, auf dem Standesamt trug Laila ein blaues Kostüm. Sie wollte auch ihren Namen behalten. Fidler war der Name ihres Vaters gewesen und sie sein einziges Kind, sie hatte das Gefühl, diesen Namen weitertragen zu müssen. Damals hoffte sie ja noch auf Kinder.

Im Nachhinein scheint es ihr, als ob ihre Scheu vor einem großen Fest nicht nur mit dem Tod ihres Schwiegervaters zusammenhing; tief in ihr war schon die Ahnung, dass Jonas und sie nicht füreinander bestimmt waren. Nicht, weil er kein Sinto war; sie kannte viele junge Sinti-Männer, die waren ihr vertraut wie Brüder, sie kannte ihre Sprache, ihr Denken, aber keiner löste in ihr solche Gefühle aus wie Jonas. In manchem blieb er ihr rätselhaft. Und doch war es lange sein Bild, das in ihr aufstieg, wenn sie die Musik der *Swing-Brüder* hörte.

Laila faltet die Zeitung so zusammen, dass sie Jonas' Bild nicht mehr sieht. Sie hat das Interview gelesen, sie könnte jetzt gehen, es ist schon spät für den Blumengroßmarkt. Aber die Erinnerungen halten sie fest.

Der Riss, aus dem später der Bruch wurde, die erste große Enttäuschung, war seine Abschlussarbeit gewesen. Jonas sollte eine Magisterarbeit über das Deutsch-Französische Jugendwerk schreiben. Aber plötzlich wählte er ein neues Thema, sein Betreuer war erstaunt, aber einverstanden mit dem Konzept. Laila, die damals mit ihren eigenen Prüfungen beschäftigt war, fragte nicht danach, weil er ein Geheimnis daraus machte und weil sie spürte, dass er es allein durchstehen wollte. Noch war nicht klar, was er nach dem Abschluss arbeiten würde, Stellen für Politikwissenschaftler waren rar.

Damals erwähnte Stachlingo, dass beim Berliner Senat ein neues Referat eingerichtet werden würde; man suchte jemanden für die Angelegenheiten der Sinti und Roma. Die Person sollte jünger sein und studiert haben. Er war gefragt worden, wen er empfehlen könne. Stachlingo kannte durch seine Verbandsarbeit viele Sinti, nicht nur in Berlin, aber erst in letzter Zeit hatten einige unter den Jüngeren eine Hochschule besucht; die Älteren waren, wie er selbst, kaum zur Schule gegangen. Zwar stand ihnen nach dem Krieg alles offen, aber noch immer wirkten die Erfahrungen aus der Zeit davor nach, die meisten Sinti erlebten in den Schulen Demütigungen und Ausgrenzung, im Osten und im Westen Deutschlands. Es gab Ausnahmen, erfolgreiche Kaufleute, Unternehmer, auch ein paar Künstler und Sportler, sogar Akademiker unter den Sinti, aber von denen verbargen viele ihre Herkunft wie einen Makel.

Stachlingo schlug seine Stieftochter Laila vor, und sie wurde angesprochen, doch Laila wehrte ab, sie konnte sich nicht vorstellen, bei so einer Behörde zu arbeiten. Stachlingo war enttäuscht. »Du hast eine Verpflichtung, weil du so lange lernen konntest. Wer von uns hatte schon diese Möglichkeit«, meinte er. »Gerade jetzt, wo es um unser Denkmal geht. Und es kommen immer mehr Roma nach Berlin, aus Albanien, aus den ehemals jugoslawischen Kriegsgebieten, aus Bulgarien. Das sind Muslime, Pfingstler, Katholiken. Aber es sind alles unsere Menschen. Man muss etwas für sie tun. Ich bin zu alt und nicht geschult genug, aber in der Politik braucht man Leute wie dich.« Doch Laila wollte nach ihrem Abschluss als Sozialarbeiterin in einem Jugendklub arbeiten, vielleicht in Neukölln. »Dort haben sich viele Roma-Familien niedergelassen, da werde ich auch gebraucht«, sagte sie, um Stachlingo zu besänftigen.

Erst als er sie schon längst abgegeben hatte, zeigte Jonas ihr seine Magisterarbeit. Er war nicht zu Hause, als Laila sie zu lesen begann. Schon nach ein paar Seiten spürte sie, wie ihr Herz raste, sie hatte das Gefühl, keine Luft mehr zu bekommen und riss das Fenster auf. Wenn er da gewesen wäre, wäre Laila vielleicht auf Jonas losgegangen, hätte ihn geschlagen. Seine Arbeit hieß: *Überlebensstrategien Berliner Sinti-Familien über drei Generationen im zeitgeschichtlichen Kontext.*

Er hatte Dieter Krauses Familiengeschichte in den Mittelpunkt gestellt. Alles, was Stachlingo im Beisein seines Schwiegersohnes bei gemeinsamen Mahlzeiten und Familienfesten erzählt hatte, war von Jonas aufgeschrieben worden. Er hatte auch selbst recherchiert, in einem Archiv die von den Nazis angelegte *Zigeuner-Personalakte* von Ferdinand Krause, Stachlingos Vater, gefunden. Der war 1944 in Buchenwald umgekommen, seinen Sohn hat er nie gesehen. Sogar den Auszug aus Ferdinands Strafregister, Bestandteil seiner *Zigeunerakte,* hatte Jonas in der Arbeit verwendet. Auch Lisa Lura, die erste, früh gestorbene Frau Stachlingos, war in der Magisterarbeit erwähnt. Jonas hatte das *Hauptbuch des Zigeunerlagers* von Auschwitz-Birkenau ausgewertet und darin Lisas Mutter Hildegard gefunden. In den Transportlisten war er auch auf die Namen von Lailas Großeltern Willi und Frana gestoßen, als hätte es dieser Listen bedurft, um die Erzählungen der Überlebenden zu beglaubigen.

Über Frana, *die bekannte Wahrsagerin*, war einmal ein Artikel im Hamburger Abendblatt erschienen. Frana hatte sich damals geärgert und gesagt, die Reporterin habe alles falsch verstanden. Es war ihr nicht recht, dass ihre Arbeit, bei der sie als Frau Rose auftrat, mit ihrem wirklichen Namen in Zusammenhang gebracht wurde. »Je weniger sie über uns wissen, umso besser«, hatte sie oft gesagt. Nun war dieser Zeitungsartikel der Arbeit angehängt, zusammen mit Kopien der in den Archiven gefundenen Dokumente.

Laila erinnerte sich, dass Jonas ihre Großmutter bei jeder Begegnung nach der Vergangenheit gefragt hatte und dass Frana ausgewichen war. Laila hätte selbst gern erfahren, warum alle ihre vier Großeltern, deutsche Sinti, nach der Lagerzeit in Polen geblieben waren, und weshalb Joschkos Vater mit den jüngeren Söhnen 1959 wieder nach Deutschland ging, warum Frana und Joschko aber dann wieder in Chrzanów waren, wo Joschko Flora heiratete und Laila geboren wurde. Ihre Mutter antwortete einfach nicht auf solche Fragen, sie sprach ja nicht gern über Vergangenes und schon gar nicht über die Mule, die Toten. Das alles war für sie mit Schmerz verbunden, den sie ruhen lassen wollte. Und die Großmutter Frana erzählte nichts. Jedenfalls nicht, wenn Jonas dabei war. Laila schämte sich, dass es ihr Mann war, der Stachlingo seine Geschichte gestohlen hatte, der über ihre Familie geschrieben hatte, ohne sie alle um Erlaubnis zu fragen. Sie hatte nicht geahnt, dass er das tun würde, und fühlte sich verletzt und hintergangen.

Was dann geschah, weiß sie nur noch bruchstückhaft. Vielleicht geht es ihr wie Flora, und um den Schmerz nicht zu spüren, will sie sich nicht erinnern. Sie weiß noch, dass Stachlingo die Arbeit schon kannte, als Laila zu ihm kam. »Ausgeschlachtet hat er unser Leben«, sagte er nur. »Die Totenruhe gestört.«

Die Magisterarbeit war bereits mit der höchsten Note bewertet worden, und Jonas hatte sich auf die Stelle beim Senat beworben. Dort kannte man Dieter Krause, gratulierte ihm zu diesem fähigen Schwiegersohn und meinte, er hätte ihn doch gleich vorschlagen können. Jemand mit so exzellenten Kenntnissen der jüngeren Geschichte von Sinti und Roma, noch dazu ein diplomierter Politikwissenschaftler, sei ein Glücksfall.

Stachlingo war nicht so zornig, wie Laila erwartet hatte, nur betrübt und aufgewühlt. Auch er fühlte sich von Jonas hintergangen, der das Gebot missachtet hatte, die Angelegenheiten der Familie nicht nach außen zu tragen, er hatte das Vertrauen seiner Schwiegereltern missbraucht. Aber mehr noch beschäftigten Stachlingo die Dokumente, die Jonas gefunden hatte. Er fuhr selbst in das Landesarchiv Potsdam, wo noch 114 der *Zigeuner-Personalakten* Berliner Sinti lagerten, darunter die seines Vaters. Diese Papiere, Gutachten einer *Rassenhygienischen Forschungsstelle*, Meldungen an die *Einsatzstelle für Juden und Zigeuner*, Schreiben der *Reichszentrale zur Bekämpfung des Zigeunerunwesens*, Geburts- und Sterbeurkunden, Denunziationsbriefe von Nachbarn und Blockwarten waren alles, was von etwa 1500 Berliner Sinti noch übrig war; von den meisten gab es nicht einmal mehr eine Akte.

Laila war damals schwanger, das band sie an Jonas, trotz allem. Doch Flora und ihr Mann beschränkten von nun an ihren Umgang mit dem Schwiegersohn auf das Nötigste. Besonders für Stachlingo war das schwierig, denn im Senat war Jonas der Zuständige für die Vereine und Organisationen der Sinti. Laila erinnert sich an diese Monate nur verschwommen, sie lebte mit dem ungeborenen Kind wie in einem Kokon, in den von außen wenig eindrang. Auch ihre eigene Abschlussarbeit ließ sie liegen, sie schien ihr nicht so wichtig wie das in ihr heranwachsende Wesen.

In der 27. Woche verlor sie das Kind. Drei Wochen lang lag es an Apparaten, dann starb es.

In dieser Zeit saß Jonas mit ihr im Krankenhaus, streichelte das kleine Wesen mit seiner Hand, die so groß war wie das Kind.

Danach hatte sie lange keine Kraft für Entscheidungen, irgendwann arbeitete sie tatsächlich in einem Jugendzentrum, das aber nach zwei Jahren keine Förderung mehr bekam und geschlossen wurde.

Sie wurde wieder schwanger, diesmal blieb das Kind vierzig Wochen in ihr. Aber es kam sterbend zur Welt.

Das und der Tod ihres Vaters sind die Schmerzpunkte ihres Lebens, an die niemand rühren darf.

Zwischen ihr und Jonas wuchs die Fremdheit. Sie glaubte, ihn nicht verlassen zu können, denn er war der Vater ihrer verlorenen Kinder, denen vielleicht seine Lippen, seine Kopfform, seine Hände zugewachsen wären. Die Trauer war die Verbindung zwischen ihnen. Ihr schien, wenn sie ginge, würde sie die Kinder endgültig verlieren. Er schrieb eine Doktorarbeit über Antiziganismus, diesmal erwähnte er Lailas Familie nicht. Er wurde befördert. Laila hasste es, an Jonas' Seite bei irgendwelchen Empfängen, Filmpremieren und Ausstellungseröffnungen zu stehen, wo er sie als seine Frau präsentierte, beiläufig einfließen ließ, dass sie eine Sintiza sei. Er galt als Experte für

Roma und Sinti und sie war der lebende Beweis für diese Kompetenz.

Erst als sie erfuhr, dass er längst ein Verhältnis mit einer anderen hatte, ging sie. Monatelang lebte sie in ihrem alten Mädchenzimmer bei Flora und Stachlingo, lag immer nur auf dem Bett und blickte in die Kastanie vor dem Fenster. Sie verlor ihre neue Stelle in einem Familienzentrum. Flora pflegte sie gesund, dann begann Laila, in den Blumenläden zu arbeiten. Bald darauf zog sie in den Wedding.

In diesen Monaten lernte sie Robert kennen, der vor einem Jahr in die USA umzog, weil er sechs Semester lang an einem Forschungsprojekt teilnimmt. Sie hätte mit ihm gehen können, er hat es sich gewünscht, aber Laila, die zum ersten Mal allein lebt, wollte in Berlin bleiben. Aber an Robert will sie jetzt nicht auch noch denken, es ist nach sieben, Laila muss auf den Blumengroßmarkt. Sie geht und lässt die Zeitung liegen.

Schon nach ein paar Schritten sieht sie vom S-Bahnhof die drei Männer kommen, einen älteren und zwei junge, die vor vier Wochen in das Haus in die Utrechter Straße gezogen sind. Mit Sack und Pack haben sie sich im zweiten Zimmer der Wohnung von Suzana, der Mutter der kleinen Felicia, niedergelassen. Die Frau, die vorher da gelebt hatte, eine Romni aus Bacău, war mit ihren Kindern nach Spanien gezogen, zu ihrem Mann, der dort Arbeit gefunden hatte. Als sie sich von Laila verabschiedete, hatte sie gesagt: »In Bacău wären wir verhungert. In Berlin mussten wir betteln. Es gibt keine Arbeit für mich, darum kann ich auch nicht beim Jobcenter aufstocken, und Kindergeld bekomme ich auch nicht. Vielleicht ist es in Spanien besser.« Suzana lieh ihr Geld für die Reise, Stepan verdient gerade etwas in einer Abrisskolonne. Eigentlich hatten sie dieses Geld für Felis Entbindungskosten zusammengespart, aber die Rechnung wurde ihr nach vielem Hin und Her erlassen.

Und an die in ein paar Monaten schon wieder auf sie zukommende Geburt kann sie noch nicht denken. Laila weiß, dass Suzana der Frau aus Bacău das Reisegeld auch gegeben hat, damit das zweite Zimmer endlich frei wird. Aber noch in derselben Woche war dieser Mann mit seinen Söhnen gekommen, er zeigte den Untermietvertrag, und Suzana wagte nicht zu protestieren, da ihr eigener Vertrag mit Ante bald ausläuft.

Laila hofft, dass die neuen Nachbarn sie nicht erkennen, aber der Vater, auffällig mit seinem schwarzen runden Hut, kommt erfreut auf sie zu und fragt nach dem Weg zur Sickingenstraße, zum Jobcenter, er nennt es *Jomsenta*. Sie hätten gehört, dass es um acht Uhr öffne, und sie wollten die Ersten sein. Die Familie sei erst vor kurzem aus Bărbuleşti bei Bukarest gekommen. 800 Lei, 160 Euro, habe er zu Hause in der Zuckerfabrik verdient, als er noch Arbeit hatte. So viel bekäme er in Berlin auch, weil er für die Berliner Stadtreinigung Müllsäcke einsammle, ein ehemaliger Nachbar habe ihm das vermittelt und gesagt, das Jomsenta in der Sickingenstraße würde ihm eine Aufstockung zahlen. Der Bekannte wollte ihm helfen, die Anträge auszufüllen, für fünfzig Euro. Aber von Suzana wüssten sie, dass Laila das auch könne, ob sie nicht Zeit hätte mitzukommen zum Jomsenta, vielleicht hätten die dort ja auch Arbeit für seine Söhne.

Laila ist plötzlich sehr müde. Sie weiß, dass die Aufstockung keinesfalls sicher ist und dass der Weg durch die Ämter für die Männer mühsamer wird, als sie ahnen. Sie verspricht, sich die Anträge demnächst anzuschauen, aber jetzt müsse sie selbst zur Arbeit.

12

LEO und Nira sind jetzt schon mehr als zwei Wochen in Berlin, ein Ende der Reise ist nicht abzusehen, und Nira hat es bereitwillig übernommen, die Rückflüge umbuchen zu lassen. Es schien ihr recht zu sein, dass Leo wegen der Erbschaft noch Termine bei der Bank hat und sich die Gespräche über die Verwaltung des Hauses in der Beerenstraße hinziehen. Ihr Zimmer im »Steps« hat Nira abgemeldet, sie verbringt sowieso jede Nacht bei Amir. Und Leo hat sich angewöhnt, am Vormittag mit einer Taxe ins »Chuzpe« zu fahren, wo er seine Enkelin trifft, und manchmal um die Mittagszeit auch Laila aus der »Schönen Flora«, die ihre Falafel mit Salat dann an Leos und Niras Tisch isst. Wenn er Zeit hat, setzt sich auch Amir dazu. Nachmittags ist Leo dann wieder im Wedding, geht herum, als suche er etwas.

Heute ist Nira mit ihm gekommen. Sie hat sich zwei Stadtpläne besorgt, einen neuen und einen aus den dreißiger Jahren, den sie bei einem Antiquar gegenüber Leos altem Schulgebäude gefunden hat. Immer wieder beugt sie sich darüber und vergleicht den Verlauf der Straßen, lässt sich von Leo zeigen, wo er als Kind wohnte, wo er zur Schule gegangen ist. Seit dem ersten Besuch beim Rechtsanwalt Behrend und ihrem Ausflug drei Tage später in die Beerenstraße hört Nira nicht mehr zu fragen auf, sie will alles wissen, woran ihr Großvater sich erinnert. Die Familiengeschichte ihrer Großmutter hat sie erschüttert, zwar war ihr die auch vorher nicht unbekannt, aber seitdem sie die Dokumente auf dem Tisch in der Torstraße liegen sah, seitdem sie die Mädchenschrift von Ediths kleiner Schwester auf den Listen gesehen hat, scheint Nira diese Geschichte nicht mehr loszulassen. Sie will mit ihrem Großvater nach Seedorf fahren, wo die Kaplan'sche Villa stand, in der ihre Großmutter so oft ihre Ferien verbrachte. Und sie will auch mehr über Leos Familie wissen, die 27. Volksschule sehen, auf deren Hof immer noch Kinder lärmen. Damals waren sie nicht so laut, gingen brav im Kreis, wie Leo sich erinnert. Er und Nira sitzen auf einem Mäuerchen und betrachten die Kinder. Wie zu Hause gibt es dunkle Lockenköpfe und Blondschöpfe, Braunhäutige, Schwarzgesichtige, Rothaarige mit heller Haut. Auch der Junge aus der Utrechter Straße, der immer sein Kaleidoskop herumzeigt, ist dabei. Leo erkennt ihn sofort, das Ding hält er in der Hand. Vielleicht toben auch ein paar der Roma-Kinder aus der Utrechter hier herum, aber sie fallen inmitten der anderen nicht auf, wenn sie da sein sollten.

Nira fragt ihn nach seiner Schulzeit in diesem Gebäude, aber er kann seiner Enkelin nicht viel erzählen. Hier hatte er lesen und schreiben und ein bisschen rechnen gelernt und früh begriffen, dass er sich zurückhalten musste, wenn von der Überlegenheit und Größe der arischen Rasse die Rede war. Wenn der Turnlehrer Kunkel über den maroden Knochenbau der Juden referierte, die grundsätzlich feige seien. Leos Freund Manfred Neumann und er waren, soweit er sich erinnert, nicht die Einzigen aus jüdischen Familien, aber ihre Väter waren beide Prokuristen, etwas Besseres also. Sie wohnten in großen Wohnungen im Vorderhaus, das unterschied sie von den anderen, die fast alle aus Arbeiterfamilien kamen. Wobei die Neumanns viel wohlhabender waren als die Lehmanns. Doch das interessierte die Jungen nicht. Ein paar Zigeuner, wie man damals sagte, gab es auch. In ihrer Klasse war einer, der hieß

Willi. Er und seine Geschwister, die in andere Klassen gingen, wurden manchmal in der Pause umzingelt und verhöhnt. »Zick, zack, Zigeunerpack!« Ohne dieses Gebrüll hätte Leo vielleicht gar nicht gewusst, dass die Zigeuner waren. Arm waren hier viele, und die Fiedlers – ja, sie hießen so wie die Frau von der »Schönen Flora« – fielen äußerlich gar nicht auf. Willi war sogar blond. Seltsam, dass der Fiedler oder Fidler hieß wie Laila. Wohnte der nicht sogar in der Utrechter?

Aber dieser Willi war bald nicht mehr da. Und auch Leo und Manfred wurden, als sie mit dreizehn Jahren Bar Mizwa wurden, hier abgemeldet, bekamen jeder ein Fahrrad und fuhren fortan gemeinsam vom Wedding in die Jüdische Mittelschule. Dort in der Großen Hamburger Straße waren die Klassen überfüllt, denn bald durften jüdische Schüler nicht mehr an öffentlichen Schulen lernen. 1942 sollten jüdische Kinder gar nicht mehr lernen, auch die jüdische Mittelschule wurde geschlossen, das Gebäude übernahm die Gestapo. Aber da waren Leo und Manfred schon siebzehn Jahre alt und Zwangsarbeiter, Leo bei Siemens und Manfred irgendwo beim Straßenbau. Die Fahrräder hatten sie abgeben müssen.

Das alles erzählt Leo seiner Enkelin auf dem Hof der früheren 27. Volksschule, und er merkt, wie weit weg seine hier verbrachten Schuljahre für ihn sind. Kein Bedauern, keine Erinnerung an irgendeinen Schmerz ist geblieben. Nur Gleichgültigkeit und eine Art Genugtuung, dass von den Kindern hier kaum eines den Anforderungen des Lehrers Kunkel genügen würde. »Und was hast du gemacht, als die Zigeunerkinder von den anderen bedrängt wurden? Zugesehen?«, fragt Nira ihn mit großen Augen.

»Was hätte ich denn tun sollen? Wir waren ja froh, wenn wir in Ruhe gelassen wurden. Manfred und ich gingen damals jedem Streit aus dem Weg und sahen zu, dass wir besonders dem Kunkel und dem Klassenlehrer Heimlich nicht auffielen. Dieser Lehrer, der sich an der Schönheit des arischen Menschen aufgeilte und auch gern über artfremdes Blut schwadronierte, war selbst klein und fett, es hieß, dass er seinen Kaiser-Wilhelm-Schnurrbart mit Schuhcreme einschmierte.«

Leo lacht, aber Nira schaut ihn entsetzt an. Sie fragt nach seiner Schwester Gisela. Über Manfred, Simon und die Habonim-Gruppe will sie alles wissen, irgendwie hat sie vage davon gewusst, Leo machte ja kein Geheimnis aus dem, was er erlebt hat. Aber zu Hause hatten sie und ihre Schwester nie viel gefragt. Die Großeltern kamen aus Deutschland, aus Berlin, alle anderen Verwandten waren in der Schoah umgekommen, das zu wissen genügte ihnen offenbar. Lieber hörten die Mädchen den Erzählungen aus den Anfangsjahren des Kibbuz zu, der nichts besaß als die Arbeitskraft und die Zukunftsträume seiner jungen Gründer. Und Leo erinnerte sich gern daran, wie er mit primitiven Geräten die Gemüsefelder bearbeitet hatte und wie Edith, die nie zuvor mit Federvieh in Berührung gekommen war, im Hühnerstall arbeitete. Er hatte Nira erzählt, wie er und Edith sich in den freien Stunden vor dem einzigen Radio des Kibbuz trafen, um die Sendungen von Kol Jeruschalajim zu hören, Edith liebte klassische Musik. Leo hörte lieber Jazz und Swing, aber er setzte sich zu Edith, um ihr näherzukommen. Ihre Tochter Ruth war dann im Kinderhaus des Kibbuz aufgewachsen, weil man es sich nicht leisten konnte, die jungen Mütter von der Arbeit freizustellen. Das Kinderhaus war aus Stein gebaut, hatte große Fenster und war mit hellen Farben ausgemalt, Edith und Leo schliefen erst im Zelt und dann in einem der winzigen, selbst gebauten Häuschen. Das alles war für Nira und ihre Schwester interessanter als die dunklen Jahre davor.

Nun aber will Nira jede Einzelheit wissen, hat sogar vor, mit dem Stadtplan allein in die Große Hamburger Straße zu fahren, um das Haus der Jüdischen Mittelschule anzuschauen und den alten Friedhof, auf dem sich das Grab von Moses Mendelssohn befindet. Ihr Großvater müsste es doch kennen, der Friedhof liegt gleich neben der Jüdischen Schule, und er hat ihr erzählt, dass sie damals zwischen den Gräbern ihre Pausen verbrachten, weil der kleine Schulhof in der Großen Hamburger zu eng geworden war.

Ja, er kennt das Mendelssohngrab, natürlich, aber soll er Nira erzählen, dass dies heute ein anderes ist, schon das vierte oder fünfte, und dass niemand genau weiß, wo der Philosoph wirklich liegt an diesem Guten Ort, der lange Zeit gar kein guter Ort war und heute nur noch eine Grünanlage ist mit einem Denkmal davor? Das Denkmal steht dort, weil das nach dem Krieg abgerissene Gebäude vor dem Friedhof, ein Altersheim, die Sammelstelle der Berliner Juden war. Von dort und von seinem alten Schulhaus aus gingen sie auf Transport. Auch seine Eltern. Auch Gisela. Seine Eltern konnten noch einen Kassiber nach draußen schicken, über einen Ordner, der selbst Jude war. Soll er ihr das alles erzählen?

Er selbst war schon dort in der Großen Hamburger, gleich an einem seiner ersten Tage in Berlin, als Nira anderes zu tun hatte. Der Taxifahrer, der ihn dorthin fuhr, hatte Kunstgeschichte studiert und erzählte seinem israelischen Fahrgast, dass die Figuren vor dem alten Friedhof eigentlich für die Gedenkstätte des Lagers Ravensbrück gedacht waren, aber die Zuständigen fanden sie zu traurig, nicht kämpferisch genug. Der Bildhauer, Will Lammert hieß er, starb vor der Fertigstellung, und sein Sohn ließ die Modelle, Frauen und Kinder, in Bronze gießen und setzte sie zu dem Denkmal zusammen, das man Jahre später vor den alten Friedhof stellte, als da ein Erinnerungsort für das Sammellager errichtet wurde.

Ein Denkmal für Juden muss offenbar nicht kämpferisch sein.

Als Leo dort stand, betrachtete er bewegt die wie im Schock erstarrten bronzenen Gestalten und ging auf dem Friedhof umher, von dem die Grabsteine, außer dem erneuerten von Moses Mendelssohn, verschwunden sind. Eine leere Grünanlage, ein kleiner Park. Dabei erinnerte er sich, nach dem Krieg hier noch Grabsteine gesehen zu haben, Dutzende, vielleicht Hunderte, uralte, halb in die Erde gesunken, manche zerstört, weil die Bewacher der Sammelstelle Splittergräben über den Friedhof gezogen hatten. Das Gebäude der Sammelstelle war damals schon abgerissen, nur das Schulhaus daneben stand noch. Heute ist es wieder eine jüdische Schule, von einem hohen Zaun umgeben und bewacht.

Während seiner Zeit als U-Boot hat Leo diese Straße gemieden, nur einmal musste er abends durch die Oranienburger gehen, in der die goldene Kuppel der Synagoge längst schwarz gestrichen war. Im Vorbeigehen hat er in die Große Hamburger hineingespäht, die in gleißendem Scheinwerferlicht lag. Dort waren auch die Kameraden aus der Habonim-Gruppe verschwunden, einer nach dem anderen, bis nur noch Simon, Manfred und er übrig waren. Bis nur noch er allein übrig war.

Soll er das alles Nira erzählen? Kann sie es verstehen? Nichts ist so, wie es auf den ersten Blick aussieht. Der Grabstein des Philosophen steht nicht da, wo Mendelssohn begraben wurde, die Figurengruppe gilt eigentlich den Frauen aus Ravensbrück und ihren Kindern, die Grabsteine haben nicht die Nazis fortgeschafft. Und an der Ostmauer des alten jüdischen Friedhofs liegen Bombenopfer, die keine Juden waren, zusammen mit Toten aus den Endkämpfen um Berlin. Als Leo nach dem Krieg hier war, sah er die kleinen Holzkreuze über dem Massengrab.

Die sind jetzt verschwunden, aber die Toten werden noch da sein.

So widersprüchlich ist alles hier in Berlin. Leo ist ja froh, dass Nira sich plötzlich für die Vergangenheit interessiert, und er will ihr auch ihre Fragen beantworten, aber nicht hier auf dem alten Schulhof der 27. Volksschule. Da drüben in der Utrechter gibt es ein winziges italienisches Restaurant, das »Parma«, es wird von einem Bauernsohn aus der Romagna betrieben, der Leo erzählt hat, dass der Schinken, der Käse und der Wein aus seinem Dorf stammen. Er hat Tische und Stühle auf die Straße gestellt, da saß Leo gestern neben der uralten grünen Pumpe unter dem Berliner Abendhimmel. Er sah die Sonne im Westen untergehen wie eh und je und wusste, dass die Osram-Höfe jetzt in rotes Abendlicht getaucht waren, als Kind hat er das oft aus seinem Fenster beobachtet. Der Alte mit dem unbewegten Gesicht, den er hier schon oft gesehen hat, hockte vor einem türkischen Haarstudio und blickte in den rötlichen Himmel, auch drei dunkle Männer, die aus der afghanischen Betstube nebenan traten, hoben den Kopf. Leo aß ein ziemlich teures Käsebrot, trank den Wein aus der Romagna, und ein paar Schritte weiter an der Pumpe hockten ein paar tätowierte Männer und ließen die Schnapsflasche kreisen. Dorthin will er Nira nicht bringen. Aber auf der anderen Seite, an der Ecke Malplaquetstraße – früher war dort ein Milchladen –, gibt es ein vegetarisches Café, in dem man Gemüsetorte und selbst gebackenen Kuchen bekommt, dort sitzen Studenten an ihren Laptops. Leo hat sich da schon mal ein Glas Tee bestellt und die jungen Leute betrachtet, unter ihnen Schwarze und Asiaten. Der erste Schwarze, mit dem er in seinem Leben gesprochen hat, war 1941 dieser Bobby in der Judenabteilung bei Siemens. Aber das ist fünfundsiebzig Jahre her, warum wundert er sich darüber, wie normal es offenbar im Wedding geworden ist, dass so unterschiedliche Menschen beieinandersitzen. Im Kibbuz leben lange schon dunkelhäutige Familien, Einwanderer aus Äthiopien, er erinnert sich gut an die Diskussionen damals, ob man sie aufnehmen solle, auch Lotte und ihr Mann Herbert befürchteten, sie würden nicht zu ihnen passen, schließlich kämen die meisten im Kibbuz aus Europa und hätten eine andere Kultur. Damals lebte Edith noch, und Leo erinnert sich, mit welchem Spott sie über Lottes Ängste herzog. Lotte, die sagte, sie würde keinen Fuß mehr nach Deutschland setzen, aber doch stolz war, dass sie ein paar Balladen von Schiller und Gedichte von Goethe auswendig wusste. Im Streit nannte Edith Lotte damals eine Rassistin, was die ihr lange übel nahm. Als Jahre später ein Sohn der Äthiopier dem Rauschgift verfiel, fühlte Lotte sich bestätigt, dabei erzählte man sich das auch von ihrer eigenen Enkelin, die in Tel Aviv lebte. Ende der achtziger Jahre kamen dann Familien aus Russland in den Kibbuz, mit der Aufnahme dieser Efrons und Romanskis waren alle sofort einverstanden gewesen. Dabei erwies sich Efron als schwerer Alkoholiker, und Romanski hatte die Arbeit nicht gerade erfunden. Natürlich bringen alle Einwanderer ihre Probleme mit, die Äthiopier sind Israelis wie alle anderen auch, nicht besser, nicht schlechter. Eines der dunkelhäutigen Kinder von damals ist heute die Leiterin der Pflegestation, auf der Lotte lebt. Auch Efron, jünger als Leo, wohnt dort, heute ein alter, kranker Mann. Romanski hat Israel längst verlassen, ist zu seinen Kindern nach Amerika gegangen. Und die alte Lotte hat den Streit von damals längst vergessen, sie erinnert Leo oft an Erlebnisse mit Edith aus der Anfangszeit, als sie alle jung waren.

»Großvater, wo bist du denn mit deinen Gedanken?«, fragt Nira. »Wir wollten doch irgendwohin gehen, etwas trinken.«

»Ich denke an den Kibbuz«, antwortet er. Tatsächlich denkt

er dauernd an zu Hause, selbst seine täglichen Besuche bei Lotte auf der nach Desinfektionsmitteln riechenden Pflegestation fehlen ihm. Ist das Heimweh? In Berlin, wo er seine ganze Jugend verbracht hat?

Nira, die ihre Stadtpläne studiert, zeigt sie ihm: »Schau, das ist die Malplaquetstraße. Und das dort die Utrechter. Aber hier steht: Wagnitzstraße. Ist die Straße umbenannt worden?« Leo seufzt. »Sie hat nach dem Krieg ihren alten Namen zurückbekommen. Wagnitzstraße hieß sie seit 1933. Nach einem Hitlerjungen, sechzehn Jahre alt. Er wohnte übrigens in der Liebenwalder 22, da, wo heute das Hotel ist.«

»Und warum bekam der Hitlerjunge eine Straße?«

»Er wurde in der Utrechter erstochen, in der Silvesternacht. Hitler war ja noch nicht Reichskanzler, aber das war eine große Sache, bei einer Wagnitz-Gedenkfeier im Lustgarten hat Goebbels geredet. Der Trauerzug fing hier an, ich war ja noch nicht mal acht Jahre alt, aber schwer beeindruckt von den Fahnen und dem ganzen Brimborium. Über Wagnitz wurde noch nach Jahren viel geschrieben, sie nannten ihn ›Blutzeuge der Bewegung‹. Sein Tod war ein Signal, gegen Kommunisten und Juden vorzugehen.«

»Wer hat ihn denn ermordet?«

»Das weiß ich doch nicht. Es sollen die Kommunisten gewesen sein, aber ob das die Wahrheit war … Solche Geschichten gab es öfter, kennst du den Namen Horst Wessel?«

Nira schüttelt den Kopf. Wo soll er anfangen, er wird ihr viel erklären müssen. Doch wegen Wagnitz und Wessel ist er nicht nach Berlin gekommen. »Wir können in ein Café gehen, drei Minuten Fußweg von hier, das heißt ›Auf der Suche nach dem verlorenen Glück‹«, schlägt er vor. Wie erwartet, horcht Nira bei diesem Namen auf. Als er ihr erzählt, dass es von einer jungen Frau betrieben wird, vermutet seine Enkelin, dass die

Liebeskummer hatte oder gerade Proust gelesen, als sie sich diesen Namen ausdachte. Leo vermutet etwas anderes. Vor ein paar Tagen war er dort der einzige Gast neben einem, der wohl aus dem ehemaligen Jugoslawien kam wie die Frau, der das Café gehört. Sie setzte sich zu dem jungen Mann, und sie unterhielten sich in ihrer Sprache, manchmal aber fiel sie ins Deutsche, und Leo verstand, dass sie als Kind aus dem Krieg mit ihren Eltern nach Berlin gekommen war, dass sie sich jahrelang fremd gefühlt und vom Garten ihrer Großeltern geträumt hatte, von den Pfirsichbäumen, die Bienen umschwirrten. Erst als Erwachsene war sie wieder dort gewesen, als ihre Großeltern schon nicht mehr lebten. Der Garten war der Parkplatz eines Supermarktes geworden, nur ein einziges verwildertes Pfirsichbäumchen stand am Rande, aber die Früchte waren noch hart und schmeckten holzig. Nach ihrer Rückkehr gründete sie in Berlin das Café.

Dorthin gehen nun Leo und Nira, es liegt in der Nazarethkirchstraße, einen Steinwurf entfernt von der alten Backsteinkirche mit hohem Turm. An diese Neue Nazarethkirche hat Leo auch Erinnerungen.

Sie nehmen in den Korbstühlen vor dem Café Platz, die Besitzerin ist heute nicht zu sehen. Eine blonde Kellnerin spricht sie auf Englisch an. Das scheint hier in Mode gekommen zu sein, auch in anderen Restaurants Berlins spricht man Englisch, für Nira ist das ja ganz praktisch, aber Leo hat auch schon beobachtet, dass deutsche Gäste mit deutschen Kellnern bemüht Englisch reden. Als ob sie so ihre Weltoffenheit demonstrieren wollen, ein bisschen lächerlich findet er das. Er antwortet dem Mädchen auf Deutsch, mit Nira redet er Iwrith, das versteht hier wahrscheinlich niemand, und das ist gut so, denn es soll kein Teegeplauder werden. Schon vor der Reise hatte er sich vorgestellt, dass er seiner Enkelin von seiner Zeit als U-Boot und der davor erzählen würde, von Manfred, von Simon. Dass sie es auch hören will, dass sie ihren Großvater zum Erzählen drängt, macht ihn froh. Obwohl er ahnt, dass so vieles nicht sagbar ist, dass Nira vieles nicht verstehen würde, er versteht ja kaum selbst, was er hier erlebt hat.

Er wird beim Habonim anfangen. Was der Habonim bedeutet, muss er ihr nicht erklären. Die zionistische Jugendorganisation, die lange vor Leos Geburt aus der Kibbuzbewegung hervorgegangen ist, kennt in Israel jeder. Der Habonim gehört zum Hechaluz, und beide gibt es noch immer, auch in Europa und den USA.

Für Leo und Manfred war es eigentlich nicht selbstverständlich, sich dieser Bewegung anzuschließen. »Meine Eltern waren keine Zionisten«, sagt Leo. »Sie hielten sich für unpolitisch. Gute Juden wollten sie sein, aber ich glaube, sie haben nicht viel darüber nachgedacht, was das bedeutet; ihnen genügte es, an den hohen Feiertagen in die Synagoge zu gehen und zum Sabbat die Kerzen anzuzünden. Bei meinem Freund Manfred zu Hause war es nicht anders. Aber unsere Eltern wollten, dass wir nach der Schule nicht bloß Blödsinn machten, sondern irgendwo dazugehörten. Meine Mutter hatte ihre Erinnerungen an den Wandervogelverein Blau-Weiß, so etwas wünschte sie sich auch für ihre Kinder. Der Wandervogelverein und die jüdischen Pfadfinder hatten sich nach 1933 mit dem Habonim vereinigt, der war meinen Eltern eigentlich zu sozialistisch. Damals gab es noch mehrere jüdische Jugendverbände, aber es war beinahe Zufall, wohin man geriet. Gleich als wir an die Schule in der Großen Hamburger kamen, wurden wir gekeilt, so nannte man die Anwerbung. Ein älterer Mitschüler, Fredi, nahm uns mit zum Treffpunkt der Habonim-Leute, ins Beth Chaluz, Prenzlauer Allee 6. Wir nannten es auch P.A.6, ein ganz gewöhnliches Mietshaus, es steht noch, von der Taxe aus habe ich es gesehen. Der Jugendbund hatte die obere Etage gemietet, Fredi und ein paar andere wohnten sogar dort, ihre Eltern waren schon weg. Da oben wurden Vorträge gehalten, es gab es eine Bibliothek, und wir machten Musik, alberten herum, was Jugendliche eben so machen. Am liebsten diskutierten wir über Jungen und Mädchen, Sexualität war ja in den meisten Familien ein Tabu, auch in meiner. Dort aber konnte man über alles sprechen. In der P.A.6 traf ich meine erste Freundin, sie hieß Ruth wie deine Mutter, vierzehn Jahre war sie alt, kam aus dem Scheunenviertel und war in einer Hauswirtschaftslehre, wartete auf ihr Visum nach Palästina. Später soll sie mit ihren Eltern im Warschauer Ghetto umgekommen sein.

Sonntags fuhren wir gemeinsam mit der S-Bahn ins Grüne, den Stern mussten wir ja noch nicht tragen. Aber auch an Seeufern und abends am Lagerfeuer wurde diskutiert, über Palästina, wohin wir alle wollten, über den Spanienkrieg, über Hitler und die Sowjetunion. Das Beth Chaluz gab es schon ein paar Jahre, aber Manfred und ich erlebten es nur ein paar Monate lang, dann musste das Heim geschlossen werden. Unsere Eltern waren ganz froh darüber, denn Manfred und ich waren kaum noch zu Hause, so hatten sie es sich doch nicht vorgestellt. Aber weißt du, wir wurden früh erwachsen damals. Und unsere Eltern respektierten wir zwar, aber wir spürten, dass sie keine Autoritäten mehr sein konnten. Die hatten selbst Mühe, ihren Abstieg zu verkraften und einen Ausweg zu finden. Mein Vater hatte seine Arbeit verloren, sein Einkommen. Wir verarmten, die Bürgerlichkeit war nur noch Fassade. Für meinen Freund und mich war Simon ein Führer, eine Autorität. Der wohnte auch in der P. A.6, war neben seinem Studium eine Art Jugendleiter vom Hechaluz.

Nach der Schließung des Beth Chaluz war der Habonim

noch für ein, zwei Jahre zugelassen. Simon wohnte nun in der Ackerstraße bei einem Apotheker zur Untermiete. Der war Kommunist, kein Jude. Aber seine Partei hatte ihn abgehängt, er galt wohl als Trotzkist. Der drückte beide Augen zu, wenn wir uns in seinem Lagerraum auf dem vierten Hinterhof trafen. Simon hatte sein Medizinstudium abbrechen müssen. Einmal kam er zu mir nach Hause, meine Eltern waren entsetzt. Er lief mit zerschlissenen Wanderschuhen herum und bis in den Herbst mit kurzen Hosen. Er habe keine Tischmanieren, fand meine Mutter und nannte ihn proletarisch. Und das war für sie ziemlich das Schlimmste.« Leo lacht und erschrickt gleichzeitig. Ist es richtig, zu Nira so von ihrer in Riga ermordeten Urgroßmutter zu sprechen? Aber so war es nun mal, er erinnert sich, wie seine Mutter sich immer sorgte, er oder seine Schwester könnten mit ungebügelten Hemden oder ungeputzten Schuhen aus dem Haus gehen, da hatten die Deportationen schon begonnen. Als es nur noch dünne Suppen zu essen gab, legte sie trotzdem immer die Leinenservietten mit dem eingestickten Monogramm in elfenbeinernen Ringen auf den Tisch. Sie tat einfach so, als sei das, was draußen geschah, nur vorübergehend, und hielt die Regeln ihrer Welt aufrecht, als es die schon gar nicht mehr gab. Wie viel Kraft muss sie das gekostet haben.

Leo wird plötzlich von Zärtlichkeit überflutet und einer Art Scham, weil er sich erinnert, wie spöttisch und abweisend seine Schwester Gisela und er oft auf die Versuche ihrer Eltern reagiert hatten, ihnen das zu geben, was sie für eine gute Erziehung hielten.

Nira merkt, dass ihr Großvater in seiner Erzählung innehält, und drängt nicht. Ihr Tee ist kalt geworden, sie bestellt neuen. »Kam dieser Simon denn aus einer Arbeiterfamilie?«, fragt sie nach einer Weile.

Leo lacht. »Gar nicht. Er war der Sohn eines Industriellen,

im Grunewald in einer Villa ist er groß geworden, mit Dienstboten und Chauffeur. Er besaß ein Segelboot, Manfred war ihm schon vorher begegnet, im Segelklub seines Vaters. Aber als wir uns in der P. A.6 trafen, gab es schon kein Segelboot mehr, und Simons Familie war längst ausgewandert, nach Argentinien, glaube ich. Simon, ihr einziger Sohn, sollte mit ihnen gehen, sie haben gebettelt und geschimpft, aber er hat sich entschieden, in Deutschland zu bleiben, weil er es als seine Aufgabe sah, uns jüdischen Jugendlichen wie ein älterer Bruder zur Seite zu stehen. Wenn überhaupt, wäre er nach Palästina gegangen, aber erst als Letzter. Und dann war es zu spät, dann kam keiner mehr raus.«

Plötzlich ist ihm kalt, die dicht an ihnen vorbeifahrenden Autos stören ihn, der Anblick der Kirche da drüben, und Leo möchte lieber in den kleinen Gastraum gehen, wo sie sich in eine Ecke setzen. Niemand achtet auf den alten Mann und das Mädchen, auch an den anderen Tischen wird gesprochen, Deutsch und Russisch, Türkisch und Serbokroatisch, die Gesprächsfetzen vermischen sich, werden zu einem gleichförmigen Gemurmel, das sich auch um Leo und Nira legt wie eine unsichtbare Schutzmauer.

Leo erzählt weiter von Simon, nicht von dem kahlköpfigen, aufgedunsenen Überlebenden, der in den ersten Monaten nach dem Krieg kraftlos und wie erloschen im Hinterzimmer der Ackerstraße gehockt hatte, bis er die Tabletten schluckte, sondern von dem sportlichen Chawer mit dunklen Locken über spöttischen Augen, der gern lachte und so scharfsinnig urteilen konnte, der seine Begeisterung für Palästina mit den Jungen teilte, der davon sprach, dass dort ein besonderes Land entstehen würde, kein Staat wie alle anderen auf der Erde, sondern eine Heimstatt für Juden, in der auch die anderen, die dort lebten, Platz haben würden. Dieses Erez Israel würde ein Hort der Gerechtigkeit sein, sie würden gemeinsam das Land bestellen, die Früchte würden allen gehören, wenn die Mandatsmacht endlich besiegt wäre. Mit diesem Traum steckte er die Jugendlichen an, sie hockten bei dünnem Kräutertee auf dem Fußboden und auf den Feldbetten, weil es in der P. A.6 nicht genug Stühle gab, und schufen sich für Stunden eine andere Wirklichkeit. Bis zu zehn Jugendliche waren sie in der Gruppe, die sich nun bei dem Apotheker in der Ackerstraße traf, manchmal auch im Wohnzimmer bei Manfreds Eltern oder in einem Bootshaus in Kladow, das irgendjemandem gehörte, den Simon kannte. Simon kannte viele Leute, und er konnte alles erklären, wie es zum Ersten Weltkrieg gekommen und was von Freuds Traumdeutung zu halten war. Sogar die Vögel konnte er an ihrem Gezwitscher und am Flug unterscheiden, damit erstaunte er die anderen bei den Wochenendausflügen. Aber als im Oktober 1938 Juden, die keine deutschen Staatsbürger waren, nach Polen abgeschoben wurden, als mehrere Jugendliche aus der Habonim-Gruppe, auch Leos Freundin Ruth, von Polizeibeamten abgeholt wurden, wusste auch Simon keinen Rat. Ruth war in Berlin geboren, auch die anderen, die jetzt als *Ostjuden* bezeichnet wurden und verschwanden. Leos Familie war ja selbst aus dem Osten gekommen, aus Stryj, aber sie besaßen die deutsche Staatsbürgerschaft. Manfreds Familie war noch deutscher, Jonathan Neumann zeigte den Jungen einmal eine Urkunde von 1843, die er im braunen Schreibtisch seines Herrenzimmers aufbewahrte. Aus ihr ging hervor, dass ein Louis Neumann, geboren in Deutsch Krone, seinen Bürgereid in der Synagoge Heidereuthergasse geleistet hatte und somit Bürger Berlins geworden war. Ehrenwertes Mitglied der Berliner Korporation der Kaufmannschaft war er auch. Das war der Großvater von Manfreds Vater, der stolz auf seine Herkunft war, stolz, Deutscher zu sein, stolz, im Ersten Weltkrieg gekämpft zu haben. Manfred und Leo war dieser Stolz fremd, sie fanden es lächerlich, dass ihre Väter sich als deutsche Patrioten fühlten, wo ihnen doch die Deutschen in den Toches traten. Leos Eltern machten nicht einmal Anstalten, sich um eine Ausreise zu bemühen, sie glaubten, das sei alles ein schrecklicher Irrtum, der sich aufklären würde. Als die Ostjuden abgeschoben wurden, zu denen sie sich ja nicht zählten, regte sich bei ihnen sogar die Hoffnung, das Schlimmste sei nun vorbei, die Verhältnisse würden sich normalisieren, nachdem die Planjes ohne deutschen Pass weg waren.

Schon ein paar Wochen später, im November, und erst recht nach dem Kriegsbeginn, wurde ihnen klar, dass das Schlimmste noch kommen würde, aber nun war es zu spät. Die Eltern von Manfred hatten trotz ihrer kostbaren Urkunde und obwohl der Vater ein Eisernes Kreuz besaß, Rosa nach England geschickt und selbst jahrelang versucht, aus Deutschland herauszukommen. Sie besaßen eine Wartenummer für die USA, aber die war nach dem 1. September 1939 wertlos. Jetzt wären sie sogar nach Palästina gegangen, obwohl Manfreds Vater immer abfällig von diesem *zurückgebliebenen Agrarland voller Verrückter mit dem ungesunden Klima* geredet hatte, er war einmal dort gewesen.

»Er ist in Palästina gewesen und wieder zurück nach Deutschland gegangen?«, fragt Nira ungläubig.

»Ja, 1935, zur Zeit der Nürnberger Gesetze, war der Vater meines Freundes im Land, er hätte damals sogar Geld dorthin schaffen können, aber er wollte nach Amerika. Es gab viele deutsche Juden, die sich nicht gerade nach Erez Israel sehnten. Nicht nur des Klimas wegen. Gerade das, was Manfred und mich begeisterte, die Vorstellung von einem zionistischen Sozialismus, hat unsere Eltern abgestoßen.«

»Zionistischer Sozialismus«, wiederholt Nira nachdenklich.

»Wenn du solche Hoffnungen hattest, musste dich doch das Leben in Israel enttäuschen. Wie hast du denn die Wirklichkeit ausgehalten, wenn ihr euch jahrelang etwas ganz anderes ausgemalt hattet?«

»Das ist doch eine ganz andere Geschichte, Nira«, antwortet ihr Großvater vorsichtig, denn über die Gegenwart ihres Landes haben sie beide schon oft gestritten. »Nach Israel bin ich nach der Staatsgründung gekommen. Da mussten wir, wie du weißt, Krieg mit fünf arabischen Ländern führen. Ich hatte mir das Leben dort auch anders vorgestellt. Aber ich war nicht mehr der naive Junge aus dem Habonim. Hinter mir lag der Krieg, die Verfolgung, die Zeit als Illegaler, die Nachkriegszeit in Berlin. Ich hatte keine Illusionen mehr, über nichts. Israel war der einzige Ort, wo Leute wie ich willkommen waren. Israel brauchte mich. Die deutschen Nazis hatten den Krieg verloren, aber die waren doch nicht weg, ich hatte keine Lust, mein ganzes Leben mit ihnen zu verbringen. Deutschland war für mich das Land der Toten, Israel war das Leben.«

Einen Moment lang schweigen sie beide, Leo denkt an die Jungen, mit denen er ins Land gekommen war, die schon in den ersten Tagen an der Front bei Latrun gefallen sind. Er denkt an die, die im Sechstagekrieg starben, im Jom-Kippur-Krieg, an den Sohn von Efron denkt er, der als junger Soldat beim Streifendienst an der libanesischen Grenze erschossen wurde, an den Küchenleiter David Meirson aus dem Kibbuz, der mit seiner Frau nach Jerusalem ins Museum wollte und an der Bushaltestelle von einem jungen Araber mit dem Messer getötet wurde, einfach so. Die haben in Israel nicht das Leben, sondern zu früh den Tod gefunden.

»Wie ging es weiter mit eurer Gruppe?«

»Der Habonim war wie alle jüdischen Jugendbünde schon

Ende 1938 verboten worden. Es gab keine Maifeiern mehr, keine Ausflüge. Aber wir trafen uns weiter mit Simon. Zu dritt, zu fünft, manchmal waren wir zehn oder zwölf in der kleinen Bude. Simon brachte von seinem Arbeitseinsatz noch zwei Jungen mit. Es war so eine Art Gegenwelt, in der wir lebten. Simon hatte sein Radio nicht abgegeben. Wir hatten zu Hause auch einen Rundfunkapparat. 1939, ausgerechnet am Jom Kippur, das habe ich nicht vergessen, mussten wir den abliefern. Simon war immer gut informiert. Er besaß auch viele Jazz-Schallplatten und ein Grammophon. Wir hörten Benny Goodman und Artie Shaw, lasen verbotene Bücher, ich erinnere mich an ›Die soziale Forderung der Stunde‹ von Franz Oppenheimer. Über den Hitler-Stalin-Pakt diskutierten wir, der uns alle verstörte. Erst als die Wehrmacht in die Sowjetunion einmarschierte, stimmten die Fronten wieder. Bald darauf fingen die Deportationen an, wir saßen in der Falle. Simon hatte auch Kontakte zu anderen Gruppen, sogar über Mittelsmänner in die Schweiz zur Leitung des Hechaluz. Darüber wussten wir nichts Genaues, und wir fragten auch nicht, uns war schon klar, dass das alles konspirativ sein musste. Wir wollten raus, alle unsere Überlegungen kreisten um diese Frage: Wie kommen wir über die Grenze? Bei Siemens arbeiteten auch belgische und französische Zwangsarbeiter, es hieß, dass manche gegen Geld ihre Ausweise verkauften. Aber wir hatten kein Geld.«

Leo unterbricht seine Erinnerungen, weil eine Frau mit einem jungen Mädchen das Café betritt und sich umsieht. »Laila!«, ruft Nira erfreut. »Jetzt treffen wir uns jeden Tag.«

Das Mädchen, Leo glaubt, sie schon auf dem Hof in der Utrechter gesehen zu haben, ist etwa sechzehn Jahre alt, trägt silbern schimmernde Turnschuhe, riesige Ohrringe und ihre ohnehin dunklen Augen sind schwarz umrandet.

»Das ist Estera«, stellt Laila sie vor. »Schön, euch zu sehen, aber wir müssen etwas besprechen. Im Haus war es gerade zu laut.«

»Da ist es immer zu laut«, murmelt Estera.

Die beiden suchen sich einen Platz in einem Nebenzimmer, das Leo vorher gar nicht aufgefallen war. Es fällt ihm schwer, nach dieser Unterbrechung in die Vergangenheit zurückzufinden. Aber er hat ja Nira noch kaum etwas erzählt.

»Bis zur Fabrikaktion im Februar 1943 waren wir noch legal. Aber wir fingen schon vorher an, uns auf dem Schwarzmarkt umzusehen. Manfred und ich wurden da richtige Champions.« Leo lacht bei der Erinnerung. »Simon arbeitete in Köpenick in der Kodak-Rohfilmfabrik als Transportarbeiter. Da konnte er einmal Filme klauen, die wollten Manfred und ich verkaufen, am besten an Wehrmachtssoldaten, von denen hatten viele einen Fotoapparat. Wir drückten uns am Bahnhof Friedrichstraße an der Wehrmachtsbaracke herum, den Stern mussten wir wohl noch nicht tragen. Oder wir hatten ihn abgenommen, wir waren da ziemlich todesmutig. Wahrscheinlich sahen wir wie kleine Gauner aus, denn zwei Soldaten sprachen uns an und fragten, wo sie fünfzehn Flaschen Hennessy und fünfzehn Flaschen Likör loswerden könnten. Die hatten sie aus Frankreich mitgebracht. Drei Mark wollten sie für jede haben. Wir hatten keine Ahnung, aber verabredeten uns mit denen für den nächsten Tag. Manfred erkundigte sich in einem Feinkostladen am Hackeschen Markt, was das Zeug kostet. Schon in Friedenszeiten soll eine Flasche Hennessy zwanzig Mark gekostet haben, nun gab es so etwas gar nicht mehr. Als er den Laden verließ, kam ihm der Verkäufer nachgelaufen, fragte, ob er ihm ein paar Flaschen besorgen könne, er würde dreißig Mark für jede zahlen. Manfred sagte frech, das würde gehen, aber nur, wenn man ihm auch ein paar Filme abnehmen würde.

Wir borgten uns neunzig Mark von dem Apotheker, der gab uns auch zwei Koffer. Ich weiß noch, wie mein Herz klopfte, als ich am nächsten Tag hinter der Wehrmachtsbaracke die Flaschen umlud. Das war ziemlich blöd von uns, da wimmelte es von Feldgendarmerie. Manfred und Simon hielten sich im Hintergrund, zusammen schleppten wir dann die Koffer zur S-Bahn. Manfred wickelte in dem Feinkostladen das Geschäft ab, die Filme nahm der Händler auch, aber dann holte er eine Frau dazu, die fragte, ob wir auch Zigaretten besorgen könnten. Das war Erna Wiese aus der Alten Schönhauser, für uns wurde das eine wichtige Adresse. In deren Wohnung stapelte sich die Ware. Sie nahm alles ab. Bei der haben wir auch manchmal übernachtet. Die hatte einen behinderten Sohn, den versteckte sie vor den Behörden und ernährte sich mit der Schmuggelware. Wir hielten uns an Soldaten auf Urlaub, die brachten immer etwas mit, Zigaretten aus Jugoslawien, Lederhandschuhe aus Brüssel. Aber wir passten sie nicht an der Wehrmachtsbaracke ab, sondern in Kneipen rund um den Bahnhof.

Die Ausweise von belgischen und französischen Arbeitern kosteten jeder hundertfünfzig Mark, wir kauften welche, aber sie konnten uns nur bei flüchtigen Kontrollen schützen.«

Wieder schweigt Leo. Plötzlich widerstrebt es ihm, diese Bilder in sich wachzurufen. Die bei jeder Straßenbahnfahrt lauernde Angst, der schnelle Blick, sobald man einen Raum betrat. Jahrelang ist er das nicht losgeworden. Er hat gelogen, Leute ausgenutzt, geklaut, um zu überleben. Und das miese Gefühl, als er einmal in einer fremden Wohnung in einem fremden Bett aufgewacht war und der blonden Frau vorsäuselte, wie gern er wiederkommen würde. Das Foto ihres Mannes in Uniform mit Hakenkreuz stand auf dem Nachttisch, sie hatte es nur zur Wand gedreht. Und was ist aus der rothaarigen Bildhauerin in

Westend geworden, die ihnen immer wieder half? Er hat es nicht erfahren, aber es ist nicht schwer zu erraten. Auch von der Frau aus Birkenwerder weiß er nicht, ob sie überlebt hat, er hat sie nie wieder aufgesucht, obwohl Manfred und er dort mehrmals Zuflucht gefunden hatten. Die war eine gebürtige Russin, aber im Wedding aufgewachsen und früher im Kommunistischen Jugendverband gewesen. Ihr Mann war Arzt, zur Wehrmacht eingezogen. Simon hatte ihnen die Adresse gesagt, Fontaneweg 9. Er nannte die Frau, mit der er früher studiert hatte, Banditenolga. Aber die Olga half auch russischen Zwangsarbeitern und wurde kurz vorm Kriegsende verhaftet; die Frau des Apothekers aus der Ackerstraße hat es erfahren, und Leo war dann nie mehr in Birkenwerder. Aber Hannchen Gerbeit wollte er nach dem Kriegsende besuchen, und wenn er daran denkt, tut ihm das Herz noch immer weh. Hannchen, die tapfere Anarchistin aus der Mulackstraße, die dann in Kaulsdorf ein Häuschen hatte. Sie war schon eine ältere Frau, der Apotheker machte sie mit Simon bekannt, sie hat so vielen geholfen. Leo lief in den ersten Tagen des Friedens, weil noch keine S-Bahn fuhr, zu Fuß nach Kaulsdorf. Da war die Blutlache in ihrem Garten noch zu sehen, wo der junge Russe sie erschlagen hatte, der ihr Fahrrad klauen wollte. Und die Nachbarn zeigten ihm die Stelle, an der der Russe von seinem Vorgesetzten erschossen worden war.

Nein, das alles kann er doch nicht erzählen. Nicht heute. Nicht hier im Café »Auf der Suche nach dem verlorenen Glück«. Aber Nira sieht ihn so an, sie wartet, dass ihr Großvater den Faden wiederaufnimmt.

»Die Kirche da draußen kenne ich«, sagt er, und Niras Blick geht durch die Fenster auf das Bauwerk aus rotem Backstein. Leo war als U-Boot mehrmals in dieser Kirche. Es gab da einen Pfarrer, Paul Mundt, der gehörte zur Bekennenden Kirche, es hieß, dass er in seinen Predigten zum Widerstand aufrief: *Lassen wir uns nicht unterkriegen von den Verhältnissen.* Er soll schon suspendiert gewesen sein, aber dann haben sie ihn wieder geholt, weil der Pfarrer so beliebt war bei den Kirchgängern. Manfred war dieser Pfarrer eingefallen, gleich nach der Fabrikaktion, als sie noch kein Helfernetz hatten und von Nacht zu Nacht Quartiere suchten. Manfred wusste von dem Mundt, weil eine frühere, christlich getaufte Haushälterin seiner Familie Mitglied der kleinen Bekenntnisgemeinde an der Nazarethkirche gewesen war. Ihre Taufe hatte ihr nicht geholfen, auch sie war mit dem zweiten großen Transport nach Theresienstadt gekommen, im Herbst 1942, ein paar Monate bevor Manfreds Eltern nach Auschwitz deportiert wurden. Leos Eltern waren ja schon im Sommer 1942 deportiert worden, er selbst war noch als Zwangsarbeiter unabkömmlich und zog dann mit zu Neumanns in Manfreds Zimmer, weil die Wohnung der Familie Lehmann versiegelt worden war. Am Tag der Fabrikaktion im Februar 1943 waren beide Jungen von ihren Arbeitsstellen geflüchtet und, ein Zufall, gleichzeitig vor Neumanns Wohnhaus eingetroffen. Die Hauswartsfrau sah sie und raunte ihnen zu, sie sollten verschwinden, Manfreds Eltern seien aus der Wohnung abgeholt worden. Am selben Tag noch trafen sie Simon, der war noch da, weil er gar nicht zu seiner Arbeit nach Köpenick gefahren war, er hatte von einem Gemeindeangestellten erfahren, was an diesem 27. Februar geschehen sollte. Und aus der Wohnung des Apothekers war er nicht abgeholt worden, weil er, wie die Freunde jetzt erfuhren, gar nicht dort gemeldet war. Bei Simon trafen dann noch zwei oder drei aus der Gruppe ein, einer war aus dem Sammellager geflohen.

Von dem Tag an waren sie U-Boote. Simon versuchte verzweifelt, seine Kontakte in die Schweiz zu beleben, er hatte von einem Passfälscher im Grunewald gehört und wollte den finden, aber vorerst musste jeder selbst sehen, wie er durchkam. Deshalb war Manfred zu diesem Pfarrer gegangen, Leo hatte draußen auf ihn gewartet, etwa da, wo Nira und Leo vorhin auf den Korbstühlen gesessen haben. Manfred kam schon nach wenigen Minuten zurück, er hatte nicht viel erklären müssen. Der Pfarrer nickte nur, als Manfred von der Haushälterin sprach, und sagte, es sei ein Glück, dass Manfred gerade ihn angetroffen habe, an der Nazarethkirche gebe es fünf Pfarrer, die anderen vier seien Deutsche Christen, also der herrschenden Ordnung verbunden. Doch er solle am nächsten Dienstag wieder kommen. Beim Pfarrer Mundt hatten sie dann so etwas wie einen Briefkasten für die Gruppe, sie hinterließen Nachrichten füreinander, wenn sie sich für Tage aus den Augen verloren, denn in der Ackerstraße sollten sie sich nur noch in Ausnahmefällen sehen lassen, die Frau des Apothekers fürchtete die Nachbarn, ihr Mann war schon vorgeladen worden. Der Pfarrer war es auch, der ihnen das Quartier bei Frau Marks in Buchholz vermittelte, die Besitzerin der Gartenlaube in Karow gehörte ebenfalls zu seiner Gemeinde. Über den Pfarrer kam auch der Kontakt zu einer Diakonisse vom Paul-Gerhardt-Stift an der Müllerstraße, da durften sie zwar nicht übernachten, gegenüber dem Kreuz im Foyer hing ein Hitlerbild, aber sie konnten dort manchmal duschen und ihre Wäsche waschen lassen, bekamen auch Pakete mit Lebensmitteln, die in den »Völkischen Beobachter« eingewickelt waren. Wie soll er das alles Nira erzählen, sie würde nicht verstehen, was Deutsche Christen waren, was die Bekennende Kirche und worin sie sich unterschieden.

»Und was ist mit dieser Kirche?«, fragt Nira.

»Ach, da bin ich neulich drin gewesen.« Und er berichtet ihr, wie er vor ein paar Tagen Gospelmusik hinter den gotischen

Fenstern gehört hatte und eingetreten war. Die tanzenden und singenden Menschen, unter ihnen viele Dunkelhäutige, gefielen ihm, aber als der evangelikale Pfarrer zu predigen begann, auf Englisch, als von Jesus die Rede war, der als großer Erlöser das wertlos gewordene jüdische Priestertum beendet hatte, da ging er wieder. Nicht sein *cup of tea*. Das erzählt er und denkt daran, wie er hundert Meter weiter vor einem modernen Gebäude der Nazarethkirchgemeinde von einer Frau erfuhr, dass das zu groß gewordene Gotteshaus schon lange an Freikirchen vermietet und nun verkauft wurde. Obwohl die Frau wohl irgendwie zur Gemeinde gehörte, hatte er nicht nach dem Pfarrer Mundt von der Bekennenden Kirche gefragt, der muss ja nun schon seit Jahrzehnten tot sein. Leo hätte den Pfarrer nach 1945 aufsuchen sollen, aber damals wollte er das alles hinter sich lassen, und in den Wedding kam er kaum noch.

»Komisch, Gospelgesang in so einer deutschen Kirche«, sagt Nira nur.

Er macht noch einen Anlauf, ihr etwas von dieser Zeit zu erzählen. »Mit Manfred war ich oft in dieser Gegend. Hier kannten wir uns ja aus. Das war natürlich leichtsinnig, Simon sagte immer, wir sollten unsere alten Wohngegenden meiden. Aber einmal hatten wir über Tage gar kein Quartier, da fiel uns ein, dass auf dem Boden eines Hauses, das früher seinem Vater gehört hatte, so ein Bretterverschlag abgeteilt war. Als Kinder hatten wir uns da mal eine Höhle gebaut. Simon kannte einen Schlosser, der hatte uns Universalschlüssel besorgt, und so kamen wir mühelos in das Haus und auf den Boden. Es ist das Haus, in dem Laila heute wohnt.«

»Und wie lange wart ihr dort?«

»Morgens haben wir uns durch das Treppenhaus über den Hof wieder rausgeschlichen, das war riskant, da hat uns aber keiner gesehen. Gesehen hat uns dann nach der zweiten Nacht diese Frau, als sie Wäsche aufhängte und wir in unserer Bude noch tief schliefen. Wir waren erst gegen Morgen dorthin gekommen, im Restaurant ›Bollenmüller‹ nahe der Friedrichstraße sind wir knapp einer Razzia entgangen. Die Frau muss was gemerkt haben, als ich wach wurde, stand sie schon vor uns. Manfred sprang auf, wollte instinktiv fliehen, an ihr vorbei, dann erkannte er sie und sagte nur: Gertrud.«

Leo schweigt, denn Laila kommt mit dem Mädchen aus dem Nebenraum, Esteras Wimperntusche ist verlaufen, sie hat geweint und verschwindet in der Toilette. Laila tritt an den Tresen, will bezahlen, da erscheint Estera schon wieder, frisch bemalt. »Laila, ich habe den Namen der Stiftung vergessen.«

»Hildegard-Lagrenne-Stiftung, es steht in dem Prospekt, den ich dir gegeben habe. Wir gehen zusammen dorthin.«

Estera hat es nun eilig, sie will weg, doch Nira lädt Laila ein, an ihren Tisch zu kommen. Nach einem kurzen Zögern nimmt sie Platz.

»Sie will lernen«, sagt sie zu Leo und Nira. »Sie ist begabt, sie hat selbständig Deutsch gelernt, geht zur Schule, aber sie hat so viel versäumt, und bald endet ihre Schulpflicht. Es gibt Hilfe für solche Jugendliche, nur wissen die das oft nicht. Aber ihr seid gerade im Gespräch. Störe ich nicht?« Nira, die ins Englische gewechselt ist, beteuert: »Nein, nein. Mein Großvater erzählt gerade, wie er in Berlin überlebt hat als Jude. Stell dir vor, er war auch in dem Haus versteckt, in dem du heute wohnst. Großvater, woher kannte dein Freund denn diese Gertrud?«

»Ich kannte sie auch. Sie war ein paar Jahre älter, so alt wie Manfreds Schwester Rosa, mit der steckte sie immer zusammen, bevor Rosa auswanderte. Gertrud wurde unser Notnagel, sie nahm uns dann mit in ihre Wohnung, ein paar Monate lang gingen wir da ein und aus.«

Leo hätte jetzt lieber das Thema gewechselt. Er kann seine Geschichte doch nicht wie ein überstandenes Abenteuer erzählen. Und dann ist da diese Laila, deren Gesicht sich verändert, wenn sie aufmerksam zuhört wie jetzt. Ihm ist wohl in der Nähe dieser Frau, das hat er schon bei ihren ersten Worten im »Chuzpe« gespürt. Aber er würde sie lieber nur anschauen und nicht mit seinen Erinnerungen ihren Blick verdüstern.

»Gertrud hat euch versteckt, meine Nachbarin Gertrud Romberg?«, fragt sie jetzt.

Niras Blick geht zwischen Laila und Leo hin und her. »Du kennst sie? Sie lebt noch? Saba, hieß diese Frau Romberg?«

Er nickt nur.

»Aber warum suchst du sie nicht auf, sie hat euch doch geholfen, sie ist eine Gerechte.«

»Na ja, nicht so große Worte. Manfred hat nicht überlebt. Manfred ist in ihrer Wohnung verhaftet worden, im April 1944.«

»Hat sie ihn denn verraten?«, fragt Nira in ihrer direkten Art.

Leo schweigt.

Er blickt Laila an, fasziniert von der Bewegung in ihrem Gesicht. Sogar ihre graugrünen Augen sind dunkler geworden, man sieht, wie das, worüber eben geredet wurde, sie erschüttert.

»Laila, wissen Sie eigentlich, dass wir in Israel auch Gypsi haben, die Domari.«

Sie weiß es nicht, nicht einmal Nira weiß es.

»Zweitausend etwa leben allein in Jerusalem, in der Bab al Huta, nahe dem Löwentor. Auch auf der Westbank und in

Gaza gibt es sie. In der palästinensischen Gesellschaft sind sie die Ärmsten.«

»Sie sind Muslime?«, fragt Laila.

»Die meisten. Aber einige bezeichnen sich auch als Christen. Und manche sollen zum Judentum übergetreten sein. Sie sagen, sie sind schon seit tausend Jahren in Palästina.«

»Wir haben uns immer der Religion der Länder angepasst, in denen wir leben.«

Wir, hat Laila gesagt.

»Im Kibbuz hatten wir einmal eine Domari-Familie. Nicht als Mitglieder, sondern als Lohnarbeiter, aber sie wohnten unter uns. Den Kinderzoo haben sie betreut, sich um die Tiere gekümmert. Das war um 1980, als so viele Junge wegzogen und studieren wollten. Wir brauchten Arbeitskräfte.« Leo seufzt, für einen Moment denkt er an die Auseinandersetzungen von damals. Edith und er waren dagegen gewesen, die Araber, für solche hielten sie die Domari, als Arbeitskräfte zu benutzen, ohne ihnen die Rechte der Kibbuzniks zu geben. Am Ende siegten die wirtschaftlichen Überlegungen. »Die Familie hieß Nadeer, auch in den Namen haben sie sich den Arabern angeglichen. Aber mit der Zeit merkten wir, dass sie gar keine reinen Muslime waren, sondern eher animistischen Traditionen anhingen. Sie machten irgendwelche Zaubereien mit den Hühnern, die die alte Mutter von Goldstein, die im Schtetl aufgewachsen ist, auch noch aus ihrer Kindheit kannte. Jüdischer und Roma-Aberglaube ähneln sich wohl.«

Er sieht Niras skeptischen Blick, sie merkt wohl, dass er von den Domari redet, um nichts über Gertrud sagen zu müssen.

»Sprechen die Domari Romanes?«, fragt Laila.

Leo hebt die Schultern. »Woher soll ich das wissen. Die Nadeers habe ich nur Iwrith und Arabisch reden hören. Sie haben den Kibbuz dann wieder verlassen, obwohl wir sie gut bezahlt haben, weil es sie zu ihrer Großfamilie zog, mit der zusammenzuleben sie gewohnt waren. Schade um die Kinder aus den Domari-Familien, sie werden oft nicht zur Schule geschickt. Es gibt Ausnahmen, in Jerusalem haben sie einen Sprecher, dessen Tochter ist sogar Rechtsanwältin geworden. Noch vor ein, zwei Generationen waren die Domari vor allem Handwerker, ihre Gewerke sind ausgestorben. Sie waren auch Schausteller, Artisten, Scherenschleifer wie in Europa. Doch sie gelten bei vielen als minderwertige Rasse, die Araber nennen sie Nawari.«

»Das heißt schwarz oder dreckig«, erklärt Nira für Laila.

Die nickt nur. »Es ist überall so.«

»Nicht überall«, widerspricht Leo. »Der Jerusalemer Bürgermeister Nir Barkat ist ein Freund der Domari, er will ihre Lebensbedingungen verbessern. Vor allem durch Bildung. Er sagt, und da hat er recht, Zigeuner und Israelis seien durch ihr Schicksal verbunden. Wer sollte die Lage der Ausgestoßenen besser verstehen als Juden? Doch viele Domari haben nur einen jordanischen Pass, sie sind formal gar keine Israelis. Nir Barkat will, dass sie alle staatsbürgerlichen Rechte bekommen, dann müssen sie aber auch zur Armee gehen. Das wollen sie nicht. Schwierig.«

»Ich bin aus Tel Aviv, und noch nie habe ich von israelischen Gypsi gehört«, sagt Nira leise.

Laila lächelt müde. »Das ist nicht ungewöhnlich. Wir werden nur als Bettler, als Problemfälle wahrgenommen. Oder als Folkloregruppe. Sonst sind wir für die meisten unsichtbar.« Sie schaut auf ihre Armbanduhr. »Oh, gleich fünf. Ich muss gehen, Gertrud wartet, dass ich ihr ein frisches Brot mitbringe.«

»Und ich möchte jetzt ins Hotel, noch eine Stunde schlafen. Nira, du weißt, um acht sind wir in Niederschönhausen beim

Rechtsanwalt Behrend eingeladen. Holst du mich um drei viertel acht mit Amirs Auto ab?«

»Wir rufen ein Taxi«, schlägt Nira vor. »Ich fahre jetzt nicht zu Amir, ich gehe mit Laila Brot kaufen und dann zu dieser Gertrud. Ich will sie sehen.«

13

GERTRUD hat das Gefühl, dass in ihrem Leben viele Jahre lang gar nichts passierte; an manchen Tagen waren der Besuch der Briefträgerin und des Pflegedienstes die einzigen Abwechslungen. Nun geschieht so viel, dass sie es kaum fassen kann.

Leos Enkeltochter war bei ihr. Das Mädchen mit dem dicken Zopf stand plötzlich in ihrer Wohnung. Laila hatte sie mitgebracht. Gertruds Hände zitterten leicht, als sie das Kaffeewasser aufsetzte. Aber die Frauen wollten keinen Kaffee, nur ein Glas Leitungswasser nahmen sie, und Laila holte auch noch selbst die Gläser aus dem Schrank und hielt sie unter den Wasserhahn. Für Laila schien es ganz normal zu sein, dieses Mädchen einfach in Gertruds Küche zu bringen. Nun erzählte sie etwas über Noridas Sohn Casino, der im Kohlenkeller hämmerte und sägte, wunderschöne Skulpturen aus Alteisen würde er machen, Tiere mit Flügeln und andere Fabelwesen, er sei ein Künstler. Aber er würde auch mit einem Schweißbrenner hantieren, er bringe das ganze Haus in Gefahr. Da unten sei doch alles voller Kohlenstaub. Sie, Laila, habe schon mit ihm darüber gesprochen, aber er habe nur gelacht. »Auf Frauen hört der nicht«, sagte Laila. »Ich werde mit seinem Vater reden.«

Das Mädchen, Nira heißt sie, hatte lange gar nichts gesagt, nur zugehört und sich bei Gertrud umgesehen. Auch Gertrud hatte sie genau angeschaut, ihr schmales Gesicht, ihre dunklen Augen, als suchte sie eine Ähnlichkeit mit irgendwem. Aber der, an den sie dachte, konnte seine Züge ja gar nicht an diese

Nira vererbt haben, die war ja Leos Enkelin, nicht Manfreds. Und doch dachte Gertrud einen Moment wehmütig, wenn sie mit Manfred ein Kind gehabt hätte, könnte dieses Kind eine Tochter haben, die würde jetzt vielleicht so alt sein wie Nira. Und allein bei diesem Gedanken spürte sie eine große Nähe zu dem fremden Mädchen.

Dann sagte Nira doch etwas, sie fragte mit starkem Akzent nach Walter Wagnitz. In letzter Zeit wird Gertrud dauernd nach ihm gefragt. Erst ein paar Tage zuvor war eine Postkarte von dem Geschichtsstudenten aus dem Vorderhaus gekommen, der damals die Unterlagen über die Hausgeschichte in Archiven gefunden hat. Jetzt wohnt er schon lange nicht mehr hier, und er ist auch kein Student mehr, sondern Doktorand, aber in Archiven treibe er sich immer noch herum, schrieb er. Und dort habe er sich nach Dokumenten über Walter Wagnitz umgesehen, nach dem die Utrechter Straße vierzehn Jahre lang benannt war. Er würde gern mal vorbeikommen und sich mit Gertrud darüber unterhalten.

Nun also fragt Leos Enkelin nach Wagnitz. Leo könnte ihr doch auch Antwort geben, schließlich ist er von hier. Auch Laila wusste nichts über Wagnitz und hörte aufmerksam zu, was Gertrud zu erzählen hatte, es war nicht viel. Wagnitz war ein Schneiderlehrling gewesen, ein blasser, dünner Junge, der bei seinen Pflegeeltern in der Liebenwalder gewohnt hatte, in dem Haus, in dem heute das Hotel »Steps« ist.

»Nummer 22, da haben wir Zimmer gebucht!«, rief Nira.

»Die Hausnummer weiß ich nicht, aber seine Pflegeeltern hießen Rutkowski, die waren Fabrikarbeiter. Wagnitz war schon früh in der Hitlerjugend, hier unten in der Utrechter gab es eine Kneipe, in der sie sich regelmäßig trafen. Die gehörte Erna Witte, eigentlich ihrem Verlobten, einem SA-Mann, aber der hatte Schulden und bekam keine Konzession. Fräulein

Witte war also die Wirtin, machte die Arbeit, aber der eigentliche Chef war ihr Freund, der das Lokal der Hitlerjugend zur Verfügung stellte. Und in der Silvesternacht zu 1933, Hitler war noch gar nicht an der Macht, ist der junge Wagnitz dort erstochen worden.«

»Wer hat das gemacht?«

»Ach, damals gab es hier viel Gewalt, Prügeleien, auch Schießereien, meist zwischen den Kommunisten und den Hitleranhängern. Es hieß, die Brüder Jarow, Jungkommunisten aus der Gegend hier, hätten Wagnitz vor dem Lokal erstochen. Die wurden auch verhaftet und mit ihnen noch mehr Kommunisten, aber man musste sie nach ein paar Wochen alle freilassen. Es ist nie richtig klar geworden, wer Walter Wagnitz getötet hat. Er hat ein riesiges Begräbnis bekommen, Hunderttausend kamen Anfang Januar 1933 an einem Sonnabend im Lustgarten zusammen, Goebbels hielt die Rede. Ich war nicht dabei, aber mein Vater.«

Sie saßen am Küchentisch, Gertrud vor ihrem Salbeitee, Laila und Nira hatten ihr Wasser schon ausgetrunken, als Nira plötzlich sagte: »Mein Großvater ist Leo Lehmann.«

»Ich weiß«, antwortete Gertrud ruhig.

Einen Moment lang betrachteten die Frauen sich prüfend, dann bat Nira einfach: »Erzähl mir bitte von meinem Großvater. Du hast ihn versteckt, als er mit seinem Freund Manfred auf der Flucht lebte.«

Sie sagte einfach Du zu Gertrud. Vielleicht, dachte die, ist es in ihrem Land so üblich. Es war ihr nicht unangenehm, mit Laila und den Rumäninnen duzte sie sich ja auch. Wie sollte sie antworten? Die nannte hier einfach Manfreds Namen, als könnte man ihn so aussprechen wie jeden anderen. Und vielleicht kann man es ja auch.

»Versteckt habe ich sie eigentlich nicht. Sie sind ein paar

Monate lang nachts in diese Wohnung gekommen, manchmal auch tagsüber für ein paar Stunden. Sie waren ja illegal und mussten immer auf Verfolger achten, hier konnten sie Ruhe finden.«

»Woher kanntet ihr euch?«

»Manfreds Schwester Rosa war meine Freundin. Und Leo war Manfreds Freund, ich kannte die Jungen schon als Kinder.«

»Wusstest du, dass sie Juden waren?«

»Natürlich.«

»Wie war mein Großvater damals?«

Gertrud überlegte. Die Fragen waren wie bei einem Verhör, nicht ohne Argwohn, aber dann sah sie in Niras Augen eine beinahe verzweifelte Bitte um Wahrheit, der sie sich nicht verschließen wollte. Nira saß ganz gerade da, sie hatte ihren Kopf vorgestreckt wie ein Vögelchen. Laila neben ihr stützte den Kopf in die Hände und hörte zu.

»Hier auf dieser Bank haben sie gesessen«, sagte Gertrud, und eine Sekunde lang ging ihr durch den Kopf, was noch alles auf dieser Küchenbank geschehen ist, die so alt ist wie sie selbst. »Sie waren beide reifer als man denkt mit ihren neunzehn Jahren, erwachsene Männer. Leo kam mir immer angespannt vor, er war vielleicht der Vernünftigere, der Umsichtigere von beiden. Sie wussten ja, dass eine falsche Entscheidung den Tod bedeuten konnte.«

»Und war es eine falsche Entscheidung hierherzukommen?«

»Du meinst, weil Manfred hier aus der Wohnung geholt wurde? Mädchen, ich habe tausendmal gedacht: Wäre er doch an diesem Tag nicht gekommen. Er wurde abgefangen, schon auf der Straße beobachtet von Spitzeln. Ihr könnt euch heute nicht mehr vorstellen, was das für eine Zeit war. Sie waren nirgends sicher, leider auch nicht in meiner Wohnung.«

»Und dir ist nichts passiert?«

Gertrud hörte das Misstrauen in dieser Frage, auf die sie nicht antworten konnte, ohne ihre ganze Geschichte mit Dermitzel zu erzählen. Das brachte sie nicht fertig, nicht hier und jetzt. Überhaupt hatte sie noch niemals seit dem Tag im April 1944 über diese Dinge gesprochen. »Wenn dein Großvater es will, wenn er zu mir kommt, werde ich ihm erzählen, wie alles zusammenhing, so weit ich es kann. Ich habe niemanden verraten. Keiner wusste von mir, dass Leo und Manfred in diese Wohnung kamen, sie hatten sogar einen Schlüssel. Ich habe Manfred geliebt. Er war der wichtigste Mensch für mich, mein Leben lang.«

Die drei Frauen schwiegen. Gertrud, weil sie erschöpft war, weil nun ausgesprochen war, was sie noch keinem gesagt hatte. Laila, weil es für sie nichts zu sagen gab, weil sie das Gefühl hatte, in ein Netz aus fremden Schicksalsfäden geraten zu sein, in dem sie sich nicht verfangen wollte. Nira, weil sie das schon Gesagte erst verstehen musste und weil auch sie fand, dass es ihr Großvater war, der hier sitzen sollte. Nach einer Weile stand sie auf, ging zu Gertrud, legte ihren Kopf auf die Schulter der alten Frau und sagte: »Danke für deine Antworten. Ich werde ihm sagen, dass er dich besuchen soll.«

Gertrud auf ihrer Küchenbank spürte noch lange dieser Geste nach, dieser ungewohnten Berührung durch das fremde Mädchen, das wie eine Botin aus der Vergangenheit zu ihr gekommen war und doch den Geruch der Gegenwart in ihrem Haar, an ihrer Haut trug, einer Gegenwart, die für sie selbst immer weiter wegrückte. Etwas ging zu Ende, ihr Leben, das wusste sie, und doch war da noch etwas abzuschließen.

Nachts schläft sie kaum noch.

Wenn sie wach liegt, möchte sie manchmal aufstehen und zu den Nachbarn ins Treppenhaus gehen. Für einen Moment kommt es ihr dann so vor, als brauche sie nur wie früher aus dem Bett zu springen und ihren Bademantel überzuwerfen. Norida und Lucia, deren Stimmen sie im Hausflur hört, gehen oft mit den von den Russinnen zurückgelassenen Flauschmänteln herum, die sehen auch aus wie Bademäntel. Aber Gertrud kann ja gar nicht mehr springen, nicht aus dem Bett und nirgendwohin, wenn sie das Bett verlassen will, braucht sie eine halbe Stunde, jede Bewegung schmerzt. Immer noch steht sie jeden Tag auf, aber nach ein paar Stunden legt sie sich wieder hin und hört den Geräuschen zu. Das Knarren und Knarzen des Hauses wird überdeckt von den Stimmen der Menschen, ihr Rufen und Murmeln und Lachen mag sie, aber es kommt ihr vor, als ob sich ein anderer Ton allmählich vordrängt. Nachts streiten die Männer aus dem Gemeinschaftsquartier, einmal prügelten sie sich auf dem Hof, Frauen keifen und Kinder weinen. Oft ist es die kleine Felicia, die wimmert, bis Suzanas gereiztes Schimpfen sie verstummen lässt. Auf Milans Akkordeonspiel wartet Gertrud am Abend, er kann nicht nur Melodien hervorbringen, nach denen sie gern tanzen würde, wenn sie es noch könnte, sondern auch Klänge wie aus anderen Welten, wie aus einer Landschaft am Meeresgrund, wie etwas Fernes, Versunkenes, das durch die Wände zu ihr dringt wie eine Erinnerung an die Kindheit. Manchmal, vor sehr langer Zeit, hat ihre Großmutter Marie an Gertruds Bettchen leise gesungen, das war so ähnlich. Wann hat das aufgehört? Warum hat Marie in späteren Jahren nie mehr gesungen? Warum waren die Romberg'schen Räume immer so von Missgunst und Wut erfüllt? Gertrud brauchte Jahrzehnte, um sich davon zu befreien. Ob die kleine Felicia auch so lange brauchen wird, um die schrille Stimme ihrer Mutter, das Gepolter ihres sonst eher schweigsamen Vaters zu vergessen?

Das sind so Gedanken, die sich in Gertruds Kopf drehen,

wenn sie müde ist und doch nicht schlafen kann. Felicias Vater Stepan, ein kräftiger Kerl mit gutmütigem Blick, ist eigentlich wie ein Ofen, ein gemütlicher Kachelofen. Früher hatte Gertrud solche Öfen in der Wohnung, aber vor Jahrzehnten hat sie sich eine Außenwandgasheizung einbauen lassen. Wer sollte ihr denn die Kohlen aus dem Keller holen? Aber als es noch die Öfen gab, in dem kältesten aller Winter, als die Vögel starr vom Himmel fielen, hatte sie den grünen Kachelofen im Wohnzimmer so sehr eingeheizt, immer wieder nachgelegt. Da gab es plötzlich einen Puff, die obere Reihe der Kacheln hob sich an, gab eine Rußwolke frei, die sich sofort über alles legte, in alles eindrang, eine schwarze, schmierige Masse. Daran musste sie neulich denken, als sie vom Balkon aus sah, wie Stepan und Suzana auf dem Hof in ihrer Sprache stritten, wie Stepan plötzlich seiner Frau hart ins Gesicht schlug, die Kinder spielten daneben. Gertrud sah, wie Suzana nach dem kleinen Jungen griff, mit ihm ins Haus flüchtete, die Treppen hoch, an ihrer eigenen Tür vorbei bis zu Gertrud, die ihr die Tür öffnete. Es dauerte nicht lange, bis Stepan ihr nachkam. »Nicht reinlassen!«, bat Suzana, aber Gertrud hat ihm doch die Tür geöffnet, weil sie durchs Guckloch gesehen hatte, dass seine Wut schon zurückgefallen war wie damals die oberen Kacheln des Ofens.

Der schwere Mann saß dann neben Suzana auf der Küchenbank und weinte. Gertrud wollte die beiden mit ihrem Söhnchen allein lassen und zog sich auf ihren Balkonsessel zurück, sah von oben, dass an den Mülltonnen die kleine Felicia stand, die seit kurzem laufen konnte. Allein und dreckverschmiert hielt sie sich an einem Pfosten fest, bis ein paar größere Kinder sich ihrer annahmen. Der blonde Junge aus dem Vorderhaus, Maiki heißt er wohl, ließ die Kleine durch das Rohr gucken, das er immer bei sich trägt und auch Gertrud schon gezeigt hat, als er einmal mit einem von Lucias Jungen bei Gertrud klingelte, sie wollten die Toilette benutzen. Lucia und Maikis Mutter waren nicht da, es hatte sich wohl herumgesprochen, dass Gertrud immer zu Hause ist. Seltsamerweise stört sie das gar nicht, so ist das Leben hier, sie gehört dazu und ist wenigstens nicht allein. Laila hat ja auch wenig Zeit, und die Briefträgerin kommt nun nicht mehr. Gertrud war zum Glück schon aufgestanden und angezogen, als die Jungen kamen. Der blonde Maiki nahm sein Rohr mit auf die Toilette, der andere bot vergeblich an, es zu halten. »Woher hast du das eigentlich?«, fragte er durch die angelehnte Klotür.

»Aus dem Center. Das ist ein Ka-lei-dos-kop. Mama hatte mir eine Spielkonsole versprochen zum Geburtstag, aber dann war die doch zu teuer und wir sind ins Center gefahren, da konnte ich mir das aussuchen.«

»Jobcenter heißt das«, verbesserte Lucias Sohn, »ich war da auch schon, aber so etwas hatten die nicht.«

»Nein, bloß Center.«

»Jobcenter!«

Amüsiert hatte Gertrud den Jungen zugehört. Sie wusste, dass Maiki vom Gesundbrunnen-Center sprach, dem großen Einkaufszentrum, in dem sie selbst nach der Eröffnung vor zwanzig Jahren nur einmal war, als sie sich noch besser bewegen konnte.

Auch wenn niemand sie besucht, hat Gertrud zu tun, sobald sie auf die Beine kommt. Die Bromelien brauchen Pflege. Am besten ist Regenwasser, das sie auf dem Balkon in einem Eimer sammelt. Man kann sie nicht einfach gießen wie gewöhnliche Topfpflanzen, sie nehmen die Feuchtigkeit nicht über die Wurzeln auf, sondern über die Zisterne der Blätter, ganz vorsichtig muss man das Wasser dort hineingießen. Als sie der Briefträgerin bei deren letzten Besuch gesagt hatte, sie würde in ihrem Alter die Blüte der nächsten Bromelie wohl nicht mehr erleben, hatte die ihr einen Trick verraten, um den Vorgang zu beschleunigen: Man müsse einen Apfel in die reife Pflanze legen und das Ganze mit einer Plastiktüte überziehen, dann würden nach sechs Wochen neue Blüten an der Bromelie erscheinen. Die Briefträgerin erzählte, sie besäße auch Bromelien, Lanzenrosetten, deren Stacheln am Blattrand weggezüchtet wären. Gertruds Pflanzen haben noch ihre Stacheln, und das ist auch gut so. Sie ist dem Rat der Briefträgerin gefolgt, aber die sechs Wochen sind noch nicht um, nun schaut sie täglich, ob sich an der Bromelie Blüten zeigen. Damit ist sie beschäftigt, als es klingelt.

Erst erkennt sie den jungen Mann vor der Tür gar nicht, er trägt keinen Bart mehr, aber dann freut sie sich, den Studenten zu sehen, der früher in der WG im Vorderhaus wohnte. Seine Postkarte steckt noch am Küchenschrank neben einer, die er ihr schon vor Jahren aus Barcelona geschickt hatte. »Guten Tag, Oma Gertrud«, begrüßt er sie, und diese Anrede, die sie damals bei der Hausversammlung beinahe empört hatte, gibt ihr ein warmes, vertrautes Gefühl. Sie bittet ihn auf die Küchenbank wie alle ihre Besucher, und während sie Kaffee zubereitet, hört sie zu, was er über sein Leben erzählt. Nach seiner Rückkehr aus Barcelona konnte er in eine eigene Wohnung in der Schwedter Straße ziehen, nun ist er Historiker an einem Forschungsinstitut und schreibt an seiner Doktorarbeit. Er heißt Stefan, fast wie Lucias Mann Stepan, aber er kennt ja Lucia gar nicht und auch nicht Norida und die anderen; als er hier auszog, waren sie noch nicht da. Seine Wohngemeinschaft gibt es nicht mehr, dort hausen jetzt die rumänischen Wanderarbeiter. Er war schon da drin und hat sich das angesehen.

»Man müsste die Behörden informieren«, sagt er, »so kann man doch keine Menschen unterbringen, außerdem ist das ein Seuchenherd. Eine kaputte Dusche für zwanzig Männer, die Klospülung defekt.«

»Aber die Männer sind froh, dass sie hier unterkommen können für ein paar Wochen oder Monate, sonst blieben ihnen nur Parkanlagen«, antwortet Gertrud. »Sie brauchen das Geld, das sie in Berlin verdienen, wahrscheinlich wenig genug.«

Als sie endlich beide am Küchentisch sitzen, Gertrud hat noch ein paar Pfefferkuchen hingestellt, die sie seit Weihnachten in der Blechbüchse aufbewahrt, kommt der Junge sofort auf Wagnitz zu sprechen.

Sie weiß ja, dass er deswegen hier ist, und es überrascht sie nicht. Sie wehrt sich nicht mehr gegen die Erinnerungen, Leos Enkelin hat ja auch nach Wagnitz gefragt. Ob sie Stefan alles sagen wird, weiß sie noch nicht, erst einmal will sie seine Fragen hören. Doch Stefan fragt erst einmal gar nichts. Er berichtet, wie er neugierig wurde, als er mitbekam, dass die Utrechter Straße von 1933 bis 1947 Wagnitzstraße hieß. »Dann habe ich eine alte Ansichtskarte auf dem Flohmarkt gefunden, das Wasserschloss Schwansbell in Lünen, das war in den dreißiger Jahren die Gebietsführerschule der Hitlerjugend *Walter Wagnitz*. Und ein Jugendheim in der Britzer Hufeisensiedlung war auch nach Walter Wagnitz benannt.«

Gertrud nickt. »Auch eines in der Ackerstraße, ich weiß. Eine schwimmende Jugendherberge mit dem Namen Walter Wagnitz gab es auch.«

»Ich habe mich dann gefragt, wer dieser Walter Wagnitz war, und herausgefunden, dass er ein Märtyrer der Nazis war, so einer wie Horst Wessel. Angeblich das fünfzehnte Opfer der Kommunisten vor Hitlers Machtantritt.«

Gertrud winkt ab. »Gerade hier im Wedding gab es öfter Tote, nicht nur auf einer Seite. Schon vor '33. Die haben sich vor den Pharus-Sälen und vorm Mercedes-Palast gegenseitig die Köpfe eingeschlagen. Es hieß immer: Roter Wedding. Da gab es sogar ein Lied.« Sie hebt mit dünner Stimme zu singen an: »*Links, links, links, die Trommeln werden gerührt! / Links, links, links, der rote Wedding marschiert. / Roter Wedding! Grüß Euch, Genossen! / Haltet die Fäuste bereit!*«

Irritiert von ihrer eigenen Stimme hört sie auf. Früher konnte sie so schön singen. Aber sie weiß auch nicht mehr, wie das Lied weitergeht. »Das haben die Jungkommunisten bei der Straßenagitation gesungen. Und die Hitlerjugend hat sich das umgedichtet.« Sie deklamiert: »*Links, links und links, und die Trommeln werden gerührt. / Links, links und links und die Hitlerjugend marschiert. / Heil Euch, Ihr braunen Kampfesgenossen, / haltet zum Sturm Euch bereit* ... Der rote Wedding ist schnell braun geworden.«

»Ich weiß. Aber im März '33 haben noch mehr als neunzigtausend Weddinger die Kommunisten gewählt. Und nur sechzigtausend die NSDAP. Die Sozialdemokraten bekamen noch weniger Stimmen.«

»Die Zahlen weiß ich nicht mehr. Aber es stimmt, damals waren auch noch nicht so viele in der Hitlerjugend. Wagnitz war einer der Ersten. Aber nicht der Erste, der zu Tode gekommen ist. Vor ihm ist in unserer Gegend schon sein Kamerad Herbert Norkus umgekommen, auch ein Georg Preiser. An diese Namen erinnere ich mich, weil sie auf einer Ehrentafel in meiner Berufsschule standen. Nach Norkus waren auch Straßen benannt. Aber der Walter Wagnitz wurde so groß herausgestellt, weil er als Hitlerjunge zur Gefolgschaft 1 gehörte, zur Schar 3, die sich hier unten in dem Lokal von Erna Witte traf. Und die Gefolgschaft 1 mit ihren Scharen unterstand Artur Axmann. Weißt du, wer das war?«

»Artur Axmann? Der hat doch 1940 Baldur von Schirach als Reichsjugendführer abgelöst. Was hatte der mit Wagnitz zu tun?«

»Das sagte ich doch, Axmann war Führer der Gefolgschaft 1, Moabit, Wedding. Wagnitz gehörte zu seinen Jungs. Axmann war auch von hier, die Mutter Fabrikarbeiterin, der Vater früh gestorben. Der Artur hat schon als Schüler die Hitlerjugend mitbegründet. In der Lütticher Straße haben die gewohnt, nur Stube und Küche. Als der Axmann dann nach '33 ein noch höheres Tier geworden war, soll er seinen Brüdern Posten verschafft und selbst in eine Villa nach Kladow gezogen sein. Mein Vater hat oft über die Familie Axmann geredet. Arturs Bruder Richard war oberster Verwaltungsleiter der Hitlerjugend, mit dem hatte mein Vater dienstlich zu tun, er war ja auch Verwaltungsleiter, beim Arbeitsdienst. Die Mutter Axmann blieb bei uns im Wedding, zog dann aber um in eine Dreizimmerwohnung. Wenn man unsere Straße bis zur Müllerstraße hochgeht und die überquert, da fängt die Ostender Straße an, und da wohnte sie.

Als der arme Wagnitz umgebracht wurde, war der Artur Axmann noch nicht so weit oben, der wollte, dass der Junge als Held in die Geschichte einginge, als Opfer der Kommunisten, gefallen für die Bewegung. So war Axmann selbst ein Heldenführer. Der Axmann ist jahrelang am Neujahrstag in unsere Straße gekommen, um einen Kranz vor Erna Wittes Lokal niederzulegen, das dann aber bald geschlossen war. Der Freund von Erna Witte war irgendwie in den Röhm-Putsch verwickelt und ist schon 1934 nicht mehr aufgetaucht. Du weißt, was da los war?«

Stefan atmet tief aus. »Klar, Röhm-Putsch, Juli 1934, das ist ja alles spannend. Erzähl weiter von Axmann und Wagnitz, Oma Gertrud.«

»Axmann war es auch, der die große Trauerkundgebung im Januar '33 organisierte. Ich war nicht dort, aber es stand in allen Zeitungen.«

»Das habe ich gelesen. Ich habe dir sogar einen Artikel darüber mitgebracht.«

Stefan zieht die Kopie einer alten Zeitung aus seiner Ledertasche. »Außer Goebbels hat Baldur von Schirach geredet. Und Prinz August Wilhelm von Preußen war dabei, und Stabsführer von Arnim, ganz schön viel Prominenz für den kleinen Wagnitz. Aber um den ging es ja auch nicht. Ich lese dir mal vor, was Goebbels gesagt hat: *Wir erheben die Herzen und Hände und rufen: Bis hierher und nicht weiter. Unsere Geduld ist zu Ende. Die Juden sind schuld, ist unsere Anklage.*«

»Wieso denn die Juden?«, fragt Gertrud verwundert. »Die Jarows, die es dann gewesen sein sollen, waren doch gar keine Juden.«

»Na, wenigstens klang ihr Name russisch. Obwohl sie wohl normale Urberliner gewesen sind. Aber hör zu, so ging Goebbels' Rede weiter: *Sie haben unsere Ehre geschändet. Sie nehmen uns Arbeit und Brot, sie hetzen zum Bürgerkrieg. Sie wollen Deutschland nicht zur Ruhe kommen lassen, und jetzt, wo sie bemerken, dass ihnen eine Front von zwölf Millionen entgegenmarschiert, jetzt beginnen sie zu zittern. Sie wissen, dass Adolf Hitler vor den Türen steht. Sie wissen, dass wir zusammenhalten, und wenn wir uns zerspalten würden, dann würde Juda die Herrschaft antreten.*«

Gertrud schüttelt sich. »Ja, so hat das geklungen. Hier unten haben sie immer ein Lied gesungen, auch in der Silvesternacht: *Durch Berlin marschieren wir, für Adolf Hitler kämpfen wir. Eins zwei drei, die Rote Front schlagen wir zu Brei.* Das war wohl Axmanns Lieblingslied.«

»Dieser Artur Axmann kommt gar nicht in den Polizeiakten zu Wagnitz vor, Oma Gertrud.«

»Was weiß ich über Akten. Ich weiß nur, wenn er kam, wurde hier unten die Straße gefegt. Hitlerjungs und SA-Männer hielten Ehrenwache, wenn der große Axmann im Wagen vorfuhr. An der Ecke ließ er halten, und wenn er dann zu Fuß näher kam, streckten die ihre Fahnen hoch. Ein Hakenkreuzbanner haben sie aufs Straßenpflaster gelegt wie einen Teppich und Tannen im Kübel aufgestellt. Wir Hausbewohner sollten auch antreten und mein Vater schickte mich da runter. Fünfzehn war ich, als der Walter Wagnitz zu Tode kam.«

»Ich weiß. Dein Name steht in den Akten. Du hast ihn ja als Letzte gesprochen, außer den Hitlerjungs, die alle besoffen waren und Erinnerungslücken hatten.«

Gertrud erschrickt. Aber natürlich muss ihr Name da stehen, sie ist ja als Zeugin befragt worden, mehrmals, und hat die Protokolle unterschrieben.

»Über hundert Protokolle von Zeugenaussagen liegen im Landesarchiv«, sagt Stefan. »Phantastisch für einen Historiker. Ein Zeitbild, abgelegt unter: *Ungeklärte Mordfälle*. Die Kriminalpolizisten haben die Nachbarn befragt, was sie in der Nacht zum 1. Januar 1933 gesehen haben. Und die jungen Kameraden des Getöteten, die Leute, die in den Gastwirtschaften gefeiert haben. Ich wusste gar nicht, dass es so viele davon gab.«

»Ja, Kneipen hatten wir reichlich. Ganz vorn in der Utrechter 3 verkehrten die Kommunisten, ihr Lokal hieß ›Zum Blonden‹. An der Ecke zur Malplaquetstraße, ich glaube, es war die Nr. 29, war die Gastwirtschaft ›Behnke‹, damals ein Sturmlokal der SA. Die gingen auch bei Erna Witte ein und aus und gegenüber von Behnke in der Nr. 13, wo heute das schicke vegetarische Café ist, waren die Sozialdemokraten. Von denen hörte man aber nicht so viel.«

»Toll, dass du dich so genau erinnerst. Aus den Akten wird man nämlich nicht schlau. 1937 wurde die ganze Untersuchung von der Kriminalpolizei wieder aufgerollt, aber ergebnislos abgebrochen. Es wurde nichts für die Kommunisten Belastendes gefunden. Trotzdem galten die Brüder Jarow weiter als Täter, aber nicht mal der Staatsanwalt war davon überzeugt. Sie und ihre Genossen wurden immer wieder freigelassen. Seltsam, dass 1937 derselbe Kriminalkommissar Bunge die Sonderkommission leitete, der schon 1933 die Ermittlungen führte. Die waren ja meist schon ausgewechselt worden. Vor '33 gab es ja nur wenige Nazis unter den Kommissaren. Die stiegen dann schnell auf. Die Sozialdemokraten wurden auf untergeordnete Posten versetzt. Es standen ja schon fünftausend Männer für den Polizeidienst bereit, die SA und der Stahlhelm schickten ganze Einheiten. Seit Juli 1933 war ein Erich Liebermann von Sonnenberg Chef der Berliner Kriminalpolizei, ein ganz scharfer Hund.«

»Das weiß ich alles nicht«, sagt Gertrud. »Ich war ein junges Mädchen, dafür habe ich mich nicht interessiert. Aber es gab unter den Polizisten, die wegen Wagnitz ermittelten, auch überzeugte Hitleranhänger. Schon 1933.«

»Ja, zum Beispiel Heinz Dermitzel, einer der Befrager«, stimmt Stefan ihr zu. »Der war damals nur Anwärter und wurde schnell in die neue Geheimpolizei übernommen, wo er bald aufstieg. 1937 bei der Wiederaufnahme der Ermittlungen war er nicht mehr dabei. Auch nicht 1942, als sie mitten im Krieg fortgesetzt werden sollten. Der Mordfall war ja aus polizeilicher Sicht noch immer ungeklärt. Wagnitz war sechzehn gewesen, 1942 waren seine Kameraden Soldaten und einige schon gefallen. Und manche der Befragten, die 1933 als verdächtige Sympathisanten der Kommunisten galten, gaben sich jetzt als stramme Volksgenossen. Interessant. Von dir gibt es nach 1933 keine Befragungsprotokolle mehr, weder 1937 noch 1942. Dabei wart ihr ja gar nicht umgezogen. Und auch bei denen von 1933 scheinen Seiten zu fehlen.«

Vom Hof her dringt Gebrüll durch die geschlossenen Fenster. Eine Frau keift, irgendetwas poltert. Stefan steht auf und tritt an die Balkontür. »Krass. Ist das jetzt bei euch immer so?«

Gertrud antwortet nicht. Sie spürt jetzt wieder das Entsetzen wie an jenem heillosen Neujahrsmorgen, der ihr ganzes Leben verändert hat. Der Vater stand plötzlich vor dem Bett, in dem sie neben der Großmutter geschlafen hatte. Es war schon gegen neun, Marie war längst aufgestanden, aber Gertrud war erst kurz vor Mitternacht nach Hause gekommen und glaubte, ein wenig länger als sonst in den warmen Federbetten bleiben zu dürfen. Die Eltern hatten ihr ja erlaubt, mit ihrer Freundin Rosa durch die Straßen zu ziehen, bis zur Müllerstraße, rechts bis zur Seestraße und wieder nach rechts an den Fabrikgebäuden vorbei, über die Oudenarder wieder zurück. Um halb zwölf spätestens sollte sie zu Hause sein, auch Rosa musste sich vor Mitternacht wieder bei ihren Eltern einfinden. Gertruds Eltern und Marie saßen da noch bei einem Glas Bowle im Wohnzimmer, das Paula mit bunten Papierschlangen geschmückt hatte. Albrecht Romberg war gut gelaunt, was selten vorkam, er bot seiner fünfzehnjährigen Tochter, obwohl Paula protestierte, ein Glas von der grünen Bowle an, in der Obststückchen schwammen. Gertrud erinnert sich genau an die bunten Spieße, die man in die Bowlengläser steckte und die mit kleinen gläsernen Käfern, Blumen und Schmetterlingen geschmückt waren. Schon als kleines Kind hatte sie gern damit gespielt, wo sind die eigentlich geblieben, diese Fruchtspieße aus der Lausitz, mundgeblasen, wie Marie oft stolz gesagt hatte? Sind sie nach dem Krieg bei den Hamsterfahrten verkauft worden, eingetauscht gegen Eier und Gemüse? Warum fragt dieser Historiker nicht nach den bunten Glasdingern, sie könnte sie ihm genau beschreiben, den Fliegenpilz, den Marienkäfer, den Kohlweißling. Warum fragt er nach dem, worüber sie doch nicht reden darf und nie geredet hat, niemals. Heinz Dermitzel hat es ihr verboten, aber auch der Kriminalkommissar und ihre Eltern.

Wie von weither hört sie Stefans Stimme, er will wissen, woher sie Wagnitz kannte.

Das hatte ihr Vater auch gefragt an diesem Neujahrsmorgen. »Steh auf, Gertrud, kennst du einen Walter Wagnitz?« Und als sie schlaftrunken »Ja« sagte, stand Paula an ihrem Bett und fragte, wann sie ihn zum letzten Mal gesehen habe.

»Gestern«, hatte Gertrud geantwortet, plötzlich hellwach, »kurz bevor ich nach oben gekommen bin.«

Aufgeregt rief Marie vom Korridor, sie solle sich anziehen, der Kriminalpolizist käme gleich wieder, sie müsse ihm alles sagen über diesen Jungen, der in der Nacht im Virchow-Klinikum gestorben sei, verblutet nach einem Messerstich, hier vor der Haustür.

»Oma Gertrud, hörst du mich überhaupt?«, hört sie Stefan. »Woher kanntest du denn den Walter Wagnitz?«

Sie ist nicht mehr fünfzehn, sie wird antworten, warum eigentlich sollte sie nie darüber sprechen, nicht einmal darüber nachzudenken hat sie gewagt.

»Mein Gott, ich kannte ihn ja gar nicht wirklich. Aber er ging da unten in Erna Wittes Kneipe ein und aus und er wohnte ja auch gleich drüben in der Liebenwalder. Meine Freundin Rosa und ich kannten die Jungen fast alle mit Namen, obwohl wir mit der Hitlerjugend nichts im Sinn hatten. Wenn wir da vorbeigingen, riefen sie was. Wir fanden das blöd, aber es schmeichelte uns auch. Der Wagnitz hat mir mal ein Liebesbriefchen in die Hand gedrückt. Der war so ein Unscheinbarer. Nicht besonders kräftig, Schneiderlehrling eben. Aber bei seinen Kameraden war er eine große Nummer. Es gab da noch einen, mit dem hing er immer zusammen, sein Bruder war wohl der Chef in dem SA-Lokal ein paar Häuser weiter. Die wohnten damals in der Türkenstraße, das weiß ich noch. Hagen hieß der, Hagen von der Heyde. So ein Adelsnamen war hier selten. Der Hagen hat sich auch so benommen, als sei er was Besseres. Der neidete dem Walter Wagnitz seinen Posten, aber der war eben schon länger dabei und, glaube ich, Oberkameradschaftsführer.«

»Ja, den Namen habe ich gelesen. Hagen von der Heyde hat den sterbenden Wagnitz auch gefunden, kurz vor ein Uhr, direkt vor der Kneipentür. Er hat die Jungs in der Kneipe alarmiert, und die haben Wagnitz in den Gastraum geschleppt. Dass ihm in den Bauch gestochen worden war, merkten sie erst, als alles voller Blut war. Der Bruder von diesem Hagen, Bruno von der Heyde, und seine Männer sind dann auch schnell eingetroffen, die haben einen Rettungswagen gerufen und sofort behauptet, dass es die Kommunisten gewesen waren. Als die Polizei eintraf, war Wagnitz schon weg und die Tatwaffe nicht auffindbar.«

Die Tatwaffe war wohl der eigene Dolch von Walter Wagnitz, so hatten es die Kriminalpolizisten durchblicken lassen. Den Dolch kannten Gertrud und Rosa, Wagnitz hatte ihn den Mädchen mehrmals gezeigt. Dieser Dolch und ein Feuerzeug, das aussah wie eine Spielzeugpistole, waren der ganze Stolz des Schneiderlehrlings. Die Waffe blieb verschwunden, sosehr die Polizei auch danach suchte. Auf dem Mittelstreifen an der Seestraße wurde bald darauf ein Messer gefunden, das wurde auch Gertrud vorgelegt, ob sie den Dolch des Wagnitz erkenne. Aber sie kannte das fremde Taschenmesser nicht. Schließlich hieß es, bei Karl Jarow sei der Dolch gesehen worden, er hätte ihn beim Davonlaufen in den Stiefelschaft gesteckt. Aber Karl Jarows Stiefel waren seit Weihnachten im Leihhaus, wie seine Mutter aussagte. Und er selbst bestritt, Walter Wagnitz in dieser Nacht auch nur gesehen zu haben.

Das Feuerzeug in Form einer Pistole jedoch sah Gertrud wieder. Hagen von der Heyde wollte es ihr schenken, ein Jahr später, als er plötzlich vor ihrer Berufsschule auf sie wartete. Sie hatte ihn seit dem Tod des Wagnitz nicht mehr gesehen. Er wollte mit ihr über seinen ermordeten Freund Walter reden, der nun richtig berühmt war, über die ruchlose Kommune, die herumlief, als sei nichts geschehen, über die verkommene Banditenolga, der sie es aber gegeben hätten. Wissen wollte er, was sie der Polizei gesagt hätte über ihre Begegnung in der Silvesternacht. Und ob sie sich noch immer mit Rosa träfe, die sei doch Jüdin. Ein paar Tage später wartete er wieder vor der Schultür, und sie gingen zusammen in den Park am Weinbergsweg, da zeigte er ihr das Feuerzeug, und als sie zurückschreckte, sagte er, es sei im Gastraum zurückgeblieben, als Walter Wagnitz abtransportiert wurde, wahrscheinlich sei es ihm aus der Jackentasche gefallen. Er habe es an sich genommen, um es dem Walter später zurückzugeben, doch dann habe er es als Andenken behalten. Er würde es ihr schenken wollen, denn sie stünde dem Walter ja auch nahe, eigentlich sei sie seine Freundin gewesen, der Walter habe ihm erzählt, dass sie ihn sogar in seiner Wohnung besucht habe.

Gertrud weigerte sich, das Ding auch nur zu berühren, ihr war, als ob noch immer Blut daran klebte. Ekel stieg in ihr auf und Scham, weil Hagen von der Heyde auf den Moment mit Walter Wagnitz anspielte, den sie selbst am liebsten vergessen wollte. Es war ein paar Tage vor Weihnachten gewesen, das letzte Weihnachten für Wagnitz, aber das ahnte ja keiner. Schon um drei Uhr nachmittags wurde es dunkel, und sie hatte den Jungen in der Liebenwalder getroffen, wo er wohnte. Das war, nachdem er ihr diesen Liebesbrief zugesteckt hatte, ein schwülstiges Gekritzel auf teurem Briefpapier, Schreiben war nicht seine Stärke. Nun stand er plötzlich vor ihr, etwas verlegen und doch herausfordernd. Irgendwie wollte sie ihm beibringen, dass er als Freund für sie gar nicht in Frage käme, aber wie macht man das, und ein bisschen gefiel es ihr ja, so begehrt zu sein. Als sie zu Erklärungen ansetzte, fragte er sie, ob sie nicht kurz mit nach oben käme, er müsse die Einkäufe abgeben, dann würde er sie nach Hause begleiten, und sie könnten auf dem Weg über alles reden. Etwas überrumpelt und doch neugierig folgte sie ihm in den zweiten Stock, seine Eltern oder Pflegeeltern waren gar nicht da. Während er ein Netz mit Kartoffeln und Gemüse verstaute, sah sie sich um. Es war eine Arbeiterküche, wie sie im Wedding üblich war, von einer Wäscheleine tropfte Wasser auf das Linoleum. Bei Rombergs war der Fußboden gefliest, und es war überhaupt gemütlicher.

Plötzlich machte Wagnitz einen Schritt auf sie zu, umfasste sie und drückte seine Zunge in ihren Mund. Sie wand sich aus der Umklammerung, zu erschrocken, um Ekel zu spüren, da war schon seine Hand unter ihrem Mantel, suchte ihre Brüste, und seine andere Hand schob sich zwischen ihre Beine. Gertrud hatte sich oft vorgestellt, wie es wäre, wenn ein Junge sie berührte, aber doch nicht der spacke Wagnitz, nicht so in dieser fremden Wohnung. Irgendwie riss sie sich los, einen Moment später war sie schon auf der Straße.

Nach diesem Vorfall hat sie ihn nur noch zweimal gesehen. Am Silvesterabend gegen halb zehn, als sie mit Rosa verabredet war und sich suchend vor dem Haus umsah, trat er plötzlich aus der Kneipentür, da näherte sich auch schon Rosa von der Hennigsdorfer her. Ob er sie kurz sprechen könne, fragte Wagnitz mit verlegener Stimme. Sie erwartete eine Entschuldigung und ging mit ihm einen Schritt beiseite, in die Tordurchfahrt. Doch dort wollte er sie wieder küssen, nicht so grob diesmal, eher ungeschickt und schüchtern. Sein Atem roch nach Alkohol. Gertrud lachte nur, stieß ihn weg, hakte sich bei der inzwischen herangekommenen Rosa ein, und die Mädchen ließen ihn stehen. Im Gehen sah Gertrud, wie ein paar Jungen aus

Fräulein Wittes Lokal traten, auch Hagen von der Heyde, der ihr mit trunkener Stimme irgendetwas nachrief. Zwei Stunden später, als sie von ihrem Rundgang zurückkamen, stand Walter Wagnitz wieder vor der Tür, als habe er auf sie gewartet. Langsam wurde er ihr unheimlich, und sie ging mit Rosa auf die andere Straßenseite, begleitete sie noch bis zu ihrer Haustür. Schließlich aber musste sie doch auf ihren Hof gehen, vorbei an Wagnitz, der sich im Schatten an die Wand drückte. »Lass mich in Ruhe«, sagte sie ihm, aber im selben Moment wurde sie von hinten umfasst, jemand legte beide Hände auf ihre Brüste, bog ihren Kopf nach hinten und küsste sie. Als sie es begriff, war es schon vorbei. Hagen von der Heyde lachte und rief zu Wagnitz: »So musst du es machen!« Gertrud bekam noch mit, dass der kleine Wagnitz sich auf den viel größeren, kräftigen Hagen stürzte, wahrscheinlich prügelten sie sich, sie lief schnell über den Hof, blieb vor ihrer Wohnungstür einen Moment lang stehen, um sich zu beruhigen, und klingelte dann erst.

Und nun wollte Hagen ihr dieses Feuerzeug schenken, lud sie zu einem Bier in das Parkcafé ein, doch es war ja klar, worum es ihm ging. Gertrud wollte nichts zu tun haben mit diesem Hitlerjungen, der jetzt Scharführer war, wie er ihr berichtete, aber nicht im Wedding, seine Familie war nach Tempelhof umgezogen. Wie sie die Sache damals beendete, weiß sie nicht mehr, aber sie hat Hagen von der Heyde nicht wiedergesehen.

Als sie nach dem Tod des jungen Wagnitz von der Polizei immer wieder befragt wurde, hatte sie auch die letzten Begegnungen mit ihm in der Silvesternacht schildern müssen. Der Kriminalanwärter Dermitzel wollte jede Einzelheit von Gertrud wissen, die sich schämte und nicht begriff, warum das wichtig war. Und sie verstand auch nicht, warum ihr befohlen wurde, über all das zu schweigen; sie hätte es sowieso niemandem erzählt.

Inzwischen stand ja auch fest, wer Walter Wagnitz umgebracht hatte.

»Kanntest du auch die Brüder Jarow?«, hört sie Stefan fragen.

»Nur vom Sehen, ich konnte sie kaum unterscheiden. Die waren bekannt im Wedding, vor dem Verbot des Roten Frontkämpferbundes waren sie hier die Anführer der Jungfront und sind mit ihrer Kluft herumgelaufen. Sie waren etwas älter als die Hitlerjungen in Erna Wittes Lokal, Anfang zwanzig. Ihr Stammlokal war bei Koch in der Oudenarder, aber auch beim ›Blonden‹ in unserer Straße. Als ich in der Silvesternacht mit Rosa da vorbeikam, sahen wir den einen der Jarow-Brüder mit seiner Braut, der Banditenolga, vor Kochs Lokal stehen. Das war der, den sie dann in der Haft so zusammengeschlagen haben, dass er hinkte. Ich habe ihn noch öfter gesehen, sie zogen dauernd um, blieben aber immer in unserer Gegend. Ich weiß gar nicht, was aus denen geworden ist.«

»Das kann ich dir sagen. Der, dem die SA in der General-Pape-Straße das Bein zerschlagen hat, war Ernst, der Jüngere. Er ist im KZ Börgermoor umgekommen. Karl, der Ältere, war seit 1937 in Sachsenhausen, Schutzhaft hieß das, er wurde aber zum Kriegsende noch mit anderen Häftlingen in die SS-Division Dirlewanger gezwungen, ein Himmelfahrtskommando, die wurden als Kanonenfutter verheizt. Er hat überlebt, war aber bis 1950 in Kriegsgefangenschaft. In der russischen Stadt Asbest am Ural.«

»Wie Dermitzel«, entfährt es Gertrud.

Stefan blickt sie erstaunt an. »Heinz Dermitzel, der an den Mordermittlungen 1933 beteiligt war? Das weißt du? Ich habe nichts über seinen Verbleib herausgefunden.«

»Man erzählte es so. Meine Mutter hat es von einem entlassenen Kriegsgefangenen erfahren. Ich weiß nichts Näheres.«

Stefan blättert in den Kopien von Zeitungsartikeln, die er mitgebracht hat. »Die Jarows wurden dreimal verhaftet, und dreimal hat der Untersuchungsrichter beim Landgericht III sie entlassen müssen, selbst der Staatsanwalt sah keinen Tatverdacht. Aber das hat ihnen nicht viel genützt, und ihren Genossen auch nicht. Alle Zeugen aus der Oudenarder Straße wurden als Mitwisser festgenommen, auch der Wirt Koch. Den haben sie in einem SA-Keller an der Ecke Luxemburger/Genter Straße halb totgeschlagen, weil er seine Aussage nicht änderte. Anfang 1933 kam die SA richtig in Fahrt, alte Rechnungen wurden beglichen. Ihnen fiel dann auch ein Grund ein, Ernst Jarow dauerhaft festzusetzen. Im November 1932, also vor dem Mord an Wagnitz, war er in eine wilde Prügelei mit SA-Männern verwickelt gewesen. Er gehörte zum kommunistischen Saalschutz in den Pharus-Sälen. Angeblich hat er geschossen, das stritt er aber ab. 1935 ist er wegen Hochverrat verurteilt worden. Nach seiner Zeit im Zuchthaus kam er in Schutzhaft ins Moorlager. Karl war nichts nachzuweisen, der wurde ohne Prozess in Schutzhaft genommen. Der Freund der Banditenolga war übrigens der Jüngere, Ernst. Kanntest du die auch?«

»Jeder hier kannte sie.«

Ihr Leben lang hat Gertrud das Bild der Banditenolga vor Augen gehabt. Wie sie wirklich hieß, weiß sie gar nicht, wahrscheinlich einfach Olga. Auch bei Rombergs wurde über dieses Mädchen geredet, das so anders war, als es sich gehörte. Ihr Vater soll Russe gewesen sein, sie trug auch meist kurze Russenkittel, aber sie war in Berlin aufgewachsen und sprach Deutsch wie alle hier. Ihr blondes Haar glänzte, sie trug es über den Ohren gerade abgeschnitten, ihre Augen unter dem dichten Pony schienen herausfordernd zu funkeln. In einem Film, den Gertrud nie gesehen hat, soll sie ein Mädchen aus dem Wedding gespielt haben. Sie war wie ihr Freund Jarow im Kommunistischen Jugendverband, aber noch früher soll sie auch im Klub »Kosakenblut« am S-Bahnhof Wedding verkehrt haben, manchmal grüßte sie mit *Heil Moskau*. Und zu alledem soll sie im Sommer mit ihren kommunistischen Freunden nackt auf der Wiese am Plötzensee gelegen haben. Für Paula und Marie war dieses Mädchen ein abstoßendes Beispiel, das sie Gertrud vorhielten. Die aber bewunderte heimlich die stolze Banditenolga, die durch die Straßen ging wie eine Königin und sich um das Gerede nicht scherte. Es hieß, sie sei Medizinstudentin an der Friedrich-Wilhelms-Universität, aber da ihre Eltern nicht reich waren, arbeitete sie auch im Büro der Bierapparate-Reinigungsanstalt in der Schulstraße. Gertrud sah sie oft auf der Straße.

»Banditenolga«, wiederholt Stefan den Namen. »Der Spitzname steht in den Akten, um diese Frau drehten sich die wildesten Phantasien. Fast jeder der Befragten hatte etwas zu ihr zu sagen, obwohl keiner sie richtig kannte. Aber mit dem Tod von Wagnitz hatte sie wohl nichts zu tun, sie war die ganze Nacht bei der Silvesterfeier in der Oudenarder. Doch die vom SA-Sturm 104 haben ihr Mitte 1933 aufgelauert, sie in ihr Lokal gezerrt und sie krankenhausreif geschlagen.«

»Ich weiß«, sagt Gertrud und fühlt wieder das eiskalte Entsetzen wie an dem hellen Sommerabend, an dem sie mit dem Rad durch ihre Straße fuhr und gerade an der Ecke Malplaquetstraße war, als eine junge Frau mit Blut im Gesicht und zerrissenen Kleidern aus Behnkes Gastwirtschaft taumelte, hinter ihr das grölende Lachen der SA-Männer. Aus dem Milchladen gegenüber kam Frau Haffner gerannt, Robertine Haffner, die Zigeunerin, und fing die Stürzende auf. Es war das letzte Mal, dass Gertrud der Banditenolga begegnete.

»Sie hat sich gewehrt«, sagt der Historiker. »Sie hat die Männer angezeigt, erstaunlicherweise mit Erfolg. Der SA-Sturm 104 wurde aufgelöst, Bruno von der Heyde verschwand aus dem Wedding. Das hing natürlich auch damit zusammen, dass Hitler der SA allmählich seine Gunst entzog. Die war zu unberechenbar geworden mit ihren Aktionen und den Prügelorgien. Vor der Machtübernahme war das nützlich gewesen, jetzt wollte man die Gewalt kanalisieren. Bruno von der Heyde trat übrigens später als ranghoher SS-Mann wieder in Erscheinung. Aber ich wusste ja nicht, dass Artur Axmann mit Wagnitz zu tun hatte, das ergibt ein ganz neues Bild, man muss untersuchen, ob die frühe Auflösung des Sturms 104 auch mit Axmann zusammenhing; von der Heyde wird ja so etwas wie sein Konkurrent gewesen sein bei dem Bemühen, den Helden Wagnitz für sich zu reklamieren. Von der Heyde hat ja noch in der Mordnacht die angeblichen Täter benannt. Dieser Hagen von der Heyde, der den Schwerverletzten auffand – kann es da nicht eine interne Streiterei unter den Kameraden gegeben haben?«

Gertrud spürt, wie ihr kalt wird. Sie hört Stefan nach der Banditenolga fragen, über die er nichts mehr in den Akten gefunden hat, und bemüht sich zu antworten.

»Sie soll, als ihr Jarow nicht mehr da war, einen Arzt aus Birkenwerder geheiratet und dort in einem eigenen Haus gewohnt haben, aber das habe ich nur gehört. Sie kam wohl nicht mehr in unseren Kiez.«

Nein, sie kam nicht mehr in den Wedding. Sie war eine Zeitlang hier, wie so viele, flog wie eine Sternschnuppe über Gertruds Himmel und war dann weg. Nur Gertrud ist geblieben, mit all den Erinnerungen, auch mit dem Bild der stolzen Olga, die anders lebte als die meisten.

Gertrud weiß plötzlich, dass sie all die Jahre eine dumpfe

Ahnung in sich trug, wie der kleine Wagnitz zu Tode kam, und dass das Verbot, darüber zu sprechen, ihr eigentlich recht war, denn sie wollte nichts damit zu tun haben. Nur einen hat es gegeben, mit dem sie darüber hätte reden können. Wenn ihre gemeinsame Zeit nicht so kurz gewesen wäre.

Auf dem Hof hat der Lärm sich verändert, Frauen kreischen, Männer brüllen, schwere Stiefel poltern im Treppenhaus. »Ein Polizeieinsatz«, sagt Stefan. »O Mann, das muss ich sehen. Danke für das Gespräch, ich komme wieder, Oma Gertrud.«

»Aber nicht mehr heute.« Gertrud friert jetzt, als sei es Winter, dabei hat sie schon die Heizung aufgedreht. Sie wird sich aufs Sofa legen, mit der Kamelhaardecke zudecken, die sie damals aus Ägypten mitgebracht hat. Was da draußen los ist, wird sie früh genug erfahren. Sie ist müde, aber irgendwie auch froh, weil es diesen Stefan gibt, der weiterfragen wird. Es kommt ihr vor, als ob die Verpflichtung zum Schweigen all die Jahre und Jahrzehnte wie ein Fluch auf ihr gelegen hat, in sie eingedrungen ist und sich in ihr ausgebreitet hat wie ein lähmendes Gift. Jetzt verliert es seine Kraft, jetzt hat sie geredet. Sie fühlt sich leicht, und langsam wird ihr warm.

Mit der Polizei hatten wir hier schon oft zu tun, eigentlich immer. Schon ganz am Anfang kamen regelmäßig Uniformierte auf die Baustelle und kontrollierten die Papiere der Hilfsarbeiter. Für die Polizisten gab es in ihrer Sprache viele Namen: Polente, Schmarotzer, Schroter, Kreuzritter, Iltisse, Beséricher. Später waren Wohnungsdurchsuchungen wegen Diebstahl und Hehlerei hier leider nicht selten, auch holten Nachbarn öfter die Polizei wegen dem, was man heute häusliche Gewalt nennt. Die Armen und Verzweifelten schlagen manchmal um sich, schön ist das nicht.

Um 1930 gab es hier an der Ecke zur Hennigsdorfer für ein paar Jahre das Revier 46. Die Polizisten dort waren aus unserer Gegend. Nach Dienstschluss tranken sie gegenüber Behnkes Wirtschaft bei Giebel ihr Bier, da verkehrten, sagte man, die Sozialdemokraten. Nach '33 gingen sie da nicht mehr hin, der Wirt musste schließen. Dafür saßen viele Polizisten nun bei Behnke, wo die SA das Sagen hatte. Aber Behnke musste dann auch bald schließen, aus anderen Gründen. Die vom Revier 46 waren nicht besonders diensteifrig, nicht einmal in der Silvesternacht, als der junge Wagnitz in meiner Tordurchfahrt starb, nahmen sie gleich die Jagd nach dem Mörder auf, das machten die SA-Männer, und die Ermittlungen zu dem Tod des Jungen wurden dann von einer Sonderkommission geführt, diese Kriminalpolizisten kamen nicht von hier. Irgendwann wurde das Revier 46 aufgelöst oder mit einem anderen zusammengelegt, das Haus wurde im Krieg zerstört.

Doch Polizisten tauchten hier in der Straße immer wieder auf, bis heute. Die Uniformen wechselten, aber es ging meistens um das Gleiche: Schlägereien, Diebstähle, seltener um einen Totschlag, zum Glück nicht in meinen Wänden. Manchmal ging es auch um etwas ganz anderes. Als hier so viele Häuser abgerissen werden sollten, Jahrzehnte ist das her, kamen die Hausbesetzer, junge Leute. Viele von ihnen waren Studenten, Bärtige mit langen Haaren, Mädchen mit kurzen Röcken oder Latzhosen. Die sind in die leeren Wohnungen gezogen, auf Bettlaken haben sie ihre Losungen geschrieben und die aus den Fenstern gehängt; sie wollten, dass die alten Häuser saniert und nicht abgerissen werden. Mich haben sie nicht besetzt, bei mir gab es keinen Leerstand, in meinen Wohnungen drängten sich noch immer die Mieter. Die meisten hatten mit sich zu tun und hätten auch nicht gewagt, gegen die Behörden zu protestieren, aber manche hätten auch nichts gegen meinen Abriss gehabt, sie wünschten sich eine Neubauwohnung im Märkischen Viertel oder anderswo. Aber in den Nebenhäusern und in der Liebenwalder, drüben in der Groninger 50, in der Schulstraße 8 und, wie erzählt wurde, in der Prinzenallee in einer alten Fabrik hausten die Instandbesetzer, bei denen inzwischen auch Kinder und Alte waren. Sie stellten Finanzpläne auf, reparierten notdürftig die Dächer, zerschlugen die Betondecken auf den Höfen und legten Kräuterbeete an. Hier nebenan waren ein Kinderladen und eine Volksküche, in der täglich warmes Essen für wenig Geld angeboten wurde. Das gefiel auch meinen Leuten.

Aber damals kam die Polizei noch öfter als sonst, man hörte fast täglich die Sirenen, und in der Liebenwalder, so wurde erzählt, haben sie ein Haus mit Wasserwerfern geräumt. Doch die asozialen Randgruppen, *wie der Bausenator sie nannte, wehrten sich weiter, und schließlich gab es einen neuen Bausenator, die Häuser in der Liebenwalder riss man am Ende doch nicht ab, nur die dunklen Seitenflügel. Sogar der Stuck wurde bei der Sanierung an den Fassaden gelassen. Zwischen der Liebenwalder und der Hochstädter trug man hinter den Häusern die Hofmauern ab, auch die alten Schuppen und maroden Remisen, für ein paar Jahre gab es dort schöne Gärten und einen Fußballplatz. Aber die Briefträgerin erzählte, dass diese Gärten schon wieder verdorrt und von struppigen Büschen überwuchert sind, manche Mieter haben schon wieder Zäune gebaut, um ihr eigenes Stück Grün vor den Hunden der Nachbarn zu schützen. Nur den Fußballplatz gibt es noch, einen hohen Käfig, in dem die kleinen Jungen aus diesen Häusern dem Ball nachrennen und ihrem Traum, so berühmt zu werden wie Niko Kovać aus der Turiner oder Kevin-Prince Boateng aus der Malplaquetstraße, die als Kinder genau hier Tore schossen.*

In der Groninger 50 wohnen bis heute die Hausbesetzer von damals oder ihre Nachfolger, eine selbstverwaltete Wohnkooperative nennen sie es. Das Haus, das sie vor dem Abriss bewahrt haben, soll eines der schönsten der Straße sein. Einer der Veteranen der Studentenbewegung, Fritz Teufel, gehörte anfangs auch dazu und kam immer wieder dorthin. Hier in meiner WG lebte Stefan, der Geschichte studierte, der spielte dort manchmal mit dem alten Teufel Tischtennis. Einmal kam der auch zu uns, am Stock, gebeugt von der Krankheit Parkinson, aber noch immer mit Spott und Aufruhr in den Augen. Doch das Haus in der Groninger, so habe ich gehört, ist immer abgeschlossen. Man kann nicht einfach auf den grünen Hof gehen, neulich haben sich Lucia und Norida darüber unterhalten, dass Lucias Kinder von dort verjagt wurden, als sie in den Mülltonnen nach Flaschen suchen wollten. Sie waren dann von hinten, vom Krankenhausgelände, über den Zaun geklettert, schon aus Neugier, da drohte ihnen eine Bewohnerin, sie würde die Polizei rufen.

Dieser Fritz Teufel ist nun auch nicht mehr am Leben. Aber

Stefan kam neulich hier vorbei, er wollte Gertrud besuchen. Da, wo ein paar Jahre lang die Studenten-WG war, hausen nun die rumänischen Wanderarbeiter. Die haben Angst vor der Polizei, sie tun alles, um nicht aufzufallen. Wenn sie laut werden oder sich prügeln, dann nur bei mir hier auf dem Hof. Aber weil ihr Klo, das einzige für zwei Dutzend Männer, wochenlang verstopft war, gingen sie in der Morgendämmerung auf die Straße, um ihre Notdurft zu verrichten. An der räudigen kleinen Grünfläche an der Ecke zur Groninger, wo früher das Haus des Polizeireviers 46 stand, hinterließen sie ihre Haufen, und leider auch auf dem Kinderspielplatz in der Malplaquetstraße. Da kamen Polizisten auch auf unseren Hof, sie begleiteten zwei Damen vom Gesundheitsamt. Die haben die Gerümpelecken im Hof fotografiert und sind durch die angelehnte Tür in das Quartier der Wanderarbeiter gegangen, aber angewidert gleich wieder herausgekommen. Die Männer waren nicht da, tagsüber sind sie nie da.

Aber als die Polizisten mit den Damen wieder auf den Hof kamen, schleppten gerade Casino und Eldorado eine Eisenskulptur die Kellertreppe hoch und stellten die Figur vor die Hauswand. Casino trat stolz lächelnd einen Schritt zurück und betrachtete sein Werk, ohne die Besucher zu beachten. Die blieben stehen, starrten die Brüder und das rostige, verschweißte und verschraubte Gestänge an. »Soll das ein Engel sein?«, fragte eine der Frauen. Die Figur, vielleicht ein Gestürzter, der eben dabei war, sich emporzuwinden, hatte tatsächlich so etwas wie Flügel, beschädigte, zerbrochene Teile. Casino antwortete nicht, vielleicht hatte er die Frage nicht verstanden. Mit einem öligen Lappen begann er, über die Skulptur zu wischen, es war, als streichle er das eiserne Wesen, das dabei war, sich zu erheben, ein Bein kniete noch, das andere stützte sich von einem rostigen Gitter ab. Die Arme griffen in die Luft, als suchten sie Halt. »Das ist doch ein Abdeckgitter«, rief einer der Polizisten.

»Und das ein Fahrradlenker.« Der andere Polizist begann zu fotografieren, was er sah. Casino, ein Junge mit schwermütigen Augen im dunklen Gesicht, hielt jetzt inne, in seinem Gesicht spiegelte sich eine Mischung aus Angst und Hochmut, er sagte etwas auf Romanes, was die Besucher natürlich nicht verstanden. Seine Mutter, die alles vom Fenster aus beobachtet hatte, kam jetzt auf den Hof gelaufen, über ihrer langen Hose trug Norida, wie oft, den grünen Flauschmantel der Russinnen. »Casino mein Sohn. Casino ein Künstler, Artist«, rief sie aufgeregt, als müsse sie ihm zur Seite stehen in einer Not, die sie zwar ahnte, aber noch nicht begriff.

»Was für ein Casino? Wohnen Sie hier? Können Sie sich ausweisen?«, fragte einer der Polizisten. Eine der Frauen vom Gesundheitsamt wies die andere verstohlen auf Noridas Mantel hin, beide grinsten amüsiert. Der Polizist fragte Casino, der auch diese Frage nicht verstand: »Woher haben Sie das Material?«

»Schrott«, rief Norida. »Das alles Schrott. Meine Söhne Schrottsammler. Gewerbeschein.« Sie redete auf Casino ein, er solle seinen Gewerbeschein holen. Als er nach einer Weile wiederkam, den zerknitterten, fleckigen Schein in der Hand, waren die Besucher gegangen, nur Norida stand noch dort, sie hielt den grünen Mantel über der Brust zusammen, als trüge sie nichts darunter. Sie starrte auf die Eisenskulptur, aber sie sah sie nicht. Was sie sah, war die Gefahr. Polizei bedeutet immer Gefahr.

Ein paar Tage später kamen sie wieder. Die ganze Straße war voller Polizeiautos, Grüne Minna nannte man das früher. Noch früher sagte man Blauer August. Die schwarz Uniformierten waren auf dem Hof, im Treppenhaus, sie stürmten die leere Wohnung der Wanderarbeiter, obwohl es da nichts zu stürmen gab, die Tür war nur angelehnt, das Schloss ausgebaut. Die Chefs der rumänischen Männer waren wohl gewarnt worden, noch in der Nacht nach dem ersten Besuch der Polizisten hatten die

Männer, kaum dass sie müde von ihrer Arbeit zurückgebracht worden waren, hastig ihre Siebensachen gepackt und waren mit ihren Rucksäcken und Bündeln verschwunden. Diesmal stand kein Bus vor dem Haustor, vielleicht wartete er eine Straße weiter.

Aber es ging bei dem Polizeieinsatz nicht nur um die Wanderarbeiter, von denen wir hier nichts mehr gehört haben, es ging um Casinos Eisenskulpturen, der ganze Keller war voll von ihnen. Sie durchsuchten Noridas Wohnung, dann entdeckten sie den Keller, Casinos Werkstatt. Norida weinte und schrie, zeigte immer wieder irgendwelche Papiere. Mihail, der Vater, war nicht dabei. Estera war dabei, aber sie stand auf dem Hof abseits, als ginge sie das Ganze gar nichts an. Die Skulpturen wurden nach oben getragen, über den Hof, vor meinem Eingang wurden sie wie Sperrmüll auf die Straße geschmissen, später auf einen Lastkraftwagen geworfen und getreten, manche Teile lösten sich, ein filigraner Vogel verlor seinen Kopf, der Kopf den Schnabel, der eine alte Schere war, die Vogelaugen fielen ab und waren nur noch grüne Flaschenböden. Die Figur, mit der alles angefangen hatte, die die Brüder schon vor Tagen auf den Hof gebracht und wie ein kostbares Kunstwerk, das alle sehen sollten, an die Hofwand gestellt hatten, der sich Erhebende, war umgekippt und nun wieder ein Gestürzter, ein Haufen undefinierbarer Gestänge und Rohre. Einer der Füße war nun wieder ein altes Bügeleisen.

Casino stand reglos dabei und sah zu, wie das Werk von Monaten sich zurückverwandelte in rostiges, schmutziges Altmetall. Als er sich endlich bewegte und eine Zigarette anzünden wollte, zitterten seine Hände. Sein Bruder Eldorado aber tobte und schrie, er ging auf einen der Polizisten zu, als wollte er ihn schlagen, da wurde er selbst gegriffen und zum Transporter geführt, die Handschellen schnappten zu. Stefan, der ehemalige Student, stand auch auf dem Hof, er gab Casino Feuer und fragte die Polizisten, was das Ganze solle, warum diese Kunstwerke zerstört würden. »Kunstwerke?«, fragte der Polizist höhnisch. »Das sind Wertstoffe, da ist Buntmetall dabei, im letzten Monat sind dreißig Urnen aus dem Kolumbarium in der Gerichtsstraße verschwunden, die machen vor nichts Halt, diese mobilen Minderheiten oder Roma und Sinti.« Norida schrie etwas auf Romanes, schüttelte die Fäuste, sie und ihr Sohn Casino wurden auch zum Transporter geführt, ihnen legte man keine Handschellen an.

Als die blau-weißen Grünen Minnas schon weg waren, als nur noch ein paar Schrauben und Rohrteile auf der Straße lagen, stand immer noch Estera mit geweiteten Augen auf dem Hof. Um sie herum die Kinder, die dem Polizeieinsatz mit offenen Mündern zugeschaut hatten. In dem Moment kam Laila von der Straße durch den Toreingang, in jeder Hand einen Einkaufsbeutel. Sie sah Estera, stellte ihre Beutel ab und ging auf das wie versteinert dastehende Mädchen zu. Die nun aufgeregt durcheinanderschnatternden Kinder berichteten, was vorgefallen war. An den Fenstern standen stumm Lucia und Suzana, die alles gesehen hatten. Das Ehepaar Kaiser kam auf den Hof, auch sie hatten hinter ihren Vorhängen alles beobachtet.

Ja, dass Urnen aus Zink und Kupfer vom Friedhof in der Gerichtsstraße gestohlen worden waren, mitten am Tag, hatten auch sie gehört. Die Asche der Toten sei einfach auf den Boden des Kolumbariums gekippt worden. Eine Schweinerei, Schlimmeres gäbe es ja kaum. Und auch, dass immer wieder Kabel und ganze Schienen von der Deutschen Bahn geklaut würden, sei bekannt. Aber dass die eigenen Nachbarn hier in der Utrechter solche Verbrecher seien, das würde auch sie schockieren. Aber man habe es ja geahnt, man hätte es wissen können, schließlich sei hier ja keine Türklinke mehr sicher.

»Unsere Türklinken sind noch dran, meine Mutter putzt sie

immer. Und wir stehlen keine Urnen, für uns sind Friedhöfe heilige Orte, wir sind keine Verbrecher.« Esteras Stimme überschlug sich fast, doch erst als sie mit Laila im Treppenhaus war, weinte sie.

Die Kaisers standen noch eine Weile mit Stefan auf dem Hof, sie kannten sich ja gut aus der Zeit, als Stefan noch Student gewesen war und die Musik immer so laut aufgedreht hatte. Das war nun verziehen, die alten Hausbewohner erzählten ihm, was nach seinem Auszug alles geschehen war, und beklagten sich über die neuen Nachbarn.

Ach, ich habe nicht zugehört.

Vielleicht ist das auch eine Folge des Alters, ich mag manchmal gar nichts mehr wissen über die Menschen in meinen Wänden, und schon gar nicht mehr interessieren mich solche Polizeieinsätze. Es ist, als ob alles sich wiederholt in meinen Mauern, die immer brüchiger werden. Und ich kann nichts machen, die Menschen verstehen mich nicht.

Meine Freunde, mit denen ich mich auch ohne Worte verstehe, sind die Tiere. Die Vögel waren schon da, als ich gebaut wurde. Flätterlinge wurden sie von den Bauhelfern aus der Schrippenkirche genannt. Die Haubenlerchen sind ja meine Lieblingsvögel, doch gibt es kaum noch welche. Aber manche Vögel fühlen sich wohl in der Stadt, hier soll es auf engem Raum so viele Baumarten geben wie nirgends in der Natur. Freilich, hier in meiner Nähe gibt es nur ein paar alte Kastanien, Pappeln und Robinien, aber die Amseln zum Beispiel brauchen nur etwas Rasen, Regenwürmer und Mückenlarven. Die Sperber, die sonst durchzogen, bleiben immer öfter in Berlin, wo sie selbst im harten Winter Wärme und trockene Plätze finden. Die Ringeltaube war, als ich jung war, noch ein Waldvogel, jetzt lebt sie zwischen den Häusern, wo sie eine Brut mehr im Jahr schafft. Aber der Wanderfalke ernährt sich von ihnen, früher brauchte er Felsen, jetzt genügen ihm hohe Fassaden, wie es sie jenseits der Müllerstraße geben soll. Und ab und zu lassen sich Feldlerchen, die schmaleren Geschwister der Haubenlerchen, in meiner Nähe nieder. Neulich kam sogar eine Nachtigall, die in der Böschung an der Panke nistet und auf meinem Dachfirst so laut sang, dass Milan, der gerade Akkordeon spielte, innehielt und vor Sehnsucht auf die Straße lief, nur wusste er nicht wohin, und kam zurück.

Die Lieblingsplätze der Feldlerchen sind am Flughafen Tegel. Dort hält man, der großen Raubvögel wegen, den Rasen und die Büsche kurz. Das ist gut für die kleinen Feldlerchen, die am Flughafen ohne die Raubvögel mehr Junge ausbrüten als anderswo.

So hängt alles zusammen, und alles hat Folgen, die man nicht immer gleich erkennt.

14

LAILAS Mietvertrag für die Utrechter Straße läuft bald aus, er war auf drei Jahre begrenzt. Aber es gelingt ihr nicht, mit jemandem von der Verwaltung darüber zu sprechen, keiner ist erreichbar. Und Ante, der sich in der Utrechter Straße mal wieder sehen ließ, um den von der Polizei geräumten Keller zu inspizieren, weiß von nichts. Angeblich weiß er auch nicht, wo die Wanderarbeiter geblieben sind, er hat ihre Wohnungstür mit Brettern vernageln lassen. Manchmal ist Laila erleichtert bei dem Gedanken, demnächst dieses Haus und seine Bewohner zu verlassen, und sieht sich schon nach einer anderen Wohnung um.

Aber vorerst kümmert sie sich weiter um die alte Gertrud, die immer hinfälliger wird. Und sie geht, wenn auch nicht gern, mit ihren Nachbarinnen und Nachbarn zu Ärzten, übersetzt ihnen Briefe, erklärt komplizierte Gesetze und Vorschriften, die sie selbst kaum begreift. Seit kurzem gibt es keine Sozialhilfe mehr für arbeitslose EU-Bürger, die noch keine fünf Jahre im Land sind, aber was ist mit der Aufstockung für die, die zwar arbeiten, aber zu wenig verdienen? In der Beratungsstelle hatte man Milan und Mihail gesagt, ihnen stünde diese Aufstockung zu, aber das Jobcenter weigert sich, ihre Anträge entgegenzunehmen. Norida, die so gern lacht und singt, weint nur noch. Sie und Casino kamen nach diesem Polizeieinsatz schon am nächsten Morgen zurück, aber Eldorado sitzt seitdem in Untersuchungshaft. Ihm wird vorgeworfen, wenn Norida es richtig verstanden hat, als Teil einer Bande Buntmetall vom umzäunten Gelände eines Umspannwerkes gestohlen zu haben; auch wird er verdächtigt, mit dem Diebstahl der dreißig Metallurnen zu tun zu haben. Das Kolumbarium auf dem Friedhof Gerichtsstraße ist nur ein paar Minuten Fußweg entfernt, dieses Indiz spricht gegen Eldorado.

Aber das würde er nie tun, beteuert Norida, er meide Friedhöfe und fürchte die Toten. Dass man ihrem Sohn so eine Schändlichkeit zutraue, mache sie krank. Bei den Kabeln aus dem Umspannwerk sei sie nicht sicher. Ein Kilo Kupfer bringe fast vier Euro, und in letzter Zeit sei Eldorado mit Schrottsammlern unterwegs gewesen, die sie nicht kenne, womöglich seien das Männer aus Buzescu, die seien bekannt für ihre Unredlichkeit. Sie schimpft mit Mihail, der nicht achtgegeben habe auf seine Söhne. Aber Mihail ist froh, auf einer Baustelle in Bernau untergekommen zu sein, wie soll er da noch auf Eldorado aufpassen? Und Casino ist schon lange kein Schrottsammler mehr, er hat diese Eisenteile vom Sperrmüll angeschleppt und im Hauskeller die Figuren gebaut. Irgendwann, träume er, würde er berühmt sein und als Künstler leben. Nun aber sind die Figuren weg, Casino hockt trotzdem im Keller, den Kopf auf die Hände gestützt, und man weiß nicht, was er denkt. Was seine Schwester Estera denkt, weiß man, denn sie schreit es laut hinaus, sie hat das alles satt. Ihre Eltern sind hilflos, sie wissen nicht, wie sie umgehen sollen mit dem Mädchen, und Mihail meinte schon, sie müsse endlich heiraten, dann würde sie ruhiger.

»Sie ist erst sechzehn«, sagte Laila erschrocken, als sie das hörte, und erklärte Mihail, was sie auch schon Norida gesagt hatte: Estera solle die Schule beenden, vielleicht sogar das Abitur machen. Bei der Hildegard-Lagrenne-Stiftung, der ersten und einzigen Stiftung, die von Roma für Roma gegründet wurde, läge ein Antrag für Estera. »Antrag, Antrag«, brummte Mihail. »In Deutschland muss man einen Antrag stellen, um atmen zu dürfen.« Laila widerspricht und erklärt ihm, dass diese Stiftung eben nicht mit den Ämtern gleichzusetzen sei, die er kennt. Aber Mihail bleibt misstrauisch. Er wisse nicht, wie er die nächste Miete aufbringen solle, nun, nachdem Eldorado nicht mehr da sei und Casino kein Geld nach Hause bringe.

Auch Suzana und Stepan sind in diesem Monat die Miete schuldig geblieben. Die Frau aus Bacău, der sie das Reisegeld geborgt hat, wollte ihr gleich nach der Ankunft in Spanien einen Teil zurückschicken, ihr Mann habe ja Arbeit, und sie würde dort auch etwas verdienen können. Aber nun hat sie sich nicht mehr gemeldet. Wenn Suzana mit der kleinen Felicia schimpft, hört Laila ihre Wut und ihre Verzweiflung und will das Kind schützen, aber weiß nicht, wie.

Es ist, als ob die Sorgen der Bewohner das alte Haus noch brüchiger machen, dort zu wohnen, ist nicht mehr schön.

Als Laila von Flora hört, dass ihre Hamburger Verwandten am Wochenende auf einem Stadtfest im Norden von Berlin arbeiten werden, beschließt sie, mit der S-Bahn dorthin zu fahren. Auch ihre Großmutter Frana wird dort sein, sie hat sie lange nicht gesehen. In letzter Zeit denkt Laila oft an Frana und all die Geschichten aus der Vergangenheit, nach denen sie sie noch fragen will, bevor es zu spät ist.

Laila kennt solche Feste seit ihren Hamburger Kinderjahren. Später, als Studentin, war sie selbst in den Semesterferien mit ihren Tanten und Onkeln durch Norddeutschland gereist und hatte an der Kasse des Karussells gesessen. So verdiente sie etwas Geld, doch die Hilfe wurde auch erwartet, eine Familie hält zusammen. Aber Laila weiß auch, dass es abends in den engen Wohnwagen Streit geben wird, weil ihre Cousins zu viel trinken, und weil Joschkos Bruder Moro einen Schwiegersohn schon seit Jahren verdächtigt, zu viel Geld aus der Kasse zu nehmen. Mit ihren Cousinen und Cousins fühlt sie sich nicht so eng verbunden, die betrachten sie als eine der Ihren, natürlich, weil sie Joschkos Tochter ist und ganz offensichtlich Franas Lieblingsenkelin, aber Laila kleidet sich nicht wie sie, sie liest Bücher, hat studiert, und der Mann, den sie geheiratet hat, ist kein Sinto. Das alles reicht aus für eine leise schwelende Fremdheit, die manchmal aufflackert und in Gehässigkeit umschlagen kann. Flora weiß das, trotzdem bat sie ihre Tochter, das Folklorefest zu besuchen, sie selbst werde die ganze Familie vor deren Rückkehr nach Hamburg zu sich nach Hause einladen. Stachlingo, der gern kocht, seitdem er sich etwas von seiner Verbandsarbeit zurückgezogen hat, habe schon mit der Vorbereitung begonnen. »Ich fahre hin, schon um die Mammi zu sehen«, hatte Laila gesagt, »aber für das Familientreffen habe ich keine Zeit.«

Der Festplatz ist leicht zu finden, aus jeder Ecke hört man andere Musik, ein sorbisches Tanzensemble tritt gerade auf, dort hinten sind Peruaner in Ponchos mit ihrer Musikanlage beschäftigt, ein paar Meter weiter zeigen Kinder ihre Breakdance-Künste. Franas Wohnwagen steht am Rand hinter den Imbissbuden. Es ist nicht mehr die zusammenlegbare Bude, an der auch Lailas Vater vor vielen Jahren mitgezimmert hatte, ihre Großmutter besitzt nun einen komfortablen, stabilen Wagen aus spanischer Produktion. Stachlingo hat diesen Kampingo für sie gekauft, obwohl Frana selbst genug verdient und auch ihre Kinder nicht arm sind. Aber er sagt immer, Frana erinnere ihn an seine eigene früh gestorbene Mutter, vielleicht seien sie sich sogar begegnet in diesem verfluchten Lager Ravensbrück. Und er verdiene nun mal mehr, als Flora und er brauchen.

Vor dem Wagen der Frau Rose mit dem bunten Schriftzug

brennt ein Lämpchen, Frana hat gerade Kundschaft. Also schlendert Laila von Bude zu Bude, kauft ein Schaschlik bei ihrer Cousine Katza, ihren richtigen Namen kennt sie gar nicht. Katza, keine vierzig, hat erwachsene Kinder und einen Enkel, der sein schokoladenverschmiertes Mäulchen an ihre Röcke presst, während sie die Kunden bedient. Ihr Mann und dessen Bruder arbeiten im Hintergrund am Grill, die Tochter trägt eine Plastikwanne mit vorbereiteten Spießen herbei. Sie winken Laila nur zu und rufen: »Drobói tu! So keres?« Die Leute in der Warteschlange horchen auf, mustern Laila und die Fleischverkäuferin mit den auffällig bunten Ohrringen. Laila ist solche Neugier peinlich, schnell geht sie weiter. Eine andere Cousine, Petra, verkauft an ihrem Stand selbst genähte Kleider und buntes Kinderspielzeug. Mit ihr spricht Laila Polnisch, Petras Mutter Josefa war wie Flora und Joschko irgendwo in Polen zur Welt gekommen, und die Tante Josefa war als Kind im selben Eisenbahnzug gewesen, mit dem sie alle nach Deutschland gebracht werden sollten, auch die Fidlers. Laila und Petra waren damals, 1959, noch gar nicht geboren.

Petra sagt ein paar Sätze über die bevorstehende Einladung von Flora, für die Laila ja leider schon abgesagt habe. Ihr Ton ist etwas spitz, und als Laila sieht, wie eine blasse Frau im eleganten Kostüm gerade den Wagen der Großmutter verlässt, eilt sie dorthin.

Franas bräunliches Gesicht ist von feinen Linien durchzogen, ihr Haar noch immer schwarz, vielleicht färbt sie es. Sie lackiert ja auch ihre Fingernägel, trägt mehrere Ringe an ihren schmalen Händen, und ihre filigranen Silberohrringe mit den türkisfarbenen Steinen wirken kostbar, anders als Katzas Geklimper, aber das ist wohl Franas Arbeitskleidung; in ihrer Hamburger Wohnung kennt Laila sie nur in Kittelschürzen.

Als Frana Laila sieht, lacht sie, ihre Gesichtsfalten lachen, ihre dunklen Augen lachen und ihr roter Mund; Franas schwerer Körper scheint vor Freude zu beben. Sie nimmt ihre Enkelin, Joschkos *Schucker Terne*, in den Arm. Laila schließt die Augen und atmet diesen Geruch nach Zimt und Rauch ein, den Geruch ihrer Kindheit, wie ihr jetzt scheint. Als Frana zur Tür geht, um das Besetzt-Lämpchen einzuschalten, sieht Laila, dass sie hinkt. »Tut deine Hüfte weh?«, fragt sie besorgt, aber Frana winkt nur ab. »Ich bin siebenundachtzig. Was willst du. Schlimm wäre, wenn es dir so ginge. Jetzt trinken wir einen guten Bohnenkaffee.«

Laila sieht ihr zu, wie sie den Kaffee in einem Messingkännchen aufbrüht, im Wagen gibt es Stromanschlüsse und einen Wassertank. »Mammi, warum sagst du immer Bohnenkaffee? Anderen trinkst du doch gar nicht.«

»Ja, heute. Aber früher haben wir die Wurzeln der Wegwarte gesammelt, aus Lupinen und Mohrrüben Kaffee gekocht. Bitteres Zeug. Und sogar als ich schon in Hamburg war, konnten wir uns nur Kaffeeersatz leisten. Nichts schmeckt gemeiner als Rheiner Kathreiner. Aber ich merke, dass ich alt werde, weil ich immer von früher rede.«

Die beiden Frauen sitzen einander gegenüber an dem kleinen Tisch mit der roten golddurchwirkten Samtdecke. Laila weiß, dass darunter nur eine Holzkiste ist. Neben den Kaffeebechern und Franas Aschenbecher steht eine glitzernde Kugel. Die ausgestopfte Eule auf einem Wandbrett ist neu.

»Wozu brauchst du das?«

»Ich brauche es gar nicht, die Leute brauchen es. Sie wollen etwas über sich erfahren, dafür kommen sie her, das ist für sie etwas Besonderes, Feierliches. Wenn hier eine Wachstuchdecke liegen würde, wären sie enttäuscht. Sie glauben nicht, dass die Wahrheit im Gewöhnlichen liegt. Sie suchen etwas Verborgenes. Die Eule ist für sie geheimnisvoll. Früher haben unsere Frauen unter Weiden und Trauerbuchen aus der Hand gelesen, die brauchten keine Kugel und keine Eule. Schon wieder FRÜHER.« Frana lacht.

Sie trinken den Kaffee und lauschen auf die durch die Wagenwände gedämpften Klänge der Panflöten und Quenas der Peruaner. Es klopft, Frana erhebt sich etwas mühsam, bittet die Besucher mit leiser Stimme, in einer Stunde wiederzukommen. Ein Kind kreischt vor der Tür, Laila hört Katzas Stimme, Frana spricht mit beiden, bevor sie sich wieder Laila zuwendet. »Daveli ist der Tochtersohn meiner Enkelin Sabina«, sagt sie zärtlich. »Der jüngste Fidler. Willi hätte es gefreut.«

Laila braucht einen Moment, bis sie begreift, dass Sabina ihre Cousine Katza ist. Fast alle aus der Familie haben neben dem Sinti-Namen noch einen, der in der Geburtsurkunde steht. Frana heißt in ihren Papieren Brigitte. Nur sie selbst ist einfach Laila Fidler. In Polen klang das fremd, hier in Deutschland fällt dieser Name nicht auf. Sie erweckt ja auch keinen Verdacht, ist nicht so dunkel wie Katza oder Petra. Auch Petra hat keinen Sinti-Namen. Ihr fällt wieder Petras Mutter Josefa ein, der Zug, der Halt in Büchen. Das wenige, was sie darüber weiß, hat ihr Joschko erzählt, als sie noch ein halbes Kind war.

»Baba, wenn du jetzt schon immer an früher denken musst, dann erzähl mir doch einmal, warum ihr damals nach Büchen gekommen seid im Jahr 1959 und warum du dann doch wieder in Polen warst«, bittet sie schließlich und erschrickt selbst über die Direktheit dieser Frage. Ihr fällt ein, wie Jonas immer versucht hat, Frana auszufragen, und wie Frana ausgewichen war. Auch jetzt schweigt sie.

Als Laila schon nicht mehr glaubt, dass sie antworten wird, fängt Frana an zu erzählen. So wie Laila früher den Geschichten ihrer Großmutter gelauscht hat und den Liedern, die sie mit ihrer schönen, tiefen Stimme sang, während sie in der Baracke von Chrzanów mit den anderen Frauen Körbe flocht, so hört sie nun zu, was Frana über den Februartag vor fast sechzig Jahren berichtet, als die Sinti, die vor dem Krieg Deutsche gewesen waren, von den Polen abgeschoben werden sollten. In der Kumpania war die Herkunft nicht wichtig, für die anderen waren sie sowieso alle Zigeuner, ihre gemeinsame Vergangenheit waren die Lager, denen sie alle entkommen waren. Doch abgeschoben werden sollten nur die, die vor der Lagerzeit Deutsche gewesen waren, die anderen konnte man wohl nicht so leicht loswerden.

»Aber was hatten meine Söhne mit Deutschland zu tun?« Franas Stimme wird laut. »Die waren doch in Polen geboren, sprachen Polnisch besser als Deutsch.«

Willi habe nicht so gedacht, Willi habe gesagt, er sei Berliner, trotz allem, und er hoffe, seine Stadt wiederzusehen. Sie stritten darüber, erinnert Frana sich. Sie selbst hätte sich damals lieber versteckt, in Leszno kannte sie eine Familie, die sie aufgenommen hätte, aber Willi freute sich beinahe über die Rückführung. Es war ja noch vor dem *Großen Halt*, sie hatten die Wagen noch, aber sie froren im Winterlager, die Pferde waren krank. Fast achtzigtausend Deutsche aus Polen waren schon wieder in die alte Heimat gebracht worden. Unter die letzten siebenhundert Rückkehrer wurden auch ein paar Dutzend Sinti gemischt. »Nein, gemischt wurden wir nicht«, korrigiert sich Frana und erzählt, dass sie drei Waggons für sich bekamen, auch Verpflegung und Tee gab man ihnen. Zuerst merkten sie gar nicht, dass sie in den Waggons eingeschlossen waren. Als der Zug dann in Büchen an der Zonengrenze hielt, wurden sie unruhig, niemand kam, sie zu holen. Sie sahen durch die kleinen Fenster und die Ritzen, dass der Bahnhof voller Menschen war. Deutsche begrüßten ihre Landsleute, und ein Frauenchor sang: *Nun dan-*

ket alle Gott. Aus den vorderen Waggons waren die Menschen schon ausgestiegen, nahmen von Rote-Kreuz-Schwestern heiße Getränke entgegen. Reden wurden gehalten, zwei Geistliche im Talar beteten, Posaunen erklangen, alles wurde von Lautsprechern übertragen.

»Ich saß da wie erstarrt, erinnerte mich an die Güterwaggons, mit denen wir ein paar Jahre zuvor transportiert worden waren. Aber unsere Männer tobten, riefen durch die Fenster, einige begannen schon, die Scheiben einzuschlagen.«

Frana berichtet, wie plötzlich eine Hundertschaft von Grenzsoldaten angerückt sei, die wohl schon in Bereitschaft gestanden hatte. Ein Eisenbahner kam ans Fenster des Waggons, sagte, sie sollten Ruhe geben, die Lokomotive würde gerade umgekoppelt, alle Zigeuner würden zurückgebracht, es gäbe für sie keine Einreisegenehmigung, und jemand hinter ihm schrie: »Die Polen wollen uns dieses Pack anhängen!« Da fuhr der Zug tatsächlich an, doch inzwischen hatten die Eingesperrten in allen drei Waggons die Fenster auf der dem Bahnhof abgewandten Seite eingeschlagen, sie schoben, warfen ihre Kinder auf die Gleise, sprangen hinaus, rannten mit ihnen über die Wiese. Ein paar Frauen und Alte schafften es nicht rechtzeitig, sie blieben in dem immer schneller werdenden Zug. Frana hätte es geschafft, ihr großer Sohn zerrte an ihr, aber sie war einfach sitzen geblieben, und da blieb auch Joschko bei ihr.

»Später«, sagt sie, »habe ich erfahren, dass die Grenzsoldaten die meisten der Ausgebrochenen wieder eingefangen haben, sie wurden zum Bahnhof zurückgebracht und wie Gefangene bewacht. Aber sie waren in Deutschland, und dort durften sie schließlich bleiben.«

Sie weiß, dass die Gruppen aufgeteilt wurden, die meisten bekamen Wohnungen am Rand der Städte, neben den Müllplätzen, wo die Ratten hausten. Doch selbst dort protestierten die Anwohner. »Keiner wollte Sinti als Nachbarn. Manche gaben sich nicht zu erkennen, aber das hat ja noch nie geholfen.« Frana trinkt einen Schluck von dem kalt gewordenen Kaffee. »Willi hatte Glück«, sagt sie nach einer Pause. »Er kam nach Hamburg, das weißt du ja. Da gab es schon viele von uns, und die Stadt hat unsere Leute damals gut behandelt. Berlin hat er nicht wiedergesehen, denn dazu hätte er durch den Osten fahren müssen, über die Grenzen mit Uniformierten, und davor hatte er Angst.«

»Und ihr seid tatsächlich nach Polen zurückgefahren?«

»Ja. Dort kümmerte sich niemand um uns. Ein paar Monate war ich mit Joschko in Leszno bei den Ruziks, er ging dort auch zur Schule. Im Frühling fanden wir die Reste der Kumpania, die uns wieder aufnahm. Bis zum *Großen Halt* 1964. Erst als wir in der Baracke von Chrzanów leben mussten, hatten wir wieder eine feste Adresse und hörten von Willi und Moro und Janko.«

Laila kennt Franas jüngsten Sohn Janko kaum, der bei der Ausweisung sieben Jahre alt war. Aus Erzählungen ihrer Eltern weiß sie, dass dieser Onkel oft wegen irgendwelcher Betrügereien im Gefängnis sitzt. Janko wuchs nicht bei Willi in Hamburg auf, sondern bei einer kinderlosen Frau, die auch im Waggon gewesen war und mit ihrer Familie in die Gegend von Leverkusen geschickt wurde, wo sie mit anderen Sinti-Familien jahrelang auf einem gepachteten Stellplatz hausten. Nicht einmal Wasser soll es dort gegeben haben, die Sinti mussten sich selbst einen Brunnen graben. Als habe Frana erraten, dass Laila gerade an ihn denkt, sagt sie: »Janko war damals ein süßer Lockenkopf, die Frau hat wohl sehr um ihn gebettelt, sie hätte das Kind zurückgegeben, wenn ich gekommen wäre. Und Willi wird froh gewesen sein, für ein Kind weniger sorgen zu müssen. So blieb mein Janko bei den Gomans aus Leverkusen, die mit Teppichen handelten. Zur Schule schickten sie ihn nicht, anfangs sprach er kein Deutsch, und später weigerte er sich, weil die Sinti-Kinder dort ausgelacht und verprügelt wurden. Für die Stadt Leverkusen waren sie Zigeuner und Fremde, niemand half ihnen. Jahre später, Janko war sechzehn, kam ein Investor und kaufte den Stellplatz. Man bot den Sinti einen anderen Platz, der hieß Schlangenhecke.«

Der Kaffee ist ausgetrunken. Frana steht stöhnend auf, setzt das Messingkännchen wieder auf die Kochplatte. »Schlangenhecke«, murmelt sie bitter. Diese Geschichte kennt Laila, die Sinti aus Leverkusen wurden damals von der Polizei verjagt, es gab Gewalt. Janko soll einen Polizisten verletzt haben und kam zum ersten Mal ins Gefängnis. Darüber will Frana nicht reden, das weiß Laila, und sie weiß auch, dass Willi in Hamburg bald eine andere Frau hatte, aber darüber wird Frana heute erst recht nicht sprechen.

Wieder klopft es. Laila hört, wie ihre Großmutter die Besucher von vorhin, ein älteres Ehepaar, bittet, morgen wiederzukommen.

»Heute kann ich nicht mehr arbeiten«, erklärt sie, als sie wieder Platz nimmt auf ihrem Plüschsessel, der nur ein Plastikstuhl ist, verhüllt mit Kissen und bunten Decken.

Obwohl Laila sieht, dass Frana von ihren Erinnerungen erschöpft ist, beschließt sie weiterzufragen. Joschko kann nichts mehr erzählen, Flora will es nicht, und die Gelegenheiten, mit ihrer Großmutter allein zu sein, sind selten. »Warum hatte der Papo denn Angst, nach Berlin zu fahren? Das war doch 1959 noch einfach. Da stand doch noch nicht die Mauer.«

Frana gibt nicht zu erkennen, ob sie die Frage gehört hat. »Ich hätte sie nicht wegschicken sollen«, sagt sie leise wie zu sich selbst. »Sie haben Angst um ihr Kind.«

»Woher willst du das wissen? Kanntest du sie denn?«

»Ich habe sie noch nie gesehen. Aber sie trugen die Angst und die Sorge im Gesicht. So fürchtet man nur um sein Liebstes. Sie waren nicht mehr jung, wie zwei Gäule vor einem alten Wagen. Ihr Liebstes wird ihr Kind sein, aber das ist vielleicht längst erwachsen. Zu mir kommen oft Menschen, die ihre Kinder an die verfluchten Drogen verloren haben. Und hast du gesehen, wie schlaff der Mann dastand, wie starr die Frau? Diese Leute sind niedergedrückt von einem großen Kummer. Vielleicht irre ich mich auch, ich habe sie ja gar nicht reden lassen.«

Einen Moment lang ist es still im Kampingo.

»Bei Janko waren es nicht die Drogen, die ihm das Leben verdorben haben«, nimmt Frana den Faden wieder auf. »Meine Söhne haben zwar nicht mehr solche Lager kennengelernt wie der Papo und ich, aber gefroren haben sie auch und manchmal gehungert, schon in Polen. Und dann der Zug in Büchen … Ich bin sitzen geblieben, ich habe Janko verlassen. Seinen Vater und seine Brüder auch. Ich kannte die Frau, von der sich Willi unseren Sohn abbetteln ließ, eine gute Seele. Aber wer weiß, wie es dort an dieser Schlangenhecke bei den Gomans zuging. Die haben wohl nicht nur mit Teppichen gehandelt und die *Gadsche* betrogen, sie verkauften auch gestohlenes Zeug. Er hat bei denen gelernt, dass es so in Ordnung ist, dass nur die eigenen Leute zählen. Nach alledem.«

Frana blickt in ihren leeren Kaffeebecher, als könne sie da in den schwarzen Krümeln tatsächlich etwas erkennen. »Ich habe früh gewusst, dass er in Gefahr ist. In meinen Träumen habe ich es gesehen, da waren wir noch in Chrzanów. Immer wieder habe ich geträumt, er sei noch ein kleines Kind, ich wollte ihn waschen und zog ihm das Hemd aus, da war seine Brust voller blutiger Schnitte. Ich habe viel geweint, und ich war es, die dann deinen Vater bedrängte, nach Deutschland zu gehen.« Frana seufzt.

»War das denn so leicht möglich?«

»Bei uns war das ja eine Familienzusammenführung, aber erinnerst du dich an die Kirills aus der Baracke in Chrzanów? Sie waren auch deutsche Sinti, ich weiß nicht, warum sie 1959 nicht ausgewiesen wurden. Ein paar Jahre später wollten sie dann doch nach Deutschland, sie mussten sich in Franken melden, in Zirndorf, da war damals so eine Art Zentrale, um die man nicht herumkam, wenn man einen Asylantrag stellen wollte. Aber sie wurden gar nicht im Sammellager aufgenommen, man nannte sie Landfahrer, das war für die Deutschen so ein Wort wie Verbrecher. Sie wurden von Ort zu Ort geschickt, schliefen in Obdachlosenasylen, eines war direkt im Gefängnis Stadelheim. Da kamen sie zurück nach Chrzanów, wir hatten ihre zwei Räume schon belegt und gaben einen wieder her.«

Laila erinnert sich nicht an die Familie Kirill, sie war sechs Jahre alt, als sie die Baracken von Chrzanów verließ. Die Gesichter der Menschen dort sind ihr inzwischen verschwommen, nur manchmal glaubt sie den Ton zu hören, der über allem dort lag, ein immerwährendes Gezänke, ein Klagen, Schimpfen, in das sich Fetzen von Liedern mischten. Es ist der Ton, der heute in ihrem Haus in der Utrechter Straße aus den Wohnungen dringt.

»Trotzdem wollte ich nach Deutschland«, fährt Frana fort, »aber erst, nachdem sie sein Auto in den Fluss geworfen hatten, war dein Vater bereit zu gehen. Als ich Janko wiedersah, war er längst ein Mann. Ein schöner Mann, wie Willi, als er jung war. Aber er war ein Dieb, dein Vater nannte ihn nur Tschorr. Moro sagte ihm, er solle sich einen anderen Namen geben, weil er unserer Familie Schande bringt. Weißt du, wie er sich heute nennt? Korkoro.«

Natürlich kennt Laila das Wort. Es heißt: einsam. Sie legt ihre helle Hand auf die braune, von Adern durchzogene der alten Frau.

»Ich verstehe ihn ja«, sagt Frana leise. Dann legt sie ihre andere Hand auf Lailas, blickt ihr ins Gesicht und fragt plötzlich mit veränderter Stimme, in der ein Lachen mitschwingt: »Kein goldener Ring? Noch immer nicht? Worauf wartet dein Robert?«

Laila zieht ihre Hand weg. »Baba, ich muss jetzt gehen.«

Aber Frana lässt sie nicht fort. »Geh uns etwas zu essen holen«, bittet sie.

Als Laila mit gebratenen Hühnern und Paprikasalat zurückkommt, ihre Cousine hat ihr Porzellanschüsseln gegeben anstelle der Pappteller, hat Frana schon die Samtdecke abgenommen und ein Küchenhandtuch über die Kiste gebreitet. Die Glitzerkugel ist nicht mehr zu sehen, nur der Aschenbecher ist noch voller geworden.

Laila hat keinen Hunger, aber sie möchte die Großmutter nicht allein mit den Erinnerungen an diesem Tisch lassen. Draußen ist jetzt Hochbetrieb, keiner hat Zeit für Frana und das Früher.

»Natürlich hatte Willi Angst vor den Grenzern. Wir hatten alle Angst vor Uniformen, besonders vor deutschen«, hört sie ihre Großmutter mit brüchiger Stimme sagen. »Das ist uns schon als Kindern so mitgegeben worden.«

Laila kennt die Geschichten aus dem Lager Marzahn, in dem Willi und Frana sich zum ersten Mal begegneten, sie hat darüber gelesen und das Interview gehört, das Frana zu einem Jahrestag einer Rundfunkreporterin gab. Frana war fünfzehn, Willi siebzehn Jahre alt. Sie kamen erst spät in dieses Lager, das offiziell Rastplatz genannt wurde. Die Fidlers hatten sich bis dahin als Wolgadeutsche ausgeben können. Und Franas Eltern, die Freiwalds, waren nach vielen Untersuchungen als *reinrassige Zigeuner* eingestuft worden, nicht als *Zigeunermischlinge* wie die meisten Sinti. Ein paar dieser *Reinrassigen* sollten für die Forschung übrig bleiben, aber Anfang 1944 wies man sie doch nach Marzahn ein. Dort lebten nur noch zwei, drei Familien, die anderen waren längst weg. Deren verwanzte Wohnwagen waren verbrannt worden, die restlichen gingen bei einem Bombenangriff in Flammen auf. Als die Freiwalds kamen, standen auf dem kahlen Platz nur noch wenige beschädigte Baracken. Willi ging mit seinem Vater und ein paar Männern täglich durch den bewachten Eingang in irgendeine Rüstungsfabrik. Franas Aufgabe war, die einzige gut erhaltene Baracke, die der Wachmannschaften, zu reinigen und denen ihre Stiefel zu putzen. Außerdem kochte sie, wenn etwas da war, für ihre eigene Familie. Da waren viele Kinder, Franas Geschwister, Nichten und Neffen. Ihre Mutter lag krank auf der Pritsche und hustete nur.

»Zum Glück musste sie Auschwitz nicht mehr erleben«, hatte Frana der Interviewerin gesagt, und Laila war ihre Stimme im Radio fremd vorgekommen. Fremd klingt sie auch jetzt, als sie von dem *Rastplatz* erzählt, auf dem niemand freiwillig lebte, von den Bewachern in Polizeiuniformen, die wohl froh waren, nicht zum Fronteinsatz zu müssen. Beinahe gutmütige Männer waren das, verglichen mit den Uniformierten, die ihnen später in den Lagern begegneten, aber das wussten sie damals nicht, sie hatten Angst vor den Polizisten und ihren Hunden. Die Bewacher verachteten die Sinti, aber sie kannten ihre Namen und fühlten sich ihnen irgendwie verbunden, als seien sie selbst auch in den Baracken zwischen den Rieselfeldern gefangen. Sie hätten auch schießen dürfen, aber meistens saßen sie in ihrer Baracke und spielten Karten, weil sie ja wussten, dass die, die noch in Marzahn hausten, nirgendwohin konnten. Die Sinti trugen kein Zeichen an ihrer Kleidung wie die Juden, sie trugen ihr Zeichen im Gesicht.

Frana erzählt jetzt von ihrer Angst, auch vor den Leuten außerhalb des Lagers fürchtete sie sich. Jeder konnte sie verraten, wenn sie die erlaubten Wege verließen. In den Marzahner Bauernhäusern gab man den größeren Kindern, die immer wieder durch den Zaun schlüpften, Rüben oder Kartoffeln, aber manchmal bekamen sie auch nichts. Dann klauten die Kinder, und die Bauern riefen die Wachmannschaften, die mit Hunden kamen. Einer dieser Wachhunde, Tschuklo, war ihr Freund, aber es gab auch andere, scharf gemachte. Und nie wusste man, ob man nicht doch wegkäme, dorthin, wo die anderen waren, von denen man nichts mehr hörte. Willi und Frana gingen ja dann auch irgendwann im Jahr 1944 auf Transport, er mit seiner Familie und sie mit ihrer.

Laila weiß, über dieses Wunder wird in der Familie oft erzählt, in Birkenau im sogenannten Familienlager sind sie sich wieder begegnet. Da hatten sie keine Familien mehr, die waren gleich nach der Ankunft als typhusverdächtig von ihnen getrennt worden. Frana und Willi glaubten, die letzten Berliner Sinti zu sein, in den überfüllten Baracken kam von den dreistöckigen Pritschen Stöhnen und Wimmern wie aus der Hölle. Sie hielten sich gegenseitig fest und versprachen einander zusammenzubleiben, wenn das alles vorbei sein würde. Aber schon bald wurden sie getrennt. Willi kam mit einem Transport nach Buchenwald. Wenige Tage danach, das erfuhren sie nach dem Krieg, wurde das Zigeunerlager aufgelöst, alle dort, Tausende Menschen, starben im Gas. Von Buchenwald kam Willi ins Lager Groß-Rosen und dann in ein Außenlager, das hieß Säuferwasser. Säuferwasser. Als Kind hatte Laila gelacht, wenn sie diesen Namen hörte, wenn ihr Großvater, der am Ende in seinem Hamburger Hochhaus viel über diese Zeit gesprochen hatte, den Namen erwähnte. Aber wenn er dann, mit seiner Atemnot kämpfend, über die Arbeit in den Stollen sprach, über die unterirdischen Bunker, über die Toten, die sie jeden Tag mit nach oben schleppen mussten, dann verstummte sie. Osówka heißt der Ort im Eulengebirge heute. Joschko, der die Geschichten seines Vaters kannte, hat ihn Laila einmal gezeigt. In die Stollen werden heute Touristen geführt wie in ein Gruselkabinett.

Auch Frana hatte das Glück, sie nennt es so, im letzten Moment von Auschwitz-Birkenau in ein Außenlager geschickt worden zu sein, in eine Baumschule. Bis tief in den Winter arbeitete sie in dem Kommando, davon erzählt sie jetzt mit plötzlich ganz kleiner Stimme im rötlichen Licht der Lampe, die Hände um den Becher mit dem schon wieder kalten Kaffee gelegt. An einem Frosttag musste sie mit bloßen, steifen Händen arbeiten, weil ihre Arbeitshandschuhe weg waren. Die Vorarbeiterin war eine Österreicherin mit rotem Winkel, also eine Politische, sie fand die gestohlenen Handschuhe bei einem Mädchen aus Graz. Die war höchstens vierzehn Jahre alt, hatte sie wohl gegen Brot tauschen wollen. Die Vorarbeiterin schimpfte auf die Zigeuner, die sich gegenseitig bestehlen würden, gab Frana ihre Handschuhe zurück und nahm dem Mädchen zur Strafe die eigenen ab. Nach zwei Tagen waren die Hände des Mädchens schwarzes, totes Fleisch. Frana weint lautlos.

Draußen haben sich die Geräusche verändert, die Lautsprecher sind abgeschaltet, niemand singt mehr, keiner macht Musik, nur die Kinder hört man rufen.

Nach dem Winter wurde Frana in die Nähe von Berlin gebracht, ins Lager Ravensbrück an einen schönen See, in den man die Asche der Toten kippte, und von dort kam sie in eine Munitionsfabrik nach Malchow. Wieder hauste sie in überfüllten Baracken, fädelte zehn, zwölf Stunden am Tag irgendwelche Drähte in winzige Ösen, kaute trockenes Gras gegen den Hunger. Abends in den Baracken sangen und weinten und stritten ihre Kameradinnen, Mädchen wie sie, aus der Ukraine, aus Ungarn, Polen. Manche waren Deutsche, auch Lovara aus dem Burgenland waren unter den Gefangenen, mit ihnen konnte sie Romanes sprechen, aber jede hatte mit ihrem eigenen Überleben zu tun.

Das alles weiß Laila, manchmal hat Frana darüber erzählt, kleine Erinnerungssplitter, nie zusammenhängend. Aber sie mag sie jetzt nicht nach Einzelheiten fragen.

Als es an der Tür des Wohnwagens poltert und gleich darauf Katzas und Petras Kinder einfallen, eine kleine, lärmende Horde, ist sie beinahe froh. Sie sollen die Schüsseln abholen, in den Verkaufsbuden wird aufgeräumt, für heute ist das Folklorefest zu Ende. Frana nimmt sich zwei der Kleinen auf den Schoß und ist für ein paar Minuten abgelenkt.

Es ist schon spät am Abend, Laila wollte nicht so lange bleiben, aber sie hat das Gefühl, jetzt nicht einfach weggehen zu können. Sie blickt auf die Kinder – schöne, zarte Geschöpfe, die Mädchen mit Schleifen und Spangen in den Haaren – und hört ihre Stimmen, mit denen sie einander zu übertönen versuchen, denn jeder will der Baba etwas erzählen. Frana streichelt mit ihren braunen Händen über die kleinen Gesichter, und es gibt Laila einen Stich, weil sie an ihre verlorenen Kinder denkt. Ohne anzuklopfen tritt schließlich ihr Onkel Moro, Katzas Vater, in den Kampingo. Der schon graue Mann, dessen Kopfform und Art zu gehen sie immer an ihren eigenen Vater erinnern, blickt seine Mutter kurz an, wirft Laila einen unfreundlichen Blick zu. »Die Mammi ist nicht gesund, man sollte sie nicht ausfragen, du Profesorkinja«, meint er vorwurfsvoll. Er nennt sie schon so, seit sie das Abitur gemacht hat.

Frana protestiert: »Niemand hat mich ausgefragt, ich will selbst über mein Leben sprechen mit Laila, das tut mir gut. Die interessiert sich wenigstens dafür. Und dann ist nicht alles vergessen, wenn ich fort bin.«

15

GERTRUD spürt, wie eine große Ruhe sich in ihr ausbreitet, seitdem Leos Enkelin bei ihr war und Stefan, der Doktorand, sie besuchte. Mit ihr geht es zu Ende, das ist so, aber alles andere geht weiter. Und selbst das, was jahrzehntelang verborgen und unaussprechbar gewesen ist, kommt ans Licht. Vielleicht wird Leo doch noch bei ihr erscheinen, sie hat ihn gestern wieder vom Balkon aus gesehen, er schaut wohl täglich auf den Hof, als suche er hier etwas. Wenn er käme, wenn er es mit seinem Stock die zweiundsiebzig Treppenstufen hinauf bis zu ihrer Wohnung schaffen würde, ließe sie ihn ein. Sie hat keine Angst mehr vor der Begegnung.

Angst hat sie vor anderem. Die Frau vom Pflegedienst hat gestern wieder von einem Umzug ins Heim gesprochen. Gertrud käme doch gar nicht mehr alleine zurecht und auf die Mitbewohner sei kein Verlass. Gertrud hat ihr empört widersprochen, auf ihre Nachbarn könne sie sehr wohl zählen, Laila, Norida, auch Lucia besuchten sie jeden Tag, der junge Enkel von Herrn Kaiser aus dem Vorderhaus habe sogar versprochen, demnächst die Fenster zu streichen, die er selbst eingebaut hat. Aber die Frau vom Pflegedienst seufzte nur und sagte, sie käme bald mit einer Gutachterin wegen der Pflegestufe.

Gertrud will in kein Heim. Sie will hierbleiben in dem Haus, in dem sie und schon ihr Vater geboren wurde. Aber sie ahnt auch, dass sich hier vieles verändern wird. Das Haus selbst teilt es ihr mit, Putz bricht aus der Zimmerecke, nachts flüstert und wimmert es im Gebälk, in der Küche haben die Balken sich gesenkt, die alten Fußbodenfliesen sind von Rissen durchzogen, kaum eine ist noch heil. Norida putzt alle paar Tage in Gertruds Wohnung, flink und mit einer Leichtigkeit, als sei das gar keine Arbeit. Vor ein paar Wochen noch hat sie dabei gesungen, jetzt sieht sie immer müde aus und hat Gertrud gestern gerade erzählt, sie denke daran zurückzukehren in die Roma-Siedlung bei Craiova, in das kleine Haus der Schwiegermutter. Das müsse auch deshalb sein, weil Mihails Bruder aus Griechenland mit seiner Familie zurückgekommen sei, die Schwägerin habe sich schon immer überall ausgebreitet, als gehörten ihr Haus und Garten, dabei habe Mihail mit seiner Familie doch auch einen Anspruch. »Aber du hast mir doch erzählt, wie eng es da war. Und dass kein Bus dort hält und ihr da nichts verdienen könnt. Deshalb seid ihr doch hierhergekommen«, wandte Gertrud erschrocken ein. Norida schwieg einen Moment lang bekümmert, dann sagte sie: »Ja, wir wollten weg dort. Aber wir haben es uns leichter vorgestellt in Deutschland. Und nun sitzt mein Sohn sogar im Gefängnis. Aber solange Eldorado hierbleiben muss, bleiben wir auch. Und wenn wir wieder im Park schlafen müssen.«

Nikolas Mann Florian hat seine Haftstrafe abgesessen, eines Tages war er wieder da, ein schnurrbärtiger Kerl, über und über tätowiert. Nikola meinte, jetzt endlich könne sie irgendwo putzen gehen, er würde ja auf ihre beiden Zwillingspärchen aufpassen können. Für Nikola wäre es eine Art Erholung gewesen, jeden Tag aus dem Haus zur Arbeit zu gehen und die Kinder bei ihrem Vater zu wissen. Aber Florian denkt nicht daran, seine Kinder zu hüten, obwohl er sie liebt und auf dem Hof in die Luft wirft, bis sie quietschen; Nikolas Mann hat im Gefängnis andere Männer kennengelernt, mit denen er sich in der Hasenheide trifft und Pläne macht. Vor diesen Plänen fürchtet sich Nikola. Sie wünscht sich, dass er wie Stepan und Suzana in die Pfingstgemeinde nach Neukölln geht. »Das ist eine gute Religion«, sagt sie. »Der Pfarrer dort sagt: nicht trinken, nicht rauchen, nicht klauen.« Aber ihr Florian geht nicht zu den Pfingstlern, da will sie lieber mit ihm wegziehen, weit weg von der Hasenheide. Die schöne Wohnung mit den beiden Zimmern und dem Bad würde sie sogar aufgeben, die gehört ihr ja sowieso nicht, siebenhundert Euro soll sie jeden Monat dafür zahlen, die hat sie nicht, zumal sie jetzt, wo ihr Mann da ist, anders kochen muss, er will Fleisch essen und auch mal einen Schnaps trinken, er ist schließlich ein Mann. Ihre Geschwister in Portugal, die ihr damals das Geld für den vermeintlichen Kauf der Wohnung geschickt haben, leben in einer Wohnwagensiedlung, vielleicht findet sich da noch ein Platz für Nikolas Familie; es gibt viele Kinder dort, auf ihre eigenen vier käme es nicht mehr an. Florian könnte doch mit den Männern bei der Weinernte helfen oder mit den Frauen über die Märkte fahren, sie handeln mit Elektrowaren. Hier in Berlin kann alles nur scheitern. Gertrud hörte zu, und einmal sagte sie: »Nikola, du pustest Seifenblasen in die Luft.« Aber Nikola verstand nicht, was sie meinte.

Auch Lucias Milan redet davon fortzugehen. Gestern erst saßen sie auf Gertruds Küchenbank, Lucia sprang dauernd auf und guckte vom Balkon, weil ihre Kinder auf dem Hof spielten. Milan fiel es schwer aufzustehen, weil sein Knie schmerzt, er kann es nicht beugen und also nicht arbeiten. Kreuzbandriss. Aber in letzter Zeit hatte er sowieso keine Aufträge. Er würde, sagte er, am liebsten zurückkehren in das Dorf, in dem er aufgewachsen ist. »Aber dort«, sagte Lucia, »ist nichts als Elend.« Das weiß auch Milan, aber er antwortete auf Deutsch, damit Gertrud es verstand: »Dort Armut, hier Armut. Aber dort Heimat, hier bin ich fremder Zigeuner.« – »Dort waren wir auch Zigeuner«, sagte Lucia bitter. »Wir sind es überall. Wir haben kein Land.«

Abends spielt Milan noch immer im Treppenhaus Akkordeon, Gertrud kann sich ja nicht dazusetzen, aber sie öffnet manchmal ihre Wohnungstür einen Spalt und hört dann auch Lailas Stimme, die bei den anderen sitzt. Auch sie kommt täglich zu Gertrud in die Küche, bringt ihr Einkäufe, erzählt, was es Neues gibt. Oft hat sie die kleine Felicia im Arm, deren Mutter froh ist, wenn Laila ihr das Kind für ein, zwei Stunden abnimmt. Ihren älteren Sohn, Marius, gibt sie nicht weg, der klebt an ihren Jeans, über der sie weite Blusen trägt, weil sie die Hose wegen der Schwangerschaft schon nicht mehr schließen kann. Suzana und Stepan sind stolz auf den Jungen. Auf Felicia sind sie nicht stolz, sie waschen sie nicht einmal richtig. Als Laila sie deshalb ansprach, schimpfte Suzana auf die Mitbewohner aus Bărbuleşti, die hätten versucht, den tropfenden Wasserhahn in der Küche zu reparieren, dabei sei er abgebrochen, deshalb sei das Wasser in der Wohnung abgestellt worden, nun müsse sie jeden Eimer Wasser von Nachbarn holen, das brauche sie dann zum Kochen. Vielleicht ist sie wegen ihres Zustands oft so gereizt und ungeduldig.

Stepan, ihr Mann, will sie immer mitnehmen zu den Gottesdiensten der Pfingstgemeinde, ein paarmal war sie mit ihm und dem Jungen auch dort, durch die ganze Stadt sind sie bis nach Neukölln gefahren. Doch Felicia schlossen sie in ihrem Zimmer ein. Die Kleine weinte nicht einmal, ganz still saß sie auf dem Fußboden und spielte stundenlang mit einem zerbeulten Blechauto und einem neongrünen Teddybären. Wenn sie mit Laila in Gertruds Küche kommt, lacht sie auch, plappert vor sich hin, spricht Worte nach, schmiegt sich an die Frauen, legt deren Hände um sich, genießt die Wärme.

Das alles sieht Gertrud, manchmal wechselt sie mit Laila ein paar Worte darüber, aber meistens hört sie ihren Besuchern nur zu und ist dann wieder allein mit ihren Sorgen und Gedanken. Wohin wird das alles führen? Wenn sie wirklich alle nach Rumänien zurückgehen, wenn auch Laila auszieht, wer wird sich dann um sie kümmern? Sie kann sich ja wirklich nicht mehr allein versorgen.

Sie sitzt im Wohnzimmer in ihrem alten Fernsehsessel, wie an jedem Nachmittag hat sie sich Salbeitee mit Honig gemacht, als jemand vom Korridor »Oma Gertrud!« ruft und Stefan, der Historiker, plötzlich vor ihr steht. Er ist einfach in die Wohnung gekommen, die Tür war nur angelehnt, sie hat vergessen, sie zu schließen, so weit ist es schon mit ihr. Stefan nimmt auf dem Sofa Platz, Salbeitee will er nicht, auch keinen Kaffee, er erzählt Gertrud gleich, was er herausbekommen hat über Artur Axmann, der sich so eingesetzt hat für die Ehrung von Walter Wagnitz. Es fällt Gertrud schwer, sich aus ihren Gedanken zu reißen und in diese unselige Zeit zurückzukehren.

»Also, du hattest in allem recht«, sagt Stefan. »Axmann hat als Fünfzehnjähriger die Hitlerjugend in Berlin mitbegründet, und Walter Wagnitz, der nur drei Jahre jünger war, gehörte zu seiner ersten Gefolgschaft. Es ist anzunehmen, dass sie sich auch persönlich gut kannten, schließlich wohnten sie ja nur ein paar Minuten entfernt voneinander.«

»Und was ist aus Axmann geworden?«

»1934 wurde er der Hitlerjugend-Führer von ganz Berlin. Der war ein Ziehsohn von Hitler und Goebbels. Seit 1940 war er dann Reichsjugendführer. Ein paar Tage nur musste er an die Front nach Russland, dabei hat er einen Arm verloren. Bis zum Schluss hat er Einheiten von Hitlerjungen zusammengestellt, die dann auf den Seelower Höhen und beim Kampf um Berlin verheizt wurden. Da gibt es Filmaufnahmen, die letzte Deutsche Wochenschau, in der Hitler zu sehen ist. Man sieht, wie er zwanzig Hitlerjungen auszeichnet, der Jüngste ist höchstens zwölf, Hitler tätschelt ihm die Wange. Und Axmann ist auch dabei. Kennst du den Film?«

»Nein. Aber was ist aus ihm nach dem Krieg geworden?«

»Bis zu Hitlers Selbstmord war er im Führerbunker und hat sich dann in Zivilkleidung durchgeschlagen. Die Pistole seines Führers soll er als Andenken mitgenommen haben. Er ist bis nach Mecklenburg gekommen, ein paar Monate war er in einem ehemaligen nationalsozialistischen Musterdorf unter falschem Namen versteckt. Dann ist er seiner Verhaftung durch die Russen zuvorgekommen und nach Lübeck abgehauen. Dort haben ihn die Amis festgenommen. Im Nürnberger Prozess musste er gegen seine Leute aussagen, hat sich selbst aber aus allem herausgewunden, wurde wieder freigelassen, wieder verhaftet. 1949 haben sie ihn als Hauptschuldigen eingestuft und zu drei Jahren verurteilt. Aber die waren durch die Untersuchungshaft abgesessen, er war frei und wurde Geschäftsmann. Das Startgeld kam wohl aus einem Fonds für die Angehörigen gefallener Hitlerjungen, den seine Kumpane vor dem Kriegsende beiseitegeschafft hatten.

1958 wurde er von einem Berliner Gericht noch einmal verurteilt, 35 000 Mark sollte er wegen ›Verhetzung der Jugend‹ zahlen, das konnte er locker. Ihm gehörten noch Grundstücke in Berlin.«

»Ja, Imchenallee in Kladow«, fiel Gertrud die Villa am Wasser ein, von der ihr Vater bewundernd und etwas neidisch gesprochen hatte. Aber das alles war für sie weit weg, und sie merkte, dass es sie nicht besonders interessierte. »Willst du etwas darüber schreiben?«

»Erst muss ich meine Dissertation beenden. Die hat ein ganz anderes Thema, ich forsche über die Wenden in der Mark vor dem dreizehnten Jahrhundert. Aber ich denke, diese ganze

Geschichte um Wagnitz und Axmann lässt mich nicht mehr los. Sogar über die Banditenolga habe ich etwas herausgefunden. Die war tatsächlich mit einem Arzt in Birkenwerder verheiratet. Der war an der Front und ist beim Rückzug gefallen, sie hat in ihrem Haus am Fontaneweg 9 illegal lebende Juden versteckt, mit denen zusammen ist sie in den letzten Kriegsmonaten verhaftet worden und hat noch im Polizeiauto Zyankali genommen. Ich bin in Birkenwerder gewesen, das Haus steht noch, aber niemand weiß irgendwas darüber. Ich möchte darüber schreiben, damit das alles nicht vergessen ist. Der Axmann hat seine Memoiren geschrieben, ein dickes Buch, ›*Das kann doch nicht das Ende sein*‹, 1995 ist es erschienen, ein Jahr vor seinem Tod. Der lügt und beschönigt, dass sich die Balken biegen. Das hat er schon bei den Amerikanern gekonnt, seine Braut hat damals sogar aus dem Wedding Persilscheine eingetrieben; alle möglichen Leute haben bezeugt, was für ein netter, hilfsbereiter Junge der Artur gewesen sei. Und wie schwer es seine Mutter hatte. Der sei noch als hoher Funktionär so menschlich gewesen. Mit nur einem Arm. Sogar ein jüdischer Arzt aus der Ostender Straße hat für ihn gutgesagt, Dr. Sander.«

»Den kannte ich«, ruft Gertrud. »Bei dem waren wir auch in Behandlung, als ich Kind war, bis mein Vater meinte, wir sollten besser nicht zu einem jüdischen Arzt gehen. Er durfte dann wohl auch keine Arier mehr behandeln. Weil die Frau sich nicht scheiden ließ, ist ihm nichts passiert. Nach dem Krieg hat er wieder alle behandelt, auch die Nazis. Der hätte über jeden das Beste gesagt, so ein Mensch war dieser Dr. Sander.«

»Für Axmann hätte er es nicht tun sollen«, meint Stefan. »Aber es kann doch nicht sein, dass dieser Axmann sich ein Heldenepos schreibt und eine Frau wie die Banditenolga vergessen ist. Übrigens erwähnt Axmann den Wagnitz nur kurz, schreibt auch nichts über die Umstände seines Todes. Ja, ich werde über all das schreiben. Vielleicht bekomme ich noch mehr heraus.«

Gertrud hat das Gefühl, dass dies alles sie nichts mehr angeht. Es ist, als ob ein unentwirrbares Knäuel in ihr, ein schmerzhaftes Durcheinander von Schuldgefühlen und beinahe kindlicher Angst sich auflöst. Sie hat es weitergegeben an diesen Stefan, dessen Beruf ist es, die Fäden zu entwirren, die Knoten zu lösen, sie muss diesen Klumpen nicht weiter mitschleppen. Sie ist müde. Das Gespräch strengt sie an, trotzdem will sie nicht, dass der junge Mann geht.

»Hast du neulich den Polizeieinsatz gesehen?«, fragt sie, und sofort beginnt Stefan davon zu berichten. »Die Skulpturen von diesem Jungen waren richtig gut, soweit ich es sehen konnte. Das waren auch keine wertvollen Materialien, er hat mir erzählt, dass er das meiste von der Straße geholt hat, hier liegt ja immer Sperrmüll herum. Das waren alte Bügeleisen, Spiralen von Matratzen, verrostete Balkongitter, Wasserrohre. Aber was er daraus gemacht hat! Schade, dass das jetzt alles kaputt ist. Casino heißt er, komischer Name. Er ist wieder da, ich habe ihn vorhin kurz gesprochen. Aber sein Bruder Eldorado soll Buntmetall geklaut haben und sitzt noch. Eldorado. So nannten die spanischen Eroberer ihr Traumland voller Gold im Innern Amerikas.«

»Ich habe im Lexikon nachgeguckt. Mit Leselupe«, wirft Gertrud ein, »Eldorado kann auch bedeuten: ein ersehnter Aufenthalt. Aber ich glaube, die Eltern haben das gar nicht gewusst, als sie ihn so nannten. Das klang einfach schön, hat mir Norida gesagt.«

»Ersehnter Aufenthalt … Die haben doch keine Perspektive hier. Na ja, woanders auch nicht. Aber warum lassen sie sich auch alles gefallen, sie müssten sich organisieren.«

»Organisieren?«

»Na, zusammenschließen.«

»Zusammenschließen, wie denn? Wenn du so arm bist wie die, dann denkst du nur ans nächste Essen. Norida hat mir erzählt, dass es bei ihnen zu Hause einen Internationalen Roma-König gibt, der hat sich selbst ernannt und ist reich wie ein wirklicher König, wohnt mit seinem Clan in einem Haus mit goldenen Wasserhähnen, weil er von überall Hilfsgelder einsammelt, die für die armen Roma bestimmt sind. Wie sollen die sich denn dagegen auflehnen, die können ja oft nicht mal lesen und schreiben. Norida schon, sie ist zur Schule gegangen und hat auch ihre Kinder in die Schule geschickt. Unter Ceauşescu, sagt sie, ist es ihnen noch besser gegangen.«

In diesem Moment klopft es an die Wohnungstür, eine Stimme, die von Norida, ruft nach Gertrud. Da steht sie schon im Wohnzimmer mit ihrem grünen Flauschmantel, wahrscheinlich hat auch Stefan die Tür nicht hinter sich zugezogen. Hinter ihr kommt Estera ins Zimmer, die streift ihre silbernen Schuhe ab, mit einer Geste, als ginge es ihr nicht um Gertruds Teppich, sondern als wolle sie sie zeigen. Ihr langes Haar hat Estera kunstvoll hochgesteckt, und ihre Augen sind wie immer tiefschwarz umrändert.

»Wir reden gerade über dich«, sagt Gertrud zu Norida. Die blickt von Gertrud zu Stefan, den sie während der Polizeiaktion auf dem Hof schon gesehen hat. »Was habe ich falsch gemacht?«, fragt sie erschrocken.

»Gar nichts«, beruhigt Gertrud sie. »Stefan sagt, ihr Roma solltet euch zusammenschließen, um eure Lage zu verbessern. Da habe ich von dem König in dem goldenen Haus erzählt, was ich von dir weiß.«

»Ach, der Dorin Cioabă in Hermannstadt. Ich habe nicht gesehen das Haus, aber jeder sagt, dort sind die Fußböden aus Marmor. Er trägt eine Krone von Gold wie im Märchen. Er sagt, er ist der König für alle Roma der Welt. Sein Bruder Daniel nur für die rumänischen Roma. Ihr Vater Florin war ein Schrottsammler wie heute meine Söhne und Mihail, aber nach dem Ende des Kommunismus in Rumänien hat er gewusst, wie er ganze Fabrikeinrichtungen ausbauen kann, und so ist er reich geworden und König. Dorin und Florin haben geerbt die Krone. Aber diese Könige haben noch keinem geholfen, nur ihrer Familie.«

Norida ist schmaler geworden, seitdem Eldorado im Gefängnis sitzt. Sie hat schon ganz gut Deutsch gelernt, denn sie läuft trotz ihrer Scheu vor Ämtern auch ohne Laila von Behörde zu Behörde, war bei der Polizei, bei einem Anwalt, beim Gericht, sogar im Gefängnis. In ihr dunkles Haar haben sich graue Fäden gemischt, wie alt mag sie wohl sein? Norida hat Gertrud erzählt, dass sie mit neunzehn heiratete, als ihr erster Sohn unterwegs war.

»Ja, solche Zustände meine ich doch«, ereifert sich Stefan. »Ich habe auch über diesen sogenannten König gelesen. Warum lasst ihr denn zu, dass dieser Typ für euch alle spricht?«

Norida guckt, als verstehe sie die Frage nicht, aber Estera antwortet: »Solche Roma-Barone gibt es auch in Russland, in der Türkei und anderswo. Bis 2015 war Dorin Cioabă sogar Präsident der Internationalen Roma-Union. Sie ist der Dachverband von sehr vielen Roma-Organisationen. Und in Rumänien ist sogar eine eigene Behörde für die Roma eingerichtet worden, es gibt Regierungsprogramme für uns. Aber das habe ich erst hier erfahren. Was in Bukarest beschlossen wird, kommt in Craiova längst nicht an.«

Sie betrachtet ihre silbernen Schuhe, die sie nicht aus der Hand gelegt hat. Stefan schaut sie nur an. Schließlich sagt sie: »Was kommst du mir mit Cioabă? Der hat gerade dem amerikanischen Präsidenten angeboten, dass die Roma die Mauer zu

Mexiko bauen könnten. So einer ist das. Mit dem will ich nichts zu tun haben. Und wer soll das eigentlich sein, die Roma? Wir sind doch verschieden, genau wie ihr Deutschen. Noch viel verschiedener, denn wir leben ja in allen Ländern. Und auch in Rumänien sind nicht alle gleich. Es gibt die Bärentänzer, die muslimischen Arlija, die Kalderaschi, Lovara, die Tamara ...«

»Aber Rom heißt Mensch. Menschen sind wir alle«, wirft ihre Mutter ein.

»Die Schwester meiner Freundin«, fährt Estera fort, »hat nach Weilau geheiratet, da sind die Roma alle evangelisch und sprechen nicht mal Romanes. Ihre Sprache heißt Ziganeschte und klingt komisch. Es gibt einfach nicht DIE Roma.«

»Trotzdem müsst ihr euch organisieren, um eure Interessen zu vertreten.« Stefan klingt etwas belehrend, und das Mädchen wirft ihm einen spöttischen Blick zu.

»Ich komme gerade von einer solchen Organisation. Schöne Ziele haben sie: Bleibeperspektive für Roma, gleiche Chancen auf dem Arbeitsmarkt, Wohnungen, Bildung ... Aber das sind Worte, nicht die Wirklichkeit. Guckt euch doch um, wie wir hier leben. Ich sage ehrlich: Wenn ich wüsste, wie ich es machen kann, keine Romni mehr zu sein, würde ich gern darauf verzichten.«

»Was redest du?«, ruft Norida erschrocken und weist ihre Tochter auf Romanes zurecht. Aber Estera schürzt nur die Lippen und setzt wieder den etwas gelangweilten Gesichtsausdruck auf, den sie meistens trägt.

»Wir wollten nur fragen, ob Laila hier ist.« Nicht nur Noridas Gesicht, auch ihre Stimme ist müde, sie wendet sich wieder zur Tür.

»Bleiben Sie doch!«, ruft Stefan. »Das ist doch ein sehr interessantes Gespräch.« Er lässt seine Augen nicht von Estera, doch die hat schon wieder demonstrativ ihre Schuhe angezogen. »Laila ist nicht hier, dann gehen wir.«

Norida ist schon im Treppenhaus, als Estera sich noch einmal zu Stefan umdreht: »Übrigens, weil du es schade findest, dass die Roma sich nicht organisieren, seit heute haben Roma aus Hamburg, Kiel und Bremen das Denkmal im Tiergarten besetzt. Sie kommen aus dem ehemaligen Jugoslawien, waren Kriegsflüchtlinge. Jetzt protestieren sie gegen ihre Abschiebung. Ich habe es gerade in der Beratungsstelle gehört. Die Polizei soll schon da sein. Mal sehen, was sie erreichen mit ihrem Zusammenschluss.«

In ihrem Ton ist etwas Bitteres, vor ein paar Monaten war das noch anders, denkt Gertrud. Da kam ihr gerade dieses Mädchen so fröhlich vor, so hoffnungsvoll.

Es ist eine Weile still in Gertruds Wohnzimmer. Stefan sieht ihre Erschöpfung und verabschiedet sich, aber er wird wiederkommen, sagt er. »Das ist ja jetzt richtig spannend geworden in eurem Haus. Eigentlich schade, dass ich nicht mehr hier wohne.« In der Wohnungstür stößt er mit den Kaisers zusammen. Der alte Herr Kaiser, seine Frau und der Enkel, der die Fenster im Schlafzimmer streichen wird, stehen da und wollten gerade klingeln. Verwundert schaut Gertrud, die noch immer in ihrem Fernsehsessel sitzt, auf die Besucher. Nur einmal in all den Jahrzehnten waren die Kaisers bei ihr in der Wohnung, das war bei der Hausversammlung vor ein paar Jahren. Frau Kaiser trägt einen Blumentopf, eine Bromelie, wie Gertrud sofort erkennt, aber eine andere Sorte als ihre auf dem Fensterbrett. Was ist los, warum machen die so feierliche Gesichter?

»Frau Romberg«, hebt Herr Kaiser an, nachdem er sich geräuspert hat und die Besucher Platz genommen haben. Mein Gott, wie alt der geworden ist. Getrud kannte ihn schon als Jungen, hat ihn aber nie beachtet, erst zwanzig, dreißig Jahre nach dem Kriegsende fiel ihr auf, dass die Kaisers und die Rombergs nun am längsten im Haus wohnten, und das schuf eine gewisse Verbindung. Er hat wie sie die Wohnung von seinen Eltern übernommen, hat dort geheiratet und seinen Sohn aufgezogen, und nun auch den Enkel. Wo ist eigentlich der Sohn, der Vater des jungen Bauarbeiters? Da sagt Herr Kaiser es schon: »Unser Sohn war ja zehn Jahre lang im Ausland auf Montage. Jetzt hat er sich ein Haus in Storkow gebaut und eine Einliegerwohnung für meine Frau und mich gleich mit. Aber wir sind Berliner, was sollen wir in Storkow? Im Osten auch noch. Seit drei Jahren sagt er schon, wir sollen kommen, wir sagen, wir bleiben. Aber Sie wissen ja selbst, Frau Romberg, was hier los ist. Nicht nur die Zigeunerinvasion, schlimm genug. Der ganze Wedding wimmelt ja von Ausländern. Wobei ich nichts gegen die Türken sagen will, die Salamans und der Karakoglu waren anständige Menschen, aber was jetzt so kommt. Haben Sie das mit den tschetschenischen Rockern in der Groninger gehört?«

Nein, Gertrud hat von keinen tschetschenischen Rockern gehört, sie erinnert sich nur, dass das Ehepaar Kaiser damals aufgebracht über den Einzug der türkischen Nachbarn war und sich bei der Hausverwaltung, die ja damals noch funktionierte, beschwerte. Lange hat Herr Kaiser die neuen Nachbarn nicht einmal zurückgegrüßt, bis die gleichbleibende Freundlichkeit der Frau Salaman auch ihn erweichte. Er wird es vergessen haben.

Jetzt erzählt er von einem neuen Café in der Groninger, das Gertrud nicht kennt, in dem Männer aus Kroatien und Serbien verkehren. Da soll es letzte Woche eine Schießerei gegeben haben, die ganze Schaufensterscheibe sei hin. Die von draußen aus einem Geländewagen schossen, waren tschetschenische Rocker.

Seine Frau ergänzt: »Guerilla Nation oder so nennen sie sich, es stand in der Zeitung. Aber die drinnen hatten auch sofort

Waffen in der Hand und schossen zurück. Um Drogengeschäfte soll es gegangen sein. Verletzt wurde keiner, aber ich nehme immer diesen Weg zum Supermarkt in den Osramhöfen. Wenn ich da nun gerade vorbeigekommen wäre …«

»Nee, hier kann man nicht bleiben«, fasst Herr Kaiser zusammen, und Gertrud versteht.

»Außerdem«, Frau Kaiser beugt sich vor und dämpft ihre Stimme, »außerdem kommen die Chinesen, das wollen wir uns nicht auch noch antun.«

Gertrud erschrickt.

»Oma, du musst das erklären«, sagt der junge Kaiser. Sein Großvater nimmt wieder das Wort: »Wir sollen ja nicht darüber sprechen, aber Sie, Frau Romberg, sollten schon wissen, was hier passiert. Bei uns waren Vertreter der Hausverwaltung.«

»Ante?«, fragt Gertrud.

»Nee, nicht dieser Strizzi, der hat nichts zu sagen, der ist ja nur dazu da, die Zigeuner in Schach zu halten. Bei uns waren solche Herren wie damals vor der Hausversammlung. Ordentliche Geschäftsleute im Anzug, gute Manieren. Die haben uns angeboten, den Umzug zu bezahlen und noch ein Handgeld, wenn wir verschwinden. Renovieren brauchen wir nicht, denn das Haus, das ganze Grundstück wird gerade wieder verkauft. An Chinesen. Chinesen, stellen Sie sich das mal vor! Da haben wir eingeschlagen.«

»Und mir haben sie eine kleine Wohnung in Moabit vermittelt, aus ihren eigenen Beständen, in der Spenerstraße«, ergänzt der Enkel. »Drei Monate mietfrei. Da lassen wir das mit den Fenstern, Frau Romberg. Lohnt ja doch nicht mehr.«

»Ja, unser Umzugswagen kommt am Donnerstag. Eigentlich wollten wir einen polnischen Abgang machen, aber so einfach ist das doch nicht nach all den Jahren, Jahrzehnten.«

»Polnischer Abgang?«

»Na, weg hier und Schwamm drüber, keine großen Formalitäten. So sagt man doch. Aber wir wollten uns wenigstens von Ihnen verabschieden. Mein Leben lang habe ich im Wedding gewohnt. Es war ja immer eine gute Nachbarschaft mit Ihnen, Frau Romberg. Und ich kannte ja noch Ihre Frau Mutter, als Kind sogar die Großmutter. Sehr nette Damen. Na, Sie bleiben ja auch nicht hier, haben Sie den Platz im Pflegeheim schon?«

»Was für ein Pflegeheim?«

»Das sagten die Herren doch, die Chinesen wollen das Haus mieterfrei übernehmen. Und als ich meinte, da ist doch noch die alte Frau Romberg, versicherten die uns, da würde gerade ein Platz im Pflegeheim gesucht.«

»Über meinen Kopf hinweg«, sagt Gertrud nur. »Ich muss mich jetzt hinlegen, mir ist nicht gut. Zieht doch bitte die Wohnungstür hinter euch zu.«

So wird es für die Kaisers doch noch ein polnischer Abgang. Die Bromelie lassen sie da.

16

LAILA sitzt nun schon seit Stunden in Franas Kampingo. Dort ist wieder Ruhe eingekehrt, die beiden Frauen reden nicht. Mit ihrer Großmutter kann Laila schweigen, ohne dass die Stille schwer wird. Sie überlegt schon, ob sie gehen sollte, denn Frana ist sichtlich erschöpft, aber die alte Frau sagt: »Machen wir weiter, Laila. Jetzt bin ich schon dabei, mich zu erinnern. Das kann ich nicht oft, aber heute muss es sein. Was du weißt, ist nicht verloren.«

Nach den Lagern und den Toten möchte Laila jetzt nicht mehr fragen. Doch es gibt noch mehr im Leben ihrer Großeltern, über das sie wenig weiß. »Dann erzähle von deiner Befreiung. Oder wie es kam, dass du den Papo wieder getroffen hast.«

Darüber zu sprechen, denkt Laila, wird für Frana leicht sein. Ihre Großmutter stemmt sich hoch, langsam wegen der schmerzenden Hüfte, schiebt ihre Schuhe von den Füßen, schwarze Spangenschuhe, die sie bei der Arbeit trägt, holt eine Flasche und Gläser aus dem Schrank hinter dem Vorhang, gießt sich und ihrer Enkelin einen Grappa ein. »Das Geschenk einer Kundin.«

Laila hat Frana noch nie Alkohol trinken sehen. Die nippt auch nur an dem Glas. Dann spricht sie von einem Dokument, einem Entlassungsschein, ausgestellt von den Russen am 2. Mai 1945. Immer habe sie ihn bei sich getragen, in Mecklenburg, in Berlin, im Gefängnis und auf der Flucht nach Allenstein. Auch im Zug nach Büchen habe er in ihrem Brustbeutel gelegen und sei dann mit ihr zurück nach Polen gekommen. Jetzt liege das Papier in ihrer Hamburger Wohnung.

»Gefängnis? Allenstein? Baba, ich weiß doch gar nichts. Bist du in diesem Malchow befreit worden?«

»Ja. Ich weiß nicht mehr alles, ich war krank. Die Frauen aus meiner Baracke gingen in die Stadt Malchow, in die Häuser, sie nahmen sich Kleider und Essen. Manche feierten mit den Russen, nein, das war später. Zwei Ukrainerinnen aßen fettes Fleisch und Butter mit dem Löffel, die gingen noch im letzten Moment zugrunde. Ich habe mir nur ein Brot besorgt, ein rundes schwarzes Brot, davon brach ich kleine Stücke ab. Ich habe mir kein fremdes Kleid von den Deutschen genommen, auch keine Schuhe. Aber ich besaß ganz gute braune Lederschuhe, die hatte ich einer toten Ungarin von den Füßen gezogen. Vielleicht war sie auch noch nicht tot, so waren wir damals. Ich ging einfach los, wir trugen keine gestreifte Häftlingskleidung, sondern irgendwelche Lumpen, die mit einem großen roten Kreuz auf dem Rücken gezeichnet waren. Ich wollte auf keinen Transport warten, ich hatte genug von Transporten. Die Lovara-Frauen boten mir an, bei ihnen zu bleiben, aber die wollten ja nicht nach Berlin. Ich ging und ging, aber dann hielt ein Lastwagen mit Polinnen neben mir, die waren auch in Malchow gewesen und wollten nach Hause. Ich stieg ein, fuhr eine Weile mit ihnen, dann fiel mir wieder ein, dass ich doch nach Berlin wollte, sie ließen mich aussteigen, ich lief weiter. Zwei Tage vielleicht. Ich wusste nicht einmal, ob die Richtung stimmt, vielleicht ging ich im Kreis. Immer kam da ein See, den ich umgehen musste. Einmal lief ich über Bahngleise. Dass die Vögel sangen, daran erinnere ich mich, und dass die Maikätzchen schon aufbrachen. Ich ging an ausgebrannten Autos vorbei, an Pferdekadavern und toten Soldaten. Niemand beachtete mich, trotz des Kreuzes auf meinem Rücken. Das Dorf, in dem ich dann erst einmal blieb, hieß Lansen. Lansen bei Waren an der Müritz. Ein schönes Dorf, große Bauernhäuser, gestrichene Zäune um die Gärten. Ein Haus hatte schmiedeeiserne Gitter. Ich setzte mich an den Wiesenrand unter eine Trauerweide, nicht einmal versteckt habe ich mich, weil ich zu erschöpft war, nur die Lederschuhe habe ich ausgezogen. Plötzlich war da eine ältere Frau, die schaute mich lange an, dann sagte sie: ›Maschallah dik, avili jek schucker tschai.‹

Sie war keine Sintiza, aber sie kannte ein paar Worte unserer Sprache, nur war das ein merkwürdiger Dialekt. Ich habe sie nicht gefragt, wo sie es gelernt hat. Russisch sprach sie auch, und später stellte sie sich oft vor unser Haus und schimpfte mit den betrunkenen Soldaten, die hineinwollten. Es war ein ganz kleines Haus. Ihr Schwager war bei dem Grafen von Hahn der Gärtner gewesen, aber der Graf war schon seit vielen Jahren nicht mehr da. In seinem etwas abseitsgelegenen Gutshaus, dem mit den schmiedeeisernen Gittern, lebten Flüchtlinge. Helene, die Frau, die mich aufgesammelt hatte, war hier auch eine Fremde, aus Sopot in Pommern war sie zu ihrer Schwester geflüchtet, erzählte sie mir. Der Gärtner war vom Volkssturm nicht zurückgekommen, aber seine Frau Hermine lebte noch in dem kleinen Häuschen, und nun war ich auch da. Hermine stand am Fenster und sah uns entgegen. ›Phenja sam‹, hatte Helene mir gesagt, Wir sind Schwestern, und ich habe geantwortet, ich könne Deutsch. Die Frauen nickten nur und ließen mich in Ruhe. Ich schlief und schlief, aß Milchsuppe und schlief weiter. Nach ein paar Tagen stand ich auf und half den beiden in ihrem großen Garten. Wenn Fremde kamen, ging ich ins Haus. Die Schwestern fragten mich nichts. Woher ich kam, wer ich war, sah man ja. Sie gaben mir andere Kleider, sie hatten Schränke voller Kleider aus schönen Stoffen.«

Frana hält inne, ihre Augen sind geschlossen. Laila glaubt schon, dass sie eingeschlafen ist, aber dann seufzt ihre Großmutter, nimmt einen Schluck aus dem Grappaglas und setzt ihren Bericht fort. »Die ziemlich neuen Bauernhäuser im Dorf, über dreißig, gehörten Siedlern, die waren aus Westfalen und Schwaben gekommen, als der Graf von Hahn 1933 das Gut verkaufen musste. *Hof und Hufe* hieß die Siedlungsgesellschaft, das stand an manchen Giebeln. Die Häuser hatten Namen, ich erinnere mich an *Bornhof* oder *Hagenhof*. In all diesen Häusern lebten nun auch Flüchtlinge. Keiner kümmerte sich um mich und das war gut so.

Aber ich hatte in den Lagern gelernt, die Menschen zu unterscheiden, und sah bald, dass unter den Flüchtlingen auch Männer waren, die vor kurzem noch Uniformen getragen und Befehle gegeben hatten. Beim ehemaligen Ortsbauernführer, der ein Schwabe war und drei blonde Töchter hatte, lebte einer, der die Kühe zu versorgen hatte. Er war etwa dreißig Jahre alt, trug eine Armprothese und hieß Erich Siewert. Dass er Berliner war, hörte ich, er sprach so, wie in meiner Kindheit die Leute im Wedding gesprochen haben, nur mit dem zackigen Ton eines Befehlshabers, sogar wenn er die Kühe rief. Ich ging ihm aus dem Weg, aber einmal kam er in die Gärtnerei, sah mich mit seinen hellblauen Augen scharf an, wandte sich dann ab mit einem Ausdruck von Verachtung und Gleichgültigkeit, wie ich ihn aus den Gesichtern der Wachmänner in Birkenau und in Malchow kannte. Erich Siewert war nicht so hochgewachsen und blond, wie ein Naziführer eigentlich sein sollte, aber ihr Hitler sah ja auch nicht arisch aus. Siewert war trotzdem ein Führer, das habe ich erkannt und fürchtete mich.

Aber das Gärtnerhaus war mein Schutz, und so lebte ich Woche für Woche und fragte mich nicht, was werden würde. Helene und Hermine sagten mir, ich könne bei ihnen bleiben wie eine Tochter, aber ob ich denn nicht nach Hause wolle. Nach Hause. Ich wusste ja, dass keiner mehr lebte von meiner Familie.

Am Ende des Sommers kamen Autos mit Russen in Zivil ins Dorf, sie umstellten das Haus des früheren Ortsbauernführers und gingen mit Gewehren im Anschlag Erich Siewert suchen. Der war nicht mehr da, so nahmen sie den Bauern mit. Es waren auch deutsche Männer bei den Russen, ehemalige Häftlinge, das sah ich an ihren Gesichtern, in die sich das Lager eingebrannt hatte. Die hatten jetzt irgendwelche wichtigen Funktionen, kamen auch in unser Haus, guckten sich um, fragten, was wir über Erich Siewert wüssten. Der hieß in Wirklichkeit Artur Axmann und war Reichsjugendführer gewesen. Jahre später habe ich Willi davon erzählt, der wusste, dass dieser Axmann tatsächlich aus dem Wedding war, er ist da groß geworden. Willi hat ihn auch mehrmals von nahem gesehen, wenn Axmann in seiner Straße einen Kranz niederlegte vor einer Milchwirtschaft, die einmal ein Lokal gewesen war, vor dem ein Hitlerjunge erstochen wurde, nach dem die Straße dann benannt wurde. Damals wohnte Willi mit seinen Leuten dort im Hinterhaus, erst als er zwölf war, zogen sie in die Laubenkolonie nach Wittenau.

Das alles wusste ich damals nicht, aber ich habe ja gesehen, von welcher Art dieser Siewert war, und wunderte mich nicht, dass die Russen ihn suchten. Die Männer fragten auch mich, wer ich sei, und besahen sich genau meinen Entlassungsschein, auf dem als Heimatadresse stand: Rastplatz Marzahn. Schließlich meinten sie, ich gehöre hier gar nicht hin, ich müsse nach Berlin zurück, dort solle ich mich beim Hauptausschuss für Opfer des Faschismus melden, dann bekäme ich Wohnraum und Lebensmittelkarten. Wenn ich meine Angehörigen finden wolle, dann nur dort.

Sie gaben mir eine Bescheinigung, dass ich ohne Fahrkarte mit dem Zug fahren dürfe. Helene und Hermine kamen mit bis zum Bahnhof in Waren, sie winkten, als ich abfuhr, und Helene sagte in meiner Sprache: ›Kamaw t'aves bachtali‹ – Ich will, dass du glücklich wirst.«

Wieder verstummt Frana, zündet sich eine Zigarette an. Ihr Gesicht ist erhitzt, vielleicht vom Grappa, vielleicht von den Erinnerungen. Im Halbdunkel des Wagens wirken ihre Züge ganz jung.

»Und, bist du glücklich geworden?«, fragt Laila und weiß im selben Moment, wie töricht diese Frage ist.

»Glück?« Frana lacht, ein tiefes, warmes Lachen mit einer Spur Bitterkeit. »Dass ich aus Birkenau in die Baumschule kam, war ein Glück, auch wenn es aussah wie ein Unglück. Dass ich der Helene begegnet bin, war ein Glück. Und es war überhaupt ein Glück, dass ich am Leben war, aber das konnte ich damals nicht fühlen. Ich fühlte gar nichts. Vom Bahnhof in Berlin ging ich durch die Trümmer nach Marzahn, wohin denn sonst? Den Platz hinter den Bahngleisen gab es noch. Nur war eine der drei Kastanien angesengt und die Baracke der Wachmannschaften die einzige, die noch stand. Die Bewacher waren natürlich nicht mehr da, das sagte mir schon die Besitzerin des kleinen Kolonialwarenladens am Dorfplatz, die mich erkannte, weil ich mit unseren Marken bei ihr für die ganze Familie eingekauft hatte. Aber in der Baracke wohnten immer noch Zigeuner, sagte sie. Ich ging hin und sah unsere Leute, nur Alte und Kranke. Von meiner Familie, den Freiwalds, war keiner dabei, auch nicht von den Fidlers. Fast alle waren Angehörige von Säckeli, den die Nazis zum Platzältesten bestimmt hatten. Er war das Oberhaupt einer der angeblich reinrassigen Familien, die für die Wissenschaft aufgehoben werden sollten. Seine Angehörigen und einige aus der Familie Steinbach hatten überlebt. Mir erzählten sie, Säckeli sei von den Russen mitgenommen worden, weil es ihnen verdächtig war, dass seiner Familie nichts passiert sei, nicht einmal sterilisiert hatten die Deutschen sie. Und Säckeli hatte immer wieder Listen mit den Namen seiner Verwandten abliefern müssen. Die nicht darauf standen, hielten ihn für einen Verräter. Ich erfuhr, dass der Platz, auf dem es keinen Bunker gab, noch mehrmals bombardiert worden war. Auf dem Friedhof nebenan liegen viele unserer Menschen, meine Mutter ja auch. Die Überlebenden beantworteten meine Fragen ganz ruhig, als ginge sie das alles gar nichts mehr an. Ihre Augen waren wie tot. Sie hätten weggehen können von dem verbrannten Platz inmitten der Felder, aber wohin denn? Ein paar unserer Leute seien aus den Lagern wiedergekommen, die hätten nun Lauben in Lichtenberg besetzt, manche lebten auch in der Lottumstraße in der Stadtmitte auf einem Hof. Die seien nun Opfer des Faschismus, aber wenn man sich bei der OdF-Geschäftsstelle melde, würden die Jüngeren und Gesunden zum Arbeitseinsatz geschickt wie früher. Nur müssten sie jetzt nicht mehr in der Rüstungsproduktion arbeiten, sondern die Ruinen wegräumen. Doch von denen, die in Marzahn überlebt haben, sagte mir die zahnlose Agata, sei keiner als Opfer des Faschismus anerkannt, auch sie selbst nicht. Der Platz sei kein Lager gewesen, nur ein Rastplatz, wurde ihnen erklärt. Aber die Jungen aus der Lottumstraße sorgten dafür, dass sie nicht ganz verhungerten. Ich floh von diesem verfluchten Platz und bin nie wieder dort gewesen.«

»Bist du müde, Mammi?«, fragt Laila, denn Frana macht lange Pausen zwischen ihren Sätzen.

»Ich will das erzählen, du sollst es wissen.«

»Vielleicht komme ich mit einem Tonbandgerät wieder, dann können wir das alles aufnehmen?«

Entschieden schüttelt Frana den Kopf. »Nein. Dir vertraue ich, Laila. Solchen Dingern nicht. Als ich damals das Rundfunkinterview gegeben habe, fehlten in der Sendung ganze Sätze. Im Mund umgedreht haben sie mir meine Sprache. Und ich habe die Doktorarbeit von deinem Ehemann gelesen, Stachlingo hat sie mir gezeigt. Alles stimmt, und die Seele fehlt. Ich erzähle dir meine Geschichte, Laila, aber dir in deine Augen und in dein Herz hinein, nicht in so ein Mikrofon. Jetzt musst du schon noch zuhören, du wolltest ja wissen, wie ich nach Polen gekommen bin, wie ich erfahren habe, dass Willi lebt. Ich will es kurz machen: Eine Sintiza in der Gefängniszelle von Güstrow sagte mir, dass zu einer Kumpania, die durch Schlesien, Pommern und Ostpreußen reist, ein Berliner Sinto namens Wilo Fiedler gehört, der nach Frana oder Brigitte Freiwald sucht, einer Sintiza aus Berlin, von der er sagte, dass er sie in Birkenau zurücklassen musste. In Auschwitz-Birkenau. Da glaubte doch niemand, dass ich noch leben könnte. Aber er fragte jeden, und das war ja dann auch ein Glück.«

»Aber wie bist du nach Güstrow ins Gefängnis gekommen?«

»Ich kann es wohl doch nicht so kurz erzählen. Es war wegen Max Lewinson.« Frana schweigt wieder, es fällt ihr schwer weiterzusprechen. Laila wartet. Es klopft, und gleich darauf steckt Katza den Kopf durch die Tür.

»Mein Gott, ihr redet immer noch.«

»Komm, setz dich zu uns, ich erzähle von früher«, lädt Frana ihre Enkelin ein, aber Katza wehrt ab.

»Ich kann nicht, die Spieße für morgen sind noch nicht fertig.«

»Max Lewinson«, knüpft Frana wieder an, »Max Lewinson habe ich in Reinickendorf im Büro der Opfer des Faschismus getroffen. Ich war dorthin gegangen, wo zuletzt unsere Wagen gestanden hatten, in die Papierstraße. Natürlich war da niemand mehr von uns, aber ein Nachbar, der sich an unsere Familien erinnerte, schickte mich in die Kienhorststraße. Da meldeten sich alle, die in Lagern gewesen waren, vor allem Juden. Die politischen Häftlinge hatten ja ihre Wohnungen noch, ihre Familien, aber die Juden hatten nichts und wir schon gar nichts. Man bekam bei dieser OdF-Stelle Wohnungen von geflohenen Nazis zugewiesen, aber ich war noch keine siebzehn Jahre alt, mir stand keine Wohnung zu. Die Frauen dort waren selbst Verfolgte gewesen, wohl Politische, sie musterten mich und fragten, ob ich denn schon mal gearbeitet hätte. Mit den ehemaligen Zigeunerhäftlingen hätten sie oft Probleme, die würden die zugewiesene Arbeit ablehnen und überhaupt die Gesetze nicht achten, dann könne man sie auch nicht anerkennen. Es sei eine Ehre, Opfer des Faschismus zu sein, man müsse Vorbild sein.

Aber sie hatten erst einmal gar keine Arbeit für mich, auch keinen Schlafplatz. Sie wollten versuchen, mich in ein Wohnheim der jüdischen Gemeinde nach Niederschönhausen zu schicken, da mischte sich ein alter Mann ein, der wegen eines Stempels in das Büro gekommen war. Für mich war es ein sehr alter Mann. Später sah ich sein Geburtsdatum, er war neunundfünfzig Jahre alt. Max Lewinson war auch in Auschwitz gewesen, er hatte eine Naziwohnung in der Winterstraße am S-Bahnhof Schönholz bekommen, in der er allein lebte, nur ein paar Minuten von unserem alten Wohnplatz entfernt. Ich fürchtete mich damals vor Männern, in den Lagern und auch danach hatte ich sie oft wie gierige, grausame Tiere erlebt, aber vor Max Lewinson hatte ich keine Angst. Vielleicht, weil er mir so alt vorkam, vielleicht auch habe ich die Gabe meiner Mutter geerbt; die konnte nicht nur in Händen, sondern auch in Gesichtern lesen, jedem konnte sie ins Herz schauen. Max Lewinson hatte ein gutes Herz. Ich ging mit ihm. Das Zimmer, das meines sein sollte, war wohl das Kinderzimmer der ehemaligen Bewohner gewesen. Das Kind muss aber schon groß gewesen sein, an der Wand hing eine Art Dolch, im Schrank lagen gebügelte braune Hemden gestapelt, und über dem Bett zeigte ein kleines, gerahmtes Zeitungsfoto einen blonden Jungen in meinem Alter, der streckte den Arm vor Erich Siewert oder Artur Axmann in Uniform. Auf dem Schwarz-Weiß-Foto sah man nicht dessen scharfen hellblauen Blick, aber ich erkannte ihn sofort. Max Lewinson hatte dieses Zimmer vor meiner Ankunft kaum betreten, zusammen warfen wir am nächsten Tag fast alles in den Müll, was dieser Hitlerjunge hinterlassen hatte. Die Nachbarn schauten uns hinter den Gardinen zu.

Max Lewinson hatte seine Familie verloren wie ich meine, wir sprachen nicht viel darüber. Vor dem Krieg besaß er einen Laden in der Danziger Straße, aber noch davor, in seiner Jugend, war er mit einem Automobil als ambulanter Händler herumgereist, Kurzwaren hatte er angeboten. Damit, meinte er, könne man ganz gut verdienen, erst recht in Zeiten wie diesen. Er kannte einen Großhändler, dessen Lager in den Hackeschen Höfen nicht ganz verbrannt war. Dieser Mann war außerdem in den letzten Kriegstagen in die Ruine der Neuen Synagoge in der Oranienburger Straße eingestiegen, wo das Heeresversorgungsamt gute Waren hortete, und hatte Kisten voller Zeug herausgeholt. Er wollte Max Lewinson die Ware auf Kommission überlassen, er müsse sie aber weitab von Berlin anbieten, am besten in Mecklenburg oder in der Prignitz, wo man nicht nach der Herkunft fragen würde. Schon gar nicht, wenn der Verkäufer aus Berlin käme und einen Ausweis als Opfer des Faschismus hätte. Als ich zu Max Lewinson kam, hatte er sich schon einen Wandergewerbeschein und einen großen Tragekorb besorgt; ein Auto besaß er natürlich nicht mehr, er wollte zu Fuß über die Dorfer gehen. Irgendwann wollte er wieder einen eigenen Laden haben, dafür brauchte er Geld.

Im Frühling wollte er losfahren, noch vor Ostern, aber er suchte noch einen Gehilfen. Im DP-Lager am Schlachtensee, wo er einige Monate lang gelebt hatte, gab es viele junge Juden ohne Arbeit, die warteten auf eine Gelegenheit, Deutschland wieder zu verlassen. Aber sie winkten nur ab, wenn Max Lewinson ihnen anbot, in sein Geschäft einzusteigen. Sie wollten keine Wanderjuden sein. Doch Schwarzmarktgeschäfte florierten unter ihnen. Einer besorgte ihm sogar einen Karton voller Mundharmonikas und Kinderspielzeug aus Metall.

Ich tat nichts, ich lag auf dem Bett des Hitlerjungen und las seine Bücher. Noch nie hatte ich überhaupt Bücher gelesen, am Anfang buchstabierte ich Wort für Wort, aber dann war es so, als ob die Buchstaben sich von selbst zu Geschichten fügten, die mich vergessen ließen, was geschehen und was um mich herum die Wirklichkeit war. Max Lewinson sah, was ich da las, Karl May, Waldemar Bonsels, und sagte, das sei Schund. Aber er nahm mir die Bücher nicht weg, drängte mich zu keiner Arbeit, er drängte mich überhaupt zu nichts. Wenn er von seinen Geschäftsgängen zurückkam, kochte er Essen für uns.

Manchmal ging ich in die Papierstraße. Wenn ich um die Ecke bog, klopfte mein Herz, und ich dachte für einen Augenblick, gleich könnte ich die grünen Wagen sehen, und sie würden mir alle entgegenlaufen, meine Tanten Frieda und Mimi, meine Geschwister Lupo, Alma, der kleine Nunno …

Ein paar Monate vergingen so. Manchmal dachte ich darüber nach, ob ich nicht zu Helene und Hermine nach Lansen zurückkehren sollte, deren Garten mir beinahe so fehlte wie die Frauen. Dann, im Februar, kam eine Vorladung vom Arbeitsamt. Dort sagte man mir, ich solle als Reinigungskraft im Schlachthof arbeiten, am Zentralviehhof. Ich fuhr auch dorthin und sah mir diesen Schlachthof an, da waren noch mehr Leute von uns, aus der Ansin-Familie, aus der Krause-Familie, die hatten vor Auschwitz in Magdeburg gelebt. Keiner von denen wusste etwas über meine eigene Familie, nichts über Willi Fidler. Aber sie sagten mir, ich solle auf keinen Fall auf diesem unreinen Schlachthof arbeiten, sie selbst würden auch so bald wie möglich abhauen. Aber ich hatte schon beschlossen, als ich das Blut sah, als ich das Brüllen der todgeweihten Schweine und Rinder hörte, nie wieder an diesen Ort zu kommen.

Am Abend dieses Tages saß ich mit Max Lewinson in der Küche. Er sah zu, wie ich seine Kartoffelsuppe aß, und ich bat ihn, mich als Begleiterin mitzunehmen.

So behielt ich meinen OdF-Ausweis, den sie mir inzwischen gegeben hatten, ich war jetzt Handelsgehilfin eines Gewerbetreibenden, und im März, als es schon wärmer wurde, machten wir uns auf den Weg.

Ich schlug ihm vor, in die Gegend von Waren an der Müritz zu fahren, aber Max Lewinson wollte von Güstrow aus in die umliegenden Dörfer gehen, in Güstrow kannte er eine Frau, die Witwe eines Lagerkameraden, der hatte er schon mehrere Pakete mit Waren geschickt, in deren Wohnung könnten wir auch schlafen.

Ich erinnere mich nicht an die Zugfahrt, ich erinnere mich auch kaum an die Frau, bei der wir tatsächlich schlafen durften, Max Lewinson auf dem Sofa und ich neben ihr im Ehebett unter klammen Federbetten zwischen braunen Schränken, auf denen unsere Kartons standen. Zwei oder drei Tage lang gingen wir morgens los, durch die kleine, noch schlafende Stadt, an einem See vorbei, alles hatte hier so schöne Namen: Inselsee, Schöninsel, Honigbarg. Den großen Korb trug mal ich, mal Max Lewinson auf dem Rücken. Unterwegs erzählte er mir viel über diese Landschaft und die Stadt Güstrow, über Könige und Feldherren, deren Namen ich gleich wieder vergaß. Aber einen habe ich behalten, er erzählte von einem Löser Cohen, einem jüdischen Bildhauer, der in Güstrow gelebt hatte und an den Befreiungskriegen gegen Napoleon teilnahm. Von Napoleon hatte ich schon mal gehört, nun meinte Max Lewinson, der habe Deutschland den Fortschritt gebracht, ihm seien gute Gesetze für die Juden zu verdanken, außerdem der Bürgersteig und vieles mehr. Dass Löser Cohen aus Güstrow, der übrigens einer seiner Vorfahren gewesen sei, gegen Napoleon gekämpft habe, sei ein Tanz auf fremder Hochzeit gewesen, es habe den Juden nichts Gutes gebracht, sich den Deutschen so anzudienen. Ich hatte noch nie über solche Dinge nachgedacht, aber war ein bisschen stolz, als Max Lewinson mir sagte, mein Volk habe sich nie so angepasst. Mehrmals ging er vom Wege ab und führte mich zu merkwürdigen Steingebilden, das waren Gräber aus alter Zeit, eines hieß Steintanz und sah auch so aus. Ich erinnere mich bis heute an das Seelenloch, eine kleine Öffnung im Verschlussstein der Grabstätte, durch das die Seele des Toten entweichen kann. Ich hätte gedacht, ein Seelenloch ist ein Loch in der Seele, wie das, was ich selbst seit langem spürte, dabei ist es das, was der Seele ihre Freiheit gibt, damit sie nicht eingesperrt bleibt bei den Toten.

Wenn die Sonne schon wärmte, machten wir Halt und boten auf einem Dorfplatz unsere Waren an. Die Bauernfrauen betasteten die Garnrollen und die auf Pappe gewickelten Bänder, schimpften über die Preise, aber nahmen die Ware. Am besten verkauften sich die Mundharmonikas. Wenn wir zwischen zwei Dörfern unter einem Baum rasteten, spielte Max Lewinson selbst auf einer, dann lehnte ich mich zurück, blickte in den Himmel und spürte, dass ich am Leben war. Du hast mich doch nach dem Glück gefragt, Laila.

Aber es hielt nicht an. Mit dem fast leeren Korb kehrten wir abends nach Güstrow zurück, am vierten Tag war ein Dorf namens Bölkow unser Ziel. Wir stellten uns auf den Platz vor einer Backsteinkirche und breiteten unsere Waren auf einem Holzbock für Milchkannen aus, als Leute mit bösen Gesichtern kamen und riefen, es sei eine Unverschämtheit, dass dieses Vagabundenpack sich vor ihrer Kirche herumtreibe. Wir wollten schon einpacken, als eine Frau, die gerade einen aufziehbaren bunten Vogel aus Metall in der Hand hielt, rief, überhaupt sei das alles viel zu teuer, eine Mundharmonika acht Mark, Nähnadeln eins fünfzig, Schreibhefte eine Mark. Das sei Wucher, wer habe das überhaupt genehmigt, und woher seien denn all diese Dinge, das müsse man doch einmal überprüfen. Max Lewinson zeigte seinen Gewerbeschein, der für die ganze Ostzone galt, und als sie seinen Namen lasen, lachten und höhnten sie, nannten ihn einen Tündeljuden. Wir waren auf dem Dorfplatz umzingelt von bösen, schadenfrohen Gesichtern. Plötzlich fassten von allen Seiten Hände nach den Waren, sogar in den Korb griffen sie, ich sah, wie ein Junge mit einer Mundharmonika weglief, und auch die zeternde Frau gab den Vogel nicht wieder her.

Wir waren erleichtert, als zwei Uniformierte erschienen. Sie nahmen den Wandergewerbeschein, den Max Lewinson ihnen zeigte, und einer meinte: ›Ach, ein Herr Lewinson. Da sind sie ja wieder, die Halsabschneider. Aber wir haben jetzt eine Volkskontrolle, da werden wir die Ware mal beschlagnahmen.‹

Bereitwillig halfen ihnen die Umstehenden, die Waren in den Korb zu stopfen. Ich stand wie erstarrt, aber Max Lewinson weinte beinahe und flehte, aufgeregt zog er seinen OdF-Ausweis heraus und zeigte ihn in die Runde. Die Wachtmeister zögerten, aber blieben bei ihrer Sicherstellung, wie sie es nannten. Wir sollten uns an das Kreispolizeiamt Güstrow wenden.

Auf dem Rückweg sprachen wir kaum.

Am nächsten Morgen standen wir schon früh vor der Polizeidienststelle. Max Lewinson hatte mich nicht mitnehmen wollen, aber ich wollte ihn nicht alleinlassen. Sie wussten dort nichts von einer Beschlagnahme und schickten uns wieder weg. Die Frau, bei der wir wohnten, sagte uns, dass es einen Ausschuss für die Opfer des Faschismus gebe, die Betreuungsstelle für ehemalige politische Häftlinge der Stadt und des Landkreises. In der Gleviner Straße. Seltsam, dass ich das nie vergessen habe. Auch den Namen des Mannes dort weiß ich noch, er hieß Malachinski.

Erstaunt und mit zunehmendem Widerwillen hörte er sich an, was Max Lewinson ihm erzählte. Er sei selbst Landarbeiter gewesen, sagte er schließlich, er wisse, wie schwer Geld verdient wird. Und solche Preise seien ja wirklich unverschämt. Er habe auch im KZ gesessen, seinen Kindern könne er so teures Spielzeug nicht kaufen.

Max Lewinson versicherte, dass er die Waren auch bezahlen müsse, in dieser Zeit bekäme man so etwas eben nicht billiger. Und dann zog er einen Geldschein aus der Tasche und hielt ihn dem Kameraden hin, für seine Kinder. Der sprang auf, hochrot im Gesicht, und brüllte, diesmal sei der Herr Lewinson an die falsche Adresse gekommen. Solche Wucherpreise könne er als Kreissekretär der Opfer des Faschismus und als Kommunist nicht unterstützen, Schmarotzer wie der Herr Lewinson würden das Ansehen der OdF auf das Schändlichste beschmutzen, sie hätten unter den OdF nichts zu suchen. Und die versuchte Bestechung sei eine Straftat, er werde jetzt die Polizei rufen.

So geschah es. Wir wurden getrennt, man nahm uns alle Ausweise ab, auch das Entlassungspapier aus Malchow, das ich immer bei mir trug, behielten sie. Nach ein paar Stunden saß ich im Gefängnis am Schlossberg, meine Zellengefährtin war eine ältere Frau, ich weiß nicht, warum man sie eingesperrt hatte. Am Abend aber brachte man noch eine Frau, eine Sintiza, die sah mich an und erzählte, es gäbe noch mehr von uns hier in der Nähe. Manche seien während des Krieges in einem Arbeitslager gewesen und in der Gegend geblieben, in verschiedenen Dörfern, es sei schön hier, besser als in Polen. Schließlich hätten die Deutschen den Krieg verloren und trauten sich nicht mehr, die Krallen zu zeigen. Im Gefängnis sei sie nur wegen des Zuteilungsscheins für Pferdefutter. Für alles brauche man einen Zuteilungsschein und da habe sie ihr Pferd eben in zwei Gemeinden angemeldet. Bei einem Bauern habe sie einen der Scheine gegen Lebensmittel eingetauscht, deshalb sei sie nun hier. Sie fragte nach meinem Namen und dann, ich dachte, mir bleibt das Herz stehen, sagte sie, von einer Frana Freiwald habe sie schon gehört. Im Herbst sei sie noch in Polen gewesen, in Allenstein, als auf einem Pferdehof dort eine Kumpania gerade ins Winterquartier ging. Einer der Männer, Wilo Fidler aus Berlin, frage jeden nach seiner Romni, die der Porajmos verschluckt habe. Auch sie habe ihm versprechen müssen, nach ihr zu suchen. Ihr deutscher Name sei Brigitte. So war das, Laila. So habe ich Willi gefunden und er mich.«

Laila steht auf, beugt sich zu ihrer Großmutter herunter, umarmt sie lange. »Was wurde aus Max Lewinson?«

»Vier oder fünf Tage später kam ein Wärter, sagte, ich solle meine Sachen nehmen, ich sei frei. Die andere Sintiza stand auch auf, wollte sich an ihm vorbeidrängeln, aber er hielt sie zurück: ›Du bleibst, Frau.‹ Sie spuckte auf den Boden und sagte: ›Te chas mo kul.‹ Mir rief sie nach: ›T'aves bachtalo schelé berschéntza angle.‹«

»Und Max Lewinson?«

»Sie gaben mir den Entlassungsschein von Malchow zurück, aber nicht den OdF-Ausweis. Dann legten sie ein Schreiben vor mich hin, ein Protokoll, das ich unterzeichnen sollte. Darin stand, dass Max Lewinson wegen Preisüberschreitung eine Ordnungsstrafe von fünfhundert Mark zahlen sollte. Da er nicht genügend Geld bei sich hatte, habe er vor seinem Tod unter Zeugen die beschlagnahmten Waren zum Ausgleich angeboten. Die würden nun der nächsten Weihnachtstombola des Polizeikreisamtes Güstrow zugeführt.

Ich schrie auf, als ich das las. ›Was bedeutet: vor seinem Tod?‹ Und sie sagten: ›Er hat sich aufgehängt.‹

Ich bin nicht nach Berlin zurückgegangen, ich lief und lief, immer nach Osten, bis nach Allenstein, das Olsztyn hieß. Und nun bin ich hier, und es ist so gekommen, wie Helene und die Frau im Gefängnis von Güstrow es mir wünschten: Hundert Jahre bin ich noch nicht alt, doch Glück – Glück habe ich gehabt. Aber jetzt bin ich wirklich müde.«

Als Laila Franas Kampingo verlässt, sind die Verkaufsbuden geschlossen. Es muss nach Mitternacht sein, der Himmel ist dunkel, so nahe an Berlin sieht man die Sterne nicht. Aus einem der eng beieinanderstehenden Wohnwagen hört man Kinderweinen und das leise Singen einer Frau. Vielleicht ist es auch ein Radio. Petra und Katza sitzen auf der Treppe davor und rauchen. »Schade, dass du wieder nicht bei Flora und Stachlingo sein wirst, wenn die Familie sich trifft«, sagt Katza.

»Doch, ich komme. Bestimmt komme ich.«

Laila überlegt, ob sie sich zu ihren Cousinen setzen soll, die ihr plötzlich ganz nahe sind, aber die Treppe ist schmal, und sie sehen sich ja schon übermorgen wieder.

17

LEO hat in seinem ganzen Leben nicht so oft in Gastwirtschaften herumgesessen wie in den letzten Wochen. Im »Chuzpe« ist er sowieso fast jeden Tag. Die kleinen Cafés in der Nähe des Hotels kennt er alle. Aber auch in der unscheinbaren »Pierogarnia« in der Turiner hat er Stunden verbracht. Dort gibt es die besten Piroggen, die er je aß, Frau Kozlowska, die polnische Wirtin, macht sie selbst. Als sie ihn fragte, woher er käme, zögerte er und sagte dann, er sei hier geboren. In gleich drei verschiedenen, aber ähnlich schmuddeligen koreanischen Restaurants in der Nähe hat er hervorragenden Kimchi gegessen, da wurde er nicht nach der Herkunft gefragt. In der Maxstraße probierte er irgendwelche Teigtaschen bei einem missmutigen Araber, dem er sich besser auch nicht als Israeli zu erkennen gab. Er hat die Gegend seiner Kindheit erneut erkundet und erstaunt gespürt, wie Erinnerungen ihn überfielen, von denen er nicht weiß, wo sie jahrzehntelang steckten. Schräg gegenüber der »Pierogarnia« hatte damals ein Kunstmaler gewohnt, sogar der Name fiel ihm wieder ein: Otto Nagel. Er trug einen breitkrempigen Hut, man sah ihn manchmal an Straßenecken und auf Höfen mit seinem Skizzenbuch. Oft saß er auch in Heinrich Reims Kneipe an der Ecke Malplaquetstraße, die heute das »Schraders« ist. Er war bekannt in der Gegend, hier gab es nicht viele seinesgleichen.

An einem Februartag 1933, das weiß Leo so genau, weil es am Tag nach seinem achten Geburtstag war und er die neuen

Fußballschuhe trug, ist er nach dem Unterricht mit Manfred durch die Turiner gekommen, sie wollten zu dem Spielplatz neben der Nazarethkirche. Da sahen sie, wie aus den Fenstern des vierten Stocks Bilder und Papiere geworfen wurden, die Rahmen splitterten, Glas klirrte, weiße Blätter flatterten wie Tauben über die Straße. Oben johlten Männer, unten auf der Straße klatschten andere Beifall. Den Maler sahen Leo und Manfred nicht, aber eine Frau kreischte und versuchte, die Männer daran zu hindern, ein großes Bild aus dem Fenster zu werfen, das im nächsten Moment vor die Füße der Jungen krachte. Sie machten, dass sie wegkamen.

Dieses Erlebnis hat er erzählt, als sie neulich bei dem Rechtsanwalt Behrend und seiner Frau eingeladen waren. Die Frau des Anwalts, eine frühere Kunstlehrerin, war an einen Grafikschrank gegangen und hatte eine Bleistiftzeichnung vor die Besucher gelegt, einen Berliner Hof, wie er sie aus seiner Jugend kannte, wie es sie im Wedding noch immer gibt. »Das ist von Otto Nagel«, sagte sie. »Der war am Tag von Hitlers Machtantritt gerade Vorsitzender des Reichsverbands bildender Künstler geworden. Das wurde sofort rückgängig gemacht, Nagel war Kommunist. Später war er Häftling im KZ Sachsenhausen. Er ist ein berühmter Künstler.«

Leo war verblüfft, das hatte er nicht gewusst, mit Kunst hat er sich nie beschäftigt. Bei seinen Spaziergängen rund ums Hotel entdeckte er dann eine Tafel an einem grauen Haus in der Reinickendorfer Straße, hier im Hinterhaus war 1894 Otto Nagel geboren worden.

In der Buchhandlung »Belle et triste« in der Nähe seines Hotels bestellte er einen Bildband über den Künstler, saß stundenlang im »Schraders«, las darin und betrachtete die Bilder, die ihn eigentümlich berührten, Boten aus einer Vergangenheit, die auch seine als Berliner Junge war. Vielleicht hatte der Maler an ebendiesem Fenster sein Bier getrunken. Nach dem Krieg lebte er im Osten Berlins, im Juli 1967 starb er.

Dieser Sommer vor einem halben Jahrhundert ist Leo unvergesslich, jeder Israeli kennt die Bedeutung des Sechstagekriegs vom Juni 1967. Für die einen war es ein Triumph, Beweis für die Wehrhaftigkeit und Unbesiegbarkeit des Landes, für die anderen der Beginn des Abstiegs zu einer Besatzungsmacht. Die Ägypter hatten kurz zuvor tausend Panzer und hunderttausend Soldaten an die Grenze zu Israel gestellt, noch im Mai hatte Nasser erklärt, sein Ziel sei die Zerstörung Israels. Der Sechstagekrieg war ein Präventivkrieg, am Ende siegte Israel und gewann Land, aber mit diesem Sieg begann nicht nur die Siedlungspolitik, sondern wurde auch die innere Zerrissenheit des Landes sichtbar.

Das hat nichts mit Otto Nagel aus dem Wedding zu tun, aber als Leo dessen Todesdatum sah, fiel ihm dieser Sommer 1967 ein, und er saß grübelnd über dem Kunstband, ohne die Bilder zu sehen. Zu Hause hat er nie so viel Zeit, über all das nachzudenken. Seine Gedanken gingen in den Kibbuz, zu den Toten, mit denen er gelebt und gestritten hatte, und zu den Jüngeren, die ihm oft fremd sind. Und doch: Dort ist sein Zuhause.

Jetzt neigt sich der Aufenthalt hier dem Ende zu, und Leo beginnt, sich auf die Rückkehr zu freuen. Es ist fast alles erledigt, er hat das Haus in der Beerenstraße einer Verwaltung anvertraut, die Behrend ihm empfohlen hat. Der Rechtsanwalt hat ihm auch die Kontakte zu den Finanzleuten vermittelt, die das Kaplan'sche Erbe entwirren sollen. Auf den Konten liegen erstaunliche Summen, die in den letzten Jahren eingefroren waren. Dazu kommen Einnahmen aus der Pacht und aus Verkäufen, denn Leo hat der Gemeinde einige Grundstücke abgetreten. Er wollte sie erst umsonst weggeben, aber dann fiel ihm ein, dass Edith diesen Leuten schon viel geschenkt hatte, weil sie für den Forst und die landwirtschaftlichen Flächen nie einen Rückgabeantrag gestellt hatte. Auch nicht für die paar Dutzend Grundstücke, auf denen Familien nach dem Krieg Häuser gebaut hatten. Die Gemeinde hatte die Parzellen zu Bodenreformland erklärt, obwohl es das nicht war. Er sah die meterlangen Aktenregale vor sich und die Anwälte, die nicht aufgegeben hatten, er dachte an Edith, die nicht mehr erleben konnte, wie der Raub an ihren in Theresienstadt verhungerten Großeltern wenigstens teilweise rückgängig gemacht wurde. Er hatte nicht das Recht, hier auf irgendetwas zu verzichten. Nur bei einem einzigen Grundstück unterschrieb er die Überlassung; Behrend hatte ihm Fotos von einem maroden Gebäude gezeigt, das Ediths Großeltern 1928 als Schulhaus zur Verfügung gestellt hatten und das nun schon lange leer stand. Nun sollte es zu einer Unterkunft für Flüchtlinge ausgebaut werden, das schien Leo sinnvoll.

Nira interessiert sich nicht besonders für diese finanziellen Angelegenheiten, umso mehr aber für die von den Anwälten zusammengetragenen Lebenszeugnisse der Eltern und der kleinen Schwester ihrer Großmutter. Viele Stunden hat sie in der Kanzlei verbracht, um das alles genau zu lesen und zu kopieren. Sie war mehrmals in der Beerenstraße, auch ohne Leo, und sie war mit ihm zusammen in Amirs Auto nach Seedorf gefahren, obwohl sie wussten, dass sie das Wohnhaus der Kaplans nicht finden würden.

Dort war es so, wie der Anwalt es beschrieben hatte. Die Ortschaft lag sanft und idyllisch zwischen Wäldern und Wasser, doch die Flussufer und der Rand des Sees waren bebaut, hässliche Betonbungalows standen da, wo der Kaplan'sche Park gewesen war. Das waren die Ferienhäuser, für die die Gemeinde jahrelang Pacht eingezogen hatte. Nira und Leo waren an ihnen vorbeigegangen, misstrauisch beobachtet von den Einheimischen. An diesem Ort fanden sie keine Nähe zu Edith und Anita, die als Kinder hier gespielt hatten. Das nüchterne Gemeindehaus, das anstelle der Kaplan'schen Villa mit der geschwungenen Freitreppe gebaut worden war, bröckelte schon wieder. Obwohl es ein schöner Tag war und die Sonne schien, froren sie beide. Leo wollte sich irgendwohin setzen und schließlich fanden sie ein über und über besprühtes Bushäuschen. Ein Mann auf einem Fahrrad rief ihnen im Vorbeifahren zu, hier käme kein Bus mehr, die Haltestelle sei vierhundert Meter weiter. Ihnen war es recht, so konnten sie in Ruhe reden. Nira wusste, dass das Bundesverwaltungsgericht Leipzig wenige Monate zuvor erst unwiderruflich festgestellt hatte, dass der gesamte Besitz der Kaplans von den Nazis enteignet und somit zurückzugeben sei. Aber warum erst so spät?

Obwohl Leo die lange Geschichte so kurz wie möglich erzählte und viele Zwischenstufen wegließ, dauerte es fast eine Stunde, bis er seiner Enkelin erklärt hatte, was Edith ihre letzten Jahre so verbitterte. Noch im Frühjahr 1990, kurz vor dem Geldumtausch, hatte die Gemeinde mehrere Grundstücke, angeblich Bodenreformland, an Einwohner verkauft, die sich nach dem Krieg auf dem Land der Kaplans Häuser gebaut hatten. Ein schnell verabschiedetes Gesetz der scheidenden Regierung machte das möglich, der Quadratmeterpreis betrug dreißig Ost-Pfennige, die ein paar Wochen später, als der Wert der Grundstücke um das Vielfache gestiegen war, nur noch fünfzehn West-Pfennige bedeuteten. Edith hatte geweint, als sie es erfuhr. Ihr ging es ebenso wenig wie Leo um das Geld, sie hatten längst, was sie brauchten, der Kibbuz wirtschaftete gut. Ihr ging es um das, was ihren Großeltern angetan wurde, nun schien es, als sei die Zeit der Lügen, der Gedächtnislosigkeit noch nicht vorbei. Der Besitz der Kaplans hätte nie unter die

Bodenreform fallen dürfen. Doch Edith war einverstanden, als ihr Anwalt einen Vergleich vorschlug, die Leute, die auf dem Land der Kaplans Häuser gebaut hatten, sollten ihre Grundstücke behalten, auch die Äcker und den Forst sollte die Gemeinde weiternutzen dürfen, aber die an Berliner verpachteten Seegrundstücke forderte Edith zurück. Die Gemeinde lehnte empört ab. Ediths Anwälte stellten beim »Bundesamt für zentrale Dienste und offene Vermögensfragen« einen Rückgabeantrag. Sechs Jahre dauerte es, bis der abgewiesen wurde, mit Hinweis auf die Bodenreform. »Sie kapieren es nicht. Die haben meine Anlagen mit den Dokumenten und Gutachten gar nicht beachtet«, rief der Rechtsanwalt Behrend wütend am Telefon. Und dass er nicht aufgeben würde, jetzt erst recht nicht. 2005 endlich urteilte das Amt im Sinne der Antragstellerin. Aber die Gemeinde legte gegen diesen Bescheid Widerspruch beim Verwaltungsgericht der Bezirksstadt ein, das weitere Jahre brauchte, bis es 2013 wieder der Gemeinde recht gab und auf 94 Seiten argumentierte, die Bodenreform könne man nicht rückgängig machen. Hier hätte Leo aufgegeben, zumal Edith nicht mehr lebte und Ruth nur die Hände hob, sobald von Seedorf die Rede war. »Nicht noch länger prozessieren, es gibt noch anderes im Leben. Für meine Mutter ist es sowieso zu spät.« Doch Behrend drängte Leo, sich an den Revisionsausschuss des Bundestags zu wenden. Der empfahl, eine Revision des Urteils zuzulassen. Und nun endlich war die Entscheidung gefallen, die Gemeinde musste den Kaplan'schen Besitz herausrücken. Auch die 1990 hastig vorgenommenen Übertragungen von Grundstücken an Privatpersonen sind anfechtbar.

Ob Leo gegen diese Verkäufe vorgehen wird, weiß er noch nicht. Das alles wird ihm zu viel, er ist über neunzig.

Nira hatte nur zugehört. Eine Weile schwiegen sie beide,

dann schlug Leo vor, sich in eine Ausflugsgaststätte am Seeufer zu setzen. Auf dem Weg dorthin kam der Ort ihnen fremd und abweisend vor, sie hatten beide keine Lust, sich noch mehr umzuschauen. Im Gastraum waren sie die einzigen Gäste. Behrend hatte sie ja gewarnt, aber Leo konnte es nicht lassen und fragte die Kellnerin: »Wie lebt es sich hier?«

»Woher kommen Sie denn?«, fragte die nicht mehr junge Frau überrascht. Leo zögerte mit der Antwort, aber Nira sagte schnell und mit einem Stolz, den er an ihr noch nie bemerkt hatte: »Aus Israel.« Beide sahen sie, wie die Kellnerin zusammenzuckte, für den Bruchteil einer Sekunde nur, aber ihr Gesicht und ihre Körperhaltung veränderten sich. »Wie soll das Leben hier schon sein«, sagte sie schließlich, »in einem Kaff mit fünfhundert Einwohnern, zweihundert davon nur Wochenendgäste aus Berlin, kein einziges Geschäft, nur zwei Restaurants. Früher gab es wenigstens noch einen Bäcker.«

Sie ging mit der Bestellung eilig weg, es war still im Gastraum. Die Fenster und Türen zum See hin waren weit geöffnet, draußen saßen ein paar Leute um einen runden Tisch; die Kellnerin kannte sie, man hörte, wie sie miteinander lachten und sich mit Du anredeten. Unwillkürlich lauschte Leo ihren Gesprächen, auch Nira mühte sich zu verstehen, was sie hörte. Es ging um ein Wohnheim für Flüchtlinge, das in einer früheren Schule demnächst eröffnet werden sollte, obwohl die Einwohner protestieren. Sie hatten ein Plakat gemalt: *50 Männer an der Zahl – wird im Wohngebiet zur Qual.* Selbst Nira fiel auf, dass an dieser Formulierung etwas nicht stimmte. Aber nicht deswegen war das Plakat eingezogen worden; der Bürgermeister hatte es abnehmen lassen, weil er fürchtete, dass man der Gemeinde Fremdenfeindlichkeit vorwerfen könnte. »So weit sind wir schon mitten in Deutschland«, ereiferte sich eine junge Frau, »keine Meinungsfreiheit. Da schicken die uns welche aus Äthiopien und dem Sudan, schwarz wie die Nacht, und wir sollen das schlucken. Ich seh hier schon Negerkinder rumlaufen, diese Männer vögeln ja alles, was nicht bei drei auf den Bäumen ist.«

Von dem Tisch wehte gellendes Lachen zu Nira und Leo, die sich stumm anblickten. Die Kellnerin lachte mit. Dann brachte sie die bestellten Getränke und Salatteller und knüpfte, während sie alles auf den Tisch stellte, an Leos Frage an. »Wissen Sie, wir hatten hier einen Rechtsstreit um Grundstücke, jahrelang. Der hat alles blockiert. Junge Familien konnten keine Bauflächen bekommen, kein Gewerbetreibender sich niederlassen. Da sitzen Leute in Israel, die meinen, dass ihnen das alles gehört. Mir gibt auch keiner was für die Kriegsverluste meiner Großeltern. Und jetzt haben die Kläger in letzter Instanz sogar Recht bekommen. Man darf ja nichts gegen Israel sagen, aber eine Katastrophe ist das für uns hier.«

Leo holte tief Luft und wollte etwas erwidern, wollte an den abgelehnten Vergleich erinnern, aber dann fühlte er sich nur noch müde, unsagbar müde, und er zog seine Brieftasche hervor, um gleich zu zahlen und nicht länger als nötig hierbleiben zu müssen.

Auch auf der Rückfahrt waren sie schweigsam und achteten kaum auf die schöne Landschaft. »Es wird Zeit, dass wir nach Hause kommen«, sagte Leo. Nira warf ihm einen, wie ihm schien, erschrockenen Blick zu und antwortete nicht. Wahrscheinlich bedrückte sie der kommende Abschied von Amir.

An einem der letzten Berliner Tage hatten sie vor, ins Haus der Wannseekonferenz zu gehen. Leo lag nicht so viel daran, er glaubte, genug zu wissen über diesen Teil der Geschichte, den er selbst miterlebt hatte und über den er viel zu viele Bücher gelesen hatte. Edith hatte manchmal den Kopf geschüttelt, wenn er sich wie ein Süchtiger auf solche Literatur stürzte, als könne er irgendwann eine Erklärung für das finden, was ihnen geschehen war. Dennoch wäre Leo allein nicht in diese Gedenkstätte gegangen, aber es freute ihn, dass Nira sich dafür interessierte.

Diesmal fuhren sie mit der S-Bahn und dem Bus. Nira ärgerte sich, dass ihr Großvater nicht mit dem Taxi fahren wollte, er meinte, der Bus halte doch direkt vor der Tür, und er habe schon genug Geld für Taxen ausgegeben. Tapfer schritt er mit seinem Stock aus. Manchmal konnte sie seine Sparsamkeit nicht verstehen.

Obwohl er ja nicht so viel erwartet hatte, ging er in der Ausstellung doch von Tafel zu Tafel und sah sich die Gesichter der Männer, die hier im Januar 1942 zusammengekommen waren, genau an: leere Bürokratengesichter, auch SS-Visagen. Sie erschienen ihm erstaunlich jung, die Hälfte noch keine vierzig Jahre alt. Er hatte oft gelesen, dass die Wannseekonferenz im Januar 1942 der Beginn der »Endlösung« gewesen sei, hier sei die Vernichtung der europäischen Juden beschlossen worden. Aber diese Vernichtung war ja 1942 schon im Gange; im besetzten Polen, in den Ostgebieten der Sowjetunion, in Serbien waren bereits ganze Gemeinden ausgelöscht, die Menschen waren erschossen, bei lebendigem Leibe verbrannt worden. Edith hatte aus der Zeit im Kinderheim eine Freundin, Manja, die irgendwie dem Ghetto von Minsk entkommen war. Ihre Eltern waren dort am 7. November 1941 mit mehreren Tausend anderen erschossen worden, Wochen vor dieser Wannseekonferenz. In Bełżec und Chelmno arbeiteten schon seit 1941 die Gasanlagen. Als Heydrich die Konferenz einberief, waren in Auschwitz Häftlinge schon mit Zyklon B getötet worden. Unter den Chawerim im Kibbuz waren Motek und Rudi, die aus Polen kamen und manchmal davon sprachen, dass die Deutschen wohl glaubten, die Vernichtung der Juden habe erst begonnen, als auch Deutsche nach Auschwitz kamen. Dabei hatten Deutsche schon begonnen, die Juden zu töten, als sie ihren Fuß auf fremden Boden setzten.

Umso überraschter war Leo, dass die Ausstellung genau das zeigte. Diese Konferenz war nicht der Beginn der *Endlösung*, sondern Heydrich hatte die vierzehn wichtigsten Vollstreckungsgehilfen, Spitzenbeamte aus dem Verwaltungsapparat, kommen lassen, um sie auf das einzuschwören, was sie längst durch ihren Bürokratenfleiß in Gang hielten. Die Vernichtung der Juden sollte noch effektiver, noch reibungsloser ablaufen, und er, Heydrich, wollte klarstellen, dass Himmler und er dabei die Planungshoheit hatten.

Mit einer Mischung aus Faszination und Widerwillen sah Leo sich diese Ausstellung an, auch Nira blieb vor jeder Tafel lange stehen, hörte über Kopfhörer die Erklärungen. »Habt ihr das damals gewusst?«, fragte sie ihren Großvater. Ob er Anfang 1942 von der Wannseekonferenz und ihrer Bedeutung erfahren hat, weiß er nicht mehr. Aber dass die Berliner Juden nicht zur Sommerfrische fuhren, wenn sie sich im Sammellager einfinden mussten, war jedem klar. Bei Siemens in der Judenabteilung kursierten viele Gerüchte, auch Simon hatte wohl Informationen über das, was im Osten geschah, aber Manfred und Leo beschäftigten sich damals nicht übermäßig damit, sie wollten überleben, und dafür brauchten sie jeden Funken Hoffnung.

Nach zweieinhalb Stunden war Leo erschöpft, auch Nira wollte nicht länger bleiben. Zu dem Haus, einer ehemaligen Fabrikantenvilla, die zur Zeit der Konferenz das Gästehaus der Sicherheitspolizei gewesen war, gehörte ein großer Garten, aber Leo hatte keine Lust, an diesem Ort den Anblick des Wannsees zu genießen; ihm war, als verfolgten ihn hier die

Blicke der Nazi-Bürokraten, die ihn von den Fotos angeschaut hatten.

Nira schlug vor, in die ehemalige Villa des Malers Max Liebermann zu gehen, nur wenige Minuten Fußweg entfernt, auch für Leo zu schaffen. Dort gäbe es ein schönes Café, man könne auch draußen sitzen. Amir hatte ihr das empfohlen.

Und nun sitzt er schon wieder in einem Café, auch von dieser Terrasse sieht man den Wannsee. Die Luft flirrt, weiße Segel auf dem Wasser erinnern an die Bilder des Malers. Es ist schön hier, ein Ort zum Aufatmen, wogegen der, von dem sie gerade kommen, ihm die Luft abschnürte. Auch hier gibt es eine Ausstellung, Nira schaut sich im Haus die Bilder Max Liebermanns an, während Leo im Schatten seinen Gedanken nachhängt. An den anderen Tischen sitzen gut gekleidete Leute, einzelne Touristen, ganze Familien. Ein ganz anderes Publikum als im Wedding. Irgendwo in der Nähe hatte auch Manfreds Familie bis 1920 eine Villa besessen; Jonathan Neumann und später auch Manfred waren hier Mitglieder eines Segelclubs, bis der keine Juden mehr duldete. Manfred hatte oft vom Segeln gesprochen. In der Zeit ihres Umherirrens von Versteck zu Versteck hatten sie sich manchmal vorgestellt, sie würden auf dem Wasser leben, Manfred kannte jede Stelle auf den Gewässern um Berlin, jede Insel. Aber sie hatten ja kein Boot. Später übrigens erfuhren sie, dass der junge Mann, zu dem Simon Kontakt gesucht hatte, weil er so perfekt Pässe fälschen konnte, tatsächlich einen Sommer lang auf einem Segelboot lebte. Deshalb hatte Simon ihn lange nicht gefunden. Dann hat er einen einzigen Wehrpass in Simons Auftrag präpariert, für Heini Rothkegel, der mit seinen neunzehn Jahren in der Gruppe eigentlich einer der Älteren war, aber eine Belastung zu werden drohte, weil er für das illegale Leben ungeeignet war; nicht einmal seine

Unterhosen konnte er sich selbst waschen, und in jedem Quartier gefährdete er durch seine Ungeschicklichkeit die Helfer. Heini ist mit diesem Ausweis im Herbst 1943 tatsächlich bis zum Bodensee gekommen, wo ihn eine christliche Dame aus Pfarrer Mundts Bekanntschaft bis an eine bestimmte Stelle der Grenze begleitete. Zwanzig Jahre später hat Leo ein Interview mit ihm in einer amerikanischen Zeitung gelesen, da schilderte Heini die gefährliche Reise mit dem falschen Wehrpass, den mutigen Grenzübertritt, Simons Namen erwähnte er gar nicht. Und auch nicht, woher das Geld für den Pass gekommen war, nämlich aus dem Schwarzhandel, der vor allem Leos und Manfreds Sache gewesen war. Auch die anderen aus der Gruppe, die vergeblich auf so einen Pass hofften, kamen in dem Bericht nicht vor. Leo hat nie solche Interviews gegeben und er ist auch skeptisch gegenüber jeglicher Erinnerungsliteratur. Was da erzählt wird, ist immer nur ein Teil der Wahrheit. Manchmal nicht einmal das. Der Passfälscher gehörte zu einer Gruppe, die irgendwann aufflog, er selbst konnte sich auch in die Schweiz retten. Danach gab es für Simon und die Jungen keine Möglichkeit mehr, an gute Papiere zu kommen, ein Postausweis, eine primitiv gefälschte Urlaubsbescheinigung mussten genügen. Damit konnten sie höchstens bei Straßenkontrollen durchkommen. Leo und Manfred hatten gelernt, dass eine aufrechte Haltung, ein offener Blick, selbstbewusstes Auftreten die beste Tarnung waren.

Ach, immerzu landet er in Gedanken in dieser Zeit. Um sich abzulenken, blättert er in einem Büchlein über die Geschichte dieser Liebermann-Villa, das sie am Eingang gekauft haben. Da ist er gleich wieder im Jahr 1940, als die Witwe des berühmten Malers gezwungen wurde, das Haus hier mit allem Inventar und dem Garten an die Reichspost zu verkaufen. Unter Wert natürlich. Erst vor wenigen Jahren haben Berliner Bürger eine

Max-Liebermann-Gesellschaft gegründet, das Haus für die Öffentlichkeit erobert, Spenden gesammelt und die Villa und den Garten saniert.

Er legt das Buch beiseite, trinkt eisgekühlten Apfelsaft, blickt auf das Wasser und die Idylle schmerzt beinahe. Der Besuch in der Wannseevilla geht ihm durch den Kopf. Der Architekt der Fabrikantenvilla, Paul O. A. Baumgarten, war 1909 auch der Architekt dieses Liebermann-Hauses gewesen. Ein Zufall. Offenbar war der Mann ein Meister seines Fachs, später einer der Lieblingsarchitekten Hitlers, der ihn zu seinem Theaterbaumeister erwählte, auch beim Bau der neuen Reichskanzlei durfte er mitwirken und die Dienstwohnung von Goebbels ausbauen, wie Leo gerade in einer Bildunterschrift gelesen hatte. Von Goebbels und Hitler persönlich erhielt der Architekt seine Aufträge. Zur selben Zeit wurde drüben in der Fabrikantenvilla an der *Endlösung* gefeilt, und die ausgeraubte Witwe Martha Liebermann beging im März 1943 Selbstmord, als sie zur Sammelstelle abgeholt werden sollte. Baumgarten, Mitglied der NSDAP, war 1945 ganz erstaunt, als ein Schatten auf ihn fiel. Er sei doch nur ein Architekt gewesen, ganz unpolitisch. Natürlich wurde er entnazifiziert, starb 1946 friedlich mit 73 Jahren. Wegen solcher Leute hat Leo es damals nicht in Deutschland ausgehalten, wegen solcher Mitläufer, die gar nicht das Gefühl hatten, Mitwirkende gewesen zu sein, hatte er damals gehen müssen. Noch heute packt ihn die Wut, wenn er daran denkt.

Kann er nicht hier, an diesem blauen Sommertag, an diesem See, in diesem traumhaft schönen Garten etwas anderes denken? Aber wie kann er gerade am Wannsee etwas anderes denken, nachdem er eben stundenlang den Namen Heydrich gelesen, die Fotos dieses Kerls angeschaut hat.

Im Mai 1942 waren sie ja noch keine U-Boote und hofften

auf den Sieg der Sowjetunion, deren Pakt mit Hitler sie ein paar Jahre zuvor so abgrundtief enttäuscht hatte. Aber woher sonst, wenn nicht aus dem Osten, sollte die Rettung kommen? Immerhin blieben die deutschen Blitzsiege an der Ostfront schon aus. Wenn sie sich, damals noch regelmäßig, bei Simon in der Ackerstraße trafen, diskutierten sie über den Frontverlauf. Nicht alle waren so optimistisch wie Manfred und Leo, die Deportationen gingen weiter, Berlin sollte judenfrei werden. Heini, der damals noch nicht den Wehrpass besaß, war ohnehin ängstlich und ein Nervenbündel, aber auch Rudolf und Franz kämpften mit der Verzweiflung. Im Mai gab es das Gerücht, eine andere Gruppe junger Juden hätte die große Propagandaausstellung im Lustgarten anzünden wollen. Der Anschlag misslang, nur ein bisschen Stoff war angesengt worden, und ein paar Besucher husteten wegen der starken Rauchentwicklung. Aber bei Siemens, wo Leo damals noch arbeitete, erschien die Gestapo schon am nächsten Tag in der Judenabteilung und nahm mehrere Leute mit. Auch anderswo wurden jüdische Zwangsarbeiter an den Arbeitsplätzen verhaftet. Simon wusste von dieser anderen Gruppe, er kannte deren Leiter Herbert Baum, früher hatte er viel mit ihm gestritten, die Gruppe gehörte nicht zum Hechaluz, ihre Mitglieder waren in anderen Jugendbünden organisiert gewesen und Baum war Kommunist, aber das war bedeutungslos geworden. Herbert Baum und seine Leute waren nun auch verhaftet worden, er soll sogar einen Druckapparat im Keller gehabt haben. Simon warnte vor allem Manfred und Leo vor jeder Aktion, sie würde nicht nur ihr eigenes Leben kosten, sondern auch das anderer. Dabei hatten sie ohnehin nicht vor, etwas anderes zu tun, als ihr eigenes Leben zu retten und Geld zum Überleben der Gruppe zu beschaffen. Sie sollten vorsichtig sein, beschwor Simon sie, lieber eine Zeitlang etwas zurücktreten. Aber sie waren ja gerade dabei, sich eine gute Position auf dem schwarzen Markt zu schaffen, knüpften zwischen Kneipenwirten und Zwischenhändlern ein Netz von Lieferanten und Abnehmern, in dem Geschäft konnte man nicht einfach mal Pause machen. Doch Ende Mai rasten plötzlich die Abholer durch die Stadt. Juden, die mit dem Stern auf für sie erlaubten Straßen gingen, also noch legal lebten, wurden gegriffen und auf die Lastwagen gezerrt. Hunderte, die eben noch für die Arbeit in der Rüstungsproduktion freigestellt waren, wurden verhaftet und, so lauteten die Gerüchte unter den aufgescheuchten Berliner Juden, in den Kasernen von Lichterfelde gleich erschossen. Das Ganze sei eine Vergeltungsmaßnahme. Von dem Brandanschlag wussten ja nur wenige, es hatte nichts darüber in der Zeitung gestanden. Aber am 27. Mai 1942, das ließ sich nicht verheimlichen, hatten tschechische Patrioten im besetzten Prag auf Reinhard Heydrich geschossen, den Chef der Sicherheitspolizei und des Sicherheitsdienstes, den Initiator der Wannseekonferenz. Am 5. Juni starb er an den Folgen des Überfalls, in den Pressemeldungen war gleich nach dem Attentat von gnadenloser Vergeltung die Rede gewesen. Da glaubte man, die verhafteten und erschossenen Juden von Ende Mai seien die Rache für Heydrich gewesen, und noch bis in die Nachkriegsjahre, bis heute stellen Historiker diesen Zusammenhang her.

Aber Simon wusste gleich, dass dies die Reaktion auf den Brandanschlag war. Und er erfuhr auch, dass die Erschießungen nicht in Lichterfelde, sondern im Lager Sachsenhausen bei Oranienburg stattgefunden hatten. 250 jüdische Männer waren dort am 27. und 28. Mai erschossen worden, 250 andere von den willkürlich Festgenommenen ließ man noch eine Weile als Häftlinge leben, bis sie im Oktober 1942 nach Auschwitz gebracht wurden.

Leo hat nach dem Krieg alles darüber gelesen, was er finden

konnte. Mit Heydrich hatten die Erschießungen von Ende Mai tatsächlich nichts zu tun, aber mit dem Brandanschlag der Gruppe um Herbert Baum. Nur kannte Leo niemanden, den diese Erkenntnis so aufwühlte wie ihn. Und was spielte es noch für eine Rolle, dass Simon so gut Bescheid wusste, dass er offenbar Informanten in der Reichsvereinigung hatte und seine Kontakte bis ins Lager Sachsenhausen reichten; er hat seine Gruppe nicht schützen können.

Franz und Rudolf tauchten nach dem 27. Mai nicht wieder auf, sie gehörten offenbar zu den Verhafteten. Simon erfuhr schließlich, dass Franz in seiner Charlottenburger Wohngegend bei einem Mädchen gewesen war, dessen Familie noch zurückgestellt war, der Vater war Arzt im Jüdischen Krankenhaus. Als der Bruder des Mädchens aus der Wohnung abgeholt wurde, saß Franz mit in der Falle. Die Frau des Hauses selbst soll die Abholer auf Franz aufmerksam gemacht haben, wohl in der Hoffnung, dann bliebe ihr Sohn verschont. Sie wurden beide mitgenommen. Das hat Simon von der Tochter erfahren. Über Rudolf erfuhr er gar nichts, der blieb verschwunden. Rudolfs Namen fand Leo erst lange nach dem Krieg auf einer veröffentlichten Liste der Erschossenen vom 27. und 28. Mai 1942. Da wurden sie immer noch in einigen Büchern als Geiseln wegen des Attentats auf Heydrich bezeichnet. Auch das war bedeutungslos geworden. Doch er wird es seiner Enkelin erzählen.

Nira sieht blass aus, als sie wieder bei ihrem Großvater Platz nimmt. Er ist etwas enttäuscht, wie zerstreut sie ihm zuhört, als er ihr von dem Attentat auf Heydrich, dem Brandanschlag und den Folgen berichtet. Sie ist mit ihren Gedanken ganz woanders. Er kann sich schon denken, wo. Nun ja, ihr steht ein Abschied bevor. »Vielleicht sollten wir uns auf den Rückweg machen. Hast du eigentlich schon Geschenke für die zu Hause gekauft?«

Nira sieht ihn an. Ihre Unterlippe zittert leicht.

»Saba, ich komme nicht mit zurück.«

Er versteht nicht. »Willst du noch hierbleiben? Ich denke, du hast schon alle Bilder gesehen?«

»Nein, nicht hier am Wannsee will ich bleiben. Ich fliege nicht mit nach Tel Aviv. Ich bleibe in Berlin.«

Leo blickt auf die Birken, die seltsamerweise bis auf den Weg wachsen. Er wird sich verhört haben. »Was heißt das, du bleibst in Berlin. Soll ich alleine zurückfliegen?«

»Es ist ja ein Direktflug. Und in Tel Aviv wartet Mama am Flugplatz auf dich.«

Langsam wird Leo wütend. »Du willst mir also sagen, dass du wegen einer Liebelei deinen Großvater alleine zurückschickst. Dass du das Flugticket verfallen lässt und den Semesterbeginn vertrödelst. Und wie soll ich das deiner Mutter erklären?«

»Ich habe meinen Eltern schon geschrieben. Und ein Ticket für mich habe ich nicht gekauft. Saba, es ist nicht wegen Amir. Nicht nur. Ich will einfach eine Weile hier in Berlin leben, hier sind doch unsere Wurzeln.«

»Was für Wurzeln? Du bist in Israel geboren, dem Land, das dein Vater und dein Großvater mit der Waffe verteidigt haben, das angewiesen ist auf seine jungen Menschen. Israel ist ein Glück für jeden Juden auf der Welt, eine Lebensversicherung, noch einmal wird uns nicht geschehen, was den Juden hier in Europa passiert ist. Und ausgerechnet wegen Deutschland lässt du deine Heimat im Stich. Das ist Verrat!«

»Ich wusste, dass du so denkst, Großvater. Deshalb sage ich es dir auch erst jetzt. Ich habe mein eigenes Leben. Ich bin nicht verpflichtet, deinen Traum zu träumen. Guck doch mal hin, ist denn Israel das Land geworden, für das ihr gekämpft habt? Mit einer Regierung, die den Konflikt nicht mehr lösen will und sich Palästina Stück für Stück einverleibt. Ein Land, das sich ausdehnt in ein anderes, eine Demokratie, die ein anderes Volk beherrscht. Wir haben doch oft darüber gesprochen. Was ist das für eine Demokratie, die nicht für alle Bewohner gilt? Wer zweitausend Jahre nicht dort war, darf ins Land, wenn er Jude ist, aber wer seit zweitausend Jahren dort lebt, bekommt nicht das volle Bürgerrecht, wenn er kein Jude ist. Ist ein ethnisch homogener Staat heute überhaupt lebensfähig, kann es ihn jemals geben? Aber darüber haben wir tausend Mal gesprochen.«

»Du weißt, warum Israel gegründet wurde.«

»Ja, aber du hast mir selbst erzählt, dass noch auf dem Zionistenkongress 1929 von einer Heimstatt für Juden die Rede war, in der auch die anderen Platz haben sollten, von einem binationalen, nicht von einem Nationalstaat.«

»1929 … Das hat Arthur Ruppin gefordert. Zwei Wochen später war das Massaker von Hebron und er hat seine Meinung geändert. Und du weißt, was danach geschehen ist, hier in Europa.«

»Ja, aber Ben Gurion hat noch am Gründungstag in sein Tagebuch geschrieben, er sei angesichts des Jubels und der tanzenden Menschen ein Trauernder unter Frohlockenden. Er sah eben weiter als viele. Aber lass uns doch nicht immer dasselbe diskutieren. Es geht für mich gar nicht zuerst darum, Israel zu verlassen, es geht um mein Recht, auch hier in Berlin zu sein. Als ich die Papiere von Großmutters Familie gesehen habe, Anitas Listen, ihre Unterschrift, da hatte ich das Gefühl, das ist auch meine Familie, da komme ich her. Was ihnen angetan wurde, wurde auch mir angetan, sie wurden aus dieser Stadt vertrieben, aus dem Leben vertrieben wie deine Eltern und deine Schwester auch. Wenn ich zurückkomme, wenn ich eine Zeitlang hier lebe …«

»... dann machst du sie auch nicht wieder lebendig.«

»Nein, natürlich nicht. Aber ich erinnere an sie. Ich erinnere mich selbst an sie und fühle mich ihnen nahe in dieser Stadt. Und durch mein Dasein wird die Leerstelle, die sie hinterlassen haben, ein bisschen sichtbarer. Ich weiß nicht, wie ich es dir erklären soll. Aber ich habe das Gefühl, ich gehöre hierhin. Im Moment jedenfalls.«

»Und dein Studium? Du wolltest doch studieren.«

Nira pustet sich eine Haarsträhne aus dem Gesicht. Zwischen ihren Brauen war eine kaum sichtbare, steile Falte gewachsen, immer wenn sie sich auf etwas sehr konzentriert, ist das so. Wie bei Edith. Bei Edith war diese Falte am Ende eine tiefe Kerbe gewesen, die ihr ein strenges Aussehen gab. Bei Nira sieht das nur aus, als ob ein Kind eine Erwachsene spielt. Aber sie ist kein Kind. Jetzt sagt sie es auch.

»Ich bin kein Kind, Saba. Ich weiß nicht genau, was in ein paar Jahren sein wird, aber was ich jetzt will, das weiß ich. Ich bleibe hier. Ich werde studieren, an der Humboldt-Universität. Wenn ich die Sprachprüfung schaffe, kann ich schon im Herbst anfangen.«

»Und du wirst dich abhängig machen von Amir, den du kaum kennst.«

»Wir kennen uns schon besser und länger, als du denkst. Wir wollen zusammenbleiben, aber ich werde nicht von ihm abhängig sein, ich werde am Anfang nicht einmal bei ihm wohnen. In Avitals WG in der Pappelallee wird ein Zimmer frei.«

»Und wovon willst du leben?« Ein böser Verdacht kommt in Leo hoch. Schärfer, als er wollte, sagte er: »Denk nicht, dass du nun eine Erbin bist. Für solche Experimente ist das Geld nicht da.«

Nira springt auf. Die Falte zwischen ihren Brauen ist plötzlich ein tiefer Graben. Fasziniert beobachtet Leo, wie der Zorn das Gesicht seiner Enkelin verändert. »Ich habe nie Geld von euch verlangt, mir alles selbst verdient. Ich habe noch Ersparnisse aus meiner Zeit bei der Armee. Ja, selbst wenn du es vergessen hast, ich kann auch mit Waffen umgehen. Und ich kann arbeiten. Ich werde abends kellnern und an zwei Tagen in der Woche Blumen verkaufen. Und jetzt gehe ich mir ein Wasser holen. Willst du auch ein Glas?«

Nira geht in die Villa zurück, wo man Getränke kaufen kann. Auch Leo hält es nicht mehr auf der Terrasse an dem Tisch zwischen all den anderen Gästen, die schon die ganze Zeit zu ihnen hinblicken, obwohl sie wohl nichts verstehen, denn natürlich sprechen Nira und Leo Iwrith. Mit seinem Stock bewegt er sich die Stufen hinunter in Richtung des Wassers, biegt ab in einen Heckengarten, wo in einer Art grünem Zimmer eine weiße Bank steht, auf der gerade niemand sitzt. Leo nimmt Platz, ihm kommt diese Bank bekannt vor, vielleicht hat er sie schon auf Bildern des Meisters gesehen, vielleicht auf Postkarten, vielleicht im Traum; dieser ganze Moment ist wie ein Traum, ein Albtraum in unwirklich schöner Umgebung. Hat er sich nicht in den letzten Jahren oft mit Lotte im Kibbuz darüber gewundert, dass es die Jungen nach Deutschland zieht, als hätten sie, die Alten, dort nicht das erlebt, was sie erlebt haben. Leo spürt, wie sein Herz rast. Das hier tut ihm nicht gut, er muss sich beruhigen.

Nira kommt über die Wiese, sie balanciert ein Tablett mit zwei Flaschen Wasser und Gläsern. »Hier bist du. Ich habe dich gesucht.«

Sie trinken, schweigen.

»Hat dir Laila die Arbeit in der ›Schönen Flora‹ versprochen?«, fragt er schließlich.

»Nein, ihr Vater, Herr Krause. Und nicht in der ›Schönen

Flora‹, in einem anderen seiner Blumenläden. Er frühstückt manchmal im ›Chuzpe‹. Er sagt, es sei kein Problem.«

»Nira, ich verstehe ja, dass du dir was von der Welt anschauen willst. Wenn du wie deine Schwester damals ein Jahr durch Asien reisen möchtest oder nach Afrika, wäre ich einverstanden. Meinetwegen auch London oder Paris. Aber Berlin! Ich bin doch nicht ohne Grund von hier weggegangen.«

»Das weiß ich doch, Saba. Es geht mir nicht um die Welt. Natürlich will ich noch viel reisen, mit Amir will ich im nächsten Jahr nach Lemberg und nach Budapest, von da kamen seine Großeltern. Aber hier in Berlin liegt etwas, das auch mir gehört. Ich will es finden. Weißt du, die Kaplans und die Lindenstrauß' und die Lehmanns und Max Liebermann und Albert Einstein haben die Stadt doch zu dem gemacht, was sie geworden ist.«

»Ja, und die Hitlers und Heydrichs. Vergiss das nicht.«

»Das vergisst doch niemand. Auch hier nicht. Wir kommen doch gerade aus einem Museum, in dem daran erinnert wird.«

Leo lacht bitter. »Ja, ein halbes Jahrhundert zu spät. Hast du nicht gelesen, ein Jude, er hieß Wulf, hat schon 1962 gefordert, dass dort eine Gedenkstätte eingerichtet wird. Nein, keiner wollte in Berlin so ein Museum, und man erklärte, dass es gar nicht ginge, denn in der Wannseevilla war ein Schullandheim untergebracht. 1967 hat der World Jewish Congress sogar angeboten, diese Gedenkstätte zu finanzieren und auf dem Gelände ein neues Schullandheim zu bauen. Abgelehnt. 1982 haben sie sich immerhin zu einer Gedenktafel aufgerafft. Da war Josef Wulf, der Auschwitz-Überlebende, schon acht Jahre tot. Umgebracht hat er sich. Oder nimm das Haus hier, die Liebermann-Villa. Ein Menschenleben lang war ihre Geschichte und die der Bewohner vergessen. Komm mir nicht damit, dass die Deutschen sich so toll erinnern. Sie schmücken sich damit, wie vorbildlich sie ihre beschissene Vergangenheit aufarbeiten.«

»Großvater, du bist ungerecht. Die Geschichte von Josef Wulf und seinem Kampf gegen das Vergessen habe ich heute Vormittag auch in der Ausstellung gehört. Und was du über die Liebermann-Villa erzählst, kann man alles in der Ausstellung im Haus erfahren, du hast es dir ja nicht angesehen. Sicher war das nicht immer so, aber bei uns wird auch vieles verdrängt. Bis heute, das weißt du genau.«

»Willst du Israel mit Nazi-Deutschland vergleichen?«

»Hör doch auf, so etwas habe ich nicht gesagt. Aber du willst nicht sehen, was sich verändert hat. Und dass es d i e Deutschen auch damals nicht gab. Du würdest doch gar nicht mehr am Leben sein, und ich wäre nie geboren, wenn Deutsche, die keine Juden waren, dir nicht geholfen hätten. Du hast es mir doch erzählt. Der Apotheker und seine Frau, diese Arbeiterfrau, die der Russe erschlagen hat, der Pfarrer aus der Nazarethkirche, ja, auch Gertrud Romberg aus der Utrechter Straße. Du hast sie nicht einmal besucht. Du hast deine Vorurteile und willst gar nichts anderes hören.«

Wieder schweigen beide. Eine ältere Dame und ein kleines Mädchen bitten sie, etwas zur Seite zu rücken, und setzen sich zu ihnen auf die Bank. Das Kind leckt an einem Eis.

»Ist es nicht ganz normal, dass ich eine Weile aus Israel weggehen will?«, fragt Nira leise. »Ich muss doch nicht mein ganzes Leben in einem einzigen kleinen Land auf dem Pulverfass verbringen.«

Leo antwortet nicht.

»Lass uns zum Steg gehen«, schlägt Nira vor, und dann stehen sie am Wasser, in dem der Himmel sich blau spiegelt, das trotzdem an manchen Stellen schwarz und unergründlich wirkt. Es ist einer der Momente, in denen nichts geschieht, von denen Leo aber doch weiß, er wird ihn nie vergessen. Dieses Blau, das Weiß der Segel, neben ihm Nira, die nicht mit nach Hause kommen wird.

»Und wenn du schon unbedingt in Berlin leben willst, warum kommst du dann nicht erst einmal mit nach Tel Aviv, verabschiedest dich von deiner Familie, wie es sich gehört, und fliegst dann zurück? Warum so Hals über Kopf? Du hast doch nur einen kleinen Koffer mitgenommen.«

»Ich habe alles, was ich brauche. Und meine Schwester wird im September für eine Woche kommen und mir einiges mitbringen. Die Dokumente hat sie jetzt schon geschickt. Erst wollte ich auch mit dir zusammen zurückfliegen, aber nun fängt mein Deutschkurs in der nächsten Woche an. Ich brauche das Zertifikat.«

Es gibt Leo einen Stich, dass offenbar die ganze Familie Bescheid weiß, nur er nicht. »Israel ist das einzige Land ohne Antisemitismus«, versucht er es noch einmal. »Dein Amir kann nicht sicher sein, dass sie ihm hier nicht die Fensterscheiben einschlagen. Denk doch mal an die Leute auf der Terrasse in Seedorf.«

»Nein, sicher kann man nirgends sein. Aber er hat Freunde hier. Einmal wurden ihm in der Nacht die Scheiben beschmiert, aber er hat es gar nicht gesehen, als er morgens kam, hatten Nachbarn schon alles weggewischt und die Scheiben geputzt. Und sicher lebt man nun gerade in Israel nicht.«

Nira läuft einige Schritte auf dem Bootssteg, dann dreht sie sich um und sagt: »Ich werde ja nicht neu geboren, egal wo ich bin. Alles, was du und meine Eltern, was ihr mir gegeben habt, ist doch in mir.« Leo schaut sie nur an. Ihr Zopf hat sich gelöst, und das Licht verfängt sich in ihrem Haar. Es sieht aus, als ginge sie auf dem Wasser. Er bleibt am Ufer stehen, und wieder hat er das Gefühl, diesen Moment, diesen Schmerz wird er mitnehmen bis ans Ende seiner Tage. Und gleichzeitig erinnert ihre Entschlossenheit ihn an etwas, an halb Vergessenes, lange Zurückliegendes, vielleicht nie Geschehenes, an etwas Verlorenes.

Nun gehen sie alle. Die Kaisers sind schon weg. Alle rumänischen Familien haben Kündigungen bekommen, sie haben sie hingenommen wie ein Unglück, das zu erwarten war. Auch die Mutter von Maiki sollte ihre beiden Zimmer räumen, nach ein paar schlaflosen Nächten ging sie zum Mieterverein und zum Verband der Alleinerziehenden, schrieb einen Brief an den Bürgermeister. Schließlich stellte man fest, dass ihr eine Ersatzwohnung zustünde, die Hauseigentümer boten ihr eine andere an, im selben Haus, in dem auch der junge Kaiser untergekommen ist. Sogar der Umzug wurde ihr bezahlt. Gestern kam der Umzugswagen, aber die Kartons waren erst am Abend zuvor geliefert worden, die Frau war noch nicht fertig mit packen, ihr kleiner Junge lief immerzu die Treppen hinunter und hinauf, schleppte die Stehlampe, Aldi-Tüten mit Kleidern, eine Kaffeemaschine. Das Zeug stand nun im Tordurchgang, die anderen Kinder machten sich darüber her, verteilten den Inhalt der Tüten auf dem Hof. Die Frau weinte, als sie es sah, und schrie Maiki an, der nun bei den Tüten Wache halten sollte. Aber dann rief sie ihn von oben, weil er ihr helfen sollte, einen Schrank auseinanderzunehmen, und als im selben Moment die Umzugsleute kamen und über das Durcheinander schimpften, verlor Maikis Mutter völlig die Nerven, setzte sich auf einen Küchenstuhl und tat gar nichts mehr. Übrigens heißt sie Mandy Kasischke, ihr Vater, den sie kaum kennt, ist der Urenkel jenes Maurermeisters aus der Ackerstraße, der mein erster Bauherr war und mich entworfen hatte, bevor er pleite ging. Aber das weiß sie nicht; sie weiß nicht, dass die Kasischkes einmal wohlhabende Leute waren, bevor der Maurermeister zum Säufer wurde und am Ende in der Schrippenkirche seine Gnadenbrötchen verdiente. In ihrer Familie wird nicht über Vergangenes geredet, schon gar nicht über trinkende und verarmte Vorfahren, die Kasischkes haben seit Generationen damit zu tun, über den jeweiligen Tag zu kommen. Mandy Kasischke, früher Fachverkäuferin bei Schlecker, nun Pflegeassistentin im Altersheim, saß in ihrer Küche und starrte an die Wand. Ihr Sohn dagegen half eifrig den Möbelpackern, wickelte Geschirr in alte Zeitungen, trug Stühle auf den Hof, fasste mit an, als die Kartons ins Auto gehoben wurden. Sein Kaleidoskop steckte in der Hosentasche, weil er so beschäftigt war, nahm er es nicht wie sonst ständig heraus. Endlich war alles verstaut und festgezurrt, seine Mutter ging wie benommen noch einmal durch die Wohnung, in der zerbrochene Möbel, alte Töpfe, ein kaputtes Kinderbett und verblichene Vorhänge an den Fenstern übrig geblieben waren. Die Männer murrten, sie solle sich beeilen, sie hätten noch mehr zu tun, und sowieso würde das alles hier zusammengeschoben, sobald das Haus leer sein würde.

Sie meinten mich. Alles wird zusammengeschoben. Was ich schon seit Monaten spüre, mein Ende, ist nun offenbar gekommen. Maiki, der sein ganzes bisheriges Leben in meinen Wänden, auf meinem Hof verbracht hat, bekam vor Aufregung Nasenbluten, seine Mutter suchte in den Tüten nach Handtüchern, fand einen Lappen, den sie ihm ins Gesicht drückte. Es war ihm unangenehm vor den Kindern, die um das Umzugsauto herumstanden, aber dann forderte ihn einer der Männer gutmütig auf, vorn beim Fahrer einzusteigen, und er kletterte, sich mit der einen Hand abstützend, mit der anderen das Tuch vor die Nase haltend, in die Fahrerkabine. Dabei verfing sich das aus seiner Hosentasche ragende Kaleidoskop an der Tür, es fiel heraus auf das Pflaster, einer der Männer trat, ohne es zu beachten, darauf, Kunststoff und Glas splitterten, das Ding lag flach und zertreten im Dreck, war selber Dreck. Maiki sah es, rührte sich nicht. Saß wie erstarrt zwischen den Männern. Seine Mutter, die mit der U-Bahn nachkommen wollte, weil für sie kein Platz im Umzugsauto war, blieb zurück und winkte. Maiki schrie, aber das hörte man nicht, man sah es nur an seinem aufgerissenen Mund, seinem verzerrten Gesicht, der blutige Lappen war abgefallen. Maiki schrie und das Auto entfernte sich.

Als auch die Mutter gegangen war, hob eines der Kinder das kaputte Rohr auf, betrachtete es, ließ es gleich wieder fallen.

Im selben Moment geschah etwas anderes auf meinem Hof. Norida, die Siegerin, kam mit Eldorado, den sie am Arm führte wie einen Kranken, obwohl er einen Kopf größer ist als seine Mutter. Als habe er es geahnt, kam Casino aus seinem Keller hoch, trat aus der Tür des Hinterhauses und stand vor seiner Mutter und dem Bruder. Einen Moment lang sah es aus, als würden sie sich umarmen, aber dann schlug Casino seinem Bruder nur auf die Schulter, und der gab ihm einen Stoß, beide lachten. Lucia und Suzana kamen herbeigelaufen, Norida erklärte ihnen, Eldorado sei aus der Untersuchungshaft entlassen worden, unter der Bedingung, dass er Deutschland sofort und freiwillig verlasse.

Sie würden auch verschwinden, sagte Suzana und legte ihre Hände über den schwangeren Bauch. Die ehemalige Nachbarin aus Bacău habe endlich einen Teil des geborgten Geldes zurückgeschickt, höchste Zeit, Berlin zu verlassen. Eine Wohnung hätten sie ja bald nicht mehr und noch immer nicht die EHIC, die Versicherungskarte, die man für eine Entbindung brauche, ihnen bliebe ja nichts anderes übrig. Aber sie verriet den Frauen nicht, wohin sie gehen wollte, und Norida und Lucia wollten es auch gar nicht wissen, sie haben ihre eigenen Sorgen und sind auch nicht gut auf Suzana zu sprechen. Neulich erst habe ich gehört, wie sie sich mit Nikola darüber unterhielten, dass Stepan wahrscheinlich gar nicht der Vater der kleinen Felicia sei, sonst sei nicht zu erklären, warum sie das Mädchen so anders behandelten als den Jungen, den seine Eltern mit ihrer Zärtlichkeit beinahe erdrückten. Aber der Junge habe ja auch schwarze Haare wie seine Eltern, die kleine Feli sei rot wie eine Dorfkatze.

Ach, das weiß ich, weil ich alles weiß, was in meinen Räumen besprochen und beklagt wird. Stepan hat versucht, das kleine Mädchen zu lieben wie seinen Sohn, aber es erinnert ihn mit seinem roten Haar immer daran, dass er ein Schingalo ist, einer, den die Frau betrogen hat. Wenn er sie ansieht, muss er an einen gewissen Aurel denken, dem er nie wieder im Leben begegnen will. Und Suzana, die nicht glauben wollte, dass Stepan nicht der Vater des Mädchens ist, weil sie doch nur ein einziges Mal bei Aurel gelegen hat, sieht das Kind an wie eine Strafe, als sei es schuld an dem Unglück, das sie zu verfolgen scheint, und als würde alles gut werden, wenn Felicia nicht mehr bei ihnen wäre. Außerdem haben sie eine Mitfahrgelegenheit gefunden bis Barcelona, aber der Fahrer nimmt sie höchstens zu dritt mit, nicht mit zwei Kindern. Wenn sie erst einmal dort sind, in Katalonien, wo Stepan Verwandte hat, wird sich alles andere finden. Das Meer spült alles Schlechte fort.

Nächtelang haben sie geredet, geweint. Stepan hat sie angeschrien, auch wieder geschlagen und sich entschuldigt, weil er sie nicht verlieren will. Jetzt haben sie eine Lösung gefunden, glauben sie.

Auch der Mann aus Bărbuleşti ist mit seinen Söhnen schon weggezogen, es heißt, er habe in Neukölln eine Bleibe gefunden, die mehr kostet, als er im Monat bei der Müllabfuhr verdient. Auch Herr Spitalai, der Erfinder der Kakerlakenfallen, und seine Frau sind weg. Da, wo sie sich nun niederlassen, wird er wohl auch Schaben für seine Versuche finden. Er glaubt fest an seine Erfindung, die ihm Geld bringen wird.

Die Balovs sind schon nicht mehr da, und Lucia und Milan wissen auch, dass sie nicht bleiben können. Es gibt einen Verein, Phinove heißt er, der elf Wohnungen für obdachlose Roma-Familien bereithält. Für ein paar Monate können die dort bleiben, nicht länger. Aber länger vorausschauen konnte Lucia noch nie im Leben. Sie hofft, dass sie dort unterkommen können, aber noch sind alle Wohnungen des Vereins belegt. Zur Not, sagte sie bitter, bleibe ihnen noch die grüne Wiese. Da dachte ich an den Ausdruck von der grünen Bettfrau, den ich ganz am Anfang gehört habe von den Männern, die mich gebaut haben und oft auch nicht wussten, wo sie in der nächsten Nacht schlafen würden.

Mehr als hundertzwanzig Jahre ist das her. Hier habe ich so viele kommen und gehen sehen. Aber jetzt kommt niemand mehr, das weiß ich. Jetzt gehen sie nur.

Nur Gertrud wird nirgends mehr hingehen. Bei ihr war eine Art Kommission, zwei Pflegerinnen und eine Dame vom Amt, die haben bestimmt, dass Gertrud Romberg nicht allein in der Wohnung bleiben kann, zumal umfangreiche Sanierungsmaßnahmen zu erwarten sind. Genaues über diese Maßnahmen wussten sie nicht. Aber fürs Erste soll Gertrud zu »Goldenherz« in die Kurzzeitpflege, bis im Vivantes-Pflegeheim in Reinickendorf ein Platz frei wird.

Aber Gertrud hat sich anders entschieden.

So werden wir beide gleichzeitig gehen. Die umfangreichen Sanierungsarbeiten wird es nicht geben. Man braucht mich nicht mehr, man braucht Platz für einen Neubau. Ich werde nicht mehr da sein. Vor vielen Jahren, im Krieg, als der Tod so alltäglich war, wohnte hier ein Mädchen, sechzehn Jahre alt, so alt wie heute Estera, die nachts in ihr Tagebuch schrieb und schrieb. Das

Mädchen damals schrieb Gedichte, die es nachts in seinem Bett leise aufsagte. Ich habe diese Gedichte in mich aufgenommen, und eines fällt mir jetzt wieder ein:

Wenn ich sterbe, was geschieht dann
mit der Asche, die ich werde?
Hebt der Wind sie zu den Wolken
oder bleibt sie und wird Erde?
Ist ein kleines Stück von mir in
einem Aschekorn verfangen?
Kann es, wenn der Wind es fortträgt,
zu den Lebenden gelangen?

Ach, man weiß es nicht. Ich will die Zeit nutzen, die mir noch bleibt. Vielleicht kommt heute Nacht wieder die alte Füchsin vom Friedhof in der Turiner Straße. Ich will mich verabschieden.

18

LAILA hörte zuerst von Estera, dass Roma aus dem ehemaligen Jugoslawien gegen ihre Abschiebung protestieren wollen, dass sie eine Kundgebung am Denkmal im Tiergarten planen. Estera will dorthin gehen, obwohl sie sich in letzter Zeit manchmal heftig dagegen wehrt, als Romni angesehen zu werden. »Ich bin Estera, sonst nichts«, fauchte sie ausgerechnet den Berufsberater an, bei dem sie mit Laila war. Der hatte davon gesprochen, dass das Mädchen zu einem besonderen Volk gehöre und daher eine gewisse Verantwortung trage. Laila erschrak über Esteras Abwehr, denn wenn von irgendwo Hilfe für sie kommen kann, dann nur von den Roma- und Sinti-Verbänden.

Estera möchte unbedingt in Berlin bleiben und zur Schule gehen, dafür würde sie sich sogar von ihrer Familie trennen. Ihr Vater Mihail sagt nichts mehr dazu, er spricht überhaupt immer weniger und überlässt die Entscheidungen Norida. Mit der streitet Estera nur noch. Die hat keine Kraft, sich um ihre aufsässige Tochter zu kümmern, sie bereitet die Rückkehr der Familie nach Craiova vor, muss große Taschen für ihre Habseligkeiten besorgen, Türkentaschen heißen die karierten Dinger in Berlin, dabei werden sie in China hergestellt. Norida muss den Hausrat sortieren und überlegen, was sie mitnimmt von dem, was sie in den letzten beiden Jahren angeschafft haben, und was sie in einem der vielen Weddinger Trödelläden verkauft. Verschenken kann sie nichts. Ausgerechnet jetzt, wo sie jeden Cent brauchen, hat sie eine ihrer Putzstellen verloren, und Ante brachte ihnen die schriftliche Kündigung für die Wohnung bis an die Tür. Seitdem hat dieser Ante sich im Haus nicht mehr sehen lassen. Eine neue Unterkunft zu suchen, erscheint Mihail und Norida aussichtslos. Der Sommer im Görlitzer Park steckt ihnen buchstäblich noch in den Knochen, Norida schmerzen die Gelenke seit den kalten, feuchten Nächten. Auch deshalb hat sie beschlossen: »Wenn Eldorado gehen muss, gehen wir alle.« Sie interessiert sich auch nicht mehr für die Gerüchte, dass das Haus schon wieder verkauft wurde, dass es von Grund auf saniert werden soll. »Saniert? Die alte Hütte wird doch nicht saniert. Die wird abgerissen«, hatte einer der Möbelpacker beim Auszug der Balovs gesagt.

Eldorado und Casino wollen erst einmal mitkommen nach Craiova, obwohl sie wissen, dass es dort keine Arbeit gibt und eigentlich auch keinen Platz für sie. Vielleicht können sie irgendeinen Handel aufmachen oder später vielleicht ihr Glück in Frankreich versuchen, wenn die Behörden dort, die gerade so hart gegen Roma vorgehen, sich beruhigt haben. Oder sie gehen nach Italien. Vielleicht. »Wir sind nun mal Roma, wir haben kein Land, es ist unser Schicksal, nirgends willkommen zu sein«, sagt Norida, und Esteras Augen blitzen vor Empörung. »Mein Schicksal wird das nicht sein.«

Norida weist ihre Tochter zurecht, und auch Eldorado und Casino finden, dass sie ihre Zunge hüten soll. Doch eigentlich sind sie stolz auf das Mädchen, das sich immer durchgesetzt hat und nun wahrscheinlich weiter zur Schule gehen wird, denn eine Stiftung wird sie unterstützen und Laila ist dabei, einen Platz in einer Wohngruppe für sie zu finden. Norida treten Tränen in die Augen, wenn sie daran denkt. Wo hat es das je gegeben, ein so junges Mädchen, alleine, ohne seine Familie? Aber die Eltern wissen, dass Estera stark ist, und sie verlassen sich auf Laila, mit der sie stundenlang darüber gesprochen haben.

Wenn Laila die Vormundschaft für Estera übernimmt, bis die volljährig ist, kann das Mädchen in Deutschland bleiben und zur Schule gehen.

Schade nur, dass Estera so spöttisch auf ihre Herkunft blickt. Manchmal scheint es, sie findet gar nichts Gutes dabei, in eine Roma-Familie hineingeboren zu sein. Mihail sagt oft: »Spuck nicht in den Brunnen, aus dem du trinkst.« Wie früher Laila tut Estera vor Fremden manchmal so, als verstünde sie kein Romanes.

Sie ist ein Bündel von Widersprüchen, gestern noch sagte sie in einer Diskussion mit Casino, sie lehne es ab, sich irgendeiner Gruppe zuzuordnen, heute besteht sie darauf, in den Tiergarten zu gehen. »Das sind doch unsere Leute, Roma wie wir. Bei denen war Krieg, sie sind als Flüchtlinge gekommen, jetzt sollen sie wieder zurück, obwohl sie keine Häuser mehr haben, obwohl keiner sie dort will.«

»Was hast du zu schaffen mit denen aus Serbien oder dem Kosovo, die sind nicht wie wir, das sind Muslime. Spar dir dein gutes Herz auf für deine eigene Familie, mich weisen die Deutschen auch aus«, sagt ihr Bruder Eldorado.

»Ja, weil du geklaut hast. Die werden aber auch rausgeschmissen, wenn sie ganz unauffällig gelebt und hier gearbeitet haben, wenn ihre Kinder nur Deutsch sprechen. Die Jugoslawen haben sich gegenseitig bekämpft, aber gegen die Roma waren sie alle. Immer, wenn Volksgruppen aufeinander losgehen, werden die Roma zwischen ihnen zerrieben.«

»Du redest ja wie ein Politiker«, staunt Eldorado. »Aber ich habe nicht geklaut. Ich habe nur geholfen, die Kabelrollen abzutransportieren, Stanescu hat gesagt, dass sie keiner mehr braucht.«

»Und das hast du geglaubt?« Estera lacht ihren Bruder aus, bis der wütend wird und Norida ihren Kindern befiehlt, Ruhe zu geben.

Nachts kann Norida nicht schlafen, sie hört auf die Geräusche im Haus, die sich verändert haben. Man merkt, dass einige Wohnungen schon leer sind. Milan spielt nur noch selten auf seinem Akkordeon, sein Knie schmerzt noch immer, und er kann nicht auf der Treppe sitzen. Mit den Kindern fahren Lucia und er jetzt auch manchmal nach Neukölln zu den Pfingstlern. Er denke über Gott nach, sagte er einmal zu Norida.

Auch Suzana und Stepan haben in Neukölln Gott gefunden, der ihnen geraten hat, Berlin zu verlassen. Nun haben sie in vielen Stunden so etwas wie einen Plan gefasst, darüber wollen sie mit Laila reden und haben sie vor Tagen förmlich um ein Gespräch gebeten. Seufzend hat Laila zugesagt und es dann vergessen. Sie kann sich nicht um alles kümmern, auch sie wird das Haus verlassen müssen und sucht eine Wohnung. Sie macht sich Sorgen um die alte Gertrud, die unter keinen Umständen in ein Pflegeheim umziehen will. Und manchmal erschrickt sie vor ihrer eigenen Zusage, Vormund von Estera zu werden. Sie mag das eigensinnige Mädchen und versteht auch deren Rebellion gegen das ihr scheinbar Vorbestimmte, aber noch weiß Estera nicht, wohin ihr Weg führt. Laila fühlt sich oft müde, ausgelaugt von den Geschichten ihrer Nachbarn, für die sie so etwas wie eine Sozialarbeiterin geworden ist, obwohl sie das nie wollte.

Auch sie will zu der Kundgebung in den Tiergarten fahren, von der ihr Estera erzählte. Vorher ruft sie Stachlingo an, der mit Flora gerade dorthin aufbrechen will. »Aber unser Verband hat damit nichts zu tun, ich habe auch erst heute davon erfahren. Und ich bin gar nicht überzeugt, dass diese Aktion sinnvoll ist. Es muss doch andere Wege geben.«

Flora im Hintergrund ruft, was sonst nicht ihre Art ist, dazwischen: »Diese anderen Wege gibt es eben nicht, wenn die Polizei nachts mit Hunden kommt und die Kinder aus dem Schlaf reißt.«

Bei Stachlingo und Flora drehten sich in letzter Zeit die Tischgespräche oft darum, dass die Abschiebebestimmungen für die Kriegsflüchtlinge aus dem ehemaligen Jugoslawien verschärft und diese Regionen zu sicheren Herkunftsländern erklärt wurden. Roma, die jetzt noch von da kommen, werden kaserniert und sollen möglichst gar keine Asylanträge mehr stellen. Auch Ex-Jugoslawen, ob Roma oder nicht, die schon Jahre hier leben, werden zurück in die Heimat geschickt. Für die Roma gibt es diese Heimat nicht mehr, hat es vielleicht nie gegeben. Dort erwarten sie Ausgrenzung und Gewalt. Doch alle Versuche von Roma-Verbänden und -Stiftungen, die Politiker zum Umdenken zu bewegen, scheiterten, kaum jemanden scheint das Schicksal der Roma ohne deutschen Pass zu interessieren, erst recht nicht, seitdem Hunderttausende Flüchtlinge aus anderen Weltregionen nach Deutschland kommen.

Das weiß auch Laila. Sie will gerade die Wohnung verlassen, um zum Denkmal zu fahren, als es an ihrer Tür klingelt. Stepan und Suzana stehen da mit ernsten Gesichtern. Suzana trägt, obwohl es warm ist, eine dunkle Kostümjacke über ihrem schwangeren Bauch, und auch Stepan hat ein Jackett angezogen, so hat Laila ihn noch nie gesehen. Seine Stimme klingt belegt, als er fragt, ob sie jetzt Zeit habe. »Nein, jetzt nicht, ich muss sofort weg. Lasst uns morgen Vormittag reden«, weist Laila die beiden ab und ist schon fast auf dem Hof. Nein, sie kann sich nicht jederzeit in die Probleme der anderen hineinziehen lassen. Was kann so wichtig sein, dass es nicht bis morgen Zeit hat? Trotzdem beschleicht sie ein ungutes Gefühl, als sie sich auf dem Weg zur U-Bahn an die Gesichter der beiden erinnert.

Hinter dem Brandenburger Tor sieht sie schon die Einsatzwagen der Polizei. Und da erblickt sie Jonas Müntzer, ihren immer noch nicht geschiedenen Ehemann. Er steht da in seinem hellen Trenchcoat und dem Seidenschal, den sie ihm selbst einmal aus Hamburg mitgebracht hat. Um ihn herum sind sieben oder acht Leute versammelt, auch Polizisten. Sein Schädel ist glattrasiert wie auf dem Zeitungsfoto von neulich, dafür hat er sich einen merkwürdigen Bart wachsen lassen und trägt eine randlose Brille. Fremd wirkt er und doch so vertraut. Einen der Männer neben ihm hat sie schon im Fernsehen gesehen, er ist wohl ein Bundestagsabgeordneter. Laila will an der Gruppe vorbeigehen, als ein Uniformierter sich ihr in den Weg stellt. »Ich will zum Denkmal für die ermordeten Roma und Sinti«, sagt sie, und der Polizist antwortet: »Eben. Dort findet eine nicht angemeldete Veranstaltung statt. Für die Öffentlichkeit ist der Zugang im Moment nicht möglich. Bitte verlassen Sie die Örtlichkeit.«

Sie sieht, dass Polizisten auch ein paar Meter weiter Leute, die durch den Simsonweg zum Denkmal wollen, darunter Roma-Familien, am Weitergehen hindern. Sie will protestieren, als Jonas sich aus der Gruppe löst und zu ihr herüberkommt.

»Komm mit, Laila«, sagt er statt einer Begrüßung, ohne den Polizisten zu beachten. Der weiß offenbar, mit wem er es zu tun hat, und tritt beiseite. Da geht sie also neben Jonas den Weg entlang bis zum Gelände des Denkmals, vor dem noch mehr Polizisten stehen, die sie passieren lassen. Laila sagt vor Überraschung kein Wort zu Jonas, der schließlich zurückbleibt, weil ihn eine sichtlich aufgeregte Frau beiseitezieht. Laila hat sie schon gesehen, als sie wegen Esteras Stipendium bei der Hildegard-Lagrenne-Stiftung war. Sie geht weiter, sieht die Denkmalanlage, die ihr seit Jahren vertraut ist, bei der Einweihung und mehreren Feierstunden war sie dabei. Um das Wasserbecken herum lagern und bewegen sich Menschen, sechzig, siebzig vielleicht, die meisten wohl Roma, sie haben Transparente entrollt, auf einem steht: *Bleiberecht für alle.* Auf einem anderen: *Rom heißt Mensch.* Von irgendwoher kommen wie immer an diesem Ort klagende, eintönige Geigenklänge, das Stück *Mare Manuschenge, Unseren Menschen,* das ein deutscher Sinto für dieses Denkmal komponiert hat. Es ist keine gefällige Melodie, beinahe schmerzhaft bohrt sie sich in den Kopf. Heute wird sie überdeckt oder begleitet vom Lärmen der herumrennenden Kinder, von Rufen und Fetzen erregter Gespräche.

Jemand drückt Laila ein Papier in die Hand, eine Pressemitteilung, die sie überfliegt.

(...) EINIGEN VON UNS DROHT DIE ABSCHIEBUNG. ANDERE SOLLEN ABGESCHOBEN WERDEN. (...) EINE BLEIBEPERSPEKTIVE WIRD VON VORNHEREIN AUSGESCHLOSSEN UND GESETZLICH VERHINDERT. (...) WERDEN UNS WEGE ZU EINEM GLEICHBERECHTIGTEN LEBEN HIER VERSPERRT. (...) WIR KÖNNEN NICHT MEHR IN UNSEREN VERSTECKEN BLEIBEN. WIR KÖNNEN NUR UNTERWEGS SEIN – ODER ETWAS BESETZEN. (...) WIR HABEN UNS ENTSCHIEDEN, UNS AUF DEN WEG ZU MACHEN. WIR VERLIESSEN DIE KOMMUNEN, DIE UNSERE SCHUTZGESUCHE ABLEHNEN. (...)

Ganze Familien sind hierhergekommen. Laila sieht eine alte Frau mit streng gescheiteltem weißen Haar, die ein winziges Kind im Arm hält. Als die den Blick bemerkt, sagt sie mit zärtlichem Stolz auf Romanes: »Neun Tage alt.« Die Mutter des Kindes ist wohl eine der jungen Frauen, die wie bei einem Picknick im Gras hocken, Brot und Kuchen vor sich auf Tüchern ausgebreitet haben. Manchmal lachen sie laut, aber dieses Lachen ist nicht leicht und unbeschwert, selbst die Fröhlichkeit der herumtobenden Kinder wirkt überdreht. Irgendetwas liegt in der Luft. Die jüngeren Leute diskutieren lautstark, einige ältere Männer sitzen an den Hecken, die das weitläufige Gelände umschließen, rauchen still und scheinen auf etwas zu warten.

»Wie bist du hier reingekommen?« fragt die Großmutter Laila. »Die haben uns doch eingesperrt, vor zwei Stunden war hier noch alles voller Touristen, die fotografiert haben, jetzt soll keiner mehr sehen, was hier los ist. Aber wir sind hier, damit wir gesehen werden, damit man uns endlich zuhört.«

In diesem Moment sieht Laila Estera, die inmitten einer Gruppe von Jugendlichen steht und ihr zuwinkt. Laila geht auf sie zu. »Du bist auch reingekommen«, stellt sie fest.

»Ja, ich war schon da, bevor sie abgeriegelt haben. Die Polizei behauptet, die Kundgebung sei illegal, die Veranstaltung wurde nicht angemeldet. Seit Stunden versucht man uns von diesem Platz wegzukriegen. Vorhin war ein Mann hier, wohl von der Stiftung, zu der das Denkmal gehört, und sagte, das hier sei für viele Sinti, die ihre Toten nicht begraben konnten, wie ein Friedhof, den dürfe man nicht entweihen durch eine solche Veranstaltung.«

Ein junger Mann dicht neben Estera ruft: »Aber genau das ist unser Ort. Wir haben doch keinen anderen. Hier liegen keine Toten. Doch was soll es, wenn hier Feierstunden abgehalten werden mit schönen Worten, mit denen man der ermordeten Roma gedenkt, wenn man gleichzeitig uns, die Lebendigen, abschieben will wie Straßenhunde.«

Estera stellt vor: »Das ist Laila, von der ich dir erzählt habe. Und Dragan habe ich letzte Woche bei Amaro Drom kennengelernt. Er hat beim Roma-Center Göttingen mitgearbeitet, will aber jetzt nach Berlin ziehen.«

Amaro Drom ist eine Art Dachverband junger Roma, Laila selbst hatte Estera zu einem der Treffen nach Kreuzberg geschickt. Offenbar hat das Mädchen dort schnell Kontakt gefunden, das freut Laila, und es beunruhigt sie etwas.

»Du kommst aus Göttingen?«, fragt sie Dragan.

»Na ja, geboren wurde ich in Niš, weißt du, wo das liegt?«

»Natürlich. Im Süden Serbiens, eine Industriestadt.«

»Ja, ich bin dort zur Schule gegangen, bis zum Abitur. Meine Großmutter«, er weist auf die Frau mit dem Baby im Arm, »hat dafür gesorgt, dass wir alle lernten. Aber in Niš gibt es immer mehr Rechtsradikale, auch an meiner Schule. Die haben mich zusammengeschlagen, weil ich ein Rom bin. Ich lag dann im Krankenhaus, und der Überfall, obwohl er eigentlich nichts Besonderes war, stand in den Zeitungen. Das Besondere war, dass die Schläger vor Gericht kamen und einer verurteilt wurde. Von da an haben seine Kumpane unsere Familie bedroht, uns aufgelauert und verprügelt, sogar die Kleinen wurden mit Steinen beworfen. Als unser Haus angezündet wurde, 2012, sind wir nach Deutschland gekommen, die ganze Familie. Eine Tante von mir lebte schon länger hier mit ihrer Familie, die waren als Kriegsflüchtlinge anerkannt, müssen nun aber auch wieder zurück.«

Laila schließt die Augen, als könne sie so eine unsichtbare Schutzwand errichten zwischen sich und Dragans Geschichte, die der von so vielen anderen ähnelt. Nun erzählt er etwas von einem Lager Leskovac südlich von Niš, in dem die Deutschen an einem einzigen Tag im Herbst 1943 mehr als dreihundert Roma zusammengetrieben und getötet haben. Darunter war der Vater seiner Großmutter, die war damals neun Jahre alt. Und ihr älterer Bruder, gerade siebzehn, war in Niš im Lager »Crveni krst«, das heißt »Rotes Kreuz«. Im Frühjahr 1942 sind von dort 174 Häftlinge geflohen, kommunistische Partisanen. Zur Vergeltung wurden auf einem Hügel in Niš 850 Juden und Roma erschossen, auch der Bruder seiner Großmutter. In der sozialistischen Zeit wurde dort ein Denkmal errichtet, aber das wird jetzt immer mit Dreck und Farbe beworfen.

»Und trotzdem wolltet ihr nach Deutschland?«, fragt Laila und sieht zu der weißhaarigen Frau, die das schlafende Kind jetzt der Mutter übergeben hat und ihren Rücken streckt.

»Was hatten wir für eine Wahl? Und Deutschland, so sagt Großmutter immer, ist uns noch etwas schuldig. Aber so sehen das die Behörden hier nicht, alle unsere Asylanträge wurden als *offensichtlich unbegründet* abgelehnt. Wir müssen uns wehren. Ich gehe auf keinen Fall zurück, ich war bei Facebook angemeldet, da haben mich die Rechten aus Niš gefunden, der Hauptschläger ist wieder frei und droht, mich zu töten. Ich muss das ernst nehmen, ich wäre nicht der Erste. Aber schade, es sind heute viel weniger von uns gekommen, als wir gehofft haben. Viele trauen sich nicht, gegen die Bescheide zu protestieren, weil sie denken, dass sie dann erst recht abgeschoben werden, was ja auch oft so ist. Aber wir brauchen Öffentlichkeit, sonst sind wir verloren.«

Dragan wird von jemandem gerufen und geht zu einer Gruppe, in der erregt diskutiert wird. Estera folgt ihm. Laila tritt näher und hört, wie einer der Männer, die sie vorhin neben Jonas gesehen hat, auf Romanes einen Vorschlag wiederholt, der offenbar schon länger im Raum steht. Die Kundgebung soll woanders stattfinden, auf dem Pariser Platz etwa, nicht so dicht am Reichstag. Die Stiftung, die verantwortlich für das Denkmal ist, unterstütze grundsätzlich das Anliegen der Protestkundgebung, aber das könne man nicht auf diese Weise und an diesem Ort durchsetzen. Die Stiftung biete sogar an, am nächsten Tag eine Pressekonferenz gemeinsam mit den Protestierenden abzuhalten.

Aber niemand will offenbar auf dieses Angebot eingehen.

Laila setzt sich ins Gras, wehrt die Mücken ab, die hier am Wasser besonders lästig sind. Noch fühlt sie den Aufruhr, den die beinahe wortlose Begegnung mit Jonas in ihr hinterlassen hat, wo ist der überhaupt. Und wo sind Stachlingo und Flora, ob die auch von den Polizisten aufgehalten wurden? Aber Stachlingo würde sich nicht so einfach von Uniformierten verbieten lassen, diesen Platz – seinen Platz – zu betreten. Lailas Augen suchen immer wieder Estera, obwohl sie glaubt, dass die gut aufgehoben ist bei ihren neuen Bekannten. Aber man weiß nicht, was heute noch geschieht, ihr wäre es lieber, wenn das Mädchen nicht hier bei dieser abgeriegelten Denkmalbesetzung, umgeben von Polizeiautos, bleiben würde, aber wie kann sie sie davon abhalten, sie ist ja selbst hier. Laila ahnt, dass diese Sorge um Estera sie in der kommenden Zeit immer begleiten wird. Übermorgen haben sie wegen der Vormundschaft einen Termin beim Jugendamt.

Das *Mare Manuschenge* vermischt sich mit den Stimmen der Sprechenden und Rufenden, mit dem Kreischen der Kinder. Trotzdem kann man die Abendvögel hören, von weitem Verkehrslärm und eine näher kommende Polizeisirene.

Plötzlich aber kommt es Laila vor, als ob alles verstummt und nur noch eine Stimme zu hören ist, die von Jonas. Warm und fest klingt sie, um Vertrauen werbend.

Er steht ein paar Meter entfernt, mitten in einer Gruppe von Roma, zu denen jetzt auch die Jugendlichen um Estera gehen. Auch einige der älteren, am Rand rauchenden Männer erheben sich, um besser zu hören.

»Wir alle, die Mitarbeiter der Stiftung als Hausherren, die anwesenden Vertreter verschiedener Parteien und von Roma- und Sinti-Organisationen haben großes Verständnis für das Anliegen dieser Kundgebung, nicht aber für die Besetzung des Denkmals. Dies ist ein Ort der Trauer und der Besinnung, wie am heutigen Tag schon mehrmals gesagt wurde. Hier zu demonstrieren verletzt die Gefühle vieler Menschen. Es ist einfach nicht der richtige Ort, er liegt innerhalb der Bannmeile, zu nahe am Reichstag …«

Die nächsten Worte sind kaum zu verstehen, weil die Roma und ihre Unterstützer pfeifen und rufen: »Wo ist der richtige Ort, wo?«

Jonas redet mit noch lauterer Stimme weiter. Man habe nun stundenlang verhandelt. Die Situation sei ja auch für die Kinder nicht optimal, ja, es sei verantwortungslos, kleine Kinder hierherzubringen. Man wolle doch eine polizeiliche Räumung des Geländes vermeiden, er fordere die Anwesenden auf, das Denkmal friedlich und freiwillig zu verlassen. Jonas' Stimme geht im Lärm unter, er verstummt, Laila sieht ihn nicht mehr, aber es bleibt laut.

Verzweifeltes Lachen, Buhrufe. Eine Frau schreit wütend: »Ihr wollt uns nur loswerden.«

Eine ältere Frau, die neben Laila im Gras sitzt, sagt leise zu ihr: »Wir mussten unsere Asylanträge in einer zentralen Aufnahmeeinrichtung stellen. Da saß ein Mann am Empfang, der uns anschrie, mit den Händen machte er solche Bewegungen, mit denen man Gänse wegscheucht. Nicht mal einlassen wollte er uns, wir hätten kein Recht, in Deutschland Asyl zu beantragen. Dabei hat sich mein Großvater für Deutschlands Krieg als Zwangsarbeiter totgeschuftet.«

»Und ihr konntet keinen Antrag stellen?«, fragt Laila.

»Doch, eine Rechtsanwältin hat uns geholfen, eine von uns, Nizaquete, sie kam als Kind auch aus dem Kosovo, ihre Familie war immer von Abschiebung bedroht. Erst nach vierzehn Jahren haben sie ein Aufenthaltsrecht bekommen, so lange lebten sie im Container. Nizaquete hat es trotzdem geschafft, das zu werden, was sie ist. Meine Kinder werden es nicht schaffen, wir müssen zurück in den Kosovo.« Ein Mann mischt sich ein, der ein Plakat wie einen Bauchladen trägt, auf dem steht: *Romano Jekipe Kiel – Wir bleiben.* »Ihr habt wenigstens einen Ort, an den man euch abschieben wird. Meine Frau ist Bosnierin, ich habe einen serbischen Pass, war aber schon zwanzig Jahre nicht dort. Wir konnten nicht da und nicht dort bleiben, unsere Kinder sind dann in Frankreich geboren. Die haben gar keinen Pass. Dort wurden wir von der Polizei ausgewiesen, wir dachten, dass wir in Deutschland Ruhe finden. Wir wollen doch einfach nur leben, arbeiten. Unser Sohn geht jetzt in die Schule, die beiden Mädchen haben gerade einen Kita-Platz bekommen. Die können deutsche Lieder singen. Und jetzt die Ausweisung. Ich weiß nicht einmal, werden die Kinder mit mir nach Serbien abgeschoben oder mit meiner Frau nach Bosnien?«

»Unter Tito war es besser für uns«, sagt die Frau, doch der Mann mit dem Plakat widerspricht, in seiner Familie habe man ganz andere Erfahrungen. Laila hört das Wort kidavelo, das bedeutet, jemanden zum Fliehen zu bringen, ihn wegzuekeln.

Ein übermüdetes Kind weint mit einem langgezogenen Ton, es hört sich an, als gehöre das zum *Mare Manuschenge*. Mütter richten rings um das Wasserbecken mit Decken Lager her, aber keiner wird hier schlafen können. Aber keiner ist auch nach Jonas' Aufforderung gegangen. Inzwischen dämmert es, Laila kann nicht genau erkennen, was am Zugang zum Denkmalgelände vor sich geht, dort schirmen immer noch Uniformierte die Kundgebung ab, aber dahinter scheinen Trauben von Menschen zusammenzustehen. Sie sieht sich nach Estera um, die inmitten der Jugendlichen steht, sie spricht Romanes mit ihnen, was sie ja sonst außerhalb der Familie vermeidet, und sieht trotz der angespannten Lage fröhlich aus.

Einen der jungen Männer aus dieser Gruppe erkennt Laila jetzt, es ist Lulo, einer der Söhne des Friseurs, bei dem ihre Mutter gearbeitet hatte. Sie begrüßen sich, und Laila fragt nach Flora und Stachlingo. »Sie wollten hier sein, aber ich finde sie nicht.«

»Sie waren auch hier, ich habe sie gesehen. Dein Ex-Mann,

heißt er nicht Jonas Müntzer, war auch da. Der hat eben gesprochen. Vorhin haben die sich alle mit den Initiatoren der Kundgebung zurückgezogen, es heißt, dass sie drüben im Reichstag verhandeln, da wollte Stachlingo einfach mitgehen. Und deine Mutter auch, die hatte Angst um seinen Blutdruck, das habe ich gehört. Wahrscheinlich beraten die noch immer.«

Eine blonde Frau um die dreißig ist dazugetreten, Lulo stellt sie als seine Freundin Gina vor. »Sie ist keine Sintiza, aber sie arbeitet für unsere Interessen, eine Aktivistin«, sagt er stolz.

»Das Schlimme ist«, knüpft Gina an, »dass die verschiedenen Roma-Verbände sich nicht einig sind. Der Zentralrat der Deutschen Sinti und Roma trägt zwar das Wort Roma im Namen, aber es sieht so aus, als ob er sich vor allem für die deutschen Sinti zuständig fühlt, nicht für die Roma vom Balkan. Und er ist viel zu zurückhaltend; weil der Zentralrat ja von staatlichem Geld abhängt, kritisiert er die deutsche Politik nicht.«

»Das stimmt so nicht«, meint Laila. Sie kennt diese Probleme, bei Flora und Stachlingo wird oft darüber geredet. »Der Vorsitzende des Zentralrats hat immer wieder die Verschärfung des Asylrechts abgelehnt. Übrigens auch die Stiftung. Die hat das *Bündnis für Solidarität mit den Sinti und Roma Europas* mitgegegründet, das immer gegen die Abschiebungen aufgetreten ist. Beim Roma-Day hat der Direktor der Stiftung die Asylpolitik öffentlich als Schande für Deutschland bezeichnet, der Bundespräsident war dabei. Wenn die Menschenrechte der Roma in den Herkunftsländern verletzt werden, sollen sie hier Asyl finden können. Und der Zentralrat unterstützt und stärkt mit vielen Projekten die Einwanderer.« Sie denkt dabei an Estera, die sie aus den Augenwinkeln beobachtet.

»Und wo ist der Zentralrat heute Abend?«, fragt Gina. »Die Menschenrechte der Roma werden nicht nur verletzt, sie sind abgeschafft. Überall. In Mazedonien haben sie die Gesetze verändert, jetzt ist es den Roma verboten, in anderen Ländern Asyl zu beantragen. Vor den 90er Jahren wollten keine Roma nach Deutschland. Aber Deutschland hat den Jugoslawienkrieg mitfinanziert, hat mitbombardiert. Deutschland hat eine Verantwortung gerade für die Roma. Doch sie werden abgeschoben, sogar die Kinder, aber Nazis dürfen in deutschen Städten marschieren.«

Laila weiß, dass sie recht hat, aber ihr ist der Eifer dieser jungen Frau unangenehm. Sie ist froh, als Lulo und seine Freundin zum Eingang eilen, wo ein Junge mit einem der Sicherheitsmänner in Streit geraten ist.

Plötzlich ist sie todmüde.

Aber sie will Estera nicht hier allein lassen. In ihrer Gruppe ist sie neben der viel älteren Gina das einzige Mädchen. Ihren Eltern wäre es sicher nicht recht. Laila geht hin und fragt Estera, ob sie nicht mit ihr zusammen in den Wedding zurückfahren will, die Besetzung des Denkmals gehe ja sicher morgen weiter, jetzt in der Nacht würden sowieso keine Entscheidungen getroffen, da könne sie doch besser zu Hause schlafen. Aber Estera protestiert und meint, sie wolle wie die anderen Besetzer bleiben, bis von den Politikern ein Zeichen käme, das sei doch der Sinn der ganzen Aktion. Außerdem habe ihr Bruder Eldorado schon angerufen, wo sie so lange bleibe, er sei jetzt auch unterwegs in den Tiergarten.

Und da ist Eldorado schon, etwas scheu steht er in einiger Entfernung, schaut sich um und setzt, als er sie sieht, einen betont unbeteiligten Gesichtsausdruck auf, kommt nun mit wiegendem Gang auf sie zu.

»Wie hast du es geschafft, durch die Absperrung zu kommen?«, fragt Laila, aber statt seiner antwortet Estera stolz: »Meine Brüder kommen überall durch.« Eldorado gibt Dragan und den anderen aus Esteras Gruppe nacheinander die Hand, offenbar kennt er keinen. So förmlich hat Laila ihn noch nie erlebt. Aber sie kann nun gehen. Eldorado wird seine Schwester nicht aus den Augen lassen.

Ohne aufgehalten zu werden, geht Laila durch die Absperrungen.

In der U-Bahn blickt sie in die müden, gleichgültigen Gesichter der Mitfahrenden, die ihr im kalten Licht blond und blass erscheinen, und sie möchte sie am liebsten aus ihrer Lethargie rütteln, ihnen die Stöpsel aus den Ohren reißen, von denen erzählen, die sie gerade verlassen hat, von ihrer Not und ihrer Ausweglosigkeit. Aber nur Betrunkene und Bettler sprechen in der Berliner U-Bahn zu Fremden. Laila bleibt allein mit den Bildern dieses Abends, für die sie auch keine Worte finden würde, jedenfalls nicht auf Deutsch.

Es ist fast Mitternacht, als sie auf den Hof in der Utrechter Straße kommt. Bei Gertrud brennt noch Licht. Eigentlich möchte Laila jetzt nichts als Ruhe, aber sie war in letzter Zeit nicht oft bei der alten Nachbarin, die wohl bald ganz allein in dem Haus wohnen wird, vielleicht sollte sie noch bei ihr vorbeischauen. Die Tür von Suzanas und Stepans Wohnung steht offen, Laila guckt durch den Spalt, es ist still, aber diese Stille ist anders als sonst in der Nacht. Auch die Tür zum Zimmer steht offen, sie tritt näher, kein Mensch atmet dort. Laila macht Licht, das Zimmer ist verlassen. Die Matratzen liegen noch da, die Decken sind sorgsam gefaltet, auch ein paar Kleiderstapel liegen ordentlich nebeneinander, Kinderkleider. Aber wo sind die Kinder, wo Suzana und Stepan? Laila geht ins andere Zimmer, das ja schon seit Wochen unbewohnt ist, auch dort kein Mensch. Auch in der Küche trifft sie niemanden, es ist aufgeräumter als sonst, das wenige Geschirr steht aufgereiht auf dem

Wandbrett, einen Kühlschrank gibt es nicht, die Speisekammer ist leer bis auf ein paar Zwiebeln. Ihr fällt ein, dass Suzana und Stepan heute Vormittag etwas mit ihr besprechen wollten. Wo sind sie?

Auch die Wohnungstür von Gertrud ist nur angelehnt. Als Laila eintritt, hört sie Gertrud schon mit heiserer Stimme rufen. Die alte Frau sitzt in ihrem Fernsehsessel, aber sie ist ganz wach und sagt, sie habe auf Laila gewartet, sie müsse ihr etwas Wichtiges mitteilen. Aber vorher möge Laila ihnen beiden zwei Gläser Wasser aus der Küche holen. Auf der Küchenbank steht eine blaue IKEA-Tasche, obenauf der grüne Teddybär von Felicia. Lailas Hand zittert leicht, als sie die Gläser füllt.

»Wo sind die Kinder?«, fragt sie und erfährt, dass Stepan und Suzana abreisen mussten, zwei Tage früher als geplant, der Schwager eines Bekannten, ein Rumäne, wollte sie mit seinem Transporter mitnehmen. Wohin, haben sie nicht verraten.

Aber sie hatten nicht vor, die kleine Felicia mitzunehmen. »Sie wollten mit dir reden«, berichtet Gertrud. »Aber du musstest weg, und dann kam dieser Mann, der erst morgen kommen sollte. Sie wollten dir einen Brief schreiben, aber der ging ihnen nicht von der Hand. So haben sie mich gebeten aufzuschreiben, was sie dir sagen wollten. Mir ist es auch schwer gefallen, aber ich habe es getan, und außerdem habe ich mir jedes Wort gemerkt. Sie sagen, dass sie nach monatelangen Zweifeln beschlossen haben, ohne das Mädchen wegzugehen. Sie hätten es Felicia genannt, aber es habe ihnen nur Unglück gebracht. Bei den Eltern weine sie nur, so dass keiner nachts schlafen könne, sie rede nicht, aber bei dir lache sie und spreche. Und du seist bei der Geburt dabei gewesen, du seist selbst so etwas wie eine Mutter für das Kind. Gott habe dir keine Kinder gegeben, sagen sie. Aber Gott habe ihnen Zeichen gesandt, dass sie sich von Felicia trennen müssten. Es sei für alle das Beste. Ihr

Sohn Marius sei ganz anders, der gehöre zu ihnen. Und bald würde er ja auch ein neues Geschwisterkind bekommen. Sie wissen, dass man in Deutschland nicht so einfach ein Kind verschenken dürfe, aber sie kennen sich nicht aus mit den vielen deutschen Bestimmungen, auch deshalb müssten sie ihr Glück woanders suchen.

Laila, sie sagen, du bist eine studierte Frau und wirst wissen, welche Papiere nötig sind, auf welchen Ämtern man sie bekommt, damit du Felicia behalten kannst. Und dass Felicia es gut bei dir haben wird, weil du genug Geld hast und genug Liebe für sie. Dass sie nie wiederkommen werden, sagen sie, und dass Felicia jetzt dein Kind sei, für immer und ewig. Und dann haben sie mir eine Tasche in die Küche gestellt und das Kind auf den Teppich gesetzt und sind gegangen.«

»Wo ist Felicia?«

»Bei Lucia und Milan. Norida ist gekommen, als Stepan und Suzana weg waren, sie hat den Lkw gesehen und bemerkt, dass Felicia bei der Abreise fehlte. Also kam sie zu mir, sie sagte, das Kind könne hier nicht bleiben, weil ich mich ja gar nicht bücken kann, sie selbst könne es auch nicht nehmen, aber bei Lucia käme es auf ein Kind mehr oder weniger nicht an für eine Nacht. Lucia hat sie dann geholt, und ich habe versprochen, dass ich dir alles erzähle, wenn du kommst, und dir den Brief gebe.« Gertrud reicht Laila ein Blatt Papier. »Meine Schrift ist so krakelig geworden«, entschuldigt sie sich. »Aber Stepan und Suzana haben unterschrieben.«

Mechanisch nimmt Laila das Papier entgegen.

»Lucia«, fährt Gertrud fort, »hat gesagt, dass sie findet, es sei das Beste für die Kleine, wenn sie bei dir bleiben kann. Da, wo Lucia herkommt, sei es normal, dass ein Kind von einer anderen Frau übernommen wird, wenn die eigene Mutter krank ist oder stirbt oder einfach zu arm ist. Lucia selbst ist bei einer

Tante aufgewachsen. Sie würde Feli auch zu sich nehmen, Kind ist Kind, sagt sie, aber sie haben schon so viele und müssen doch aus der Wohnung. Bei dir wird sie es gut haben.«

Laila schläft nicht in dieser Nacht. Ihre Haut juckt von den Mückenstichen, die sie sich am Denkmal zugezogen hat, ihre zerstochenen Fußknöchel schwellen an, aber sie fühlt auch, wie ihr Herz anschwillt. Sie denkt an das kleine Mädchen, an seinen Geruch, an das Köpfchen an ihrem Hals, wenn sie es auf den Arm nimmt, an ihren neugierigen Blick, die staunenden Augen, an die Weichheit der roten Locken. Und sie denkt an ihre verlorenen Kinder, daran, wie nach den Geburten die Milch einschoss und sie noch wochenlang die schweren, schmerzenden Brüste fühlte, an denen kein Kind trank. Sie spürt, dass auch jetzt etwas in sie einfließt, in ihr Herz, ihren Bauch, in ihre Finger, ihren Kopf, es ist die Liebe zu Felicia, die diese Liebe braucht zum Überleben. Es ist, als ob dieses allumfassende Gefühl schon da war, als das Mädchen geboren wurde, aber erst jetzt kann es sich in ihr ausbreiten.

Als es hell wird, hat Laila sich entschieden. Sie wird es schaffen, dieses Kind zu behalten. Sie ahnt, welche bürokratischen Hürden es geben wird, Feli hat ja nicht einmal eine Geburtsurkunde, weil Suzana sie nicht bezahlen konnte. Aber Felicia ist da, sie ist auf der Welt, und Laila wird sie immer behüten. Flüchtig denkt sie an Robert, zu dem sie im Herbst für zwei Monate reisen wollte, er hatte darauf bestanden, damit sie sich nicht verlieren. Aber so ist das eben, wenn man ein Kind bekommt, ändert sich alles. Er kann ja zu ihnen nach Berlin kommen.

Auch an Estera denkt sie, an die Verantwortung, die sie übernommen hat, aber anders als am Denkmal erscheint ihr diese Aufgabe nun leicht, und sie spürt eine große Freude auf das Kommende.

Es ist noch früh, als Laila aufsteht, um zu Lucia und Milan zu gehen. Aus Noridas Wohnung dringt schon Radiomusik. Plötzlich steht Norida in der Wohnungstür, sie hat sie gehört, hier im Haus hört man alles. Laila hat in der Nacht auch Eldorado und Estera über den Hof gehen hören, da war es nach drei. Jetzt steht Eldorado schon hinter seiner Mutter, angezogen. Norida trägt den grünen Plüschmantel der russischen Mädchen, man weiß nicht, ob das ihre Nachtkleidung war oder ob sie schon für den Tag bekleidet ist.

Norida winkt sie in ihre Küche. Laila will eigentlich so schnell wie möglich zu Felicia, aber Noridas Gesicht ist ungewohnt ernst. »Eldorado muss weg, heute noch«, sagt sie. Laila muss mehrmals nachfragen, bis sie versteht, was geschehen ist. Dann erzählt Eldorado, ratlos und wütend und noch immer wie unter Schock. Das Denkmal wurde geräumt, eine halbe Stunde nach Mitternacht. Eine Hundertschaft Polizisten in voller Montur habe das Gelände gestürmt und die sich wehrenden Menschen weggezerrt. Aber es hätten sich nur wenige gewehrt, die meisten seien still gegangen.

»Wo ist Estera?«, fragt Laila.

»Sie schläft, mit ihr ist alles in Ordnung. Wir wollten nach Mitternacht sowieso gerade gehen, es war ruhiger geworden am Denkmal. Die Polizisten kamen plötzlich, die Frauen und Kinder schrien. Es war wie im Krieg. Du hast doch Dragan gesehen, seine Großmutter war auch da, die alte Frau hat einen Arm verstaucht oder gebrochen, eine andere hatte schon vorher einen epileptischen Anfall bekommen. Draußen standen Sanitätsautos, aber Dragans Großmutter hatte Angst und lief vor den Sanitätern weg, sie dachte, dass sie gleich in Abschiebehaft gebracht wird, sie hat ja nur eine Duldung. Und andere von den Leuten auf der Kundgebung haben nicht mal eine Duldung, die sind illegal in Deutschland und versuchten, den Polizisten nicht in die Hände zu fallen. Irgendwie verlief sich alles in den dunklen Tiergarten, oder zum beleuchteten Brandenburger Tor hin, nur die Kinder heulten. Estera und ich hatten Angst, dass sie am Eingang die Ausweise kontrollieren, da wollten wir durch die Hecken abhauen, so wie ich gekommen bin, aber die griffen mich gerade deshalb und wollten meine Papiere sehen, haben alles aufgeschrieben.«

»Das ist es ja eben«, klagt Norida. »Sie haben ihn nur aus der Untersuchungshaft entlassen, weil ich versprochen habe, dass er Deutschland sofort freiwillig verlässt. Und jetzt wird er vielleicht noch wegen Hausfriedensbruch angezeigt.«

»Da war ja gar kein Haus«, sagt Eldorado. »Und ich dachte, das Denkmal ist für uns, für die Roma und Sinti. Dann sind doch die Polizisten bei uns eingedrungen.«

»Solche Gedanken nützen nichts«, weist Norida ihn energisch zurecht. »Du musst jetzt sofort Deutschland verlassen, bevor sie dich holen. Fahr nach Craiova zur Großmutter. Wenn wir mit Laila beim Amt waren und wegen Estera alles geregelt ist, kommen wir nach.« Sie wendet sich an Laila: »Als ich hörte, dass Suzana dir ihr Kind geschenkt hat, habe ich gedacht: Was für ein Glück sie hat. Aber dann bekam ich Angst, dass es dir nun zu viel wird mit Estera.«

Laila beruhigt sie. »Wir haben doch alles besprochen. Nur noch dieser eine Termin, dann bin ich ihr Vormund.«

»Weißt du«, sagt Norida, »ich bin traurig, dass Estera bald nicht mehr bei uns leben wird. Aber ich weiß auch, dass es nichts Besseres für sie gibt, als in Deutschland bleiben zu können. Vielleicht wird sie das Abitur machen, vielleicht studieren. Vielleicht eine Lehrerin sein oder eine Ärztin. Sie wird nicht solche Sorgen haben wie ihre Brüder. Aber sie muss aufpassen, was hat ein Mädchen bei einer solchen Kundgebung zu suchen. Sie soll doch eine Unterstützung bekommen von dieser Stiftung.«

»Das ist eine andere Stiftung. Das Stipendium ist ihr zugesagt. Es wird nicht zum Leben reichen, aber die Hildegard-Lagrenne-Stiftung kümmert sich noch um private Hilfe. Ich denke, dass es gut ist, wenn Estera sich für Roma-Rechte einsetzt. Aber darüber reden wir später noch.«

Norida bietet ihr einen Tee an, aber Laila will nun endlich zu Lucia gehen.

»Du hast Glück«, sagt Norida noch einmal. »So ein schönes Kind, nur schade, dass sie solche Fuchshaare hat. Aber die kann man färben.«

Laila lacht. »Auch da denke ich anders, Norida«.

Bei Lucia sind schon alle wach und sitzen um einen runden Tisch beim Frühstück. Lucias älteste Tochter Mira, elf oder zwölf ist sie, hat Felicia auf dem Schoß und füttert sie mit Haferbrei. Das Kind lacht und streckt die Ärmchen aus, als es Laila sieht. Laila nimmt es Mira ab und vergräbt ihr Gesicht in Felis Köpfchen. »Morgen sind wir schon nicht mehr da«, sagt Lucia. »Die Volkssolidarität«, sie spricht das Wort deutsch aus, »gibt uns ein Zimmer in einer Notunterkunft. Bitterfelder Straße in Marzahn. Weißt du, wie man dort hinkommt? Aber schade, wir können nichts mitbringen, keine Möbel und kein Geschirr. Dabei haben wir jetzt so viel. Den Tisch haben die Balovs uns geschenkt, bevor sie auszogen. Auch die Teller.«

»Mama, sei still, Papa muss von Gott erzählen«, rufen die Kinder.

»Milan erzählt jeden Morgen eine Geschichte, wenn er nicht wegmuss«, flüstert Lucia Laila zu.

Dann beginnt Milan, und alle hören zu, auch Felicia lauscht aufmerksam.

»Ihr habt mich gefragt, ob Gott auch in Berlin wohnt und

woher er kommt. Ja, er wohnt hier mitten unter uns, sogar in der Utrechter Straße. Aber Gott kann man nicht kennen, nur er kennt uns genau.«

»Gott wohnt hier bei uns?«, fragt Mira ungläubig.

»Ja, er ist immer da, wo du bist. Oder du.« Milan zeigt auf jedes der Kinder.

»Wie ist er denn auf die Welt gekommen?«, will sein Sohn wissen.

»Wir alle sind doch Sklaven gewesen. Jahrhundertelang. Dieser Schreck, so erzählt man, lässt uns alle mit so großen schwarzen Augen zur Welt kommen, um die uns alle beneiden.«

Dann macht er wieder eine Pause, murmelt: »Und wer weiß schon, was kommt«, bevor er fortfährt: »Die uns schlechter als Tiere hielten, die uns schlugen und ertränkten, wann immer sie wollten, sie waren so grausam, dass jedes Wort darüber die Zunge erfrieren lassen würde. Ich will es euch nicht beschreiben, das Herz stürzte ein. Aber ich erzähle euch eine Geschichte.

Wie immer im Frühjahr versuchte eine Katze ihre Jungen zur Welt zu bringen. Schön war sie und schwarz. Die Burschen im Hof aber jagten sie auf, wohin auch immer sie sich verkroch, hetzten sie mit Stöcken zu ihrem Spaß und warfen Steine nach ihr, wenn sie sich hinlegen wollte. So zerschlugen sie ihr ein Ohr und zertrümmerten ihr ein Hinterbein. Jetzt konnte sie nicht mehr fliehen und blieb im Staub des Hofes liegen. Dort gebar sie schnell ihr erstes Kind. Einer der Kerle packte sie sich darauf am Schwanz und ließ sie lachend über seinem Kopf kreisen: Sehr ihr, wie zäh sie sind, diese Zigeuner, sie haben sieben Leben!

Dort in der Luft gebar sie ihre anderen Kinder.

Bis dem Burschen der Atem schwer wurde und er die Mutter zu ihren Jungen warf. Die Katze kroch über den Sand, trug unter den Füßen der Kerle ihre Kinder zur Seite. Die Unmenschen traten nach ihr, bis es plötzlich zu regnen begann.

Der Regen war weich und duftete nach Milch. Die Katze lag reglos und säugte ihre Kinder. Alle hatten schwarze große Augen und wurden nicht nass.

Es war keine Wolke zu sehen. Ein heller Himmel weinte, und Gott war erschienen. Gott hatte sich aus Mitleid selbst erschaffen und hob die Kinder auf. Er wollte uns trösten. Gott war der Erste, der wusste, dass wir Menschen waren. So kam Gott auf die Welt. Und mit euch kam er auch in den Wedding.«

19

LEO hat im »Chuzpe« schon einen Stammplatz, den Tisch links vom Tresen hält Amir für ihn frei, auch hat er ihm einen bequemeren Lehnstuhl hingestellt. Stundenlang sitzt Leo dort, beobachtet die Gäste, denkt nach und liest Zeitung. Hierhin hat er neulich den Anwalt Behrend, dessen jüngere Kollegen und die Sekretärin der Kanzlei zu einem Abschiedsessen eingeladen. Die kannten das Lokal vorher nicht und werden wiederkommen. Nira trifft er tagsüber nicht mehr im »Chuzpe«, ihr Sprachkurs hat begonnen. Aber Laila, die sich um die Mittagszeit oft eine Falafel oder eine Suppe holt, hat er schon an seinen Tisch bitten können, einmal war ihr Vater oder Stiefvater dabei, den sie ihm vorstellte. Dieter Krause war Leo sofort sympathisch. Als Leo beiläufig erfuhr, dass dessen Vater im Lager Buchenwald umgekommen war, erzählte er ihm von seinem Kibbuz, der von Buchenwald-Überlebenden gegründet worden war. Vielleicht deshalb gibt es ein Gefühl von Vertrautheit zwischen Leo und dem zwei Jahrzehnte Jüngeren. »Mich nennt man Stachlingo«, hatte der sogar gesagt. »Dieter Krause bin ich nur für die Deutschen«, als sei Leo kein Deutscher. Und er ist es ja auch nicht mehr. Stachlingo erzählte ihm von seiner Arbeit im Verband, die er langsam an Jüngere abgeben will, von den Auseinandersetzungen und ungelösten Problemen, die ihn festhalten. Auch von seinen Blumenläden sprach er, die viel Zeit kosten. Laila, sagte er, möchte sich nur um die »Schöne Flora« kümmern, nicht auch noch um die anderen Läden, und schon gar nicht um das Geschäft mit den Hotels. Er müsse loslassen, sagte er betrübt, aber das falle ihm schwer, nachdem er so viele Jahre darauf verwandt hatte, das alles aufzubauen. Leo versteht das gut, schließlich erinnert er sich an die schwierigen Jahre im Kibbuz, als die Jüngeren nachdrängten, alles anders machen wollten und die Gründer das Gefühl hatten, ihr Lebenswerk würde ihnen weggenommen. Dieter Krause war nie in Israel, ihn interessiert, was Leo über das Leben dort erzählt, über den Kibbuz, der heute keiner mehr ist. Leo lud ihn ein, es gibt ein Gästehaus in der Siedlung. Aber Stachlingo meinte lachend, für solche Reisen habe er keine Zeit, das würde ihm auch seine Frau immer vorwerfen, die ihn schon lange bitte, weniger zu arbeiten, auch wegen der Gesundheit.

Heute ist er in der Mittagspause wieder da, sieht Leo und kommt an seinen Tisch. »Schalom, Stachlingo«, sagt Leo. »Wo hast du Laila gelassen?« Er hat sie schon seit ein paar Tagen nicht gesehen.

»Laila wird jetzt eine Weile nicht kommen. Deshalb bin ich im Laden, bis wir eine neue Mitarbeiterin gefunden haben.« Stachlingo sagt das lächelnd, als verkünde er etwas Schönes.

Leo spürt eine kleine Enttäuschung. Übermorgen wird er abreisen, er hätte Laila gern noch einmal gesehen.

»Sie ist Mutter geworden, gleich zweimal«, erklärt Stachlingo und freut sich über Leos Verblüffung. Dann erzählt er, was in den letzten Tagen und Wochen in der Utrechter Straße geschehen ist. »Die Große ist ja schon sechzehn«, beendet er seinen Bericht. »Ein eigenwilliges Mädchen, sehr gescheit. Die hat ja ihre Eltern, das ist auch gut so. Aber in der Roma-Siedlung, in die sie zurückgekehrt sind, würde Estera verkümmern. Laila wird ihr Vormund sein. Sie hat einen Platz an einer Gesamtschule, wenn sie das Schuljahr besteht, soll sie in eine Gymnasialklasse wechseln. Leben soll sie in einer Wohngruppe mit Jugendlichen. Aber mal sehen, ob das gut geht. Meine Frau sagt, wir haben doch noch Platz in unserer Wohnung. Ich fände es schön, wieder so eine Ziehtochter zu haben. Laila war auch sechzehn, als sie und ihre Mutter zu mir kamen. Aber jetzt ist ja noch die Kleine da, zwanzig Monate alt. Ein Wunder, so ein Kind. Die plappert den ganzen Tag, man versteht sie nur nicht. Aber Papo, Opa, kann sie schon sagen. Einfach süß. Laila will sie adoptieren, das wird schwer. Die Eltern sind über alle Berge, Wohnsitz unbekannt. Aber wegnehmen wird sie ihr keiner. Die Utrechter ist geräumt, das war ja sowieso nur ein Rattenloch, Laila braucht eine neue Wohnung. Erst einmal sind sie alle bei uns. Es ist schön, wenn so viel Leben in der Bude ist. Das habe ich mir immer gewünscht. Geschwister hatte ich ja nicht, war mit meiner Mutter allein.« Stachlingo schweigt einen Moment, bevor er weiterredet: »Laila sucht einen Krippenplatz für die Kleine, dann wird sie wohl auch wieder in die ›Schöne Flora‹ kommen, aber eines nach dem anderen. Meine Frau jedenfalls ist ganz verrückt nach dem Enkelkind, das vom Himmel gefallen ist. Sie sitzt und näht Kinderkleidchen, rennt rum und kauft Kinderbetten, Kinderschuhe, ein Schaukelpferd …« Er lacht und sieht glücklich aus.

Leo freut sich mit ihm und denkt an die Zeit, als seine Tochter klein war und er sie vor lauter Arbeit an manchen Tagen gar nicht sah, obwohl das Kinderhaus nebenan lag. Und als die Enkelinnen auf die Welt kamen, war Edith schon krank, und er hatte nicht viel Zeit für die kleinen Mädchen in Ramat Aviv. Wenn Nira ein Kind bekommt, wird er es vielleicht gar nicht kennenlernen. Das dumpfe Gefühl, etwas Unwiederbringliches versäumt zu haben, steigt ihm in den Hals. Er nimmt sein Teeglas und schluckt dieses Gefühl hinunter. »Wieso ist das Haus in der Utrechter Straße geräumt worden?«, fragt er dann.

»Geräumt ist vielleicht nicht das richtige Wort«, korrigiert sich Stachlingo. »Den Bewohnern wurde gekündigt, und sie sind weggezogen, manche in andere Wohnungen, manche in die Obdachlosigkeit oder wie Esteras Familie in ihre alte Heimat zurück. Als wir Lailas Sachen abgeholt haben, wohnte nur noch eine uralte Frau dort. Eine Räumung ist etwas anderes. Geräumt wurde der Platz, an dem unser Denkmal steht, eine ganze Hundertschaft haben sie aufgeboten.«

»Ich habe davon gelesen«, sagt Leo. »Eine kleine Meldung in den Zeitungen: Die Protestveranstaltung am Denkmal für die ermordeten Sinti und Roma wurde friedlich aufgelöst. Die Protestierenden haben das Denkmal verlassen.«

»Na ja, friedlich … Friedlich ist es nie, wenn Polizisten mit Kampfhelmen im Dunkeln auf die Leute zukommen. Da waren ja Kinder dabei, Alte.«

»Hast du das gesehen?«

»Nein. Ich war bei den stundenlangen Verhandlungen zwischen den Vertretern der Besetzer auf der einen Seite und der Stiftung, Politikern und Roma-Abgeordneten aus verschiedenen Selbstorganisationen auf der anderen Seite dabei, auch bei den Gesprächen mit den Sicherheitsleuten. Ich habe mich dazugedrängt. Meine Frau ging mir nicht von der Seite. Die Gespräche hatten sich festgefahren, auch der Vorsitzende vom Zentralrat der Roma und Sinti sprach am Telefon mit den Besetzern, die nicht weichen wollten, auf keinen Kompromiss eingingen. Kurz vor Mitternacht habe ich dann einen leichten Herzanfall bekommen und Flora bestand darauf, dass wir nach Hause fahren. Am Morgen wollten wir wiederkommen. Zwei Stunden später riefen mich dann unsere jungen Leute an, da war der Platz schon geräumt. Es ist traurig, wie das alles gelaufen ist, und es wirft uns zurück. Wir Sinti hatten ja in Deutschland schon einiges erreicht, seit dem Hungerstreik im früheren KZ Dachau, das war 1980, sind wir endlich nicht mehr unsichtbar. Ich war ja damals noch im Osten. Als ich in den Westen abgeschoben wurde, hatten wir hier schon unsere Verbände, waren anerkannt. Die anderen kapierten endlich, dass es den Porajmos gab, und wir hatten Verbündete wie den Bundespräsidenten von Weizsäcker. Aber in den 90er Jahren kamen die Roma aus dem Süden und Osten Europas, schon äußerlich waren die ganz anders, da kochten wieder die ganzen alten Vorurteile hoch vom fahrenden Volk, Bettlern, Kriminellen …«

»Du gibst den Roma aus Südosteuropa die Schuld an der Feindseligkeit?«

»Natürlich nicht. Aber deren Einwanderung hat uns vor ganz andere Aufgaben gestellt. Die Ausländerbehörden sind dieser Gruppe nicht wohlgesonnen. Das Gesetz räumt dem Bundesinnenministerium und den obersten Landesbehörden ein, das Aufenthaltsrecht zu gewähren. Oder auch nicht. Es gibt keinen gesetzlichen Anspruch darauf, und das ist das Unglück. Ich denke oft, man hätte eine Lösung finden müssen wie bei den zweihunderttausend Juden aus der zusammengebrochenen Sowjetunion, die als Kontingentflüchtlinge nach Deutschland kommen konnten.«

»Und warum gibt es so eine Lösung nicht?«

Stachlingo zuckt die Achseln. »Der Mord an den Juden ist inzwischen im Gedächtnis der Deutschen angekommen, der an unseren Leuten nicht. Dazu kommt, dass unter euren Einwanderern nach 1990 viele Fachkräfte waren, studierte Leute, gut für die Wirtschaft.«

»Warum sagst du: eure?«, fragt Leo mürrisch. »Ich bin nicht nach Deutschland eingewandert.« Er findet, dass all diese Kontingentflüchtlinge nach Israel gehören.

Stachlingo lacht. »Ich bin anfangs auch immer zusammengezuckt, wenn man die Roma aus Osteuropa und uns deutsche Sinti in einen Topf warf. Aber Jude bist du nun mal, so wie ich ein Sinto bin. Und die da kommen, sind auch meine Leute, ob ich will oder nicht. Das habe ich auch bei der Besetzung so empfunden. Ich wollte nur sagen, die meisten Roma-Einwanderer sind einfach nur arm, schlecht oder gar nicht ausgebildet. Und die hatten eben lange keine starken Fürsprecher. Sie haben auch kein Land, das hinter ihnen steht.«

»Ja«, sagt Leo. »Wir haben ein Land, das ist ein Unterschied.« Er spürt etwas wie Genugtuung. »Aber das war ja nicht immer so. Im Übrigen erinnert mich diese ganze Situation an die Zeit nach der Gründung des Deutschen Reiches. Ich habe viel darüber gelesen. Damals glaubten sich die deutschen Juden endlich sicher und waren gar nicht begeistert über die sogenannten Ostjuden, die vor den Pogromen flohen oder einfach ein besseres Leben suchten. Die drängten sich in den Elendsquartieren, den Alteingesessenen, auch den Juden selbst, kamen sie sehr fremd vor.«

»Mag sein, dass es da Ähnlichkeiten gibt«, antwortet Stachlingo. »Ich habe auch einiges darüber gelesen in den letzten Jahren. Man sieht ja auch die prächtige Synagoge in der Oranienburger Straße, da sind bestimmt keine Armen im Kaftan reingegangen. Aber ich weiß auch, dass die Pogromflüchtlinge von deutschen Juden nicht nur abgelehnt wurden, manche haben in ihnen auch die Brüder gesehen. Arnold Zweig, Gustav Landauer, Martin Buber, das waren große Geister, die wussten, dass von den armen Ostjuden auch eine Kraft ausging, die sie selbst stärker machte. Darüber habe ich viel nachgedacht und meine Ansichten auch geändert. Ich bin ein Sinto, aber zu den Roma zählen viele Gruppen und wir gehören zusammen, bei allen Unterschieden. So habe ich nicht immer gedacht.«

Amir, der den beiden alten Männern schon eine ganze Weile lang zugehört hat, während er Gläser spülte, beugt sich über den Tresen und sagt: »Na, ihr zwei politisiert ja wie in einer Talkshow. Interessant. Wollt ihr noch einen Tee?«

Stachlingo wehrt ab. »Ich muss in den Laden zurück, leider. Und dann muss ich noch herumtelefonieren, ich habe da einen Jungen, der nach Serbien abgeschoben werden soll. Er hat sich im Tiergarten ein bisschen heftig zur Wehr gesetzt, womöglich gibt es da einen Zusammenhang. Obwohl die Polizei der Stiftung versprochen hat, niemand soll wegen der Besetzung Nachteile haben. Die Familie des Jungen war gar nicht dabei. Sie hatten bisher eine Duldung, aber jetzt sollen sie alle weg. Die Rechtsanwältin, die für uns arbeitet, ist völlig überlastet. Ich brauche einen Anwalt, der schnell einen Abschiebestopp bewirkt.«

Leo holt eine Karte aus seiner Brieftasche. »Ich kenne eine Kanzlei, in der gute Leute arbeiten. Behrend, der Chef, geht in Pension, aber vielleicht macht er es, er hat auch noch zwei jüngere Kollegen.«

Stachlingo nimmt die Visitenkarte. »Das sind Staranwälte. Die kann keiner bezahlen.«

»Das regele ich mit der Kanzlei«, antwortet Leo. »Behrend ist mein Freund.«

Als Stachlingo geht, steht auch er auf, und die beiden umarmen sich. »Du musst wohl doch nach Israel kommen, damit wir unser Gespräch fortsetzen«, sagt Leo. »Bring deine Frau mit und Laila und die Kinder.«

Er setzt sich wieder, notiert in ein Büchlein, dass er nachher noch Behrend anrufen muss. Als er neulich mit seiner Tochter Ruth telefonierte und ihr den Kontostand nannte, dachte die, er mache Witze. Sie hatte ja oft gesagt, dass sie nichts von diesem Erbe beanspruche, das ihrer Mutter die letzten Jahre verbittert hatte. Aber als er heute früh wieder anrief, hatten sie und ihr Mann Dani schon über den Kauf einer anderen Wohnung nachgedacht. Soll sie ruhig. Ihm war auch die Idee gekommen, die Altenstation nicht nur neu auszustatten, sondern gleich ein moderneres Gebäude errichten zu lassen. Mit Schwimmbecken. Und vielleicht würden sie eine Stiftung auf den Namen der Kaplans und der Lindenstrauß' gründen. Oder auf Ediths Namen. Das hat Zeit, das können sie zu Hause gemeinsam überlegen.

Leo blickt auf die Uhr und bestellt doch noch einen Tee. Er muss bis drei, halb vier warten für das, was er vorhat. Alte Leute halten meistens Mittagsschlaf.

Jetzt sind sie alle gegangen. Nur Gertrud ist noch da. Im Pflegeheim »Goldenherz« gab es einen Rohrbruch, und die nehmen gerade keine Kurzzeitpatienten auf. Ihr ist es recht. Und der Platz in Reinickendorf ist nicht frei, da muss wohl erst einer sterben. Sie hat die Leute vom Amt belogen, gesagt, dass sie jemanden hat, der täglich nach ihr sieht. Dabei gab es hier auch einen Rohrbruch, und das Wasser im ganzen Haus wurde abgestellt.

Kaum waren die Wohnungen leer, kamen die Plünderer. Nicht nur Männer mit ins Gesicht gezogenen Kapuzen, die schnell und geschickt alles abschraubten, was verkäuflich schien, und die armseligen zurückgelassenen Möbel in der Dämmerung abtransportierten. Es kamen auch Leute aus der Nachbarschaft, die von Wohnung zu Wohnung gingen, die Türen waren ja schon eingetreten, die Schlösser ausgebaut. Sogar in Gertruds Wohnung gingen sie, die lässt die Tür jetzt meistens angelehnt, damit die Pflegekräfte oder Besucher, auf die sie hofft, eintreten können, ohne dass sie aufstehen muss. Die Fremden blickten also auch in Gertruds Wohnung, aber als sie sahen, dass da noch jemand wohnt, verschwanden sie gleich wieder. Immer noch steht Gertrud auf, zieht sich an, so schwer es ihr auch fällt, und sitzt in der Küche oder in ihrem Fernsehsessel. Sie wartet. Ich warte auch.

Einmal kamen die Herren in den eleganten Anzügen, eine Frau war auch dabei, die standen dann auf dem Hof, redeten leise, fotografierten, sahen sich um und gingen wieder. Die Treppenhäuser schienen ihnen wohl schon zu gefährlich, da waren

Stufen herausgebrochen, die meisten Geländerstäbe abgesägt. Ein paar Stunden später schon kamen Handwerker und vernagelten die Wohnungstüren mit Brettern, nur nicht die von Gertrud. Aber in der Nacht wurden die Bretter im Erdgeschoss schon wieder abgerissen, zwei Männer, mit Pjotr und Anton redeten sie sich an, rollten ihre Schlafsäcke da aus, wo Noridas Söhne geschlafen hatten und davor die russischen Mädchen und davor …

Mir scheint, alles wiederholt sich. Ich weiß nicht, woher die Polen wussten, dass ich ein verlassenes Haus bin, dass man hier nächtigen kann, ohne dass die Polizei kommt. Dafür kam an nächsten Abend ein stummer Riese, über und über tätowiert. Der hatte nur eine Gummimatte, einen Rucksack und eine große Wut, die man ihm ansah. Mit Fußtritten beförderte er die Schlafsäcke von Pjotr und Anton vor die Wohnungstür und legte sich selbst auf seine Matte. Die leeren Schnapsflaschen der Polen kullerten um ihn herum, die störten ihn nicht, seine, die er mitgebracht hatte, war noch halb voll. Als die Polen zur Nacht kamen, sahen sie ihre Schlafsäcke im Treppenhaus, sahen den Tätowierten und seinen Blick, sie begriffen, dass hier kein Platz mehr für sie war. Müde zogen sie ab.

In derselben Nacht aber erschienen zwei Männer, die mit einem Auto vorgefahren waren. Obwohl das Licht im Treppenhaus noch funktionierte, gingen sie mit ihren Taschenlampen geradewegs in den Keller vom Hinterhaus, sie hatten Schlüssel und machten sich dort unten zu schaffen. Als sie hochkamen, sah einer, dass die Wohnungstür im Parterre angelehnt war, und leuchtete hinein. Der Tätowierte war aufgesprungen, Angst im Gesicht, ein Messer in der Hand. Aber der mit der Taschenlampe sagte nur ruhig: »Hau ab, sofort!« Ich weiß nicht, ob der Riese ein Deutscher war, er hat ja nicht gesprochen, aber er verstand und rollte seine Matte zusammen, ging mit schweren Schritten in die Nacht. In der Wohnung poltert es seitdem trotzdem, das sind die Waschbären, die auch schnell begriffen haben, dass hier keine Menschen mehr sind, die sie vertreiben. Ich weiß nicht, warum die Herren nicht das Haustor verschlossen haben, aber vielleicht weiß ich es doch. Es gibt keine Zukunft für mich.

Gertrud weiß das auch. Aber sie bekommt tatsächlich Besuch. Die Frauen vom Pflegedienst schimpfen über die Zumutung, durch das staubige Treppenhaus über die fehlenden Stufen hinweg in die oberste Etage zu steigen, aber sie kommen täglich. Auch Laila hat versprochen, Gertrud bald zu besuchen, aber Laila hat ja Suzanas Kind und Estera zu sich genommen und keine Zeit für uns. Aber Stefan, der Historiker, ging heute über den Hof. Gleich darauf kam er wieder mit zwei Eimern, holte Wasser für Gertrud an der grünen Pumpe an der Ecke Malplaquetstraße. An dieser Pumpe haben die Männer, die mich bauten, sich immer nach der Arbeit gewaschen, an dieser Pumpe standen die Frauen an, als der letzte Krieg noch in den Straßen und am Himmel tobte. Ich habe nun alles gesehen, was hier geschehen kann.

Das, was jetzt noch kommt, wollte ich nicht erleben. Und ich hoffe, dass Gertrud es nicht mehr erleben wird. Aber die Männer mit den Taschenlampen waren auch im Vorderhaus, hinterlegten etwas im Keller, stiegen hoch bis zum Hausboden, für den sie auch Schlüssel hatten. Minuten später stiegen sie schon wieder in ihr Auto.

Als Stefan die vollen Eimer gebracht hatte, ging er gleich wieder los, kam mit einer Einkaufstüte von Netto und sechs Wasserflaschen zurück, blieb noch eine Weile in Gertruds Wohnung. Eine Stunde, nachdem er gegangen war, kam der alte Leo. Gertrud hat ja doch nicht gelogen, als sie sagte, dass man nach ihr sehe. Leo blieb in der Toreinfahrt stehen, betrachtete die Stelle, an der der Kopf der Medusa gehangen hatte. Jemand hatte ihn abgeschlagen, ganz fachmännisch mit Werkzeug von der Hauswand getrennt. Vielleicht hängt die mit den Schlangenhaaren nun anderswo. Auch ein paar Kacheln aus meinem Hausflur sind von der Wand gerissen worden, aber die hatten schon vorher Risse, und die Glasur war stumpf geworden.

Ratten und Kakerlaken haben die Herrschaft im Haus übernommen.

Ob die Kakerlaken das Haus verlassen werden, wenn es brennt? Damals verschwanden sie ja blitzschnell und rannten wie ein schwarzer wogender Teppich in die Bombennacht. Die verwilderten Katzen, die Waschbären und die alte Füchsin sind vorsichtig, denen wird das Feuer nichts anhaben, auch die Vögel spüren die Gefahr und weichen ihr aus. Andere Tiere habe ich hier ja nicht. Man erzählt von den Wölfen, die immer näher an die Stadt herankommen. Zweiundzwanzig Rudel sollen in den Wäldern um Berlin leben, noch haben sie die nicht verlassen. Sie sind scheu, aber andere Tiere fliehen vor ihnen, und in den Siedlungen am Rande der Stadt irren schon Rehe durch die Straßen. Bei mir war noch kein Reh, und nun wird auch keines mehr kommen.

Vielleicht bleibt ein kleines Stück von mir in einem Aschekorn verfangen. Vielleicht kann es, wenn der Wind es fortträgt, zu den Lebenden gelangen.

20

GERTRUD blickt auf das abgeschlagene Stück vom Schlangenhaar der Medusa. Stefan hat es ihr gebracht, es lag im Tordurchgang, ein Brocken Gips, mit Ölfarbe bemalt. Die Medusa war der Schutz des Hauses, sie sollte das Böse abhalten, aber das war ihr ja sowieso nicht gelungen. Manfred hatte ihr einmal erklärt, die Gorgone verschone den, der sie nicht anschaue. Und dass der Frauenkopf im Hausflur eigentlich nicht die Medusa, sondern Euryale, eine ihrer Schwestern, darstelle. Was es mit der auf sich hatte, hat Gertrud vergessen, obwohl sie ja sonst jedes Wort noch weiß, das Manfred gesagt hat. Sie könnte auch in dem Buch nachschauen, das Frau Salaman ihr beim Abschied geschenkt hat. Aber es ist ja nun bedeutungslos, der Gipskopf wird niemanden mehr erschrecken und niemanden schützen, er ist selbst beschädigt, von der Wand gerissen wie in den letzten Jahren nach und nach die Kacheln in der Tordurchfahrt. Bald wird das alles nicht mehr da sein. Bald wird sie selbst nicht mehr da sein, hoffentlich noch ehe der Platz im Pflegeheim frei wird. Eine der Frauen vom Pflegedienst, Mona, hat ihr erzählt, dass jemand von der Medusa Real Estate ständig beim Pflegedienst anrufe, darauf dränge, die alte Frau aus dem Hinterhaus endlich wegzuschaffen. Dabei sei der Pflegedienst gar nicht zuständig, sondern die Gutachterin vom Gesundheitsamt, und die Medusa Real Estate habe das Haus verkauft und gar nichts mehr zu melden. Die zuständige Dame vom Amt sei krank, sagt Mona. Die war auch schon hier im

Hinterhaus, schon zweimal. Bevor sie wiederkommt, will Gertrud weg sein.

Stefan ist gekommen, um ihr ein Geschenk zu machen. Auf dem Tisch im Wohnzimmer liegt ein Artikel über Wagnitz und Axmann, den er für eine wissenschaftliche Zeitschrift geschrieben hat. Vielleicht wird sie ihn lesen, aber nicht jetzt. Sie fühlt sich schwach, aber das ist ja kein Wunder, seit Tagen isst sie nichts, sie hat gehört, dass man so gehen kann, ohne Schmerzen, man wird ganz leicht, immer leichter, bis man davonfliegt. Aber trinken muss sie, sonst verwirren sich ihre Gedanken. Das Wasser fließt nicht mehr aus der Leitung, der Junge hat ihr Wasser von der grünen Pumpe geholt, an der sie als Kinder immer gespielt haben. Und Mineralwasser in Flaschen hat er ihr gebracht, sogar den Tee hat er ihr aufgebrüht. Er ist ein guter Junge, und man sah ihm an, wie erschrocken er war, Gertrud so geschrumpft zu sehen. Laila ist schon seit einer Woche nicht gekommen, das versteht sie, Laila hat jetzt die Kinder. Norida, Lucia, Nikola, alle sind sie weg. Mit ihnen ist das Leben aus dem Haus gewichen. In der Nacht schleichen hier zwar Fremde herum, aber die wollen selbst nicht gesehen werden und verhalten sich still, am Tag hört man sie nicht. Stefan sagt, er habe einen Fuchs gesehen, der sei aus dem Gartenhaus gekommen, ohne Scheu an ihm vorbeigelaufen und habe sich in die Hofecke gedrückt. Vielleicht hat er ihn mit einer Katze verwechselt.

Ob er noch etwas für sie tun könne, fragt Stefan nun. Vielleicht habe sie irgendeinen Wunsch, wolle noch etwas sehen, er habe seit kurzem ein Auto, könne sie fahren, wohin sie wolle.

Gertrud kann nirgendwohin mehr fahren. Wie soll sie mit ihren Knien durchs Treppenhaus kommen? Aber schön ist die Vorstellung, noch einmal die vertrauten Straßen zu sehen, auf dem Josef-Metzger-Platz zu sitzen. Aber es ist zu spät.

»Der Josef-Metzger-Platz«, sagt Stefan, »ist seit zwei Jahren eine Baustelle. Das Gartenbauamt wollte ihn modernisieren, aber dann fand man dort Munition unter den Blumenbeeten, Sturmgewehre, Handgranaten, Blindgänger, alles. Dieser Platz ist nichts als eine umzäunte Mondlandschaft, die Erde wird dort noch immer durchsiebt. Hier muss ja ganz schön was los gewesen sein.«

Gertrud erzählt ihm, dass sie mit ihrer Mutter gern auf diesem Platz gesessen hat.

»Dann habt ihr über einer Bombe gehockt, die jeden Moment hochgehen konnte.«

Aber er hat ihr noch etwas mitgebracht, Kopien von ganz alten Flurkarten. Die hat er bei seiner Arbeit über die märkischen Wenden in einem Archiv gefunden. Stefan ist ein Sucher. Es ist gut, dass sie ihm erzählt hat, was sie über Wagnitz weiß, nun bleibt dieses Wissen in der Welt, wenn sie geht.

Aber was diese alten Karten mit ihr zu tun haben sollen, begreift sie nicht gleich. Er muss es ihr erklären, die älteste Karte ist um 1280 gezeichnet worden, sie zeigt das Rittergut Weddinge am Fluss Pankowe. Ein Ritter hatte es als Lehen erhalten, als Dank für seine Verdienste im Eroberungskrieg gegen die Wenden.

»Das soll die Panke sein«, Stefan zeigt ihr das blaue, sich schlängelnde Band. »Da, wo das Rittergut sich befand, liegt heute der Nettelbeckplatz. Aber hier«, sein Finger weist auf ein schön gezeichnetes umzäuntes Gelände inmitten von unbebauten Flächen, etwas abseits vom Dorf, »hier steht: garto. Vielleicht heißt es auch garte. Das bedeutet Garten. Erst um 1400 hat das Neuhochdeutsche den alten Begriff abgelöst.«

Er erklärt ihr etwas von Lautverschiebungen, Alt- und Mittelhochdeutsch. Was will er ihr sagen? »Ich habe es ausgemessen und mit späteren Karten verglichen. Der Garten lag genau an der Stelle, an der du wohnst, Oma Gertrud. Guck hier, diese Karte ist von 1605. Da ist eine wüste Kirche eingezeichnet, also eine aufgegebene, übrigens da, wo heute die Neue Nazarethkirche steht. Eigentümer des früheren Ritterguts und des ganzen verwilderten Geländes war inzwischen die benachbarte Stadt Berlin, aber ein Hieronymus Schlieck, Graf von Passau, Kurfürstlicher Oberkämmerer, hat um 1600 fünfzig Grundstücke gekauft, mittendrin das hier, der *Große Garten.* Immer noch eingezäunt, daneben ein Gärtnerhaus. Und hier die Karte von 1730. Da ist alles noch zu sehen, die Panke, die Feldwege, die Meierei, wo das Rittergut war, und hier der *Verlohren Garten.* Ich habe doch immer gelacht, wenn du das Hinterhaus als Gartenhaus bezeichnet hast, aber du hattest ja Recht, Gertrud. Die Utrechter Straße wurde am Ende des 19. Jahrhunderts genau hier entlang gezogen, dein Haus steht anstelle des Verlorenen Gartens, diese Bezeichnung ist sogar noch auf einer der alten Bauakten von 1890 zu finden, die mein Vater aus dem Archiv geholt hat, du erinnerst dich.«

Gertrud freut sich an der Begeisterung des jungen Mannes. Aber eigentlich ist es ihr egal, ob dieses Haus, in dem sie geboren wurde, das sie bald verlassen wird, über einem ehemaligen Garten gebaut wurde. Stefan aber redet weiter, er doziert über das Wort *verloren.* Es gebe, sagt er, auf den alten Karten *Verlorene Wege*, das seien aber nicht verloren gegangene, sondern solche, die im Nirgendwo endeten. Die Schwedter Straße, in der er wohne, sei bis 1862 so ein *Verlorener Weg* gewesen. Aber der *Verlorene Garten* sei ein verschwundener, nicht mehr vorhandener Ort. Auf noch älteren Karten stehe in solchen Fällen auch das Wort *varlustig*. Das klänge wie lustig, käme aber vom mittelhochdeutschen Wort Farlust, das auch Tod bedeute.

Für Gertrud ist das alles zu viel. Sie dankt Stefan für seinen Besuch und bittet ihn, sie nun wieder allein zu lassen.

»Ich bin jetzt eine Woche weg, aber dann komme ich wieder vorbei«, sagt er, schon in der Tür, die er offen lässt.

Dann wird sie nicht mehr da sein. Ein seltsamer Gedanke. Die Grabstelle gibt es ja längst, sie ist bezahlt und wird von den Friedhofsgärtnern gepflegt. Marie und Paula liegen schon dort. Aber über ihre eigene Beerdigung hat sie noch nie nachgedacht. Früher, als sie jünger war, waren Beerdigungen traurige Ereignisse. Man weinte um den Toten, aber ein bisschen auch um sich selbst, weil man wusste, irgendwann käme man auch an die Reihe. Als Paula begraben wurde, war es für Gertrud eine Befreiung, aber das zeigte sie nicht. Und dann kam eine Zeit, wo bei jeder Beerdigung auch ein Stück des eigenen Lebens in der Erde versank. Immer weniger Menschen waren auf der Welt, die Gertrud als Mädchen, als junge Frau gekannt haben, mit denen sie sich selbst noch jung fühlen konnte. In den letzten Jahren war sie gar nicht mehr zu Beerdigungen gegangen, aber wenn sie hörte, diese oder jener sei gestorben, ehemalige Arbeitskolleginnen oder Nachbarn aus der Utrechter, spürte sie einen kleinen Triumph. Sie war noch am Leben. Ob eigentlich jemand zu ihrer Beerdigung kommen wird? Stefan vielleicht. Oder Laila, wenn sie davon erfährt. Die Briefträgerin, aber die wird es auch nicht erfahren. Sonst ist ja keiner mehr da. Und es gibt keinen, der sie anders als alt erlebt hat. Manfred hat niemand gekannt. Wahrscheinlich gibt es außer ihr nur einen einzigen Menschen, der noch an Manfred denkt.

Gertrud sitzt in dem Fernsehsessel, in dem sie fast versinkt, so klein ist sie jetzt. Über die Knie hat sie die Patchworkdecke der Frau Karakoglu gelegt, die Kamelhaardecke ist zu schwer geworden. Sie betrachtet die Muster der Decke, sucht das Schaf, den Mond, Sterne, Augen, ein Haus und einen Apfelbaum, noch einen, einen ganzen Garten hat die Frau aus Flicken genäht. Ihren verlorenen Garten. Wie hatte Stefan gesagt: Farlustig Garto. Farlust heißt auch Tod.

Jemand steigt die Treppe hinauf, Stufe für Stufe. Für den Pflegedienst ist es noch zu früh. Der da kommt, hat einen Stock, vor der Tür bleibt er stehen, sie hört das Atmen eines alten Mannes.

Er klopft, sie ruft: »Komm rein, Leo, es ist offen.« Aber auch ihre Stimme ist schwach, vielleicht hat er es gar nicht gehört. Doch er kommt, noch immer ein bisschen außer Puste, er setzt sich auf das Sofa, ohne ihr die Hand zu geben. Gertrud hat ihren Sessel zu ihm gedreht, sie schauen sich an. Dass er alt geworden ist, hat sie ja schon vom Balkon aus gesehen, sein Haar unter der Kopfbedeckung ist grau, auch er war früher größer. Seine Augen, seinen Mund erkennt sie sofort wieder. Er hat etwas in der Hand, das legt er jetzt auf den Tisch. Und er betrachtet sie. Gertrud weiß, was er sieht, und lässt ihm Zeit, sich an den Anblick zu gewöhnen.

»Wir sind alt geworden, Leo«, sagt sie schließlich.

»Da haben wir Glück gehabt«, antwortet er.

Ohne alle Umwege spricht er also gleich über das, was wichtig ist. Über den, der kein Glück gehabt hat. Auf diesen Moment hat sie seit Jahrzehnten gehofft. Auch als sie nicht wusste, dass sie wartete, war Manfred immer in ihren Gedanken, in ihrem Gefühl. Mit wem hätte sie es teilen können, wenn nicht mit Leo. »Ich habe lange auf deinen Besuch gewartet«, sagt sie.

»Ich lebe in Israel«, erwidert er nur.

Wieder schweigen sie. »Ich bin zu dir gekommen, weil meine Enkelin Nira mich darum gebeten hat.«

»Ja, sie war hier. Ein schönes Mädchen.«

»Gertrud, sag mir, wie es kam, dass Manfred hier aus deiner Wohnung geholt wurde. Ich habe es gesehen.«

Sie wird es ihm sagen. Sie wird von Dermitzel erzählen. Welche Rolle der in ihrem Leben gespielt hat, weiß nicht einmal der Historiker. Sie muss bei Wagnitz anfangen. Da auf dem Tisch liegt der Aufsatz, den Stefan geschrieben hat. Den hat sie noch nicht gelesen, aber den wird sie Leo nachher mitgeben. Gertrud beginnt ihre Erzählung, ihre eben noch so kleine Stimme wird fester, obwohl sie manche Worte kaum herausbringt. Sie redet lange, es strengt sie an, sie zittert, einmal weint sie. So lange hatte sie keine Tränen.

Der Mann ihr gegenüber hört zu, und obwohl er nichts vergessen hat aus der Zeit, über die sie spricht, wusste er manches nicht, versteht erst jetzt die Zusammenhänge. Dermitzel, Gestapo, ihm stockt der Atem bei dem Gedanken an die Gefahr, die in dieser Wohnung lauerte. Eine Falle, die bei Manfred ja auch zuschnappte.

»Ich hätte es euch sagen müssen.« Gertrud flüstert fast, sie sieht so zerbrechlich aus, die Frau gehört ins Bett. »Aber ich habe mir nicht klargemacht, dass Dermitzel gerade solche wie euch gejagt hat. Ich habe ihn nie eingeladen, mehrmals weggeschickt, wenn er vor der Tür stand. Als ihr kamt, war Dermitzel für Monate gar nicht in Berlin. Ich glaubte wirklich, hier drinnen seid ihr sicher. Er hat mich beschatten lassen.«

Ja, so wird es gewesen sein. Er hat ja auch geglaubt, in so einer Wohnung könnte ihnen nichts passieren. Und Manfred war noch leichtsinniger. Irgendwie furchtlos. Obwohl – Gertrud spricht jetzt von dem anderen Manfred, den offenbar nur sie gekannt hat. Der von Angst und Verzweiflung geschüttelt war, der bei ihr Trost fand. Leo sieht die alte Frau an, sieht, wie ihre Haut sich leicht rötet, wie ihr kleiner Körper sich plötzlich strafft und größer wirkt, weil sie sich in ihrem Sessel aufrichtet. Es muss ein starkes Gefühl gewesen sein, das in ihr noch immer nachschwingt. Er versucht, sich an das Gesicht der jungen Gertrud zu erinnern, findet es nicht. Blond war sie, das weiß er noch. Hübsch, ja, sicher, in ihm hat sie keine großen Gefühle ausgelöst. Aber Nira hat ja recht, es war nicht selbstverständlich und mutig von ihr, sich selbst so in Gefahr zu bringen. Judenbegünstigung – es hieß, darauf standen hohe Strafen. Das wussten auch Manfred und Leo, aber sie haben es von sich weggeschoben, wie hätten sie sonst irgendwen um Hilfe bitten können? Leo spürt plötzlich einen Anflug von Dankbarkeit und Zärtlichkeit für die junge Frau, die die alte vor ihm einmal gewesen ist.

Er hört ihr zu, hört jetzt weniger auf das, was sie sagt, sondern auf ihre Stimme, sieht sich in dem Raum um. An das Fenster dort drüben erinnert er sich, an den Bombenangriff, den er hier überstanden hat. Diese braune Schrankwand gab es damals nicht, aber an das Muster des Teppichs erinnert er sich jetzt wie an einen vergessenen Traum und an das Grammophon dort drüben auch. »Spielt das Ding noch?«, fragt er.

»Nein«, sagt sie, »das Grammophon ist nur noch Dekoration. Ich hatte einen Plattenspieler, aber der ist auch kaputt. Schade. Ich habe noch so viele Schallplatten.«

Da fällt Leo ein, dass sie hier öfter die 3. Sinfonie von Mahler gehört haben, immer wieder den 4. Satz mit dem Lied: *O, Mensch! Gib Acht! Was spricht die tiefe Mitternacht? Ich schlief, ich schlief – aus tiefem Traum bin ich erwacht: – Die Welt ist tief und tiefer als der Tag gedacht. Tief ist ihr Weh –, Lust – tiefer noch als Herzeleid.*

Er zitiert die Verse, von denen er nicht wusste, dass er sie auswendig konnte. Manfred hatte diese Platte stundenlang hören können. Bei ihm zu Hause hatte es sie auch gegeben.

Gertrud nimmt den Ball auf, und mit dünner Stimme singt

sie: *Weh spricht: Vergeh! Doch alle Lust will Ewigkeit – will tiefe, tiefe Ewigkeit.*

Für einen Moment ahnt man in ihrem Gesicht das junge Mädchen, das sie gewesen sein muss. Die Trauer um seinen Freund Manfred, die längst von den Jahrzehnten zugedeckt war und irgendwo in seinem Innern ruhte wie ein schlafendes Tier, wühlt Leo für einen Moment so auf, dass er sich zurückhalten muss, um Gertrud nicht zu umarmen, mit ihr gemeinsam diese Trauer zu fühlen.

»Gertrud, hast du ein Foto von dir aus der Zeit damals?«

Sie weist auf die Schrankwand, sagt ihm, in welcher Schublade er suchen muss, bis er ein altes Lederalbum in der Hand hält. Als er es aufschlägt, fällt eine postkartengroße Aufnahme heraus, ein Gruppenfoto. Leo kramt seine Brille aus der Tasche. »Ich bin die in der zweiten Reihe ganz rechts«, sagt Gertrud. Aber das sieht er auch so, jemand hat ein kleines Kreuz über die lächelnde junge Frau mit dem welligen Bubikopf gemalt. Wie auf einer Seifenreklame aus den vierziger Jahren sieht sie aus. Auch die anderen Mädchen auf diesem Bild tragen solche Frisuren, sie stehen in vier Reihen aufgestellt wie Soldaten. *Frühjahrslehrgang für die weibliche Gefolgschaft 1943* steht auf dem weißen Rand. Das Haus hinter den jungen Frauen kommt ihm bekannt vor, die Terrasse, dort hat er erst vor wenigen Tagen gesessen. »Das ist doch die Villa von Max Liebermann am Großen Wannsee.«

»Das mag sein«, bestätigt Gertrud. »Ich habe das auch gehört. Damals war es das Schulungsheim der Deutschen Reichspost. Ich bin doch nach der Berufsschule als Buchhalterin zur Post gekommen.«

Leo schluckt. Frühjahr 1943, da waren Manfred und er gerade U-Boote geworden. Da hatte die Witwe des Malers Gift genommen, um den Abholern zu entgehen. Aber erst fünf Tage später war sie im mit Selbstmördern überfüllten Jüdischen Krankenhaus gestorben.

Die Verbundenheit mit der kleinen Frau in dem großen Sessel, die er einen Moment lang gespürt hat, zerreißt. Sie hatte ihnen geholfen, aber sie war auf der anderen Seite gewesen. Es gelingt ihm nicht, das Gefühl der Dankbarkeit, die leise Zärtlichkeit zurückzuholen. Mit nüchternem Blick betrachtet er das Foto und legt es zurück.

»Gertrud«, sagt er, »was war da an der Straßenbahnhaltestelle? Du hast gesagt, dass du nicht weißt, wo Manfred ist. Und du wolltest mir deinen Schlüssel geben. Ich sollte in die Falle laufen.«

Diese Frage hat sie erwartet. »Ich hatte Angst«, sagt sie einfach. »Ich dachte ja, wir sind schon in der Falle. Ich fühlte mich beobachtet, dachte, da sind Greifer in der Bahn, die uns gleich verhaften. Ich wollte mich selbst retten. Es war feige, verzeih mir.«

In der Stille hört man nur das Haus. Leo bittet, auf die Toilette gehen zu können. Wo sie ist, weiß er noch. Die Spülung funktioniert nicht, es kommt kein Wasser. Daneben steht zwar ein Eimer mit einer Schöpfkelle, aber es riecht nach Urin.

Wieder im Zimmer, fragt er: »Wie kannst du hier alleine leben?« Er denkt an die Pflegestation im Kibbuz, an Lotte, die er bald wiedersehen wird. Eine heftige Sehnsucht nach zu Hause überkommt ihn. »Habt ihr keine vernünftigen Altersheime?« Vielleicht hat sie kein Geld, wenn das das Problem wäre, könnte er ihr helfen, das würde er natürlich tun. Aber sie sagt, dass sie in kein Heim will und dass sie auch bald keines mehr brauchen wird. Da wird sie recht haben. Leo hat schon in vielen Gesichtern den nahenden Tod gesehen, und er erkennt ihn auch in Gertruds Zügen. Er will jetzt gehen, diese dunkle Wohnung verlassen und nie mehr wiederkommen. Aber irgendetwas zwingt ihn zu bleiben, mit ihr zu schweigen. Man hört das Rascheln und Knistern des alten Hauses, irgendwo fällt etwas von einer Wand, vielleicht ist es die Wand selbst, die einstürzt. Als Leo zum Abschied die Hand leicht auf Gertruds Schulter legt, hat er das Gefühl, ein winziges Vögelchen zu berühren.

»Du hast etwas vergessen«, erinnert Gertrud ihn und weist auf das Ding, das er beim Kommen auf den Tisch gelegt hat.

»Das habe ich auf dem Hof gefunden. Es gehörte einem Jungen, der hier wohnte.«

Gertrud schaut auf das schmutzige, plattgetretene Rohr. »Maiki. Das war sein Kaleidoskop. Er hat es nicht aus der Hand gegeben.« Sie seufzt, und dann fällt ihr noch etwas ein. »Leo, ich will dir etwas mitgeben. Guck, meine Bromelien blühen. Ich habe nicht geglaubt, dass ich das noch erlebe.« Sie zeigt ihm zwei Töpfe, zwischen wächsernen Blättern die roten und rosa Blüten. »Die Lanzenrosette, Aechmea, die habe ich mit einem Apfel zum Blühen gebracht. Und die hier, die Guzmania, haben Kaisers mir dagelassen. Sie blüht nur einmal im Leben. Nimm sie mit.«

Entsetzt starrt Leo auf das Fensterbrett, er mag sowieso keine Blumentöpfe, und schon gar nicht solche Pflanzen. »Gertrud, ich reise morgen ab …«

»Dann gib sie Manfred …«

Jetzt geht sie fort.

»Gib sie Manfred!«, wiederholt sie, »und das hier auch.« Sie reicht ihm einen schmutzig grauen Klumpen, »das ist von der Medusa.«

»Nun gut, ich kann aber nur einen Topf nehmen, ich habe ja nur eine Hand frei. Trink doch noch einen Schluck, Gertrud. Wann kommt denn deine Pflegerin?«

»Die kommt schon noch, gegen acht.«

Es wird sich also jemand um sie kümmern. Er muss jetzt

weg. Leo flieht aus Gertruds Wohnung, die Bromelie im Arm. Das Kaleidoskop lässt er liegen.

Gertrud lehnt sich zurück, der Sessel kippt nach hinten. Jetzt ist es beinahe ein Liegesessel, sie kann die Augen schließen und sich fallen lassen in die Wellen, die von irgendwo kommen, sie kann den Bildern folgen, die die Wellen mitbringen und wieder fortnehmen, all die Gesichter, das von Paula, von Marie, von Manfred, Laila und Norida und wieder Manfreds Gesicht, aber er ist alt, geht am Stock. Wo geht er hin? Sie will ihn rufen, aber bringt kein Wort heraus, was ist das für ein Rasseln, es ist ihr eigener Atem. Dann hört sie Noridas Lachen, vielleicht ist es auch Wasser, das aus der grünen Pumpe plätschert, sie hört Stefans Stimme und das, was sie heute gelernt hat: Farlustig garto. Verlorener Garten. Farlust heißt auch Tod. Doch es klingt nach Lust. Mit Manfred hat sie das Lied gehört: Doch alle Lust will Ewigkeit …

Jemand greift nach ihrer Hand. »Frau Romberg, hören Sie mich? Machen Sie doch einmal die Augen auf, Frau Romberg.«

Es ist schwer, die Augen zu öffnen, sie will sich lieber forttragen lassen von den Wellen, von Noridas Lachen, von Manfred. Endlich gelingt es ihr, da stehen zwei Frauen, vom Pflegedienst oder vom Amt, und hinter ihnen die Bromelie, die Guzmania. Die roten Blüten tanzen nun auf den Wellen, zu denen Gertrud zurückgekehrt ist, die auf sie zukommen, sie sanft umspülen, dann aber plötzlich anheben und in eine Tiefe reißen, in die kein Laut mehr dringt.

21

LEO sitzt neben seinem Gepäck im Frühstücksraum des Hotels »Steps« und wartet auf das Taxi zum Flugplatz. Um diese Zeit ist es hier leer, die Schulklassen auf Berlinfahrt sind schon unterwegs, und die wenigen Einzelreisenden, meist junge Leute, schlafen noch.

Der Mann von der Rezeption setzt sich zu ihm. »Sie waren ein sehr angenehmer Gast, Herr Lehmann. Ich hoffe, Sie haben gut geschlafen in Ihrer letzten Nacht bei uns. Das war ja schlimm mit all den Löschfahrzeugen.«

»Ich habe nichts gehört«, behauptet Leo, erinnert sich aber im selben Moment an die Sirenen, die ihn in den Schlaf begleiteten. »Was war denn los?«

»Ein Haus ist abgebrannt. In der Utrechter Straße, ich wohne da, so etwas habe ich noch nie gesehen. Das Haus selbst war zwar unbewohnt, aber die Nachbarhäuser mussten evakuiert werden. Zehn Löschzüge waren nötig, um den Brand unter Kontrolle zu bringen, der schwarze Rauch zog bis zur Liebenwalder. Noch immer sind Feuerwehrleute im Einsatz, wegen der großen Hitze konnten sie die Brandstelle noch nicht untersuchen, vielleicht gibt es noch Glutnester. Zum Glück waren die Mieter schon alle raus, das Haus sollte saniert werden. Nun kann man die Ruine nur noch abreißen.«

»Aber Gertrud …«, stammelt Leo. »Gertrud Romberg. Da wohnte doch noch eine Frau.«

Der andere sieht ihn erstaunt an. »Sie kannten sie? Ja, die

wohnte noch dort. Aber sie war schon tot, bevor der Brand ausbrach, zwei Angestellte vom Pflegedienst haben sie gestern Abend gefunden und ihr Ableben sofort gemeldet. Heute früh sollte sie abgeholt werden. Das Feuer wurde erst kurz nach Mitternacht entdeckt, also vier Stunden später. Doch merkwürdig ist das schon. Vielleicht war die alte Frau leichtsinnig, hat mit Kerzen hantiert? In dem Haus funktionierte ja nichts mehr. Aber das Feuer soll an mehreren Stellen gleichzeitig ausgebrochen sein, im Vorder- und im Hinterhaus, im Keller und auf dem Hausboden. Na ja, es sollen auch Penner dort übernachtet haben. Und der da ist mir ja auch unheimlich.«

Der Rezeptionist weist durch die großen Fensterscheiben auf einen Mann, den Leo hier schon oft gesehen hat. Wie ein alter Beduine hockt er am Straßenrand, mit unbewegtem Gesicht schaut er auf etwas, das nur er sieht.

Minuten später, während Leo ins Taxi steigt und der Hotelangestellte mit dem Fahrer sein Gepäck verstaut, blickt der hockende Mann auf und sagt klar und deutlich zu Leo: »Schalom.«

Als das Taxi am Flugplatz hält, stehen da schon Nira und Amir. Nira umarmt ihren Großvater, lässt ihn kaum los. Auch der Rechtsanwalt Behrend ist mit seiner Frau gekommen, um Leo zu verabschieden. Zum Jahresende werden sie ihn besuchen.

Als sie alle zusammen zum Schalter gehen, kommt ganz außer Atem noch eine Frau angelaufen, mit einem Kind auf dem Arm, einem kleinen Mädchen mit weißen Lederschuhen und Glitzerspangen im rotlockigen Haar, das mit blanken Augen neugierig auf die vielen Menschen blickt.

Die wichtigsten Personen

DAS HAUS Berliner Mietshaus im Wedding, um 1890 errichtet. Wechselnde Besitzer, mehrfach umgebaut, wird in der Gegenwart zum Spielball von Immobilienspekulanten. Am Ende ist für chinesische Investoren nur das Grundstück interessant.

LAILA FIDLER Sintiza, 1975 in Polen geboren. Tochter von **Joschko** und **Flora**, Enkelin von **Frana** und **Willi**. Sie ist sechs Jahre alt, als ihre Familie, deren Mitglieder als »Spätaussiedler« gelten, nach Hamburg geht. Mit vierzehn kehrt sie nach Chrzanów zurück, als 16-Jährige übersiedelt sie mit ihrer Mutter nach Berlin. 1994 Abitur am John-Lennon-Gymnasium in Berlin-Mitte. Studium an der Fachhochschule für Sozialarbeit. Verheiratet mit **Jonas Müntzer**, getrennt lebend. Arbeitet im Blumenladen »Schöne Flora«. Wohnt in dem alten Haus im Wedding.

LEO LEHMANN 1925 im Wedding geboren. Zusammen mit seinem Freund **Manfred Neumann** (1924–1944) besucht er eine Volksschule in der Malplaquetstraße, dann die Jüdische Mittelschule in der Großen Hamburger Straße. Beide werden um 1937 Mitglieder einer Gruppe des jüdischen Jugendbundes Habonim. Diese Gruppe, geleitet von einem **Simon** (Suizid 1945), gibt den Jungen Halt und Orientierung, als sie 1941 zur Zwangsarbeit verpflichtet und ihre Familien 1942 und 1943 deportiert werden. Sie selbst entziehen sich der Deportation, leben illegal in wechselnden Quartieren in und um Berlin, halten sich mit Schwarzmarkthandel über Wasser. Manfred wird 1944 von der Gestapo in dem Haus im Wedding aufgespürt und kommt noch vor Kriegsende in der Haft um. Leo geht 1948 nach Israel, kämpft im Befreiungskrieg, wird verwundet und von einem Kibbuz aufgenommen, den ehemalige Buchenwald-Häftlinge gegründet haben. Dort lebt er noch heute. Er war bis zu ihrem Tod verheiratet mit **Edith**, geborene Lindenstrauß (1925 – ca. 1998), einer Berlinerin, die als 13-Jährige mit der Jugend-Alija nach Palästina kam. Mit seiner Enkelin **Nira** (23) besucht Leo Berlin, um das Erbe seiner Frau anzutreten, dessen Klärung sich über Jahrzehnte hingezogen hat.

GERTRUD ROMBERG 1918 in dem Haus im Wedding geboren, wohnte hier ihr Leben lang. Als 15-Jährige kannte sie **Walter Wagnitz**, den vor dem Haus ermordeten Hitlerjungen. Sie war eine der Letzten, die ihn lebend sah, was für sie zu schicksalhaften Verstrickungen führte. Gertrud gab 1943/44 den illegal lebenden Nachbarsjungen **Leo** und **Manfred** Quartier, die als Juden verfolgt wurden. In ihrer Wohnung wurde Manfred verhaftet. Diese traumatische Erfahrung wirkt in ihr noch Jahrzehnte nach. Sie arbeitete als Buchhalterin und in einer Wäscherei, blieb unverheiratet. Die späte Nachbarschaft zu den rumänischen Roma und der Sintiza **Laila** verändert ihr Leben und setzt Erinnerungen in Gang. Sie stirbt hochbetagt in ihrer Wohnung, als alle Nachbarn ausgezogen sind.

FLORA FIDLER 1955 in Polen als Kind ehemals ostpreußischer Sinti geboren. Mutter von **Laila**. Nach dem gewaltsamen Tod ihres Mannes **Joschko Fidler** (1947–1991) geht sie mit ihrer Tochter nach Berlin. Heiratet dort den Sinto **Dieter Krause**, lebt in Berlin-Wilmersdorf.

DIETER KRAUSE, genannt **STACHLINGO** Geboren 1944 im Frauenkonzentrationslager Ravensbrück als Sohn einer Berliner Sintiza. Sein Vater, ein Sinto, kam im KZ Buchenwald um. Mit seiner Mutter lebte er nach dem Krieg in Ostberlin, wurde Blumenverkäufer. Kam in den 80er Jahren ins Gefängnis, wurde nach Westdeutschland abgeschoben. Engagiert sich in einer Organisation für Roma und Sinti, hat in Berlin mehrere sehr erfolgreiche Blumenläden aufgebaut. Er ist verwitwet, als er Anfang der 90er Jahre **Flora** heiratet.

FRANA FIDLER, geborene **FREIWALD** Sintiza, 1929 in Berlin geboren. Wird 1943 mit ihrer Familie ins Zwangslager Marzahn, fälschlich Zigeuner-Rastplatz genannt, eingewiesen. Kommt von dort nach Auschwitz-Birkenau, dann in ein Außenlager und schließlich über das KZ Ravensbrück ins Außenlager Malchow, wo sie 1945 befreit wird. Sie ist die einzige Überlebende der Familie. Gelangt 1946 nach Polen, wo sie den aus Berlin-Wedding stammenden Sinto **Willi Fidler** (1925–1984) heiratet, der Auschwitz und andere Lager überlebt hat. Nach der Befreiung hat er sich in Polen einer Kumpania von Roma angeschlossen, die als reisende Handwerker Töpfe und Kessel reparieren. Frana und Willi werden Eltern von drei Söhnen. 1959 weist man die Familie nach Deutschland aus. Flora und ihr ältester, damals 13-jähriger Sohn **Joschko** steigen nicht aus dem Zug und kehren nach Polen zurück. Erst 22 Jahre später zieht Frana mit Joschko und seiner Familie nach Hamburg, wo sie bei Festen und Jahrmärkten als Wahrsagerin »Frau Rose« arbeitet. Sie gilt als das Oberhaupt der inzwischen wieder großen Fidler-Familie.

JONAS MÜNTZER Geboren 1975 bei Berlin, Mitschüler von **Laila** am John-Lennon-Gymnasium, Sohn eines Pfarrers. Er wird ihr Ehemann, nach dem Studium der Politikwissenschaft Beauftragter des Berliner Senats für Angelegenheiten der Roma und Sinti. Laila und er leben getrennt.

NORIDA Romni aus Craiova in Rumänien, kam mit ihrer Familie nach Berlin, um hier ein besseres Leben zu finden. Zu ihr gehören ihr Mann **Mihail**, ihre Söhne **Casino** (17) und **Eldorado** (18) sowie die Tochter **Estera** (16). Sie wohnen in dem alten Haus im Wedding.

LUCIA und ihr Mann **MILAN** Roma aus Rumänien, wohnen zusammen mit ihren Kindern in dem alten Haus. Sie wollen in Deutschland Arbeit und eine Zukunft finden. Milan arbeitet auf Baustellen und ist Akkordeonspieler und Geschichtenerzähler.

NIKOLA und ihr Mann **FLORIN** Rumänische Roma, die vorübergehend in dem alten Haus im Wedding leben. Eltern von zwei Zwillingspärchen.

SUZANA und ihr Mann **STEPAN** Rumänische Roma, wohnen ebenfalls mit ihren Kindern **Felicitas** und **Marius** eine Zeitlang in dem alten Haus im Wedding. **Laila** begleitet die Geburt der kleinen Felicitas.

STEFAN Geboren um 1990. Student, später Doktorand, Sohn eines Rechtsanwalts. Zeitweise Bewohner des alten Hauses. Als angehender Historiker interessiert er sich für dessen Geschichte, findet in Archiven Dokumente.

WALTER WAGNITZ Geboren 1917. Schneiderlehrling aus Berlin-Wedding, Hitlerjunge, in der Silvesternacht 1932/33 vor dem alten Haus unter ungeklärten Umständen ermordet. Sein Tod wurde für eine groß angelegte Hetzkampagne gegen Juden und Kommunisten instrumentalisiert. Nach ihm war die Straße, in der das Haus steht, von 1933 bis 1947 benannt.

Die Geschichte, die zum Ende des 18. Kapitels der Rom Milan seinen Kindern erzählt, hat der Theologe, Pantomime und Regisseur Burkhart Seidemann (1944–2016), der eng verbunden war mit rumänischen Roma, in seinem Buch »Der Junge am Meer« (Ars Docendi 2011, Universitaeta din Bucuresti) auf Rumänisch und Deutsch veröffentlicht. Ich danke Seidemanns Witwer Peter Waschinsky für die Erlaubnis, diesen Text zu übernehmen.

Im Frühjahr 2015 konnte ich auf dem Künstlerhof Schreyahn im Wendland arbeiten. Für diese Möglichkeit danke ich besonders Axel Kahrs und Vivian Rossau.

Die Stiftung Preußische Seehandlung gab mir im Jahre 2017 ein Stipendium für drei Monate. Dank dafür vor allem an Frau Dr. Ute Bredemeyer.

Mein Dank gilt auch der Literaturagentur Graf & Graf, insbesondere Julia Eichhorn und Meike Herrmann.

Und vor allem danke ich der Lektorin Claudia Vidoni für ihr Vertrauen und die sowohl kritische als auch ermutigende Begleitung.

Regina Scheer, im August 2018

PENGUIN VERLAG

PENGUIN und das Penguin Logo sind Markenzeichen
von Penguin Books Limited und werden
hier unter Lizenz benutzt.

1. Auflage

in der Verlagsgruppe Random House GmbH,
Neumarkter Str. 28, 81673 München
Umschlaggestaltung: Sabine Kwauka
Umschlagmotiv: gettyimages/ThorstenEast/EyeEm
Satz: Leingärtner, Nabburg
Druck und Bindung: GGP Media GmbH, Pößneck
Printed in Germany
ISBN 978-3-328-60016-9
www.penguin-verlag.de

Dieses Buch ist auch als E-Book erhältlich.